T0203272

Contemporánea

Orhan Pamuk, Premio Nobel de Literatura 2006, nació en Estambul, Turquía, en 1952. Cursó estudios de arquitectura y periodismo, y ha pasado largas temporadas en Estados Unidos, en las universidades de Iowa y Columbia. Es autor de ocho novelas: *Cevdet Bey ve Oğulları* (1982; *Cevdet Bey y sus hijos*, inédita en español), *La casa del silencio* (1983; Debolsillo 2006), *El castillo blanco* (1985; Mondadori 2007, Debolsillo 2008), *El libro negro* (1990; Debolsillo 2008), *La vida nueva* (1995; Debolsillo 2009), *Me llamo Rojo* (1998; Debolsillo 2009), *Nieve* (2002; Debolsillo 2011) y *El Museo de la Inocencia* (2008; Mondadori 2009, Debolsillo 2011), así como de los libros de prosa *Estambul. Ciudad y recuerdos* (2005; Mondadori 2006, Debolsillo 2007), *La maleta de mi padre* (2006; Mondadori 2007) y *Otros colores* (1999; Mondadori 2008). Su éxito mundial se desencadenó a partir de los elogios que John Updike dedicó a la novela *El castillo blanco*. Desde entonces ha obtenido numerosos reconocimientos internacionales: el Premio al Mejor Libro Extranjero en Francia, el Premio Grinzane Cavour en Italia y el Premio Internacional IMPAC de Irlanda, los tres por *Me llamo Rojo*. En 2005 recibió el Premio de la Paz de los libreros alemanes. Con la publicación de *Nieve*, novela por la que en 2006 fue galardonado con el Prix Médicis Étranger y que aborda el tema de la confrontación entre la cultura occidental y la oriental, Orhan Pamuk pasó a ser objetivo predilecto de los ataques de la prensa nacionalista turca. La obtención del Nobel de Literatura consolidó definitivamente su proyección internacional, y sus libros ya se han traducido a más de cuarenta idiomas.

PREMIO NOBEL DE LITERATURA

Orhan Pamuk

Nieve

Traducción de
Rafael Carpintero

DEBOLS!LLO

Nieve

Título original: *Kar*

Primera edición en España: octubre, 2011
Primera edición en Debolsillo en México: agosto, 2018

D. R. © 2002, Iletişim Yayincilik, A. Ş.

D. R. © 2011, Penguin Random House Grupo Editorial, S. A. U.
Travessera de Gràcia, 47-49, 08021, Barcelona

D. R. © 2018, derechos de edición mundiales en lengua castellana:
Penguin Random House Grupo Editorial, S. A. de C. V.
Blvd. Miguel de Cervantes Saavedra núm. 301, 1er piso,
colonia Granada, delegación Miguel Hidalgo, C. P. 11520,
Ciudad de México

www.megustaleer.mx

D. R. © Rafael Carpintero, por la traducción, cedida por Santillana
Ediciones Generales, S. L.

ISBN: 978-607-316-928-8

Impreso en México – *Printed in Mexico*

El papel utilizado para la impresión de este libro ha sido fabricado a partir de madera procedente
de bosques y plantaciones gestionadas con los más altos estándares ambientales, garantizando
una explotación de los recursos sostenible con el medio ambiente y beneficiosa para las personas.

Penguin
Random House
Grupo Editorial

A Rüya

Nos interesa el límite peligroso de las cosas.
El ladrón honesto, el asesino sensible,
el ateo supersticioso.

ROBERT BROWNING,
Apología del obispo Blougram

La política en una obra literaria es un tiro de
pistola en medio de un concierto, algo grosero pero imposible de ignorar. Estamos a punto de hablar de asuntos muy feos.

STENDHAL, *La cartuja de Parma*

Entonces eliminad a la gente, acabad con ella,
obligadla a callar. Porque la Ilustración europea es más importante que la gente.

DOSTOIEVSKI,
Notas para *Los hermanos Karamazov*

El occidental que había en mí se puso enfermo.

JOSEPH CONRAD,
Con mirada occidental

1
El silencio de la nieve
El viaje a Kars

El silencio de la nieve, pensaba el hombre que estaba sentado inmediatamente detrás del conductor del autobús. Si hubiera sido el principio de un poema, habría llamado a lo que sentía en su interior el silencio de la nieve.

Alcanzó en el último momento el autobús que le llevaría de Erzurum a Kars. Había llegado a la estación de Erzurum procedente de Estambul después de un viaje tormentoso y nevado de dos días, y mientras recorría los sucios y fríos pasillos, intentando enterarse de dónde salían los autobuses que podían llevarle a Kars, alguien le dijo que había uno a punto de salir.

El ayudante del conductor del viejo autobús marca Magirus le dijo «Tenemos prisa», porque no quería volver a abrir el maletero que acababa de cerrar. Así que tuvo que subir consigo el enorme bolsón cereza oscuro marca Bally que ahora reposaba entre sus piernas. El viajero, que se sentó junto a la ventanilla, llevaba un grueso abrigo color ceniza que había comprado cinco años atrás en un Kaufhof de Frankfurt. Digamos ya que este bonito abrigo de pelo suave habría de serle tanto motivo de vergüenza e inquietud como fuente de confianza en los días que pasaría en Kars.

Inmediatamente después de que el autobús se pusiera en marcha, el viajero sentado junto a la ventana abrió bien los ojos esperando ver algo nuevo y, mientras contemplaba los suburbios de Erzurum, sus pequeñísimos y pobres colmados, sus hornos de pan y el interior de sus mugrientos cafés, la nieve comenzó a caer lentamente. Los copos eran más grandes y tenían más fuerza que los de la nieve que le había acompañado a lo largo de todo el viaje de Estambul a Erzurum. Si el viajero que se sentaba junto a la ventana no hubiera estado tan cansado del viaje y hubiera prestado un poco más de atención a los enormes copos que descendían del cielo como plumas, quizá hubiera podido sentir la fuerte tormenta de nieve que se acercaba y quizá, comprendiendo desde el principio que había iniciado un viaje que cambiaría toda su vida, habría podido volver atrás.

Pero volver atrás era algo que ni se le pasaba por la cabeza en ese momento. Con la mirada clavada en el cielo, que se veía más luminoso que la tierra según caía la noche, no consideraba los copos cada vez más grandes que esparcía el viento como signos de un desastre que se aproximaba sino como señales de que por fin habían regresado la felicidad y la pureza de los días de su infancia. El viajero sentado junto a la ventana había vuelto a Estambul, la ciudad donde había vivido sus años de niñez y felicidad, una semana antes por primera vez después de doce años de ausencia a causa del fallecimiento de su madre; se había quedado allí cuatro días y había partido en aquel inesperado viaje a Kars. Sentía que la extraordinaria belleza de la nieve que caía le provocaba más alegría incluso que la visión de Estambul años después. Era poeta, y en un poema escrito años atrás y muy poco conocido por los lectores turcos había dicho que a lo largo de nuestra vida sólo nieva una vez en nuestros sueños.

Mientras la nieve caía pausadamente y en silencio, como nieva en los sueños, el viajero sentado junto a la ventana se purificó con los sentimientos de inocencia y sencillez que llevaba años buscando con pasión y creyó optimistamente que podría sentirse en casa en este mundo. Poco después hizo algo que llevaba mucho tiempo sin hacer y que ni siquiera se le habría ocurrido y se quedó dormido en el asiento.

Demos cierta información sobre él en voz baja aprovechándonos de que se ha dormido. Llevaba doce años viviendo en Alemania como exiliado político aunque nunca se había interesado demasiado por la política. Su verdadera pasión, lo que ocupaba todos sus pensamientos, era la poesía. Tenía cuarenta y dos años, estaba soltero y nunca se había casado. Acurrucado en el asiento no se le notaba, pero era bastante alto para ser turco y tenía la piel clara, que habría de palidecer aún más durante aquel viaje, y el pelo castaño. Era un hombre tímido a quien le gustaba la soledad. De haber sabido que poco después de dormirse su cabeza cayó sobre el hombro y luego sobre el pecho del viajero que tenía al lado debido a las sacudidas del autobús, se habría avergonzado muchísimo. El viajero cuyo cuerpo caía sobre el vecino era un hombre honesto y bienintencionado y siempre estaba melancólico como los personajes de Chejov, que a causa de esas mismas particularidades fracasan en sus aburridas vidas. Volveremos a menudo sobre la cuestión de la melancolía. Tengo que decir que el nombre del viajero, que se ve que, a juzgar por su incómoda forma de estar sentado, no seguirá dormido mucho más, era Kerim Alakuşoğlu pero que, como no le gustaba en absoluto, prefería que le llamaran Ka, por sus iniciales, y eso será lo que haremos en este libro. Nuestro protagonista escribía testarudamente su nombre como Ka ya en los años de la escuela en ejercicios y exámenes, firmaba Ka en las listas de la universidad y siempre estaba dispuesto a discutir al respecto con cualquier profesor o funcionario. Como había publicado sus libros de poesía con aquel alias que había conseguido que aceptaran su madre, su familia y sus amigos, el nombre de Ka poseía cierta mínima y misteriosa fama en Turquía y entre los turcos de Alemania. Y ahora, como el conductor que les desea buen viaje a sus pasajeros después de salir de Erzurum, yo también voy a añadir algo: que tengas buen viaje, querido Ka… Pero no quiero engañarles: soy un viejo amigo de Ka y sé lo que le ocurrirá en Kars antes incluso de comenzar esta historia.

Después de Horasan el autobús se desvió hacia el norte en dirección a Kars. Ka se despertó bruscamente cuando un carro apareció de repente en una de las cuestas que se elevaban retorciéndose y el conductor dio un fuerte frenazo. No le llevó demasiado tiempo adherirse al clima de hermandad que se creó en el autobús. Aunque estaba sentado justo detrás del conductor, cuando el autobús frenaba en las curvas o cuando pasaban junto a un barranco, él, como los pasajeros de atrás, se ponía en pie para ver mejor la carretera, señalaba con el índice, intentando mostrársela, una esquina que se le había escapado al pasajero que limpiaba el empañado parabrisas con el gozo de ayudar al conductor (la colaboración de Ka pasó desapercibida) e intentaba descubrir, como el conductor, hacia dónde se extendía el asfalto, ahora invisible, cuando arreció la ventisca y los limpiaparabrisas se mostraron incapaces de limpiar el cristal delantero, repentinamente blanco.

Las señales de tráfico no se podían leer porque las cubría la nieve. Cuando la ventisca comenzó a golpear con fuerza, el conductor apagó las luces largas y el interior del autobús se oscureció mientras que la carretera se hacía más clara en la penumbra. Los pasajeros, atemorizados y sin hablar entre ellos, miraban las calles pobres de los pueblos bajo la nieve, las luces pálidas de casas destartaladas de un solo piso, los caminos ya cerrados que llevaban a lejanas aldeas y los barrancos que las farolas apenas iluminaban. Si hablaban lo hacían en susurros.

El compañero de asiento de Ka, en cuyo regazo se había quedado dormido, le preguntó también en un susurro a qué iba a Kars. Era fácil darse cuenta de que Ka no era nativo de allí.

—Soy periodista —musitó Ka... Eso no era cierto—. Voy por las elecciones municipales y por las mujeres que se suicidan. —Eso sí que lo era.

—Todos los periódicos de Estambul han publicado que el alcalde de Kars ha sido asesinado y que las mujeres se suicidan —dijo su compañero de asiento con un fuerte sentimiento que Ka no pudo descubrir si era orgullo o vergüenza.

Ka habló de vez en cuando a lo largo del viaje con aquel delgado y apuesto campesino con el que volvería a encontrarse tres días más tarde en Kars mientras los ojos le lloraban bajo la nieve en la calle Halitpaşa. Se enteró de que había llevado a su madre a Erzurum porque el hospital de Kars no era lo bastante bueno, que se dedicaba a la ganadería en una aldea cercana a Kars, que se ganaba a duras penas la vida pero que no era ningún rebelde, que —por misteriosas razones que no podía explicar a Ka— se sentía triste no por él sino por el país y que estaba contento de que alguien tan culto como Ka viniera desde el mismísimo Estambul a interesarse por los problemas de Kars. Había algo noble en su simple manera de hablar y en su actitud mientras lo hacía que despertaba respeto en Ka.

Ka sintió que la mera presencia del hombre le daba tranquilidad. Ka recordaba aquella tranquilidad, que no había sentido en sus doce años en Alemania, de cuando le gustaba comprender y tener cariño a alguien más débil que él. En momentos así intentaba ver el mundo a través de la mirada de la persona por la que sentía compasión y afecto. Cuando lo hizo ahora, Ka se dio cuenta de que le tenía menos miedo a la interminable tormenta de nieve, de que no caerían rodando por un barranco y de que, aunque fuera tarde, el autobús acabaría por llegar a Kars.

Cuando el autobús llegó a las nevadas calles de Kars a las diez, con tres horas de retraso, Ka fue incapaz de reconocer la ciudad. No pudo descubrir dónde estaban ni el edificio de la estación que había aparecido frente a él el día de primavera en que había llegado veinte años atrás en un tren de vapor ni el hotel República, con teléfono en todas las habitaciones, al que le había llevado el cochero después de pasearle por toda la ciudad. Todo parecía haber sido borrado, haber desaparecido bajo la nieve. El par de coches de caballos que esperaban en la estación le recordaban el pasado pero la ciudad era mucho más triste y pobre que la que Ka recordaba haber visto años antes. A través de las ventanas congeladas del autobús, Ka vio edificios de cemento como los que se habían construido por toda Turquía en los últimos diez años, anuncios de plexiglás, iguales en todos sitios, y carteles electorales que colgaban de cuerdas extendidas de un lado al otro de las calles.

En cuanto se bajó del autobús y sus pies se posaron en la blanda tierra, un intenso frío le subió por la pernera de los pantalones. Mientras preguntaba por el hotel Nieve Palace, donde había reservado habitación por teléfono desde Estambul, vio caras conocidas entre los pasajeros a los que les entregaba el equipaje el auxiliar del conductor, pero no pudo descubrir de quiénes se trataba bajo la nieve.

Volvió a verles en el restaurante Verdes Prados, al que fue después de instalarse en el hotel. Un hombre avejentado y cansado pero todavía apuesto y atractivo con una mujer gruesa pero activa que por lo que se veía era su compañera en la vida. Ka los recordaba de Estambul, de las obras de teatro políticas, tan llenas de consignas: el hombre se llamaba Sunay Zaim. Mientras les contemplaba absorto se dio cuenta de que la mujer se parecía a una compañera de clase de la escuela primaria. Ka vio también la piel pálida y muerta tan propia de los ambientes teatrales en los otros hombres que les acompañaban a la mesa. ¿Qué hacía aquella pequeña compañía de teatro esa nevosa noche de febrero en aquella ciudad olvidada? Antes de salir del restaurante, que veinte años antes se mantenía gracias a funcionarios encorbatados, Ka creyó ver en otra mesa a uno de los héroes izquierdistas de la revolución armada de los setenta. Pero parecía que sus recuerdos se hubieran borrado bajo una capa de nieve, como Kars y el restaurante, cada vez más empobrecidos y pálidos.

¿No había nadie en la calle a causa de la nieve o de hecho nunca había nadie en aquellas congeladas aceras? Leyó cuidadosamente los carteles electorales de los muros, los anuncios de academias y restaurantes y los pósters en contra del suicidio que la delegación del Gobierno acababa de fijar y en los que estaba escrito «El Ser Humano es una Obra Maestra de Dios y el Suicidio una Blasfemia». Ka vio a un grupo de hombres que contemplaban la televisión en una casa de té medio llena con las ventanas cubiertas de escarcha. Le alivió un tanto ver los antiguos edificios de piedra de construcción rusa que en su memoria convertían a Kars en un lugar especial.

El hotel Nieve Palace, con su arquitectura báltica, era una de esas elegantes construcciones rusas. A aquel edificio de dos pisos y estrechas y altas ventanas se entraba pasando bajo un arco que daba a un patio. Mientras cruzaba aquel arco, construido ciento diez años antes y bastante alto como para que los coches de caballos pudieran pasar con comodidad, Ka sintió una emoción indefinida, pero estaba tan cansado que no le dio demasiadas vueltas. Con todo, tengo que decir que dicha emoción tenía que ver con una de las razones por las que Ka había venido a Kars: tres días antes, cuando Ka fue de visita al diario *La República* en Estambul, se encontró con Taner, un amigo de la juventud, y éste le contó que en Kars iba a haber elecciones municipales y que, al igual que había ocurrido en Batman, las jóvenes de Kars parecían infectadas por una extraña epidemia de suicidios, y le propuso que fuera a Kars si quería escribir al respecto y así ver y conocer la Turquía real después de doce años de ausencia, y que como nadie parecía presentarse voluntario para aquel trabajo podría darle una tarjeta de prensa provisional, y además añadió que la bella İpek, su compañera de universidad, también estaba en Kars. Aunque se había separado de Muhtar, İpek seguía viviendo allí en compañía de su padre y su hermana, en el hotel Nieve Palace. Mientras escuchaba las palabras de Taner, que hacía comentarios políticos para *La República,* Ka recordó la belleza de İpek.

Ka subió a la habitación 203, en el segundo piso, cuya llave le entregó el recepcionista Cavit mientras veía la televisión en el vestíbulo de alto techo del hotel, y respiró tranquilo después de cerrar la puerta. Se examinó con cuidado y concluyó que, al contrario de lo que había temido durante todo el viaje, ni su mente ni su corazón estaban preocupados por que İpek estuviera o no en el hotel. Ka tenía un pánico mortal a enamorarse, con el poderoso instinto de quienes recuerdan su limitada vida sentimental como una serie de sufrimientos y vergüenzas.

A medianoche, con el pijama ya puesto y antes de meterse en la cama, entreabrió ligeramente las cortinas. Contempló cómo los enormes copos de nieve caían sin cesar.

2
Nuestra ciudad es un lugar tranquilo
Barrios alejados

La nieve, al cubrir la suciedad, el barro y la oscuridad de la ciudad, siempre despertaba en él una olvidada impresión de pureza, pero Ka perdió aquella sensación de inocencia con respecto a la nieve el primer día que pasó en Kars. Allí la nieve era algo cansino, agotador, terrorífico. Había nevado durante toda la noche. Y no dejó de nevar mientras Ka caminaba por las calles aquella mañana, se sentaba en cafés repletos de kurdos en paro, hablaba con los electores papel y lápiz en mano como un periodista entusiasta, trepaba por las calles empinadas y heladas que llevaban a los suburbios más pobres y entrevistaba a un antiguo alcalde, al ayudante del gobernador y a los familiares de las muchachas que se habían suicidado. Pero la visión de las calles nevadas, que en su niñez, y contemplada a través de las ventanas de las abrigadas casas de Nişantaşı, le había parecido formar parte de un cuento de hadas, ahora le parecía el final, y ni siquiera se atrevía a imaginárselo, de una vida de clase media que había llevado durante años en sus sueños como último refugio y el principio de una pobreza desesperada.

Por la mañana temprano, mientras la ciudad se estaba despertando, caminó con rapidez sin prestar atención a la nieve calle Atatürk abajo en dirección a los suburbios, hacia los barrios más pobres de Kars, hacia Kaleiçi. Mientras avanzaba a toda velocidad bajo las ramas heladas de los plátanos y los árboles del paraíso, miraba los viejos y destartalados edificios rusos, a través de cuyas ventanas salían las chimeneas de las estufas, la nieve que caía en el interior de la vacía y milenaria iglesia armenia que se elevaba entre los depósitos de leña y los transformadores eléctricos, los perros bravucones que le ladraban a cualquiera que pasara por el puente de piedra construido hacía quinientos años sobre el congelado arroyo Kars, las delgadísimas columnas de humo que se levantaban desde las minúsculas chabolas del barrio de Kaleiçi, que parecía vacío y abandonado bajo la nieve, y se sintió tan triste que las lágrimas se le acumularon en los ojos. En la otra orilla del arroyo dos niños, un niño y una niña, que habían sido enviados bien temprano a la tahona, se empujaban mutuamente con los panes calientes en los brazos y se reían con tal alegría que Ka también les sonrió. No era la pobreza ni la desesperación lo que le reconcomía de aquella manera, sino una extraña y poderosa sensación de soledad que luego observaría continuamente por toda la ciudad: en los escaparates vacíos de las tiendas de fotografía, en las ventanas heladas de las repletas casas de té donde los parados jugaban a las cartas, en las plazas cubiertas por la nieve. Era como si aquello fuera un lugar olvidado por todos y como si la nieve cayera silenciosamente en el fin del mundo.

Aquella mañana Ka tuvo suerte y fue recibido como si fuera un famoso periodista de Estambul por el que todos sintieran curiosidad y a quien todos quisieran darle la mano; desde el ayudante del gobernador hasta el más pobre le abrieron sus puertas y hablaron con él. Ka fue presentado a los habitantes de Kars por Serdar Bey, editor del *Diario de la Ciudad Fronteriza*, trescientos veinte ejemplares de venta media, que en tiempos había enviado noticias locales a *La República* (aunque la mayoría de ellas no se publicaban). Lo primero que hizo Ka aquella mañana en cuanto salió del hotel fue presentarse en la puerta del diario de aquel viejo periodista cuyo nombre le habían dado en Estambul presentándolo como «nuestro corresponsal local» y rápidamente se dio cuenta de que conocía a toda Kars. Serdar Bey fue el primero en hacerle a Ka la pregunta que le repetirían cientos de veces en los tres días que había de pasar en Kars.

—Bienvenido a nuestra ciudad fronteriza, señor mío. Pero ¿qué hace aquí?

Ka le respondió que había ido para escribir un artículo sobre las elecciones municipales y quizá sobre las jóvenes suicidas.

—Lo de las muchachas suicidas se ha exagerado tanto como en Batman —le dijo el periodista—. Vamos a ver a Kasım Bey, el subdirector provincial de seguridad. Que sepan que está aquí, por si acaso.

El que los forasteros que llegaban a la ciudad, aunque fuesen periodistas, fueran a ver a la policía era una costumbre pueblerina que venía de los años cuarenta. Como era un exiliado político que había regresado a su país años más tarde y como —aunque ni siquiera se hablara de ello— hasta cierto punto se podía notar la presencia de las guerrillas del PKK,* Ka no se opuso.

Echaron a andar bajo la nieve y, pasando por el mercado de las frutas, por la calle Kâzım Karabekir, en la que se alineaban las ferreterías y las tiendas de repuestos, ante casas de té en las que melancólicos desempleados veían la televisión o miraban la nieve que caía y ante establecimientos de productos lácteos en los que se exponían quesos grandes como ruedas, les llevó quince minutos cruzar en diagonal la ciudad entera.

En cierto momento Serdar Bey se detuvo y le mostró a Ka la esquina en la que habían matado al anterior alcalde. Según ciertos rumores le habían disparado por un simple problema municipal, por el derribo de un balcón construido ilegalmente. Tres días más tarde el asesino había sido capturado, junto con su arma, en el pajar de una casa de la aldea a la que había huido. A lo largo de aquellos tres días habían surgido tantos rumores que al principio nadie se creyó que él hubiera cometido el crimen, y el hecho de que la causa del asesinato fuera tan simple había sido una auténtica decepción.

* Siglas del Partido de los Trabajadores del Kurdistán. (*N. del T.*)

La Dirección de Seguridad de Kars era un edificio largo y de tres pisos cuya fachada daba a la calle Faikbey, a lo largo de la cual se alineaban viejas casas de piedra que antes habían pertenecido a adinerados rusos y armenios y que ahora se usaban en su mayor parte como oficinas estatales. Mientras esperaban al subdirector, Serdar Bey le mostró a Ka los artesonados del techo y le dijo que en la época rusa, entre 1877 y 1918, el edificio había sido primero una mansión de cuarenta habitaciones de un rico armenio y luego un hospital ruso.

El subdirector Kasım Bey salió al pasillo con su barriga cervecera y les invitó a pasar a su despacho. Ka se dio cuenta rápidamente de que no leía *La República* porque le parecía izquierdista y de que no le producía ninguna impresión positiva el hecho de que Serdar Bey alabara a nadie como poeta, pero que recelaba de este último porque era el propietario del periódico local de más venta en Kars. Cuando Serdar Bey terminó de hablar, le preguntó a Ka:

—¿Quiere protección?

—¿Cómo?

—Puedo darle a uno de nuestros hombres de civil para que le acompañe. Estará más tranquilo.

—¿Es necesario? —preguntó Ka con la preocupación del enfermo al que el médico le sugiere que a partir de entonces camine con un bastón.

—Nuestra ciudad es un lugar tranquilo. Hemos apresado a todos los terroristas separatistas. Pero por si acaso.

—Si Kars es un lugar pacífico, entonces no la necesito —respondió Ka. Le habría apetecido que el subdirector le afirmara una vez más que la ciudad era un lugar pacífico, pero Kasım Bey no lo repitió.

En primer lugar fueron a los barrios más pobres al norte de la ciudad, a Kaleiçi y Bayrampaşa. Bajo una nieve que caía como si nunca fuera a parar, Serdar Bey llamaba a las puertas de chabolas construidas con piedras, ladrillos de conglomerado de cemento y uralita acanalada, les preguntaba a las mujeres que le abrían por el hombre de la casa y, si le reconocían, les decía con un tono que inspiraba confianza que ese compañero, famoso periodista, había venido desde Estambul a Kars con ocasión de las elecciones, pero que no escribiría sólo sobre las elecciones sino también de los problemas de Kars y de por qué las mujeres se suicidaban, y que si le contaban sus problemas sería bueno también para toda Kars. Algunas se alegraban al verlos tomándoles por candidatos a la alcaldía que llegaban con latas llenas de aceite de girasol, cajas y más cajas de jabón o paquetes de galletas o macarrones. Las que les dejaban pasar con curiosidad y hospitalidad, lo primero que hacían era decirle a Ka que no tuviera miedo de los perros que ladraban. Algunas, después de tantos años de presión policial, les abrían con temor pensando que se trataba de otro registro y, aunque descubrían que los recién llegados no eran funcionarios del Estado, se sumían en el silencio. En cuanto a las familias de las jóvenes que se habían suicidado (Ka pudo enterarse de seis casos en poco tiempo), todas insistían en que sus hijas no tenían la menor preocupación y que el suceso les había sorprendido y les había dejado muy abatidos.

Sentados en viejos sofás o sillones torcidos en habitaciones heladas de no más de un palmo con suelos de pura tierra o cubiertos por alfombras tejidas a máquina, entre niños, cuyo número parecía aumentar cada vez que pasaban de una casa a otra, que jugaban dándose empujones en medio de juguetes de plástico siempre rotos (coches, muñecas con un solo brazo), botellas y cajas vacías de medicamentos y té, frente a estufas de leña continuamente hurgadas para que calentaran, estufas eléctricas que se alimentaban de corriente pirateada y televisiones silenciosas pero permanentemente encendidas, escucharon los interminables problemas de Kars, oyeron hablar de su pobreza, de los despidos y las historias de las jóvenes suicidas. Madres que lloraban porque sus hijos estaban en el paro o en la cárcel, empleados de baños que a pesar de trabajar doce horas al día apenas podían dar de comer a sus familias de ocho miembros, parados que se obsesionaban con ir o no a la casa de té porque no podían costeárselo, todos le contaron a Ka sus propias historias, quejándose de su suerte, del Gobierno o del Ayuntamiento, como si fueran problemas del país y del Estado. En determinado punto de todas aquellas historias y toda aquella rabia, había un momento en que a Ka le parecía que se desplomaba sobre ellos la penumbra en las casas en las que habían entrado a pesar de la luz blanca que se filtraba por las ventanas, en que notaba que le costaba trabajo distinguir las formas de los objetos. Y aún peor, la repentina ceguera que le forzaba a volver la mirada hacia la nieve que caía en el exterior descendía sobre su cerebro como si fuera una cortina de tul, en forma de una especie de silencio de nieve, y su mente y su memoria se resistían a escuchar más historias de pobreza y miseria.

Con todo, hasta el día de su muerte no pudo borrar de su memoria ninguna de las historias de suicidio que escuchó. Lo que impactaba a Ka de aquellas historias no era la pobreza, ni la desesperación, ni el absurdo. Tampoco era la falta de comprensión de padres que pegaban continuamente a sus hijas y que ni siquiera les permitían salir a la calle, ni la opresión de maridos celosos, ni la falta de dinero. Lo que realmente sorprendía y aterrorizaba a Ka era que las jóvenes se hubieran suicidado en medio de su rutina diaria, sin avisar, sin la menor ceremonia, de repente.

Por ejemplo, una joven a quien estaban a punto de comprometer a la fuerza con el anciano propietario de una casa de té cenó con sus padres, sus tres hermanos y su abuela como hacía todas las noches y, después de recoger los platos sucios con sus hermanas entre risas y empellones como siempre, salió al jardín por la puerta de la cocina, adonde había ido para traer el postre, entró por la ventana en el cuarto de sus padres y se disparó con la escopeta de caza. Sus padres, que después del estampido del arma encontraron el cuerpo de su hija, que pensaban que estaba en la cocina, retorciéndose en un charco de sangre en su dormitorio, de la misma manera que no podían entender por qué se había suicidado, no fueron capaces de deducir cómo había llegado al dormitorio desde la cocina. Otra muchacha de dieciséis años anduvo a la greña con sus hermanos, como hacían todas las noches, para decidir qué canal de televisión iban a ver y quién se apoderaría del mando a

23

distancia y, después de llevarse un par de fuertes bofetadas de su padre, que acudió a separarlos, se retiró a su habitación y se echó al coleto un frasco grande de insecticida agrario Mortalin como quien se toma una gaseosa. Otra, que se había casado encantada a los quince años, estaba tan harta de las palizas que le daba su marido, desempleado y deprimido y de quien había tenido un hijo seis meses antes, que después de una de las peleas habituales fue a la cocina, cerró la puerta con llave y, a pesar de los gritos de su marido, que intentaba romper la puerta para descubrir qué era lo que estaba haciendo, se ahorcó con el gancho y la cuerda que tenía preparados de antemano.

La rapidez y la desesperación del paso del flujo cotidiano de la vida a la muerte que había en todas aquellas historias fascinaban a Ka. Los ganchos clavados en el techo, las armas previamente cargadas, los frascos de insecticida llevados al dormitorio desde el cuarto de al lado, demostraban que las jóvenes suicidas llevaban consigo la idea del suicidio desde hacía tiempo.

El que las muchachas y las mujeres jóvenes habían comenzado a suicidarse de repente salió a la luz por primera vez en Batman, a cientos de kilómetros de Kars. A un joven y laborioso funcionario del Instituto Estadístico Estatal de Ankara le llamó la atención el que, aunque la media mundial de suicidios entre hombres fuera tres o cuatro veces superior a la de mujeres, en Batman hubiera tres veces más suicidios de mujeres que de hombres, cuadruplicando la media mundial, pero la breve noticia que un periodista amigo suyo publicó en *La República* no le interesó a nadie en Turquía. Sin embargo, cuando los corresponsales en Turquía de periódicos alemanes y franceses leyeron la noticia, se interesaron por ella, acudieron a Batman y publicaron reportajes en sus países de origen, también los periódicos turcos le dieron importancia a los suicidios y acudieron multitud de periodistas a la ciudad, nacionales y extranjeros. En opinión de los funcionarios del Estado que se ocupaban del asunto, todo aquel interés y aquellas publicaciones impulsaban aún más a algunas jóvenes al suicidio. Cuando Ka habló con el ayudante del gobernador, éste le dijo que los suicidios en Kars todavía no habían llegado al nivel de Batman desde el punto de vista estadístico, que no se oponía a que «por ahora» se entrevistara con las familias de las jóvenes suicidas y le rogó que cuando hablara con ellas no usara en exceso la palabra «suicidio» y que procurara no exagerar el asunto en el diario *La República*. Una comisión de expertos en suicidios formada por psicólogos, policías, fiscales y funcionarios de la Dirección General de Asuntos Religiosos se estaba preparando para venir a Kars desde Batman, ya se habían colgado de las paredes los carteles impresos por dicha Dirección General en los que se decía «El Ser Humano es una Obra Maestra de Dios y el Suicidio es una Blasfemia», y habían llegado a los despachos del gobernador una serie de folletos con el mismo encabezamiento. Pero el ayudante del gobernador no estaba seguro de que todas aquellas precauciones pudieran detener la epidemia de suicidios que acababa de empezar en Kars; temía que las «precauciones» produjeran el efecto contrario. Porque pensaba que muchas jóvenes habían tomado la decisión de matarse como reacción a los continuos sermones contra el suicidio que les daban el Estado, sus padres, los hombres y los predicadores antes de que aparecieran las noticias de las muertes.

—Por supuesto, la causa de estos suicidios es la extrema infelicidad de las jóvenes, de eso no hay la menor duda —le dijo el ayudante del gobernador a Ka—. Pero si la infelicidad fuera una razón válida para el suicidio, la mitad de las mujeres de Turquía lo haría —el ayudante del gobernador, de bigote como un cepillo y cara de ardilla, añadió que a las mujeres les irritaban las voces masculinas, estatales, familiares o religiosas, que las exhortaban diciendo «¡No te suicides!», y le explicó orgullosamente a Ka que por esa razón él había escrito a Ankara precisando que se necesitaba la presencia de al menos una mujer en las comisiones que se enviaran con el objeto de hacer propaganda contra el suicidio.

La idea de que el suicidio era tan infeccioso como la peste había surgido por primera vez después de que una muchacha viajara de Batman a Kars para matarse. Su tío materno, con el que Ka habló a primera hora de la tarde mientras se fumaban un cigarrillo en un jardín cubierto de nieve bajo los árboles del paraíso en el barrio Atatürk (no les habían permitido entrar en la casa), le contó que su sobrina había ido de recién casada a Batman dos años atrás, que se dedicaba de la mañana a la noche a las labores de la casa y que su suegra la insultaba continuamente porque no tenía hijos, pero todo aquello no eran razones suficientes para suicidarse, y le explicó que la joven había cogido aquella idea en Batman, donde todas las mujeres se matan a sí mismas, pero que aquí, en Kars, en compañía de su familia, la difunta parecía muy feliz y que por eso les había sorprendido muchísimo cuando, la misma mañana en que tenía que regresar a Batman, habían encontrado su cadáver en la cama y una carta en la cabecera en la que decía que se había tomado dos cajas de somníferos.

La primera en imitar a aquella mujer que había traído la idea del suicidio de Batman a Kars fue, un mes más tarde, la hija de dieciséis años de su tía materna. La razón de aquel suicidio, que Ka prometió publicar con todos los detalles a sus desconsolados padres, fue que un profesor había dicho en clase que la joven no era virgen. Después de que el rumor se extendiera con rapidez por toda Kars, el prometido de la muchacha renunció a su compromiso y los anteriores pretendientes de la bella joven, que antes habían frecuentado tanto su casa, también dejaron de aparecer por allí. Por entonces su abuela comenzó a decirle «no te vas a casar nunca» y una noche, cuando estaban todos juntos viendo en la televisión una escena de boda y su padre, que estaba borracho, se echó a llorar, la joven se tomó de un golpe todos los somníferos que había ido robando de la caja de su abuela y se durmió (el método del suicidio era tan infeccioso como la propia idea). Al descubrirse en la autopsia que la muchacha era virgen, el padre culpó tanto al profesor que había extendido el rumor como a la pariente que había venido de Batman. Le contaban el suicidio con todo detalle porque querían que en el reportaje que Ka había de publicar en el periódico se proclamara que la acusación no tenía ninguna base y que el profesor que había iniciado la calumnia se sometiera al juicio del público.

En todas aquellas historias lo que provocaba que Ka cayera en una extraña desesperación era que las jóvenes suicidas hubieran encontrado la intimidad y el tiempo necesarios para matarse. Las muchachas que se habían suicidado tomando somníferos compartían su habitación con otras incluso mientras morían en secreto. Ka, que se había criado en Estambul, en Nişantaşı, leyendo literatura occidental, cada vez que pensaba en su propio suicidio sentía que para hacerlo necesitaría tiempo y espacio en abundancia, una habitación a cuya puerta nadie llamara en días. Cada vez que se sumergía en las fantasías del suicidio que ejecutaría lentamente con toda esa libertad y somníferos y whisky, a Ka le asustaba tanto la infinita soledad de todo aquello que ni siquiera había pensado nunca seriamente en el suicidio.

La única joven cuya muerte le había despertado esa misma sensación de soledad había sido la «muchacha empañolada» que se había colgado un mes y una semana antes. Era una de esas jóvenes estudiantes de la Escuela de Magisterio que habían ido a clase sin quitarse el velo y a las que no se les permitió la entrada en los edificios de la escuela cuando por fin llegó una orden de Ankara en contra. Su familia era una de las menos pobres de las que hablaron con Ka. Mientras se tomaba la Coca-Cola que el desconsolado padre le había ofrecido tras sacarla del frigorífico del pequeño colmado del que era propietario, Ka se enteró de que la joven había expuesto la idea del suicidio a sus familiares y amigos antes de colgarse. Quizá hubiera imitado a su madre y a otras mujeres de su familia en lo que respecta al pañuelo, pero asumirlo como símbolo del islam político era algo que había aprendido de las compañeras que se resistían a las directrices que lo prohibían en la escuela. Como se había negado a quitarse el velo a pesar de la presión de sus padres, estaba a punto de ser expulsada por falta de asistencia de la institución cuyas puertas le impedía cruzar la policía. Cuando vio que algunas compañeras renunciaban a la resistencia y se descubrían la cabeza y que otras se quitaban el pañuelo y se ponían pelucas, comenzó a decir a sus padres y a sus amigos que «la vida no tenía sentido» y que «no quería vivir». A nadie se le pasó por la cabeza que aquella muchacha tan religiosa fuera a suicidarse porque por aquellos días en Kars tanto la Dirección General de Asuntos Religiosos, dependiente del Estado, como los islamistas, se dedicaban a difundir la idea de que el suicidio era uno de los mayores pecados repitiéndolo sin cesar con carteles y folletos. En su última noche, la joven, que se llamaba Teslime, vio en silencio la serie *Marianna,* preparó té y se lo ofreció a sus padres, se retiró a su dormitorio, hizo sus abluciones, oró y, después de permanecer largo rato sumergida en sus pensamientos y rezar una oración, se colgó del gancho de la lámpara con su propio pañuelo.

3
Voten al partido de Dios
Pobreza e Historia

En su niñez, para Ka la pobreza era el lugar donde terminaban
las fronteras de «casa» y de su propia vida de clase media en
Nişantaşı, formada por un padre abogado, una madre ama de
casa, una hermana muy mona, una fiel doméstica, muebles,
cortinas y la radio, y comenzaba el otro mundo de más allá.
Como se trataba de una oscuridad impalpable y peligrosa, el
país de más allá poseía en los sueños infantiles de Ka una dimensión metafísica. Aunque esa dimensión no se alteró demasiado durante el resto de su vida, es difícil justificar la repentina decisión que Ka tomó en Estambul de viajar a Kars
como una especie de impulsivo retorno a la infancia. Ka, a pesar de haber estado alejado de Turquía, sabía que en los últimos
años Kars era la provincia más pobre y olvidada del país. Al
regresar de Frankfurt, donde había pasado doce años, y ver
que habían cambiado de arriba abajo, habían desaparecido,
habían perdido su alma, todas aquellas calles, las tiendas y los
cines de Estambul por los que había andurreado con los amigos que habían compartido su niñez, se le despertó el deseo
de buscar la infancia y la inocencia en algún otro lugar y se
puede decir que también por eso se puso en marcha hacia
Kars, para encontrarse con una pobreza restringida de clase
media que había dejado atrás en la infancia. De hecho, cuando se encontraba con cosas que había usado en su infancia y

que en Estambul ya no había vuelto a ver en los escaparates de las tiendas de los mercados (zapatillas de deporte Gislaved, estufas Vesubio, quesos redondos de Kars en sus cajas formados por seis triángulos y que eran lo primero que había sabido de la ciudad en su niñez), le embargaba tal alegría que incluso se olvidaba de las jóvenes suicidas y se sentía feliz de estar en Kars.

Poco antes de mediodía, después de dejar al periodista Serdar Bey y entrevistarse con los representantes del Partido por la Igualdad de los Pueblos y con los de los azeríes, Ka paseó a solas por la ciudad bajo los enormes copos de nieve. Pasó por la calle Atatürk, cruzó los puentes y, mientras avanzaba melancólico hacia los barrios más pobres, le dio la impresión de que nadie aparte de él percibía la nieve que caía como si se extendiera por un tiempo infinito en medio de un silencio, sólo roto por los ladridos de los perros, sobre las abruptas montañas que se veían a lo lejos, sobre el castillo de la época de los silyuquíes y sobre las chabolas que parecían partes inseparables de los restos históricos, y los ojos se le llenaron de lágrimas. En el barrio de Yusuf Paşa contempló a un grupo de adolescentes en edad de ir al instituto que jugaban al fútbol en un solar vacío junto a un parque con los columpios arrancados y los toboganes rotos a la luz de las altas farolas que iluminaban un cercano depósito de carbón. Mientras escuchaba los gritos y los insultos de los muchachos, cuyo volumen amortiguaba la nieve, sintió con tanta fuerza la lejanía de cualquier cosa y la increíble soledad de aquel rincón del mundo bajo la luz amarilla de las farolas y la nieve que caía, que descubrió en su interior la idea de Dios.

En un primer momento aquello, más que una idea, fue una imagen, pero tan borrosa como una pintura que hemos visto sin pensar mientras recorríamos a toda prisa las salas de un museo y que luego, por mucho que intentemos recordarla, somos incapaces de revivir en la imaginación. Más que una imagen fue una sensación que aparece por un instante para luego desaparecer y no era la primera vez que Ka la vivía.

Ka se había criado en Estambul, en el seno de una familia

republicana y laica, y no había recibido otra educación sobre el islam que las clases de religión de la escuela primaria. En los últimos años, cuando tenía visiones parecidas, ni se dejaba arrastrar por la inquietud ni notaba un impulso poético que le condujera en pos de aquella emoción. Como mucho, nacía en su alma la idea optimista de que el mundo era un lugar lo bastante hermoso como para ser contemplado.

Con esa felicidad hojeó en la habitación del hotel, al que regresó para calentarse y dormir un rato, los libros sobre la historia de Kars que se había traído desde Estambul y todo lo que había oído a lo largo del día se mezcló con aquella historia que le recordaba a los cuentos que escuchaba de niño.

Tiempo atrás en Kars había vivido una adinerada clase media, que aunque fuera de lejos a Ka le recordaba los años de su infancia, que organizaba en sus mansiones bailes y recepciones que duraban días. Aquella gente debía su poder a que Kars había estado en tiempos en el camino de Georgia, Tabriz, el Cáucaso y Tiflis, al comercio, a que la ciudad había sido un importante punto extremo de dos grandes imperios que habían caído en el último siglo, el Estado otomano y la Rusia zarista, y de los grandes ejércitos que ambos imperios habían establecido allí para que protegieran aquel lugar entre las montañas. En tiempos de los otomanos había sido un paraje en el que habían vivido todo tipo de pueblos, por ejemplo, los armenios, algunas de cuyas iglesias aún conservaban toda la majestuosidad con la que habían sido construidas mil años antes, turcomanos que habían huido de los ejércitos mogoles e iranios, rumíes herederos de los estados de Bizancio y el Ponto, georgianos, kurdos y todo tipo de tribus circasianas. En 1878, después de que la que había sido fortaleza durante quinientos años se rindiera a los ejércitos rusos, parte de los musulmanes fueron desterrados, pero la riqueza y la mezcolanza de la ciudad continuaron. En la época rusa, mientras decaían las mansiones de los bajás, los baños y los edificios otomanos de las laderas de la fortaleza, en el actual barrio de Kaleiçi, los arquitectos del zar edificaron en los prados al sur de Kars una nueva ciudad, que se enriqueció rápidamente, formada por cinco grandes avenidas cortadas por unas calles tan rectas como nunca se habían visto en ninguna ciudad de Oriente. La ciudad, a la que el zar Alejandro III acudía para cazar y para verse con su amante secreta, se construyó de nuevo con gran apoyo financiero de acuerdo con los planes rusos de hacerse con las rutas comerciales y con los caminos que llevaban al sur, al Mediterráneo. Aquello era lo que había fascinado a Ka cuando llegó a Kars veinte años atrás, esa ciudad melancólica con sus calles, sus enormes adoquines y los castaños y los árboles del paraíso plantados por la República de Turquía, no la ciudad otomana de edificios de madera completamente quemados y destruidos por el nacionalismo y las guerras tribales.

Después de interminables guerras, estragos, masacres y rebeliones, de que la ciudad cayera en manos de ejércitos armenios, rusos e incluso ingleses, y de que durante un breve plazo de tiempo Kars se convirtiera en estado independiente, el ejército turco, al mando de Kâzım Karabekir, a quien posteriormente se le dedicaría una estatua en la plaza de la estación, entró en la ciudad en octubre de 1920. Los turcos, que volvían a poseer Kars después de cuarenta y tres años, se apropiaron de aquel nuevo plan obra del zar, se instalaron allí y, como la cultura que los zares habían traído a la ciudad se adaptaba perfectamente al entusiasmo occidentalizante de la República, la asumieron desde el principio y les dieron a las cinco avenidas que habían construido los rusos los nombres de los cinco bajás más importantes de la historia de Kars, porque no conocían a ningún hombre importante que no hubiera sido militar.

Aquéllos habían sido los años de occidentalización a los que se refería con orgullo y rabia el ex alcalde del Partido del Pueblo Muzaffer Bey. Se daban bailes en las Casas del Pueblo, se organizaban competiciones de patinaje sobre hielo bajo el mismo puente de hierro que Ka había visto aquella mañana al pasar por él oxidándose y pudriéndose aquí y allá, las compañías de teatro que venían desde Ankara para representar la tragedia *Edipo Rey* —a pesar de que todavía no hubieran pasado veinte años de la guerra con los griegos— eran aplaudidas con entusiasmo por la clase media republicana de Kars, los ricos de siempre salían de paseo envueltos en abrigos de pieles en trineos tirados por fuertes caballos húngaros adornados con rosas y cintas bordadas de plata, se bailaban las melodías de moda bajo las acacias en el Jardín de la Nación en apoyo del equipo de fútbol al ritmo de pianos, acordeones y clarinetes, en verano las muchachas de Kars podían pasear con toda tranquilidad en bicicleta con vestidos de manga corta y los muchachos que iban al instituto en invierno en patines de hielo se ponían corbatas de lazo, como tantos otros estudiantes que llevaban el entusiasmo por la República en el bolsillo. Cuando el abogado Muzaffer Bey regresó a Kars años más tarde como candidato a la alcaldía y en medio del entusiasmo electoral quiso ponerse de nuevo aquella pajarita que había llevado en sus años de instituto, sus compañeros de partido le advirtieron de que aquella cosa «esnob» podía ser motivo de que perdieran votos, pero él no les escuchó.

Parecía que hubiera una relación entre el fin de aquellos interminables inviernos y el desplome, el empobrecimiento y la infelicidad de la ciudad. El antiguo alcalde, después de hacer aquel comentario sobre los bellos inviernos del pasado y hablar sobre los actores medio desnudos con la cara empolvada que representaban aquellas obras griegas, llevó el tema a una pieza revolucionaria que habían representado algunos jóvenes, entre los que se encontraba él mismo, en la Casa del Pueblo a finales de 1940. «En aquella obra se narraba el despertar de una joven que llevaba un negro *charshaf* y que al final se descubría la cabeza y quemaba el *charshaf* sobre el escenario», le contó. Como a finales de 1940 no pudieron encontrar en Kars el *charshaf* necesario para la obra a pesar de haber enviado aviso a todas partes, tuvieron que llamar por teléfono y traerlo desde Erzurum. «Ahora los *charshafs,* los pañuelos y los velos llenan las calles de Kars», añadió Muzaffer Bey. «Se suicidan porque no pueden entrar en clase con esa bandera símbolo del islam político que llevan en la cabeza.»

Ka se abstuvo de formular las preguntas que se elevaban en su interior, como hizo cada vez que se encontró en Kars con la cuestión del ascenso del islam político y de las jóvenes empañoladas. De igual manera, tampoco insistió en preguntar por qué, aunque en 1940 no hubiera ni una sola mujer con *charshaf* en Kars, un grupo de fogosos jóvenes se había visto impelido a representar una función escolar al respecto. Ka no había prestado atención a las mujeres con *charshaf* o pañuelo que había visto al pasear por las calles de la ciudad a lo largo del día porque en una semana no había podido hacerse con los conocimientos y la costumbre de los intelectuales laicos, capaces de extraer de inmediato conclusiones políticas observando la frecuencia de mujeres con la cabeza cubierta en las calles. Además, nunca, desde su niñez, había prestado atención a las mujeres que se cubrían. En el entorno occidentalizado en que Ka había pasado su infancia, una mujer que llevaba pañuelo era alguien que venía para vender uvas de los huertos de los alrededores de Estambul, por ejemplo de Kartal, o la mujer del lechero, o cualquiera de las clases inferiores.

Tiempo después yo escuché muchas historias sobre los antiguos propietarios del hotel Nieve Palace, en el que se hospedaba Ka: uno fue un profesor universitario admirador de lo occidental a quien el zar había desterrado a un lugar más soportable que Siberia, otro, un armenio tratante de ganado; había sido también un orfanato rumí… Fuera quien fuese su primer propietario, aquel edificio de ciento diez años, como las demás construcciones de Kars, poseía un sistema de calefacción llamado *pech*, que consistía en estufas empotradas en la pared que podían calentar cuatro habitaciones a la vez por los cuatro costados. Como los turcos de la época republicana fueron incapaces de hacer que funcionara ninguna de aquellas estufas, el primer propietario turco del edificio, que lo convirtió en hotel, colocó una enorme estufa de latón ante la puerta de entrada que daba al patio y más tarde instaló radiadores.

Mientras Ka estaba tumbado en la cama sumido en sus pensamientos sin haberse quitado el abrigo, llamaron a la puerta, así que se levantó para abrir. Cavit, el recepcionista que se pasaba el día ante la estufa viendo la televisión, le dijo lo que se le había olvidado cuando le dio la llave.

—Hace un momento se me olvidó: Serdar Bey, el dueño del *Diario de la Ciudad Fronteriza*, le espera lo antes posible.

Bajaron juntos al vestíbulo. Ka estaba a punto de salir cuando se detuvo un momento: İpek entró por la puerta que había al lado del mostrador y estaba mucho más hermosa de lo que Ka había imaginado. Ka recordó de inmediato su belleza en los años de universidad. Se puso nervioso. Sí, claro, así de bonita era. Primero se dieron la mano como sendos burgueses occidentalizados de Estambul y, tras un breve instante de duda, alargaron la cabeza y se abrazaron y se besaron sin acercar la parte inferior de sus cuerpos.

—Sabía que ibas a venir —le dijo İpek, apartando un poco más su cuerpo y con una franqueza que sorprendió a Ka—. Taner me llamó por teléfono y me lo dijo —sus ojos miraban directamente al corazón de Ka.

—He venido por las elecciones municipales y por lo de las jóvenes suicidas.

—¿Cuánto vas a quedarte? —le preguntó İpek—. Justo al lado del hotel Asia está la pastelería Vida Nueva. Ahora tengo cosas que hacer con mi padre. Podemos vernos allí a la una y media y charlaremos.

Ka notó algo extraño en toda aquella escena precisamente porque se había desarrollado en Kars y no en Estambul, por ejemplo en Beyoğlu. Fue incapaz de deducir hasta qué punto su nerviosismo se debía a la belleza de İpek. Después de salir a la calle y caminar un rato bajo la nieve, Ka pensó: «¡Qué suerte que me compré este abrigo!».

Mientras se dirigía al periódico, sus sentimientos le confesaron dos cosas que su mente nunca se habría atrevido a aceptar: primero, que Ka había regresado a Estambul tras doce años de estancia en Frankfurt tanto para llegar a tiempo al entierro de su madre como para encontrar una muchacha turca con la que casarse. Segundo: que Ka había venido de Estambul a Kars porque en secreto creía que aquella muchacha con la que había de casarse era İpek.

Si aquella segunda idea se la hubiera sugerido algún buen amigo, Ka, de la misma forma que nunca le habría perdonado,

35

se habría pasado la vida culpándose, avergonzado por lo cierta que era esa posibilidad. Ka era de esos moralistas que se obligan a creer que la mayor felicidad consiste en no hacer nada por la propia satisfacción personal. Además, no podía compaginar su selecta educación occidentalizada con el andar buscando a alguien que conocía tan poco con la intención de casarse. A pesar de todo, cuando llegó al *Diario de la Ciudad Fronteriza*, se sentía tranquilo. Porque su primer encuentro con İpek había ido mucho mejor de lo que había soñado mientras venía en autobús desde Estambul, aunque ni siquiera se hubiera dado cuenta.

El *Diario de la Ciudad Fronteriza* estaba una manzana más allá del hotel de Ka, en la calle Faikbey, y el espacio total que ocupaban la redacción y la imprenta era algo mayor que la pequeña habitación de su hotel. La minúscula sala estaba partida en dos por un panel de madera en el que había retratos de Atatürk, calendarios, modelos de tarjetas de visita e invitaciones de boda, fotografías de Serdar Bey con destacadas figuras del Estado y otros personajes turcos importantes que habían visitado Kars y un ejemplar enmarcado del primer número del periódico, publicado cuarenta años antes. En la parte de atrás funcionaba con un agradable estruendo una rotativa eléctrica de pedal que había sido fabricada hacía ciento diez años en Leipzig por la empresa Baumann y vendida en 1910 en Estambul, tras un cuarto de siglo de funcionamiento en Hamburgo, en la época de libertad de prensa que siguió al segundo periodo constitucional y que, después de trabajar allí durante cuarenta y cinco años y a punto de ser vendida como chatarra, había sido traída en tren a Kars por el difunto padre de Serdar Bey. El hijo de veintidós años de Serdar Bey alimentaba la máquina con papel en blanco mojándose con saliva un dedo de la mano derecha, y recogía hábilmente el periódico impreso con la izquierda (porque la cesta de recogida se había roto once años antes durante una pelea entre hermanos), y mientras tanto incluso fue capaz de saludar a Ka en un abrir y cerrar de ojos. El segundo hijo, que al contrario que el primero no se parecía a su padre sino a una madre baja, gruesa, de ojos almendrados y cara de luna que Ka se representó de inmediato en su imaginación, estaba sentado ante un escritorio negro de tinta con innumerables cajoncitos divididos en cientos de compartimentos, entre tipos de todos los tamaños, moldes y planchas, componiendo a mano, olvidado del mundo y con la paciencia y el esmero de un calígrafo, los anuncios del periódico de tres días después.

—Puede darse cuenta de en qué condiciones lucha por la vida la prensa del este de Anatolia —le dijo Serdar Bey.

En ese momento se fue la luz. Al detenerse la prensa y sumergirse el establecimiento en una mágica oscuridad, Ka vio la preciosa blancura de la nieve que caía en el exterior.

—¿Cuántos llevabas? —preguntó Serdar Bey. Encendió una vela e invitó a Ka a sentarse en la parte de delante, en la redacción.

—Ciento sesenta, padre.

—Cuando vuelva la luz haz hasta trescientos cuarenta, hoy nos visitan los del teatro.

El *Diario de la Ciudad Fronteriza* sólo se vendía en un quiosco de Kars, frente al Teatro Nacional, por donde apenas pasaban una veintena de personas al día para comprarlo, pero, como decía orgulloso Serdar Bey, gracias a los suscriptores la venta total alcanzaba los trescientos veinte ejemplares. Doscientos de aquellos suscriptores eran las oficinas estatales y las empresas de Kars que de vez en cuando Serdar Bey se veía obligado a elogiar debido a algún logro. Los ochenta suscriptores restantes eran personas «importantes y de reputación», a quienes prestaba atención el mismísimo Estado, que habían abandonado Kars para instalarse en Estambul pero que no habían perdido su interés por los asuntos de la ciudad.

Volvió la electricidad y Ka vio en la frente de Serdar Bey una vena hinchada por la ira.

—Después de que nos separáramos, se ha visto usted con gente indebida y ha recibido información incorrecta sobre nuestra ciudad fronteriza —le dijo Serdar Bey.

—¿Cómo sabe dónde he ido? —preguntó Ka.

—La policía le seguía, por supuesto —le contestó el periodista—. Por necesidades profesionales escuchamos sus conversaciones por radio. El noventa por ciento de las noticias que se publican en el periódico nos las dan la oficina del gobernador y la comisaría. Cuando le preguntamos a todo el mundo por qué Kars se ha quedado tan pobre y atrasada o por qué se han suicidado las jóvenes se entera la comisaría entera.

Ka había escuchado muchas explicaciones sobre la razón por la que Kars se había empobrecido tanto. Que el comercio con la Unión Soviética se había reducido durante los años de la Guerra Fría, que las fronteras se habían cerrado, que en los setenta las bandas de comunistas que se habían hecho dueñas de la ciudad amenazaban y secuestraban a los ricos, que todos los ricos que habían acumulado un poco de capital se habían largado a Estambul o Ankara, que el Estado y Dios se habían olvidado de Kars, que los conflictos entre Turquía y Armenia eran interminables, etcétera.

—He decidido contarle la verdad sobre todo esto —dijo Serdar Bey.

Ka, con una claridad de mente y un optimismo que no sentía desde hacía años, comprendió de inmediato que en el fondo del asunto yacía la vergüenza. En Alemania también para él aquél había sido el fondo del asunto durante años, pero se lo había ocultado a sí mismo. Ahora estaba dispuesto a aceptar aquella verdad porque notaba en su interior la esperanza de la felicidad.

—Antiguamente aquí éramos todos hermanos —le dijo Serdar Bey como si le contara un secreto—. Pero en los últimos años todo el mundo comenzó a decir que si era azerí, que si era kurdo o que si era terekeme. Por supuesto aquí hay gente de todos los pueblos. Los terekemes, también los llamamos karapapak, son hermanos de los azeríes. Los kurdos, nosotros decimos que son una tribu, antes no sabían lo que era ser kurdo. En tiempos de los otomanos ningún ciudadano iba por ahí diciendo orgulloso «Soy de tal sitio». Turcomanos, posofos, alemanes desterrados de Rusia por el zar, había de todo y nadie se enorgullecía por lo que era. Todo ese orgullo lo extendieron las radios comunistas de Erivan y Bakú, que querían dividir Turquía y destruirla. Ahora todo el mundo es más pobre pero más orgulloso.

Cuando decidió que había impresionado a Ka lo suficiente, Serdar Bey pasó a otro tema:

—Los fanáticos religiosos van de puerta en puerta, se meten en grupos en nuestras casas, les dan a las mujeres cazos, sartenes, exprimidores de naranjas, jabones por cajas, trigo y detergente, se crean amistades rápidas en los barrios pobres, se hacen íntimos de las mujeres, ponen monedidas de oro con un imperdible en el hombro de los niños. Votad al Partido de la Prosperidad, al que llaman el Partido de Dios, les dicen, toda esta pobreza, esta miseria en la que nos encontramos es porque nos hemos alejado del camino de Dios, les dicen. Con los hombres hablan hombres, con las mujeres, mujeres. Se ganan la confianza de parados furiosos con el orgullo herido, alegran a las esposas de los desempleados que no saben qué van a poner a hervir esa noche en la cazuela, y luego, prometiendo regalos, les hacen jurar que votarán por ellos. Se ganan el respeto no sólo de los parados más pobres, humillados de la mañana a la tarde, sino también de estudiantes universitarios en cuyos estómagos apenas entra una cucharada de sopa al día, de ordenanzas, incluso de los comerciantes y artesanos, porque son más trabajadores, honestos y humildes que nadie.

El propietario del *Diario de la Ciudad Fronteriza* le dijo que el asesinado alcalde anterior era odiado por todos no porque hubiera decidido quitar de las calles los coches de caballos con la excusa de que no eran «modernos» (de hecho, el intento se quedó a medias porque fue asesinado), sino porque era un corrupto que aceptaba sobornos. Pero los partidos republicanos de izquierda y derecha, que habían iniciado una competencia destructiva y que estaban divididos por antiguos ajustes de cuentas familiares, el separatismo étnico y el nacionalismo, eran incapaces de presentar candidatos sólidos a la alcaldía.

—Sólo se confía en la honradez del candidato del Partido de Dios —le dijo Serdar Bey—, que es Muhtar Bey, el ex marido de la señora İpek, la hija de Turgut Bey, el propietario de su hotel. No es muy listo, pero es kurdo. Y aquí los kurdos son el cuarenta por ciento de la población. Las elecciones municipales las ganará el Partido de Dios.

La nieve, cada vez más intensa, volvía a despertar en Ka una sensación de soledad, y a esa soledad la acompañaba el miedo de que hubieran llegado a su fin el entorno de Estambul en que había vivido y donde se había criado y la vida occidentalizada de Turquía. En Estambul había podido ver que las calles en las que había pasado toda su infancia habían desaparecido, que los antiguos y elegantes edificios de principios de siglo en los que antes vivían algunos amigos suyos habían sido demolidos, que los árboles de su niñez se habían secado y habían sido cortados y que los cines llevaban diez años cerrados y estaban rodeados por hileras de estrechas y oscuras tiendas de confección. Eso significaba que no sólo había terminado su infancia sino también su sueño de volver a vivir algún día en Estambul. Se le vino a la cabeza que si en Turquía llegaba al poder un gobierno integrista fuerte, incluso su hermana tendría que cubrirse la cabeza para salir a la calle. Mirando los enormes copos que caían tan lentamente como en un cuento a la luz de los tubos de neón del *Diario de la Ciudad Fronteriza*, Ka soñó que él e İpek regresaban juntos a Frankfurt. Hasta iban de compras juntos al segundo piso de Kaufhof, donde estaba la sección de zapatos de señora, el lugar en que se había comprado el abrigo color ceniza en el que se arropaba con fuerza.

—Todo forma parte del movimiento islamista internacional que quiere convertir Turquía en otro Irán…

—¿También las jóvenes suicidas? —preguntó Ka.

—Estamos recibiendo denuncias de que por desgracia ellas también han sido engañadas, pero, teniendo en cuenta nuestras responsabilidades, no lo publicamos porque no queremos que las jóvenes reaccionen negativamente y aumente el número de suicidios. Dicen que el famoso terrorista islamista Azul está en nuestra ciudad. Para dar consejo a las jóvenes veladas y a las suicidas.

—Pero los islamistas están contra el suicidio, ¿no?

Serdar Bey no le contestó. Cuando la prensa se detuvo y sobre la habitación se abatió el silencio, Ka contempló la nieve increíble que caía en el exterior. Preocuparse por los problemas de Kars era el antídoto más adecuado contra el nerviosismo y el miedo que iban aumentando según pensaba en que poco después vería a İpek. Pero ahora Ka quería prepararse para su cita en la pastelería pensando sólo en İpek porque ya era la una y veinte.

El enorme hijo mayor de Serdar Bey desplegó ante Ka la primera página del diario recién impreso como si le presentara un regalo que hubiera preparado con todo esmero. La mirada de Ka, acostumbrada durante años a buscar y encontrar por fin su propio nombre en las revistas literarias, percibió de inmediato la noticia en una esquina:

NUESTRO RENOMBRADO POETA KA
SE ENCUENTRA EN KARS

KA, poeta conocido en toda Turquía, llegó ayer a nuestra ciudad fronteriza. Nuestro joven poeta, que se ganó el aprecio de todo el país con sus libros *Cenizas y mandarinas* y *Periódicos de la tarde* y es poseedor del Premio Behçet Necatigil, cubrirá con sus reportajes las elecciones municipales para el diario *La República*. El poeta KA ha residido durante largos años en Frankfurt, Alemania, estudiando la poesía occidental.

—Han impreso mal mi nombre —dijo Ka—. La «a» tiene que ser minúscula. —Se arrepintió de aquello en cuanto lo hubo dicho—. Está muy bien —añadió con la sensación de estar pagando una deuda.

—Amigo mío, le buscábamos precisamente para estar seguros de su nombre —le contestó Serdar Bey—. Hijo, mira, hijo, habéis impreso mal el nombre de nuestro poeta —riñó a sus hijos con una voz que no parecía en absoluto preocupada. A Ka le dio la impresión de que él no había sido el primero en darse cuenta del error—. Arregladlo ahora mismo…

—No hace falta —dijo Ka. Y en ese momento vio su nombre correctamente impreso en las últimas líneas de la noticia principal del día:

NOCHE TRIUNFAL DEL GRUPO DE SUNAY ZAIM
EN EL TEATRO NACIONAL

La actuación de anoche en el Teatro Nacional de la Compañía de Teatro de Sunay Zaim, conocida en toda Turquía por sus obras populares, kemalistas e ilustradas, fue recibida con gran interés y entusiasmo. La función, que duró hasta la medianoche y a la que acudieron el ayudante del gobernador, el alcalde en funciones y otras personalidades de Kars, fue interrumpida en ocasiones por vítores y aplausos entusiastas. Los ciudadanos de Kars, hambrientos durante tanto tiempo de un festival artístico parecido, pudieron seguir la pieza tanto en el Teatro Nacional, lleno hasta la bandera, como desde sus casas. Porque la Televisión de Kars Fronteriza ofreció simultáneamente la obra a todos los habitantes de Kars en la primera retransmisión en directo de sus dos años de historia. Así es como por primera vez en Kars se ofreció una retransmisión televisiva en vivo producida fuera de los estudios de la Televisión de Kars Fronteriza. Como esta emisora carece de unidad móvil al efecto hubo que extender un cable a lo largo de dos calles desde la central de la Televisión de Kars Fronteriza en la calle Halitpaşa hasta el Teatro Nacional. Los generosos ciudadanos de Kars pasaron el cable por el interior de sus casas para que no sufriera daños por la nieve (por ejemplo, la familia de nuestro dentista Fadıl Bey recogió el cable por el balcón frontal para sacarlo por el jardín de atrás). Los habitantes de Kars desean que tan exitosa retransmisión en directo se repita en cuanto exista otra posibilidad. Los directivos de la Televisión de Kars Fronteriza aseguran que gracias a esta primera retransmisión en vivo hecha fuera del estudio, todos los comercios de la ciudad están dispuestos a emitir publicidad. En esta representación, que pudo seguir toda Kars, además de ponerse en escena piezas kemalistas, las mejores escenas del teatro fruto de la Ilustración occidental, entremeses criticando la publicidad que corroe nuestra cultura, las aventuras del famoso portero de la selección nacional Vural, y recitarse poesías patrióticas y kemalistas y «Nieve», el último poema de Ka, nuestro renombrado poeta, leído por el propio autor, de visita en nuestra ciudad, se representó *O patria o velo,* una nueva interpretación de la gran obra maestra ilustrada de los primeros años de la República titulada *O patria o charshaf.*

—No tengo ningún poema titulado «Nieve» y esta noche no voy a ir al teatro. Su noticia resultará falsa.

—No esté tan seguro. Muchos que nos menosprecian porque escribimos las noticias antes de que ocurran los acontecimientos y que piensan que lo que hacemos no es periodismo sino profecías, luego son incapaces de ocultar su asombro cuando los hechos se desarrollan tal y como los habíamos escrito. Gran parte de los sucesos se convierten en realidad sólo porque nosotros hemos preparado la noticia de antemano. Eso es el periodismo moderno. Y usted, estoy seguro, para no arrebatarnos de las manos el derecho a que nuestra Kars sea moderna y para no rompernos el corazón, primero escribirá un poema titulado «Nieve» y luego vendrá a recitarlo.

Entre anuncios de mítines y noticias como que en los institutos habían comenzado a administrarse las vacunas recién llegadas de Erzurum o que en sus esfuerzos para facilitar la vida de sus conciudadanos el ayuntamiento daba una prórroga de dos meses en el pago del recibo del agua, Ka leyó otra noticia que no había percibido en un primer momento:

LA NIEVE CORTA LAS CARRETERAS

La nieve que cae ininterrumpidamente desde hace dos días ha cortado todas las comunicaciones de nuestra ciudad con el resto del mundo. Ayer, tras cerrarse la carretera a Ardan, la de Sarıkamış quedó completamente cubierta a mediodía. El autobús de la compañía Yılmaz que se dirigía a Erzurum se vio obligado a regresar a Kars debido a que la carretera estaba cortada por el exceso de nieve y hielo en la zona de Yolgeçmez. El Instituto de Meteorología ha anunciado que el frío proveniente de Siberia y las fuertes tormentas de nieve que lo acompañan continuarán aún otros tres días. Kars, como en los inviernos de antaño, se encontrará a su aire durante tres días. Es una oportunidad para que pongamos nuestros propios asuntos en orden.

Ka se levantó y estaba a punto de salir cuando Serdar Bey dio un salto de donde estaba sentado y asió la puerta para que escuchara lo último que tenía que decirle.

—¡Quién sabe lo que Turgut Bey y sus hijas le contarán a usted a su manera! Son amigos de corazón con quienes charlo por las tardes; pero no lo olvide: el ex marido de la señora İpek es el candidato a la alcaldía del Partido de Dios. Dicen que su hermana Kadife, a quien trajeron con su padre para que estudiara aquí, es la más militante de las muchachas veladas. ¡Y su padre es un antiguo comunista! Nadie en Kars tiene la menor idea de por qué vinieron aquí hace cuatro años, en los peores días de la ciudad.

A pesar de haber escuchado de un golpe tantas cosas nuevas que hubieran debido inquietarle, Ka no se alteró lo más mínimo.

4
¿De verdad has venido hasta aquí por las elecciones y los suicidios?
Ka e İpek en la pastelería Vida Nueva

¿Por qué, a pesar de todas las malas noticias de las que acababa de enterarse, mientras caminaba bajo la nieve por la calle Faikbey en dirección a la pastelería Vida Nueva había en el rostro de Ka una sonrisa, aunque fuera casi imperceptible? Le sonaba en los oídos la *Roberta* de Peppino di Capri y se veía a sí mismo como el héroe romántico y melancólico de una novela de Turgueniev que fuera al encuentro de la mujer con la que había soñado durante años. A Ka le gustaban las elegantes novelas de Turgueniev, que desde Europa había soñado con nostalgia y cariño con el país que había despreciado y abandonado harto de sus interminables problemas y de su primitivismo; pero seamos francos: él no se había ido forjando el sueño de İpek a lo largo de años como en la novela de Turgueniev. Sólo había soñado con una mujer como İpek y quizá de vez en cuando ella misma se le hubiera pasado por la cabeza. Pero en cuanto supo que se había separado de su marido comenzó a pensar en İpek y ahora, con la idea de poder fraguar una relación más profunda y real, pretendía rellenar con música y romanticismo de Turgueniev el vacío que sentía por no haber soñado con ella lo suficiente.

Pero en cuanto entró en la pastelería y se sentó con ella en la misma mesa perdió todo el romanticismo de Turgueniev que llevaba en la cabeza. İpek estaba mucho más bella que cuando la había visto en el hotel y muchísimo más de lo que le había parecido en los años de universidad. A Ka le turbaron el que su belleza fuera real, los labios ligeramente pintados, la palidez de su piel, el brillo de sus ojos y la actitud sincera que habría despertado en cualquiera una sensación de complicidad. En aquel instante İpek parecía tan sincera que Ka tuvo miedo de no poder comportarse de manera natural. Ése era el mayor miedo que Ka tenía en la vida, aparte de escribir malos poemas.

—Por el camino he visto a unos obreros que tendían un cable desde la Televisión de Kars Fronteriza hasta el Teatro Nacional para la retransmisión en directo como quien pone una cuerda para la colada —dijo nervioso por hablar de algo. Pero no sonrió lo más mínimo para no dar la impresión de que despreciaba las carencias de la vida provinciana.

Durante un rato buscaron tranquilamente temas comunes de los que hablar como si fueran una pareja decidida a entenderse con las mejores intenciones. Cuando acababan con uno, İpek, sonriendo creativa, encontraba otro nuevo. La nieve, la pobreza de Kars, el abrigo de Ka, el que ambos se encontraran muy poco cambiados, el que no habían sido capaces de dejar de fumar, los lejanos conocidos que Ka había visto en Estambul… El hecho de que las madres de ambos hubieran fallecido y estuvieran enterradas en Estambul en el cementerio de Feriköy les procuró la cercanía que estaban buscando. Durante un rato (breve) estuvieron hablando del lugar que sus madres habían ocupado en sus vidas con la comodidad efímera de la proximidad —por muy artificial que sea— de una pareja que descubre que son del mismo signo del zodíaco; de por qué había sido demolida la antigua estación de tren de Kars (durante más tiempo); de que hasta 1967 en el solar de la pastelería en que estaban había habido una iglesia ortodoxa y de que las puertas de la demolida iglesia estaban en el museo; de la sección especial del museo sobre la masacre armenia (algunos turistas llegaban creyendo que se trataría de los armenios masacrados por los turcos para luego comprender que era exactamente lo contrario); del único camarero de la pastelería, medio sordo, medio fantasmal; de que en las casas de té de Kars no se servía café, ya que los desempleados no lo tomaban porque les resultaba demasiado caro; del punto de vista político del periodista que había paseado a Ka y del de los demás periódicos locales (todos apoyaban a los militares y al gobierno correspondiente); y del número del día siguiente del *Diario de la Ciudad Fronteriza,* que Ka se sacó del bolsillo.

Cuando İpek comenzó a leer la primera página del periódico con toda atención, Ka temió que, al igual que ocurría con los viejos amigos que había visto en Estambul, para ella la única realidad fuera el angustioso y miserable mundo político de Turquía y que ni se le pasara por la cabeza la idea de ir a vivir a Alemania. Ka contempló largo rato las pequeñas manos de İpek y su elegante rostro, que seguía encontrando sorprendentemente hermoso.

—¿Cuántos años te echaron y por qué artículo? —le preguntó luego İpek sonriéndole con afecto.

Ka se lo dijo. A finales de los setenta en Turquía se podía escribir de cualquier cosa en las pequeñas revistas políticas, todo el mundo era juzgado y condenado por el mismo artículo del código penal y se sentía orgulloso de ello, pero nadie iba a la cárcel porque la policía no se tomaba el asunto en serio y no buscaba a los jefes de redacción, autores y traductores, que, además, cambiaban continuamente de dirección. Pero después, con el golpe de estado, incluso los que cambiaban de dirección comenzaron a ser lentamente detenidos y Ka había huido a Alemania a causa de un artículo político que no había escrito y que había sido publicado a toda prisa sin que ni siquiera lo hubieran leído.

—¿Lo has pasado mal en Alemania? —le preguntó İpek.

—Lo que me ha salvado ha sido ser incapaz de aprender alemán —respondió Ka—. Mi cuerpo se resistió al alemán y así pude proteger mi pureza y mi alma.

De repente, temeroso de quedar en ridículo pero feliz de que İpek le escuchara, Ka le contó la historia, que nadie más sabía, de la razón por la que se había sumido en el silencio y había sido incapaz de escribir un solo poema en los últimos cuatro años.

—Por las noches, en el pequeño piso que había alquilado cerca de la estación, y que tenía una ventana que daba a los tejados de Frankfurt, pensaba en el día que había dejado atrás en una especie de silencio y eso me hacía escribir un poema. Luego los emigrantes turcos, que habían oído que tenía cierta fama como poeta en Turquía, los ayuntamientos, las bibliotecas y las escuelas de tercera que querían atraerse a los turcos y los círculos que querían que sus hijos conocieran a un poeta que escribía en turco, comenzaron a llamarme para que diera recitales de mi poesía.

Ka tomaba uno de aquellos trenes alemanes cuya puntualidad y cuyo orden siempre había admirado, notaba de nuevo aquel silencio al ver pasar por el espejo brumoso de la ventanilla los delicados campanarios de recónditas ventanas, la oscuridad en el corazón de los bosques de hayas y niños sanos que regresaban a sus hogares con la mochila escolar a la espalda, se sentía en casa porque no entendía lo más mínimo la lengua de aquel país, y escribía un poema. Si no iba a ninguna otra ciudad para una lectura, todas las mañanas salía de casa a las ocho, caminaba a lo largo de la Kaiserstrasse, entraba en la biblioteca municipal de la calle Zeil y leía. «No me habrían bastado veinte vidas para leer todos los libros en inglés que había allí.» Leía lo que más le apetecía con la paz de espíritu de los niños que saben que la muerte está muy lejos: novelas del siglo XIX, que le encantaban, a los poetas románticos ingleses, libros sobre historia de la arquitectura, catálogos de museos… Mientras pasaba las páginas en la biblioteca municipal, miraba viejas enciclopedias, se detenía en las páginas ilustradas o releía las novelas de Turgueniev, Ka escuchaba continuamente el silencio del interior de los trenes a pesar de estar oyendo el zumbido de la ciudad. Y escuchaba el mismo silencio cuando por las tardes cambiaba de dirección y avanzaba a lo largo del río Main pasando ante el cementerio judío y los fines de semana cuando se paseaba la ciudad de un extremo al otro.

—Un tiempo después, los silencios llegaron a ocupar un lugar tan importante en mi vida que ya no oía aquel molesto ruido que debía combatir para poder escribir poesía —dijo

Ka—. La verdad es que con los alemanes no hablaba. Y ya no me llevaba demasiado bien con los turcos, que me encontraban sabelotodo, intelectual y medio loco. No veía a nadie, no hablaba con nadie y tampoco escribía poesía.

—Pero el periódico dice que esta noche vas a leer tu último poema.

—No tengo ningún último poema que leer.

Aparte de ellos, en la pastelería sólo había un joven bajito acompañado por un hombre maduro, delgado y cansado que intentaba explicarle algo pacientemente, sentados a una mesa a oscuras junto a la ventana en el otro extremo del salón. El nombre de la pastelería escrito en letras de neón bañaba con una luz rosada los enormes copos de nieve que caían en la oscuridad justo detrás de ellos al otro lado de la enorme ventana, dándoles a los dos hombres sentados en aquel rincón lejano de la pastelería y sumidos en una intensa conversación el aspecto de personajes de una mala película en blanco y negro.

—Mi hermana Kadife no aprobó los exámenes de ingreso a la universidad el primer año —le dijo İpek—. Y el segundo logró sacar nota suficiente para la Escuela de Magisterio de aquí. El hombre delgado que está sentado al fondo detrás de mí es el director de la escuela. Mi padre, que adora a mi hermana, decidió venirse aquí y traernos con él cuando se quedó solo después de que mi madre muriera en un accidente de tráfico. Yo me había separado de Muhtar tres años antes de que mi padre se viniera. Comenzamos a vivir todos juntos. Somos dueños del edificio del hotel, lleno de fantasmas y de los suspiros de los muertos, a medias con otros familiares. Vivimos en tres habitaciones.

En sus años de universidad y de militancia izquierdista, Ka e İpek no habían tenido nada que ver entre ellos. Como tantos otros, Ka se dio cuenta de inmediato de la existencia de İpek gracias a su belleza en cuanto puso el pie en los pasillos de altos techos de la Facultad de Letras a los diecisiete años. El año siguiente la vio convertida en esposa de su amigo el poeta Muhtar, que pertenecía a la misma organización que él; ambos eran de Kars.

—Muhtar se hizo con el traspaso de los concesionarios de Arçelik y Aygas de su padre —le explicó İpek—. Como en los años que siguieron a que nos viniéramos aquí seguíamos sin tener hijos, comenzó a llevarme a médicos de Erzurum y Estambul y como no pudo ser, nos separamos. Pero a Muhtar, en lugar de casarse de nuevo, le dio por la religión.

—¿Por qué a todo el mundo le da por la religión? —dijo Ka.

İpek no le contestó, y durante un rato estuvieron mirando la televisión en blanco y negro colgada de la pared.

—¿Por qué en esta ciudad se suicida todo el mundo? —preguntó entonces Ka.

—Todo el mundo, no. Se suicidan las jóvenes y las mujeres —le respondió İpek—. A los hombres les da por la religión y las mujeres se suicidan.

—¿Por qué?

İpek le miró de tal manera que Ka notó que en su pregunta y en su búsqueda de una respuesta rápida había habido algo de falta de respeto e insolencia. Guardaron silencio un rato.

—Tengo que hablar con Muhtar por lo del reportaje de las elecciones —dijo Ka.

İpek se levantó de inmediato, fue hasta la caja e hizo una llamada de teléfono.

—Está en la sede provincial del partido hasta las cinco —le dijo al volver y sentarse—. Te espera.

Hubo un silencio que inquietó a Ka. De no ser porque las carreteras estaban cortadas, habría huido de allí en el primer autobús. Sintió una profunda lástima por las tardes y las gentes olvidadas de Kars. La mirada se le volvió sin querer hacia la nieve. Ambos estuvieron un rato contemplándola y lo hicieron como personas que tienen tiempo para hacerlo y que no tienen nada mejor en la vida. Ka se sentía descorazonado.

—¿De verdad has venido hasta aquí para un artículo sobre las elecciones y los suicidios? —le preguntó İpek.

—No —respondió Ka—. Me enteré en Estambul de que te habías separado de Muhtar. He venido hasta aquí para casarme contigo.

Por un momento İpek se rió como si aquello fuera una broma agradable pero, sin que pasara mucho, se ruborizó por completo. Tras un largo silencio pudo notar por la mirada de İpek que ella lo veía todo tal como era. «Así que no tienes siquiera la paciencia de ocultar un poco tus intenciones, acercarte a mí con delicadeza y seducirme con elegancia —le decía la mirada de İpek—. No has venido hasta aquí porque me quieras ni porque pienses que soy especial, sino porque te has enterado de que estoy divorciada, has recordado mi belleza y crees que es un punto flaco el que viva en Kars.»

Ka estaba tan resuelto a castigarse por el insolente deseo de felicidad que tanto le avergonzaba ahora que imaginó que İpek pensaba algo aún más cruel sobre ellos dos: «Lo que nos une es que ambos hayamos bajado el listón en nuestras expectativas de la vida». Pero İpek dijo algo totalmente distinto a lo que imaginaba Ka.

—Siempre he creído que llegarías a ser un buen poeta. Enhorabuena por tus libros.

Como en todas las casas de té, restaurantes y salones de hotel, las paredes estaban decoradas no con paisajes de las montañas de las que tanto presumían los de Kars, sino de los Alpes suizos. El anciano camarero que poco antes les había servido el té veía feliz la televisión en blanco y negro colgada de la pared con la espalda vuelta a las mesas, sentado junto a la caja, entre fuentes llenas de bollos y chocolatinas que brillaban con su grasa y sus papeles dorados a la luz pálida de la lámpara. Ka, dispuesto a mirar cualquier cosa que no fueran los ojos de İpek, se concentró en la película de la televisión. Una rubia actriz turca en bikini corría por la playa y dos hombres bigotudos la perseguían. De repente el hombre bajito de la mesa oscura en el otro lado de la pastelería se puso en pie y, apuntando la pistola que sostenía en la mano en dirección al director de la Escuela de Magisterio, comenzó a decir algo que Ka no podía oír. Sólo más tarde logró comprender Ka que debía de haber disparado cuando el director empezó a responderle. Y lo comprendió, más que por el impreciso estampido del arma, porque el director se cayó de la silla sacudido por la violencia del impacto de la bala que se le clavó en el cuerpo.

Ahora İpek también se había vuelto y contemplaba la misma escena que veía Ka.

El anciano camarero ya no estaba en el lugar en el que Ka le había visto poco antes. El hombre bajito se levantó y sostuvo el arma hacia el director caído en el suelo. El director le estaba diciendo algo. No se podía entender lo que decía debido al excesivo volumen de la televisión. El hombre bajito, después de disparar otras tres veces al cuerpo del director, desapareció de repente por una puerta que había tras él. Ka no había llegado a verle la cara.

—Vámonos —dijo İpek—. No nos quedemos aquí.

—¡Socorro! —gritó Ka con voz débil—. Llamemos a la policía —añadió luego. Pero fue incapaz de moverse. Inmediatamente echó a correr detrás de İpek. No había nadie ni en la puerta de dos hojas de la pastelería Vida Nueva ni en las escaleras por las que descendieron a toda velocidad.

De repente se encontraron en la acera nevada y echaron a caminar con rapidez. Ka pensaba «Nadie nos ha visto salir de allí» y aquello le tranquilizaba porque se sentía como si él mismo hubiera cometido el asesinato. Era como si hubiera encontrado el castigo que se merecía por su petición de matrimonio, que tan arrepentido y avergonzado estaba de haber expresado en voz alta. No quería mirar a nadie a los ojos.

Cuando llegaron a la esquina de la calle Kâzım Karabekir, Ka tenía miedo de muchas cosas pero se encontraba feliz por la complicidad silenciosa que se había creado entre İpek y él al existir unos secretos que ambos compartían. Cuando vio lágrimas en sus ojos a la luz de la bombilla desnuda que iluminaba las cajas de naranjas y manzanas que había en la puerta de la galería comercial Halitpaşa y que se reflejaba en los espejos de la barbería contigua, Ka se preocupó.

—El director de la escuela no permitía que las estudiantes entraran en clase con pañuelo —le dijo ella—. Por eso le han matado al pobrecillo.

—Vamos a contárselo a la policía —le respondió Ka aun recordando que aquella frase era algo que en tiempos todos los izquierdistas odiaban.

—De cualquier manera se enterarán de todo. Quizá ya lo sepan. La sede provincial del Partido de la Prosperidad está ahí, en el segundo piso. —İpek señaló la entrada de la galería comercial—. Cuéntale lo que has visto a Muhtar para que no le pillen desprevenido los del SNI* cuando se le echen encima. Y, además, tengo que decirte otra cosa: Muhtar quiere volver a casarse conmigo, recuérdalo mientras hables con él.

*   Siglas del Servicio Nacional de Inteligencia (Millî İstihbarat Teşkilatı, MİT). *(N. del T.)*

5

Profesor, ¿puedo preguntarle algo?
Primera y última conversación entre el asesino
y su víctima

El director de la Escuela de Magisterio, a quien el hombre bajito le disparó en la cabeza y el pecho ante la mirada de İpek y
Ka en la pastelería Vida Nueva, llevaba oculta una grabadora
sujeta por anchas cintas adhesivas. Aquel artefacto de impor-
tación marca Grundig se lo habían colocado en el cuerpo al director de la escuela meticulosos agentes de la sección de Kars
del Servicio Nacional de Inteligencia. Tanto las amenazas personales que había recibido en los últimos tiempos el director
por negarse a que las jóvenes empañoladas entraran en la universidad y asistieran a clase como la información que los agentes encubiertos de Inteligencia habían conseguido de medios
integristas, habían conducido a que se considerara necesario
tomar medidas de precaución, pero el director, que a pesar de
ser laico creía tanto en el destino como todo un beato, echó
cuentas y llegó a la conclusión de que en lugar de tener plantado a su lado un guardaespaldas grande como un oso, sería
más disuasorio grabar la voz de quienes le amenazaran y luego
hacer que los detuvieran, así que cuando vio que un extraño se
le aproximaba en la pastelería Vida Nueva, a la que había entrado repentinamente sin habérselo pensado de antemano para
tomarse uno de esos bollos en forma de media luna rellenos de
nuez que tanto le gustaban, encendió la grabadora que llevaba

encima. Años después conseguí de la aún llorosa viuda del director y de su hija, una famosa modelo, la transcripción de la cinta, que había quedado intacta a pesar de los dos balazos que recibió el artefacto, lo que no bastó para salvar la vida del director.

«Hola, profesor, ¿me recuerda?» / «No, no caigo.» / «Eso pensaba yo, profesor, porque nunca nos hemos conocido. Intenté verle ayer por la tarde y esta mañana. Ayer la policía no me dejó entrar en la escuela. Esta mañana, aunque conseguí entrar, su secretaria no me permitió verle. Así que decidí salirle al paso en la puerta cuando fuera a clase. Fue entonces cuando me vio. ¿Se acuerda, profesor?» / «No, no me acuerdo.» / «¿No se acuerda de haberme visto o no se acuerda de mí?» / «¿De qué quería hablar conmigo?» / «En realidad, me gustaría hablar con usted de cualquier cosa durante horas, durante días. Usted es un hombre eminente, sabio, ilustrado, catedrático de Agricultura. Por desgracia, yo no pude estudiar. Pero hay algo que sí he estudiado mucho. Y eso es de lo que me gustaría hablar con usted. Perdóneme, profesor, ¿no le estaré robando su tiempo?» / «No, por Dios.» / «Disculpe, ¿me permite que me siente? Se trata de una cuestión muy amplia.» / «Por supuesto, adelante.» (Ruidos de que el hombre aparta la silla y se sienta.) / «Ah, está tomándose un bollo de nuez, profesor. En nuestra Tokat hay unos nogales muy hermosos. ¿Ha ido alguna vez a Tokat?» / «Por desgracia, no.» / «Lo lamento de veras, profesor. Si viene, por favor, quédese en mi casa. Yo me he pasado allí toda la vida, mis treinta y seis años. Tokat es preciosa. Y Turquía también es preciosa. (Un silencio.) Pero por desgracia no conocemos nuestro país, no amamos a nuestra gente. Incluso se considera una virtud faltarle al respeto a este país y a este pueblo, traicionarlos. Perdone, profesor, ¿puedo preguntarle algo? Usted no es ateo, ¿no?» / «No.» / «Es que eso dicen, pero yo no veo la menor posibilidad de que un hombre tan erudito como usted pueda —Dios nos libre— negar a Dios. Y no hace falta decir que no es judío, ¿verdad?» / «No, no lo soy.» / «Es usted musulmán.» / «Soy musulmán, gracias a Dios.» / «Se está riendo de mí, profesor, pero le ruego que me responda tomándose en serio la pregunta. Porque he venido desde Tokat en pleno invierno, con la nevada, sólo para conseguir que me responda.» / «¿Cómo ha oído hablar de mí en Tokat?» / «Profesor, en los periódicos de Estambul no se publica que en Kars usted no permite que nuestras jóvenes, muchachas creyentes, que siguen el Libro y que visten como es debido, puedan entrar en la escuela. Están ocupados con las desvergüenzas de las modelos de Estambul. Pero en nuestra hermosa Tokat tenemos una emisora musulmana de radio llamada Bandera que informa de las injusticias que se cometen con los creyentes en cualquier parte del país.» / «No cometo ninguna injusticia con los creyentes, yo también soy un hombre temeroso de Dios.» / «Profesor, llevo dos días en la carretera en medio de una tormenta de nieve; en el autobús no he hecho más que pensar en usted. Créame, sabía perfectamente que me iba a decir que es un hombre temeroso de Dios. Así que le voy a hacer la pregunta que me ha estado rondando por la cabeza todo este tiempo. Si temes a Dios, señor catedrático Nuri Yılmaz, y crees, señor profesor, que el Sagrado Corán es la palabra de Dios, entonces podrás decirme lo que opinas de la hermosa aleya treinta y uno de la azora de La Luz.» / «En esa azora, sí, se dice de una manera muy clara que las mujeres deben cubrirse la cabeza, incluso taparse el rostro.» / «Buena respuesta, muy honesta. ¡Gracias, profesor! Entonces, ¿puedo preguntarle algo? ¿Cómo puede compaginar esa orden de Dios con su prohibición de que nuestras jóvenes vayan cubiertas a la escuela?» / «El que las jóvenes no vayan cubiertas a las aulas ni a las escuelas es una orden de nuestro Estado laico.» / «Disculpe, profesor, ¿puedo preguntarle algo? ¿Qué es más importante, una orden del Estado o una orden de Dios?» / «Buena pregunta. Pero en un Estado laico son cosas separadas.» / «Muy bien dicho, profesor, déjeme que le bese la mano. Oh, alabado sea Dios. Ahora comprende cuánto respeto siento por usted. Ahora, profesor, ¿puedo preguntarle algo, por favor?» / «Claro, adelante.» / «Profesor, ¿laicismo e impiedad son lo mismo?» / «No.» / «Entonces, ¿por qué se impide con la excusa del laicismo que nuestras jóvenes creyentes, que lo único que hacen es cumplir con sus obligaciones religiosas, vayan a clase?» / «Por Dios, hijo, con estas discusiones no se llega a ninguna parte. En las televisiones de Estambul se pasan el día hablando de estos temas, ¿y qué consiguen? Ni las muchachas se quitan el pañuelo ni el Estado les permite ir a clase así.» / «Muy bien, profesor, ¿puedo preguntarle algo? Discúlpeme, pero el arrebatarle el derecho a la educación a las jóvenes que se cubren la cabeza, esas jóvenes trabajadoras, bien educadas y obedientes que hemos criado con mil y un esfuerzos, ¿es compatible con la Constitución, con la libertad religiosa y de educación? ¿Cómo puede usted actuar en conciencia? Por favor, respóndame, profesor.» / «Si tan obedientes son esas jóvenes, se descubrirán la cabeza. Hijo, ¿cómo te llamas? ¿Dónde vives? ¿En qué trabajas?» / «Profesor, trabajo en la casa de té Los Alegres, justo al lado de los famosos baños Pervane de Tokat. Soy el responsable de los fogones y las teteras. Mi nombre no importa. Escucho durante todo el día Radio Bandera. A veces me obsesiono con alguna injusticia que se comete con los creyentes y, profesor, como vivimos en un país democrático y soy un hombre libre que vive como mejor le parece, me subo a un autobús, voy a cualquier parte de Turquía para hablar con esa persona que se me ha metido en la cabeza y le pido explicaciones de esa injusticia a la cara. Por eso, le ruego que responda a mi pregunta, profesor. ¿Es más importante una orden del Estado o una orden de Dios?» / «Hijo, con esta discusión no se llega a ninguna parte. ¿En qué hotel te hospedas?» / «¿Vas a denunciarme a la policía? No me tengas miedo, profesor. No pertenezco a ninguna organización religiosa. Odio el terrorismo y creo en el libre intercambio de ideas y en el amor de Dios. En realidad, por eso, a pesar de ser un hombre tan nervioso, nunca le he dado a nadie un capón al final de una discusión. Sólo quiero que responda a mi pregunta. Profesor, perdone, pero ¿no le remuerde la conciencia con el sufrimiento de esas jóvenes a las que avasallan a las puertas de la universidad a pesar de lo que ordena tan claramente el Sagrado Corán, la palabra de Dios, en las azoras de La Coalición y La Luz?» / «Hijo, el Sagrado Corán también dice que al ladrón hay que cortarle la mano, pero nuestro Estado no lo hace. ¿Por qué no te opones a eso?» / «Muy buena respuesta, profesor. Le beso las manos. Pero ¿es lo mismo la mano de un ladrón que la honra de nuestras mujeres? Según una estadística hecha por el catedrático norteamericano musulmán negro Marvin King, en los países musulmanes donde las mujeres se cubren, los casos de violación están descendiendo tanto que prácticamente no existen, y casi no se encuentran ejemplos de acoso. Porque una mujer con un *charshaf* lo que les está diciendo en primer lugar a los hombres es "Por favor, no me acoséis". Profesor, por favor, ¿puedo preguntarle algo? Si excluimos de la sociedad a la mujer que se cubre dejándola sin educación y ponemos en lo más alto a la que se descubre y lo enseña todo, ¿no nos arriesgamos a deshonrar a nuestras mujeres como pasó en Europa después de la revolución sexual y a convertirnos en, usted perdone, unos chulos?» / «Hijo, ya me he tomado el bollo. Discúlpame, pero me voy.» / «Siéntate, profesor. Siéntate, no vaya a tener que usar esto. ¿Ves lo que es esto, profesor?» / «Una pistola.» / «Sí, profesor. Discúlpeme, pero he viajado tanto para venir a verle. No soy tonto, así que tomé ciertas precauciones porque pensé que quizá no querría escucharme.» / «Hijo, ¿cómo te llamas?» / «Vahit Süzme, Salim Feşmekân, ¿qué importa, profesor? Soy un defensor anónimo de todos los héroes anónimos que luchan por sus creencias y sufren injusticias en este país laico y materialista. No pertenezco a ninguna organización. Respeto los derechos humanos y no me gusta nada la violencia. Por eso ahora me pongo la pistola en el bolsillo y sólo le pido que me responda a una pregunta.» / «Muy bien.» / «Profesor, primero, por una orden de Ankara, ustedes ignoraron a todas esas muchachas inteligentes, trabajadoras, todas primeras de la clase, que llevó años criar y que son las niñas de los ojos de sus padres. Si escribían sus nombres en las listas de asistencia, ustedes los borraban porque se cubrían la cabeza. Si había un profesor sentado con siete alumnas y una de ellas iba cubierta, ignoraban a la del pañuelo y pedían seis tés. Hicieron llorar a las jóvenes que excluían. Pero eso no bastó. Gracias a una nueva orden de Ankara, primero no las dejaron entrar en clase y las echaron al pasillo y luego las expulsaron del pasillo y las pusieron de patitas en la calle. Cuando vieron que un puñado de heroicas jóvenes se resistían a descubrirse y se reunían en la puerta tiritando de frío para hacer oír sus quejas, ustedes cogieron el teléfono y llamaron a la policía.» / «Nosotros no llamamos a la policía.» / «Profesor, no me mienta porque le da miedo la pistola que llevo en el bolsillo. La noche del día en que la policía detuvo a las jóvenes y se las llevó a rastras, ¿cómo pudiste dormir con la conciencia tranquila? Ésa es mi pregunta.» / «Pero está claro que el que la cuestión del velo se haya convertido en un símbolo, en un juego político, ha hecho más infelices a nuestras jóvenes.» / «¿De qué juego me habla, profesor? Por desgracia, una joven angustiada porque se veía atrapada entre la escuela y su honra se ha suicidado. ¿Es eso un juego?» / «Hijo, estás muy irritado, pero ¿se te ha ocurrido pensar que detrás de que toda esta cuestión del pañuelo haya adquirido ese cariz político quizá existan unas fuerzas exteriores que quieren debilitar a Turquía, dividiéndola en dos?» / «Si admitieras a esas muchachas en la escuela dejaría de existir el problema de las jóvenes cubiertas, profesor.» / «¿Sólo porque yo lo quisiera, hijo? Es lo que quiere Ankara. Mi mujer también se cubre la cabeza.» / «Profesor, no me des coba y responde a mi pregunta.» / «¿Qué pregunta?» / «¿No le remuerde la conciencia?» / «Hijo, yo también soy padre, claro que lo lamento por esas jóvenes.» / «Mira, yo sé contenerme muy bien, pero soy un hombre muy nervioso. En cuanto pierdo la cabeza, se lía una buena. En la cárcel le pegué una paliza a un tipo porque no se tapaba la boca cuando bostezaba; a todo el pabellón les hice hombres hechos y derechos, todos dejaron sus malas costumbres y empezaron a rezar. Así que ahora no te andes con rodeos y responde a mi pregunta. ¿Qué te he dicho hace un momento?» / «¿Qué me has dicho, hijo? Baja esa pistola.» / «No te he preguntado si tenías hijas ni si lo lamentabas.» / «Lo siento, hijo. ¿Qué me habías preguntado?» / «Ahora no me hagas la pelota porque te da miedo la pistola. Recuerda lo que te he preguntado…» (Silencio.) / «¿Qué me habías preguntado?» / «Que si no te remuerde la conciencia, infiel.» / «Claro que me remuerde.» / «Entonces, ¿por qué lo haces, sinvergüenza?» / «Hijo, soy un profesor que podría ser tu padre. ¿Ordena en algún sitio el Sagrado Corán que hay que apuntar con una pistola a los mayores e insultarles?» / «No te lleves a la boca el Sagrado Corán, ¿vale? Y no mires así a izquierda y derecha como si pidieras ayuda, y como grites te pego un tiro sin piedad. ¿Nos entendemos ahora?» / «Sí.» / «Entonces responde a mi pregunta: ¿de qué le va a servir a este país que las jóvenes se descubran la cabeza? Dime una razón que te creas de verdad, que puedas admitir en conciencia, dime, por ejemplo, que si se descubren, entonces los europeos las tratarán más como a personas. Por lo menos entenderé la intención y no te mataré, te dejaré ir.» / «Hijo mío. Yo también tengo una hija, y lleva la cabeza descubierta. De la misma manera que nunca me he metido en lo que hace su madre, que sí se cubre, no me meto en lo que hace ella.» / «Y tu hija ¿por qué lleva la cabeza descubierta? ¿Quiere ser artista?» / «A mí no me ha dicho nada de eso. Estudia relaciones públicas en Ankara. Mi hija ha sido un gran apoyo para mí desde que me convertí en blanco de calumnias y amenazas, que tan mal me lo hacen pasar, con todo este asunto de los pañuelos; cuando me vuelvo el objeto de la ira de mis enemigos y de gente como usted, que está enfadada con toda la razón, me llama por teléfono desde Ankara…» / «¿Y te dice "Papá, agárrate, que voy a ser artista"?» / «No, hijo, no me dice eso. Me dice "Papá, yo no me atrevería a ir descubierta a una clase en la que todas se cubren, me pondría un pañuelo aunque no quisiera".» / «¿Y qué tendría de malo que se tuviera que cubrir aunque no quisiera?» / «La verdad, eso no lo voy a discutir. Usted me ha dicho que le diera una razón.» / «¿O sea, sinvergüenza, que estás provocando que la policía zurre con sus porras a la puerta de tu escuela a unas jóvenes creyentes que se visten como Dios manda, incitándolas al suicidio a fuerza de avasallarlas, sólo por un capricho de tu hija?» / «Las razones de mi hija son al mismo tiempo las razones de otras muchas mujeres turcas.» / «No sé qué razones puede tener cualquier otra artista cuando el noventa por ciento de las mujeres de Turquía se cubren la cabeza. Estás orgulloso de que tu hija se desnude, tirano sinvergüenza, pero métete esto en la cabeza, yo no seré catedrático, pero he leído de esto más que tú.» / «Señor mío, no me apunte, por favor, se está poniendo nervioso y si se le dispara puede que después lo lamente.» / «¿Por qué iba a lamentarlo? En realidad, me he hecho un camino de dos días a través del infierno de la nieve para quitar de en medio a un infiel. El Sagrado Corán dice que es lícito matar al tirano que oprime a los creyentes. De todas maneras, te doy una última oportunidad porque me das pena: dime una sola razón que tu conciencia pueda admitir para que las jóvenes que visten como Dios manda se descubran y, mira, te juro que no te dispararé.» / «Si la mujer se descubre conseguirá un lugar más cómodo y respetable en la sociedad.» / «Puede que eso valga para esa hija tuya que quiere ser artista. Pero el velo, por el contrario, protege a las mujeres del acoso, de las violaciones y de los ultrajes y es la manera más cómoda de unirse a la sociedad. Como dicen muchas mujeres que luego han vestido el *charshaf*, entre ellas la antigua danzarina del vientre Melahat Şandra, el pañuelo las ha salvado de convertirse en objetos miserables que compiten con las otras mujeres para ser más atractivas, para eso se maquillan continuamente, estimulando por la calle los instintos animales de los hombres. Como ha explicado el catedrático negro norteamericano Marvin King, si la famosa artista Elizabeth Taylor hubiera llevado estos últimos veinte años un *charshaf*, no habría tenido que ir a hospitales psiquiátricos avergonzada de su gordura y sería feliz. Disculpe, profesor, ¿puedo preguntarle algo? ¿De qué te ríes, profesor, tan gracioso es lo que estoy diciendo? (Un silencio.) Dime, cabrón ateo sinvergüenza, ¿de qué te ríes?» / «Hijo mío, créame, no me he reído y, si lo he hecho, ha sido sólo por los nervios.» / «¡No! ¡Te has reído de verdad!» / «Hijo mío, mi corazón está lleno de afecto por los jóvenes de este país que, como tú y como esas jóvenes que se cubren, sufren porque creen en su causa.» / «No me hagas la pelota. Yo no sufro. Pero ahora vas a sufrir tú por haberte reído de las jóvenes que se han suicidado. Visto que te ríes de ellas, no creo que demuestres remordimientos. Así que déjame que te haga saber en qué situación te encuentras. Hace tiempo que los Guerrilleros por la Justicia Islámica te condenaron a muerte, la decisión se tomó por unanimidad en Tokat hace cinco días y me enviaron a mí para ejecutar la sentencia. Si no te hubieras reído, si te hubieras arrepentido, quizá te habría perdonado. Toma este papel y lee tu sentencia de muerte, vamos… (Un silencio.) Lee en voz alta sin llorar como una mujer, vamos, sinvergüenza, o si no ahora mismo te pego un tiro.» / «Yo, el catedrático ateo Nuri Yılmaz, pero, hijo mío, yo no soy ateo…» / «Vamos, lee.» / «Hijo, ¿me vas a matar mientras leo?» / «Te mataré si no lo lees. Vamos, lee.» / «Como instrumento que soy del plan secreto para convertir a los musulmanes de la República laica de Turquía en esclavos de Occidente, para deshonrarlos y apartarlos de la religión, he oprimido de tal forma a las jóvenes creyentes apegadas a la religión que no se descubren la cabeza y no se apartan de lo que ordena el Sagrado Corán que por fin una joven creyente, no soportando el sufrimiento, se suicidó… Hijo mío, con tu permiso, aquí debo protestar; y comunícaselo a la comisión que te ha enviado, por favor. Esa joven no se ahorcó porque no la admitiéramos en la escuela ni por los maltratos de su padre, sino que, por desgracia, lo hizo por penas de amores, como nos ha hecho saber el Servicio Nacional de Inteligencia.» / «No dice eso en la carta que dejó al morir.» / «Confiando en tu misericordia, hijo mío —por favor, baja esa pistola—, tengo que decirte que esa joven ignorante atolondradamente le entregó su virginidad antes de casarse a un policía veinticinco años mayor que ella y cuando el hombre, ¡qué vergüenza!, le dijo que ya estaba casado y que no tenía la menor intención de casarse con ella…» / «Cállate, miserable. Eso lo haría la puta de tu hija.» / «No lo hagas, hijo, no lo hagas. Si me matas, no tendrás futuro.» / «Di que estás arrepentido.» / «Estoy arrepentido, hijo, no dispares.» / «Abre la boca que te meta la pistola… Y ahora apoya tu dedo en el mío y tira tú mismo del gatillo. Morirás como un infiel, pero al menos con honor.» (Un silencio.) / «Hijo, mira qué bajo me has hecho caer, a mi edad y estoy llorando, implorándote, no tengas pena por mí sino por ti. Qué pena de juventud, te vas a convertir en un asesino.» / «Enton-

ces, ¡tira tú del gatillo! Y ya verás lo que duele el suicidio.» /
«Hijo, soy musulmán, ¡estoy en contra del suicidio!» / «Abre
la boca. (Un silencio.) No llores así… No se te había ocurrido
pensar que algún día te pedirían cuentas, ¿eh? No llores o disparo.» / (Se oye a lo lejos la voz del anciano camarero.) «Señor, ¿quiere que le lleve su té a esa mesa?» / «No, no hace falta. Ya me iba.» / «No mires al camarero y sigue leyendo tu sentencia de muerte.» / «Hijo, perdóname.» / «Te estoy diciendo
que leas.» / «Me avergüenzo de todo lo que he hecho, reconozco que me merezco la muerte y esperando que el Altísimo
me perdone…» / «Vamos, lee.» / «Querido hijo, deja llorar a
este anciano. Déjame que piense por última vez en mi mujer
y en mi hija.» / «Piensa en las jóvenes a las que has oprimido.
Una ha tenido una crisis nerviosa, a cuatro las han expulsado
de la escuela en tercero, una se ha suicidado, todas han caído en cama con fiebre a fuerza de tiritar de frío en la puerta de
la escuela, a todas se les ha torcido la vida.» / «Estoy muy arrepentido, hijo mío. Pero piensa si te vale la pena convertirte en
asesino por matar a alguien como yo.» / «Muy bien. (Un silencio.) Ya lo he pensado, profesor, y mire lo que se me ha ocurrido.» / «¿Qué?» / «Vine a esta miserable ciudad de Kars para
encontrarte y ejecutarte y me he pasado dos días dando vueltas con las manos en los bolsillos. Así que me dije que era el
destino, me compré el billete de vuelta a Tokat, y justo cuando me estaba tomando un último té…» / «Hijo mío, si estás
pensando en matarme y escaparte de Kars en el último autobús, tengo que decirte que han cortado las carreteras por la nieve y el autobús de las seis no va a salir. No vayas a tener que
arrepentirte luego.» / «Justo cuando iba a volver a Tokat, Dios
te envió a esta pastelería Vida Nueva. O sea, si Dios no te perdona, ¿voy a hacerlo yo? Di tus últimas palabras, proclama la
gloria de Dios.» / «Siéntate, hijo, el Estado os atrapará a todos,
y os colgará a todos.» / «Proclama la gloria de Dios.» / «Tranquilo, hijo, espera, siéntate, piénsatelo una vez más. No tires,
¡espera! (Sonido de un disparo, ruido de una silla que se cae.)
¡No lo hagas, hijo mío!» (Dos disparos más. Silencio, un gemido, el ruido de la televisión. Otro disparo. Silencio.)

6
Amor, religión y poesía
La triste historia de Muhtar

Cuando İpek le dejó en la puerta de la galería Halitpaşa y regresó al hotel, Ka no subió de inmediato los dos tramos de escaleras para ir a la sede provincial del Partido de la Prosperidad sino que se entretuvo un rato entre los desempleados, los aprendices y los vagabundos que había por los pasillos. Ante sus ojos todavía tenía la imagen de la agonía del director de la Escuela de Magisterio al que habían matado, sentía arrepentimiento y culpabilidad, le apetecía llamar por teléfono al subdirector de seguridad con el que había hablado esa mañana, a Estambul, al diario *La República,* a cualquier conocido, pero no encontraba un rincón desde el que telefonear en aquella galería que rebosaba de fogones de té y barberías.

Con dicha intención entró en el lugar en cuya puerta había una placa donde se leía «Sociedad de Amantes de los Animales». Allí tenían teléfono, pero estaba ocupado. Y ya no estaba tan seguro de querer telefonear. Al cruzar la puerta entreabierta que había al otro lado de la sede de la sociedad, se encontró en un salón con fotografías de gallos en las paredes y un pequeño ring para las peleas en medio. En el salón de peleas de gallos, Ka se dio cuenta con miedo de que estaba enamorado de İpek y de que ese amor condicionaría lo que le quedara de vida.

Uno de los adinerados amantes de los animales aficionados

a las peleas de gallos recordaba perfectamente cómo Ka entró en la sociedad aquel día y a aquella hora exacta y se sentó sumido en sus pensamientos en un banco vacío en la zona para espectadores que rodeaba el ring. Ka se tomó un té allí y leyó las normas para las peleas, que colgaban de la pared escritas con letras enormes.

Una vez en el ring no se puede tocar a ningún
gallo sin permiso del dueño.
El gallo que caiga tres veces seguidas pierde si no pica.
Se conceden tres minutos para reparar los espolones
rotos y un minuto para las uñas.
Si un gallo cae al suelo y su oponente le pisa el cuello,
se levantará al gallo y continuará la pelea.
En caso de corte de electricidad se aguardarán quince
minutos, y si no volviera se declarará cancelada la pelea.

Al salir de la Sociedad de Amantes de los Animales a las dos y cuarto, Ka pensaba en cómo podría agarrar a İpek y huir de Kars. En el mismo piso que la sede provincial del Partido de la Prosperidad, a dos puertas de distancia (entremedias estaban la casa de té Los Amigos y la sastrería Verde), se encontraba el bufete, ahora con las luces apagadas, del antiguo alcalde del Partido del Pueblo, Muzaffer Bey. A Ka le daba la impresión de que la visita que había hecho aquella mañana al abogado se situaba en un pasado tan lejano que entró en la sede del partido sorprendido de estar en el mismo pasillo del mismo edificio.

La última vez que Ka había visto a Muhtar había sido hacía doce años. Después de abrazarse y darse los besos de rigor, se dio cuenta de que había echado barriga, de que tenía canas y de que el pelo se le caía, pero eso ya lo suponía, en realidad. Tal y como le ocurría en los años de universidad, Muhtar seguía sin tener nada de especial y en la comisura de los labios le colgaba el sempiterno cigarrillo de aquel entonces.

—Han matado al director de la Escuela de Magisterio —le dijo Ka.

—No ha muerto, acaba de decirlo la radio —le contestó Muhtar—. Y tú ¿cómo lo sabes?

—Estaba sentado, como nosotros, en la pastelería Vida Nueva, desde la que te ha telefoneado İpek. —Ka le narró los sucesos tal y como los habían vivido.

—¿Llamasteis a la policía? —preguntó Muhtar—. ¿Qué hicisteis luego?

Ka le respondió que İpek había vuelto a casa y que él había ido directamente allí.

—Quedan cinco días para las elecciones y el Estado está intentando cualquier cosa para tendernos una trampa ahora que ha comprendido que vamos a ganar —dijo Muhtar—. Es política de nuestro partido en toda Turquía defender los derechos de esas hermanas nuestras que se cubren. Ahora le pegan un tiro al miserable que no permite que las jóvenes pongan el pie en la Escuela de Magisterio y un testigo que se encontraba en el lugar de los hechos viene directamente a la sede de nuestro partido sin ni siquiera avisar a la policía —adoptó una expresión amable—. Por favor, ahora llama a la policía desde aquí y cuéntaselo todo —le alargó el auricular del teléfono a Ka como el dueño de una casa que se siente orgulloso del aperitivo que ofrece al invitado. En cuanto Ka tomó el auricular, Muhtar miró en una agenda y marcó el número.

—Conozco a Kasım Bey, el subdirector de seguridad —dijo Ka.

—¿De qué lo conoces? —le preguntó Muhtar con una suspicacia tan evidente que a Ka le puso nervioso.

—Él fue el primero a quien me llevó esta mañana el periodista Serdar Bey —le estaba explicando cuando la operadora comunicó de repente a Ka con el subdirector. Ka le contó los hechos de los que había sido testigo en la pastelería Vida Nueva tal y como los había vivido. Muhtar dio un par de pasos apresurados y torpes y con unos remilgos desmañados acercó la oreja e intentó escuchar al mismo tiempo que Ka. Ka, para que pudiera oír bien, apartó el auricular de su oreja y lo acercó a la de Muhtar. Ahora cada uno podía notar la respiración del otro en la cara. Ka no sabía por qué le hacía partícipe de la conversación que estaba manteniendo con el subdirector de seguridad, pero tenía la impresión de que eso era lo mejor. Volvió a describirle otras dos veces al subdirector de seguridad el cuerpo bajito del atacante, cuya cara no había podido ver en ningún momento.

—Venga aquí lo antes posible para que le tomemos declaración —le dijo el comisario con voz bienintencionada.

—Estoy en el Partido de la Prosperidad —dijo Ka—. Iré en cuanto pueda.

Se produjo un silencio.

—Un segundo.

Ka y Muhtar oyeron que el comisario se apartaba el teléfono de la boca y hablaba en susurros con alguien.

—Disculpe, preguntaba por el coche de guardia —continuó el comisario—. La nieve no va a amainar. Enseguida le enviamos el coche para que le recojan en la sede del partido.

—Ha sido mejor que les dijeras que estabas aquí —le comentó Muhtar cuando colgó el teléfono—. De todas maneras, lo saben. Tienen escuchas por todas partes. Y no quiero que malinterpretes el que hace un momento te hablara como si te estuviera acusando.

Ka notó que le recorría una ola de furia del tipo de las que sentía en tiempos hacia los aficionados a la política que le veían como un burgués de Nişantaşı. En el instituto aquellos tipos andaban metiéndose mutuamente el dedo en el culo intentando todo el rato que el otro quedara como un maricón. En años posteriores ese juego fue sustituido por el de que los demás, especialmente los enemigos políticos, quedaran como confidentes de la policía. Ka siempre se había mantenido alejado de la política por miedo a que le señalaran como el confidente que desde un coche de la policía señala la casa que han de registrar. Y ahora volvía a corresponderle a Ka la obligación de buscar excusas y explicaciones ante Muhtar, a pesar de que éste estuviera haciendo algo que diez años atrás a él mismo le hubiera parecido tan despreciable como era presentarse candidato por un partido integrista.

Sonó el teléfono, Muhtar lo cogió con un gesto de hombre

responsable y regateó con dureza con un directivo de la Televisión de Kars Fronteriza por el precio de un anuncio de su tienda de electrodomésticos que había de emitirse durante la retransmisión en directo de aquella noche.

Después de colgar el teléfono se quedaron callados como niños enfurruñados que no saben qué decirse y Ka imaginó que se contaban todo lo que no se habían contado durante aquellos doce años.

En su imaginación primero se decían: «Ahora que los dos llevamos una especie de vida en el exilio y que ni tenemos mucho éxito, ni hemos conseguido gran cosa, ni somos demasiado felices, podemos estar de acuerdo en que la vida es dura. No bastaba con ser poeta… Por eso se nos ha echado encima de esta manera la sombra de la política». Después de decir eso ninguno de ambos pudo, en la imaginación de Ka, evitar añadir: «Como no nos bastó la felicidad de la poesía, la sombra de la política se convirtió en una necesidad». Ahora Ka despreciaba un poco más a Muhtar.

Ka se forzó a recordar que Muhtar debía de estar contento ya que se encontraba en vísperas de una victoria electoral, de la misma manera que él estaba un tanto satisfecho de su fama relativa —siempre mejor que ninguna— como poeta en Turquía. Pero así como nunca se confesarían aquella felicidad, tampoco admitirían el auténtico gran problema: que estaban resentidos con la vida. O sea, les había ocurrido lo peor; habían aceptado su derrota en la vida y se habían acostumbrado a la cruel injusticia del mundo. A Ka le dio miedo que ambos necesitaran a İpek para salir de aquella situación.

—Parece ser que esta noche vas a leer tu último poema en el cine de la ciudad —dijo Muhtar sonriendo apenas.

Ka miró hostilmente los hermosos ojos castaños, que nunca sonreían por dentro, de aquel hombre que en tiempos había estado casado con İpek.

—¿Has visto a Fahir en Estambul? —continuó Muhtar ahora con una sonrisa más evidente.

Ka también pudo sonreír con él en esta ocasión. Y en sus sonrisas había algo de afecto y respeto. Fahir tenía su edad; durante veinte años había sido un defensor a ultranza de la poesía modernista occidental. Había estudiado en Saint Joseph, y con el dinero que le había dejado su abuela, una mujer rica y loca que se decía que había salido del harén de palacio, iba una vez al año a París, llenaba la maleta de libros de poesía que compraba en Saint-Germain, los traía a Estambul y publicaba las traducciones de dichos libros, sus propias poesías y las de otros poetas turcos modernistas en revistas que él mismo editaba o en las colecciones de poesía de las editoriales que fundaba y hundía. A pesar de eso, que era algo por lo que todo el mundo le respetaba, la propia poesía de Fahir, escrita bajo la influencia de aquellos poetas que traducía en un «turco puro» artificial, resultaba falta de inspiración, mala e incomprensible.

Ka le dijo que no había podido ver a Fahir en Estambul.

—En tiempos me habría encantado que le gustara mi poesía —comentó Muhtar—. Pero él miraba por encima del hombro a los que, como yo, en lugar de dedicarnos a la poesía pura, nos ocupábamos del folklore y de «las excelencias locales». Pasaron los años, hubo golpes militares, todo el mundo fue a la cárcel y salió de ella, y yo, como todos los demás, anduve de acá para allá como idiotizado. La gente que había sido mi ejemplo había cambiado, aquellos a los que quería gustar habían desaparecido, no se había hecho realidad nada de lo que pretendía en la vida ni en la poesía. Decidí volver a Kars mejor que vivir en Estambul infeliz, sin paz ni dinero. Conseguí el traslado de la tienda de mi padre, algo que antes tanto me habría avergonzado. Pero eso tampoco me hizo feliz. Despreciaba a la gente de aquí y arrugaba la nariz cuando los veía, como Fahir había hecho con mis poemas. Me parecía que en Kars ni la ciudad ni sus habitantes eran reales. Aquí todos querían o morirse o largarse. Pero a mí no me quedaba ningún lugar al que irme. Era como si me hubieran arrastrado fuera de la historia, como si me hubieran arrojado fuera de la civilización. La civilización quedaba tan lejos que no podía ni siquiera imitarla. Y Dios no me daba un hijo que hiciera lo que yo no había podido, el hijo que yo soñaba que un día, sin tener que

69

aguantar vejaciones, se convertiría en un hombre occidentalizado, moderno y con personalidad propia.

A Ka le gustaba que Muhtar pudiera reírse de sí mismo de vez en cuando sonriendo ligeramente con una luz que parecía surgir de su interior.

—Por las noches bebía y regresaba tarde a casa para no discutir con mi querida İpek. Era una de esas noches de Kars en las que todo se congela, hasta los pájaros volando. Fui el último en salir, ya bastante tarde, de la taberna Verdes Prados y regresaba andando a la casa en la que por entonces vivíamos İpek y yo en la calle del Ejército. Es una caminata de no más de diez minutos, pero una distancia bastante respetable para Kars. Me perdí en cuanto di dos pasos, supongo que porque me había pasado con el *rakı*. No había nadie por la calle. Kars parecía una ciudad abandonada, como siempre pasa en las noches frías, y las casas a las que llamaba o eran casas armenias en las que no vivía nadie desde hacía ochenta años, o los de dentro, debajo de capa más capa de edredones, se negaban a salir de los agujeros en los que se escondían como animales que hibernan.

»De repente, me gustó aquel aspecto que tenía la ciudad de abandonada y solitaria. Por todo mi cuerpo se extendía un dulce sopor a causa de la bebida y el frío. Y yo, en silencio, tomé la decisión de abandonar esta vida, di apenas cuatro o cinco pasos, me tumbé en la acera helada bajo un árbol y comencé a esperar el sueño y la muerte. Con ese frío y bebido, morirte congelado es cuestión de minutos. Mientras por mis venas se extendía un sueño apacible, se me apareció el hijo que era incapaz de tener. Me alegré de verlo: era un varón, había crecido, llevaba corbata, pero su aspecto no era el de nuestros funcionarios encorbatados, sino que parecía un europeo. Justo cuando iba a decirme algo se detuvo y besó la mano de un anciano. El anciano despedía claridad en todas direcciones. En eso una luz me dio en el ojo allí donde estaba tumbado y me despertó. Me puse en pie, arrepentido y esperanzado. Miré y un poco más allá se había abierto una puerta iluminada y había gente entrando y saliendo. Escuché la voz de mi corazón y les seguí. Me aceptaron entre ellos y me recibieron en una casa iluminada y cálida. Allí no había gente desalentada y sin esperanzas en la vida como los de Kars, sino personas felices, además, también eran de Kars y algunos incluso conocidos. Comprendí que aquella casa era el cenobio secreto de Su Excelencia Saadettin Efendi, el jeque kurdo, sobre el que había oído rumores. Había oído a mis compañeros funcionarios que, invitado por sus seguidores más adinerados, cuyo número crecía cada día, el jeque había abandonado su aldea en las montañas y había bajado a Kars para atraer a sus ceremonias a los pobres, a los desempleados y a los infelices de la ciudad, pero no le había prestado demasiada atención al rumor pensando que la policía no permitiría aquellas manifestaciones contrarias a la República. Entonces yo mismo, con lágrimas en los ojos, subía por las escaleras de la casa de ese jeque. Estaba ocurriendo lo que durante años había temido en secreto y que en mi época de ateo consideraba una debilidad y algo reaccionario: estaba volviendo al islam. En realidad, me daban miedo aquellas caricaturas de jeques reaccionarios con barbas recortadas y túnicas, y entonces, mientras subía las escaleras por mi propia voluntad, lloraba a moco tendido. El jeque era un buen hombre. Me preguntó por qué lloraba. Por supuesto no iba a decirle "Lloro porque he caído entre jeques reaccionarios y sus seguidores". Además, me daba mucha vergüenza el aliento a *rakı* que me salía por la boca como por una chimenea. Le contesté que había perdido la llave. Se me había ocurrido de repente que el llavero se me había caído donde me tumbé a morir. Y mientras los seguidores pelotilleros que le acompañaban se lanzaron de inmediato a señalar los significados metafóricos de la llave, él les envió a la calle a buscar mi llavero. Cuando nos quedamos solos me sonrió con dulzura. Me quedé más tranquilo cuando comprendí que era el anciano bondadoso con el que había soñado poco antes.

»Le besé la mano a aquel gran hombre, que a mí me parecía un santo, porque me salió del alma. Y él hizo algo que me dejó estupefacto. También me besó la mano a mí. Por mi corazón se extendió una paz como no había sentido en años.

Comprendí de inmediato que podría hablar con él de cualquier cosa, que podría contarle mi vida entera. Y él me mostraría el camino al Altísimo, de cuya existencia no había dudado en lo más profundo de mi alma ni siquiera en mi época de ateo. Eso ya me hacía feliz por adelantado. Encontraron mi llavero. Volví a casa y me dormí. Por la mañana me avergoncé de toda aquella experiencia. Recordaba entre brumas lo que me había pasado, y, sobre todo, no quería recordarlo. Me juré que nunca regresaría al cenobio. Estaba asustado y angustiado por si me encontraba en alguna parte a alguno de los fieles que esa noche me habían visto. Pero otra noche, de nuevo mientras volvía de la taberna Verdes Prados, mis pasos me llevaron allí. Y siguió ocurriendo lo mismo en las noches siguientes a pesar de mis crisis diurnas de arrepentimiento. El jeque me sentaba junto a él, escuchaba mis problemas e iba edificando en mi corazón el amor a Dios. Yo sentía una enorme paz a la vez que lloraba. Durante el día, para ocultar como un secreto mis visitas al cenobio, cogía *La República,* ya que sabía que era el periódico más laico, y protestaba de que los integristas enemigos de la República se estuvieran infiltrando por todas partes y preguntaba a izquierda y derecha por qué no hacía reuniones la Asociación de Pensamiento Kemalista.

»Aquella doble vida prosiguió hasta que una noche İpek me preguntó si había otra mujer. Se lo confesé todo llorando. Ella también lloró: "¿Te has vuelto integrista? ¿Me vas a obligar a que me ponga un pañuelo?". Le juré que nunca le pediría semejante cosa. Como me dio la impresión de que podía creer que lo que me estaba pasando se debía a que habíamos caído en la pobreza o algo así, para que se quedara tranquila le aseguré que en la tienda todo iba perfectamente y que, a pesar de los cortes de electricidad, las nuevas estufas eléctricas Arçelik se vendían muy bien. De hecho, estaba contento porque podría rezar en casa. Me compré en la librería un manual sobre cómo hacer las oraciones. Ante mí se abría una vida nueva.

»En cuanto pude rehacerme un poco, una noche escribí un largo poema con una súbita inspiración. En él describía toda aquella crisis mía, mi vergüenza, la paz y el amor a Dios que se elevaban en mi corazón, la primera vez que subí las excelsas escaleras del jeque, y los significados real y metafórico de la llave. No tenía el menor defecto. Te juro que no era inferior a ningún poema de esos poetas occidentales a la última moda que traducía Fahir. Se lo envié de inmediato junto con una carta. Esperé seis meses pero no lo publicó en *La Tinta de Aquiles*, la revista que sacaba por entonces. Mientras esperaba, escribí otros tres poemas y también se los envié dejando un plazo de dos meses entre cada uno de ellos. Esperé impaciente un año, pero no publicó ninguno.

»La infelicidad que sentía en aquel periodo de mi vida no se debía a que todavía no tuviera hijos, ni a que İpek se resistiera a aceptar las obligaciones del islam, ni a que mis viejos amigos laicos e izquierdistas me despreciaran porque me hubiera vuelto religioso. De hecho, no me prestaban mucha atención porque había otros muchos ejemplos de gente como yo que regresaba con entusiasmo al islam. Lo que más me alteraba era que no se publicaran aquellos poemas que había enviado a Estambul. Las horas no sabían pasar cuando se acercaban los días en que tenía que salir el nuevo número a principios de cada mes, y en cada ocasión me calmaba pensando que por fin ese mes se publicaría alguno. La verdad expresada en esos poemas sólo podía compararse a la verdad de los poemas occidentales. Y yo pensaba que sólo Fahir en toda Turquía podría darse cuenta de eso.

»Las dimensiones de la injusticia que estaba sufriendo y de mi furia empezaron a envenenar la felicidad que me proporcionaba el islam. De repente, pensaba en Fahir incluso mientras rezaba en la mezquita, a la que había comenzado a ir; volvía a ser desdichado. Una noche decidí explicarle mis angustias al jeque pero no entendió nada de lo que le decía de la poesía modernista, ni de René Char, ni de la frase partida, ni de Mallarmé, ni de Joubert, ni del silencio de un verso vacío.

»Aquello sacudió la confianza que tenía en el jeque. De hecho, desde hacía bastante tiempo no hacía otra cosa sino repetirme las mismas siete u ocho frases: "Mantén limpio tu corazón", "Si Dios quiere superarás este sufrimiento por amor a

Él". No quiero ser injusto, no era un hombre simple, sólo era un hombre con una educación muy básica. El demonio que había en mi corazón, herencia de mis años de ateo, medio práctico, medio racionalista, comenzó a aguijonearme de nuevo. La gente como yo sólo encuentra la paz luchando por una causa en un partido político entre otros que son como ellos. Así comprendí que el unirme a este partido me daría una vida espiritual más profunda y con mayor sentido que la que me ofrecía el cenobio. La experiencia de partido que adquirí en mis años marxistas me ha servido de mucho en este que da importancia a la religión y a la espiritualidad.

—¿Como en qué? —preguntó Ka.

La luz se fue. Se produjo un largo silencio.

—Se ha cortado la luz —dijo luego Muhtar con un tono misterioso.

Ka se quedó quieto sentado en la oscuridad, sin responderle.

7

Islamista político es el nombre que nos dan los occidentales y los laicos
En la sede del partido, en la Dirección de Seguridad y de nuevo en las calles

Había algo escalofriante en el hecho de permanecer sentados en la oscuridad sin hablarse, pero Ka prefería aquella tensión a lo artificioso de estar hablando con Muhtar a la luz como si fueran dos viejos amigos. Ahora lo único que le relacionaba con Muhtar era Ipek, y aunque a Ka le apeteciera hablar de ella, por otro lado temía que se le notara que estaba enamorado. Otra cosa que le daba miedo era que Muhtar le contara más historias y demostrara que era aún más tonto de lo que ya le parecía porque entonces la admiración que quería sentir por Ipek se vería sacudida desde el comienzo por el hecho de haber estado casada durante años con un tipo así.

Por eso Ka se sintió más tranquilo cuando Muhtar, movido por la falta de tema de conversación, sacó a relucir el tema de sus antiguos compañeros izquierdistas y de los exiliados políticos que habían huido a Alemania. En respuesta a una pregunta de Muhtar, le dijo sonriendo que había oído que Tufan el de Malatya, el del pelo rizado, que en tiempos escribía en la revista «sobre cuestiones del Tercer Mundo», se había vuelto loco. Le contó que la última vez que lo había visto había sido en la estación central de Stuttgart, con un palo larguísimo en la mano y un mocho húmedo en la punta del palo mientras silbaba y fregaba el suelo a todo correr. Luego Muhtar le preguntó por Mahmut, que tantos sermones les echaba porque no tenía pelos en la lengua. Ka le dijo que se había unido a la comunidad del integrista Hayrullah Efendi y que ahora demostraba la misma furia de las discusiones de su época de izquierdista en las peleas sobre quién dominaría qué mezquita o qué comunidad en Alemania. Otro, el afable Süleyman, a quien Ka recordaba también sonriendo, se aburrió tanto en la pequeña ciudad de Traunstein, en Baviera, donde vivía gracias al dinero de una fundación de la Iglesia que abría los brazos a todo tipo de refugiados políticos del Tercer Mundo, que había regresado a Turquía aun a sabiendas de que podían meterle en la cárcel. Recordaron a Hikmet, asesinado de forma misteriosa mientras trabajaba de conductor en Berlín, a Fadıl, que se había casado con una mujer madura, viuda de un oficial nazi, con la que regentaba una pensión, y a Tarık el teórico, que trabajaba para la mafia turca en Hamburgo y se había hecho rico. Sadık, que en tiempos había ayudado a Muhtar, Ka, Taner e İpek a doblar las hojas de las revistas recién salidas de la imprenta, ahora estaba a la cabeza de una banda que se dedicaba a introducir trabajadores ilegales en Alemania a través de los Alpes. De Muharrem, que con tanta facilidad se ofendía, se decía que ahora llevaba una plácida vida subterránea junto a su familia en una de esas estaciones fantasmas de la red de metro de Berlín que habían dejado de usarse a causa de la guerra fría y el Muro. Cuando el tren pasaba a toda velocidad entre las estaciones de Kreuzberg y Alexanderplatz, los socialistas turcos jubilados que iban en el vagón se ponían firmes como los facinerosos de Estambul que, cada vez que pasaban ante Arnavutköy, saludaban mirando por un instante la corriente en honor al legendario gángster que había desaparecido con su coche en el agua. Aunque los exiliados políticos que iban en aquel momento en el vagón no se conocieran unos a otros, echaban una mirada de reojo a los camaradas que saludaban firmes al legendario héroe de una causa perdida. Fue en uno de esos vagones de Berlín donde Ka se encontró con Ruhi, tan crítico con sus compañeros izquierdistas porque no se interesaban por la psicología, y donde se enteró de que trabajaba como cobaya para medir la influencia de la publicidad de un nuevo tipo de pizza de cecina que se pensaba comercializar con la mirada puesta en los estratos más bajos de los trabajadores emigrantes. De todos los exiliados políticos que Ka conoció en Alemania, el más feliz era Ferhat: se había unido al PKK, asaltaba oficinas de las Líneas Aéreas Turcas con entusiasmo nacionalista, se le había visto en la CNN arrojando cócteles molotov a consulados turcos y estaba aprendiendo kurdo soñando con los poemas que escribiría algún día. Otros por los que Muhtar le preguntó con una extraña curiosidad, o los había olvidado hacía ya mucho, o había oído que, como tantos otros que se unen a pequeñas bandas, trabajan para los servicios secretos o se meten en asuntos oscuros, habían desaparecido del mapa o se habían desvanecido, muy probablemente siendo asesinados en silencio y después arrojados a un canal.

Cuando, a la luz de la cerilla que había encendido su antiguo amigo, fue capaz de situar de nuevo el fantasmal mobiliario de la sede provincial del partido, una vieja mesita, una estufa de gas, Ka se puso en pie, se acercó a la ventana y contempló admirado la nieve que caía.

La nieve caía lentamente en grandes copos que llenaban la mirada. Al amainar tenía algo en su plenitud y en su blancura, más evidente a la luz azulada que surgía de un lugar indeterminado de la ciudad, que proporcionaba paz y confianza, y una elegancia que dejaba admirado a Ka. Recordó las noches nevadas de su infancia, en tiempos en que en Estambul también se cortaba la electricidad por la nieve y las tormentas, cuando en su casa se oían susurros de imploraciones pías —Dios nos proteja— que aceleraban su corazón infantil y Ka se sentía feliz de tener una familia. Contempló entristecido los caballos que tiraban de un carro con dificultad bajo la nevada: en la oscuridad sólo podía distinguir las cabezas de los animales sacudiéndose tensas a izquierda y derecha.

—Muhtar, ¿todavía vas a ver a Su Excelencia?

—¿A Su Excelencia Saadettin Efendi? A veces. ¿Por qué?

—¿Qué es lo que te da?

—Algo de amistad y algo de afecto, aunque no dure mucho. Es un hombre sabio.

Pero Ka no sintió alegría en la voz de Muhtar sino decepción.

—En Alemania llevo una vida muy solitaria —continuó Ka, obstinado—. A medianoche, cuando miro los tejados de Frankfurt, siento que ni este mundo ni mi vida son en vano. Oigo en mi interior una serie de voces.

—¿Qué tipo de voces?

—Quizá sea porque he envejecido y me da miedo morir —le dijo Ka, avergonzado—. Si fuera escritor, escribiría sobre mí «A Ka, la nieve le hacía recordar a Dios». Pero no estoy seguro de que sea del todo cierto. El silencio de la nieve me acerca a Dios.

—Los religiosos, los derechistas, los conservadores musulmanes de este país… —le interrumpió Muhtar a toda prisa dejándose llevar por una falsa esperanza—, a mí esa gente me vino muy bien después de mis años de ateo izquierdista. Búscalos. Estoy seguro de que a ti también te ayudarán.

—¿De veras?

—De entrada, todos esos hombres piadosos son modestos, amables, comprensivos. No desprecian a la gente al momento como los occidentalizados. Son afectuosos y también ellos han sido heridos. Si llegan a conocerte, te querrán, no se andan con ironías.

Ka sabía desde el primer momento que creer en Dios en Turquía no significaba que uno fuera en solitario al encuentro de la más sublime idea, del mayor creador, sino, ante todo, pertenecer a una comunidad, a un círculo; no obstante, le decepcionó que Muhtar le hablara de la utilidad de las comunidades sin ni siquiera mencionar a Dios ni la fe del individuo. Sintió que despreciaba a Muhtar por eso. Pero mientras miraba por la ventana en la que apoyaba la frente, llevado por un impulso, le dijo a Muhtar algo completamente distinto:

—Muhtar, me da la impresión de que si comenzara a creer en Dios, te llevarías una decepción, hasta me despreciarías.

—¿Por qué?

—Te dan miedo los individuos occidentalizados y solitarios que creen en Dios por sí solos. Encuentras más seguro a un incrédulo que pertenece a una comunidad que a un creyente individual. Para ti, un hombre solo es más miserable y malvado que un incrédulo.

—Yo estoy muy solo —le dijo Muhtar.

Ka sintió cierto rencor y cierta pena por el hecho de que hubiera podido decir aquellas palabras de manera tan sincera y convincente. Ahora notaba que la oscuridad de la habitación había creado entre Muhtar y él cierta intimidad de borrachos.

—No es que lo vaya a ser, pero ¿sabes lo que en realidad te daría miedo de que me convirtiera en un beato de los que rezan cinco veces al día? Tú sólo puedes abrazarte a tu religión y a tu comunidad si infieles laicos como yo nos echamos sobre los hombros las tareas del Estado y el comercio. En este país nadie puede rezar con tranquilidad de corazón sin confiar en la eficiencia de un ateo que lleve como es debido los asuntos ajenos a la religión, como la política y el comercio con Occidente.

—Pero tú no eres ese comerciante ni ese hombre de Estado que se ocupa de asuntos ajenos a la religión. Cuando quieras te llevaré a ver a Su Excelencia el jeque.

—¡Parece que han llegado nuestros policías! —dijo Ka.

Ambos miraron en silencio por los huecos del cristal de la ventana, helado aquí y allá, a los dos civiles que, bajo la nieve, se bajaban lentamente de un coche de policía que había aparcado abajo, en la puerta de la galería.

—Ahora tengo que pedirte algo —le dijo Muhtar—. Dentro de nada van a subir esos tipos y nos van a llevar a la central. A ti no te detendrán, te tomarán declaración y te soltarán. Vuelves al hotel, Turgut Bey, el dueño, te invitará a cenar esta noche y tú aceptarás. Allí, por supuesto, estarán sus abnegadas hijas. En ese momento quiero que le digas a İpek lo siguiente. ¿Me estás escuchando? ¡Dile a İpek que quiero volver a casarme con ella! Fue un error pedirle que se cubriera, que se vistiera según las normas del islam. ¡Dile que no volveré a comportarme como un marido celoso y cerril de miras estrechas, que me arrepiento y me avergüenzo de todas las presiones a las que la sometí mientras estuvimos casados!

—¿Y no le has dicho tú ya a İpek todo eso?

—Sí, se lo he dicho, pero no me ha servido de nada. Quizá no me crea porque soy el jefe provincial del Partido de la Prosperidad. Tú eres un hombre de otro tipo, que viene de Estambul, ¡de Alemania! Si tú se lo dices, te creerá.

—¿Y no te creará problemas políticos como jefe provincial del Partido de la Prosperidad que tu mujer lleve la cabeza descubierta?

—Dentro de cuatro días, si Dios quiere, ganaré las elecciones y seré alcalde —le contestó Muhtar—. Pero lo más importante es que le expliques a İpek que estoy arrepentido. Por entonces yo quizá siga detenido todavía. ¿Lo harás por mí, hermano?

Ka tuvo un momento de indecisión.

—Lo haré —dijo luego.

Muhtar abrazó a Ka y le besó en las mejillas. Ka sintió por Muhtar algo entre pena y asco y se despreció a sí mismo por no poder ser tan inocente y abierto de corazón como Muhtar.

—Te pido, además, que por favor le entregues en propia mano a Fahir este poema mío —añadió Muhtar—. Es ese del que te hablé hace un momento, se llama «La escalera».

En la oscuridad, mientras Ka se metía el poema en el bolsillo, tres hombres de civil entraron en el despacho; dos de ellos llevaban enormes linternas en la mano. Estaban preparados y eran meticulosos y por sus gestos se comprendía que estaban perfectamente al tanto de lo que hacían allí Ka y Muhtar. Ka comprendió que pertenecían al SNI. No obstante, mientras comprobaban el documento de identidad de Ka, le preguntaron qué hacía allí. Él les explicó que había venido de Estambul para escribir un artículo para el diario *La República* sobre las elecciones y las mujeres que se suicidaban.

—¡La verdad es que se suicidan para que ustedes lo escriban en los periódicos de Estambul! —dijo uno de los funcionarios.

—No, no es por eso —le replicó Ka, arrogante.

—Entonces, ¿por qué?

—Se suicidan porque son infelices.

—Nosotros también somos infelices pero no nos suicidamos.

Mientras, por otro lado, abrían los armarios de la sede provincial del partido, sacaban los cajones y vaciaban el contenido sobre la mesa y buscaban algo entre los archivos a la luz de las linternas que llevaban. Volcaron la mesa de Muhtar para ver si tenía un arma debajo y arrastraron uno de los armarios para mirar por detrás. Se portaban con Ka mucho mejor de lo que lo hacían con Muhtar.

—¿Por qué vino aquí en lugar de acudir a la policía después de ver cómo disparaban al director?

—Tenía una cita aquí.

—¿Para qué?

—Somos antiguos compañeros de universidad —intervino Muhtar con una voz como si se disculpara—. Y la dueña del hotel Nieve Palace, donde se hospeda, es mi mujer. Poco antes del atentado me llamaron aquí, a la sede del partido, para pedirme una cita. Pueden comprobarlo ya que los de Inteligencia nos escuchan los teléfonos.

—¿Y qué sabes tú de si escuchamos vuestros teléfonos o no?

—Lo siento mucho —dijo Muhtar sin inmutarse lo más mínimo—. No lo sé, lo supuse. Quizá me haya equivocado.

Ka notaba en Muhtar la sangre fría y la represión asumida de quien acepta como algo tan natural como los cortes de luz y el que los caminos estén siempre embarrados el que la policía le maltrate y aguantarse, el no convertir en una cuestión de honor los insultos y los empellones, la crueldad de la policía y el Estado, y le respetaba porque él no poseía aquella flexibilidad y aquel talento tan útiles.

Después de registrar durante largo rato la sede provincial del partido, poner patas arriba armarios y archivos, llenar con parte de sus contenidos unas bolsas que ataron con cuerdas y levantar un acta del registro, los metieron en la parte de atrás del coche de policía y, mientras estaban allí sentados en silencio como niños culpables, Ka vio aquella misma represión en las enormes y blancas manos de Muhtar, que descansaban tranquilas sobre sus rodillas como perros viejos y gordos. Mientras el coche de policía avanzaba lentamente por las calles nevadas y oscuras de Kars, contemplaron con amargura las luces de un pálido naranja que se filtraban a través de los visillos entreabiertos de las ventanas de antiguas mansiones armenias, ancianos que caminaban despacio por las aceras heladas llevando bolsas de plástico y fachadas de casas tan solitarias, vacías y viejas como fantasmas. En el tablón de anuncios del Teatro Nacional habían colgado carteles de la función de aquella noche. Los obreros que estaban pasando por las calles el cable para la retransmisión en vivo todavía estaban trabajando. En la estación de autobuses había un ambiente de espera nerviosa porque las carreteras seguían cortadas.

El coche de policía avanzó lentamente bajo una nieve fantasmagórica cuyos copos le parecían a Ka tan enormes como los que tenían aquellos juguetes rellenos de agua a los que los niños pequeños llamaban «tormenta de nieve». Como el chófer conducía con cuidado y despacio, a Ka le dio tiempo, en los siete u ocho minutos que tardaron en recorrer incluso aquel breve trecho, a que sus ojos se encontraran con los de Muhtar, sentado a su lado, y por la mirada triste y tranquilizadora de su antiguo amigo pudo comprender, avergonzado y aliviado, que a Muhtar le golpearían en la Dirección de Seguridad mientras que a él no le tocarían un pelo.

Ka también notó en aquella mirada de su amigo, que seguiría recordando años más tarde, que Muhtar pensaba que se merecía la paliza que iba a llevarse poco después. A pesar de estar absolutamente convencido de que iba a ganar las elecciones municipales que se iban a celebrar cuatro días después, en sus ojos había una mirada tan resignada, tan de estar disculpándose por adelantado, que Ka comprendió que Muhtar pensaba lo siguiente: «Sé que me merezco la paliza que me voy a llevar dentro de poco y que intentaré soportarla sin perder mi orgullo, por insistir en seguir viviendo en este rincón del mundo y además por haberme dejado arrastrar por la ambición del poder; y por todo eso me veo inferior a ti. Por favor, no me eches a la cara mi vergüenza mirándome tan fijamente a los ojos».

Después de que la furgoneta de la policía se detuviera en el patio exterior, cubierto de nieve, de la Dirección de Seguridad, no separaron a Ka de Muhtar, pero se comportaron de manera muy distinta con cada uno de ellos. A Ka le trataron como a un famoso periodista que venía de Estambul, como a alguien influyente que si escribía algo en contra de ellos podía causarles problemas y como a un testigo inteligente dispuesto a colaborar. En su forma de portarse con Muhtar, en cambio, tenían ese aire despectivo de «¿Otra vez tú?». Incluso se volvían hacia Ka y le miraban con aspecto de estar preguntándole «¿Qué hace usted con uno como éste?». Ka pensó inocentemente que su trato despectivo a Muhtar también se debía en parte a que lo encontraban estúpido (¿Te crees que te van a entregar el Estado en bandeja de plata?) y desorientado (¡Primero deberías hacerte con el control de tu vida!). Pero sólo más tarde entendería que lo que aquello implicaba era algo completamente distinto.

En cierto momento llevaron a Ka a una habitación contigua y le enseñaron cerca de cien fotografías en blanco y negro que habían extraído de los archivos para que intentara identificar al bajito atacante del director de la Escuela de Magisterio. Allí había fotografías de todos los islamistas políticos de Kars y alrededores que habían sido detenidos aunque sólo fuera una vez por las fuerzas de seguridad. La mayoría eran jóvenes, kurdos, campesinos o desempleados, pero entre ellos también había vendedores ambulantes, estudiantes del Instituto de Imanes y Predicadores e incluso de universidad, profesores y turcos suníes. Ka reconoció en las fotos de unos jóvenes que miraban enfurecidos y tristes a la cámara de la Dirección de Seguridad la cara de dos muchachos con los que se cruzó a lo largo de aquel día que había pasado en las calles de Kars, pero le resultó imposible identificar por las fotografías en blanco y negro al agresor, a quien recordaba mayor y más bajito.

Cuando regresó a la otra habitación vio que a Muhtar, que

continuaba sentado sacando joroba en el mismo taburete que antes, le sangraba la nariz y que tenía un ojo ensangrentado. Muhtar, después de hacer un par de gestos avergonzado, se ocultó la cara con el pañuelo. En el silencio que siguió, Ka imaginó que Muhtar, gracias a la paliza que se había llevado, se habría redimido del sentimiento de culpabilidad y de la opresión espiritual que le provocaban la pobreza y la estupidez del país. Dos días más tarde, justo antes de recibir con dolor la noticia más triste de su vida —y encontrándose él mismo en la misma situación que Muhtar—, Ka recordaría aquel pensamiento aunque en ese momento le parecería estúpido.

Un minuto después de que su mirada se cruzara con la de Muhtar, volvieron a llevarse a Ka a la habitación contigua para tomarle declaración. Mientras Ka le contaba a un policía joven, que usaba una máquina de escribir hermana de la vieja Remington que su padre, abogado, tecleaba en las tardes de su niñez cuando se llevaba trabajo a casa, cómo habían disparado al director de la Escuela de Magisterio, pensó en que quizá le hubieran enseñado a Muhtar para meterle miedo.

Cuando poco después le dejaron libre, la imagen de la cara ensangrentada de Muhtar, que se había quedado encerrado, tardó en írsele de la mente. Antiguamente la policía no zurraba con tanta alegría a los conservadores en las ciudades de provincias. Pero Muhtar no era de un partido de centro derecha como ANAP; pertenecía a un movimiento que pretendía ser islamista radical. Sintió que, con todo, la situación también tenía que ver en parte con la propia personalidad de Muhtar. Caminó largo rato bajo la nieve, se sentó en un murete por la parte de abajo de la calle del Ejército y se fumó un cigarrillo contemplando a los niños que patinaban y se deslizaban por la cuesta nevada a la luz de las farolas. Estaba cansado de toda la pobreza y toda la violencia de la que había sido testigo a lo largo del día, pero en su interior palpitaba la esperanza de poder comenzar una vida completamente nueva con el amor de İpek.

Más tarde, caminando de nuevo bajo la nieve, se encontró en la acera contraria a la pastelería Vida Nueva. La luz azul del coche de policía que había aparcado frente al escaparate roto de la pastelería iluminaba con una agradable claridad a la muchedumbre, mujeres y niños incluidos, que observaba a los agentes, y a la nieve, que caía sobre toda Kars con una paciencia divina. Ka se incorporó al gentío y vio que en la pastelería los policías todavía estaban interrogando al anciano camarero.

Alguien tocó el hombro de Ka con un movimiento temeroso.

—Usted es Ka, el poeta, ¿no? —Era un muchacho de enormes ojos azules y cara de niño bueno—. Me llamo Necip. Sé que ha venido a Kars para escribir un artículo para el diario *La República* sobre las elecciones y las jóvenes suicidas y que se ha visto con mucha gente. Pero hay otra persona importante en Kars a quien tiene que ver.

—¿A quién?

—¿Nos apartamos un poco?

A Ka le gustó el aspecto misterioso que había adoptado el muchacho. Se retiraron hasta llegar ante el quiosco Moderno, «Famoso en el Mundo Entero por sus Jarabes y su Salep».

—Estoy autorizado a decirle quién es esa persona a quien debe ver sólo si acepta hacerlo.

—¿Cómo puedo comprometerme a hablar con él sin saber quién es?

—En eso tiene razón —reconoció Necip—. Pero esa persona se está ocultando. De quién se oculta y por qué no puedo decírselo mientras usted no acepte verle.

—Muy bien, acepto hablar con él —respondió Ka. Y añadió con un tono que había sacado de los cómics—: Espero que esto no sea una trampa.

—Si no confías en la gente, no podrás conseguir nada en la vida —le contestó Necip también con tono de cómic.

—Confío en vosotros. ¿Quién es la persona a la que debo ver?

—Seguro que hablarás con él después de saber su nombre. Pero mantendrás el secreto del lugar en que se oculta. Ahora vuelve a pensártelo. ¿Te digo quién es?

—Sí —le contestó Ka—. Confiad también vosotros en mí.

—Esa persona se llama Azul —dijo Necip con el entusiasmo de quien recuerda el nombre de un héroe legendario. Se sintió decepcionado al no observar ninguna reacción en Ka—. ¿O es que no habéis oído hablar de él en Alemania? En Turquía es famoso.

—Lo sé —dijo Ka con un tono tranquilizador—. Estoy dispuesto a verle.

—Pero yo no sé dónde está —le confesó Necip—. Ni siquiera le he visto en toda mi vida.

Por un momento se miraron sonriendo suspicaces.

—Otro te llevará hasta Azul —dijo Necip—. Mi misión es conducirte hasta la persona que te llevará a él.

Caminaron juntos calle abajo por la avenida Küçük Kâzımbey pasando bajo banderolas y entre carteles electorales. Ka se sintió cercano al muchacho al notar en sus movimientos nerviosos e infantiles y en su cuerpo delgado algo que le recordaba a su propia juventud. En cierto momento se atrapó a sí mismo intentando ver el mundo con sus ojos.

—¿Qué habéis oído en Alemania de Azul? —le preguntó Necip.

—He leído en la prensa turca que es un militante del islam político —le contestó Ka—. También he leído cosas peores sobre él.

Necip le interrumpió a toda velocidad.

—Islamistas políticos es el nombre que nos ha puesto la prensa occidentalizada y laica a los musulmanes dispuestos a luchar por nuestra religión —dijo—. Usted es laico, pero, por favor, no se deje engañar por las mentiras que la prensa laica escribe sobre él. No ha matado a nadie. Ni siquiera en Bosnia ni en Grozni, allí le mutiló una bomba rusa, donde fue a defender a nuestros hermanos musulmanes. —Detuvo a Ka en una esquina—. ¿Ves esa tienda de enfrente? ¿La librería Manifiesto? Es de los Seguidores de la Unidad, pero todos los islamistas de Kars se reúnen allí. De la misma forma que lo sabe todo el mundo, lo sabe también la policía. Tienen espías entre los dependientes. Yo soy estudiante del Instituto de Imanes y Predicadores. Tenemos prohibido entrar ahí, nos pueden abrir un expediente disciplinario, pero voy a entrar y avisar. Tres minutos después de que yo entre, saldrá un joven alto con barba y un gorro rojo. Síguele. Dos manzanas más allá él se te acercará si no le sigue ningún policía de civil y te llevará a donde tiene que llevarte. ¿Entendido? Que Dios te ayude.

Necip desapareció en un instante entre la intensa nieve. Ka sintió cariño por él.

8
Quien se suicida es un pecador
La historia de Azul y Rüstem

La nevada arreció aún más mientras Ka esperaba frente a la librería Manifiesto. Ka, aburrido de sacudirse la nieve que se le acumulaba encima y de esperar, estaba a punto de volver al hotel cuando a la luz pálida de la farola se dio cuenta de que el joven alto y barbudo estaba caminando por la acera de enfrente. Cuando vio que el gorro rojo que llevaba se había vuelto blanco por la nieve le siguió con el corazón a toda velocidad.

Anduvieron a todo lo largo de la calle Kâzımpaşa, que el candidato a alcalde del Partido de la Madre Patria había prometido convertir en peatonal imitando a Estambul, doblaron por la calle Faikbey, dos calles más abajo giraron a la derecha y llegaron a la plaza de la estación. La estatua de Kâzım Karabekir que había en medio de la plaza había desaparecido por la nieve y en la oscuridad había adoptado la forma de un enorme helado. Cuando Ka vio que el joven barbudo entraba en el edificio de la estación salió corriendo tras él. No había nadie en las salas de espera. Echó a andar sintiendo que el joven había salido al andén. Al llegar al final de éste le pareció ver que el joven avanzaba en la oscuridad y le siguió con miedo a lo largo de los raíles. Justo en el momento en que se le ocurría que si de repente le pegaban allí un tiro y lo mataban nadie podría encontrar su cadáver hasta la primavera, se dio de narices con el joven de la barba y el gorro.

—No nos sigue nadie —dijo el joven—. Si quieres, todavía estás a tiempo de dejarlo. Pero si vienes conmigo, a partir de ahora tendrás cerrada la boca. Ni siquiera se te escapará nunca cómo llegaste hasta aquí. El final de los traidores es la muerte.

Pero ni siquiera aquella última frase atemorizó a Ka, porque tenía una voz tan aguda que resultaba casi cómica. Siguieron a lo largo de los raíles, pasaron junto al silo y, después de entrar en la calle de los Estofados, junto a los pabellones militares, el joven de la voz aguda le señaló a Ka el edificio en el que debía entrar y le especificó qué timbre tenía que tocar.

—¡No le faltes al respeto al Maestro! —le dijo—. No le interrumpas, y cuando acabe de hablar lárgate de ahí sin perder tiempo.

Así fue como Ka supo que entre sus admiradores Azul tenía el otro apodo de «Maestro». En realidad, Ka sabía bien poco sobre Azul, salvo que era islamista político y famoso. Años atrás había leído en uno de los periódicos turcos que le caían en las manos que había estado envuelto en un asesinato. Había muchos islamistas radicales que mataban pero ninguno de ellos era tan famoso. La celebridad de Azul se debía a la afirmación de que había matado al afeminado y presumido presentador de un concurso de cultura general con premios en metálico de un pequeño canal de televisión, que solía llevar ropa de colores con muchos adornos y que era muy dado a los chistes verdes, a las bromas vulgares y a burlarse de «los ignorantes». Aquel sarcástico presentador, que tenía la cara llena de lunares y que se llamaba Güner Bener, se estaba riendo de un concursante pobre y estúpido durante una de las retransmisiones en directo del concurso cuando se le escapó un comentario inapropiado sobre el Santo Profeta, y aunque el chiste, que probablemente sólo habría enfurecido a un puñado de espectadores beatos que dormitaban viendo el programa, pronto era olvidado por todos, Azul envió cartas a todos los periódicos de Estambul amenazando con que mataría al presentador si no se retractaba y pedía disculpas en el mismo programa. Quizá la prensa de Estambul no le habría dado importancia a la amenaza, acostumbrada como estaba a otras parecidas; pero el pequeño canal de televisión, que seguía una política laicista provocadora, le invitó a participar en un programa con la intención de demostrar a la audiencia lo violentos que podían volverse los islamistas radicales con un arma en la mano. Allí él repitió sus amenazas, exagerándolas, y gracias al éxito del programa consintió en representar el papel de «islamista rabioso armado con un cuchillo» para otros canales de televisión. Fue por aquel entonces, cuando el fiscal comenzó a buscarle por «amenaza de muerte» y cuando estaba cosechando los primeros frutos de su fama, que Azul empezó a ocultarse. Güner Bener, consciente de que el asunto interesaba a la audiencia, le desafió desde su programa diario en directo afirmando de manera inesperada que no temía «a reaccionarios degenerados, enemigos de Atatürk y de la República», y un día después lo encontraron en la habitación de su lujoso hotel de Esmirna, adonde había ido por motivos del programa, estrangulado con la corbata multicolor con diseños de pelotas de playa que se había puesto para el concurso. A pesar de que Azul demostró que aquel día y a aquella hora se encontraba en Manisa en una conferencia en apoyo a las jóvenes empañoladas, continuó ocultándose y huyendo de la prensa, que informó ampliamente del asunto extendiendo su fama por todo el país. Durante un tiempo Azul desapareció del mapa porque por aquellos días parte de la prensa islamista le atacaba tanto como la laica acusándole de presentar al islam político como algo sanguinario, de ser un juguete de la prensa laica, de que le fascinaban de manera inapropiada para un islamista la fama y los medios de comunicación, y de ser agente de la CIA. Por entonces se extendió por círculos islamistas el rumor de que había luchado heroicamente contra los serbios en Bosnia y contra los rusos en Grozni, pero también había quien decía que todo aquello eran mentiras.

Los que estén interesados en lo que pensaba Azul sobre todo esto pueden acudir a su breve autobiografía en este mismo libro a partir de la frase que comienza por «En lo que respecta a mi condena a muerte» en la quinta página del capítulo treinta y cinco, titulado «No soy agente de nadie» y subtitulado «Ka y Azul en la celda», pero no estoy seguro de que todo lo que dice allí nuestro personaje sea cierto. El que se contaran tantas mentiras sobre él y el que en algunos rumores alcanzara cierta altura legendaria se alimentaba del propio ambiente misterioso que rodeaba a Azul. A juzgar por el silencio posterior en que había querido envolverse, podría considerarse que Azul había acabado por darles la razón a las críticas de algunos círculos islamistas sobre cómo había accedido a la fama y a otras que afirmaban que un musulmán no debía dejarse ver tanto en los medios de comunicación laicos, sionistas y burgueses, pero, como ya veremos en nuestra historia, en realidad a Azul le gustaba hablar con la prensa.

En cuanto a los rumores que habían surgido sobre su llegada a Kars —como ocurre con los rumores que se propagan al instante en todos los lugares pequeños—, la mayoría eran incoherentes. Algunos decían que Azul había venido para proteger las bases y algunos secretos de una organización islamista kurda que había sido desarticulada gracias a las redadas estatales efectuadas contra sus dirigentes en Diyarbakır, pero en realidad dicha organización no tenía más seguidores en Kars que un par de chiflados. Los militantes pacíficos y bienintencionados de ambas facciones decían que había venido para apaciguar el enfrentamiento que había surgido en las ciudades del este, y que en los últimos tiempos iba en aumento, entre nacionalistas kurdos marxistas e islamistas kurdos. El conflicto entre islamistas kurdos y nacionalistas marxistas kurdos, que había comenzado con discusiones, insultos, palizas y peleas callejeras, se había convertido en muchas ciudades en apuñalamientos y ataques con cuchillos de carnicero, y en los últimos meses los militantes habían comenzado a matarse a tiros, a secuestrarse, a torturarse en los interrogatorios (ambas partes usaban métodos como dejar que goteara sobre la piel plástico fundido o estrujar los huevos) y a estrangularse. Se comentaba que Azul iba de ciudad en ciudad tanteando las bases enviado por una comisión secreta de mediadores formada con la intención de terminar con aquella guerra que, en opinión de la mayoría, sólo servía a los intereses del Estado, pero, como decían sus enemigos, no era adecuado para tan prestigiosa y difícil misión por los puntos oscuros de su pasado y por su juventud. Los jóvenes islamistas difundieron también el rumor de que había venido para eliminar al *discjockey* y «brillante» presentador en brillantes ropajes de la emisora local de televisión de Kars, la Televisión de Kars Fronteriza, que hacía chistes indecentes y que, aunque fuera de manera muy encubierta, se burlaba del islam; a causa de aquellos rumores, el presentador, un azerí de origen llamado Hakan Özge, había empezado a hablar de Dios y de las horas de oración cada dos por tres en sus últimos programas. También había quienes imaginaban que Azul era el contacto en Turquía de una red internacional de terrorismo islamista. Al parecer, las fuerzas de seguridad e inteligencia de Kars tenían conocimiento de los planes de dicha red, que contaba con apoyo saudí, de intimidar a los miles de mujeres que venían a Turquía para prostituirse desde los países de la antigua Unión Soviética, asesinando a algunas de ellas. De la misma manera que Azul no intentó refutar ninguna de aquellas afirmaciones, tampoco desmintió los rumores de que había venido a causa de las mujeres que se suicidaban, de las muchachas empañoladas o de las elecciones municipales. El hecho de que no apareciera en público y que no respondiera a lo que se decía sobre él le dotaba de un aire misterioso que a los estudiantes del Instituto de Imanes y Predicadores y a los jóvenes en general les resultaba muy atractivo. No se dejaba ver por las calles de Kars no sólo para ocultarse de la policía, sino también para mantener aquel aire de leyenda, y aquello contribuía a crear dudas sobre si se hallaba realmente en la ciudad o no.

Ka llamó al timbre que le había indicado el joven del gorro rojo y comprendió al instante que el hombre bajito que le abría la puerta y le invitaba a pasar era el mismo que hora y media antes había disparado al director de la Escuela de Magisterio en la pastelería Vida Nueva. En cuanto le vio, el corazón comenzó a latirle con fuerza.

—Disculpe —le dijo el hombre bajito levantando los brazos y mostrándole las palmas de las manos—. En los últimos dos años han intentado matar tres veces a nuestro Maestro, tengo que registrarle.

Ka abrió los brazos para que le cacheara con la comodidad de una costumbre que le había quedado de los años de universidad. Mientras aquel hombre pequeñito le pasaba meticulosamente sus manos pequeñitas por la camisa y la espalda buscando un arma, a Ka le dio miedo que notara lo rápido que le latía el corazón. Inmediatamente después, su corazón retomó su ritmo normal y Ka se dio cuenta de que se había equivocado. No, el hombre que estaba viendo no era en absoluto el mismo que había disparado al director de la Escuela de Magisterio. Aquel amable hombre maduro que le recordaba a Edward G. Robinson no parecía ni lo bastante decidido ni lo bastante seguro como para dispararle a nadie.

Ka oyó los sollozos de un niño que comenzaba a llorar y la dulce voz de su madre, que le hablaba cariñosamente.

—¿Me quito los zapatos? —preguntó, y empezó a quitárselos sin esperar respuesta.

—Aquí estamos de invitados —dijo de repente una voz—. No queremos ser una molestia para nuestros anfitriones.

Entonces Ka se dio cuenta de que había alguien más en el pequeño vestíbulo. Aunque comprendía que se trataba de Azul, una parte de su mente, que se había preparado para un encuentro mucho más impresionante, aún lo dudaba. Siguiendo a Azul, entró en una habitación pobretona con la televisión en blanco y negro encendida. Allí un niño pequeño, con la mano en la boca hasta la muñeca, observaba con profunda seriedad y satisfacción a su madre, que le decía cosas bonitas en kurdo mientras le cambiaba, pero que rápidamente clavó la mirada en Azul y en Ka, que le seguía. Como ocurría siempre con las antiguas casas rusas, no había pasillo. Entraron en una segunda habitación.

La mente de Ka estaba concentrada en Azul. Vio una cama hecha con precisión militar, un pijama azul a rayas cuidadosamente doblado junto a la almohada, un cenicero en el que ponía «Electricidad Ersin», un calendario con vistas de Venecia en la pared y una amplia ventana abierta desde la que se contemplaban las melancólicas luces de toda la ciudad de Kars bajo la nieve. Azul cerró la ventana y se volvió hacia Ka.

El azul de sus ojos se acercaba a un azul marino insólito en un turco. No tenía barba, era moreno y mucho más joven de lo que Ka había creído, tenía una piel tan pálida que despertaba admiración y una nariz con un alto puente. Parecía extraordinariamente apuesto. Tenía un atractivo que procedía de su confianza en sí mismo. En su porte, en su actitud y en su apariencia externa no había nada que se pareciera al islamista barbudo, paleto y agresivo que había dibujado la prensa laica, con un rosario en una mano y un arma en la otra.

—No se quite el abrigo hasta que la estufa caliente la habitación… Bonito abrigo. ¿Dónde se lo ha comprado?

—En Frankfurt.

—Frankfurt… Frankfurt… —dijo Azul y se sumió en sus pensamientos con la mirada clavada en el techo.

Después le explicó que «en tiempos» le habían condenado por el artículo 163, por difundir la idea de crear un Estado basado en la religión, y que por esa razón había tenido que huir a Alemania.

Hubo un silencio. Ka se daba cuenta de que tendría que decir algo si quería comportarse de manera amistosa y le inquietaba que no se le ocurriera nada. Notó que Azul hablaba precisamente para calmarle.

—Mientras estaba en Alemania, cuando iba de visita a una asociación musulmana en cualquier ciudad, anduviera por donde anduviese, por Frankfurt, por Colonia entre la catedral y la estación, o por los barrios ricos de Hamburgo, después de un rato de caminar siempre había un alemán que se diferenciaba de los otros que había visto por el trayecto y yo me concentraba en él. Lo importante no era lo que yo pensara de él, sino que, imaginando lo que él pensaría de mí, intentaba ver a través de sus ojos mi aspecto, mi ropa, mis gestos, mi manera de andar, mi historia, de dónde venía y adónde iba, quién era. Una sensación horrible, pero me acostumbré: no me despreciaba. Pero me permitía comprender cómo se despreciaban a sí mismos mis hermanos… La mayor parte de las veces los europeos no nos desprecian. Somos nosotros quienes les miramos y nos despreciamos. La emigración no sólo se hace para huir de la opresión en casa, sino también para llegar a lo más hondo de nuestra alma. Y, por supuesto, uno acaba volviendo un día para rescatar a sus cómplices, que no han tenido el suficiente valor como para abandonar el hogar. ¿Para qué has venido tú?

Ka guardaba silencio. Le inquietaban la desnudez y la pobreza de la habitación, las paredes sin pintar y con el encalado desconchado y el que le diera en los ojos la potente luz de la bombilla desnuda que tenían encima.

—No quiero molestarte con preguntas difíciles de contestar —dijo Azul—. Lo primero que el difunto *mullah* Kasım Ensari les decía a los extraños que iban a visitarle en el campamento de su tribu a las orillas del Tigris era: «Encantado de conocerle. Disculpe, pero ¿usted para quién espía?».

—Para el periódico *La República* —respondió Ka.

—Eso ya lo sé. Pero me extraña que se interesen tanto por Kars como para enviar aquí a alguien.

—Me presenté voluntario —contestó Ka—. Había oído que mi viejo amigo Muhtar y su mujer también estaban aquí.

—Ahora están separados, ¿no lo sabías? —le corrigió mirando atentamente a los ojos a Ka.

—Lo sabía. —Ka se ruborizó hasta las orejas. Sintió odio por Azul pensando que se daba cuenta de todo lo que se le pasaba por la mente.

—¿Pegaron a Muhtar en la Dirección de Seguridad?

—Sí.

—¿Se merecía la paliza? —preguntó Azul con una expresión extraña.

—No, claro que no —replicó Ka, inquieto.

—¿Por qué no te pegaron a ti? ¿Estás contento de ti mismo?

—No sé por qué no me pegaron.

—¿Sabes? Eres un burgués de Estambul —le dijo Azul—. Se te nota enseguida en la piel y en la mirada. Seguro que se han dicho que debes de tener conocidos poderosos en las alturas, así que por si acaso… Pero saben que Muhtar no tiene ese tipo de relaciones, ese tipo de poder, todo él lo va proclamando. De hecho, Muhtar se metió en política para poder tener la misma seguridad en sí mismo que tú delante de ellos.

Pero aunque gane las elecciones, para poder sentarse en el sillón primero tiene que probarles que es alguien capaz de aguantar las palizas del Estado. Por eso es posible que hasta se haya quedado contento con la paliza.

Azul no se reía; de hecho, en su rostro había una expresión triste.

—Nadie puede quedarse contento con una paliza —dijo Ka, y se sintió vulgar y superficial ante Azul.

En la cara de éste apareció un gesto que le indicaba: ahora vamos de una vez al asunto que hemos venido a discutir.

—Has hablado con las familias de las jóvenes que se han suicidado —dijo—. ¿Por qué has hablado con ellos?

—Porque voy a escribir un artículo al respecto.

—¿Para periódicos occidentales?

—Para periódicos occidentales —le respondió Ka con una repentina y placentera superioridad. Aunque en realidad no tenía ningún conocido en ningún periódico alemán que le pudiera publicar el artículo—. Y en Turquía para *La República* —añadió con remordimiento.

—Los periódicos turcos no se interesan por la miseria y el dolor de su propio pueblo mientras no lo haga la prensa occidental —dijo Azul—. Se portan como si hablar de la pobreza, de los suicidios, estuviera feo, fuera algo anacrónico. Así que te verás obligado a publicar tu artículo en Europa. Por eso quería hablar contigo: ¡que no se te ocurra escribir sobre las jóvenes que se suicidan ni aquí ni allí! ¡El suicidio es un gran pecado! ¡Y es una enfermedad que cuanta más atención se le presta, más se extiende! Sobre todo el rumor de que la última muchacha que se suicidó era una musulmana «resistente» a la prohibición del velo es más mortal que el veneno.

—Pero eso es verdad —replicó Ka—. La muchacha, antes de suicidarse, hizo sus abluciones y rezó. Y ahora las jóvenes resistentes sienten un gran respeto por ella.

—¡Una joven que se suicida ni siquiera es musulmana! Y tampoco puede ser cierto que luchara por llevar el velo. Si difundes esa noticia falsa, se correrá el rumor de que entre las jóvenes musulmanas resistentes que combaten por el velo hay cobardes, hay pobrecillas que recurren a pelucas o a quienes intimida la presión de sus padres y de la policía. ¿Para eso has venido aquí? No animes a nadie a suicidarse. Esas muchachas arrinconadas entre el amor a Dios, sus familias y la escuela son tan desgraciadas y están tan solas que rápidamente todas se lanzarán a imitar a esa santa suicida.

—También el ayudante del gobernador me dijo que no exagerara sobre los suicidios en Kars.

—¿Has hablado con el ayudante del gobernador?

—También he hablado con la policía, para que no se pasaran el día molestándome.

—A ellos les encantaría ver un titular que dijera: «Jóvenes empañoladas expulsadas de la escuela se suicidan» —dijo Azul.

—Yo escribo lo que sé —respondió Ka.

—Lo que insinúas no va sólo dirigido al ayudante de un gobernador laico del Estado, sino también a mí. Y especialmente a mí me estás soltando la indirecta de «¡Ni el gobernador laico ni el islamista político quieren que se publique que las jóvenes se suicidan!».

—Sí.

—Esa joven no se suicidó porque no la admitieran en la escuela, sino por un asunto de amor. Pero si escribes que una muchacha que viste según los dictados de la religión fue derrotada y pecó suicidándose por una vulgar cuestión de amores, los jóvenes islamistas del Instituto de Imanes y Predicadores se enfadarán bastante contigo. Y Kars es un sitio pequeño.

—Me gustaría preguntarles todo eso a las propias muchachas.

—¡Harías muy bien! —dijo Azul—. Pregúntales qué les parece que se publique en la prensa alemana que las que se resisten a quitarse el velo que llevan por amor a Dios se hunden con todo lo que les pasa, se suicidan y mueren en pecado.

—¡Se lo preguntaré! —contestó Ka, testarudo pero también con algo de miedo.

—Te he mandado llamar para decirte además otra cosa —añadió Azul—. Hace un rato han disparado al director de la Escuela de Magisterio ante tus ojos... Es el resultado de la ira que ha provocado en los musulmanes la presión del Estado sobre las jóvenes que se cubren. Pero, por supuesto, también es una provocación ordenada por el propio Estado. Primero usaron al pobre director como instrumento de su tiranía y luego hicieron que un chiflado le disparara para que puedan culpar a los musulmanes.

—¿Reivindica el atentado o lo condena? —le preguntó Ka con la meticulosidad de un periodista.

—Yo no he venido a Kars por motivos políticos —le contestó Azul—. He venido a Kars para impedir que se propaguen los suicidios. —De repente, sujetó a Ka por los hombros, lo atrajo hacia sí y le besó en ambas mejillas—. Tú eres un místico que ha entregado años de su vida a la penitencia de la poesía. No puedes ser instrumento de los que quieren hacer el mal a los musulmanes y a los oprimidos. De la misma forma que yo he confiado en ti, tú has confiado en mí y has venido a verme con toda esta nieve. Para darte las gracias, te voy a contar una historia con moraleja. —Clavó su mirada en la de Ka con un aire entre juguetón y serio—. ¿Te la cuento?

—Cuéntemela.

—Érase una vez, había en el Irán un héroe sin par, un guerrero incansable. Todos lo conocían y lo querían. Llamémosle Rüstem, como le llamaban entonces los que le querían. Un día, Rüstem se perdió mientras estaba de caza y cuando se quedó dormido perdió también su montura. Buscando a su caballo *Rakş*, entró en tierras enemigas, en el Turan. Pero como su fama le precedía, le reconocieron y se portaron bien con él. El sha de Turan le invitó a su casa y le ofreció un banquete. Cuando Rüstem se retiró a su habitación después de la cena, entró en ella la hija del sha y le contó que estaba enamorada de él. Le dijo que quería tener un hijo suyo. Le engañó con su belleza y con sus palabras e hicieron el amor. A la mañana siguiente Rüstem regresó a su país no sin antes dejar una señal para el hijo que habría de nacer: un brazalete. Cuando el niño —le llamaron Suhrab, y así le llamaremos también nosotros— supo por su madre que su padre era el legendario Rüstem, dijo: «Iré al Irán, destronaré al cruel sha Keykavus y en su lugar coronaré a mi padre… Luego volveré aquí, a Turan, destronaré también al shah Efrasiyab, tan cruel como Keykavus, y me coronaré en su lugar. Entonces mi padre y yo gobernaremos con justicia sobre Irán y Turan, es decir, sobre el mundo entero». Eso dijo el inocente y bienintencionado Suhrab, pero no se dio cuenta de que sus enemigos eran más retorcidos y taimados que él. Efrasiyab, el sha de Turan, le dio todo su apoyo en su guerra contra Irán, pero introdujo espías en el ejército para que impidieran que reconociera a su padre. Después de todo tipo de trucos, engaños, malas jugadas del destino y casualidades secretas tramadas por el Altísimo, el legendario Rüstem y su hijo Suhrab, con sus tropas formadas tras ellos, se enfrentaron en el campo de batalla sin reconocerse puesto que iban embutidos en sus armaduras. De hecho, Rüstem siempre ocultaba quién era con su armadura para que el paladín con el que se enfrentaba no recurriera a todas sus fuerzas. Suhrab, el de corazón de niño, con la mirada puesta tan sólo en llevar al trono de Irán a su padre, ni siquiera prestó atención a con quién iba a luchar. Así fue como aquellos dos grandes guerreros de corazón puro, padre e hijo, se lanzaron al frente con las espadas desenvainadas, mientras sus soldados les contemplaban a sus espaldas.

Azul guardó silencio. Y luego, como un niño, sin mirar a Ka a los ojos, dijo:

—Cuando llego a esta parte de la historia, a pesar de haberla leído cientos de veces, mi corazón empieza a latir con un estremecimiento. No sé por qué, de entrada me identifico con Suhrab a punto de matar a su padre. Pero ¿quién quiere matar a su padre? ¿Qué alma puede soportar el dolor de esa culpa, el peso de ese pecado? ¡Sobre todo ese Suhrab de corazón de niño, en quien me reconozco! Si hay que hacerlo, la mejor manera de matar al padre es sin saber quién es.

»Mientras pienso todo esto, los dos héroes comienzan a pelear y después de horas de lucha ambos se retiran bañados en sudor sin haber podido derrotar al otro. En la noche de ese primer día mi mente se obsesiona con su padre tanto como con Suhrab, y cuando leo la continuación de la historia me emociono como si fuera la primera vez que lo hiciera y me imagino optimista que ese padre y ese hijo incapaces de derrotarse podrán resolver el asunto de alguna manera.

»El segundo día, de nuevo los ejércitos forman frente a frente y de nuevo padre e hijo se lanzan al frente en sus armaduras y comienzan a pelear sin darse cuartel. Ese día, tras una larga lucha, la suerte —¿es eso suerte?— le sonríe a Suhrab, que derriba a Rüstem del caballo y se abalanza sobre él. Ha sacado la daga y está a punto de darle el golpe mortal a su padre cuando sus hombres se llegan a él y le dicen: "En Irán no es tradición cortar la cabeza del paladín enemigo la primera vez. No le mates, estaría mal". Y Suhrab no mata a su padre.

»Leyendo esto siempre me siento confuso. Mi corazón rebosa de amor por Suhrab. ¿Qué significa el destino que Dios les tiene reservado a padre e hijo? El tercer día, al contrario de lo que esperaba con tanta curiosidad, la lucha termina en un instante. Rüstem derriba a Suhrab de su caballo, le clava la espada en el pecho de un solo golpe y le mata. La rapidez del hecho es tan sorprendente como su atrocidad. Cuando Rüstem se da cuenta por el brazalete de que es su propio hijo a quien acaba de matar, cae de rodillas, toma en su regazo el cadáver ensangrentado y llora.

»En este punto de la historia yo también lloro siempre: lloro no tanto porque comparta el dolor de Rüstem, sino porque comprendo el significado de la muerte del pobre Suhrab. A Suhrab, movido por el amor a su padre, le mata su propio padre. En ese momento, el lugar de mi admiración por el amor filial de ese Suhrab de corazón de niño lo ocupa un sentimiento más profundo y maduro, el dolor solemne de Rüstem, fiel a las normas y a las tradiciones. Mi cariño y mi admiración, que durante toda la historia han estado del lado del rebelde e individualista Suhrab, pasan a ser por el fuerte y responsable Rüstem.

Cuando Azul guardó silencio por un instante, Ka le envidió por poder contar una historia, cualquier historia, con tanta convicción.

—Pero no te he contado esta bonita historia para explicarte cómo le ha dado sentido a mi vida, sino para contarte cómo ha sido olvidada —le dijo Azul—. Esta historia, que tiene al menos mil años, es del *Şehname* de Firdevsi. En tiempos, millones de personas, de Tabriz a Estambul, de Bosnia a Trebisonda, la conocían y, recordándola, comprendían el sentido de sus vidas. Como los que hoy en Occidente piensan en el parricidio de Edipo o en la obsesión por el trono y la muerte de Macbeth. Pero ahora todo el mundo ha olvidado esta historia a causa de la admiración por Occidente. Las viejas historias han desaparecido de los libros de texto. ¡Ya no hay en Estambul ni una librería donde puedas comprar el *Şehname*! ¿Por qué?

Se callaron un rato.

—Sé lo que estás pensando —dijo Azul—. ¿Puede alguien ser capaz de matar por la belleza de esta historia? Eso piensas, ¿no?

—No lo sé —le respondió Ka.

—Pues piénsalo entonces —replicó Azul, y salió de la habitación.

9

Disculpe, ¿es usted ateo?
Un escéptico que no quiere
matarse a sí mismo

Cuando Azul salió del cuarto de repente, Ka sufrió un momento de indecisión. Primero pensó que Azul volvería enseguida, que regresaría para preguntarle por la cuestión sobre la que le había dicho que pensara. Pero inmediatamente después se dio cuenta de que no era así: aunque fuera de una manera ostentosa y un tanto extraña, le habían dado un mensaje. ¿Era aquello una amenaza?

No obstante, en aquella casa Ka se sentía, más que amenazado, un extraño. No pudo ver en la habitación próxima a la madre con su niño y salió sin descubrir a nadie más. Le habría gustado bajar las escaleras corriendo.

La nieve caía tan despacio que a Ka le parecía que los copos estaban colgados en el aire. La impresión de que el tiempo se hubiera detenido, provocada por aquel efecto de lentitud, le hacía sentir que por algún extraño motivo muchas cosas habían cambiado y que había pasado mucho tiempo. Sin embargo, su entrevista con Azul apenas le había llevado veinte minutos.

Regresó por el mismo camino por el que había venido, siguiendo los raíles y pasando junto al silo, que bajo la nieve parecía una sombra gigantesca y blanca, hasta llegar a la estación. Mientras atravesaba el edificio sucio y vacío de la estación, vio que se le acercaba un perro que movía amistosamente la cola cortada. Era un perro negro, pero en la frente tenía una mancha blanca perfectamente redonda. Ka vio en la sala de espera a tres muchachos que le daban trozos de roscas de pan al perro. Uno de ellos era Necip, que se adelantó de una carrera a sus compañeros y alcanzó a Ka.

—Que no se le ocurra dejar que mis compañeros se enteren de cómo sabía yo que iba a pasar por aquí —le dijo—. Hay una cosa muy importante que mi mejor amigo quiere preguntarle sobre algo. Si tiene tiempo y puede darle un minuto a Fazıl, le hará muy feliz.

—Muy bien —le contestó Ka, y se dirigió hacia el banco donde estaban sentados los otros dos muchachos.

Los dos jóvenes se pusieron de pie y estrecharon la mano de Ka, mientras en los carteles que tenían a sus espaldas Atatürk recordaba la importancia de las vías férreas y el Estado asustaba a las jóvenes que quisieran suicidarse. Pero de repente les ganó la timidez.

—Antes de que Fazıl le haga su pregunta, Mesut le va a contar una historia que ha oído —dijo Necip.

—No, yo no voy a contarla —replicó Mesut, nervioso—. ¿Puedes hacerlo tú por mí?

Mientras Necip le narraba aquella historia que había oído, Ka se dedicó a contemplar al perro negro, que correteaba feliz por la estación vacía, sucia y en penumbra.

—La historia ocurre en un Instituto de Imanes y Predicadores en Estambul, así lo he oído yo también —comenzó Necip—. El director de un Instituto de Imanes y Predicadores, construido manga por hombro, de uno de los suburbios fue por algún motivo burocrático a uno de esos rascacielos recién construidos en Estambul que vemos por la televisión. Se había montado en uno de los grandes ascensores y estaba subiendo. En el ascensor había un hombre alto, más joven que él, que se le acercó, le enseñó al director un libro que llevaba en la mano, se sacó un cortaplumas con mango de nácar del bolsillo para abrir las páginas y le dijo algo. El director se bajó cuando llegó al piso diecinueve. Pero en los días que siguieron comenzó a sentirse raro. Le daba miedo la muerte, no le apetecía hacer nada y sólo pensaba en el hombre del ascensor. Era una persona muy devota, así que fue a un cenobio Cerrahi por si allí podían solucionarle su problema. El jeque, un hombre muy famoso, le dio su diagnóstico después de escuchar hasta el amanecer todo lo que pasaba por su corazón: «Has perdido tu fe en Dios —le dijo—. Además, aunque no te des cuenta, ¡estás orgulloso de ello! Esta enfermedad te la ha contagiado el hombre del ascensor. Te has convertido en un ateo». Y, por mucho que el director intentara negarlo con lágrimas en los ojos, con la parte de su corazón que todavía era honesta comprendió perfectamente que lo que le había dicho el señor jeque era cierto. Se descubrió presionando a los excelentes estudiantes del instituto, intentando quedarse a solas con las madres de los alumnos y robándole dinero a un profesor al que tenía envidia. Lo peor era que el director se sentía orgulloso mientras cometía aquellos pecados: reunió a toda la escuela y les dijo que la gente no podía ser tan libre como lo era él a causa de su fe ciega y de sus estúpidas tradiciones, que las personas eran libres para hacer lo que quisieran, metía entre lo que decía un montón de palabras extranjeras y con el dinero que había robado se compró ropa a la última moda europea. Y todo eso con una actitud despectiva hacia los demás, como si los encontrara «reaccionarios». Y, así, los estudiantes violaron a una bonita compañera de clase, le dieron una paliza al anciano profesor de Corán y empezaron a estallar revueltas. Por otro lado, el director lloraba en su casa y quería suicidarse, pero como no era lo bastante valiente para hacerlo, esperaba que otros lo mataran. Con ese objeto —Dios nos libre—, blasfemó contra el Santo Profeta delante de los alumnos más religiosos de la escuela. Pero ellos se dieron cuenta de que había perdido la cabeza y no le tocaron un pelo. Se echó a la calle y comenzó a decir —Dios nos libre— que Dios no existía, que había que convertir las mezquitas en discotecas y que sólo podríamos ser tan ricos como los occidentales si nos hacíamos cristianos. Los Jóvenes Islamistas quisieron darle una lección pero se había ocultado. Como no encontraba remedio a su desesperación y a sus deseos de suicidarse, volvió al mismo rascacielos y en el ascensor se encontró con el mismo hombre alto. El hombre le sonrió con una mirada que demostraba que sabía todo lo que le estaba pasando y le enseñó la portada del libro que tenía en la mano; allí también estaba el remedio para el ateísmo, el director alargó sus manos temblorosas hacia el libro pero antes de que el ascensor se detuviera, el hombre clavó en el corazón del director el cortaplumas de mango de nácar.

Cuando se acabó la historia, Ka recordó que entre los Turcos Islamistas de Alemania se contaba otra parecida. En la historia de Necip quedaba sin desvelar cuál era el misterioso libro del final, pero Mesut mencionó a un par de escritores judíos, cuyos nombres Ka no había oído nunca, y a varios columnistas, claros enemigos del islam político —a uno de ellos lo matarían de un tiro tres años después—, como autores que podían arrastrarte al ateísmo.

—Los ateos engañados por el demonio, como el desgraciado director de la historia, se pasean entre nosotros buscando la paz y la felicidad —continuó Mesut—. ¿Está usted de acuerdo?

—No lo sé.

—¿Cómo que no lo sabe? —le preguntó Mesut un tanto irritado—. ¿No es usted ateo?

—No lo sé —respondió Ka.

—Entonces respóndame a esto: ¿cree o no que Dios Todopoderoso creó este mundo, todo, por ejemplo la nieve que está cayendo ahí fuera a grandes copos?

—La nieve me hace recordar a Dios —contestó Ka.

—Bien, pero ¿cree que Dios creó la nieve? —insistió Mesut.

Se produjo un silencio. Ka vio que el perro negro se lanzaba a toda velocidad por la puerta que daba al andén y que corría alegre bajo la nieve a la luz pálida de las luces de neón.

—No puede contestarme —le dijo Mesut—. Si uno conoce y ama a Dios, no tiene la menor duda de su existencia. Eso significa que eres un ateo pero que no lo admites porque te da vergüenza. Eso ya lo sabíamos. Por eso te quiero preguntar lo siguiente en nombre de Fazıl. ¿Sufres como el pobre ateo de la historia? ¿Quieres matarte a ti mismo?

—Por muy infeliz que sea, me da miedo suicidarme —respondió Ka.

—Pero ¿por qué razón? ¿Porque el Estado lo prohíbe porque el ser humano es la perla de la creación? También ellos lo malinterpretan cuando afirman que el ser humano es una obra maestra. Por favor, dígame por qué le da miedo suicidarse.

—Sea tolerante con la insistencia de mis amigos —intervino Necip—. Esta pregunta tiene un significado muy importante para Fazıl.

—O sea, ¿que a pesar de no soportar la desgracia y la infelicidad no quiere suicidarse?

—No —contestó Ka, ligeramente enfadado.

—No me oculte nada, por favor. No vamos a hacerle nada malo porque sea ateo.

Se produjo un tenso silencio. Ka se puso en pie. No quería demostrar que el miedo se había apoderado de él. Echó a andar.

—¿Se va? Espere, no se vaya, por favor —le pidió Fazıl. Cuando Ka se detuvo se quedó cortado, sin poder decir nada.

—Yo se lo contaré por él —dijo Necip—. Los tres estamos enamorados de «muchachas empañoladas» que exponen su vida por su fe. Es la prensa laica la que para llamarlas usa la expresión «muchachas empañoladas». Para nosotros son jóvenes musulmanas y todas las jóvenes musulmanas deben exponer su vida por su fe.

—Y los hombres también —puntualizó Fazıl.

—Por supuesto. Yo estoy enamorado de Hicran, Mesut de Hande y Fazıl lo estaba de Teslime, pero Teslime ahora está muerta. O se suicidó. Pero nosotros no creemos que una joven musulmana dispuesta a sacrificar su vida entera por su fe pueda suicidarse.

—Quizá lo que sufría le resultó insoportable —dijo Ka—. Su familia la presionaba para que se descubriera y la expulsaron de la escuela.

—Ninguna presión es tan excesiva como para que alguien que cree peque —replicó Necip, excitado—. Nosotros no podemos dormir tranquilos por las noches pensando que se nos podría pasar la oración del amanecer y que pecaríamos. Vamos corriendo a la mezquita cada vez más temprano. Alguien que cree con tanto entusiasmo haría cualquier cosa con tal de no pecar y, si es necesario, está dispuesto a aceptar que le despellejen vivo.

—Sabemos que ha estado hablando con la familia de Teslime —se lanzó Fazıl—. ¿Creen ellos que se suicidó?

—Sí, lo creen. Primero estuvo viendo *Marianna* con sus padres, luego hizo las abluciones y rezó.

—Teslime nunca veía series —dijo silenciosamente Fazıl.

—¿La conocía? —preguntó Ka.

—Personalmente, no. Nunca hablamos —contestó Fazıl, avergonzado—. Una vez la vi de lejos, aunque iba muy tapada. Pero en espíritu, claro que la conozco: uno reconoce a la persona de la que está enamorado. La siento dentro de mí, como si fuera yo mismo. La Teslime que yo conocía no se habría suicidado.

—Quizá no la conocía lo suficiente.

—Quizá te hayan enviado aquí los occidentales para que tapes el asesinato de Teslime —le contestó Mesut, bravucón.

—No, no —se interpuso Necip—. Nosotros confiamos en usted. Nuestros mayores nos han dicho que es usted un místico, un poeta. Y precisamente porque confiamos en usted queríamos hacerle unas preguntas sobre un tema que nos hace profundamente infelices. Fazıl se disculpa en nombre de Mesut.

—Lo siento —dijo Fazıl. Tenía el rostro completamente ruborizado y los ojos se le habían llenado de lágrimas en un instante.

Mesut pasó en silencio aquel momento de reconciliación.

—Fazıl y yo somos hermanos de sangre —dijo Necip—. Muchas veces pensamos lo mismo a la vez y siempre sabemos lo que piensa el otro. Al contrario que a mí, a Fazıl no le interesa la política. Ahora tanto él como yo tenemos que pedirle un favor. La verdad es que ambos aceptamos que Teslime se suicidó y cometió un pecado por culpa de las presiones de sus padres y del Estado. Es triste, pero a veces Fazıl piensa: «La muchacha de la que estaba enamorado se ha suicidado y ha cometido un pecado». Pero si en realidad Teslime era una atea en secreto, como el de la historia, si era una atea desdichada que no sabía que lo era y si se suicidó porque era atea, eso destrozaría a Fazıl. Porque significaría que se había enamorado de una atea. Sólo usted puede acabar con esa terrible sospecha que tenemos en nuestro corazón. Sólo usted puede consolar a Fazıl. ¿Entiende el razonamiento?

—¿Es usted ateo? —le preguntó Fazıl con ojos ardientes—. Y si es ateo, ¿quiere matarse?

—No siento el impulso de suicidarme ni en los días en que más seguro estoy de ser ateo —contestó Ka.

—Le doy las gracias por darnos una respuesta honesta —dijo Fazıl, aliviado—. Su corazón está lleno de bondad, pero le da miedo creer en Dios.

Ka veía que Mesut le miraba hostil y quería alejarse de allí. Era como si tuviera la mente en un lugar lejano. Sentía un profundo deseo en su corazón y notaba que se agitaba en su mente un sueño relacionado con él, pero no podía concentrarse en el sueño a causa del movimiento a su alrededor. Más tarde pensaría mucho en aquel instante y comprendería que el sueño se alimentaba tanto de la idea de morir y de no creer en Dios como de su añoranza por İpek. En el último momento Mesut le añadió algo nuevo a todo eso.

—Por favor, no nos malinterprete —le dijo Necip—. No tenemos nada en contra de que alguien sea ateo. Siempre ha habido un lugar para los ateos en la sociedad islámica.

—Simplemente, los cementerios deben ser distintos —intervino Mesut—. A las almas de los creyentes les molestaría yacer en el mismo cementerio que un sin Dios. Algunos ateos que han conseguido ocultar su condición a lo largo de toda su vida a pesar de no creer en Dios se han dedicado a molestar a los creyentes no sólo en este mundo, sino incluso en los cementerios. Y, como si no bastara el tormento de yacer en el mismo cementerio hasta el Juicio Final, tendremos que enfrentarnos al horror de encontrarnos de cara con un nefasto ateo al levantarnos de nuestras tumbas cuando llegue el Día del Juicio… Señor poeta Ka, ya no oculta que en tiempos fue ateo. Quizá lo siga siendo. Díganos entonces ¿quién hace que caiga esta nieve? ¿Cuál es el secreto de esta nieve?

Por un momento todos miraron hacia fuera desde el solitario edificio de la estación, a la nieve que caía sobre los raíles vacíos a la luz de las farolas de neón.

¿Qué hago en este mundo?, pensó Ka. Qué miserables parecen los copos de nieve a lo lejos, qué miserable es mi vida. El ser humano vive, envejece, desaparece. Pensó que él mismo por una parte había desaparecido, pero que por otra aún existía: se amaba a sí mismo, seguía con amor y melancolía el camino que tomaba su vida, como si fuera un copo de nieve. Su padre olía a afeitado, recordó. Y al mismo tiempo notaba aquel olor, los pies fríos de su madre embutidos en zapatillas cuando preparaba el desayuno en la cocina, un cepillo de pelo, el azucarado jarabe para la tos color rosa que le daban después de que se despertara tosiendo por la noche, la cucharilla en la boca, todas aquellas pequeñas cosas que componían su vida, la unión de todas, el copo de nieve…

Y así fue como Ka sintió aquella llamada profunda que sienten los verdaderos poetas que sólo pueden ser felices en la vida en los momentos de inspiración. Por primera vez después de cuatro años se le vino a la mente un poema: estaba tan seguro de su existencia, de su aspecto, de su estilo y de su fuerza, que la alegría le embargaba el corazón. Diciéndoles a los tres jóvenes que tenía prisa, salió del vacío y sombrío edificio de la estación. Regresó a toda prisa al hotel pensando bajo la nieve en la poesía que iba a escribir.

10
¿Por qué es bonito este poema?
Nieve y felicidad

En cuanto entró en la habitación del hotel, Ka se quitó el abrigo. Abrió un cuaderno de hojas cuadriculadas con las tapas verdes que había comprado en Frankfurt y comenzó a escribir el poema que se le estaba viniendo a la mente palabra por palabra. Se sentía tan cómodo como si estuviera pasando lo que otra persona le susurraba al oído, pero al mismo tiempo entregaba toda su atención a lo que escribía. Como nunca antes había escrito un poema así, con tanta inspiración y de una tirada, en un rincón de su mente había ciertas dudas en cuanto al valor de lo que escribía. Pero también veía con los ojos de la razón que el poema era perfecto en todo según le iban saliendo los versos y aquello aumentaba su entusiasmo y su alegría. Ka escribió treinta y cuatro versos así, dudando muy poco y dejando algunos espacios vacíos en algunos lugares, como si se tratara de palabras que no había podido oír bien.

Compuso el poema con todas aquellas cosas que poco antes se le habían pasado por la mente a la vez. La nieve que caía, los cementerios, el perro negro que correteaba alegre por el edificio de la estación, muchos recuerdos de la infancia, e İpek, que se le había ido apareciendo ante los ojos según aceleraba los pasos de vuelta al hotel con una sensación mezcla de felicidad e inquietud. Llamó al poema «Nieve». Cuando mucho después pensara en cómo había escrito aquel poema, se le vendría a la mente un copo de nieve y decidiría que, si ese copo de nieve representaba en su forma su propia vida, el poema debía de hallarse en algún lugar próximo al centro y en el punto donde se explicara la lógica de la vida. Como ocurre con el poema en sí, resulta difícil asegurar cuántas de aquellas decisiones las tomó en ese momento y cuántas fueron resultado de la simetría oculta de su vida, misterios que este libro intenta resolver.

Cuando Ka estaba a punto de terminar el poema, fue hasta la ventana y comenzó a contemplar en silencio la nieve que caía fuera con elegancia a grandes copos. Percibía en su interior la sensación de que si contemplaba la nieve terminaría el poema exactamente como debía. Llamaron a la puerta, Ka la abrió y olvidó los dos últimos versos del poema, que estaban a punto de venírsele a la mente, para no volverlos ya a recordar durante toda su estancia en Kars.

Era İpek quien llamaba a la puerta.

—Hay una carta para ti —le dijo alargándosela.

Ka tomó la carta y la arrojó a un lado sin ni siquiera mirarla.

—Soy muy feliz. —Creía que sólo la gente más vulgar era capaz de decir «Soy muy feliz», pero ahora no se avergonzó lo más mínimo—. Pasa —le dijo a İpek—. Estás muy bonita.

İpek entró con la facilidad de quien conocía las habitaciones del hotel como las de su propia casa. A Ka le dio la impresión de que el tiempo que había transcurrido les había acercado aún más.

—No sé cómo ha sucedido. Quizá este poema se me haya ocurrido gracias a ti.

—El director de la Escuela de Magisterio está grave —le informó İpek.

—Es una buena noticia que viva alguien a quien creías muerto.

—La policía está efectuando redadas. En las residencias universitarias y en los hoteles. También han venido aquí, han mirado el libro de registro y han preguntado por todos los huéspedes, uno por uno.

—¿Y qué has dicho de mí? ¿Les has dicho que vamos a casarnos?

—Qué gracioso eres. Pero no estaba pensando en eso. Han detenido a Muhtar y le han dado una paliza. Luego le han soltado.

—Te envía un mensaje por mí. Está dispuesto a todo para volver a casarse contigo. Está muy arrepentido de haber insistido en que te cubrieras.

—La verdad es que Muhtar me dice eso mismo todos los días —contestó İpek—. ¿Qué has hecho después de que te soltara la policía?

—Anduve por las calles… —Ka tuvo un momento de indecisión.

—Sí, dime.

—Me llevaron a ver a Azul. No debería decírselo a nadie.

—Y no debes hacerlo —dijo İpek—. Ni a él hablarle de nosotros, ni de mi padre.

—¿Le conoces?

—En tiempos Muhtar lo admiraba e iba y venía por casa. Pero cuando Muhtar se decidió por un islamismo más moderado y democrático, se alejó de él.

—Ha venido por lo de las jóvenes que se suicidan.

—Mejor que le temas y no hables de él —dijo İpek—. Muy probablemente la policía tendría puestos micrófonos donde estaba.

—Y entonces, ¿por qué no le cogen?

—Le cogerán cuando les convenga.

—Huyamos de esta ciudad de Kars —le dijo Ka.

En su interior se elevaba el mismo temor que solía sentir en su infancia y en su juventud cuando era extraordinariamente dichoso: el de que la infelicidad y la desesperación no andaban muy lejos.

A Ka le gustaba poner fin a los momentos de felicidad con el ansia de que la infelicidad posterior no fuera demasiado grave. Por eso creía que le tranquilizaría aceptar que İpek, a la que abrazaba más que con amor con dicha ansia, le apartaría de sí, que la posibilidad de intimidad entre ambos desaparecería en un instante como el hielo fundido por la sal y que su inmerecida dicha acabaría en un rechazo y un desprecio merecidos.

Ocurrió justo lo contrario. İpek también le abrazó. Pasaron de sostenerse y tenerse en brazos a besarse con una placentera curiosidad y acabaron cayendo juntos en la cama. Un momento después, Ka comenzó a sentir una excitación sexual tan aplastante que empezó a imaginarse, con un optimismo y un deseo ilimitados que contradecían su pesimismo de antes, que enseguida se desnudarían el uno al otro y harían el amor durante largo rato.

Pero İpek se puso en pie.

—Eres muy agradable y a mí también me gustaría hacer el amor contigo, pero no he estado con nadie desde hace tres años y no estoy preparada —le dijo.

Yo tampoco he hecho el amor con nadie desde hace cuatro años, se dijo Ka. Notó que İpek se lo estaba leyendo en la cara.

—Aunque estuviera preparada —añadió—, no puedo hacer el amor con mi padre tan cerca, en la misma casa.

—¿Tiene que salir tu padre del hotel para que te metas desnuda en mi cama? —le preguntó Ka.

—Sí. Sale muy poco del hotel porque no le gustan las calles heladas de Kars.

—Muy bien, no hagamos el amor ahora, pero besémonos un poco más —le propuso Ka.

—Muy bien.

İpek se inclinó hacia Ka, sentado a un lado de la cama, y le besó con seriedad largo rato pero sin dejarle que se acercara.

—Voy a leerte mi poema —le dijo Ka cuando se dio cuenta de que no iban a besarse más—. ¿No sientes curiosidad?

—Primero lee la carta, la ha traído un joven hasta la puerta del hotel.

Ka abrió la carta y leyó en voz alta:

Señor Ka, hijo mío:
Discúlpeme si no considera adecuado que le llame hijo. Anoche soñé con usted. En mi sueño nevaba y cada copo caía como una luz sobre el mundo. Esperaba que el sueño fuera una visión para bien y, de repente, a mediodía comenzó a caer ante mi ventana la misma nieve con la que había soñado. En-

tonces pasó usted ante la puerta de nuestra humilde morada en el número 18 de la calle de la Veterinaria. El señor Muhtar, que superó una prueba enviada por Dios Todopoderoso, me ha transmitido el significado que usted le da a esta nieve. Nuestro camino es el mismo. Le espero, señor mío. Firmado: Saadettin Cevher.

—El jeque Saadettin —dijo İpek—. Ve inmediatamente a verle. Y esta noche ven a cenar con nosotras y con mi padre.

—¿Por qué tengo que ver a todos los chiflados de Kars?

—Te he dicho que le tuvieras miedo a Azul, pero no le llames chiflado con tanta alegría. Y el jeque es astuto, no estúpido.

—Quiero olvidarlos a todos. ¿Te leo ahora mi poema?

—Léemelo.

Ka se sentó ante la mesilla, comenzó a leer con entusiasmo y determinación la poesía que acababa de escribir y enseguida se detuvo. «Ponte ahí —le dijo a İpek—, quiero verte la cara mientras leo.» Comenzó a leer de nuevo mirándola de reojo. «¿Te parece bonita?», le preguntó Ka poco después. «Sí, ¡muy bonita!», contestó İpek. Ka leyó más y de nuevo le preguntó: «¿Te parece bonita?». Ella dijo «Muy bonita». Cuando terminó de leer, Ka le volvió a preguntar: «¿Qué es lo que te ha parecido más bonito?». «No sé —le respondió İpek—. Pero me ha parecido muy bonita.» «¿Te leía Muhtar poesía así?» «No.» Ka volvió a leer entusiasmado el poema y de nuevo le preguntó en los mismos lugares: «¿Te parece bonita?». En otros comentó: «Muy bonito, ¿verdad?». «Sí, muy bonito», le contestaba İpek.

Ka estaba tan feliz que era como si a su alrededor se extendiera «una agradable y extraña luz», tal y como decía una poesía de su primera época que había compuesto para un niño, y se sentía aún más contento viendo que parte de dicha luz se reflejaba también en İpek. Aprovechándose de las leyes de aquel «momento ingrávido», abrazó otra vez a İpek, pero ella se apartó con elegancia.

—Escúchame ahora: ve inmediatamente a ver al señor jeque. Aquí es una persona muy importante, más de lo que tú te crees: mucha gente de la ciudad acude a él, laicos incluidos. Se dice que incluso van la mujer del general de la división y la del gobernador, van también gente de dinero y militares. Él está de parte del Estado. Cuando dijo que las muchachas que se tapaban e iban a la universidad debían descubrirse la cabeza en clase, los del Partido de la Prosperidad no fueron capaces de conseguir que se oyera la menor crítica contra él. En un sitio como Kars, cuando alguien con tanto poder te llama no puedes negarte a acudir.

—¿Fuiste tú también quien envió al pobre Muhtar a verle?

—¿Te preocupa que descubra el temor de Dios que se oculta en tu interior y te convierta en un beato metiéndote miedo?

—Ahora soy muy feliz, no necesito para nada la religión —dijo Ka—. No es para eso para lo que he vuelto a Turquía. Sólo hay una cosa que me puede llevar hasta él: tu amor… ¿Vamos a casarnos?

İpek se sentó a un lado de la cama.

—Ve a verle entonces. —Miró a Ka con una mirada agradable y hechicera—. Pero ten cuidado. No hay nadie como él para encontrar en el alma un punto frágil o débil y metérsete dentro como un mal espíritu.

—¿Qué me va a hacer?

—Hablará contigo y de repente se arrojará al suelo. Afirmará que cualquier cosa vulgar que hayas dicho es de una enorme sabiduría y que eres un santo. ¡Al principio, algunos piensan que se está riendo de ellos! Pero en eso consiste la habilidad de Su Excelencia el jeque. Lo hace de tal manera que crees que realmente él cree en tu sabiduría, y la verdad es que lo hace de todo corazón. Se comporta como si en tu interior hubiera alguien mucho más grande que tú. Al rato tú mismo comienzas a ver esa belleza de tu interior: y percibes que esa belleza, que antes nunca habías notado, es la belleza de Dios, y eres feliz. En realidad, estando con él, el mundo es bello. Amas al señor jeque, que te ha acercado a tamaña felicidad. Y mientras ocurre todo eso, otra parte de tu mente te está susurrando que aquello no es sino un juego del señor jeque, que en realidad sólo eres un pobre y miserable cretino. Pero, por lo que he entendido de lo que me contaba Muhtar, ya no te quedan fuerzas para creer a esa parte miserable y malvada. Eres tan infeliz y estás en una situación tan triste que piensas que sólo Dios podrá salvarte. Tu mente, que no reconoce los deseos de tu espíritu, se resiste un poco al principio. Y así entras en el camino que te muestra el jeque porque es la única manera que hay en el mundo de mantenerse en pie. La mayor habilidad de Su Excelencia el señor jeque es conseguir que el pobrecillo que tiene delante se sienta más sublime de lo que realmente es, porque la mayoría de los hombres en esta ciudad de Kars saben que nadie en toda Turquía puede ser más miserable, más pobre ni más fracasado que ellos. Y así, al final acabas creyendo primero en el jeque y después en el islam que te han hecho olvidar. Y esto no es algo necesariamente malo, aunque pueda considerarse así desde Alemania o según afirman los intelectuales laicos. Eres como todos los demás, te pareces a tu propia gente, te liberas aunque sólo sea un poco de la desdicha.

—Yo no soy desdichado —dijo Ka.

—En realidad, nadie tan infeliz es verdaderamente desdichado. Porque la gente de aquí tiene consuelos y esperanzas a los que se agarran con fuerza. Aquí no existen los sarcásticos escépticos de Estambul. En Kars las cosas son más simples.

—Me voy ahora mismo porque tú me lo has pedido. ¿Qué número era de la calle de la Veterinaria? ¿Cuánto tiempo tengo que estar allí?

—¡Quédate hasta que encuentres algo de paz! —le dijo İpek—. Y no tengas miedo a creer. —Ayudó a Ka a ponerse el abrigo—. ¿Tienes frescos tus conocimientos del islam? —le preguntó—. ¿Recuerdas las oraciones que te enseñaron en la escuela primaria? No vaya a darte vergüenza luego.

—Cuando era niño, la asistenta me llevaba a la mezquita de Teşvikiye —contestó Ka—. Más para verse con las otras criadas que para rezar. Mientras ellas chismorreaban largo y tendido esperando la hora de la oración, yo jugaba con los otros niños revolcándome por las alfombras. En la escuela me aprendí de memoria perfectamente todas las oraciones para caerle bien al profesor de religión, que nos hacía memorizar la *fatiha* a bofetadas y agarrándonos de los rizos y golpeándonos la cabeza contra el libro de «la» religión, abierto sobre un atril de madera. Aprendí todo lo que se enseña en las escuelas sobre el islam, pero se me ha olvidado completamente. Hoy me da la impresión de que lo único que sé del islam es esa película titulada *Mahoma, el mensajero de Dios* que protagonizaba Anthony Quinn —dijo Ka sonriendo—. Hace poco la pusieron en Alemania en el canal turco, en alemán, por alguna extraña razón. Esta noche estarás aquí, ¿no?

—Sí.

—Es que quiero leerte mi poema una vez más —le dijo Ka mientras se metía el cuaderno en el bolsillo del abrigo—. ¿Te parece bonito?

—Muy bonito, de verdad.

—¿Qué es lo que te parece bonito?

—No sé, es muy bonito. —İpek había abierto la puerta y estaba saliendo ya.

Ka la abrazó con rapidez y la besó en la boca.

11

¿Hay otro Dios en Europa?
Ka y el señor jeque

Hay gente que vio a Ka después de salir del hotel ir corriendo a la calle de la Veterinaria bajo la nieve y las banderolas de propaganda electoral. Era tan feliz que de pura emoción, como le pasaba en su niñez en los momentos de extrema felicidad, el cine de su imaginación empezó a proyectar dos películas al mismo tiempo. En la primera hacía el amor con Ipek en algún lugar de Alemania (no en su casa de Frankfurt). Fantaseaba continuamente con aquel sueño y a veces el lugar donde hacían el amor se convertía en la habitación de su hotel de Kars. En la otra película de su mente, jugaba con palabras e ilusiones relacionadas con los dos últimos versos de su poema «Nieve».

Primero entró en el restaurante Verdes Prados para preguntar la dirección. Luego, como le inspiraron las botellas que había en la repisa junto al retrato de Atatürk y al paisaje nevado de Suiza que colgaban de la pared, se sentó a una mesa y, con la decisión de alguien que tiene mucha prisa, pidió un *rakı* doble, queso blanco y garbanzos tostados. El presentador de la televisión decía que a pesar de la intensa nevada estaban a punto de completarse los preparativos para la primera retransmisión en directo fuera del estudio en la historia de Kars, que había de realizarse aquella noche, y resumía varias noticias locales y nacionales. El ayudante del gobernador había llamado por teléfono prohibiendo que se mencionara en las noticias el atentado contra el director de la Escuela de Magisterio para que no se exagerara el asunto y no provocar mayores conflictos. Para cuando Ka prestó atención a todo aquello ya se había bebido, como si fuera agua, dos *rakıs* dobles.

Después de tomarse una tercera copa, caminó cuatro minutos hasta llegar ante la puerta del cenobio, que le abrieron desde arriba con el automático. Mientras Ka subía las empinadas escaleras recordó el poema «La escalera» de Muhtar, que todavía llevaba en el bolsillo de la chaqueta. Estaba seguro de que todo iba a salir bien, pero se sintió como un niño que tiembla al entrar en la consulta del médico aunque sabe que no le va a poner una inyección. En cuanto llegó arriba, se arrepintió de haber ido: a pesar del *rakı* se apoderó de él un profundo temor.

El señor jeque notó aquel temor de su corazón en cuanto vio a Ka. Y Ka se dio cuenta de que el jeque notaba su miedo. Pero el jeque tenía algo que hacía que Ka no se avergonzara. En el descansillo al que llegó después de subir las escaleras había un espejo con un marco tallado de madera de nogal. Su primera visión del señor jeque fue en el interior de aquel espejo. La casa estaba llena a rebosar. La habitación estaba caliente por el aliento y el calor corporal. En cierto momento Ka se encontró a sí mismo besando la mano del jeque. Todo aquello ocurrió en un abrir y cerrar de ojos y Ka no prestó atención ni a lo que le rodeaba ni a la multitud del cuarto.

En la habitación había un grupo de más de veinte personas que se reunían los martes por la tarde para realizar una ceremonia bastante simple, escuchar las pláticas del jeque y contarle sus cuitas. Cinco o seis hombres, dueños de lecherías, pequeños comerciantes o propietarios de casas de té que conocían la felicidad de estar junto al señor jeque a la menor oportunidad, un joven parapléjico, el director bizco de una compañía de autobuses con un amigo anciano, el vigilante nocturno de la compañía de electricidad, el portero, desde hacía cuarenta años, del hospital de Kars y muchos otros.

Después de leer la indecisión en la cara de Ka, el jeque le besó la mano con un gesto ampuloso. Lo hizo tanto como muestra de respeto como alguien que besa la mano adorable de un niño pequeño. Ka se quedó admirado a pesar de que había supuesto, acertadamente, que el jeque iba a hacerlo. Hablaron sabiendo que todos les miraban y les escuchaban con atención.

—Bendito seas por haber aceptado mi invitación —le dijo el jeque—. Soñé contigo. Nevaba.

—Yo también soñé con usted, Excelencia —contestó Ka—. He venido aquí para encontrar la felicidad.

—A nosotros nos hace felices que hayas descubierto en tu interior que tu felicidad estaba aquí.

—Siento miedo en esta ciudad, en esta casa, porque ustedes me resultan muy extraños. Porque siempre me han dado miedo cosas como ésta. Nunca he querido besar la mano de nadie ni que nadie besara la mía.

—Al parecer le has abierto tu belleza interior a nuestro hermano Muhtar —dijo el jeque—. ¿Qué te recuerda esta bendita nieve que está cayendo?

Ka se dio cuenta de que Muhtar era el hombre que se sentaba en el extremo derecho del diván donde estaba el jeque, junto a la ventana. Tenía sendas tiritas en la frente y en la nariz. Para ocultar los morados que le rodeaban los ojos llevaba gafas oscuras de grandes cristales, como las de los viejos a los que dejó ciegos la viruela. Sonreía a Ka pero no parecía en absoluto amistoso.

—La nieve me recordó a Dios —respondió Ka—. La nieve me recordó lo misterioso y hermoso que es este mundo y que vivir es en realidad pura alegría.

Al callar por un instante vio que las miradas de la muchedumbre que llenaba la habitación estaban fijas en él. Y le molestó que el jeque estuviera muy satisfecho de la situación:

—¿Para qué me ha llamado? —le preguntó.

—¡Bendito sea Dios! —contestó el jeque—. Después de lo que le ha contado a Muhtar Bey simplemente pensé que necesitaría un amigo a quien le apeteciera abrirle el corazón y con quien conversar.

—Muy bien, conversemos. Antes de venir aquí me he tomado tres copas de *rakı* de puro miedo.

—¿Por qué tiene miedo de nosotros? —El jeque abrió enormemente los ojos, aparentando sorprenderse. Era un hombre gordo y agradable y Ka vio que los que le rodeaban sonreían con sinceridad—. ¿Va a decirnos por qué nos tiene miedo?

—Se lo diré, pero no quiero que se ofenda.

—No me ofenderé. Venga, siéntese a mi lado. Es muy importante para nosotros conocer sus miedos.

El jeque tenía una expresión entre seria y juguetona y parecía dispuesto a hacer reír en cualquier momento a sus discípulos. A Ka le gustó el gesto y en cuanto se sentó se dio cuenta de que le apetecía imitarlo.

—Siempre he querido, como un niño bienintencionado, el desarrollo de mi país, que su gente sea más libre, que se modernice —dijo Ka—. Pero siempre me pareció que nuestra religión se oponía a todo eso. Quizá estaba equivocado. Discúlpeme. Quizá ahora estoy demasiado bebido y por esa razón me atrevo a confesarlo.

—Alabado sea Dios.

—Me crié en Estambul, en Nişantaşı, en un ambiente de alta sociedad. Quería ser como los europeos. Pasé mi vida lejos de la religión porque comprendía que no podía compaginar el ser europeo con un Dios que hace que las mujeres se cubran la cara y las embute en un *charshaf*. Cuando fui a Europa sentí que podía haber un Dios distinto a ese del que hablan los tipos barbudos, reaccionarios, paletos.

—¿Hay otro Dios en Europa? —le preguntó el jeque con aire bromista mientras le acariciaba la espalda.

—Yo quiero un Dios que no me obligue a descalzarme para acudir ante su presencia, ni a besar la mano de nadie, ni a arrodillarme. Un Dios que entienda mi soledad.

—Dios es uno —contestó el jeque—. Todo lo ve y a todos nos entiende. Tu soledad también la entiende. Si creyeras en él y supieras que la ve, no te sentirías solo.

—Eso es cierto, Excelencia —dijo Ka sintiendo que hablaba para todos los de la habitación—. No puedo creer en Dios porque estoy solo y no puedo librarme de mi soledad porque no creo en Dios. ¿Qué puedo hacer?

A pesar de estar borracho y de que sentía un inesperado y profundo placer en decirle con valentía a un auténtico jeque todo lo que le pasaba por el corazón, le dio miedo el silencio del jeque porque con otra parte de su mente percibía perfectamente que andaba por un terreno resbaladizo.

—¿De verdad me estás pidiendo consejo? Nosotros somos esos a quienes llamas barbudos, reaccionarios, paletos. Aunque nos afeitemos la barba, nuestra tosquedad no tiene remedio.

—Yo también soy un paleto, y quiero estar en el rincón más apartado del mundo mientras me cae la nieve encima y que se olviden de mí —replicó Ka. Besó de nuevo la mano del jeque y, mientras lo hacía, le gustó darse cuenta de que no le resultaba en absoluto forzado. Pero había una parte de su mente que todavía funcionaba como si fuera otro por completo distinto, un europeo, y notó que se despreciaba por haber caído en tal situación—. Discúlpeme, he bebido antes de venir aquí —repitió—. Me sentía culpable por haberme pasado la vida sin haber podido creer en el Dios de los pobres, en el que creen los que no tienen educación, las abuelas que se cubren la cabeza y los abuelos que llevan el rosario en la mano. Mi incredulidad tiene una parte de orgullo. Pero ahora quiero creer en ese Dios que hace que fuera caiga esa preciosa nieve. Hay un Dios atento a la simetría oculta del mundo, un Dios que puede hacer al hombre más civilizado, más refinado.

—Claro que lo hay, hijo mío —dijo el jeque.

—Pero ese Dios no se encuentra aquí, entre ustedes. Está fuera, en la noche vacía, en la oscuridad, en la nieve que cae en el corazón de los miserables.

—Si eres capaz de encontrar a Dios tú solo, adelante, vete, que la nieve llene en la noche tu corazón con el amor a Dios. No te lo impediremos. Pero no olvides que los orgullosos que sólo piensan en sí mismos acaban por quedarse solos. A Dios no le gustan los orgullosos. El Diablo fue expulsado del Paraíso por serlo.

Ka se dejó arrastrar por el mismo miedo que luego le avergonzaría. Y no le hacía ninguna gracia saber que en cuanto se fuera hablarían de él a sus espaldas.

—¿Qué puedo hacer, señor jeque, Excelencia? —dijo, e iba a besarle la mano de nuevo pero cambió de opinión. Notó que su indecisión y su borrachera eran bastante evidentes, y que le despreciaban por ambas—. Quiero creer en el Dios en el que creen ustedes y ser un simple ciudadano como ustedes, pero estoy confuso a causa del occidental que hay en mí.

—Es un buen comienzo que tengas tan buenas intenciones. Primero aprende a ser humilde.

—¿Cómo puedo conseguirlo? —En el corazón de Ka volvía a estar presente un demonio sarcástico.

—Por las noches, todo el que quiere conversar se sienta en esa esquina del diván en el que te he dicho que te sientes —le contestó el jeque—. Todos somos hermanos.

Ka se dio cuenta de que el gentío que ocupaba sillas y cojines en realidad estaba esperando la vez para sentarse en la esquina del diván. Se puso en pie porque sintió que haría lo más correcto si respetaba, más que al jeque en sí, aquella imaginaria cola y pasaba al final y esperaba pacientemente, como un europeo, así que besó una vez más la mano del jeque y se sentó a un lado en un cojín.

Junto a él había un hombre simpático, bajito y con las muelas con fundas de oro, que llevaba una casa de té en la calle İnönü. El hombre era tan pequeño y Ka estaba tan confuso que pensó que habría ido para que el jeque le encontrara remedio a su baja estatura. En su infancia, en Nişantaşı había un enano muy elegante que todas las tardes les compraba a las gitanas de la plaza de Nişantaşı un ramito de violetas o un único clavel. El hombrecillo que estaba a su lado le comentó que le había visto ese día pasando por delante de su casa de té pero que, lamentablemente, no había entrado y que le esperaba al día siguiente. En eso, se unió a la conversación el directivo bizco de la empresa de autobuses; le dijo entre susurros que también él había sido muy desgraciado por una cuestión de mujeres hacía tiempo y que se había dado a la bebida. Que era rebelde hasta el punto de no reconocer a Dios, pero que luego todo había pasado y lo había olvidado. Sin que Ka le preguntara

«¿Llegaste a casarte con ella?», el directivo bizco dijo: «Me di cuenta de que no era la mujer adecuada para mí».

Luego el jeque habló en contra del suicidio. Todos le escucharon en silencio, algunos asintiendo con la cabeza, y ellos tres volvieron a hablar en susurros: «Ha habido más suicidios —les contó el hombre pequeñito—, pero las autoridades lo están ocultando para no hundir la moral, de la misma manera que el servicio de meteorología nos oculta que baja la temperatura: las familias entregan a las jóvenes a funcionarios viejos y hombres a los que no quieren sólo por dinero». «Al principio, cuando me conoció, a mi mujer no le gusté nada», intervino el directivo de la compañía de autobuses. Enumeró como causas de los suicidios el paro, la carestía de la vida, la inmoralidad y la falta de fe. Ka se encontraba hipócrita porque le daba la razón a ambos en todo lo que decían. El directivo bizco despertó a su anciano compañero cuando éste comenzó a dormitar. Se produjo un largo silencio y Ka notó que en su interior se elevaba cierta paz: estaban tan lejos del centro del mundo que era como si a nadie pudiera ocurrírsele ir allí y aquello, sumado al efecto de los copos de nieve que parecían colgar del aire en el exterior, despertaba en él la impresión de estar viviendo en un mundo sin gravedad.

En ese momento, mientras nadie le prestaba atención, a Ka se le vino un nuevo poema. Llevaba consigo el cuaderno y, con la experiencia que le había proporcionado el primer poema, le prestó toda su atención a la voz que se elevaba en su interior y pudo escribir de un solo golpe los treinta y seis versos sin que se le escapara ni uno. No confiaba demasiado en el poema porque tenía la cabeza nublada por el *rakı*. Pero se puso en pie movido por una nueva inspiración, se disculpó ante el jeque, se lanzó al exterior de una carrera, se sentó en los altos escalones de las escaleras del cenobio y nada más empezar a leer el cuaderno se dio cuenta de que era tan perfecto como el primero.

El poema había sido compuesto con los materiales de lo que Ka acababa de vivir, de lo que había sido testigo. En cuatro de sus versos había una conversación entre él y un jeque sobre la existencia de Dios y en el pocma también tenían su lugar el punto de vista de Ka, lleno de sentimientos de culpabilidad, sobre el «Dios de los pobres», el significado secreto de la soledad y el mundo y elucubraciones sobre la forma en que estaba estructurada la vida, y un hombre con las muelas de oro, otro bizco y un enano muy caballero con un clavel en la mano le contaban sus vidas íntegras. «¿Qué quiere decir todo esto?», pensó sorprendido por la belleza de lo que él mismo había escrito. Encontraba hermoso el poema porque podía leerlo como si lo hubiera escrito otro. Y como lo encontraba hermoso, le parecía sorprendente su material, su propia vida. ¿Qué significaba la belleza en la poesía?

El automático de la luz de la escalera chasqueó y todo quedó absolutamente a oscuras. Cuando encontró el botón, se encendió la luz y volvió a mirar su cuaderno, se le ocurrió el título del poema. «Simetría oculta», escribió arriba del todo. Tiempo después presentaría como prueba de que ninguno de aquellos poemas eran creación suya —como ocurría con el mundo— la rapidez con la que había encontrado el nombre y colocaría la poesía, como la primera, en el brazo de la Lógica.

12
Si Dios no existe, ¿qué significado tiene el sufrimiento de los pobres?
La historia de Necip e Hicran

Mientras regresaba bajo la nieve al hotel desde el cenobio del jeque, Ka pensaba en que poco después volvería a ver a İpek. Cuando pasaba por la calle Halitpaşa, primero se vio envuelto por un grupo de gente de la campaña electoral del Partido del Pueblo y luego por estudiantes de un curso preparatorio para el examen de ingreso a la universidad: estos últimos hablaban de lo que iban a ver aquella noche en la televisión, de lo estúpido que era el de Química y se incordiaban sin piedad tal y como Ka y yo hacíamos a su edad. En la puerta de un edificio vio a unos padres que llevaban de la mano a una niña pequeña que salía con lágrimas en los ojos de la consulta del dentista de arriba. Por su ropa comprendió de inmediato que se ganaban la vida a duras penas pero que habían llevado a la niña de sus ojos a un médico privado en lugar de a un dispensario público porque creían que le haría menos daño. A través de la puerta abierta de una tienda que vendía medias, carretes de hilo, lápices de colores, pilas y casetes, oyó *Roberta,* una canción de Pepino di Capri que escuchaba en la radio en su niñez cuando iba a pasear por el Bósforo las mañanas de invierno en el coche de su tío, y tomando la sensiblería que se elevaba en su interior por un nuevo poema que se le venía a la cabeza, entró en la primera casa de té que se le apareció, se sentó en la primera mesa que encontró y sacó la pluma y el cuaderno.

Después de mirar un rato la página en blanco con los ojos húmedos y con la pluma en la mano, Ka comprendió que no se le iba a venir ningún poema, pero eso no arruinó su optimismo. En las paredes de aquella casa de té llena a rebosar de parados y estudiantes vio, aparte de paisajes suizos, carteles de teatro, caricaturas y noticias recortadas de periódicos, una circular anunciando los requisitos para presentarse a unas oposiciones y el calendario de los partidos de aquella temporada del Karssport. Los resultados de los partidos, que en su mayoría habían terminado en derrota, estaban marcados con diversos bolígrafos y junto al partido con el Erzurumsport, que había acabado en 6-1, alguien había escrito estos versos, que al día siguiente Ka incorporaría tal cual en su poema «Toda la humanidad y las estrellas», que compondría sentado en la casa de té Los Hermanos Afortunados:

*Aunque nuestra madre vuelva del Cielo y nos coja en
    brazos,*
*aunque nuestro padre infiel la deje sin paliza por una no-
    che,*
*¡no sirve de nada, se te hiela la mierda, se te seca el alma,
    no hay esperanza!*
*Mejor que te tires por el retrete si llegas a caer en la
    ciudad de Kars.*

Mientras anotaba en su cuaderno aquellos cuatro versos con un optimismo burlón, Necip se le acercó desde una de las mesas de atrás con una expresión de alegría que Ka jamás habría imaginado en su cara y se sentó a su lado.

—Me alegro mucho de verte —dijo Necip—. ¿Estás escribiendo poesía? Te pido disculpas porque mis amigos te llamaran ateo. Era la primera vez en su vida que veían uno. Pero la verdad es que tú no puedes ser ateo porque eres muy buena persona. —También le habló de otras cosas a las que, al principio, Ka no les vio la menor relación: que él y sus amigos se habían escapado de la residencia para ir esa noche a la función teatral pero que se sentarían en las filas de atrás porque, por supuesto, no querían que el director les «identificara» durante la retransmisión en directo. Estaba muy contento de haberse fugado. Se encontraría con sus amigos en el Teatro Nacional. Sabían que Ka leería allí un poema. En Kars todo el mundo escribía poesía, pero Ka era el primer poeta que había conocido en su vida que hubiera publicado sus poemas. ¿Podía invitarle a un té? Ka le contestó que tenía prisa.

—Entonces tengo algo que preguntarte, una sola pregunta, la última —dijo Necip—. Mi intención no es faltarte al respeto, como mis amigos. Tengo mucha curiosidad.

—Bien.

Primero encendió un cigarrillo con manos nerviosas:

—Si Dios no existe, eso quiere decir que no hay Paraíso. Y si es así, millones de personas que se pasan la vida entre carencias, pobreza y opresión ni siquiera pueden ir al Cielo. Entonces, ¿qué significado tiene todo el sufrimiento de los pobres? ¿Para qué vivimos y para qué sufrimos en vano?

—Dios existe, y el Paraíso también.

—No, me lo dices para consolarme, porque te damos pena. En cuanto regreses a Alemania volverás a pensar que Dios no existe, como antes.

—Soy muy feliz por primera vez en años —replicó Ka—. ¿Por qué no iba a creer en lo mismo que tú?

—Porque eres un señorito de Estambul. Ellos no creen en Dios. Se ven superiores a los demás porque creen en lo que creen los europeos.

—Quizá fuera un señorito en Estambul —contestó Ka—. Pero en Alemania era un pobre hombre por el que nadie daba un pimiento. Allí estaba machacado.

Al ver la mirada introspectiva de los hermosos ojos de Necip, Ka comprendió que el joven estaba repasando en su mente su situación particular examinándola a fondo.

—Entonces, ¿por qué hiciste enfadar a las autoridades y huiste a Alemania? —dijo, y al ver que aquello había entristecido a Ka, añadió—: ¡Da igual! De todas formas, si yo fuera rico, me daría tanta vergüenza que creería todavía más en Dios.

—Si Dios quiere, un día todos seremos ricos —dijo Ka.

—Nada es tan simple como tú piensas que yo creo. Tampoco yo soy tan simple ni quiero ser rico. Quiero ser poeta, escritor. Estoy escribiendo una novela de ciencia ficción. Puede que se publique en uno de los periódicos de Kars, quizá en *Lanza,* pero yo no quiero que se publique en un periódico que vende setenta y cinco ejemplares sino en uno de esos periódicos de Estambul que tiran miles. Tengo aquí el resumen de la novela. Si te lo leo, ¿puedes decirme si es publicable en Estambul?

Ka miró el reloj.

—Pero sé breve.

Justo en ese momento se cortó la electricidad y toda Kars se sumió en la oscuridad. Necip corrió a la luz del fogón hasta el mostrador, cogió una vela, la encendió, vertió unas gotas de cera en un platillo, pegó la vela y la colocó en la mesa. Leyó los arrugados papeles que se sacó del bolsillo con voz temblorosa y tragando emocionado de vez en cuando.

«En el año 3579 los habitantes del planeta Gazzali, hoy todavía por descubrir, eran muy ricos y su vida era mucho más cómoda que la que vivimos hoy, pero, a pesar de lo que creen los materialistas, no habían renunciado a los valores morales con la excusa del "ya somos ricos". Al contrario, a todos les interesaban temas como el ser y la nada, las relaciones entre la humanidad y el universo y entre Dios y sus criaturas. Por esa razón, en el rincón más remoto de aquel planeta rojo, se estableció un Instituto de Ciencias y Oratoria Islámicas que sólo aceptaba a los alumnos más brillantes y trabajadores. En aquel instituto había dos amigos del alma: aquellos dos íntimos camaradas se habían puesto como sobrenombres Necip y Fazıl inspirándose en aquel Necip Fazıl cuyos libros sobre la cuestión Oriente-Occidente, escritos mil seiscientos años atrás pero que resultaban igual de válidos, leían con admiración; leían *El Gran Oriente,* la gran obra del gran maestro una y otra vez, y por las noches se reunían en secreto en la litera de Fazıl, la más alta, se recostaban uno junto al otro debajo del edredón, contemplaban los copos de nieve azul que desaparecían al caer en el techo de cristal comparando cada uno de ellos con un planeta y se susurraban al oído sus ideas sobre el sentido de la vida y sobre lo que harían en el futuro.

»Aquella amistad pura, que los de corazón malvado pretendían mancillar con chistes envidiosos, se ensombreció un día. Ambos se enamoraron al mismo tiempo de una doncella llamada Hicran, que iluminaba aquella remota ciudad. Ni el enterarse de que el padre de Hicran era ateo les libró de aquel amor desesperado, al contrario, avivó su pasión. Y así comprendieron con toda su alma que uno de ambos sobraba en aquel planeta rojo, que uno de los dos tenía que morir; pero antes se hicieron esta promesa: el que muriera volvería del más allá tiempo después, aunque estuviese a muchos años luz, y le explicaría al que quedaba en este mundo aquello por lo que más curiosidad sentían, cómo era la vida después de la muerte.

»No podían decidir quién iba a morir y cómo porque ambos sabían que la mayor dicha era sacrificarse por la felicidad del otro. Si uno, por ejemplo Fazıl, proponía que metieran al mismo tiempo los dedos desnudos en sendos enchufes, Necip descubría de inmediato que aquello era una astuta trampa que Fazıl había encontrado para sacrificarse puesto que el enchufe de su lado tenía poca corriente. Aquella indecisión, que les hizo sufrir enormemente durante meses, acabó de repente una noche: al regresar de sus clases nocturnas, Necip se encontró el cadáver de su querido amigo despiadadamente acribillado en su litera.

»Al año siguiente, Necip se casó con Hicran y en la noche de bodas le explicó el acuerdo al que había llegado con su amigo y que un día regresaría el fantasma de Fazıl. E Hicran le confesó que ella, en realidad, había estado enamorada de Fazıl, que había llorado durante días su muerte hasta que los ojos se le inyectaron en sangre y que se había casado con él porque se parecía a Fazıl. Así pues, no hicieron el amor y se prohibieron amarse hasta que Fazıl regresara del otro mundo.

»Pero con el paso de los años empezaron a desearse violentamente, primero con las almas y luego con los cuerpos. Una noche en que habían sido teletransportados a la Tierra para un experimento en la pequeña ciudad de Kars, no pudieron contenerse e hicieron el amor enloquecidamente. Fue como si hubieran olvidado a Fazıl, por lo que la conciencia les remordía como un dolor de muelas. En sus corazones ya sólo había aquel creciente sentimiento de culpabilidad y les dio miedo. En un momento ambos se incorporaron en la cama creyendo que les ahogaría aquella extraña sensación mezclada con miedo. En ese momento la pantalla del televisor que había frente a ellos se iluminó por sí sola y allí apareció, como si fuera un fantasma, la imagen brillante y clara de Fazıl. En la frente y debajo del labio inferior todavía tenía las heridas sangrantes de las balas, tan frescas como el día en que lo mataron.

»—Estoy sufriendo —dijo Fazıl—. No queda lugar en el otro mundo al que no haya ido ni rincón que no haya visto (Necip le dijo que escribiría aquellos viajes con todo detalle inspirándose en Gazzali e Ibn Arabi). He gozado del aprecio de los ángeles de Dios, he subido a los lugares que se creen más inaccesibles de lo más alto de los cielos y he visto los terribles castigos que sufren en el Infierno los ateos encorbatados y los positivistas orgullosos y colonialistas que se burlan de la fe del pueblo, pero no he podido ser feliz porque mi mente seguía aquí, con vosotros.

»Marido y mujer escuchaban al desdichado fantasma con admiración y temor.

»—Lo que lleva años haciéndome infeliz no es que un día fuerais felices, como he visto que lo habéis sido esta noche. Al contrario, deseaba más la felicidad de Necip que la mía propia. Precisamente por lo mucho que nos queríamos éramos incapaces de matarnos a nosotros mismos o el uno al otro. Era como si nos hubiéramos investido con una armadura de inmortalidad porque dábamos más valor a la vida del otro que a la propia. Qué sensación más feliz. Pero mi muerte me demostró rápidamente que me había equivocado al confiar en ella.

»—¡No! —gritó Necip—. Nunca le di más valor a mi vida que a la tuya.

»—Si eso hubiera sido verdad, nunca habría muerto —replicó el fantasma de Fazıl—. Y tú nunca te habrías casado con la hermosa Hicran. Morí porque en secreto, incluso ocultándotelo a ti mismo, deseabas mi muerte.

»Por mucho que Necip lo negó violentamente, el fantasma no le hizo caso.

»—No sólo ha sido la sospecha de que deseabas mi muerte lo que me ha impedido tener paz en el otro mundo, sino también la idea de que pudieras estar envuelto en el hecho de que me dispararan a traición en la frente y aquí mientras dormía en mi litera en la oscuridad de la noche y el miedo a que estuvieras colaborando con los enemigos de la ley islámica —dijo el fantasma.

Necip, callado, ya no protestaba.

»—¡Sólo hay una manera de que yo pueda conseguir la paz e ir al Paraíso y de que tú te libres de la sospecha de este horrible delito! —dijo el fantasma—. Encuentra a mi asesino, sea quien sea. En siete años y siete meses no han encontrado ni siquiera un sospechoso. Quiero que quien me mató, o quien quiso verme muerto, pague por ello ojo por ojo. Mientras ese miserable no sea castigado, no habrá paz para mí en este mundo ni para vosotros en ese mundo pasajero que tomáis por el auténtico.

»Sin que la gimoteante y admirada pareja pudiera replicar, el fantasma desapareció de repente de la pantalla.»

—¿Y qué pasa luego? —preguntó Ka.

—Todavía no he decidido cómo va a continuar —respondió Necip—. Si escribo esta historia, ¿crees que se venderá? —Y al ver que Ka guardaba silencio, añadió—: De todas maneras, yo sólo escribo lo que creo de corazón, cada línea. ¿Qué crees tú que pretende contar esta historia? ¿Qué sentiste mientras te la leía?

—Me di cuenta con un escalofrío de que crees de todo corazón que esta vida es sólo una preparación para la otra.

—Sí, eso creo —dijo Necip, nervioso—. Pero eso no basta. Dios también quiere que seamos felices en este mundo. ¡Pero qué difícil es!

Se callaron pensando en las dificultades.

En ese momento volvió la corriente, pero los clientes de la casa de té ni chistaron, como si continuara la oscuridad. El propietario comenzó a aporrear la televisión, que no funcionaba.

—Llevamos veinte minutos aquí sentados —dijo Necip—. Mis amigos deben de estar muertos de preocupación.

—¿Qué amigos? —preguntó Ka—. ¿Es Fazıl uno de ellos? ¿Son ésos vuestros nombres reales?

—Evidentemente, mi nombre, como el del Necip del cuento, es un seudónimo. ¡No me preguntes como si fueras un policía! Y Fazıl nunca viene a sitios así —le contestó Necip con un aire misterioso—. El más musulmán de nosotros es Fazıl, y la persona en la que más confío en la vida. Pero teme que si se mete en política pueda constarle en el expediente y le expulsen de la escuela. Tiene un tío en Alemania que se lo va a llevar con él, nos queremos tanto como los de la historia y estoy seguro de que si alguien me mata me vengará. De hecho, somos más inseparables que los protagonistas de la historia que te he contado y por muy lejos que estemos siempre podemos decirte lo que está haciendo el otro en ese momento.

—¿Y qué está haciendo ahora Fazıl?

—Humm. —Necip adoptó una extraña pose—. Está leyendo en la residencia.

—¿Quién es Hicran?

—Como en nuestro caso, su verdadero nombre es otro. Pero Hicran no es un nombre que se haya puesto ella misma, sino que fuimos nosotros quienes se lo dimos. Algunos le escriben continuamente cartas y poesías de amor, pero no se las mandan por miedo. Si tuviera una hija me gustaría que fuera tan guapa, inteligente y valiente como ella. Ella es la líder de las jóvenes con velo, nada le da miedo, tiene mucha personalidad. En realidad, al principio y por influencia de su padre el ateo, ella tampoco creía. Trabajaba de modelo en Estambul y salía en televisión enseñando el culo y las piernas. Vino aquí para grabar un anuncio de champú. Por lo visto iba andando por la avenida Gazi Ahmet Muhtar Paşa, la calle más pobre y sucia de Kars pero también la más bonita, de repente se paraba delante de la cámara, se soltaba el pelo con un movimiento de la cabeza, un pelo castaño precioso que le llegaba hasta la cintura, lo sacudía como una bandera y decía: «A pesar de la suciedad de la hermosa ciudad de Kars, mi pelo siempre está brillante gracias a Blendax». El anuncio se pondría en el mundo entero y todo el mundo se reiría de nosotros. Dos muchachas de la Escuela de Magisterio, donde por aquel entonces la lucha por el velo sólo estaba empezando, la conocían gracias a la televisión y a las revistas de chismorreos que escribían las desvergüenzas que había vivido con los niños ricos de Estambul, y la admiraban en secreto, así que la invitaron a tomar el té. Hicran fue para burlarse de ellas. Pero se aburrió rápidamente de las muchachas y les dijo: «Ya que vuestra religión —sí, no decía *nuestra* sino *vuestra* religión— prohíbe que se os vea el pelo y el Estado que os lo cubráis, podéis hacer como tal —y aquí mencionó el nombre de una estrella de rock extranjera—, ¡afeitaos la cabeza de raíz y poneos un aro de acero en la nariz! ¡Así todo el mundo se interesará por vosotras!». Las pobres chicas estaban tan humilladas que hasta se rieron con ella de aquella burla. Hicran se envalentonó y diciendo «¡Quitaos de vuestras bonitas cabezas este trozo de trapo que os lleva a la oscuridad de la Edad Media!», echó mano al pañuelo de la más boba de las muchachas e intentó tirar de él, pero en ese mismo instante la mano se le quedó paralizada. Se arrojó al suelo de inmediato y le pidió disculpas a la muchacha, por cierto, su hermano está en nuestra clase y es un auténtico cretino. Al día siguiente volvió, y al otro también, y al final se unió a ellas y ya no regresó a Estambul. Es una santa que ha conseguido que el velo se convierta en la bandera política de las mujeres musulmanas oprimidas de Anatolia, ¡créeme!

—Entonces, ¿por qué en tu historia sólo cuentas de ella que era virgen y nada más? —le preguntó Ka—. ¿Por qué no se les ocurrió a Necip y a Fazıl preguntarle a Hicran su opinión antes de decidirse a morir por ella?

Hubo un tenso silencio durante el cual Necip alzó hasta la altura de la calle sus hermosos ojos, uno de los cuales sería destrozado por una bala dos horas y tres minutos más tarde, y miró absorto la nieve que caía en la oscuridad tan lentamente como un poema.

—Ahí está, ahí está —susurró luego Necip.

—¿Quién?

—¡Hicran! ¡En la calle!

13
No discuto de mi religión con un ateo
Un paseo bajo la nieve con Kadife

En ese momento entraba en el local. Llevaba una gabardina morada, unas gafas negras que le hacían parecerse a un personaje de ciencia ficción y en la cabeza un pañuelo sin ninguna característica especial que se parecía, más que al que se había convertido en el símbolo del islam político, a cualquiera de los muchos que desde su infancia Ka había visto que llevaban miles de mujeres. Cuando Ka se dio cuenta de que la joven se dirigía hacia él se levantó como el alumno que se pone en pie cuando entra en clase el maestro.

—Soy Kadife, la hermana de İpek —dijo ella sonriendo levemente—. Todos le esperamos para cenar. Mi padre me ha pedido que le acompañara.

—¿Cómo ha sabido que estaba aquí? —le preguntó Ka.

—En Kars todo el mundo está al tanto de todo en todo momento —dijo Kadife sin sonreír lo más mínimo—. Basta con que suceda en Kars.

En su cara apareció una expresión de amargura que Ka no llegó a comprender. Le presentó a Necip llamándole «Un amigo poeta y novelista». Se miraron de arriba abajo pero no se estrecharon la mano. Ka lo interpretó como una señal de tensión. Mucho después, cuando intentara encajar los hechos, sacaría la conclusión de que dos islamistas nunca se estrechan la mano por «el debido decoro». Necip, con el rostro palidísimo, miraba a Hicran como si viniera del espacio exterior, pero los gestos y las posturas de Hicran eran tan normales que ninguno de los componentes de la multitud de hombres que llenaban el café se volvió ni siquiera a mirarla. Tampoco es que fuera tan bella como su hermana mayor.

Con todo, Ka se sintió muy feliz caminando con ella bajo la nieve por la avenida Atatürk. La encontraba atractiva porque podía hablarle cómodamente mirándole a la sencilla y limpia cara enmarcada por el pañuelo, no tan bonita como la de su hermana, y al fondo de sus ojos castaños, ésos sí como los de su hermana, y desde ese momento pensó que le estaba siendo infiel a İpek.

Primero hablaron de meteorología de una manera que Ka no se hubiera esperado. Kadife estaba al tanto de detalles que sólo pueden saber los ancianos que se pasan el día escuchando las noticias de la radio con la esperanza de llenar el día con algo. Le contó que la ola de frío provocada por una zona de bajas presiones proveniente de Siberia aún duraría dos días, que no podrían abrir las carreteras en otros dos días más si seguía nevando así, que en Sarıkamış la nieve había alcanzado una altura de ciento sesenta centímetros, que los habitantes de Kars no creían en la meteorología y que el rumor más extendido era que las autoridades siempre anunciaban unas temperaturas cinco o seis grados superiores a las reales para no hundirles la moral (pero que Ka no debía comentarlo con nadie). Cuando eran niñas, en Estambul, İpek y ella siempre habían querido que nevara más: la nieve despertaba en ella la sensación de la brevedad y la belleza de la vida y le hacía sentir que en realidad las personas se parecían a pesar de todas sus enemistades y que el universo y el tiempo eran muy vastos mientras que el mundo de los humanos era demasiado angosto. Por eso cuando nevaba las gentes se aproximaban unas a otras. Era como si la nieve cayera sobre todas las enemistades, sobre todos los enojos y furores, y les acercara.

Callaron un rato. No se cruzaron con nadie mientras caminaban en silencio por la calle Cengiz Topel, que tenía todas las tiendas cerradas. Ka sintió que caminar bajo la nieve con

Kadife le inquietaba tanto como le agradaba. Clavó la mirada en las luces de un escaparate al fondo de la calle: era como si temiera que si se volvía hacia Kadife y la miraba más a la cara también se enamoraría de ella. ¿Estaba enamorado de su hermana mayor? Sabía que tenía en su corazón un deseo racional de caer enloquecidamente enamorado de ella. Cuando llegaron al final de la calle vio a toda la compañía de teatro, incluyendo a Sunay Zaim, veinte minutos antes de que empezara la representación, bebiendo con un ansia tal que parecía que estuvieran tomando los últimos tragos de sus vidas, tras el cristal iluminado de la pequeña y estrecha cervecería Alegría, sobre el que había una nota en papel de cuaderno en la que habían escrito «Debido a la función teatral de esta noche, ha sido pospuesta la reunión con el señor Zihni Sevük, candidato del Partido País Libre».

Al ver entre la propaganda electoral del escaparate de la cervecería el cartel «El Ser Humano es una Obra Maestra de Dios y el Suicidio una Blasfemia» impreso en papel amarillo, Ka le preguntó a Kadife qué opinaba del suicidio de Teslime.

—Ya tienes lo suficiente como para convertir lo de Teslime en una historia interesante para los periódicos de Estambul, o de Alemania —dijo Kadife con una ligera irritación.

—Estoy empezando a conocer Kars —dijo Ka—. Y según la voy conociendo me da la impresión de que no podré contarle a nadie de fuera lo que ocurre aquí. Te hacen llorar la fragilidad de la vida humana y la inutilidad del sufrimiento.

—Sólo los ateos que no han sufrido nunca piensan en la inutilidad del sufrimiento —respondió Kadife—. Porque incluso los ateos que han sufrido aunque sólo sea un poco acaban por no soportar mucho tiempo la falta de fe y al final vuelven a creer.

—Pero Teslime murió como una incrédula al poner fin a sus sufrimientos suicidándose —replicó Ka con la testarudez que le proporcionaba la bebida.

—Sí, si Teslime ha muerto suicidándose, eso quiere decir que ha muerto cometiendo un pecado. Porque la vigésima novena aleya de la azora de Las Mujeres prohíbe expresamente el suicidio. Pero el que nuestra amiga se haya suicidado y haya pecado no significa que disminuya el profundo cariño, casi el amor, que sentimos por ella en nuestros corazones.

—¿Me estás diciendo que podemos seguir queriendo en nuestros corazones a una desdichada que ha hecho algo que condena la religión? —dijo Ka intentando arrastrar a su terreno a Kadife—. ¿Quieres decir que ya no creemos en Dios con el corazón sino con la lógica, como esos occidentales que no lo necesitan?

—El Sagrado Corán es la palabra de Dios y sus mandatos, claros y terminantes, no son cosas que nosotros sus siervos podamos discutir —respondió Kadife con gran confianza en sí misma—. Eso no quiere decir que nuestra religión no tenga nada discutible, por supuesto. Pero yo no quiero discutir de mi religión, no ya con un ateo, ni siquiera con un laico, así que, si me disculpa…

—Tiene razón.

—Tampoco soy de esos islamistas pelotilleros que intentan explicarle a los laicos que el islam es una religión laica —añadió Kadife.

—Tiene razón.

—Es la segunda vez que me da la razón, pero dudo que lo crea de verdad —dijo Kadife sonriendo.

—Vuelve a tener razón —le contestó Ka sin sonreír.

Caminaron un rato en silencio. ¿Podría enamorarse de ella en lugar de su hermana? Ka sabía perfectamente que no podría sentir atracción sexual por una mujer que se cubriera la cabeza, pero no fue capaz de impedir el juguetear por un instante con aquel pensamiento secreto.

Cuando salieron a la multitud de la calle Karadağ, llevó la conversación primero a la poesía y luego, con una transición bastante torpe, añadió que Necip también era poeta y le preguntó si tenía noticia de que en el Instituto de Imanes y Predicadores tenía bastantes admiradores que la adoraban bajo el nombre de Hicran.

—¿Con qué nombre?

Ka le resumió las otras historias que le habían contado sobre Hicran.

—Nada de eso es cierto —dijo Kadife—. No les he oído nada parecido a los estudiantes del instituto que conozco. Pero sí había oído antes la historia del champú —dijo sonriendo unos pasos más allá. Le recordó a Ka que el primero en sugerir que las jóvenes que se cubrían se afeitaran la cabeza había sido un adinerado y odiado periodista de Estambul para atraer la atención de los medios de comunicación occidentales, y para demostrarle de dónde procedía el que se lo hubieran atribuido a ella, añadió—: Sólo hay una cosa cierta en esta historia: sí, en mi primera visita a esas compañeras a las que llaman empañoladas fui con la intención de burlarme de ellas. También tenía cierta curiosidad. Muy bien: fui a verlas con una curiosidad sarcástica.

—¿Y qué pasó luego?

—Vine a Kars porque mi puntuación en el examen de ingreso sólo me daba para la Escuela de Magisterio y, además, mi hermana estaba ya aquí. En fin, aquellas chicas eran mis compañeras de clase y, aunque no seas creyente, vas a sus casas si te invitan. Incluso con mi punto de vista de entonces, me di cuenta de que tenían razón. Así era como las habían criado sus padres. Hasta el Estado las había apoyado dándoles clases de religión. Pero ahora, a las mismas chicas a las que llevaban años diciéndoles «Tapaos el pelo» les decían «Descubríos la cabeza, así lo quiere el Estado». Y un día yo, sólo por solidaridad política, me cubrí la cabeza. Por una parte me daba miedo lo que había hecho y por otra me daba risa. Quizá porque no olvidaba que era hija de mi padre, ese ateo opuesto eternamente a las autoridades. Mientras iba para allá, estaba absolutamente convencida de que aquello sería cosa de un día: un bonito recuerdo político del que años después me acordaría como si fuera una broma, un «gesto de libertad». Pero las autoridades, la policía y los periódicos de aquí se me echaron encima de tal manera que desapareció la parte irónica, «ligera», del asunto y ya no pude escapar. Nos detuvieron con la excusa de que nos habíamos manifestado sin permiso. Si al día siguiente, cuando salí del calabozo, hubiera dicho: «Lo dejo, la verdad es que nunca he creído», toda Kars me habría escupido a la cara. Ahora sé que fue Dios quien me envió toda aquella presión para ayudarme a encontrar el buen camino. En tiempos yo era atea, como tú, no me mires así, me da la impresión de que te doy pena.

—No te estoy mirando de ninguna manera.

—Sí que lo haces. No me siento más ridícula que tú. Pero tampoco me siento superior a ti, que lo sepas.

—¿Y qué dice tu padre de todo esto?

—Nos apañamos. Pero la situación va llegando a un punto en que no nos apañaremos más y nos da miedo porque nos queremos mucho. Al principio mi padre estaba muy orgulloso de mí, el día que me cubrí la cabeza y fui así a la escuela me trató como si aquello fuera una forma muy especial de rebelión. Se puso a mi lado para contemplar en el espejo con marco de latón de mi madre cómo me quedaba el pañuelo en la cabeza y mientras estábamos ante el espejo me dio un beso. A pesar de que no nos habláramos mucho, había algo seguro: lo que yo estaba haciendo le merecía respeto no porque fuera parte de un movimiento islamista, sino porque era una acción contra las autoridades. Mi padre tenía ese aspecto de «así debe ser una hija mía», pero en secreto él tenía tanto miedo como yo. Sé que lo tuvo y que se arrepintió de haberme dado ánimos cuando nos encerraron. Insistía en que aquello no tenía que ver conmigo y que la policía política seguía empeñada en ir detrás de él. Que a los agentes del SIN, que en tiempos habían fichado sin parar a todos los izquierdistas y demócratas de por aquí, ahora les había dado por hacer listas de los religiosos, que no tenía nada de raro que hubieran comenzado por la hija de un veterano y demás. Todo aquello me hacía difícil volverme atrás, y mi padre se veía obligado a apoyarme en cada paso que yo diera, pero todo era cada vez más complicado. Es como esos viejos que, aunque sus oídos los oigan, no se enteran de ciertos ruidos de la casa, de los chasquidos de la estufa, del refunfuñar interminable de sus mujeres sobre ciertos asuntos, del crujido de las bisagras de la puerta: ahora mi padre hace lo mismo en lo que respecta a mi lucha junto a las que se cubren la cabeza. Consigue su venganza haciéndose el ateo canalla cuando alguna viene a casa, pero siempre acaba coqueteando con ellas como si fueran compañeros en la oposición al Estado. Y yo organizo reuniones en casa porque veo en ellas una madurez que les permite replicar a mi padre sin quedar por debajo. Esta noche vendrá una de ellas, Hande. Hande decidió descubrirse la cabeza por la presión de su familia después del suicidio de Teslime, pero no ha puesto en práctica su decisión. Mi padre a veces dice que todo esto le recuerda sus viejos días de comunista. Había dos tipos de comunistas: los engreídos que se metían en eso para educar al pueblo y desarrollar el país, y los inocentes que lo hacían por una cierta idea de la justicia y de la igualdad. A los engreídos les gustaba el poder, daban consejos a todo el mundo y no podía esperarse nada bueno de ellos. Los inocentes sólo se hacían daño a sí mismos, pero en realidad eso era lo único que pretendían. Queriendo compartir el sufrimiento de los pobres por su sentimiento de culpabilidad, sólo conseguían vivir peor ellos. Mi padre era profesor, lo expulsaron del funcionariado, lo torturaron y le arrancaron una uña, lo metieron en la cárcel. Durante años llevó una papelería con mi madre; ha hecho fotocopias, en ocasiones ha traducido alguna novela del francés y ha habido momentos en que ha ido de puerta en puerta vendiendo enciclopedias a plazos. Los días en que éramos muy desgraciados o en que estábamos de veras en la miseria, o a veces de repente, sin motivo, nos abrazaba y lloraba. Le da mucho miedo que nos pueda pasar algo malo. Empezó a tenerlo cuando la policía llegó al hotel después de que dispararan al director de la Escuela de Magisterio. Y eso aunque protestó porque habían venido. Ha llegado a mis oídos que ha ido usted a ver a Azul. No se lo cuente a mi padre.

—No le diré nada —contestó Ka. Se detuvo y se sacudió la nieve que le había caído encima—. ¿No íbamos por ahí, al hotel?

—También podemos ir por aquí. Ni amaina la nevada ni se nos acaban las cosas de las que tenemos que hablar. Y quiero enseñarle el barrio de los Carniceros. ¿Qué quería Azul de usted?

—Nada.

—¿Nos mencionó a nosotros, a mi padre, a mi hermana?

Ka vio en el rostro de Kadife una expresión preocupada.

—No me acuerdo —respondió.

—Todo el mundo le teme. Nosotros también. Todos estos establecimientos son carnicerías famosas de aquí.

—¿Cómo pasa el día su padre? —le preguntó Ka—. ¿Sale alguna vez del hotel, de su casa?

—Él dirige el hotel. Les da órdenes a todos, a la gobernanta, a las limpiadoras, a las lavanderas, a los botones. Mi hermana y yo le echamos una mano. Mi padre sale muy poco. ¿De qué signo del zodíaco es usted?

—Géminis —contestó Ka—. Dicen que los géminis son muy mentirosos, pero la verdad es que no sé.

—¿No sabe si son mentirosos o no sabe si ha mentido usted alguna vez?

—Si cree en las estrellas, debería ser capaz de deducir por algo que hoy ha sido un día muy especial para mí.

—Sí, me lo ha contado mi hermana. Hoy ha escrito un poema.

—¿Su hermana se lo cuenta todo?

—Aquí sólo tenemos dos formas de entretenernos. Contárnoslo todo o ver la televisión. También hablamos viendo la televisión y vemos la televisión mientras hablamos. Mi hermana es muy bonita, ¿verdad?

—Sí, muy bonita —dijo Ka con respeto—. Pero usted también lo es —añadió educadamente—. ¿Ahora también le va a contar esto?

—No, no se lo diré —respondió Kadife—. Que sea un secreto que quede entre nosotros. El mejor comienzo para una buena amistad es compartir un secreto.

Se sacudió la nieve que se acumulaba sobre su larga gabardina morada.

14
¿Cómo escribe poesía?
En la cena, sobre el amor, el cubrirse la cabeza y el suicidio

En la puerta del Teatro Nacional vieron una multitud esperando la «función» que habría de comenzar poco después. En las aceras y ante la puerta de aquel edificio de ciento diez años de antigüedad se habían reunido, a pesar de la nieve que caía sin cesar, desocupados, jóvenes que habían salido de sus residencias y sus casas con chaqueta y corbata y niños que se habían escapado de casa ya que por fin había algo con lo que poder divertirse. También había familias completas, niños incluidos. Por primera vez en Kars, Ka vio un paraguas negro abierto. Kadife sabía que también estaba programado que Ka leyera un poema, pero él zanjó la cuestión diciéndole que no pensaba ir y que, de todas maneras, no tenía tiempo.

Sintió que se le estaba viniendo un nuevo poema. Caminó a toda velocidad intentando no hablar hasta que llegaran al hotel. Con la excusa de arreglarse un poco antes de la cena, subió de inmediato a su habitación, se quitó el abrigo, se sentó ante la mesilla y escribió apresuradamente. Los temas principales del poema eran la amistad y las confidencias. La nieve, las estrellas, ciertos motivos de un alegre día especial y algunas frases que habían salido de boca de Kadife se introducían en el poema tal cual y Ka contemplaba cómo se iban alineando los versos uno debajo de otro con el placer y la emoción que le produciría ver un cuadro. Desarrolló ciertas cosas que había hablado con Kadife con una lógica oculta a la mente, y en el poema, titulado «La amistad de las estrellas», elaboró la idea de que cada ser humano tiene una estrella, cada estrella un amigo, de que a cada persona le corresponde otra por su estrella y de que cada cual lleva en el corazón a ese otro que le corresponde como si fuera alguien a quien pudiera confiarle todos sus secretos. El hecho de que le pareciera que aquí y allá faltaba algún verso o alguna palabra a pesar de que podía percibir en su interior la musicalidad y la perfección del poema como un todo, lo atribuiría después a que tenía la cabeza en la cena con İpek, a la que ya llegaba tarde, y a la extrema felicidad del momento.

Al terminar el poema cruzó a toda prisa el vestíbulo y entró en las habitaciones privadas de los propietarios del hotel. Allí se encontró a Turgut Bey ya sentado a la cabecera de una mesa dispuesta en medio de una amplia habitación de techo alto con sus hijas, Kadife e İpek, a ambos lados. En otra parte de la mesa había una tercera joven que se cubría la cabeza con un elegante pañuelo morado, gracias al cual Ka comprendió rápidamente que debía de ser Hande, la amiga de Kadife. Frente a ella vio al periodista Serdar Bey. Por el desorden y la extraña belleza de aquella mesa, alrededor de la cual el pequeño grupo de comensales parecía estar tan feliz de poder encontrarse reunido, y por los alegres y hábiles movimientos de Zahide, la camarera kurda, que entraba y salía a toda velocidad de la cocina que tenían detrás, Ka entendió de inmediato que Turgut Bey y sus hijas habían convertido en costumbre el estar sentados largo rato alrededor de aquella mesa.

—Me he pasado el día pensando en usted, preocupado por usted, ¿dónde estaba? —le preguntó Turgut Bey poniéndose en pie. De repente abrazó a Ka apretándose tanto contra él que éste pensó que se iba a echar a llorar—. Puede pasar algo malo en cualquier momento —añadió con un tono trágico.

Después de que se sentara en el lugar que le había señalado Turgut Bey, frente a él, en el otro extremo de la mesa, de que le metiera la cuchara ávidamente a la humeante sopa de lentejas que le sirvieron y de que los otros dos hombres de la mesa comenzaran a tomar *rakı*, Ka pudo hacer por fin lo que estaba deseando cuando la atención del grupo se desvió de él hacia la pantalla de la televisión que tenía justo detrás y contempló a placer el hermoso rostro de İpek.

Sé exactamente cómo era la grandiosa felicidad sin límites que sentía en aquel momento porque más tarde la describió con todo detalle en su cuaderno: movía sin parar piernas y brazos como los niños felices y se agitaba impaciente como si poco después İpek y él tuvieran que tomar el tren que les llevaría a Frankfurt. Soñaba con que una luz muy parecida a la de la lámpara que iluminaba la desordenadísima mesa de trabajo de Turgut Bey, llena de libros, periódicos, libros de cuentas y facturas, en un futuro no muy lejano iluminaría la cara de İpek desde la lámpara de su propia mesa de trabajo en el pisito en el que vivirían juntos en Frankfurt.

Inmediatamente después vio que Kadife le estaba mirando. En el momento en que su mirada se cruzaba con la de Ka, le dio la impresión de que aparecía una expresión celosa en aquel rostro no tan hermoso como el de su hermana, pero Kadife logró ocultarla rápidamente con una sonrisa de complicidad.

Los comensales miraban de reojo de vez en cuando la televisión. Acababa de comenzar la retransmisión en directo de la velada desde el Teatro Nacional y un actor de la compañía, alto como un poste y a quien Ka había visto la primera noche bajando del autobús, estaba presentando el espectáculo inclinándose a izquierda y derecha cuando de repente Turgut Bey cambió la imagen con el mando a distancia que tenía en la mano. Miraron largo rato una imagen en blanco y negro borrosa y con puntos blancos que no se sabía qué era.

—Padre —dijo İpek—, ¿por qué estamos viendo esto?

—Aquí está nevando… —contestó su padre—. Por lo menos es una imagen correcta, una noticia verdadera. Y, además, sabes que me siento insultado en mi orgullo si vemos demasiado rato cualquier canal.

—Entonces apague la televisión, padre, por favor —dijo

Kadife—. Estamos viviendo otras cosas que nos insultan el orgullo.

—Contádselo a nuestro invitado —dijo el padre, avergonzado—. Me molesta que no lo sepa.

—A mí también —intervino Hande. Tenía unos airados ojos negros, extraordinariamente hermosos y grandes. Todos se callaron por un instante.

—Cuéntalo tú, Hande —dijo Kadife—. No hay nada de lo que avergonzarse.

—Al contrario, hay mucho de que avergonzarse y precisamente por eso quiero contarlo —respondió Hande. Por un momento su cara se iluminó con una extraña alegría—. Hoy hace cuarenta días del suicidio de nuestra amiga Teslime —dijo sonriendo como si recordara algo agradable—. De todas nosotras, Teslime era la más convencida en la lucha por la religión y por la palabra de Dios. Para ella el velo no sólo representaba su amor por Dios, sino que también era un signo de su fe y su honra. A nadie se le habría pasado por la cabeza que fuera a suicidarse. Los profesores en la escuela y su padre en casa la presionaban sin piedad para que se descubriera la cabeza, pero ella se resistía. Estaba a punto de que la expulsaran de la escuela, en la que llevaba tres años estudiando y que ya estaba terminando. Un día unos tipos de la Dirección de Seguridad le apretaron las tuercas a su padre, que tiene un colmado, y le dijeron: «Si tu hija no se descubre la cabeza y no va a clase, te cerraremos la tienda y además te echaremos de Kars». Después de aquello el hombre primero amenazó a Teslime con echarla de su casa y, como no le sirvió de nada, planeó casarla luego con un policía viudo que tenía cuarenta y cinco años. Incluso el policía comenzó a ir por el colmado llevando flores. A Teslime le daba tanto asco aquel hombre al que llamaba «el viejo de mirada metálica», que nos confesó que estaba dispuesta a descubrirse la cabeza antes que casarse con él, pero, por alguna extraña razón, no era capaz de ponerlo en práctica. Algunas de nosotras aprobamos su decisión si con eso lograba evitar la boda con el viejo de mirada metálica y otras le aconsejamos que amenazara a su padre con suicidarse. Ese consejo se lo di sobre todo yo porque no quería en absoluto que Teslime se descubriera. ¡Cuántas veces no le diría «Teslime, es mejor suicidarse que descubrirse»! Lo decía por decir. Pensábamos que las suicidas de las que hablaban los periódicos lo habían hecho por falta de fe, por su sometimiento a los bienes terrenales o por amores desesperados y que la idea del suicidio asustaría a su padre. No pensaba que existiera la menor posibilidad de que Teslime se suicidara porque era una muchacha con fe auténtica. Pero fui la primera en creérmelo cuando oí que se había colgado. Porque advertí de inmediato que de haber estado en el lugar de Teslime yo también me habría suicidado.

Hande comenzó a llorar. Todos guardaron silencio. İpek fue junto a ella y la besó y la acarició. Luego Kadife se unió a ella. Las jóvenes se abrazaban, Turgut Bey, con el mando a distancia en la mano, les dijo palabras dulces y todos juntos bromearon para que dejara de llorar. Turgut Bey le llamó la atención sobre las jirafas que habían aparecido en la pantalla como si distrajera a una niña pequeña y, lo que es más extraño, la misma Hande clavó sus ojos llorosos en el televisor como una niña dispuesta a que la distrajeran: todos contemplaron largo rato, prácticamente olvidándose de sus propias vidas, a una pareja de jirafas que avanzaba entre sombras, felices y contentas, como a cámara lenta, por un espacio arbolado en algún lugar muy lejano, quizá en el corazón de África.

—Después del suicidio de Teslime, Hande decidió descubrirse la cabeza y volver a la escuela para no disgustar más a sus padres —le dijo luego Kadife a Ka—. ¡Con qué dificultades la han criado en medio de la pobreza, como si fuera un hijo único! Sus padres siempre han soñado que su hija sabría salir adelante, Hande es muy inteligente —hablaba con una voz dulce, como si susurrara, pero lo bastante alto como para que Hande la oyera, y la joven de los ojos llorosos la escuchaba mirando la televisión como los demás—. Nosotras, las jóvenes que nos velamos, primero intentamos convencerla de que no abandonara nuestra lucha, pero cuando comprendimos que era mejor que se descubriera a que se suicidara, decidimos ayudarla. Es muy difícil que una joven que sabe que el pañuelo es una orden de Dios y que lo ha adoptado como bandera pueda luego quitárselo y mezclarse con la gente. Hande lleva días encerrada en casa intentando concentrarse para tomar la decisión.

Ka, como los demás, estaba abrumado por un sentimiento de culpabilidad, pero cuando su brazo rozó el de İpek se extendió por todo su interior una enorme alegría. Mientras Turgut Bey cambiaba de canal a toda velocidad, Ka, buscando aquella alegría, apoyó el brazo en el de İpek. Y cuando İpek hizo lo mismo, olvidó la tristeza de la mesa. En la pantalla apareció la función del Teatro Nacional. El hombre alto como un poste declaraba su orgullo por formar parte de la primera retransmisión en directo de la historia de Kars. Mientras leía el programa de la noche, entre fábulas, confesiones del portero de la selección nacional, secretos vergonzantes de nuestra historia política, escenas de Shakespeare y Victor Hugo, confesiones y escándalos insospechados, nombres veteranos e inolvidables de la historia del cine y el teatro turcos, chistes, canciones y terribles sorpresas, Ka escuchó su propio nombre, presentado como «nuestro mayor poeta, que ha vuelto en silencio a nuestro país tras años de ausencia». Cogió la mano de İpek por debajo de la mesa.

—Por lo que he oído, no piensa ir allí esta noche —dijo Turgut Bey.

—Aquí estoy muy contento, muy contento, señor —dijo Ka apoyándose aún más en el brazo de İpek.

—La verdad es que no me gustaría amargarle su felicidad —dijo Hande, y por un momento todos tuvieron miedo de ella—, pero esta noche he venido hasta aquí por usted. No he leído ninguno de sus libros pero me basta con que sea un poeta que ha ido nada menos que a Alemania y que ha visto mundo. Dígame, por favor, ¿ha escrito algún poema últimamente?

—Se me han venido muchos poemas en Kars.

—He pensado que quizá podría usted explicarme cómo concentrarme en un asunto. Dígame, por favor: ¿cómo escribe poesía? Concentrándose, ¿no?

Aquélla era la pregunta más frecuente que las mujeres le hacían a los poetas en las veladas poéticas que se organizaban para lectores turcos en Alemania, pero Ka, como le pasaba siempre, se sobrecogió como si se tratara de una pregunta muy personal.

—No sé cómo se escribe poesía —dijo—. El buen poema es como si viniera de fuera, de algún lugar lejano —vio que Hande le miraba suspicaz—. ¿Qué entiende por «concentrarse»? Explíquemelo, por favor.

—Me esfuerzo el día entero pero no logro que aparezca ante mis ojos lo que quiero ver, mi aspecto sin pañuelo. En su lugar aparecen cosas que preferiría olvidar.

—Por ejemplo, ¿qué?

—Cuando aumentó el número de jóvenes con velo, nos enviaron a una mujer de Ankara para convencernos de que nos descubriéramos. Esta «convencedora» estuvo hablando durante horas con nosotras en un cuarto, una por una. Nos hizo cientos de preguntas del tipo «¿Te pegan tus padres? ¿Cuántos hermanos sois? ¿Cuánto gana tu padre al mes? ¿Qué llevabas antes del velo? ¿Amas a Atatürk? ¿Qué tipo de cuadros hay en las paredes de tu casa? ¿Cuántas veces vas al cine al mes? ¿Crees que hombres y mujeres son iguales? ¿Es más importante Dios o el Estado? ¿Cuántos hijos te gustaría tener? ¿Han abusado de ti en tu familia?», escribía las respuestas en un papel y rellenaba formularios sobre nosotras. Llevaba la cabeza descubierta, el pelo teñido y los labios pintados, muy elegante, como salida de una revista de modas, pero, cómo lo diría, en realidad iba muy sencilla. Nos cayó muy bien a pesar de que sus preguntas nos hicieron llorar a algunas de nosotras... Algunas pensábamos «Ojalá no la manchen el fango y la suciedad de Kars». Luego empecé a soñar con ella, aunque al principio no le di importancia. Ahora, cada vez que intento imaginar que me descubro la cabeza, me suelto el pelo y me mezclo con la gente, siempre me veo como esa «convencedora». Yo también soy elegante como ella, aunque llevo zapatos de tacón más alto y vestidos más escotados que los suyos. Intereso a los hombres. Eso por una parte me gusta pero por otra me avergüenza.

—Hande, si no quieres, no cuentes qué es lo que te avergüenza —dijo Kadife.

—No, lo contaré. Porque me da vergüenza en mis sueños, pero no me avergüenzo de soñarlo. En realidad no creo que si me descubro la cabeza me vaya a convertir en una mujer lasciva que va provocando a los hombres. Porque me descubriré sin estar convencida de lo que hago. Pero sé que aunque una no crea en lo que hace, aunque piense que ni siquiera lo quiere, puede dejarse llevar por sentimientos sensuales. Hombres y mujeres pecamos en nuestros sueños con gente con la que creemos que nunca querríamos hacerlo en nuestra vida cotidiana. ¿Me equivoco?

—Basta ya, Hande —dijo Kadife.

—¿Me equivoco?

—Sí —Kadife se volvió a Ka—. Hace dos años Hande iba a casarse con un guapo muchacho kurdo. Pero él se metió en política y lo mataron…

—Eso no tiene nada que ver con que no quiera descubrirme —dijo Hande enfadándose—. La razón es que, por mucho que me concentre, no puedo verme con la cabeza descubierta. Cada vez que pruebo a concentrarme, me convierto en mi imaginación en una extraña malvada como la «convencedora» o en una mujer lujuriosa. Si aunque sólo fuera una vez consiguiera imaginarme con la cabeza descubierta cruzando la puerta de la escuela, andando por los pasillos y entrando en clase, encontraría en mí misma la fuerza necesaria para hacerlo, si Dios quiere, y sería libre por fin. Porque entonces me habré descubierto la cabeza porque lo deseo y por propia voluntad y no porque me obligue la policía. Pero no puedo concentrarme en esa visión.

—No le des importancia y ya está —dijo Kadife—. Aunque te derrumbes, seguirás siendo nuestra querida Hande de siempre.

—No, no lo soy —contestó Hande—. En vuestro interior me acusáis y me despreciáis por haberme apartado de vosotras y por haber decidido descubrirme —se volvió hacia Ka—. A veces veo en mi imaginación a una muchacha que entra en la escuela con la cabeza descubierta, que avanza por los pasillos, que entra en esa clase que tanto echo de menos y recuerdo el olor de los pasillos y el ambiente cargado de la clase. Pero justo en ese momento la veo a través del cristal que separa la clase del pasillo y me echo a llorar porque me doy cuenta de que no me estoy viendo a mí sino a otra.

Todos creyeron que Hande iba a volver a llorar.

—Tampoco es que me dé tanto miedo ser otra —continuó—. Lo que temo es no poder volver a mi situación actual nunca más, incluso olvidarla. En realidad, por eso es por lo que una puede llegar a suicidarse —se volvió hacia Ka—. ¿Nunca ha querido suicidarse? —le preguntó con aire provocador.

—No, pero después de ver lo que pasa con las mujeres de Kars uno empieza a pensárselo.

—Para muchas jóvenes en nuestra situación el deseo de suicidarse significa ser dueñas de nuestro propio cuerpo. Por eso siempre se suicidan las jóvenes a las que engañan y pierden la virginidad o las mocitas a las que prometen en matrimonio con un hombre al que no quieren. Ven el suicidio como un deseo de inocencia y pureza. ¿No ha escrito ningún poema sobre el suicidio? —se volvió instintivamente hacia Ipek—. ¿Estoy aburriendo demasiado a vuestro invitado? Muy bien, que me diga de dónde le «vienen» los poemas que se le han venido en Kars y le dejaré tranquilo.

—Cuando me viene la inspiración le doy gracias de todo corazón a quien me la envía porque soy feliz.

—¿Y ese alguien también es quien hace que se concentre en la poesía? ¿Quién es?

—Siento que es Él quien me envía la poesía a pesar de que no creo.

—¿No cree en Dios o en que sea Él quien le envía la poesía?

—Es Dios quien me la envía —dijo Ka con una súbita inspiración.

—Ha visto cómo está creciendo el movimiento religioso

aquí —intervino Turgut Bey—. Quizá le hayan amenazado…
Quizá tenga miedo y haya comenzado a creer en Dios.

—No, me sale de dentro —respondió Ka—. Quiero ser
como todo el mundo aquí.

—Tiene miedo, ¡qué vergüenza!

—Sí, tengo miedo —gritó Ka al mismo tiempo—. Y mucho.

Se puso en pie como si le estuvieran apuntando con una pistola. Aquel gesto inquietó al resto de los comensales. «¿Dónde?», gritó Turgut Bey como si él también notara un arma
apuntándoles. «No tengo miedo, no me importa nada», dijo
Hande para sí misma.

Pero ella, como los demás, también estaba mirando al rostro de Ka para intentar averiguar la dirección de la que procedía el peligro. Años después el periodista Serdar Bey me diría
que en ese momento Ka tenía la cara blanca como la pared,
pero que en lugar de tener la expresión de alguien enfermo de
miedo o mareado, aparecía en su rostro la de alguien que ha
encontrado una profunda felicidad en esta tierra. La camarera
iría aún más allá e insistiría en que en la habitación apareció
una luz y que todo quedó envuelto por una claridad. A partir
de ese día, Ka, desde su punto de vista, se convirtió en un santo. Uno de los presentes dijo en ese momento «Se le ha venido un poema», y todos lo aceptaron con más emoción y temor
que si se tratara de un arma que les apuntara.

Luego, cuando reflexionara por escrito en un cuaderno que
llevaba sobre todo lo que había ocurrido, Ka compararía la
tensión de la espera en la habitación con los momentos de espera temerosa de aquellas sesiones de espiritismo de las que
fuimos testigos en nuestra infancia. Veinticinco años atrás, Ka
y yo podíamos incorporarnos a las veladas que organizaba en
su casa en una de las calles traseras de Nişantaşı la madre de un
amigo nuestro, que se había quedado viuda a temprana edad y
que estaba bastante gorda, por cierto, cuando dicho amigo nos
introducía silenciosamente en el salón desde uno de los cuartos de atrás, sesiones en las que también participaban otras
desdichadas amas de casa, un pianista con los dedos paralizados, una madura e histérica estrella del cine (siempre pregun-

tábamos «¿Viene ella también?»), su hermana, que se desmayaba cada dos por tres, y un general jubilado que le tiraba los tejos a la madura estrella. En los momentos de tensa espera, alguien decía «¡Oh, espíritu, si estás aquí, manifiéstate!», se producía un largo silencio, luego se oía algún crujido indefinido, el chirrido de una silla, un gemido y a veces una grosera coz lanzada a una de las patas de la mesa y alguien decía atemorizado: «El espíritu ha venido». Pero Ka no parecía alguien que se hubiera encontrado con un espíritu; se dirigía directamente a la cocina y en su rostro había una expresión de felicidad.

—Ha bebido demasiado —dijo Turgut Bey—. Id a ayudarle.

Lo dijo como para que pareciera que él mismo había enviado a İpek, que corría junto a Ka. Éste se desplomó en una silla que había junto a la puerta de la cocina. Se sacó del bolsillo el cuaderno y el bolígrafo.

—No puedo escribir si están todos así, de pie, mirándome —dijo.

—Vamos a llevarte a una habitación de dentro —dijo İpek.

Siguió a İpek y, cruzando la cocina, en la que Zahide estaba vertiendo almíbar al dulce de pan y donde tan bien olía, llegaron a una habitación en penumbra.

—¿Puedes escribir aquí? —le preguntó İpek encendiendo la lámpara.

Ka vio un cuarto limpio con dos camas perfectamente hechas. Sobre la mesilla que ambas hermanas usaban a modo de mesa y cómoda vio también una colección sin pretensiones de botes de cremas, pinturas de labios, frasquitos de colonia, botellitas de aceite de almendras y licores, libros, un neceser de cremallera y una caja de chocolatinas suizas llena de cepillos, lápices, cuentas de cristal contra el mal de ojo, collares y pulseras. Se sentó en la cama que había junto a la congelada ventana.

—Sí, aquí puedo escribir —dijo—. Pero no me dejes.

—¿Por qué?

—No lo sé —dijo primero Ka, y luego añadió—: Tengo miedo.

Comenzó entonces a escribir el poema empezándolo por la descripción de una caja de chocolatinas que su tío le había traído de Suiza cuando era niño. Sobre la caja, como ocurría con las paredes de las casas de té de Kars, había un paisaje suizo. De acuerdo con las notas que más tarde tomaría Ka para comprender, clasificar y ordenar los poemas que «se le habían venido» en Kars, lo primero en salir de la caja del poema sería un reloj de juguete, que dos días más tarde sabría que era un recuerdo de la infancia de İpek. Ka pensaba decir algo sobre el tiempo de la niñez y el tiempo de la vida partiendo de aquel reloj…

—No quiero que te alejes de mí —le dijo a İpek—, porque estoy horriblemente enamorado de ti.

—Ni siquiera me conoces —respondió İpek.

—Hay dos tipos de hombres —dijo Ka con tono pedagógico—. Los primeros, antes de enamorarse, tienen que saber cómo la mujer se come un bocadillo, cómo se peina, qué tonterías le preocupan, por qué se enfada con su padre y todas las historias y leyendas que se cuentan sobre ella. Los segundos, y yo soy de ésos, necesitan saber muy poco para poder enamorarse.

—O sea, ¿que estás enamorado de mí porque no me conoces? ¿De verdad crees que eso es amor?

—Así es el amor por el que uno lo daría todo —contestó Ka.

—Y tu amor por mí se acabará cuando sepas la manera en que como bocadillos y lo que me preocupa.

—Pero por entonces nuestra intimidad será más profunda y se habrá convertido en un deseo que envolverá nuestros cuerpos, en una felicidad y en unos recuerdos comunes que nos unirán aún más.

—No te levantes, quédate ahí sentado en la cama —dijo İpek—. No me beso con nadie mientras mi padre esté bajo el mismo techo —al principio no se opuso a los besos de Ka pero luego le empujó—. No me gusta cuando mi padre está en casa.

Ka la besó en la boca a la fuerza una vez más y por fin se sentó a un lado de la cama.

—Tenemos que casarnos cuanto antes y huir juntos de aquí. ¿Sabes lo felices que seremos en Frankfurt?

Se produjo un silencio.

—¿Cómo puedes enamorarte de mí cuando no me conoces en absoluto?

—Porque eres hermosa… Porque me imagino que seremos felices juntos… Porque puedo decírtelo todo sin avergonzarme. Me imagino continuamente que hacemos el amor.

—¿Qué hacías en Alemania?

—Estaba demasiado ocupado con los poemas que era incapaz de escribir y me la meneaba sin parar… La soledad es un problema de orgullo; uno se sumerge vanidosamente en su propio olor. El problema del verdadero poeta es siempre el mismo. Si es feliz durante mucho tiempo se vuelve vulgar. Si es infeliz durante mucho tiempo es incapaz de encontrar en sí mismo la fuerza que mantiene viva la poesía… La felicidad y la auténtica poesía sólo cohabitan durante un breve plazo. Un tiempo después, o la felicidad vulgariza al poeta y la poesía, o la auténtica poesía imposibilita la felicidad. Ahora me da mucho miedo regresar a Frankfurt y ser infeliz.

—Quédate en Estambul —le dijo İpek.

Ka la miró con atención. «¿Quieres vivir en Estambul?», susurró. En ese momento deseaba profundamente que İpek le pidiera algo. Ella lo notó:

—No quiero nada —dijo.

Ka notaba que iba demasiado deprisa. Pero también notaba que sólo podría quedarse muy poco tiempo en Kars, que, sin que pasara mucho, allí no podría respirar y que no tenía otra salida que darse prisa. Prestaron atención a un coche de caballos que pasaba por delante de la ventana aplastando la nieve y de cuyo interior surgían voces imprecisas. İpek permanecía de pie en el umbral de la puerta sacando absorta los pelos enganchados en el cepillo que sostenía en la mano.

—Aquí todo es tan pobre y tan triste que a la gente, como te pasa a ti, se le olvida incluso lo que es pedir algo —dijo Ka—. La gente aquí sólo puede soñar, no con vivir, sino con morir… ¿Vas a venir conmigo? —İpek no le contestó—. Si vas a darme una mala respuesta, mejor que no me digas nada.

—No sé —dijo İpek mirando el cepillo—. Nos están esperando ahí dentro.

—Ahí dentro lo que están es tramando algo, lo noto, pero no sé lo que es —dijo Ka—. Cuéntamelo tú.

Se cortó la electricidad. Como İpek no se movió, Ka quiso abrazarla, pero le envolvía el miedo a regresar completamente solo a Alemania, así que él tampoco se movió.

—No puedes escribir un poema a oscuras —dijo İpek—. Vámonos.

—Para quererme, ¿qué es lo que más te gustaría que hiciera?

—Ser tú mismo —contestó İpek. Se puso en pie y salió de la habitación.

Ka estaba tan feliz de estar allí sentado que sólo se levantó a duras penas. Se sentó por un instante en la fría habitación anterior a la cocina y allí, a la luz temblorosa de una vela, escribió en el cuaderno verde el poema que tenía en la mente, titulado «La caja de chocolatinas».

Cuando se puso en pie estaba detrás de İpek, pero en cuanto se movió para abrazarla y hundir la cara en su pelo, todo lo que tenía en la cabeza se confundió de repente como si estuviera a oscuras.

A la luz de la vela de la cocina Ka vio que İpek y Kadife se abrazaban. Se abrazaban rodeándose el cuello con los brazos, como amantes.

—Padre me ha mandado para que viera cómo estabais —dijo Kadife.

—Muy bien, cariño.

—¿Ha escrito algún poema?

—Sí —dijo Ka saliendo de la oscuridad—. Pero ahora me gustaría ayudaros.

Entró en la cocina y no pudo ver a nadie a la luz temblorosa de la vela. En un abrir y cerrar de ojos llenó un vaso de *rakı* y se lo bebió sin añadirle agua. Luego se puso un vaso de agua porque se le habían saltado las lágrimas.

Al salir de la cocina se encontró por un instante en una oscuridad siniestra, negra como la pez. Vio la mesa de comedor iluminada por una vela y se dirigió hacia ella. Los comensales se volvieron hacia Ka junto con las enormes sombras de la pared.

—¿Ha podido escribir algún poema? —le preguntó Turgut Bey. Antes había estado unos instantes en silencio como pretendiendo que no estaba preocupado por Ka.

—Sí.

—Enhorabuena —le colocó en la mano a Ka un vaso de *rakı* y se lo llenó—. ¿Sobre qué?

—Aquí, hable con quien hable, a todo el mundo le doy la razón. El miedo que mientras estaba en Alemania se paseaba fuera, por las calles, ahora lo tengo dentro.

—Le comprendo perfectamente —comentó Hande con aires de sabelotodo.

Ka le sonrió agradecido. «No te descubras la cabeza, bonita», le apeteció decirle.

—Si me está diciendo que creía en Dios cuando visitó al señor jeque porque él cree a cualquiera con quien hable, permítame que le haga una corrección: ¡el señor jeque no es el representante de Dios en Kars! —dijo Turgut Bey.

—¿Y quién representa a Dios aquí? —se le opuso Hande, insolente.

Pero Turgut Bey no se enfadó con ella. Era cabezota y discutidor, pero tenía el corazón tan blando como para no poder ser un ateo implacable. Ka notó que Turgut Bey, de la misma manera que se preocupaba por la felicidad de sus hijas, temía que se desintegraran y desaparecieran las costumbres que formaban su mundo. No era una inquietud política, sino la de un hombre cuyo único entretenimiento en la vida es discutir todas las noches durante horas con sus hijas y sus invitados sobre política y sobre la existencia o no de Dios y que teme perder su lugar a la cabecera de la mesa.

Volvió la luz y la habitación se iluminó de repente. En la ciudad la gente se había acostumbrado tanto a que la luz fuera y viniera, que nadie lanzaba gritos de alegría cuando volvía como pasaba en Estambul cuando Ka era niño, nadie decía «Ay, Dios, mira a ver no se haya estropeado la lavadora», ni a nadie le poseía el alegre nerviosismo del ya voy yo a soplar las velas, todos se comportaban como si no pasara nada. Turgut Bey encendió la televisión y empezó a pasar canales con el mando a distancia. Ka les susurró a las jóvenes que Kars era un sitio extraordinariamente silencioso.

—Porque aquí nos da miedo hasta nuestra propia voz —dijo Hande.

—Es el silencio de la nieve —dijo İpek.

Durante largo rato todos estuvieron viendo la televisión, cuyos canales iban cambiando lentamente, con una sensación de derrota. Con la mano de İpek entrelazada en la suya por debajo de la mesa, Ka pensó que podría pasarse feliz la vida allí, dormitando en algún trabajillo durante el día y por la tarde viendo la televisión, a la que le habría puesto una antena parabólica, cogido de la mano de aquella mujer.

15

Hay algo básico que todos queremos
en la vida
En el Teatro Nacional

Exactamente siete minutos después de que pensara que podía pasarse toda la vida en Kars siendo feliz con İpek, Ka corría bajo la nieve con el corazón latiéndole a toda velocidad
para unirse a la velada del Teatro Nacional como si fuera él solo
a la guerra. En aquellos siete minutos todo había sucedido con
una rapidez en realidad perfectamente comprensible.

Primero Turgut Bey dio con el canal por el que se estaba
retransmitiendo en directo desde el Teatro Nacional y todos
pudieron sentir que estaba ocurriendo algo extraordinario por
el enorme alboroto que oyeron. Aquello, por un lado, despertó en ellos el deseo de escapar de la rutina provinciana aunque sólo fuera por una noche, pero, por otro, les atemorizaba
la posibilidad de que pudiera suceder algo malo. Por los aplausos y gritos de la multitud impaciente todos pudieron notar la
tensión que existía entre los notables de la ciudad, sentados en
las filas delanteras, y los jóvenes de las traseras. Sentían curiosidad por lo que pudiera estar ocurriendo allá dentro porque
las cámaras no mostraban la sala entera.

Sobre el escenario estaba un portero de la selección nacional que en tiempos había sido conocido en toda Turquía. Sólo
había podido narrar el primer gol de los once que le habían
metido los ingleses quince años antes en un trágico partido

cuando de repente apareció en la pantalla aquel hombre delgado como un palo que presentaba la velada y el portero de la selección guardó silencio, como si estuvieran en la televisión nacional y comprendiera que iban a dar una pausa para la publicidad. El presentador, micrófono en mano, logró meter en el breve plazo de unos segundos dos anuncios que leyó de un papel (que había llegado cecina de Kayseri al colmado Tadal en la calle Fevzi Paşa y que estaba abierto el plazo de matrícula para los cursos nocturnos de preparación a la universidad en la academia Ciencia), repitió el fastuoso programa de la noche, incluyendo que Ka recitaría un poema, y añadió mirando con expresión triste a la cámara:

—Pero el que todavía no podamos ver entre nosotros al gran poeta, recién llegado de Alemania a nuestra ciudad, es algo que realmente apena a los ciudadanos de Kars.

—¡Ahora sí que estaría feo que no fuera usted! —dijo de inmediato Turgut Bey.

—Pero ni siquiera me han preguntado si quería participar en la velada —respondió Ka.

—Así son las cosas aquí —dijo Turgut Bey—. Si le hubieran invitado, se habría negado a ir. Ahora tiene que hacerlo para que no parezca que les está despreciando.

—Le veremos desde aquí —intervino Hande con un entusiasmo inesperado.

En ese momento se abrió la puerta y el muchacho que cuidaba de la recepción por las noches dijo:

—El director de la Escuela de Magisterio ha muerto en el hospital.

—Pobre imbécil —dijo Turgut Bey. Luego clavó su mirada en Ka—. Los integristas han empezado a liquidarnos uno a uno. Haría bien en creer más en Dios lo antes posible si quiere salvar la vida. Porque me temo que dentro de nada en Kars no será suficiente una religiosidad tibia para salvar el cuello de un viejo ateo.

—Tiene razón —contestó Ka—. Y, de hecho, yo ya había decidido abrir completamente mi vida entera al amor de Dios que he empezado a sentir en lo más profundo de mi corazón.

Todos comprendieron que lo decía de manera sarcástica, pero, siendo conscientes también de que estaba muy bebido, aquella rápida respuesta de Ka les hizo sospechar a los comensales que podía haberla tenido preparada de antemano.

En ese preciso instante, mientras se acercaba a la mesa sonriente como una madre cariñosa sosteniendo hábilmente en una mano una enorme cazuela y en la otra un cazo de aluminio en cuyo mango se reflejaba la luz de la lámpara, Zahide dijo:

—Me queda sopa para una persona en el fondo de la cazuela, es una pena tirarla. ¿Quién de vosotras la quiere?

İpek, que le había estado diciendo a Ka que no fuera al Teatro Nacional porque tenía miedo, se volvió por un instante hacia la sirvienta kurda, como Hande y Kadife, y se adhirió a sus sonrisas.

«Si İpek dice "¡Yo!", es que vendrá conmigo a Frankfurt y nos casaremos —pensó Ka—. En ese caso, iré al Teatro Nacional y leeré mi poema "Nieve".»

—¡Yo! —dijo rápidamente İpek y alargó su cuenco sin la menor alegría.

En cierto momento, bajo la nieve que caía fuera a grandes copos, Ka pensó que en Kars era un forastero y que podría olvidar la ciudad en cuanto se fuera, pero aquello no le duró mucho. Se dejó llevar por una sensación de destino inevitable: notaba con fuerza que la lógica de la vida poseía una geometría oculta que era incapaz de resolver y sentía un profundo anhelo de descubrir esa lógica para poder ser feliz, pero en aquel momento no se veía con las fuerzas suficientes como para satisfacer ese anhelo de felicidad.

La amplia avenida cubierta de nieve en la que ondeaban banderolas de propaganda electoral y que se extendía ante él hasta el Teatro Nacional estaba completamente desierta. Por la amplitud de los aleros congelados de los viejos caserones, por la belleza de los relieves de sus puertas y muros, por las fachadas serias pero mundanas de los edificios, Ka percibía que allí algunas personas (¿armenios que comerciaban en Tiflis?, ¿bajás otomanos que recolectaban impuestos de las granjas lecheras?) habían llevado una vida feliz, tranquila e incluso llena de colorido. Todos aquellos armenios, rusos, otomanos y turcos de la primera época de la República que habían convertido la ciudad en un modesto centro de civilización ya habían desaparecido y era como si las calles estuvieran vacías porque nadie había ocupado su lugar, pero, al contrario de lo que ocurre con una ciudad abandonada, aquellas calles desiertas no inspiraban temor. Ka contempló admirado el reflejo de las luces pálidas y ligeramente anaranjadas de las farolas y de las opacas luces de neón que se proyectaban desde los escaparates helados en los montones de nieve que se acumulaban en las ramas de los árboles del paraíso y de los plátanos y en los postes eléctricos, de los que colgaban enormes carámbanos. La nieve caía entre un silencio mágico, casi sagrado, y no se oía otra cosa sino el sonido prácticamente imperceptible de sus pasos y el de su acelerada respiración. Ni siquiera había un perro que ladrara. Era como si hubiera llegado al fin del mundo y todo lo que veía, el mundo entero, estuviera hechizado por la nevada. Ka observó cómo mientras algunos copos descendían lentamente alrededor de una pálida farola, otros insistían en elevarse hacia la oscuridad.

Se refugió bajo el alero del Palacio de la Fotografía Aydın y, a la luz rojiza que le llegaba desde el rótulo congelado, estuvo un rato contemplando atentamente un copo que se le había posado en la manga del abrigo.

Se alzó una ráfaga de viento, se produjo un movimiento y, cuando repentinamente se apagó el rótulo del Palacio de la Fotografía Aydın, le dio la impresión de que también el árbol del paraíso que tenía enfrente se oscurecía de súbito. Vio la multitud que había a la puerta del Teatro Nacional, el microbús de la policía que esperaba un poco más allá y a los que observaban el gentío refugiados entre el umbral y la puerta entreabierta del café de enfrente.

En cuanto entró en la sala del teatro le mareó el estruendo y el movimiento que había allí dentro. En el ambiente flotaba un espeso olor a alcohol, aliento y tabaco. A los lados había bastante gente de pie, en una esquina se había instalado un puesto de té donde también se vendían gaseosas y roscas de pan.

Ka vio a unos jóvenes que hablaban en susurros en la puerta del apestoso retrete, y pasó junto a los policías de uniforme azul que vigilaban a un lado y a los de civil que estaban plantados con el *walkie-talkie* en mano algo más allá. Un niño, cogido de la mano de su padre, observaba cuidadosamente el movimiento de los garbanzos tostados que había echado en una botella de gaseosa sin que le importara lo más mínimo el barullo.

Ka vio que uno de los que permanecían de pie a un lado saludaba nervioso con la mano, pero no estaba seguro de que le saludara a él.

—Le he reconocido de lejos por el abrigo.

Al ver de cerca la cara de Necip, un profundo afecto cruzó el corazón de Ka. Se abrazaron violentamente.

—Estaba seguro de que vendría —dijo Necip—. Me alegro de verdad. ¿Le puedo preguntar una cosa ahora mismo? Tengo un par de cosas muy importantes en la cabeza.

—¿Una cosa o un par de ellas?

—Es usted muy inteligente, tanto como para comprender que la inteligencia no lo es todo. —Necip se llevó a Ka a un rincón tranquilo donde podrían hablar con mayor comodidad—. ¿Le ha dicho a Hicran, o Kadife, que estoy enamorado de ella, que ella es lo único que da sentido a mi vida?

—No.

—Salieron juntos de la casa de té. ¿Le ha hablado algo de mí?

—Le dije que eras estudiante del Instituto de Imanes y Predicadores.

—¿Nada más? ¿Dijo ella algo?

—No.

Se produjo un silencio.

—Comprendo la verdadera razón por la que no le ha dicho nada más de mí —dijo Necip con un gran esfuerzo. Tragó—. Porque Kadife es cuatro años mayor que yo y no se ha debido de dar cuenta ni de que existo. Quizá hayan discutido entre ustedes de asuntos privados. Quizá han hablado de cuestiones políticas secretas incluso. Pero no le pregunto por eso. Sólo hay una cosa por la que siento curiosidad y para mí ahora es muy importante. Lo que me queda de vida depende de eso. Dependiendo de la respuesta que me dé puedo pasarme la vida enamorado de Kadife aunque ni siquiera sepa que existo, y de todas maneras probablemente le llevara años darse cuenta y mientras tanto bien podría haberse casado con otro, o bien puedo olvidarla ahora mismo. Por favor, ahora y sin dudar, dígame la verdad.

—Estoy esperando la pregunta —dijo Ka con tono oficial.

—¿Han hablado de cosas superficiales? ¿De las estupideces de la televisión, de chismorreos pequeños y sin importancia, de las cosillas que se pueden comprar con dinero? ¿Me entiende? ¿Es Kadife, como parece, una persona profunda a la que le importan un rábano las tonterías superficiales, o me he enamorado de ella para nada?

—No, no hablamos de nada superficial —respondió Ka.

Veía que su respuesta había tenido un efecto demoledor en Necip y podía leer en la cara del muchacho que éste hacía un esfuerzo sobrehumano por recobrar sus fuerzas lo más rápidamente posible.

—Pero ha podido darse cuenta de que ella es una persona extraordinaria.

—Sí.

—¿Podrías enamorarte tú también de ella? Es muy bonita. Es muy bonita y más independiente que cualquier mujer turca que haya visto.

—Su hermana mayor es más bonita —dijo Ka—. Si es que es cuestión de belleza.

—¿Cuál es la cuestión, entonces? —preguntó Necip—. ¿Qué es lo que pretende el Altísimo en su sabiduría haciéndome pensar continuamente en Kadife?

Abrió como platos sus enormes ojos verdes, uno de los cuales sería destrozado cincuenta y un minutos después, con una puerilidad que admiró a Ka.

—No lo sé —contestó Ka.

—No, lo sabes, pero no quieres decírmelo.

—No lo sé.

—Lo importante es poder decirlo todo —dijo Necip como

si quisiera ayudarle—. Si llegara a ser escritor me gustaría poder decir lo que no se ha dicho. Aunque sólo sea por una vez,
¿puedes decírmelo todo?

—Pregúntame.

—Todos queremos algo en la vida, algo básico, ¿no?

—Es verdad.

—¿Y qué es lo que quieres tú?

Ka guardó silencio y sonrió.

—Lo que yo quiero es muy sencillo —dijo Necip, orgulloso—. Casarme con Kadife, vivir en Estambul y ser el primer
escritor de ciencia ficción islamista del mundo. Sé que es imposible, pero de todas maneras, eso es lo que quiero. No me
importa que no me digas lo que tú quieres, porque te entiendo. Tú eres mi futuro. Y ahora, por la forma que tienes de mi-
rarme a los ojos, entiendo que ves en mí tu propia juventud y
que por eso me tienes cariño.

En las comisuras de sus labios apareció una sonrisa feliz
y astuta que a Ka le dio miedo.

—Entonces, ¿tú eres como era yo hace veinte años?

—Sí. En la novela de ciencia ficción que escribiré algún día
habrá una escena exactamente así. Perdona, ¿puedo ponerte la
mano en la frente? —Ka inclinó ligeramente la cabeza. Necip,
con la destreza de quien lo ha hecho ya antes, apoyó la palma
de la mano en la frente de Ka.

—Ahora te voy a decir lo que pensabas hace veinte años.

—¿Como hacías con Fazıl?

—Él y yo pensamos las mismas cosas simultáneamente.
Contigo existe una diferencia de tiempo. Por favor, ahora escúchame: un día de invierno, todavía estabas en el instituto,
nevaba y tú estabas sumido en tus pensamientos. Oías la voz
de Dios dentro de ti, pero intentabas ignorarla. Sentías que
cada cosa formaba parte de un todo, pero pensabas que serías
más infeliz y más inteligente si cerrabas los ojos a Aquel que
te hacía sentirlo. Tenías razón. Porque sabías que sólo siendo
infeliz e inteligente podrías escribir buena poesía. Asumiste
heroicamente el dolor de perder la fe para escribir buena poesía. Todavía no se te había ocurrido que en cuanto desapa-

reciera aquella voz te encontrarías completamente solo en el mundo.

—Muy bien, tienes razón, eso pensaba —dijo Ka—. ¿Y eso es lo que piensas tú ahora?

—Sabía que me lo ibas a preguntar —respondió Necip, nervioso—. ¿Es que tú no quieres creer en Dios? Sí que quieres, ¿verdad? —De repente, apartó la mano, tan helada que le había producido un escalofrío, de la frente de Ka—. Puedo decirte muchas cosas al respecto. Yo también oigo una voz en mi interior que me dice: «No creas en Dios». Porque creer con tanto amor en la existencia de algo sólo puede ser a través de la sospecha de que no existe, del recelo, ¿me entiendes? Incluso en los momentos en que comprendía que sólo creyendo en la existencia de mi amado Dios podría mantenerme con vida, a veces pensaba qué pasaría si no hubiera Dios, de la misma forma que cuando era niño pensaba qué pasaría si mis padres se murieran. Entonces ante mi mirada aparecía algo: un paisaje. Lo contemplaba con curiosidad, sin miedo, porque sabía que aquel paisaje obtenía su fuerza del amor de Dios.

—Descríbeme el paisaje.

—¿Lo vas a poner en un poema? No hace falta que me menciones. A cambio sólo quiero una cosa.

—Muy bien.

—En los últimos seis meses le he escrito tres cartas a Kadife. No he sido capaz de echar ninguna al correo. Y no porque me diera vergüenza, sino porque los de Correos podían abrirlas y leerlas. Medio Kars es de la policía secreta. Y la mitad de la gente que está aquí también. Todos nos están observando. Además, los nuestros también nos están observando.

—¿Quiénes son los nuestros?

—Todos los jóvenes islamistas de Kars. Tienen mucha curiosidad por saber lo que estaré hablando contigo. Han venido aquí a provocar un incidente. Porque saben que esta velada se va a convertir en una demostración de fuerza de los laicos y los militares. Van a representar esa famosa obra antigua, *El charshaf*, y van a humillar a las jóvenes del velo. La verdad es que yo odio la política, pero mis compañeros tienen razón en rebelarse. Sospechan de mí porque no soy tan ardiente como ellos. No puedo darte las cartas. O sea, ahora, mientras todos nos miran. Quiero que se las entregues a Kadife.

—Ahora mismo nadie nos está mirando. Dámelas ya y descríbeme el paisaje.

—Las cartas están aquí pero no las llevo encima. Me dio miedo el cacheo de la puerta. También habrían podido registrarme mis compañeros. Volveremos a encontrarnos dentro de exactamente veinte minutos en el retrete que está al fondo del pasillo al que da la puerta que hay a un lado de la escena.

—¿Me vas a describir entonces el paisaje?

—Uno de ellos viene para acá —dijo Necip. Desvió la mirada—. Le conozco. No mires hacia ese lado, haz como si estuviéramos hablando normalmente, sin demasiadas confianzas.

—De acuerdo.

—Toda Kars se muere de curiosidad por saber por qué has venido. Piensan que estás aquí con una misión secreta, mandado por el Estado, incluso puede que por las potencias occidentales. Mis compañeros me han enviado para que te lo pregunte. ¿Son ciertos los rumores?

—No.

—¿Y qué les digo? ¿Para qué has venido?

—No lo sé.

—Lo sabes, pero otra vez eres incapaz de decirlo porque te da vergüenza. —Hubo un silencio—. Has venido porque eres infeliz —dijo por fin Necip.

—¿Cómo lo sabes?

—Por tus ojos. Nunca he visto a nadie que mirara de una manera tan triste... Yo tampoco soy feliz ahora, en absoluto, pero soy joven. La infelicidad me da fuerzas. Con la edad que tengo, prefiero ser infeliz a lo contrario. En Kars sólo pueden estar contentos los tontos y los malvados. Pero me gustaría tener algo a lo que agarrarme cuando llegue a tu edad.

—Mi infelicidad me protege de la vida —dijo Ka—. No te preocupes por mí.

—Estupendo. No te has enfadado, ¿verdad? En tu cara hay algo tan bondadoso que me doy cuenta de que puedo decirte lo primero que se me venga a la cabeza, hasta la mayor tontería. Si les dijera cosas así a mis amigos, enseguida empezarían a reírse de mí.

—¿Incluso Fazıl?

—Fazıl es distinto. Él se venga por mí de los que me tratan mal y sabe lo que pienso. Ahora habla tú un poco. El tipo nos está mirando.

—¿Qué tipo? —Ka miró a la multitud que se agolpaba detrás de los que estaban sentados: un hombre con cabeza de pera, dos jóvenes con granos, muchachos cejijuntos vestidos con ropa pobretona, todos estaban ahora vueltos hacia la escena y algunos se tambaleaban como si estuvieran borrachos.

—No soy el único que ha bebido esta noche —murmuró Ka.

—Ésos beben porque son desdichados —dijo Necip—. Usted ha bebido para poder resistirse a la felicidad oculta que hay en su interior.

Mientras acababa la frase se mezcló de repente con la multitud. Ka no pudo estar seguro de haberle oído bien. Pero su mente estaba tan tranquila como si estuviera escuchando una música agradable, a pesar del estruendo de la sala. Alguien le saludó con la mano, entre los espectadores había algunos asientos vacíos reservados a los «artistas» y un tramoyista de la compañía, entre amable y grosero, le sentó allí.

Años después vi en los vídeos que extraje de los archivos de la Televisión de Kars Fronteriza lo mismo que pudo ver Ka aquella noche en el escenario. Se estaba representando una pequeña «viñeta» que se burlaba de un anuncio de un banco, pero como Ka llevaba años sin ver la televisión en Turquía, no pudo comprender qué parte era sátira y qué imitación. Con todo, pudo deducir por la imitación exageradamente occidental del hombre que entraba en el banco para hacer un ingreso que se trataba de un amable esnob. En ciudades más pequeñas y remotas que Kars, en casas de té por las que no aparecían mujeres ni autoridades estatales, la brechtiana y bakhtiniana compañía de teatro de Sunay Zaim representaba aquella obrita con un acento mucho más indecente y la amabilidad del esnob que recogía su tarjeta de cajero automático se transformaba en una mariconada que hacía que el público se asfixiara de las carcajadas. En otra «viñeta» Ka se dio cuenta en el último momento de que el propio Sunay Zaim era el hombre bigotudo vestido de mujer que se echaba en el pelo champú y crema capilar Elidor. Sunay, tal y como hacía en remotas casas de té masculinas cuando quería tranquilizar a la airada y empobrecida audiencia con una «catarsis anticapitalista», por un lado soltaba palabrotas obscenas y por otro simulaba meterse por el ojete el largo bote de champú Elidor. Luego la mujer de Sunay, Funda Eser, al imitar un conocido anuncio de embutidos, sopesó un poco la tripa que tenía en la mano diciendo con una alegría indecente: «¿De caballo o de burro?», y se largó del escenario sin llevarlo más allá.

Después apareció en escena Vural, el famoso portero de los sesenta, que continuó narrando cómo le habían metido once goles los ingleses en un partido de la selección en Estambul, mezclándolo con los amores que había vivido con famosas artistas y con los tongos que había amañado por aquellos días. La sonriente audiencia siguió atenta lo que contaba con un extraño placer masoquista y con el aire de divertirse con la miseria tan propio de los turcos.

16
Donde Dios no existe
El paisaje que veía Necip y el poema de Ka

Cuando pasados veinte minutos Ka entró en los servicios que había al fondo del frío pasillo, vio que Necip se había situado justo a su espalda, junto a los que estaban usando los urinarios. Durante un rato esperaron ante las puertas cerradas de los excusados de atrás como si fueran dos personas que no se conocían de nada. Ka vio las molduras de rosas con sus hojas que habían hecho en el alto techo de los servicios.

Entraron en un excusado en cuanto quedó libre. Ka se dio cuenta de que les había visto un hombre bastante viejo y sin dientes. Después de echar el pestillo por dentro, Necip dijo: «No nos han visto». Abrazó contento a Ka. Con hábiles movimientos pisó con su zapatilla deportiva un saledizo en la pared del retrete, se aupó y, alargando la mano, encontró los sobres que había dejado sobre la cisterna. Los bajó y los limpió soplándoles cuidadosamente el polvo que se había acumulado sobre ellos.

—Cuando le des estas cartas a Kadife, quiero que le digas algo —dijo—. Lo he meditado mucho. A partir del momento en que las lea ya no me quedará en la vida ninguna esperanza ni expectativa en lo que respecta a Kadife. Quiero que se lo expliques muy claramente.

—Pero, si justo cuando descubre tu amor por ella se entera de que no te quedan esperanzas, ¿para qué se lo cuentas?

—Yo no le tengo miedo a la vida y a mis pasiones, al contrario que tú —dijo Necip. Pero, preocupado de haber ofendido a Ka, añadió—: Estas cartas son mi única salida. En primer lugar, no puedo vivir sin amar apasionadamente algo bello. Tengo que amar con toda alegría a otro ser. Pero antes tengo que quitarme de la cabeza a Kadife. ¿Sabes a quién voy a amar entregándole toda mi pasión después de Kadife?

Le entregó las cartas a Ka.

—¿A quién? —preguntó Ka metiéndoselas en el bolsillo del abrigo.

—A Dios.

—Descríbeme ese paisaje que veías.

—¡Antes abre la ventana! Esto huele fatal.

Ka abrió la pequeña ventana del excusado forzando el oxidado pestillo. Contemplaron, como si fueran testigos de un milagro, los copos de nieve que caían lentamente y en silencio en medio de la oscuridad.

—¡Qué bonito es el mundo! —susurró Necip.

—¿Qué crees tú que es lo más bonito de la vida? —le preguntó Ka.

Hubo un silencio. «¡Todo!», respondió Necip como si le contara un secreto.

—Pero ¿no nos hace infelices la vida?

—Sí, pero es culpa nuestra. No del mundo ni de su Creador.

—Descríbeme ese paisaje.

—Primero ponme la mano en la frente y dime mi futuro —dijo Necip. Abrió enormemente sus grandes ojos, uno de los cuales sería destrozado, junto con su cerebro, veintiséis minutos más tarde—. Quiero vivir mucho y de manera muy intensa y sé que me pasarán muchas cosas buenas. Pero no sé qué pensaré dentro de veinte años y siento mucha curiosidad.

Ka colocó la palma de su mano en la delicada piel de la frente de Necip.

—¡Ay, Dios mío! —En broma, retiró la mano como si hubiera tocado algo muy caliente—. Aquí hay mucho movimiento.

—Dime.

—Dentro de veinte años, o sea, cuando tengas treinta y siete, entenderás por fin que toda la maldad del mundo, o sea, el que los pobres sean tan pobres y tan ignorantes y los ricos tan ricos y tan listos, la vulgaridad, la violencia y la falta de ánimo, o sea, todo aquello que despierta en ti deseos de morir y sentimientos de culpabilidad, se debe a que todo el mundo piensa como el vecino —dijo—. Así te darás cuenta de que en este lugar donde, aunque todos parecen decentes, sólo se entontecen y mueren, únicamente podrás ser bueno siendo malo e indecente. Pero también comprenderás que eso tendrá consecuencias terribles. Lo siento bajo mi mano temblorosa porque esas consecuencias…

—¿Cuáles son?

—Eres muy inteligente y ya sabes cuáles son. Y por eso quiero que me lo digas tú primero.

—¿Qué?

—Sé que en realidad es por eso por lo que sufres el sentimiento de culpabilidad que dices sufrir por la miseria y la infelicidad de los pobres.

—¡Dios me libre! ¿Es que no voy a creer en Dios? —dijo Necip—. Entonces mejor que me muera.

—¡Eso no es algo que pase de una noche para otra como le ocurrió al pobre director que se volvió ateo en el ascensor! Será tan lento que ni siquiera tú te darás cuenta. Te pasará como al bebedor que, como muere lentamente, se da cuenta una mañana, después de que se le haya ido la mano con el *rakı,* de que lleva años en el otro mundo.

—¿Así eres tú?

—Al contrario —dijo Ka retirando la mano de su frente—. Yo llevo años empezando a creer poco a poco en Dios. Pero ha sido algo tan lento que sólo lo he comprendido al llegar a Kars. Por eso aquí soy feliz y puedo escribir poesía.

—Ahora me pareces tan feliz y tan inteligente —dijo Necip— que quiero preguntarte algo. ¿Realmente es posible conocer el futuro? Y si no lo es, ¿puede uno encontrar la paz creyendo que lo conoce? Es algo que voy a poner en mi primera novela de ciencia ficción.

—Algunas personas lo conocen… —dijo Ka—. Serdar Bey, el dueño del *Diario de la Ciudad Fronteriza*; mira, hace ya rato que imprimió el periódico con lo que va a pasar esta noche.

—Observaron juntos el periódico que Ka se sacó del bolsillo—. «… El espectáculo fue interrumpido aquí y allá por entusiastas aclamaciones y aplausos.»

—Eso debe de ser lo que llaman felicidad —dijo Necip—. Si pudiéramos escribir de antemano en los periódicos lo que nos va a ocurrir y luego pudiéramos vivir maravillados lo que habíamos escrito, seríamos los poetas de nuestras propias vidas. En el diario pone que recitaste tu último poema. ¿Cuál es?

Llamaron a la puerta del excusado. Ka le pidió a Necip que le describiera de inmediato «aquel paisaje».

—Ahora mismo —le respondió Necip—. Pero no le dirás a nadie lo que vas a oír. No les gusta que tenga demasiadas confianzas contigo.

—No se lo diré a nadie —contestó Ka—. Descríbemelo ya.

—Amo mucho a Dios —dijo Necip, entusiasta—. A veces, Dios me libre, me pregunto sin querer qué pasaría si no existiera y ante mis ojos aparece un paisaje que me da miedo.

—Sigue.

—Veo el paisaje de noche, en la oscuridad, a través de una ventana. Fuera hay dos muros blancos altos y sombríos, como de fortaleza. ¡Como si hubiera dos fortalezas frente a frente! Yo miro asustado el estrecho corredor que hay entre ellos, cómo se alarga ante mí como si fuera una calle. Esa calle donde Dios no existe está llena de barro y nieve, como las de Kars, pero ¡es morada! En medio de la calle hay algo que me dice «Alto», pero yo estoy mirando al otro extremo, al fin del mundo. Allí hay un árbol, un último árbol, sin hojas, desnudo. De repente, se vuelve rojo porque lo estoy mirando y empieza a arder. Entonces me siento culpable por haber sentido curiosidad por el lugar donde Dios no existe. Después de eso, el árbol rojo vuelve de repente a su antiguo color oscuro. Me digo que no volveré a mirarlo pero no puedo contenerme, miro y de nuevo el árbol solitario del fin del mundo vuelve a enrojecer y a arder. Eso dura hasta el amanecer.

—¿Por qué te da tanto miedo ese paisaje? —le preguntó Ka.

—Porque a veces, con un impulso demoníaco, se me viene a la cabeza que el paisaje podría pertenecer a este mundo. Pero lo que se me aparece ante los ojos tiene que ser algo que yo me imagino. Porque si en el mundo hubiera un lugar como el que te he descrito, entonces, Dios nos libre, eso querría decir que Dios no existe. Y como eso no puede ser verdad, la única posibilidad que queda es que yo ya no creo en Dios. Y eso es peor que la muerte.

—Te entiendo.

—Miré en una enciclopedia y el origen de la palabra ateo es el griego *athos*. Y esa palabra no se refería al que no creía en Dios, sino al hombre solitario abandonado por los dioses. Eso demuestra que aquí nadie podrá nunca ser ateo. Porque aquí Dios no nos abandona aunque queramos. Para que uno pueda ser ateo, primero tiene que ser occidental.

—A mí me gustaría ser occidental y poder creer —replicó Ka.

—El hombre al que Dios ha abandonado, aunque vaya todas las tardes al café a charlar y jugar a las cartas con sus amigos, aunque todos los días se divierta y se ría a carcajadas con sus compañeros de clase, aunque se pase el día de conversación con sus amigos, está completamente solo.

—Con todo, un amor verdadero puede ser un consuelo.

—Pero ella tendría que quererte tanto como tú la quieres a ella.

Cuando llamaron de nuevo a la puerta, Necip abrazó a Ka, le besó en las mejillas como a un niño y salió. Ka vio que en ese mismo momento el hombre que había estado esperando echaba a correr hacia el otro excusado. Así que cerró de nuevo la puerta con pestillo y se fumó un cigarrillo mirando la maravillosa nieve que estaba cayendo fuera. Notaba que podía recordar palabra por palabra, como si fuera un poema, el paisaje que le había descrito Necip y que, si no venía nadie de Porlock, podría escribir en su cuaderno el paisaje de Necip en forma de poema.

¡El hombre de Porlock! Era un tema que nos gustaba mucho a Ka y a mí en los días de los últimos cursos del instituto, cuando nos quedábamos hablando de literatura hasta la medianoche. Todo el que sepa un poco de poesía inglesa conocerá la nota que Coleridge escribió en la cabecera del poema titulado «Kubla Khan» (Kubilay Jan). Al principio del poema, subtitulado «Fragmento de un poema, de una visión soñada», Coleridge explica que se durmió por efecto de un medicamento que había tomado a causa de una enfermedad (en realidad, había tomado opio por placer) y que cuando estaba profundamente dormido tuvo un sueño maravilloso en el que las frases del libro que estaba leyendo hacía unos instantes parecían convertirse en objetos y en un poema. ¡Un poema maravilloso que parecía surgir de la nada sin el menor esfuerzo mental! Y, además, al despertarse, Coleridge recuerda, palabra por palabra, aquel maravilloso poema al completo. Saca papel, pluma y tintero y empieza a escribir el poema con cuidado pero a toda velocidad, verso a verso. En cuanto ha escrito los versos del famoso poema que conocemos, llaman a la puerta y se levanta a abrir: es un hombre que ha venido por un asunto de una deuda desde la cercana ciudad de Porlock. Cuando Coleridge regresa a toda prisa a su mesa después de haberse deshecho del hombre, se da cuenta de que ha olvidado el resto del poema y de que en su mente sólo quedan el ambiente y algunas palabras sueltas.

Como nadie procedente de Porlock le distrajo, Ka todavía era capaz de mantener en la cabeza el poema cuando le llamaron a escena. Era el más alto de todos los que se encontraban en el escenario. Y el abrigo alemán de color gris que llevaba le diferenciaba del resto.

El alboroto de la sala se interrumpió de repente. Algunos, estudiantes revoltosos, desempleados, islamistas que pretendían protestar, se callaron porque no sabían de qué reírse ni ante qué se encontraban. Las autoridades que se sentaban en la primera fila, los policías que se habían pasado el día siguiendo a Ka, el ayudante del gobernador, el del director provincial de seguridad y los profesores, sabían que era poeta. Al alto presentador le atemorizó el silencio, así que le hizo a Ka una pregunta sacada de los «programas culturales» de la televisión: «Usted es poeta, escribe poesía, ¿es difícil escribir poesía?». Al final de aquella breve y forzada conversación, que preferiría olvidar cada vez que veo el vídeo, la audiencia no llegó a saber si escribir poesía era difícil o no, pero sí que Ka venía de Alemania.

—¿Y cómo encuentra nuestra hermosa Kars? —le preguntó luego el presentador.

—Muy bonita, muy pobre, muy triste —dijo tras un instante de duda Ka.

Dos estudiantes del Instituto de Imanes y Predicadores que había por atrás se rieron. «Pobre, tu espíritu», gritó otro. Envalentonados por aquello, seis o siete personas más se pusieron de pie y empezaron a gritar. La mitad se burlaba y nadie podía entender lo que decía la otra mitad. Cuando mucho después fui a Kars, Turgut Bey me contó que Hande se había echado a llorar delante de la televisión después de que Ka dijera aquella frase.

—Usted representa a la literatura turca en Alemania —dijo el presentador.

—¡Que diga a qué ha venido! —gritó uno.

—He venido porque soy infeliz —contestó Ka—. Y aquí soy más feliz. Por favor, escúchenme, ahora voy a recitar mi poema.

Tras un momento de confusión y gritos, Ka comenzó a recitar. Años más tarde contemplé con admiración y cariño a mi amigo cuando cayó en mis manos la grabación en vídeo de aquella velada. Era la primera vez que le veía recitando ante una multitud. Avanzaba despacio y con cuidado, como alguien que camina con la mente ocupada. ¡Qué lejos de cualquier afectación! Aparte de un par de veces en que dudó como si quisiera recordar algo, recitó su poema sin detenerse y sin esfuerzo.

Cuando Necip se dio cuenta de que el «Donde Dios no existe» que aparecía en el poema seguía palabra por palabra el «paisaje» que poco antes había descrito él mismo, se puso en pie como hechizado, pero Ka no disminuyó su velocidad, que recordaba a la de la nieve que caía. Se oyeron un par de aplausos. En las filas de atrás alguien se levantó y gritó y otros se le unieron. Era difícil saber si respondían a los versos del poema o si simplemente estaban aburridos. Si no contamos su silueta cayendo poco después sobre un fondo verde, ésas son las últimas imágenes que he podido ver de quien era mi amigo desde hacía veintisiete años.

17
O la patria o el velo
Una obra sobre una joven que quemó
su *charshaf*

Tras el poema de Ka, el presentador, con exagerados gestos y acentuando las palabras, anunció la obra que iba a representarse a continuación y que constituía el número más importante de la velada: *O la patria o el velo*.

Desde las filas centrales y traseras, donde se sentaban los estudiantes del Instituto de Imanes y Predicadores, se oyeron algunas protestas, un par de silbidos y algunos abucheos, mientras que desde las filas delanteras se elevaban un par de aplausos de aprobación entre los funcionarios. En cuanto a la multitud que llenaba a rebosar la sala, observaba entre respetuosa y curiosa esperando lo que iba a ocurrir a continuación. Las «piezas ligeras» previas de la compañía de teatro, la imitación desvergonzada de algunos anuncios por Funda Eser, su bastante poco necesaria danza del vientre y la imitación por parte de Sunay Zaim de una antigua presidenta del Gobierno y de su corrupto marido no les habían enfriado, como había ocurrido con ciertas autoridades que se sentaban en las filas delanteras, al contrario, les habían divertido.

También *O la patria o el velo* divertía a la multitud, pero el que los estudiantes de Imanes y Predicadores atosigaran continuamente y levantaran la voz resultaba bastante molesto. En esos momentos era imposible entender los diálogos del escenario. Pero aquella obra primitiva y *démodé* de veinte minutos de duración tenía una estructura dramática tan sólida que cualquiera, aunque fuera sordomudo, habría podido entenderla:

1. Una mujer camina por las calles vestida con un negrísimo *charshaf*, habla consigo misma, piensa. Está disgustada por algo.

2. La mujer se despoja del *charshaf* y proclama su libertad. Ya no lleva el *charshaf* y es feliz.

3. Su familia, su novio y demás parientes y algunos musulmanes barbudos se oponen a su libertad por motivos diversos y pretenden que la mujer vuelva a vestir el *charshaf*. Por esa razón, la mujer, en un rapto de furia, quema el *charshaf*.

4. Fanáticos de barba recortada y rosario en mano responden violentamente a aquella muestra de terca oposición y justo cuando están a punto de matar a la mujer, a la que arrastran por el pelo...

5. La salvan los jóvenes soldados de la República.

Esta breve obra se representó en numerosas ocasiones en los institutos de Anatolia y en las Casas del Pueblo desde mediados de los años treinta hasta la Segunda Guerra Mundial, gracias al estímulo del Estado occidentalizador, que pretendía mantener a las mujeres alejadas del *charshaf* y de la opresión religiosa, pero fue olvidada después de los años cincuenta, cuando la revolución kemalista perdió virulencia con la democracia. Funda Eser, que interpretaba a la mujer del *charshaf*, me contó años después en Estambul, cuando la encontré en un estudio de doblaje, que se sentía orgullosa de haber hecho el mismo papel que interpretó su madre en 1948 en un instituto de Kütahya, y que, por desgracia, no había podido vivir en Kars la misma legítima felicidad a causa de los sucesos posteriores. A pesar de su pretensión de haberlo olvidado todo, tan común entre los profesionales de la escena destrozados por las drogas, desalentados y exhaustos, la forcé a que me contara aquella velada tal y como había sido. Como he hablado con muchos otros que también fueron testigos, puedo permitirme entrar en detalles:

La multitud de espectadores que llenaba el Teatro Nacional se quedó sumida en el asombro con la primera escena. El título de *O la patria o el velo* les había preparado para una obra política de actualidad, pero nadie se esperaba una mujer con *charshaf* exceptuando a un par de ancianos que recordaban aquella antigua obrita. Lo que tenían en mente era el pañuelo, símbolo de los islamistas políticos. Cuando vieron a una misteriosa mujer envuelta en un *charshaf* caminando con pasos decididos arriba y abajo, muchos quedaron fascinados por su manera de andar orgullosa, casi arrogante. Incluso los funcionarios «radicales» que despreciaban las vestiduras religiosas sintieron respeto por ella. Un joven y despierto estudiante de Imanes y Predicadores, suponiendo quién había dentro del *charshaf*, lanzó una carcajada que enfurecería a los de las filas delanteras.

Cuando en la segunda escena la mujer comienza a abrirse la negra túnica en un gesto lúcido de liberación, ¡al principio a todos les dio miedo! Podemos explicarlo por el temor que sentían hasta los laicos occidentalizantes a las consecuencias de sus ideas. De hecho, hacía ya mucho que habían aceptado que todo continuara como antes en Kars por el miedo que les daban los islamistas. Ahora ni se les pasaba por la cabeza que las veladas fueran obligadas a descubrirse por el Estado como había ocurrido en los primeros años de la República, y sólo pensaban: «Basta con que los islamistas no intimiden o fuercen a velarse a las que van descubiertas como ocurre en Irán».

«De hecho, todos esos atatürkistas de las primeras filas no son atatürkistas sino unos cobardes», le dijo luego Turgut Bey a Ka. Todos tenían miedo de que una mujer con *charshaf* desnudándose ostentosamente en el escenario exaltara no sólo a los religiosos, sino también a los desempleados y al populacho que llenaba la sala. Con todo, justo en ese momento, un profesor de los que se sentaban en las primeras filas se puso en pie y comenzó a aplaudir a Funda Eser, que se estaba despojando del *charshaf* con movimientos elegantes y decididos. Pero, según algunos, aquello no fue un acto político modernizador; lo hizo porque le marearon, y ya lo estaba bastante a causa del alcohol, los brazos desnudos y regordetes y el cuello de la mujer. Aquel profesor, desamparado y pobre, fue respondido airadamente por un puñado de jóvenes de los de las filas de atrás.

Tampoco los republicanistas de las filas delanteras estaban demasiado contentos con la situación. También a ellos les había confundido que del interior del *charshaf*, en lugar de una inocente muchacha campesina, con gafas y la cara iluminada y resuelta a aprender a leer a cualquier precio, surgiera Funda Eser, una sinuosa danzarina del vientre. ¿Quería eso decir que sólo las putas y las indecentes se quitaban el *charshaf*? Entonces ése era un mensaje islamista. En las filas delanteras se oyó que el ayudante del gobernador gritaba: «¡Esto está mal, está mal!». El que otros se le unieran, por pelotilleo quizá, no desanimó a Funda Eser. Mientras el resto de los que ocupaban las filas delanteras observaba con admiración e inquietud a la iluminada hija de la República que defendía su libertad, se oyeron un par de amenazas procedentes de los estudiantes de Imanes y Predicadores que no asustaron a nadie. En las filas delanteras, ni al ayudante del gobernador, ni a Kasım Bey, el valiente y trabajador ayudante del director provincial de seguridad que había arrancado de raíz al PKK, ni a los otros altos funcionarios, el director provincial del catastro, el delegado de cultura, cuyo trabajo consistía en confiscar casetes de música kurda y enviarlos a Ankara (había ido a la función con su mujer, sus dos hijas, sus cuatro hijos, a los que hizo ponerse corbata, y tres sobrinos), y varios oficiales de civil con sus mujeres, les asustaba lo más mínimo el alboroto de unos cuantos jóvenes impertinentes del Instituto de Imanes y Predicadores que pretendían provocar un incidente. También se podría decir que confiaban en los policías de civil distribuidos por toda la sala, en los de uniforme que vigilaban a los lados y en los soldados que se decía que vigilaban entre bastidores. Pero lo más importante era que la velada estaba siendo retransmitida en directo y, aunque fuera una emisión local, eso había despertado en ellos la sensación de que estaban siendo contemplados por toda Turquía y en Ankara. Las autoridades de las filas delanteras, como el resto de la multitud de la sala, observaban lo que ocurría en la escena con un rincón de la mente pensando en que lo estaban dando en televisión y sólo por eso las vulgaridades, las provocaciones políticas y las tonterías que se estaban representando les parecían más elegantes y portentosas de lo que en realidad eran. De la misma forma que había quien cada dos por tres se volvía a mirar a la cámara para comprobar si seguía funcionando o quien, desde las filas de atrás, saludaba con la mano, también había otros, hasta en los rincones más remotos de la sala, que se estaban quietos sin atreverse a hacer el menor movimiento con el temor del «¡Ay, Dios! ¡Nos están observando!». El hecho de que la televisión local «diera» la velada, en lugar de despertar en la mayoría de los ciudadanos de Kars el deseo de quedarse en casa y ver en televisión lo que ocurría en la escena, les animó a ir al teatro a ver a los de la televisión «rodando».

Funda Eser depositó el *charshaf* que se acababa de quitar en la palangana de cobre que había en la escena como si fuera ropa sucia, le echó cuidadosamente gasolina como si le echara lejía y comenzó a frotarlo. Como, por una malhadada casualidad, habían puesto la gasolina en una botella de lejía Akif, por entonces muy utilizada por las amas de casa de Kars, aquello tranquilizó de manera extraña no sólo a los de la sala sino a todos en la ciudad porque pensaron que la rebelde muchacha libertaria había cambiado de idea y se dedicaba a lavar toda buenecita su *charshaf*.

«¡Lávalo, hija, frota bien!», gritó uno de los de las filas de atrás. Hubo risas que ofendieron a las autoridades de delante, pero aquél era el punto de vista de toda la sala. «¿Y dónde está el detergente Omo?», gritó otro.

Eran los jóvenes del Instituto de Imanes y Predicadores, pero nadie se enfadó demasiado con ellos ya que, aunque molestaban, también hacían reír. Tanto las autoridades de las filas delanteras como la mayoría de la sala estaban deseando que se acabara aquella obra *démodé*, jacobina y políticamente provocadora sin que ocurriera nada desagradable. Mucha gente con la que hablé años después me contó que compartía dichos sentimientos: desde el funcionario hasta el pobre estudiante kurdo, la mayoría de los habitantes de Kars que aquella noche se encontraban en el Teatro Nacional había acudido, tal y como se espera del teatro, para vivir una experiencia distinta y para divertirse un rato. Puede que algunos jóvenes airados del Instituto de Imanes y Predicadores estuvieran dispuestos a amargarles la velada, pero hasta ese momento no habían asustado demasiado a nadie.

Funda Eser alargaba el asunto, como esas amas de casa que vemos a menudo en los anuncios y que parecen haber convertido la colada en una diversión. Cuando estuvo a punto, sacó el empapado *charshaf* negro de la palangana y, como si fuera a tenderlo de una cuerda, se lo mostró a la audiencia abriéndolo como una bandera. Ante la mirada sorprendida de los espectadores, que intentaban comprender lo que iba a pasar, le prendió fuego por un extremo con un mechero que se había sacado del bolsillo. Por un instante hubo un silencio absoluto. Sólo se oía, como una explosión, el aliento de las llamas que envolvían el *charshaf*. Toda la sala se iluminó con una luz extraña y terrible.

Muchos se pusieron en pie, horrorizados.

Nadie se lo esperaba. Hasta los laicos más recalcitrantes estaban asustados. Cuando la mujer arrojó al suelo el *charshaf* en llamas, algunos temieron que prendieran la tarima de ciento diez años del escenario y los sucios y remendados cortinajes de terciopelo herencia de los años más ricos de Kars. Pero la mayor parte de los ocupantes de la sala se aterrorizó sintiendo acertadamente que ya no había marcha atrás. Ahora podía pasar cualquier cosa.

De entre los estudiantes de Imanes y Predicadores llegó un estruendo, una explosión de alboroto. Se oyeron abucheos, gritos y voces airadas.

—¡Impíos, enemigos de la religión! —gritó uno—. ¡Ateos sin fe!

Los de las filas delanteras todavía estaban estupefactos. Por mucho que el mismo solitario y valiente profesor de antes se levantara y dijera «¡Callaos y ved la obra!», nadie le hizo caso. Cuando se vio que los abucheos, los gritos y las consignas no iban a disminuir y que el asunto iría a más, sopló un aire de inquietud. El doctor Nevzat, director provincial de sanidad, se levantó al momento y arrastró hacia la salida a sus hijos, con chaqueta y corbata, a su hija, con trenzas, y a su esposa, que se había puesto para la ocasión su mejor vestido, uno de crepé color pavo real. El comerciante en pieles Sadık Bey, uno de los más antiguos potentados de Kars, que había llegado desde Ankara para supervisar sus asuntos en la ciudad, se puso en pie al mismo tiempo que el abogado Sabit Bey, su amigo de la infancia y miembro del Partido del Pueblo. Ka vio que el miedo se apoderaba de las filas delanteras, pero él se quedó indeciso donde estaba sentado: se le pasó por la cabeza levantarse porque temía, más que los posibles incidentes, que con tanto estruendo y tanto follón se le olvidara el poema que tenía en la mente y que aún no había pasado al cuaderno verde. También quería irse del teatro y regresar junto a İpek. En ese momento Recai Bey, el director local de la telefónica, a quien toda Kars respetaba por sus conocimientos y sus buenas maneras, se aproximó al escenario lleno de humo.

—Hija mía —gritó—. Nos ha gustado mucho su obra atatürkista. Pero ya basta. Mire, todos están inquietos y la gente está a punto de amotinarse.

El *charshaf,* arrojado al suelo, no tardó en apagarse y mientras Funda Eser, envuelta en humo, recitaba el monólogo del que más orgulloso se sentía el autor de *O la patria o el velo,* y que ya encontraré en el texto completo publicado en 1936 por la editorial de las Casas del Pueblo. Cuatro años después de los sucesos, el autor de *O la patria o el velo,* con noventa y dos años aunque todavía se le veía bastante vigoroso, me contó en Estambul, mientras regañaba a sus revoltosos nietos (en realidad, sus bisnietos), que le estaban saltando encima, que cuando en los años treinta se llegaba a ese punto de la pieza, por desgracia ya olvidada (no tenía la menor idea de que había sido representada en Kars ni de los sucesos) entre el resto de su obra completa (*Llega Atatürk, Obras Kemalistas para Institutos, Recuerdos de Él,* etcétera), las estudiantes de instituto y los funcionarios se ponían en pie y aplaudían anegados en llanto.

En cambio, ahora no se oía otra cosa que no fueran los abucheos, las amenazas y los gritos furiosos de los estudiantes de Imanes y Predicadores. A pesar del culpable y atemorizado silencio de la parte delantera de la sala, casi nadie podía oír las palabras de Funda Eser. Es posible que sólo unos pocos oyeran la explicación de la airada muchacha de por qué había tirado su *charshaf,* que era porque la esencia no sólo de las personas sino también de los pueblos no estaba en sus ropas sino en sus almas y que había llegado el momento de librarse del *charshaf,* del velo, del fez y del turbante, símbolos del reaccionarismo que oscurecía nuestras almas, y de correr hacia Europa, junto a los pueblos modernos y civilizados, pero bien que se escuchó por todo el salón una respuesta furiosa desde las filas de atrás muy adecuada a la situación:

—¡Corre tú desnuda a tu Europa! ¡Corre desnuda!

Incluso desde las filas delanteras se pudieron oír carcajadas y aplausos de aprobación. Aquello fue lo que más asustó a los de delante, al mismo tiempo que les decepcionó. En ese instante, Ka, con muchos otros, se levantó de su asiento. Todos gritaban, los de las filas traseras aullaban furiosos; algunos intentaban mirar hacia atrás mientras se encaminaban a la puerta; Funda Eser todavía estaba recitando el poema que ya casi nadie escuchaba.

18
¡No disparen, las armas están cargadas!
Revolución en el escenario

Luego todo ocurrió con mucha rapidez. En el escenario aparecieron dos fanáticos de barbas recortadas y solideos. En las manos llevaban cuerdas para estrangular y cuchillos, estaba claro por su actitud que pretendían castigar a Funda Eser, que había desafiado las órdenes de Dios quitándose y quemando el *charshaf.*

Cuando Funda Eser cayó en sus manos se retorció con movimientos inquietantes, casi sensuales, para liberarse.

En realidad, se comportaba, más que como una heroína de la Ilustración, como la «mujer a punto de ser violada» que tantas veces había interpretado por los pueblos con compañías itinerantes. Pero su apelación a la sexualidad de la audiencia masculina con las acostumbradas miradas implorantes doblando el cuello como una víctima dispuesta al sacrificio no despertaron tanto entusiasmo como esperaba. Uno de los fanáticos barbudos (que había actuado de padre poco antes y ahora llevaba un maquillaje bastante mal hecho) la arrojó al suelo tirándole del pelo, y el otro le apoyó el puñal en la garganta con una pose que recordaba a las pinturas renacentistas donde se ve a Abraham sacrificando a su hijo. En todo aquel cuadro había mucho de las terribles pesadillas, muy extendidas entre los intelectuales y funcionarios occidentalizantes de los primeros años de la República, sobre «la revuelta de reaccionarios y religiosos». Los primeros en asustarse fueron los ancianos funcionarios de las filas delanteras y los viejos conservadores de atrás.

Funda Eser y los «dos integristas» mantuvieron la imponente pose que habían adoptado durante exactamente dieciocho segundos sin mover un pelo. Como en aquel espacio de tiempo la multitud del salón perdió el control, muchos de los ciudadanos de Kars a los que entrevisté luego me dijeron que el trío había estado mucho más rato sin moverse. Lo que irritaba a los estudiantes de Imanes y Predicadores no sólo era la fealdad y la maldad de los «fanáticos integristas» que habían salido a escena y que fueran unas caricaturas, ni que se representaran los problemas de una mujer que se despojaba del *charshaf* en lugar de los de las jóvenes que llevaban pañuelo. También intuían que toda aquella obra no era sino una provocación audazmente puesta en escena. Así que cada vez que expresaban su furia gritando y chillando o arrojando cosas al escenario, media naranja, un cojín, se daban cuenta de que iban cayendo más y más en la trampa que les habían tendido y se enfurecían desesperados. Por eso Abdurrahman Öz (aunque su padre escribiría de otra manera su nombre en el registro cuando viniera desde Sivas a recoger el cadáver de su hijo tres días después), un estudiante de baja estatura y anchos hombros que era el que poseía mayor experiencia política de todos ellos, intentó calmar a sus compañeros y convencerles de que se callaran y se sentaran en sus sitios, pero no lo logró. Los aplausos y los abucheos provenientes de entre simples curiosos de los otros rincones de la sala habían envalentonado lo suficiente a los airados estudiantes. Y lo más importante: los jóvenes islamistas, aún bastante poco «influyentes» en Kars si se comparaba con las provincias vecinas, aquella noche pudieron conseguir por primera vez que se les oyera, valientemente y como una sola voz, y vieron maravillados y felices que podían amedrentar a las autoridades civiles y militares de las primeras filas. Ahora que la televisión estaba mostrando el acontecimiento a toda la ciudad no podían dejar de disfrutar de aquella demostración de fuerza. Así fue como más tarde se olvidó que detrás de todo aquel alboroto había subyacido un deseo de diversión. Como he visto la cinta de vídeo muchas veces, he podido comprobar que había también ciudadanos normales que se reían incluso mientras algunos estudiantes lanzaban consignas e insultos y que los aplausos y abucheos que los envalentonaban se debían a su deseo de diversión y de proclamar su aburrimiento al final de una «velada teatral» que les había resultado incomprensible. También he oído a quienes decían: «Si los de las filas delanteras no se hubieran tomado en serio aquel falso alboroto y no se hubieran puesto nerviosos, no habría pasado nada de lo que ocurrió luego», así como a quienes opinaban: «Los altos funcionarios y los ricachones que se pusieron nerviosos durante aquellos dieciocho segundos sabían lo que iba a pasar y por eso cogieron a sus familias y se largaron, todo había sido planeado con antelación en Ankara».

Fue en esos momentos cuando Ka salió de la sala, comprendiendo asustado que con todo aquel tumulto se le estaba olvidando el poema que tenía en la cabeza. Al mismo tiempo apareció en el escenario el esperado salvador que habría de arrebatar a Funda Eser de las manos de sus barbudos y «reaccionarios» atacantes: era el propio Sunay Zaim; llevaba un gorro de piel del tipo de los que habían usado Atatürk y los héroes de la Guerra de Liberación y un uniforme militar de los años treinta. En cuanto salió a escena con pasos decididos (sin que se le notara lo más mínimo que cojeaba ligeramente), los dos reaccionarios integristas barbudos se asustaron y se tiraron al suelo. El solitario y viejo profesor de siempre se puso en pie y aplaudió a Sunay con todas sus fuerzas. «¡Bravo, viva!», gritaron un par de personas. Cuando cayó sobre él un potente foco, a todos los ciudadanos de Kars Sunay Zaim les pareció una maravilla llegada de un planeta completamente distinto al nuestro.

Todo el mundo apreció lo apuesto y lo ilustrado que era. Las extenuantes giras por Anatolia, que le habían dejado cojo, no habían podido agotar del todo el aspecto duro, decidido y trágico ni la apostura frágil y ligeramente femenina que le habían hecho tan atractivo entre los jóvenes izquierdistas en los años setenta cuando representaba al Che Guevara, a Robes-pierre, o al revolucionario Enver Bajá. Se llevó con un gesto elegante el índice de su mano derecha, enfundada en un guan-te blanco, no a los labios sino a la barbilla, y dijo: «¡Silencio!».

En realidad, fue un gesto innecesario porque aquella pala-bra no aparecía en el texto y, de hecho, todos en la sala se habían callado. Los que se habían puesto de pie se sentaron al instan-te y pudieron oír otra palabra:

—¡Sufre!

Probablemente era una frase a medias porque nadie enten-dió quién sufría. Antiguamente, con esa expresión a uno se le venía a la cabeza el pueblo, la nación; en cambio, ahora los ciu-dadanos de Kars no entendían si quienes sufrían eran Funda Eser, o la República, o ellos mismos a causa de lo que habían visto a lo largo de toda la velada. Con todo, la sensación que evocaba la palabra era la correcta. La sala entera se sumió en un silencio sincero mezclado con temor.

—Honrosa y sacrosanta nación turca —dijo Sunay Zaim—. Nadie podrá hacer que me vuelva atrás en el inmenso y noble viaje que me he embarcado por el camino de la Ilustración. No te preocupes. Los reaccionarios, los puercos de cabezas llenas de telas de araña, nunca podrán meter un palo en los ra-dios de la rueda de la historia. ¡Malditas sean las manos que se alzan contra la República, contra la libertad, contra la Ilustra-ción!

Apenas pudo oírse la respuesta irónica que le dio un va-liente y excitado compañero de Necip sentado dos butacas más allá. Tal era el profundo silencio en el que estaba sumida la sala, sobre la que flotaba un miedo mezclado con admiración. To-dos estaban sentados tiesos como velas, todos esperaban un par de frases del libertador, dulces o duras, que le dieran sen-tido a aquella velada tan aburrida, un par de sabias historias sobre las que hablar aquella noche cuando volvieran a casa, pero guardó silencio. En ese momento aparecieron sendos sol-dados a ambos lados del telón. De repente, se unieron a ellos otros tres que entraron por la puerta de atrás y caminaron a lo largo del pasillo hasta subir al escenario. Al principio los ciudadanos de Kars temieron que, como ocurre en las obras modernas, los actores se mezclaran con los espectadores, pero luego aquello les divirtió. Todos se echaron a reír cuando reconocieron al mensajerillo con gafas que salía corriendo al escenario en ese momento. Era Gafas, el pícaro y simpático sobrino del distribuidor general de prensa que tenía su establecimiento frente al Teatro Nacional, a quien toda Kars conocía porque se pasaba el día en el quiosco de su tío. Se acercó a Sunay Zaim y cuando éste se inclinó, le susurró algo al oído.

Toda Kars pudo ver que a Sunay Zaim le entristecía profundamente lo que oía.

—Acabamos de saber que el director de la Escuela de Magisterio ha fallecido en el hospital —dijo Sunay Zaim—. ¡Este miserable asesinato será el último ataque a la República, al laicismo, al futuro de Turquía!

Sin dar tiempo a que la sala digiriera aquella mala noticia, los soldados del escenario se descolgaron los fusiles del hombro, los cargaron y apuntaron a la multitud. Inmediatamente después dispararon una estruendosa descarga.

Se podía pensar que aquello había sido una intimidación amistosa o bien un signo que les enviaba el universo ficticio de la obra por la amarga noticia de la vida real. Los habitantes de Kars, con su poca experiencia teatral, pensaron que sería una novedad escénica que seguía alguna moda occidental.

No obstante, en el patio de butacas se produjo un movimiento, una sacudida. Aquellos a quienes había asustado la descarga interpretaron la agitación como la expresión del miedo de los demás. Un par de personas hicieron un amago de ponerse en pie y los «reaccionarios barbudos» del escenario se agacharon aún más.

—¡Quieto todo el mundo! —dijo Sunay Zaim.

Al mismo tiempo los soldados cargaron de nuevo las armas y volvieron a apuntar a la multitud. El valiente y bajito estudiante que se sentaba dos butacas más allá de Necip se puso en pie justo en ese instante y lanzó una consigna:

—¡Malditos sean los laicos sin Dios! ¡Malditos sean los infieles fascistas!

Los soldados volvieron a disparar sus fusiles.

Al mismo tiempo que los estampidos, otra vez pudo sentirse en la sala una corriente de agitación y miedo.

Inmediatamente después, los que se sentaban en las filas de atrás pudieron ver que el estudiante que poco antes había lanzado las consignas se desplomaba en su asiento, que volvía a levantarse con la misma rapidez y que hacía unos gestos vacilantes con los brazos. Algunos de los que se habían pasado la noche riéndose de las travesuras y las extravagancias de los estudiantes de Imanes y Predicadores se rieron también de aquello y de cómo el estudiante, con un movimiento todavía más extraño, se caía entre las filas de butacas como si fuera un muerto de verdad.

En algunos lugares de la sala se dieron cuenta con la tercera descarga de que estaban disparándoles de verdad. Porque, al contrario de lo que ocurría con las balas de fogueo, la gente podía notar los disparos no sólo en los oídos sino también en el estómago, como ocurría las noches en que los soldados perseguían a los terroristas por las calles. Un extraño ruido surgió de la enorme estufa bohemia de fabricación alemana que llevaba cuarenta y cuatro años calentando la sala; como el tubo de hojalata había sido agujereado, el vapor comenzó a salir como si surgiera del pitorro de una tetera enfurecida. Sólo entonces un espectador de las filas centrales que se había levantado y se dirigía al escenario notó que tenía la cabeza ensangrentada y el olor de la pólvora. Se sentía el inicio de un alboroto, pero la mayor parte de los ocupantes de la sala todavía seguían silenciosos e inmóviles como ídolos de piedra. Sobre la sala se desplomó la sensación de soledad que uno siente cuando tiene una pesadilla terrible. Con todo, la señora Nuriye, la profesora de Literatura, acostumbrada a ver todas las obras del Teatro Estatal cada vez que iba a Ankara, se levantó de su asiento en las primeras filas por primera vez y comenzó a aplaudir a los actores en el escenario, admirada por el realismo de los efectos teatrales. Justo en ese momento, también Necip se levantó, como un alumno impaciente que pide la palabra.

Acto seguido los soldados dispararon sus fusiles por cuarta vez. Según el informe en el que trabajó con minuciosidad y en el más alto secreto durante semanas el comandante inspector enviado más tarde desde Ankara para investigar los hechos, en aquella descarga murieron dos personas. Uno de ellos fue Necip, que cayó habiendo recibido sendos disparos en la frente y en el ojo, pero como he oído otros rumores al respecto, no afirmaré que murió justo en ese momento. Si hay un punto en el que coinciden todos los que se sentaban en las filas delanteras y centrales es que Necip debió de darse cuenta de los zumbidos de las balas en la tercera descarga y que los interpretó de una manera completamente errónea. Se puso en pie dos segundos antes de que le hirieran y con un grito que muchos oyeron (pero que no se ha grabado en la cinta de vídeo) dijo:

—¡Esperad! ¡No disparéis, las armas están cargadas!

Y así fue como se expresó verbalmente lo que ya todo el mundo en la sala sabía con el corazón pero no querían aceptar con la mente. Una de las cinco balas que volaron en la primera descarga se clavó en una de las hojas de laurel de estuco que había sobre el palco desde el que, un cuarto de siglo antes, el último cónsul soviético en Kars veía el cine en compañía de su perro. Porque el kurdo de Siirt que había disparado el fusil no había querido matar a nadie. Otra bala, guiada por una preocupación semejante aunque esta vez disparada de manera más inexperta, dio en el techo del teatro y fragmentos de yeso y pintura de ciento veinte años de antigüedad cayeron como la nieve sobre la inquieta multitud de abajo. Otra de las balas se clavó atrás del todo, por debajo del saledizo donde habían instalado la cámara que retransmitía en directo, en la balaustrada a la que se agarraban en tiempos las soñadoras muchachas armenias más modestas que contemplaban de pie, con entradas baratas, los grupos de teatro llegados de Moscú, los equilibristas y las orquestas de cámara. La cuarta bala atravesó el respaldo de una butaca en un rincón bastante alejado de la cámara y se hundió en el hombro de Muhittin Bey, el vendedor de piezas de repuesto para tractores y máquinas agrícolas, que estaba sentado detrás de ella junto a su cuñada viuda, aunque incluso él, a causa de los fragmentos de yeso de poco antes, miró hacia arriba creyendo que le caía algo del techo. La quinta bala destrozó el cristal izquierdo de las gafas de un abuelo que se sentaba detrás de los estudiantes islamistas y que había llegado de Trabzon para ver a su nieto, que estaba haciendo el servicio militar en Kars, se le introdujo en el cerebro, matándolo sin que llegara a notarlo ya que estaba dormitando, le salió por la nuca, atravesó el respaldo de la butaca y acabó en uno de los huevos duros que llevaba en una bolsa un niño kurdo de doce años que los vendía con tortas de pan y que en ese momento estaba alargando el brazo entre las filas para dar el cambio a un cliente.

Escribo todos estos detalles para explicar por qué, aunque se estaba disparando sobre ellos, la mayor parte de la multitud que llenaba el Teatro Nacional ni siquiera parpadeó. El que en la segunda descarga aquel estudiante hubiera recibido sendos disparos en el pómulo, el cuello y poco más arriba del corazón se vio como un elemento cómico de aquella terrible obra ya que había demostrado un arrojo excesivo poco antes. De las otras dos balas una le dio en el pecho a otro estudiante de Imanes y Predicadores que estaba sentado atrás sin armar demasiado ruido (la hija de su tía materna había sido la primera «joven suicida» de la ciudad), y la otra se clavó en el cuadrante cubierto de polvo y telarañas del reloj que llevaba sesenta años sin funcionar, colgado de la pared, dos metros por encima de la máquina de proyección. El hecho de que una bala acertara en el mismo lugar durante la tercera descarga demostró al comandante inspector que uno de los tiradores selectos escogidos durante la tarde había violado el juramento hecho sobre el Corán y había evitado matar a nadie. Algo similar aparece en el informe del comandante cuando hace notar entre paréntesis que no existe base legal para dar una indemnización a los familiares de otro fogoso estudiante islamista muerto durante la tercera descarga, que habían puesto un pleito al Estado asegurando que también era un laborioso y entregado agente adscrito a la sección del SNI de Kars. Resulta difícil explicar por qué la mayor parte de la multitud contempló inmóvil cómo los soldados cargaban de nuevo los fusiles a pesar de que las dos últimas balas mataron al mismo tiempo a Rıza Bey, hombre muy querido por todos los conservadores y religiosos y que había hecho construir la fuente del barrio de Kaleiçi, y a su mayordomo, que servía al anciano, que ya andaba con dificultad, a modo de bastón, y a pesar también de los gemidos de agonía de ambos compañeros de toda la vida en el centro de la sala. «Los que nos sentábamos en las filas de atrás comprendíamos que estaba sucediendo algo terrible —me dijo años más tarde el dueño de una granja lechera que aún no permite que se haga público su nombre—. ¡Contemplábamos todo lo que estaba ocurriendo sin alzar la voz porque nos daba miedo que nos pasara algo malo si nos movíamos de nuestros asientos, si llamábamos la atención!»

Ni siquiera el comandante inspector supo descubrir dónde había dado una de las balas disparadas en la cuarta descarga. Otra hirió a un joven vendedor de juegos de salón y enciclopedias a plazos que había venido a Kars desde Ankara (moriría dos horas más tarde por la pérdida de sangre). Otra de ellas abrió un enorme agujero en la pared que miraba hacia abajo del palco privado en el que a principios del siglo XX se instalaba envuelta en abrigos de pieles la familia de Kirkor Çizmeciyan, uno de los adinerados comerciantes de pieles armenios, las noches en que iba al teatro. Según una exagerada afirmación, las otras dos balas, que se clavaron en uno de los ojos verdes y en la amplia y limpia frente de Necip, no lo mataron de inmediato ya que, de creer lo que cuentan algunos, el muchacho miró por un instante al escenario y dijo: «¡Veo!».

Después de aquellos últimos tiros, tanto los que corrían hacia la puerta como los que chillaban y gritaban se habían puesto todo lo a cubierto que podían. También el cámara que dirigía la retransmisión en vivo debía de haberse arrojado al pie de una pared; la cámara, que antes se movía sin parar a izquierda y derecha, se quedó quieta por fin. Los telespectadores de Kars sólo podían ver en sus pantallas al grupo del escenario y a los respetuosos y silenciosos espectadores de las primeras filas. Con todo, la mayor parte de la ciudad comprendió que algo raro ocurría en el Teatro Nacional por los estampidos de fusil, los gritos y el tumulto que podían oír en sus receptores. Incluso los que poco antes de medianoche habían comenzado a dormitar porque encontraban aburrido el espectáculo clavaron la mirada en la pantalla tras las detonaciones que habían sonado en los últimos dieciocho segundos.

Sunay Zaim tenía la suficiente experiencia como para percibir aquel momento de interés. «Heroicos soldados, habéis cumplido con vuestro deber», dijo. Con un gesto elegante se volvió hacia Funda Eser, que aún yacía en el suelo, se inclinó de manera exagerada y le ofreció la mano. La mujer tomó la mano de su salvador y se puso en pie.

El funcionario jubilado de la primera fila se levantó y les aplaudió. Se le unieron algunos más de las filas delanteras. También llegaron algunos aplausos de atrás, bien por miedo o bien por la costumbre de unirse a cualquier ovación. El resto de la sala estaba silencioso como el hielo. Era como si todos se estuvieran recuperando de una borrachera; algunos, a pesar de estar viendo los cuerpos agonizantes, comenzaron a sonreír de una manera apenas perceptible con la tranquilidad de corazón que les daba el haber decidido que todo era parte del universo que se representaba en el escenario, otros estaban empezando a sacar la cabeza de los rincones a los que se habían arrojado cuando la voz de Sunay les sobresaltó:

—Esto no es una obra de teatro, es el comienzo de una revolución —dijo con tono de reproche—. Haremos cualquier cosa por nuestra patria. ¡Confiad en el insigne ejército turco! Soldados, llevaos a éstos.

Dos soldados se llevaron a la pareja de barbudos «reaccionarios» de la escena. Mientras los demás soldados bajaban entre los espectadores después de haber cargado de nuevo sus armas, un tipo extraño se subió de un salto al escenario. Extraño porque se comprendía de inmediato por su precipitación, totalmente inapropiada para un escenario, y por sus movimientos, del todo carentes de armonía, que no era ni soldado ni actor. Muchos de los ciudadanos de Kars le miraron con la esperanza de que dijera que todo se había tratado de una broma.

—¡Viva la República! —gritó—. ¡Viva el ejército! ¡Viva la

nación turca! ¡Viva Atatürk! —El telón comenzó a caer lentamente. Y él dio dos pasos al frente y se quedó, con Sunay Zaim,
en la parte que daba a la sala. En la mano llevaba una pistola
Kırıkkale y vestía ropas de civil con botas militares—. ¡Mueran
los fanáticos! —dijo, y bajó por las escaleras entre la audiencia. A sus espaldas aparecieron otros dos hombres armados
con escopetas. Mientras los soldados detenían a los estudiantes de Imanes y Predicadores, los tres pistoleros se encami-
naron con decisión y aullando consignas hacia la puerta de salida ignorando a los espectadores, que les miraban con ojos
aterrorizados.

Estaban felices y tremendamente entusiasmados. Porque
sólo en el último momento, tras largas discusiones y negocia-
ciones, se había decidido que participaran en aquella representación, en la pequeña revolución de Kars. Como Sunay
Zaim, a quien se los habían presentado la misma noche en que
llegó a Kars, pensaba que unos aventureros armados y metidos
en asuntos turbios como aquéllos podían mancillar la «obra de
arte» que quería llevar a la escena, se resistió durante todo un
día, pero al final no pudo oponerse a las razonables objeciones
de que podrían ser necesarios hombres que supieran de armas
frente a un populacho que no entendía de arte. Luego se co-
mentaría que en las horas que siguieron se arrepintió de aquella decisión y que sufría unos tremendos remordimientos de
que aquellos harapientos hubieran vertido sangre, pero, como
tantas otras cosas, son sólo rumores.

Cuando años después fui a Kars, Muhtar Bey, el propietario del concesionario de Arçelik en que se había convertido la
mitad del Teatro Nacional que no había sido demolida, me dijo,
para evitar mis preguntas sobre el horror de aquella noche y
de los días posteriores, que desde los tiempos de los armenios
hasta entonces se habían cometido en Kars muchos asesinatos,
maldades y matanzas. Pero que si yo quería hacer felices, aunque sólo fuera un poco, a los pobres que vivían allí, cuando
volviera a Estambul no debía escribir sobre los pecados pasados de Kars, sino sobre la hermosura de su aire fresco y sobre
el buen corazón de sus gentes. Entre los fantasmas de neveras,

lavadoras y estufas del depósito oscuro y mohoso en que se había convertido la sala de butacas del teatro, me señaló la única huella que quedaba de aquella noche: el enorme agujero que había abierto la bala que dio en la pared del palco desde el que Kirkor Çizmeciyan veía las obras de teatro.

19
¡Qué bonita caía la nieve!
La noche de la revolución

El líder de los tres hombres felices que salieron corriendo lanzando gritos y armados con pistolas y escopetas entre las miradas temerosas de los espectadores cuando descendió el telón era un periodista ex comunista apodado Z. Brazodehierro. En los setenta se le pudo ver como escritor, poeta y, sobre todo, «guardaespaldas» en diversas organizaciones comunistas prosoviéticas. Era un tipo enorme. Después del golpe militar de 1980 huyó a Alemania y tras la caída del Muro de Berlín regresó a Turquía con un indulto especial para proteger al Estado moderno y a la República de las guerrillas kurdas y de los «integristas». Los dos que le acompañaban pertenecían a los mismos nacionalistas turcos con los que Z. Brazodehierro se había enfrentado a tiros por las noches en las calles de Estambul durante los años 1979-1980, pero ahora les unían la idea de defender el Estado y el espíritu aventurero. Según algunos, todos habían sido desde el principio agentes a sueldo del Estado. Los que descendían asustados las escaleras a todo correr con la intención de salir lo antes posible del Teatro Nacional, completamente ignorantes de quiénes eran, los trataron como si fueran un elemento más de la función que aún proseguía arriba.

Cuando Z. Brazodehierro salió a la calle y vio que había cuajado la nieve, empezó a darle patadas, feliz como un niño, y disparó dos tiros al aire. «¡Viva la nación turca! ¡Viva la República!», gritó. La multitud que había ante la puerta, y que ya estaba dispersándose, se apartó a los lados. Algunos les miraron sonriendo temerosos. Otros se detuvieron como si pidieran disculpas por regresar a casa antes de tiempo. Z. Brazodehierro y sus compañeros corrieron por la avenida Atatürk arriba. Lanzaban consignas y hablaban a gritos alegres como borrachos. Los ancianos que avanzaban apoyándose unos en otros chapoteando entre la nieve y los padres de familia que llevaban agarrados de la mano a sus hijos decidieron aplaudirles tras un momento de duda.

El alegre trío alcanzó a Ka en la esquina de la avenida Küçük Kâzımbey. Vieron cómo Ka, habiéndose dado cuenta de que se le acercaban, se subía a la acera y se apartaba entre los árboles del paraíso como si dejara paso a un coche.

—Señor poeta —le llamó Z. Brazodehierro—. Debes matarles antes de que ellos lo hagan contigo. ¿Me entiendes?

Justo en ese momento Ka olvidó la poesía que todavía no había pasado por escrito y a la que había pensado titular «Donde Dios no existe».

Z. Brazodehierro y sus compañeros caminaban avenida Atatürk arriba. Como Ka no quería ir tras ellos, dobló a la derecha, por la calle Karadağ, y se dio cuenta de que ya no le quedaba nada del poema en la memoria.

Notaba la misma vergüenza y el mismo sentimiento de culpabilidad que le habían abrumado en su juventud cuando salía de alguna reunión política. En aquellas reuniones Ka se sentía avergonzado no sólo por ser hijo de unos burgueses acomodados de Nişantaşı, sino también porque la mayoría de las discusiones estaban repletas de exageraciones infantiles. Con la esperanza de que le volviera a la mente el poema olvidado, decidió no regresar directamente al hotel sino alargar el camino.

Vio a varios curiosos que habían salido a la ventana, inquietos por lo que habían contemplado en televisión. Resulta difícil decir hasta qué punto Ka era consciente de los terribles acontecimientos que habían tenido lugar en el teatro. Los tiros habían comenzado antes de que él abandonara el edificio, pero era posible que pensara que aquellos disparos eran parte de la representación, así como Z. Brazodehierro y sus compañeros.

Toda su atención estaba pendiente del poema que había olvidado. Al notar que se le venía otro en su lugar, apartó este último en un rincón de la mente para que se desarrollara y madurara.

A lo lejos sonaron dos disparos. Las detonaciones se perdieron entre la nieve sin producir eco.

¡Qué bonita caía la nieve! ¡Con qué copos tan grandes! ¡Con cuánta decisión, silenciosa y como si no fuera a cesar nunca! La amplia calle Karadağ era una cuesta que se perdía en la noche oscura bajo una nieve que llegaba a la rodilla. ¡Blanca y misteriosa! No había nadie en el hermoso edificio de tres pisos del ayuntamiento, de tiempos de los armenios. Los carámbanos que colgaban de un árbol del paraíso se fundían con un túmulo de nieve que cubría un coche, ahora invisible, creando una cortina de tul parte de hielo parte de nieve. Ka pasó ante una casa armenia de un solo piso vacía y con las ventanas cegadas por los postigos clavados. Mientras escuchaba su propia respiración y sus pasos sentía en su interior la fuerza suficiente como para dar la espalda a la llamada de la vida y la felicidad, que le daba la impresión de estar escuchando por primera vez.

El pequeño parque con la estatua de Atatürk que había ante el palacio del gobernador estaba vacío. Ka tampoco pudo ver ningún movimiento ante el edificio de la delegación de hacienda, una mansión de la época de los rusos y todavía la más ostentosa de Kars. Setenta años atrás, aquello había sido el parlamento y el centro vital del estado independiente que los turcos habían formado en la ciudad cuando las tropas del sultán y del zar se retiraron de la zona tras la Primera Guerra Mundial. El antiguo edificio armenio que había frente a ella había sido asaltado por los ingleses, ya que se había convertido en el palacio presidencial del malogrado Estado. Sin acercarse al edificio, en la actualidad muy protegido por tratarse del palacio del gobernador, Ka se desvió a la derecha y avanzó en dirección al parque. Había bajado un poco más allá de otro antiguo edificio armenio, tan hermoso y triste como los demás, cuando vio a un lado del solar que había junto a él un tanque que se alejaba silencioso y lento como en un sueño. Más allá, cerca del Instituto de Imanes y Predicadores, había un camión militar. Ka comprendió que el camión acababa de llegar por la escasa nieve que tenía encima. Se oyó un disparo. Ka dio media vuelta. Sin que le vieran los policías que intentaban calentarse en la garita de cristales congelados que había delante del palacio del gobernador, bajó por la calle del Ejército. Comprendió que podría proteger el nuevo poema que tenía en la cabeza, y un recuerdo relacionado con él, sólo si era capaz de regresar a la habitación del hotel sin alejarse de aquel silencio de nieve.

Estaba a mitad de la cuesta cuando oyó un estruendo en la acera de enfrente, así que redujo el paso. Dos hombres estaban pateando la puerta de la compañía telefónica.

Por entre la nieve se distinguieron los faros de un coche y luego Ka oyó el agradable sonido de unas ruedas con cadenas. El coche, negro y sin identificación alguna, se acercó al edificio de la telefónica y de él salieron un tipo imponente, a quien Ka creyó haber visto en el teatro poco antes, cuando estaba pensando en levantarse e irse, y otro armado y tocado con una boina de lana.

Todos se reunieron en la puerta. Comenzó una discusión. Ka, por las voces y por las luces de las farolas, se dio cuenta de que eran Z. Brazodehierro y sus compañeros.

—¿Cómo que no tienes la llave? —dijo uno—. ¿No eres el director de la telefónica? ¿No te han traído para que cortaras los teléfonos? ¿Cómo se te ha podido olvidar la llave?

—Los teléfonos de la ciudad no se cortan desde aquí sino desde la nueva central de la calle de la estación —contestó el director.

—Esto es una revolución y nosotros queremos entrar aquí —dijo Z. Brazodehierro—. Iremos al otro sitio si nos da la gana. ¿De acuerdo? ¿Dónde está la llave?

—Hijo mío, la nieve amainará dentro de un par de días, abrirán las carreteras y luego el Estado nos pedirá cuentas a todos.

—Ese Estado que tanto miedo te da somos nosotros —dijo Z. Brazodehierro levantando la voz—. ¿Abres de una vez?

—¡No puedo abrir sin una orden escrita!

—Ahora lo veremos. —Z. Brazodehierro sacó la pistola y disparó al aire dos veces—. Cogedlo y ponédmelo contra la pared. Si sigue negándose, lo fusilamos.

Nadie le creyó, pero, con todo, los hombres armados de Z. Brazodehierro arrastraron a Recai Bey hasta el muro de la telefónica. Le empujaron un poco a la derecha para que las balas no dañaran las ventanas de atrás. Como la nieve estaba muy blanda en ese rincón, el señor director se cayó al suelo. Le pidieron disculpas, lo tomaron de la mano y lo pusieron en pie. Le quitaron la corbata y le ataron las manos a la espalda. Mientras tanto hablaban entre ellos y comentaban cómo antes de que amaneciera limpiarían Kars de todos los traidores a la patria.

Z. Brazodehierro les ordenó que cargaran las armas y se dispusieron frente a Recai Bey como un pelotón de ejecución. Justo en ese instante llegaron lejanos estampidos de disparos (era el fuego de intimidación que habían abierto los soldados en el jardín de la residencia de estudiantes del Instituto de Imanes y Predicadores). Todos se callaron y esperaron. Casi había cesado por fin la nieve que había estado cayendo durante todo el día. Había un silencio extraordinariamente hermoso, mágico. Un rato después uno de ellos comentó que el viejo (que no era en absoluto viejo) tenía derecho a fumar un último cigarrillo. Le pusieron a Recai Bey un cigarrillo en la boca, lo encendieron con un mechero y, como se aburrían mientras el director fumaba, comenzaron a romper la puerta de la compañía telefónica a culatazos con sus escopetas y a patadas con sus botas.

—¡Qué lástima de propiedad del Estado! —dijo el director desde su rincón—. Desatadme que abra.

Ka continuó su camino en cuanto entraron. De vez en cuando se oían disparos aislados, pero no les prestaba mayor atención que a los aullidos de los perros. Se esforzaba en concentrar todo su interés en la belleza de la noche inmóvil. Por un rato se detuvo ante una vieja casa armenia vacía. Luego contempló con respeto las ruinas de una iglesia y los carámbanos que colgaban de las ramas de los árboles fantasmales de su jardín. A la pálida y amarillenta luz muerta de las farolas de la ciudad todo parecía haber salido de un sueño tan triste que Ka se sintió culpable. Por otro lado, le estaba agradecido a aquel silencioso y olvidado país que le llenaba de poesía.

Poco más allá había una madre que reñía furiosa desde la ventana a su hijo gritándole que volviera a casa, mientras él estaba en la acera respondiéndole: «Si sólo voy a ver qué ocurre». Ka pasó entre ellos. En la esquina de la calle Faikbey vio a dos hombres de su edad, uno bastante grande, el otro delgadito como un niño, que salían preocupados de la tienda de un zapatero remendón. Los dos amantes, que llevaban doce años viéndose en secreto dos veces por semana en aquel establecimiento excusándose ante sus esposas con el pretexto de que iban a la casa de té, se habían dejado llevar por el nerviosismo cuando oyeron por la televisión siempre encendida del vecino de arriba que se había declarado el toque de queda. Después de doblar por la calle Faikbey y bajar dos manzanas, Ka se dio cuenta de que había un tanque frente a una pescadería en la que aquella mañana había estado observando las truchas que exponían en la puerta. El tanque, como la calle, parecía tan inmóvil y muerto en medio del silencio mágico que Ka pensó que debía de estar vacío. Pero la escotilla se abrió y de ella surgió una cabeza que le dijo que regresara de inmediato a casa. Ka le preguntó cómo podía ir al hotel Nieve Palace. Pero antes de que el soldado le respondiera vio frente a él la sombría redacción del *Diario de la Ciudad Fronteriza* y dedujo el camino de vuelta.

El calor del hotel y la luz de la recepción le llenaron el corazón de alegría. Comprendía por las caras de los huéspedes que veían la televisión en pijama y cigarrillo en mano que había sucedido algo extraordinario, pero su mente se deslizaba libre y ligera por encima de todo como un niño que ignora un problema que le desagrada. Entró en las habitaciones de Turgut Bey con esa misma sensación de ligereza. Seguían sentados a la mesa, todo el equipo, y miraban la televisión. Cuando

Turgut Bey vio a Ka se puso en pie y con voz de reprimenda le dijo que les había preocupado mucho que tardara tanto. Le estaba diciendo alguna otra cosa cuando la mirada de Ka se cruzó con la de İpek.

—Has recitado muy bien tu poema —le dijo ella—. Estoy muy orgullosa de ti.

Ka comprendió de inmediato que no olvidaría aquel momento mientras viviera. Estaba tan feliz que, de no haber sido por las preguntas de las otras jóvenes y el gesto angustioso de Turgut Bey, habría podido llorar.

—Parece que los militares están haciendo algo —dijo Turgut Bey angustiado por no poder decidir si debía sentir esperanzas o preocuparse.

La mesa estaba completamente revuelta. Alguien había tirado ceniza de cigarrillo en la cáscara de una mandarina, probablemente İpek. Cuando era niño, lo mismo hacía una joven y lejana tía de su padre, la tía Münire, y la madre de Ka, por mucho que no se le cayera el «señora» de la boca cuando hablaba con ella, la despreciaba por ello.

—Han proclamado el toque de queda —dijo Turgut Bey—. Cuéntenos qué ha pasado en el teatro.

—La política no me interesa —respondió Ka.

Todos, empezando por İpek, comprendieron que lo había dicho obedeciendo a una voz interior, pero, de todas formas, Ka se sintió culpable.

En ese momento le apetecía sentarse y mirar largo rato a İpek sin hablar, pero le ponía nervioso el ambiente de «noche de revolución» que había en la casa. Y no porque tuviera un mal recuerdo de las noches de golpe de estado de su infancia, sino porque todos le preguntaban algo. Hande se había quedado dormida en un rincón, Kadife miraba la televisión que Ka no quería ver, Turgut Bey parecía contento de que ocurriera algo interesante, pero también preocupado.

Ka se sentó junto a İpek durante un rato, le cogió la mano y le pidió que fuera luego a su habitación. Subió a su cuarto cuando comenzó a dolerle el no poder estar más cerca de ella. En la habitación había un familiar olor a madera. Colgó cuidadosamente el abrigo del gancho que había tras la puerta. Encendió la lamparilla que tenía a la cabecera de la cama. El cansancio, como un zumbido subterráneo, no sólo envolvía todo su cuerpo y sus párpados, sino también la habitación y el hotel entero. Por eso, mientras pasaba al cuaderno a toda velocidad el nuevo poema que se le había venido a la cabeza, sentía que los versos que escribía eran una prolongación de la cama en la que estaba sentado en ese momento, del edificio del hotel, de la nevada ciudad de Kars, del mundo entero.

Tituló el poema «La noche de la revolución». La poesía empezaba con las noches de golpe de estado de su infancia, cuando toda la familia se despertaba y escuchaba la radio y las marchas militares en pijama, pero luego se desviaba a las comidas de los días de fiesta en que almorzaban todos juntos. Por esa razón luego pensaría que el poema no procedía de una revolución auténticamente vivida sino de la memoria, y allí sería donde la colocaría en la estrella del copo de nieve. Una de las cuestiones más importantes de la poesía se refería a que el poeta pudiera o no cerrar parte de su mente a cualquier desastre que atormentara al mundo. Sólo el poeta que fuera capaz de hacerlo podría vivir el presente como un sueño: ¡en eso consistía el secreto de ser poeta! Una vez que hubo terminado, Ka encendió un cigarrillo y miró por la ventana al exterior.

20
¡Que sea enhorabuena para el país y la nación!
De noche, mientras Ka dormía, y a la mañana siguiente

Ka durmió como un tronco exactamente diez horas y veinte minutos. En cierto momento soñó que nevaba. Poco antes de eso la nieve había comenzado a caer de nuevo en la blanca calle que se veía fuera por el hueco de las entreabiertas cortinas y a la luz de la pálida farola que iluminaba el rótulo rosado en el que se leía «Hotel Nieve Palace», la nieve parecía extraordinariamente suave: quizá fue por esa extraña y mágica suavidad de la nieve, que absorbía los disparos efectuados en las calles de Kars, por lo que Ka pudo dormir esa noche tan tranquilo.

Sin embargo, la residencia del Instituto de Imanes y Predicadores, que fue asaltada con un tanque escoltado por dos camiones, estaba sólo dos calles más allá. Hubo un enfrentamiento, no en la puerta principal, que aún muestra la delicada maestría de los maestros forjadores armenios, sino en la de madera que daba al dormitorio de los del último curso y al salón de actos. Al principio, los soldados habían disparado hacia arriba, a la oscuridad, desde el jardín nevado, con la intención de intimidar. Como los más militantes de los estudiantes islamistas habían acudido a la velada del Teatro Nacional y habían sido arrestados allí, los que quedaban en la residencia eran o bien novatos o bien indiferentes, pero, excitados por las escenas que habían visto en la televisión, habían levantado una barricada con mesas y bancos detrás de la puerta y habían comenzado a esperar lanzando consignas y gritando «¡Dios es grande!». Como un par de estudiantes desquiciados se dedicaron a arrojar a los soldados los tenedores y cuchillos que habían robado del comedor desde la ventana del retrete y a juguetear con la única pistola que tenían, también allí el enfrentamiento acabó en tiros y un estudiante delgado de hermoso cuerpo y apuesto de cara cayó muerto con una bala en la frente. A causa de la intensa nieve que caía poca gente en la ciudad se dio cuenta de lo que estaba pasando mientras montaban a golpes en un autobús a aquellos estudiantes de enseñanza media en pijama, la mayoría de los cuales estaba llorando, y se los llevaban a la Dirección de Seguridad a todos juntos, tanto a los indecisos, arrepentidos de haberse unido a la resistencia sólo por hacer algo, como a los más militantes, ya cubiertos de sangre.

La mayor parte de la ciudad estaba despierta, pero seguían prestando atención a la televisión y no a las ventanas ni a la calle. Después de que en la retransmisión en directo desde el Teatro Nacional Sunay Zaim dijera que aquello no era una obra de teatro sino una revolución y mientras los soldados arrestaban a los alborotadores de la sala y se llevaban en camilla a muertos y heridos, Umman Bey, ayudante del gobernador, al que toda Kars conocía de cerca, subió al escenario y anunció, un tanto nervioso por ser la primera vez que salía «en directo», con su voz siempre oficial y frenética, pero que a la vez inspiraba confianza, que se declaraba el toque de queda en Kars hasta el día siguiente a las doce. Como nadie más salió al escenario cuando lo abandonó, durante los veinte minutos siguientes los telespectadores de Kars sólo vieron en sus pantallas el telón del Teatro Nacional, luego hubo un corte en la emisión e inmediatamente volvió a aparecer el mismo viejo telón. Después de un rato éste se alzó lentamente y comenzaron a retransmitir de nuevo toda la «velada».

Aquello asustó a la mayoría de los espectadores de Kars, que intentaban comprender lo que estaba ocurriendo, sentados ante sus televisores. Los que estaban medio dormidos o medio borrachos se dejaron arrastrar por la sensación de encontrarse atrapados en una confusión temporal de la que no podían huir, y a otros les dio la impresión de que se iban a repetir la velada y las muertes. Parte de los espectadores a los que no les interesaba el aspecto político de los acontecimientos, como haría yo mismo años más tarde, se dedicaron a observar con todo cuidado la repetición, considerándola una nueva oportunidad que podría resultarles útil para comprender todo lo que había sucedido en Kars esa noche.

Y así fue como al mismo tiempo que los espectadores de Kars veían de nuevo cómo Funda Eser, imitando a una antigua presidenta de Gobierno, recibía llorando a sus clientes americanos o cómo bailaba una danza del vientre con sincera alegría después de haber satirizado un anuncio televisivo, un equipo de la Dirección de Seguridad, especializado en aquellos asuntos, asaltaba la sede provincial del Partido por la Igualdad de los Pueblos en la galería comercial Halitpaşa, arrestaba a la única persona que había allí, un ordenanza kurdo, y confiscaba cuantos papeles y libros hubiera en armarios y cajones. Los mismos policías, en un vehículo blindado, arrestaron por riguroso turno a los miembros del comité provincial del partido, ya que les conocían y sabían sus direcciones gracias a un registro efectuado la noche anterior, acusándoles de separatismo y de nacionalismo kurdo.

No eran ellos los únicos nacionalistas kurdos de Kars. Los tres cadáveres que habían sacado por la mañana temprano, antes de que la nieve lo cubriera, de un taxi marca Murat que había ardido a la entrada de la carretera de Digor pertenecían, según informaron las fuerzas de seguridad, a militantes del PKK. Aquellos tres jóvenes, que meses atrás ya habían intentado infiltrarse en la ciudad, se dejaron llevar por el nerviosismo ante los acontecimientos de la noche y decidieron huir a las montañas en un taxi, pero se desmoralizaron al ver que la nieve había bloqueado la carretera, se inició una discusión y se suicidaron con la bomba que uno hizo estallar. Las instancias de la madre de uno de ellos, que trabajaba de limpiadora en el centro de salud, en las que exponía que en realidad a su hijo se lo habían llevado unos desconocidos armados que habían llamado a su puerta, y la del hermano mayor del taxista, en la que declaraba que no sólo no era nacionalista kurdo sino que ni siquiera era kurdo, fueron desestimadas.

A aquellas horas toda Kars había comprendido, si no que se había producido una revolución, por lo menos sí que pasaba algo raro en la ciudad, por cuyas calles se paseaban como lentos y oscuros fantasmas dos tanques, pero no había sensación de miedo porque todo había ocurrido mientras en televisión se retransmitía una función teatral y ante las ventanas caía interminable la nieve como en un cuento de hadas. Sólo los que andaban metidos en política estaban un poco preocupados.

Por ejemplo, Sadullah Bey, un investigador del folklore y periodista respetado por todos los kurdos de Kars, había visto muchos golpes militares a lo largo de su vida y en cuanto oyó por televisión lo del toque de queda se preparó para la temporada en prisión que comprendía que se le acercaba. Después de colocar en la maleta los pijamas de cuadros azules, sin los cuales era incapaz de dormir, la medicina para la próstata y las píldoras para dormir, el gorro y los calcetines de lana, la fotografía en la que su hija la de Estambul sonreía con su nieto en brazos y el borrador del libro que estaba preparando sobre cantos elegíacos kurdos, se tomó un té con su esposa y esperó viendo en la televisión la segunda danza de Funda Eser. Cuando ya bastante pasada la medianoche llamaron a la puerta, se despidió de su mujer, cogió la maleta, abrió la puerta y, al no ver a nadie, salió a la calle nevada y, mientras recordaba cómo en su niñez había patinado en el arroyo de Kars observando admirado la belleza de la calle cubierta de nieve a la mágica luz color azufre de las farolas, unos desconocidos le mataron disparándole a la cabeza y al pecho.

Por los demás cadáveres que se encontraron meses más tarde, cuando la nieve se derritió lo suficiente, pudo comprenderse que aquella noche se habían cometido otros asesinatos, pero, tal y como hizo la prudente prensa de Kars, yo también intentaré evitar tales sucesos para no deprimir a mis lectores. En cuanto a los rumores de que esos crímenes «de autor desconocido» fueran perpetrados por Z. Brazodehierro y sus compañeros, no son ciertos, al menos en lo que respecta a las primeras horas de la noche. Ellos, aunque fuera ya tarde, lograron cortar los teléfonos, irrumpieron en la Televisión de Kars y se aseguraron de que la retransmisión apoyaba el levantamiento y, al final de la noche, dedicaron todos sus esfuerzos a encontrar un «cantante de voz grave de canciones heroicas y fronterizas», algo que se les había metido entre ceja y ceja de manera obsesiva porque para que una revolución fuera una revolución de verdad necesitaba que en radio y televisión se cantaran canciones heroicas y fronterizas.

En cuanto se despertó aquella mañana, Ka escuchó, filtrándose desde el televisor de la recepción por entre los muros, las decoraciones de escayola y las cortinas, la voz poética del cantante, al que encontraron por fin entre los bomberos de guardia tras preguntar en cuarteles, hospitales, en el Instituto de Ciencias y en las casas de té más tempraneras, y que primero creyó que lo iban a arrestar o incluso a fusilarlo pero que luego se vio arrastrado directamente al estudio. Había una extraña claridad de nieve que se reflejaba con una fuerza extraordinaria en la silenciosa habitación de techo alto por las cortinas entreabiertas. Ka había dormido muy bien, había descansado, pero, incluso antes de levantarse de la cama, supo que tenía un sentimiento de culpabilidad que quebraba su fuerza y su determinación. Como cualquier cliente de hotel, saboreando el estar en otro lugar y en otro cuarto de baño, se lavó la cara, se afeitó, se desnudó, se vistió, cogió la llave sujeta a un peso de latón y bajó al vestíbulo.

Cuando vio al cantante en la televisión y percibió la profundidad del silencio en el que estaban sumidos el hotel y la ciudad (en el vestíbulo se hablaba en susurros), comprendió todo lo que había ocurrido la noche anterior y que su mente le había ocultado. Sonrió con frialdad al muchacho de la recepción y pasó al salón adyacente para desayunar como si fuera un viajero con prisas que no tuviera la menor intención de perder el tiempo en aquella ciudad que se autodestruía con su obsesión por la violencia y la política. Sobre el samovar que humeaba en un rincón había una tetera regordeta, en un plato se veían lonchas muy finas de queso de Kars y en un cuenco aceitunas muertas que habían perdido su brillo.

Ka se sentó en una mesa junto a una ventana. Se quedó mirando la calle cubierta de nieve que aparecía en toda su belleza por entre los visillos. Había algo tan triste en la calle vacía, que Ka recordó uno por uno los censos y empadronamientos de su niñez y su juventud, durante los cuales se prohibía salir a la calle, los registros discrecionales y los golpes militares que reunían a todo el mundo ante radios y televisores. A Ka siempre le habría gustado estar en las calles vacías mientras en la radio sonaban marchas y se anunciaban las proclamas y las prohibiciones del estado de excepción. En su infancia, algunos días de golpe militar, cuando todos se reunían alrededor del mismo tema y se les agregaban tías, tíos y vecinos, le habían gustado tanto como las fiestas de Ramadán. Las familias de la burguesía media y alta de Estambul entre las que Ka había pasado su niñez, aunque sólo fuera por la necesidad de ocultar un poco su alegría por los golpes de estado que hacían sus vidas más seguras, criticaban silenciosamente y sonriendo las estúpidas disposiciones que se ponían en práctica después de cada golpe (como el que todos los adoquines de las aceras se pintaran de blanco como en un cuartel o que los policías y los soldados se llevaran de la calle a la fuerza a todos los de pelo largo y barba y les pelaran con brutalidad). La alta burguesía estambulina les tenía mucho miedo a los militares pero también despreciaba en secreto a aquellos funcionarios que vivían sometidos a la disciplina y que tenían tantas dificultades para subsistir decentemente.

Cuando un camión militar entró calle abajo, una calle que le recordaba a una ciudad abandonada siglos atrás, Ka, como cuando era niño, le prestó toda su atención por un instante. Un hombre con ropas de ganadero que acababa de entrar al comedor abrazó de repente a Ka y le besó en las mejillas.

—¡Felicidades, señor mío! ¡Que sea enhorabuena para el país y la nación!

Ka recordó que, tal y como se hacía en las fiestas religiosas, los adultos adinerados se felicitaban así después de los golpes militares. Él también le murmuró algo parecido a un «Enhorabuena» al hombre y se avergonzó por ello.

Se abrió la puerta que daba a la cocina y Ka sintió que toda la sangre le desaparecía del rostro. Por la puerta había salido İpek. Sus miradas se cruzaron y por un instante Ka no supo qué hacer. En ese momento le habría apetecido levantarse, pero İpek le sonrió y se dirigió a otro hombre que se acababa de sentar. Llevaba una bandeja en las manos con una taza y un plato. İpek colocó la taza y el plato en la mesa del hombre, como si fuera una camarera.

A Ka le envolvió una sensación de pesimismo, arrepentimiento y culpabilidad; se culpaba por no haber saludado a İpek como correspondía, pero había algo más y supo de inmediato que no podría ocultárselo a sí mismo. Todo estaba mal, todo lo que había hecho el día anterior; el proponerle matrimonio por las buenas, a ella, una desconocida, el besarla (bueno, eso había estado bien), el que le hubiera mareado hasta tal punto, el haberle cogido la mano mientras cenaban todos reunidos y, sobre todo, el que, como cualquier varón turco vulgar y corriente, se hubiera emborrachado mientras sentía por ella aquella embriagadora atracción y se lo hubiera demostrado sin avergonzarse a todo el mundo. Como ya no era capaz de saber qué decirle, le habría gustado que İpek sirviera de camarera a la mesa de al lado por toda la eternidad.

El hombre con ropa de ganadero gritó «¡Té!» con brusquedad. İpek, con la bandeja ya vacía, se volvió hacia el samovar con la facilidad que da la costumbre. Cuando İpek se acercó a su mesa después de haberle llevado su té al hombre, Ka sintió los latidos de su corazón en las aletas de la nariz.

—¿Qué tal? —dijo İpek sonriéndole—. ¿Has podido dormir bien?

A Ka le asustó aquella referencia a la noche anterior y a la felicidad de ayer.

—Parece que la nieve no fuera a amainar nunca —dijo forzándose a hablar.

Se miraron de arriba abajo en silencio. Ka comprendió que no iba a decir nada y que, si lo hacía, sonaría artificial. La miró a los enormes ojos castaños ligeramente bizcos callando y demostrando que aquello era lo único que era capaz de hacer. İpek intuyó que Ka se encontraba en un estado espiritual completamente distinto al del día anterior y comprendió también que ahora era otro completamente distinto. Ka sintió que İpek notaba la oscuridad que había en él y que incluso la comprendía. También sintió que era precisamente esa comprensión lo que podía unirle a esa mujer de por vida.

—Va a seguir un tiempo así —dijo İpek tentativamente.

—No hay pan —dijo Ka.

—¡Ah!, lo siento. —En un instante fue al buffet que había junto al samovar. Dejó la bandeja y comenzó a cortar pan.

Ka le había pedido pan porque no aguantaba más la situación. Ahora miraba a la espalda de la mujer con el gesto de «En realidad, podría haber ido a cortarlo yo».

İpek llevaba un jersey de lana, una falda larga marrón y un cinturón bastante ancho, muy de moda en los setenta pero que ya nadie llevaba. Tenía la cintura estrecha y las caderas como debían ser. Su altura se adecuaba a la de Ka. También le gustaron sus tobillos a Ka y comprendió que si no podía volver a Frankfurt con ella recordaría con dolor lo feliz que habría podido estar en Kars hasta el fin de su vida cogiéndole la mano, besándola medio en broma medio en serio y riendo con ella.

Cuando por fin se detuvo el brazo de İpek que cortaba el pan, ella volvió la cabeza hacia Ka antes de darse media vuelta. «Le pongo queso y aceitunas en el plato», le dijo en voz alta İpek. Ka comprendió que le llamaba de usted para recordarle que había otra gente en el salón. «Sí, por favor», contestó él con la misma voz dirigida a los demás. Cuando sus miradas se cruzaron entendió por su rostro que ella era plenamente consciente de que la había estado observando a sus espaldas poco antes. Se asustó pensando que İpek conocía muy bien las relaciones entre hombres y mujeres, los pequeños detalles de esa difícil diplomacia que él nunca había logrado dominar. De hecho, lo que le daba más miedo era que ella fuera su única posibilidad de encontrar la felicidad en su vida.

—El pan lo ha traído hace un momento el camión militar —dijo İpek sonriendo con aquella dulce mirada que a Ka le oprimía el corazón—. Yo me he hecho cargo de la cocina porque la señora Zahide no ha podido venir por el toque de queda… Me asusté mucho cuando vi a los soldados.

Porque los soldados podían haber ido por Hande o por Kadife. Incluso por su padre…

—Se llevaron a los celadores de guardia del hospital para que limpiaran la sangre del Teatro Nacional —susurró İpek. Se sentó a la mesa—. Han asaltado las residencias universitarias, el Instituto de Imanes y Predicadores, las sedes de los partidos… —También allí había habido muertos. Habían detenido a cientos de personas pero habían dejado libres a algunas por la mañana. El que comenzara a hablar en susurros con aquel tono tan propio de las épocas de represión política le recordó a Ka las cantinas universitarias de veinte años atrás, las historias parecidas de tortura y represión que siempre se contaban entre susurros, y que siempre se mencionaban con rabia y tristeza pero también con un extraño orgullo. En aquellos momentos, con una sensación de culpabilidad y una horrible depresión, le habría gustado olvidar que vivía en Turquía y volver a casa a leer. En cambio, ya tenía preparada la muletilla «Terrible, es terrible» para ayudar a İpek a terminar, la tenía en la punta de la lengua pero, como cada vez que pretendía decirla notaba que sonaría falsa, cambiaba de opinión y se dedicaba a comer pan con queso con aire culpable.

Así fue como, mientras İpek le susurraba que los vehículos con los cadáveres de los muchachos de Imanes y Predicadores que habían enviado a las aldeas kurdas para que los padres los identificaran se habían quedado bloqueados a mitad de camino, que se había dado un día de plazo para que todo el mundo entregara sus armas a las autoridades, y que las actividades de los cursos de Corán y de los partidos políticos habían sido prohibidas, Ka le miraba las manos, los ojos, la hermosa piel de su largo cuello y cómo le caía por él el pelo castaño claro. ¿Podría amarla? Por un instante intentó representárselos en su imaginación caminando por la Kaiserstrasse en Frankfurt, volviendo a casa después de haber ido al cine por la tarde. Pero el pesimismo se iba extendiendo con rapidez por su alma. Ahora retenía su atención el hecho de que la mujer hubiera cortado el pan de la cestilla en gruesas rebanadas, como se hacía en los hogares pobres, y, aún peor, que hubiera formado una pirámide con ellas, como en las casas de comidas baratas.

—Por favor, háblame de otra cosa —dijo Ka con precaución.

İpek le estaba contando que dos edificios más allá habían detenido a uno al que habían denunciado mientras huía por los jardines de atrás, pero se calló, comprensiva. Ka vio el miedo en sus ojos.

—Ayer era muy feliz, ¿sabes? Por primera vez en años estaba escribiendo poesía —explicó Ka—. Pero ahora no puedo soportar esas historias.

—El poema de ayer era muy bonito —dijo İpek.

—¿Podrías ayudarme hoy antes de que la infelicidad se apodere de mí?

—¿Qué quieres que haga?

—Ahora voy a subir a mi habitación —dijo Ka—. Ven dentro de un rato y cógeme la cabeza entre las manos. Sólo un poco, no más.

Mientras Ka todavía lo estaba diciendo comprendió por la mirada temerosa de İpek que no lo haría y se puso en pie. Era provinciana, era de allí, una extraña para Ka, y él le había pedido algo que ningún extraño comprendería. Si no quería haber visto en el rostro de la mujer esa falta de comprensión, de entrada no debería haberle hecho aquella estúpida oferta. Subiendo las escaleras a toda velocidad, se culpó también por haberse creído que estaba enamorado de ella. Entró en su habitación, se arrojó en la cama y pensó primero en la tontería que había cometido viniendo desde Estambul y luego en el error que había sido venir a Turquía desde Frankfurt. ¿Qué habría dicho su madre, que veinte años antes había intentado mantenerle lejos de la poesía y la literatura para que pudiera llevar una vida normal, si hubiera sabido que cuando llegara a los cuarenta y dos su hijo iba a relacionar su futura felicidad con una mujer que se «hacía cargo de la cocina» en la ciudad de Kars y que cortaba las rebanadas de pan bien gordas? ¿Qué habría dicho su padre si hubiera visto a su hijo arrodillarse en Kars ante un jeque recién llegado de la aldea y le hubiera oído hablar entre lágrimas de la fe en Dios? La nieve volvía a caer en el exterior y ante su ventana pasaban lentamente copos enormes y tristes.

Llamaron a la puerta y Ka se lanzó a abrirla esperanzado. Era İpek, pero tenía una expresión completamente distinta de la que él esperaba en el rostro: le dijo que había llegado un vehículo militar y que los dos hombres que habían salido de él, uno de ellos un soldado, preguntaban por Ka. Les había contestado que estaba allí y que iría a avisarle.

—Muy bien —respondió Ka.

—Si quieres te hago ese masaje un par de minutos —le dijo İpek.

Ka tiró de ella hacia dentro, cerró la puerta, la besó una vez y luego la sentó a un lado de la cama. Él se acostó y puso la cabeza en su regazo. Estuvieron así un rato, en silencio, mirando por la ventana a las cornejas que se paseaban por la nieve en el tejado del edificio de ciento diez años de antigüedad del ayuntamiento.

—Bien, basta, muchas gracias —dijo Ka. Tomó cuidadosamente su abrigo ceniza del gancho y salió. Mientras bajaba por las escaleras olió por un instante aquel abrigo que le recordaba a Frankfurt y añoró la vida multicolor de Alemania. Había un dependiente rubio llamado Hans Hansen que le había ayudado el día en que había comprado el abrigo en Kaufhof y al que había visto de nuevo dos días después cuando fue a que le arreglaran el largo. Ka recordó que se le había venido a la mente en los intervalos del sueño quizá por aquel nombre demasiado alemán y por lo rubio que era.

21
Pero es que no reconozco a nadie
Ka en las frías habitaciones del horror

Para recoger a Ka habían enviado uno de esos viejos camiones CMS que, incluso por entonces, ya apenas se usaban en Turquía. El joven de nariz picuda y piel blanca vestido de civil que le esperaba en el vestíbulo del hotel le hizo sentarse en la parte delantera del camión, en medio. Él mismo se sentó a su lado, junto a la puerta. Como si quisiera prevenir que Ka la abriera y escapara. Pero se portó muy educadamente con él, le llamó «señor» y de ahí Ka concluyó que no se trataba de un policía de civil sino de un oficial del Servicio Nacional de Inteligencia y que quizá no le maltrataran.

Cruzaron lentamente las calles vacías y blanquísimas de la ciudad. Como la cabina del conductor del camión militar, adornada por multitud de indicadores, muchos de los cuales no funcionaban, estaba bastante en alto, Ka podía ver el interior de algunos hogares a través de las escasas cortinas abiertas. En todas partes estaba encendida la televisión pero toda Kars había echado las cortinas y se había encerrado en sí misma. Era como si avanzaran por una ciudad completamente distinta y a Ka le dio la impresión de que la belleza de las calles como salidas de un sueño que se veían tras los limpiaparabrisas, que a duras penas alcanzaban a apartar la nieve, de las antiguas casas rusas al estilo del Báltico y de los árboles del paraíso cubiertos de nieve, hechizaban también al conductor y al hombre de nariz picuda.

Se detuvieron ante la Dirección de Seguridad y entraron con rapidez porque se habían quedado bastante fríos en el camión. En comparación con el día anterior, el edificio estaba tan lleno de gente y había tanto movimiento que Ka se asustó por un momento a pesar de que sabía que sería así. Allí había aquel desorden y aquel movimiento tan peculiares de los sitios en los que muchos turcos trabajan juntos. A Ka le recordó los pasillos de los juzgados, las puertas de los estadios de fútbol, las estaciones de autobuses. Pero también había el mismo ambiente de horror y muerte que se puede sentir en los hospitales que huelen a tintura de yodo. La idea de que en algún lugar cercano estarían torturando a alguien envolvió su espíritu en forma de miedo y sentimiento de culpabilidad.

Mientras subía de nuevo por las mismas escaleras por las que había subido la tarde anterior con Muhtar, instintivamente intentó adoptar las actitudes y la tranquilidad de los dueños del lugar. Por las puertas abiertas oyó el tecleo de máquinas de escribir que funcionaban a toda velocidad, a los que hablaban a gritos por la radio, a los que llamaban por las escaleras al encargado del té. En los bancos que habían colocado ante las puertas vio a jóvenes que esperaban su turno para ser interrogados, esposados unos a otros, con la ropa revuelta y despeinados y con la cara llena de moratones, e intentó no mirarles a los ojos.

Le llevaron a una habitación parecida a aquella en la que había estado el día anterior con Muhtar y le dijeron que, aunque había declarado que no había visto la cara del asesino del director de la Escuela de Magisterio y no había podido reconocerle en las fotos que le habían mostrado, quizá esta vez pudiera identificarle entre los estudiantes islamistas detenidos del piso de abajo. Ka comprendió que tras la «revolución» la policía había pasado a ser manejada por los del SNI y que las relaciones entre ambos organismos eran tensas.

Un funcionario de Inteligencia de cara redonda le preguntó a Ka dónde había estado el día anterior alrededor de las cuatro.

Por un momento el rostro de Ka adquirió el color de la ceniza. Estaba diciendo «Me habían dicho que sería interesante que viera también al jeque Saadettin Efendi» cuando el de la cara redonda le interrumpió: «No, antes de eso».

Al ver que Ka callaba, le recordó que se había entrevistado con Azul. De hecho, lo sabía desde el principio y sólo aparentaba lamentar el verse obligado a abochornar a Ka. Ka intentó ver en aquello una señal de buena voluntad. Si hubiera sido cualquier comisario de policía, habría acusado a Ka de ocultar la entrevista y, pavoneándose de que la policía lo sabía todo, se lo habría echado en cara con brusquedad.

El funcionario de Inteligencia de cara redonda, con un aire de «ojalá todo esto se acabe pronto», le explicó que Azul era un terrorista cruel, un gran conspirador y un enemigo jurado de la República pagado por Irán. Era seguro que había matado a un presentador de televisión y por eso se había dictado una orden de busca y captura en su contra. Se paseaba por toda Turquía organizando a los integristas.

—¿Quién le procuró la entrevista con él?

—Un estudiante del Instituto de Imanes y Predicadores cuyo nombre ignoro —respondió Ka.

—Bien, entonces intente identificarlo ahora —le dijo el agente de Inteligencia de cara redonda—. Mire bien, lo hará por las mirillas que hay en las puertas de las celdas. No tenga miedo, no le reconocerán.

Bajaron a Ka por unas escaleras muy anchas. Más de cien años atrás, cuando el alto y elegante edificio era un hospital privado armenio, aquello se usaba como leñera y como dormitorio para los celadores. Luego, cuando en los años cuarenta se convirtió en un instituto estatal de enseñanza media, tiraron los tabiques y lo transformaron en comedor. Muchos de los jóvenes de Kars que en los sesenta se volverían marxistas enemigos de Occidente se habían tomado allí, sufriendo náuseas por el asqueroso olor, sus primeras cucharadas de aceite de hígado de bacalao tragándoselas con el *ayran* hecho con la leche en polvo enviada por la Unicef. Parte de aquel amplio sótano se había convertido ahora en un pasillo al que daban catorce pequeñas celdas.

Un policía, se podía ver por su comodidad de movimientos

que ya había hecho aquel trabajo antes, colocó cuidadosamente en la cabeza de Ka una gorra de oficial. El funcionario del SNI de nariz picuda que había recogido a Ka en el hotel le dijo con aire de sabelotodo: «A éstos les dan mucho miedo las gorras de oficial».

El policía abrió con un gesto brusco la mirilla de la puerta de hierro de la primera celda a la derecha cuando llegaron a ella y gritó con todas sus fuerzas: «¡Firmes, el comandante!». Ka miró por aquella abertura del tamaño de su mano.

Vio a cinco personas en una celda del tamaño de una cama grande. Quizá fueran más porque estaban unos encima de otros. Todos se apoyaban en la sucia pared de enfrente, apretados unos contra otros en una inexperta posición de firmes porque no habían hecho el servicio militar y con los ojos cerrados, tal y como les habían indicado que hicieran previamente a base de amenazas (aunque Ka sintió que algunos le miraban a través de los párpados entrecerrados). Aunque sólo habían pasado once horas desde que se produjo la «revolución», a todos les habían rapado el pelo al cero y todos tenían las caras y los ojos hinchados por los golpes. El interior de la celda estaba más iluminado que el pasillo, pero a Ka todos le parecieron iguales. Estaba aturdido: el dolor, el miedo y la vergüenza le oprimían el corazón. Le alegró no ver a Necip entre ellos.

Como vio que tampoco podía identificar a nadie en la segunda y en la tercera celdas, el funcionario de Inteligencia de nariz picuda le dijo:

—No hay nada que temer. De hecho, en cuanto se abran las carreteras se largará usted de aquí.

—Pero es que no reconozco a nadie —respondió Ka con una ligera altivez.

Poco después reconoció a varios: recordaba muy bien haber visto a uno interrumpiendo a Funda Eser y a otro lanzando continuamente consignas. Por un momento pensó que si los delataba demostraría a la policía que estaba dispuesto a colaborar y así podría aparentar que no conocía a Necip cuando lo viera (porque, de todas maneras, tampoco eran tan graves los delitos de aquellos jóvenes).

Pero no delató a nadie. En una celda, un muchacho con la cara ensangrentada le imploró: «Mi comandante, no se lo digan a nuestras madres».

Muy probablemente, a aquellos muchachos les habían dado de patadas y puñetazos, pero sin llegar a usar ningún otro instrumento, durante los primeros momentos de entusiasmo revolucionario. Tampoco en la última celda vio Ka a nadie que se pareciera al hombre que había disparado al director de la Escuela de Magisterio. Le consoló el que Necip tampoco se encontrara entre aquellos jóvenes asustados.

Arriba comprendió que el hombre de la cara redonda y sus superiores estaban completamente decididos a capturar lo antes posible al asesino del director de la Escuela de Magisterio para presentarlo ante los habitantes de Kars como un triunfo de la revolución y quizá para colgarlo de inmediato. En la habitación también se encontraba ahora un comandante jubilado. El hombre, que de alguna manera había logrado encontrar la forma de burlar el toque de queda y llegar hasta la Dirección de Seguridad, pretendía que soltaran a su sobrino, al que habían detenido. Por lo menos, pedía, que no se le torturara para que su joven familiar no «guardara rencor a la sociedad» y explicaba que la pobre madre había matriculado a su hijo en el Instituto de Imanes y Predicadores creyéndose la mentira de que el Estado entregaría gratuitamente una chaqueta y un abrigo de lana a todos los alumnos, pero que, en realidad, toda la familia era republicanista y atatürkista. El de la cara redonda cortó al comandante jubilado:

—Mi comandante, aquí no se maltrata a nadie —dijo, y apartó a Ka a un lado: el asesino y los hombres de Azul (Ka intuyó que el otro suponía que eran los mismos) quizá estuvieran entre los detenidos en la Facultad de Veterinaria, algo más arriba.

Y así volvieron a montar a Ka en el mismo camión militar con el hombre de nariz picuda que le había recogido en el hotel. A lo largo del camino Ka estaba feliz por la belleza de las calles vacías, por haber podido salir por fin de la Dirección de Seguridad y por el placer que le producía fumarse un cigarrillo. Además se decía que parte de su mente estaba arteramente contenta de que hubiera habido un golpe militar y el país no se hubiera rendido a los integristas. Así pues, para aliviar su conciencia, se juró que no colaboraría con la policía ni con los militares. Poco después se le estaba viniendo a la cabeza un nuevo poema con una fuerza increíble y un extraño optimismo, cuando el funcionario de nariz picuda preguntó: «¿Podemos parar en algún sitio para tomar un té?».

La mayoría de las casas de té llenas de parados que uno se encontraba cada dos pasos en la ciudad estaban cerradas, pero en la calle del Canal vieron una cuyos fogones funcionaban sin atraer la atención del camión militar que vigilaba a un lado. Dentro, aparte del niño aprendiz que esperaba a que terminara el toque de queda, había tres jóvenes sentados en un rincón. Se pusieron tensos al ver que entraban dos hombres por la puerta, uno de civil y el otro con una gorra de oficial.

El tipo de nariz picuda sacó de inmediato la pistola del abrigo y, con una profesionalidad que despertó respeto en Ka, hizo que los jóvenes se apoyaran contra la pared, sobre la que colgaba un enorme paisaje de Suiza, les registró y les pidió la documentación. Ka, que había decidido que la cosa no se pondría seria, se sentó en una mesa que había junto a la estufa apagada y escribió tranquilamente el poema que tenía en la cabeza.

El punto de partida de aquel poema, que luego titularía «Calles de ensueño», eran las nevadas calles de Kars, pero en aquellos treinta y dos versos también había mucho de las calles del antiguo Estambul, de Ani, la ciudad fantasma de los armenios, y de las vacías, terribles y maravillosas ciudades que Ka había visto en sueños.

Cuando terminó el poema vio en la televisión en blanco y negro que el lugar del cantante de aquella mañana lo había ocupado la revolución del Teatro Nacional. Teniendo en cuenta que el portero Vural estaba comenzando a narrar sus amoríos y los goles que le habían colado, veinte minutos después podría verse a sí mismo recitando en la televisión. A Ka le habría gustado recordar aquel poema que había olvidado y no había podido escribir en el cuaderno.

Otros cuatro hombres entraron por la puerta de atrás de la casa de té y el funcionario del SNI de nariz picuda también les sacó la pistola y los alineó contra la pared. El kurdo que llevaba el establecimiento le explicó al funcionario del SNI, al que llamaba «mi comandante», que aquellos hombres no habían violado el toque de queda, sino que habían llegado al jardín cruzando por el patio.

El funcionario del SNI, tomando una decisión intuitiva, decidió comprobar la realidad de esa afirmación. De hecho, uno de los hombres no llevaba ninguna identificación y temblaba demasiado de miedo. El agente del SNI le dijo que le llevara a su casa por el mismo camino por el que había venido. Dejó a los jóvenes apoyados contra la pared al cuidado del conductor, al que había llamado. Ka se metió el cuaderno en el bolsillo del abrigo y decidió seguirles. Salieron por la puerta de atrás de la casa de té a un patio cubierto de nieve y frío como el hielo, saltaron un muro bajo, subieron por tres escalones congelados y, entre los ladridos de un perro atado con una cadena, bajaron al sótano de una construcción de cemento de mala calidad y sin pintar, como la mayoría de las de Kars. Flotaba en el aire un sucio olor a carbón y a sueño. El hombre que les precedía se acercó a un rincón construido con cajas de cartón y de fruta junto a la zumbante caldera de la calefacción; Ka vio a una joven de piel blanca y extraordinariamente hermosa que dormía en una cama hecha con materiales de desecho y volvió la cara instintivamente. En ese momento el hombre sin identificación le entregó al funcionario del SNI un pasaporte, Ka no podía oír lo que hablaban por el rumor de la caldera, pero vio en la penumbra que el hombre sacaba un segundo pasaporte.

Era un matrimonio georgiano que había venido a Turquía para trabajar y ahorrar algo de dinero. En cuanto regresaron a la casa de té, los jóvenes parados, a los que el agente devolvió los documentos de identidad, se quejaron de ellos: la mujer estaba tuberculosa pero trabajaba de prostituta y se acostaba con los dueños de granjas lecheras y los tratantes de cuero que bajaban a la ciudad. Su marido, como los demás georgianos, se resignaba a trabajar por la mitad y, para una vez cada mil años que había algún empleo en el mercado de trabajo, se lo quitaba a los nacionales. Eran tan pobres y tan tacaños que para no pagarse un hotel le metían en el puño al ordenanza del departamento de aguas cinco dólares americanos al mes para que les dejara vivir donde la caldera. Según un rumor, se comprarían una casa en cuanto volvieran a su país y no volverían a trabajar en lo que les quedaba de vida. En las cajas había prendas de cuero que habían comprado baratas allí y que pensaban vender en cuanto regresaran a Tiflis. Les habían deportado dos veces y en ambas ocasiones habían conseguido encontrar la manera de volver a su «casa», donde la caldera. La administración militar debía limpiar Kars de esos gérmenes nocivos con los que no había podido la policía, que no hacía más que aceptar sobornos.

Y así, mientras se tomaban los tés con los que el propietario del establecimiento había tenido el gran placer de obsequiar a sus invitados y gracias al estímulo del agente del SNI de nariz picuda, aquellos jóvenes desempleados que se sentaron tímidamente a su mesa les contaron lo que esperaban del golpe militar, sus deseos, sus quejas con respecto a los políticos podridos y muchos rumores que casi podían pasar por delaciones: que se sacrificaban animales clandestinamente, los chanchullos que se cocinaban en el monopolio de bebidas y tabacos, cómo algunos constructores traían obreros clandestinos a través de Armenia en camiones de carne porque trabajaban por salarios más bajos y los instalaban en barracas, cómo otros te hacían trabajar el día entero por nada... Parecía que aquellos jóvenes parados no se hubieran dado cuenta de que el «golpe militar» se había hecho contra los «integristas» que estaban a punto de ganar las elecciones municipales y contra los nacionalistas kurdos. Se comportaban como si todo lo que había ocurrido desde la noche anterior fuera para poner fin al desempleo y a la falta de ética en la ciudad y para que ellos encontraran trabajo.

Ya en el camión militar, a Ka le pareció en cierto momento que el funcionario de nariz picuda del SNI sacaba el pasaporte de la mujer georgiana y que contemplaba la fotografía. Aquello le hizo sentir vergüenza y una extraña excitación.

En cuanto llegaron a la Facultad de Veterinaria, Ka percibió que allí la situación era mucho peor de lo que habían visto en la Dirección de Seguridad. Mientras avanzaban por los helados pasillos del edificio comprendió de inmediato que en aquel sitio nadie tenía tiempo para compadecerse de nadie. Allí se habían llevado a los nacionalistas kurdos, a los terroristas de izquierdas que habían podido detener, de esos que de vez en cuando tiran una bomba a tontas y a locas y luego dejan un comunicado, y, especialmente, a todos aquellos cuyos nombres aparecían en los registros del SNI como simpatizantes de cualquiera de esos grupos. Los policías, los militares y los fiscales interrogaban con mayor dureza y usando métodos mucho más violentos y crueles de los que empleaban con los islamistas a cualquier sospechoso de haber participado en acciones de cualquiera de dichos grupos o de haber colaborado con los guerrilleros kurdos en sus esfuerzos por infiltrarse en la ciudad desde las montañas.

Un policía alto y fornido cogió del brazo a Ka como si ayudara cariñosamente a un anciano al que le cuesta trabajo andar y lo paseó por tres aulas donde se estaban cometiendo actos terribles. Intentaré, tal y como hizo mi amigo en los cuadernos que escribió, no hablar demasiado de lo que vieron en aquellas habitaciones.

Lo primero en que pensó Ka en cuanto entraron en la primera aula, y después de contemplar durante cuatro o cinco segundos el estado en que se encontraban los detenidos que había allí, fue en lo breve que era el viaje del hombre por este mundo. Al ver a los sospechosos después de que hubieran pasado por el interrogatorio, se le aparecieron ante los ojos, como en un sueño, ciertas visiones y deseos relacionados con otras épocas, lejanas civilizaciones y países en los que nunca había estado. Ka y el resto de los que se encontraban en la habitación sentían en lo más profundo que la vida que se les había dado se estaba agotando como una vela a la que se le ha acabado la mecha. En su cuaderno, Ka la llamaría la habitación amarilla.

A Ka le dio la impresión de que había menos detenidos en la segunda aula. Allí su mirada se cruzó con las de algunos de ellos, recordó que los había visto ayer en una casa de té mientras paseaba por la ciudad y rehuyó sus ojos sintiéndose culpable. Sentía que ellos estaban ahora en un país onírico muy lejano.

En la tercera aula, entre gemidos, lágrimas y un profundo silencio que dañaba el alma, Ka sintió que una fuerza omnisciente había convertido la vida en este mundo en un sufrimiento continuo al no entregarnos su sabiduría. En aquella habitación consiguió no mirar a nadie a los ojos. Miraba, pero no lo que tenía ante los ojos, sino que veía un color que había dentro de su cabeza. Como dicho color se parecía especialmente al rojo, llamaría a aquella habitación la habitación roja. Allí las dos sensaciones que había notado en las primeras aulas, la de que la vida es corta y la de que la humanidad es culpable, se entremezclaron y Ka se relajó a pesar de lo terrible que era el espectáculo que contemplaba.

Era consciente de que había creado un sentimiento de sospecha y desconfianza al no haber sido capaz de reconocer a nadie tampoco en la Facultad de Veterinaria. Le había tranquilizado tanto no encontrar a Necip que cuando el hombre de nariz picuda le pidió que en último lugar, y también con objeto de que tratara de identificar a alguien, echara un vistazo a los cadáveres del depósito del hospital de la seguridad social, Ka quiso ir lo antes posible.

En el depósito del sótano del hospital de la seguridad social a Ka le mostraron en primer lugar el cadáver más sospechoso. Era el del militante islamista que se había llevado tres balazos durante la segunda descarga de los soldados mientras estaba lanzando consignas. Pero Ka no le conocía de nada. Se acercó con precaución al cadáver y lo observó con un gesto respetuoso y tenso, como si le saludara. El segundo cadáver, que yacía sobre el mármol como si tuviera frío, era el de un abuelete mayor y muy pequeñito. El ojo izquierdo, después de que lo destrozara la bala, se había convertido en un agujero negrísimo por la sangre seca. Los policías se lo enseñaron porque todavía no habían descubierto que había venido desde Trabzon para ver a su nieto, que estaba haciendo el servicio militar, y porque despertaba sospechas por su pequeño tamaño. Al acercarse al tercer cadáver estaba pensando optimistamente en Ipek, a la que vería enseguida. A aquel cadáver también le habían destrozado un único ojo. Por un momento pensó que aquello era algo que les pasaba a todos los cadáveres que había en el depósito. Al acercarse y ver más de cerca la blanca cara del joven muerto, dentro de él algo se derrumbó.

Era Necip. La misma cara infantil. Los mismos labios hacia fuera de niño que pregunta. Ka sintió el frío y el silencio del hospital. El mismo acné juvenil. La misma chaqueta sucia de estudiante. Ka creyó por un instante que iba a echarse a llorar y se dejó llevar por el pánico. Pero ese mismo pánico le distrajo y las lágrimas no cayeron. En medio de la frente en la que doce horas antes había apoyado la palma de la mano ahora había un agujero de bala. Lo que hacía que Necip pareciera realmente muerto no era la pálida blancura azulada de su cara, sino el que su cuerpo estuviera tieso como una tabla. Por el corazón de Ka pasó una sensación de agradecimiento por estar vivo. Aquello le alejó de Necip. Se inclinó hacia delante, separó las manos, que había tenido entrelazadas a la espalda, cogió a Necip por los hombros y le besó en ambas mejillas. Estaban frías pero no duras. Miraba a Ka con el verde de su entreabierto y único ojo. Ka se rehízo y le dijo al hombre de nariz picuda que aquel «amigo» le había salido al paso ayer, que le había comentado que era escritor de ciencia ficción y que luego le había llevado a ver a Azul. Le había besado porque «el joven» tenía un corazón muy puro.

22
El hombre perfecto para interpretar a Atatürk
La carrera militar y en el teatro moderno de Sunay Zaim

Se hizo constar en un acta redactada y firmada a toda prisa que Ka había identificado a uno de los cadáveres que había visto en el depósito del hospital de la seguridad social. Ka y el hombre de nariz picuda volvieron a montarse en el mismo camión militar y pasaron por calles vacías en las que se apartaban a su paso asustadizos perros y en las que colgaban carteles electorales y pósters en contra del suicidio que les contemplaban desde los muros. Ka podía ver que, según avanzaban, se iban entreabriendo las cortinas cerradas y que niños juguetones y padres curiosos le echaban un vistazo al camión, pero tenía la mente en otro sitio. No se le iba de la cabeza la imagen de la cara de Necip y de cómo yacía completamente tieso. Soñaba con que al llegar al hotel İpek le consolaría, pero después de que el camión cruzara la plaza de la vacía ciudad, bajó por la avenida Atatürk y se detuvo poco más allá de un edificio de noventa años de antigüedad de la época de los rusos, situado dos calles más abajo del Teatro Nacional.

Era la mansión de un solo piso cuya belleza y aspecto descuidado tanto habían entristecido a Ka la primera tarde que estuvo en Kars. Después de que los turcos se apoderaran de la ciudad y durante los primeros años de la República, allí habían vivido suntuosamente el famoso comerciante Maruf Bey, que trataba en leña y cuero con la Unión Soviética, y su familia, con sus cocineros, sus criados, sus trineos y sus coches de caballos. Cuando al terminar la Segunda Guerra Mundial y comenzar la guerra fría la Dirección Nacional de Seguridad acusó de espionaje a los famosos millonarios de Kars que comerciaban con la Unión Soviética, y los detuvo acabando así con ellos, la familia también desapareció para no volver más y la mansión permaneció vacía durante casi veinte años al quedarse sin dueño y a causa de los pleitos por la herencia. A mediados de los setenta, una fracción marxista armada con porras y palos la había ocupado, la había usado como sede y allí se habían planeado ciertos asesinatos políticos (el abogado Muzaffer Bey, por entonces alcalde, había sido herido en uno de los atentados pero salió vivo). Después del golpe militar de 1980, el edificio fue desalojado y se convirtió en el almacén de un despierto vendedor de neveras y estufas que posteriormente compró la tiendecita de al lado y en el taller de confección de un sastre emprendedor y soñador que había vuelto a su tierra tres años antes con el dinero que había ahorrado trabajando en Estambul y en Arabia.

En cuanto Ka entró vio máquinas de botones, máquinas de coser a la antigua y enormes tijeras colgadas de clavos en los muros, que parecían un conjunto de extraños artefactos de tortura a la luz suave del papel de la pared decorado con rosas anaranjadas.

Sunay Zaim paseaba arriba y abajo por la habitación llevando el mismo astroso abrigo y el jersey con los que Ka le había visto dos días antes por primera vez, botas militares y un cigarrillo sin filtro entre los dedos. Cuando vio a Ka su rostro se iluminó como si hubiera visto a un viejo y querido amigo, corrió a abrazarle y le besó. En su beso había algo que decía, como el hombre del hotel vestido de ganadero, «¡que el golpe sea por el bien del país!» y, por otro lado, resultaba tan excesivamente amistoso que a Ka le extrañó. Más tarde Ka se explicaría aquel afecto repentino como el resultado del encuentro de dos estambulinos en un lugar tan pobre y remoto como Kars y en unas condiciones tan difíciles, pero por entonces ya era consciente de que en parte él mismo había creado dichas condiciones.

—El águila oscura de la depresión alza el vuelo en mi alma cada día que pasa —dijo Sunay con un misterioso orgullo—. Pero no dejo que me lleve, sujétate tú también. Todo irá bien.

A la luz de la nieve que se reflejaba a través de las enormes ventanas, Ka comprendió de inmediato, por los hombres con *walkie-talkies* que andaban por aquella amplia sala, que gracias a los relieves que adornaban las esquinas del alto techo y a su enorme estufa no podía ocultar que había visto mejores días, por los dos fornidos guardaespaldas que no le quitaban ojo, y por los planos, las armas, las máquinas de escribir y los informes que había encima de la mesa que daba al pasillo, que aquello era el centro desde el que se dirigía «la revolución» y que Sunay tenía mucho poder en sus manos.

—En tiempos, en realidad en nuestros peores tiempos —dijo Sunay caminando arriba y abajo por la sala—, cuando en las más remotas, más miserables y más infames ciudades de provincias no era ya que no encontráramos un lugar en el que representar nuestras obras, sino ni siquiera una habitación de hotel en la que guarecernos por la noche y dormir, cuando además me enteraba de que el viejo amigo que decían que estaba allí había abandonado la ciudad hacía ya mucho, esa tristeza a la que llaman depresión comenzaba a agitarse lentamente en mi interior. Yo echaba a correr para que no me atrapara y me recorría puerta por puerta las casas de los médicos, los abogados y los profesores por si había alguien en la ciudad que sintiera interés por nosotros, los mensajeros del arte moderno llegados desde el mundo moderno. Cuando me enteraba de que no vivía nadie en la única dirección que tenía entre manos, o cuando comprendía que, en realidad, la policía no nos daría permiso para representar nuestra función, o cuando, como último recurso, intentaba presentarme al prefecto para que nos concediera el permiso y ni siquiera me recibía, me daba cuenta atemorizado de que la oscuridad de mi interior iba a rebelarse en contra de mi voluntad. En esos momentos el águila que dormitaba en mi pecho extendía lentamente sus alas y echaba a volar para asfixiarme. Entonces representaba mi obra en la casa de té más miserable del mundo, o, si tampoco eso era posible, en el alto zócalo que hay a la entrada de las estaciones de autobuses, a veces en la estación de tren gracias a que el jefe le había echado el ojo a una de nuestras actrices, en el garaje del parque de bomberos, en aulas vacías de escuelas primarias, en casas de comidas instaladas en cabañas de madera, en el escaparate de una barbería, en las escaleras de alguna galería comercial, en establos, en aceras, donde fuera, y no me rendía a la depresión.

Cuando Funda Eser entró por la puerta que daba al pasillo, Sunay pasó del «yo» al «nosotros». Entre la pareja existía tal complicidad que Ka no notó nada artificial en el cambio. Funda Eser acercó rápida y elegante su enorme cuerpo, le estrechó la mano a Ka, le susurró algo a su marido y se alejó con el mismo aspecto ocupado.

—Ésos fueron nuestros peores años —prosiguió Sunay—. Todos los periódicos habían escrito cómo habíamos perdido el favor de la sociedad y de los imbéciles de Estambul y Ankara. Había atrapado la gran oportunidad que se les ofrece en la vida sólo a los afortunados que poseen el don del genio, sí, y justo el día en que iba a intervenir con mi arte en el devenir de la historia, de repente perdí pie y caí en el fango más miserable. Tampoco allí me derrumbé, pero tuve que luchar con la depresión. No obstante, nunca perdí mi fe en que, si me hundía un poco más en aquel fango, encontraría entre la suciedad, la pobreza y la infamia la sustancia esencial, la mayor de las joyas. ¿Por qué tienes miedo tú?

Por el pasillo apareció un médico de bata blanca que llevaba el maletín en la mano. Mientras sacaba el aparato de medir la tensión y se lo colocaba en el brazo con una preocupación bastante falsa, Sunay aparecía a la luz blanca que se derramaba por las ventanas con un porte tan «trágico» que Ka recordó su «caída del favor social» a principios de los ochenta. Pero Ka recordaba aún mejor la verdadera fama de Sunay, la que había conseguido con los papeles que había representado en los setenta. En aquellos años, que fueron la edad de oro del teatro político, lo que hizo que el nombre de Sunay destacara de entre los de otras muchas pequeñas compañías teatrales fue tanto su capacidad como actor y su entrega al trabajo como el don divino de tener una cualidad de líder que los espectadores podían descubrirle en algunas obras en las que representaba el papel protagonista. A los jóvenes espectadores turcos Sunay les había gustado mucho en las obras en las que interpretaba personalidades históricas fuertes que ostentaban el poder, revolucionarios jacobinos como Napoleón, Lenin, Robespierre o Enver Bajá, o héroes del pueblo que se parecían a ellos. Los estudiantes de instituto y los «progresistas» de la universidad contemplaban entre ovaciones y con los ojos llenos de lágrimas cómo expresaba su preocupación por el pueblo que sufría con una voz poderosa y conmovedora, cómo alzaba la cabeza orgullosamente cuando los opresores le asestaban un golpe y respondía «algún día os pediremos cuentas», cómo en los peores momentos (siempre había que caer en prisión) apretaba los dientes a pesar del dolor y les daba esperanzas a sus compañeros, pero también cómo, a pesar de que le destrozara el corazón, era capaz de utilizar inmisericorde la violencia por la felicidad del pueblo. Se decía que, especialmente cuando al final de la obra se hacía con el poder, en la decisión que demostraba cuando castigaba a los malos se le notaban las huellas de su educación militar. Había estudiado en el liceo militar de Kuleli. Cuando ya estaba en el último curso le expulsaron por escaparse en barca a Estambul para perder el tiempo en los teatros de Beyoğlu y por intentar montar a escondidas en la escuela la obra titulada *Antes de que los hielos se fundan*.

El golpe militar de 1980 prohibió todo aquel teatro político de izquierdas y el Estado decidió que se rodara una gran producción sobre Atatürk para ponerla en televisión con ocasión del centenario de su nacimiento. Antes a nadie se le habría ocurrido que un turco pudiera interpretar a un gran héroe de la occidentalización como él, rubio y con los ojos azules, y siempre se pensaba sin el menor titubeo en actores occidentales como Lawrence Olivier, Curd Jürgens o Charlton Heston para el papel protagonista de esas grandes producciones nacionales. En esta ocasión el periódico *La Libertad* se puso manos a la obra y rápidamente convenció a la opinión pública de que «ya» era posible que un turco interpretara a Atatürk. Además, se anunció que serían los propios lectores quienes decidirían quién lo interpretaría recortando y enviando el cupón correspondiente. Desde el primer día se pudo comprobar que Sunay, que estaba entre los candidatos designados por un jurado previo, se colocaba en primer lugar por una amplia diferencia en la votación popular, que había comenzado tras una larga campaña de presentación democrática. Los espectadores turcos intuyeron de inmediato que aquel Sunay que durante tantos años había representado papeles jacobinos, que era apuesto y majestuoso y que ofrecía tanta confianza, podía perfectamente interpretar a Atatürk.

El primer error de Sunay fue tomarse demasiado en serio el haber sido elegido por aclamación popular. Cada dos por tres salía en televisión y en los periódicos soltando discursos dirigidos a todo el mundo y mandaba hacer fotografías que mostraran su feliz matrimonio con Funda Eser. Exponiendo su casa, su vida cotidiana y sus opiniones políticas intentaba demostrar que era digno de ser Atatürk, que en algunos gustos y preferencias se parecía a él (el *rakı,* bailar, vestir con elegancia, las buenas maneras) y, posando con los tomos del *Discurso* en la mano, que le leía una y otra vez (un columnista aguafiestas que se puso en marcha con rapidez se burló de que leyera la versión abreviada en turco moderno y no el original del *Discurso,* así que Sunay posó también con los tomos del original de su biblioteca pero, por desgracia, dichas fotos no fueron publicadas por ese mismo periódico a pesar de todos sus esfuerzos). Acudía a inauguraciones de exposiciones, a conciertos, a partidos de fútbol importantes y siempre, empezando por esos reporteros de tercera que lo preguntan todo, le soltaba a todo el mundo discursos sobre Atatürk y el arte, Atatürk y la música, Atatürk y el deporte. En su deseo de gustar a todos, que tan poco se adecuaba a su jacobinismo, también concedió entrevistas a periódicos «integristas» enemigos de Occidente. En uno de ellos, en respuesta a una pregunta en realidad no demasiado provocadora, dijo: «Por supuesto, algún día, si el pueblo me considera digno, podré interpretar al santo Profeta Mahoma». Aquella desafortunada declaración fue lo que empezó a calentar el ambiente.

En pequeñas revistas islamistas se escribió que nadie —alabado sea Dios— podría interpretar a Nuestro Señor el Profeta. Aquella irritación pasó a las columnas de los periódicos primero en forma de «Se ha comportado irrespetuosamente con el Profeta» y luego como «Le ha insultado». Dado que ni los militares hacían callar a los islamistas, le tocó a Sunay apagar el incendio. Con la esperanza de calmar el ambiente, intentó, con el Santo Corán en la mano, explicar a los lectores conservadores lo mucho que amaba a Nuestro Señor el Profeta Mahoma y cómo pensaba que, de hecho, también él había sido un hombre moderno. Aquello dio la oportunidad a los columnistas kemalistas a los que molestaba su pose de «Atatürk electo»: comenzaron a escribir que Atatürk nunca había adulado a los fanáticos religiosos. Los periódicos partidarios del golpe militar publicaban una y otra vez la fotografía en la que aparecía con el Corán en la mano con aspecto espiritual y preguntaban «¿Es éste Atatürk?». Después de eso la prensa islamista, más con un instinto de cubrirse las espaldas que con la intención de meterse con él, pasó al contraataque. Empezaron a publicar las fotografías que le habían hecho a Sunay tomando *rakı* y a lanzar pies de foto como «¡Otro bebedor de *rakı*, como Atatürk!» o «¿Es éste quien va a interpretar a Nuestro Señor el Profeta?». Y así, la disputa entre islamistas y laicos, que se inflamaba cada par de meses en la prensa de Estambul, esta vez le tomó a él como blanco y duró muy poco tiempo.

En el plazo de una semana salieron muchas fotografías de Sunay en la prensa: bebiendo cerveza con ansia en un filme comercial que había rodado años atrás, llevándose una paliza en una película de juventud, apretando el puño ante la bandera de la hoz y el martillo, contemplando cómo su mujer besaba a otros hombres por imperativos del guión… Se escribieron rumores como que su mujer era lesbiana y él seguía siendo comunista, como siempre, que habían doblado películas porno ilegales, que por dinero no sólo interpretaría a Atatürk sino cualquier otro papel, y que, de hecho, los había interpretado en las obras de Brecht que había montado con el dinero que le llegaba de Alemania Oriental, que después del golpe militar habían elevado una queja contra Turquía «ante la asociación de mujeres suizas que ha venido del extranjero para investigar, habida cuenta de la extensión de la práctica de torturas», y muchos otros rumores que ocupaban páginas y más páginas. Por aquellos días «un oficial de alto rango» que le llamó a la Junta de Jefes de Estado Mayor le informó lacónicamente de que era una decisión de todo el ejército que retirara su candidatura al papel. Aquel hombre no era el mismo oficial considerado y de buen corazón que, creyéndose alguien, había mandado llamar a Ankara a los presuntuosos periodistas de Estambul que criticaban a los militares por meterse en política y que, después de echarles una buena bronca y viendo que lloriqueaban con el corazón roto, les había ofrecido unos bombones, sino un militar mucho más decidido e irónico del mismo «departamento de relaciones públicas». El arrepentimiento y el miedo de Sunay no le ablandaron, justo al contrario, se burló de que expusiera sus propias opiniones políticas escudándose en su pose de «Atatürk electo». Dos días atrás Sunay había hecho una breve visita al pueblo en el que había nacido y había sido recibido como un político amado con una caravana de coches y entre los vítores de miles de parados y productores de tabaco, se había subido a la estatua de Atatürk que había en la plaza del pueblo y, entre aplausos, le había estrechado la mano. En vista de aquel interés, cuando en una revista popular de Estambul le preguntaron «¿Ha pensado en pasar algún día del escenario a la política?», él había contestado «¡Si el pueblo lo quiere!». Se hizo saber que la presidencia del Gobierno había aplazado la película sobre Atatürk «por el momento».

Sunay tenía la suficiente experiencia como para salir de aquella terrible derrota no demasiado afectado, pero fueron los acontecimientos posteriores los que de verdad le hundieron: como para asegurarse el papel había salido tanto en televisión durante un mes y ahora todo el mundo identificaba su conocidísima voz con la de Atatürk, no le dieron trabajos de doblaje. También le volvieron la espalda los publicitarios de televisión que antes le llamaban para el papel de padre razonable que escogía sus buenos y seguros productos, con la excusa de que quedaría extraño que un Atatürk fallido pintara sus paredes lata de pintura en mano o explicara por qué estaba tan contento con su banco. Pero lo peor fue que el pueblo, que cree con pasión cualquier cosa que se escriba en los periódicos, creyera que él era un enemigo de Atatürk y de la religión al mismo tiempo: algunos incluso creyeron que no había dicho una palabra cuando su mujer besaba a otros hombres. Cuando menos existía una sensación de que si el río suena, agua lleva. Todos aquellos rápidos acontecimientos redujeron el número de espectadores que acudía a sus obras. Muchas personas le paraban en la calle y le decían: «¡Debería avergonzarse!». Un joven estudiante de Imanes y Predicadores que creía que se había atrevido a hablar mal del Profeta y que quería salir en la prensa irrumpió una noche en el teatro y le sacó un cuchillo, otros le escupieron en la cara. Todo eso ocurrió en un plazo de cinco días. Marido y mujer desaparecieron del mapa.

A partir de ahí hubo muchos rumores del tipo de que habían ido a Berlín supuestamente para estudiar teatro en el Brecht Berliner Ensemble, pero en realidad para aprender terrorismo, o de que estaban ingresados en La Paix, el hospital psiquiátrico francés de Şişli, con una beca del Ministerio de Cultura francés. La verdad era que se habían refugiado en la casa que la madre de Funda Eser, una conocida pintora, tenía en la costa del Mar Negro. Sólo un año más tarde pudieron encontrar trabajo como animadores en un hotel vulgar y corriente de Antalya. Por las mañanas jugaban al balonvolea con tenderos alemanes y turistas holandeses, por la tarde divertían a los niños disfrazados de un Karagöz y un Hacivat que maltrataban el alemán y por las noches salían al escenario representando a un sultán y a una concubina del harén que bailaba la danza del vientre. Aquél fue el comienzo de la carrera como danzarina del vientre de Funda Eser, que habría de perfeccionar en pueblos pequeños en los siguientes diez años. Sunay pudo aguantar tres meses aquellas payasadas hasta que un barbero suizo no quiso dejar en el escenario los chistes sobre turcos de fez con harenes, pretendió continuarlos a la mañana siguiente en la playa y comenzó a coquetear con Funda Eser y Sunay le dio una paliza ante la mirada horrorizada de los turistas. Después de eso se sabe que encontraron trabajo como presentadores, danzarina y «actor de teatro» en salones de boda de Antalya y alrededores. Sunay presentaba a cantantes baratos que imitaban fanáticamente a los nativos de Estambul, a tragafuegos y a comediantes de tercera y, tras un breve discurso sobre la institución del matrimonio, la República y Atatürk, Funda Eser hacía la danza del vientre y luego representaban, de una manera bastante disciplinada y durante ocho o diez minutos, alguna escena como la muerte del rey en *Macbeth* y recibían sus aplausos. En aquellas veladas se encontraba el germen de la compañía de teatro con la que tiempo después recorrerían Anatolia.

Después de que le tomaran la tensión, de que, mientras tanto, diera unas órdenes por una radio que le trajeron los guardaespaldas y de leer un papel que le plantaron delante, la cara de Sunay se frunció con asco: «Todos se denuncian unos a otros», dijo. Le dijo también que, en los años que llevaba actuando por los pueblos de Anatolia, había sido testigo de cómo a todos los hombres del país les paralizaba la depresión. «Se pasan días y días sentados sin hacer nada en las casas de té —le contó—. Cientos de hombres en cada ciudad, cientos de miles, millones en toda Turquía, desempleados, fracasados, desesperados, paralizados, miserables. Estos hermanos nuestros no tienen fuerzas para adecentarse, ni voluntad para abotonarse las grasientas y manchadas chaquetas, ni energías para mover brazos ni piernas, ni capacidad para prestar atención a una historia hasta el final, ni ganas para reírse de un chiste». Le explicó que la mayoría no podía dormir de pura desesperación, que disfrutaban fumando porque el tabaco les mataba, que dejaban a la mitad las frases que comenzaban dándose cuenta de que no tenían sentido, que veían los programas de televisión no porque les divirtieran o les gustaran sino porque no aguantaban a los demás amargados que les rodeaban, que en realidad querían morirse pero no creían ser dignos de suicidarse, que en las elecciones votaban a los más vergonzosos candidatos de los partidos más miserables para que les dieran el castigo que se merecían y que preferían a los militares golpistas que siempre hablaban de escarmientos y a los políticos que siempre ofrecían promesas. Funda Eser, que había entrado en la habitación, añadió que también las mujeres eran infelices porque debían cuidar de los excesivos hijos que tenían y porque se veían obligadas a ganar cuatro cuartos trabajando de criadas, de enfermeras, en el tabaco o en las alfombras mientras sus maridos estaban Dios sabe dónde. De no ser por esas mujeres que se aferraban a la vida llorando y gritando continuamente a sus hijos, aquella oleada de millones de hombres todos iguales que cubría Anatolia entera, hombres de camisas sucias, sin afeitar, sin alegría, sin trabajo, sin ocupación, se perderían y se volatilizarían como mendigos que mueren por congelación en las esquinas las heladas noches de invierno, como borrachos que después de salir de la taberna se caen en un agujero del alcantarillado y desaparecen, como abuelos chochos a los que han enviado a por pan al colmado en pijama y zapatillas y se pierden por el camino. Pero ellos, como se podía ver en «esta pobre ciudad de Kars», eran demasiados y tiranizaban a sus mujeres, a las que debían la vida, lo único que de veras querían, y a las que amaban con un amor que les avergonzaba.

—He entregado diez años de mi vida a Anatolia para que esos infelices hermanos míos puedan salir de su tristeza y su depresión —dijo Sunay sin sentir la menor pena por sí mismo—. Nos han encerrado cientos de veces por comunistas, por espías de Occidente, por pervertidos, por testigos de Jehová, por ser un chulo y su puta, nos han torturado, nos han dado palizas. Han intentado violarnos, nos han apedreado. Pero también han aprendido a apreciar la felicidad y la libertad que les daban mis obras y mi compañía. No voy a ser débil ahora que tengo en mis manos la mayor oportunidad de mi vida.

Dos hombres entraron en la habitación y uno de ellos volvió a entregarle una radio a Sunay. Por las conversaciones que se oían por ella, Ka pudo escuchar que habían rodeado una de las construcciones ilegales del barrio de Sukapı, que les habían disparado desde el interior y que dentro estaban un guerrillero kurdo y una familia. También hablaba un militar que daba órdenes por la radio y al que todos llamaban «mi coronel». Poco después el mismo militar informó a Sunay de algo y luego le pidió su opinión, pero no como si hablara con el líder de una revolución sino con un compañero de clase.

—Tenemos una pequeña brigada en Kars —dijo Sunay dándose cuenta del interés de Ka—. Durante la guerra fría el Estado acumuló en Sarıkamış las verdaderas fuerzas que tendrían que luchar contra un posible ataque ruso. Los de aquí servirían como mucho para entretener a los rusos en el primer momento. Ahora siguen aquí sobre todo para proteger la frontera con Armenia.

Sunay le contó que la noche anterior, poco después de bajarse del autobús en el que había venido desde Erzurum con Ka, se había encontrado en el restaurante Verdes Prados con Osman Nuri Çolak, amigo suyo desde hacía más de treinta años. Habían sido compañeros de clase en el liceo militar de Kuleli. Por aquel entonces era el único en Kuleli que sabía quién era Pirandello y qué eran las obras de teatro de Sartre.

—No consiguió, como yo, que le expulsaran de la escuela por falta de disciplina, pero tampoco abrió los brazos entusiasmado a la vida militar. Por eso no pudo llegar a ser del Estado Mayor. Algunos murmuran que no llegará a general porque es demasiado bajito. Es un hombre airado y triste, pero creo que no por razones profesionales sino porque su mujer le abandonó llevándose a sus hijos. Le aburren la soledad, la falta de trabajo y los chismorreos de ciudad pequeña aunque, por supuesto, él es el que más cotillea. Él fue el primero en hablarme de los mataderos ilegales, de la vergüenza de los créditos del Banco Agrícola y de los cursos de Corán, de lo que me he encargado después de la revolución. Estaba bebiendo un poco en exceso. Cuando me vio se alegró mucho y se quejó de su soledad. Me dijo como excusa, pero también un tanto ufano, que esa noche él estaba al mando en Kars y que tendría que irse pronto, por desgracia. El general de la brigada había tenido que marcharse a Ankara a causa del reuma de su esposa, al coronel que le secundaba en el mando le habían llamado a Sarıkamış a una reunión urgente y el gobernador estaba en Erzurum. Él tenía todo el poder. La nieve no amainaba y estaba claro que cerrarían las carreteras unos días como pasaba todos los inviernos. Comprendí de inmediato que era la oportunidad de mi vida y pedí para mi amigo otro *rakı* doble.

Según el posterior informe del comandante inspector enviado desde Ankara después de los acontecimientos, el coronel Osman Nuri Çolak, el compañero de liceo militar de Sunay cuya voz había podido escuchar Ka por la radio poco antes, o simplemente Çolak,* como le llamaba Sunay, en un primer momento se había sumado a aquella extravagante idea de un golpe militar como broma, como si fuera una diversión imaginaria forjada en la mesa de *rakı*, incluso él fue el primero en decir con tono ligero que aquello se arreglaba con un par de tanques. Más tarde afirmaría que se había involucrado en el asunto ante la insistencia de Sunay para que su valor no quedara cuestionado y porque creía que al final en Ankara les complacería lo que iban a hacer, y no por rencores, enfados o intereses personales (por desgracia, según el informe del comandante, el Manco violó también aquellos principios suyos, pues mandó asaltar la casa de un dentista atatürkista en el barrio de la República por un asunto de faldas). En la revolución no participaron otras fuerzas sino la media compañía utilizada en los asaltos a casas y escuelas, cuatro camiones y dos tanques modelo T-1 que había que utilizar con sumo cuidado por la falta de repuestos. Aparte de la «brigada especial» de Z. Brazodehierro y sus compañeros, a la que se atribuían los «casos de autor desconocido», la mayor parte del trabajo lo realizaron unos cuantos laboriosos funcionarios del SNI y de la Dirección Provincial de Seguridad que, de hecho, llevaban años fichando

* «El Manco.» *(N. del T.)*

a toda Kars y usando como delatores a una décima parte de la población por si alguna vez se producía una situación extraordinaria como ésta. Dichos funcionarios se pusieron tan contentos en cuanto se enteraron de los primeros planes del golpe, y mientras por la ciudad corría el rumor de que los laicistas iban a provocar una algarada, que enviaron telegramas oficiales a los compañeros que se encontraban de permiso fuera de Kars para que volvieran de inmediato y no se perdieran la fiesta.

Por las conversaciones por radio, que volvían a comenzar en ese momento, Ka comprendió que el enfrentamiento armado en Sukapı había llegado a una nueva fase. Primero sonaron tres disparos y, cuando segundos más tarde les llegó el eco de los tiros suavizado por la vega nevada, Ka decidió que el ruido exagerado por la radio era más hermoso.

—No sean crueles —dijo Sunay a la radio—, pero háganles notar que la revolución y el Estado son fuertes y que no se achantarán ante nadie. —Se sostenía la barbilla entre el pulgar y el índice de la mano izquierda de forma pensativa y con un gesto tan particular que Ka recordó que Sunay había dicho la misma frase en una obra histórica a mediados de los setenta. Ya no era tan apuesto como antes y estaba cansado, agotado y pálido. Tomó unos prismáticos militares de los cuarenta que había sobre la mesa. Se puso el mismo abrigo de fieltro gastado que había llevado durante diez años en sus viajes por Anatolia y el gorro de piel, cogió del brazo a Ka y lo sacó fuera. El frío le sorprendió por un instante y le hizo sentir lo pequeños y frágiles que eran los deseos y sueños humanos, las intrigas políticas y cotidianas frente al frío de Kars. Al mismo tiempo se dio cuenta de que la pierna izquierda de Sunay cojeaba más de lo que había creído. Mientras caminaban por las aceras cubiertas de nieve, el corazón se le llenó de felicidad con la soledad de las calles blanquísimas y el hecho de que ellos fueran los únicos caminantes en toda la ciudad. No eran simplemente la alegría de vivir y el deseo de amar que le proporcionaban la hermosa ciudad y los antiguos y vacíos edificios en medio entre la nieve: ahora Ka también disfrutaba del hecho de estar cerca del poder.

—Éste es el lugar más bonito de Kars —dijo Sunay—. Ésta es la tercera vez que vengo a Kars con mi compañía en estos diez años. Y siempre vengo aquí cuando oscurece, bajo los álamos y los árboles del paraíso, escucho melancólico las cornejas y las urracas y admiro la fortaleza, el puente y los baños cuatro veces centenarios.

Ahora se encontraban en el puente que cruzaba el congelado arroyo de Kars. Sunay señaló uno de los dispersos edificios ilegales que había en la colina que tenían enfrente y a la izquierda. Algo más abajo y un poco por encima del camino, Ka vio un tanque y, delante de él, un vehículo militar. «Os estamos viendo», le dijo Sunay al *walkie-talkie* y luego miró por los prismáticos. Poco después les llegaron dos disparos por la radio. Luego oyeron el eco que les llegaba por el barranco que había abierto el río. ¿Era un saludo que les estaban enviando? Poco más allá, a la entrada del puente, había dos guardias que les esperaban. Contemplaron el barrio de construcciones ilegales en el que se habían instalado los pobres ocupando cien años más tarde el lugar de las mansiones de los adinerados bajás otomanos que habían sido derribadas por los cañones rusos, el parque de la otra orilla donde en tiempos se había divertido la alta burguesía de Kars, y la ciudad tras él.

—Hegel fue el primero en darse cuenta de que la historia y el teatro están hechos con los mismos materiales —dijo Sunay—. Nos recuerda que, como en el teatro, la historia entrega los papeles principales a ciertas personas. Y que, como en el escenario, también en la escena de la historia sobresaldrán los audaces…

Las explosiones sacudieron el valle entero. Ka comprendió que se había puesto en funcionamiento la ametralladora de la torreta del tanque. También había disparado el cañón, pero había fallado. Siguieron las granadas que arrojaban los soldados. Un perro ladraba. Se abrió la puerta del edificio y salieron dos personas. Levantaron los brazos. De repente Ka vio las lenguas de fuego que salían por una de las ventanas rotas. Los que habían salido manos arriba se arrojaron al suelo. Mientras ocurría todo aquello un perro negro que correteaba por allí ladrando alegre se acercó moviendo la cola a los que se habían tumbado. Luego Ka vio que alguien echaba a correr por atrás y oyó que los soldados abrían fuego. El hombre cayó en tierra y luego cesaron todos los ruidos. Mucho después alguien gritó, pero para entonces Sunay estaba distraído.

Regresaron al taller de confección seguidos por los guardias. En cuanto vio el precioso papel pintado de las paredes de la vieja mansión, Ka supo que no podría resistirse al nuevo poema que surgía en su interior y se apartó a un lado.

En aquel poema, titulado «Suicidio y poder», Ka expuso con todo descaro el placer de detentar el poder que le había dado el estar poco antes con Sunay, el gusto que le había proporcionado su amistad y el sentimiento de culpabilidad que le causaban las jóvenes suicidas. Más tarde opinaría que era en aquel «sólido» poema donde de manera más poderosa y sin el menor cambio había expuesto todos los sucesos de los que fue testigo en Kars.

23
Dios es lo bastante justo como para saber
que el problema no es una cuestión de fe
y lógica, sino de cómo se vive la vida
Con Sunay en el cuartel general

Cuando Sunay vio que Ka había escrito un poema se levantó de la mesa cubierta de papeles, se acercó a él cojeando y le felicitó.

—El poema que recitaste anoche en el teatro también era muy moderno —dijo—. Por desgracia, en nuestro país la audiencia no tiene el nivel suficiente como para comprender el arte actual. Por eso uso en mis obras danzas del vientre y las aventuras del portero Vural, cosas que la gente pueda entender. Luego introduzco el «teatro de la vida» más moderno, el que de verdad toca la vida sin concesiones. Prefiero estar entre el pueblo haciendo un arte miserable pero también noble a actuar en Estambul en imitaciones de comedias de bulevar patrocinadas por bancos. Ahora, como amigo, dime, ¿por qué no identificaste a ningún criminal entre los islamistas sospechosos que te mostraron en la Dirección de Seguridad y luego en la Facultad de Veterinaria?

—No reconocí a nadie.

—Cuando se dieron cuenta de lo mucho que estimabas al joven que te llevó a ver a Azul, los militares quisieron detenerte a ti también. Les resulta sospechoso que llegaras de Alemania justo la víspera de la revolución y que estuvieras allí cuando dispararon al director de la Escuela de Magisterio. Querían torturarte e interrogarte para ver lo que ocultabas pero yo les detuve y salí por ti.

—Gracias.

—Nadie entiende todavía por qué besaste el cadáver de ese joven que te llevó hasta Azul.

—No lo sé —respondió Ka—. Tenía algo honesto y sincero. Yo creía que viviría cien años.

—¿Quieres que te lea cómo era en realidad ese Necip que tanta pena te da? —De un papel que sacó leyó que Necip se había fugado de la escuela en marzo del año anterior, que había intervenido en la rotura de las ventanas de la cervecería Alegría porque despachaba bebidas alcohólicas en Ramadán, que durante un tiempo había estado haciendo recados en la sede provincial del Partido de la Prosperidad pero que le habían echado de allí, bien por sus puntos de vista demasiado radicales o bien por una crisis nerviosa que sufrió y que asustó a todo el mundo (en la sede provincial del partido había más de un informador), que en los últimos dieciocho meses había querido acercarse a su admirado Azul cada vez que éste había venido a Kars, que había escrito un cuento que los agentes del SNI juzgaban «incomprensible» y lo había enviado a un periódico islamista de Kars que tenía una venta de setenta y cinco ejemplares en la ciudad, que después de que un farmacéutico jubilado que escribía una columna en ese mismo periódico le besara de una extraña manera en varias ocasiones, su amigo Fazil y él habían hecho planes para asesinarle (de acuerdo con el informe, el original de la carta en la que exponían sus motivos y que pensaban dejar en el lugar del crimen había sido robado de los archivos del SNI), que en ciertas fechas había paseado por la avenida Atatürk riendo con sus compañeros y que en una de ellas, en octubre, le habían hecho por detrás gestos obscenos a un coche de policía de incógnito que había pasado junto a ellos.

—El Servicio Nacional de Inteligencia funciona muy bien aquí —dijo Ka.

—Tienen micrófonos en la casa del jeque Saadettin Efendi,

así que saben que fuiste allí, que te presentaste a él y le besaste la mano, que le contaste entre lágrimas que creías en Dios, que quedaste en una situación bastante poco apropiada ante toda la morralla que había allí, pero no saben por qué lo hiciste. En este país muchos poetas de izquierda han cambiado de bando con el pánico de «Madre mía, mejor me hago islamista antes de que lleguen al poder».

Ka se ruborizó intensamente. Y le avergonzó aún más notar que Sunay veía su vergüenza como signo de debilidad.

—Sé que te ha entristecido todo lo que has visto esta mañana. La policía trata muy mal a los jóvenes e incluso hay entre ellos animales que pegan por puro placer. Pero ahora dejemos todo eso a un lado… —Le ofreció un cigarrillo a Ka—. Yo, como tú, también anduve en mi juventud por las calles Nişantaşı y Beyoğlu, vi películas occidentales como loco y me leí todos los Sartres y los Zolas, creía que nuestro futuro era Europa. No creo que ahora puedas quedarte contemplando, como si fueras un simple espectador, cómo todo ese mundo se desploma, que obligan a tus hermanas a que se cubran la cabeza, que prohíben tu poesía porque no se adecua a los preceptos religiosos, como ocurre en Irán. Porque tú eres de mi mundo, en Kars no hay nadie más que haya leído a T. S. Eliot.

—Muhtar, el candidato a la alcaldía del Partido de la Prosperidad, lo ha leído —respondió Ka—. Le interesa mucho la poesía.

—Ni siquiera ha hecho falta que lo detuviéramos —dijo Sunay sonriendo—. Al primer soldado que llamó a su puerta le entregó un papel firmado en el que anunciaba que retiraba su candidatura a la alcaldía.

Se oyó una explosión. Los cristales y los marcos de las ventanas temblaron. Ambos miraron en dirección a la ventana que daba al arroyo Kars, de donde procedía el ruido, pero como no veían otra cosa que los álamos cubiertos de nieve y los aleros congelados de un edificio vacío y vulgar que había en la acera de enfrente, tuvieron que acercarse a ella. Aparte del guardia de la puerta no había nadie en la calle. Kars estaba increíblemente melancólica incluso a mediodía.

—Un buen actor —dijo Sunay con un aire ligeramente teatral— representa las fuerzas que la historia ha ido acopiando durante años y siglos en su interior, que se han acumulado en un rincón y han estallado pero que nunca han salido a la luz ni han sido expresadas. A lo largo de toda su vida, en los lugares más remotos, por los caminos más inexplorados, en los escenarios más apartados, busca la voz que le concederá una auténtica libertad. Y cuando la encuentra es necesario que siga hasta el final sin miedo.

—Dentro de tres días, cuando la nieve se derrita y se abran las carreteras, en Ankara pedirán cuentas por la sangre que se ha derramado aquí —dijo Ka—. Y no porque les disguste que se derrame sangre, sino porque no les gustará que hayan sido otros quienes lo han hecho. Y los habitantes de Kars te odiarán y odiarán esta extraña representación tuya. ¿Qué harás entonces?

—Ya has visto al médico, estoy enfermo del corazón, he llegado al fin de mi vida, no me importa —contestó Sunay—. Mira, se me acaba de ocurrir: dicen que si cogemos a alguien, por ejemplo al que disparó al director de la Escuela de Magisterio, lo colgamos al momento y lo retransmitimos por televisión, tendremos a todos en Kars más tiesos que velas.

—Ya están más tiesos que velas —replicó Ka.

—Están preparando atentados suicidas con bombas humanas.

—Si colgáis a alguien será peor.

—¿Te da miedo la vergüenza que pasarías si los europeos vieran lo que estamos haciendo aquí? ¿Sabes cuánta gente han ahorcado ellos para poder levantar ese mundo moderno que tanto admiras? Atatürk habría colgado ya el primer día a un soñador liberal de sesos de mosquito como tú. Y métete esto en la cabeza —continuó Sunay—. Esos estudiantes de Imanes y Predicadores que has visto arrestados hoy se han grabado tu cara en la memoria y nunca la olvidarán. Son capaces de tirar sus bombas en cualquier sitio, a cualquiera, con tal de que se oiga su voz. Además, teniendo en cuenta que anoche recitaste un poema en el teatro, pensarán que has tomado parte en la conspiración... Hace falta un ejército laico para que todos los que están un poco occidentalizados, especialmente esos intelectuales con la nariz alta que desprecian al pueblo, puedan respirar con tranquilidad, en caso contrario, los islamistas los harían pedazos con cuchillos mellados, a ellos y a sus maquilladas mujeres. Pero los muy sabihondos, creyéndose muy europeos, miran presumidos por encima del hombro a los militares, que son quienes en realidad les protegen. ¿Crees que el día que conviertan esto en otro Irán alguien se acordará de que un liberal de corazón de mantequilla como tú lloró por los muchachos de Imanes y Predicadores? Ese día te matarán porque estás un poco occidentalizado, porque no te sale recitar la profesión de fe de puro miedo, porque eres un esnob, porque llevas corbata o este abrigo. ¿Dónde te has comprado este abrigo tan bonito? ¿Puedo ponérmelo en la representación?

—Claro.

—Te voy a dar un guardaespaldas para que no te lo agujereen. Dentro de poco daré un comunicado por televisión, el toque de queda sólo se levantará a partir de mediodía. No salgas a la calle.

—Pero en Kars no hay ningún terrorista «islamista» al que tenerle tanto miedo —replicó Ka.

—Con lo que ha pasado ya basta y sobra —respondió Sunay—. Además, este país sólo puede gobernarse como es debido metiendo el miedo a la religión en los corazones. Al final siempre acaba resultando que se tenía razón con ese miedo. Si el pueblo no teme a los fanáticos y no se refugia en el Estado, en el ejército, ocurre como en algunos estados tribales de Oriente Medio y Asia y cae en brazos de la reacción y la anarquía.

El que Sunay hablara muy tieso, como si estuviera dando órdenes, y que de vez en cuando mirara largo rato a un punto imaginario por encima de su oyente, le recordó a Ka las poses que adoptaba en el escenario veinte años atrás. Pero no se rió; él mismo se sentía en el interior de aquella obra pasada de moda.

—¿Qué quiere de mí? Dígamelo de una vez —dijo Ka.

—De no haber sido por mí, te resultaría difícil mantenerte

sobre los pies en esta ciudad. Por mucho que le hagas la pelota a los integristas, no impedirás que te agujereen el abrigo. En toda la ciudad de Kars yo soy tu única protección y tu único amigo. No olvides que si pierdes mi amistad te encerrarán en una de las celdas del sótano de la Dirección de Seguridad y te torturarán. Tus amigos del diario *La República* no confían en ti, sino en los militares. Que lo sepas.

—Lo sé.

—Entonces dime de una vez lo que esta mañana le has ocultado a la policía, lo que has enterrado en un rincón de tu corazón con tus sentimientos de culpabilidad.

—Me da la impresión de que aquí estoy empezando a creer en Dios —dijo Ka sonriendo—. Quizá me lo esté ocultando hasta a mí mismo.

—¡Te estás engañando! Aunque creas, no significa nada el que creas tú solo. La cuestión es creer como los pobres y ser uno de ellos. Sólo creerás en Dios cuando comas lo que ellos, cuando vivas con ellos, cuando te rías o te ofendas con lo que se ríen y se ofenden ellos. No puedes creer en el mismo Dios llevando una vida completamente distinta. Dios es lo bastante justo como para saber que el problema no es una cuestión de fe y lógica, sino de cómo se vive la vida entera. Pero no es eso lo que te estaba preguntando. Dentro de media hora saldré en televisión y me dirigiré a los ciudadanos de Kars. Quiero darles una buena noticia. Les diré que el asesino del director de la Escuela de Magisterio ha sido detenido. Y que muy probablemente fue el mismo que mató al alcalde. ¿Les puedo decir que le identificaste esta mañana? Luego tú también saldrías por televisión y lo explicarías todo.

—Pero si no he identificado a nadie.

Con un gesto airado que no sonaba en absoluto a teatral, Sunay agarró del brazo a Ka, lo arrastró fuera de la habitación y, tras cruzar un amplio pasillo, lo metió en un cuarto blanquísimo que daba al patio interior. En cuanto echó un vistazo, a Ka le asustó no la suciedad del cuarto, sino lo íntimo que resultaba y quiso volver la cara. De una cuerda tendida entre el picaporte de la ventana y un clavo en la pared colgaban unos calcetines. En una maleta abierta que había a un lado Ka vio un secador de pelo, guantes, camisas y un sujetador tan grande que sólo podría ponérselo Funda Eser. La misma Funda Eser, sentada en una silla junto a la maleta, metía la cuchara en un cuenco lleno de algo (¿compota?, pensó Ka. ¿Sopa?) colocado en una mesa cubierta de artículos de maquillaje y de papeles mientras leía algo.

—Estamos aquí por el arte moderno… Y estamos unidos como uña y carne —dijo Sunay apretando más el brazo de Ka.

De la misma manera que Ka no entendía lo que quería decir Sunay, éste se debatía entre la realidad y el teatro.

—El portero Vural ha desaparecido —dijo Funda Eser—. Salió esta mañana y no ha vuelto.

—Estará durmiendo la borrachera en algún sitio —respondió Sunay.

—¿Dónde va a quedarse dormido? —contestó su mujer—. Todo está cerrado. No se puede salir a la calle. Los soldados han comenzado a buscarle. Temen que lo hayan secuestrado.

—Ojalá —dijo Sunay—. Por fin nos libraremos de él si le despellejan y le cortan la lengua.

A pesar de lo tosco de su aspecto y de la brutalidad de lo que estaban diciendo, Ka pudo notar entre marido y mujer un humor tan fino y una comprensión de las almas tan absoluta que sintió por ellos un respeto mezclado con envidia. En ese mismo momento su mirada se cruzó con la de Funda Eser e instintivamente la saludó inclinándose hasta casi tocar el suelo con la frente.

—Señora mía, anoche estuvo maravillosa —le dijo con voz artificial pero también con una admiración que le salía del corazón.

—Por Dios, señor mío —contestó ella, ligeramente avergonzada—. Si algún mérito tiene nuestro teatro es de la audiencia y no de los actores.

Se volvió hacia su marido. La pareja empezó a hablar a toda velocidad como si fueran unos reyes laboriosos ocupados en asuntos de Estado. Ka escuchaba entre admirado y sorprendido cómo marido y mujer se decidían en un parpadeo sobre qué ropa (¿de civil, de militar, algo de atrezzo?) llevaría Sunay cuando poco después saliera en televisión; sobre la preparación del texto del discurso (Funda Eser había escrito una parte); sobre una denuncia y una petición de enchufe del dueño del hotel Alegre Kars, en el que se habían hospedado las veces que habían venido antes (había denunciado a dos jóvenes clientes porque estaba harto de que los militares entraran cada dos por tres en el hotel para hacer un registro); y sobre el programa de la tarde de la Televisión de Kars Fronteriza, escrito en un paquete de cigarrillos (cuarta y quinta reposiciones de la velada en el Teatro Nacional, tres reposiciones del discurso de Sunay, canciones heroicas y fronterizas y una película local y turística que daba a conocer las bellezas de Kars: *Gülizar*).

—¿Y qué hacemos con nuestro poeta de mente confusa con la razón en Europa y el corazón con los militantes de Imanes y Predicadores? —preguntó Sunay.

—Lo tiene escrito en la cara —dijo Funda Eser sonriendo con dulzura—. Es un buen muchacho. Nos ayudará.

—Pero llora por los islamistas.

—Porque está enamorado —respondió Funda Eser—. Estos días nuestro poeta anda demasiado sentimental.

—Ah, ¿nuestro poeta está enamorado? —dijo Sunay Zaim con gestos exagerados—. Sólo los poetas más puros pueden ocuparse del amor en tiempos de revolución.

—Él no es un poeta inocente, sino un enamorado inocente —respondió Funda Eser.

Actuando sin el menor fallo durante un buen rato de aquella manera, la pareja consiguió irritar y aturdir a Ka. Luego se sentaron frente a frente en la mesa grande del taller de confección para tomar un té.

—Te lo digo por si decides que lo más inteligente es ayudarnos —dijo Sunay—. Kadife es la amante de Azul. Azul no viene a Kars por política sino por amor. No querían atrapar a ese asesino para así localizar a los jóvenes islamistas con los que contactaba. Ahora se arrepienten porque anoche desapareció en un abrir y cerrar de ojos antes del asalto a la residencia. Todos los jóvenes islamistas de Kars le admiran y le son fieles. Está en Kars, en algún sitio, y seguro que volverá a ponerse en contacto contigo. Puede que sea difícil que nos avises. Si te han puesto un micrófono o dos, como al difunto director de la Escuela de Magisterio, o un transmisor de radio en el abrigo no hace falta que te asustes demasiado cuando te encuentre. En cuanto te alejes de allí lo atraparán. —Comprendió de inmediato por la cara de Ka que aquella idea no le gustaba—. No insisto. Aunque no lo aparentas, por tu comportamiento de hoy se ve que eres un hombre prudente. Sabes cómo cuidarte, pero de todas maneras me veo en la obligación de decirte que tengas cuidado con Kadife. Se sospecha que le cuenta a Azul todo lo que oye, así que debe de contarle también lo que se habla cada noche en la cena entre su padre y sus invitados. Es un poco por el placer de traicionar al padre. Pero también por el amor que le une a Azul. En tu opinión, ¿qué es lo que despierta tanta admiración?

—¿Por Kadife? —preguntó Ka.

—Por Azul, claro —respondió airado Sunay—. ¿Por qué todos admiran a ese asesino? ¿Cómo se ha hecho con un nombre que se ha convertido en legendario en toda Anatolia? Tú has hablado con él, ¿puedes explicármelo?

Ka guardó silencio, distraído porque Funda Eser había sacado un peine de plástico y había comenzado a peinar con cariño y cuidado el apagado pelo de su marido.

—Escucha el discurso que voy a pronunciar en televisión —dijo Sunay—. Haré que te dejen en el hotel con el camión.

Quedaban cuarenta y cinco minutos para que se levantara el toque de queda. Ka pidió permiso para regresar andando al hotel y se lo concedieron.

La soledad de la amplia avenida Atatürk, el silencio de las calles laterales bajo la nieve y la belleza de los antiguos caserones rusos y de los árboles del paraíso nevados le estaban aliviando un poco cuando se dio cuenta de que alguien le seguía. Pasó por la calle Halitpaşa y dobló a la izquierda por la avenida Küçük Kâzımbey. El detective que le seguía intentaba alcanzarlo resoplando por la blanda nieve. El mismo amistoso perro negro con una mancha blanca en la frente que la noche anterior correteaba por la estación se puso a perseguir al otro. Ka se escondió en uno de los talleres de confección del barrio de Yusufpaşa y les observó; luego, de repente, se plantó ante el detective que le seguía.

—¿Me está siguiendo para conseguir información o para protegerme?

—Por Dios, señor mío, como usted prefiera.

Pero el hombre estaba tan agotado y exhausto que no tenía fuerzas para proteger, no ya a Ka, ni siquiera a sí mismo. Parecía tener por lo menos sesenta y cinco años, tenía la cara toda cubierta de arrugas, la voz débil, la luz de sus ojos había desaparecido y miraba a Ka más que como un policía de civil, con la mirada temerosa de alguien a quien asusta la policía. A Ka le dio pena el hombre cuando vio las punteras abiertas de los zapatos del Sümerbank que llevan todos los policías de civil de Turquía.

—Usted es policía, si tiene alguna identificación puede hacer que abran la cervecería Verdes Prados ahí mismo y nos sentaremos un rato.

La puerta de la cervecería se abrió sin que tuvieran necesidad de llamar demasiado. Ka y el detective, pudo enterarse de que se llamaba Saffet, se tomaron un *rakı* juntos y compartieron unos hojaldres fritos con el perro negro mientras escuchaban el discurso de Sunay. El discurso no se diferenciaba en lo más mínimo de los demás discursos presidenciales que había escuchado después de los golpes de estado. Sunay todavía estaba hablando de los nacionalistas kurdos y de los integristas estimulados por nuestros enemigos del exterior y de los políticos degenerados capaces de cualquier cosa por conseguir un voto que habían puesto a Kars al borde del abismo, y Ka ya estaba empezando a aburrirse.

Mientras Ka se tomaba su segunda copa, el detective señaló a Sunay en la televisión con un gesto de respeto. De su rostro había desaparecido la expresión de detective, de hecho bastante chapucera, y en su lugar había aparecido una mirada de pobre ciudadano que está entregando una instancia.

—Usted le conoce, y no sólo eso, él le respeta —dijo—. Tengo que pedirle algo. Si usted se lo solicita, yo podré librarme de esta vida infernal. Por favor, que me aparten de esta investigación del envenenamiento y que me transfieran a otro sitio.

Cuando Ka le preguntó qué era aquello, se levantó, echó el cerrojo de la puerta del restaurante, volvió a sentarse a la mesa y le contó la historia de «la investigación del envenenamiento».

La historia, bastante enmarañada porque el pobre detective no se explicaba demasiado bien y porque Ka, con la mente ya confusa de antes, se había achispado rápidamente con la bebida, comenzaba con las sospechas del ejército y de los servicios de Inteligencia de que el sorbete con canela que se vendía en el quiosco Moderno, un puesto de bocadillos y tabaco en el centro de la ciudad que frecuentaban los militares, pudiera estar envenenado. El primer caso que había llamado la atención había sido un oficial de complemento de infantería de Estambul. Dos años atrás, justo antes de unas maniobras que se anunciaban muy duras, dicho oficial había empezado a temblar de fiebre y a sufrir unos espasmos que le impedían mantenerse en pie. Cuando en la enfermería se descubrió que se trataba de una intoxicación, el oficial, que creía que se iba a morir, acusó furioso al sorbete caliente que había tomado por la pura curiosidad de probar algo nuevo en un puesto de la esquina de la avenida Küçük Kâzımbey con la calle Kâzım Karabekir. Aquel suceso, que rápidamente se olvidó al ser tomado por una simple intoxicación sin importancia, fue recordado después cuando, con un intervalo de tiempo muy breve entre ambos casos, otros dos oficiales de complemento tuvieron que ser llevados a la enfermería con los mismos síntomas. También ellos tenían fuertes temblores que hasta les hacían tartamudear, se sentían tan mal que no podían mantenerse en pie y caían al suelo y acusaban al mismo sorbete caliente con canela que habían probado por curiosidad. Aquel sorbete caliente lo hacía en su casa una abuelita kurda que vivía en el barrio de Atatürk y que proclamaba que era invento suyo y, como a todo el mundo le gustaba, sus sobrinos habían comenzado a venderlo en el puesto que regentaban. Aquella información surgió como resultado de la investigación confidencial que se llevó a cabo por aquel tiempo en el cuartel general del ejército en Kars. Pero en los análisis que se hicieron en la Facultad de Veterinaria de las muestras tomadas furtivamente del sorbete de la buena señora no se encontraron rastros de veneno. Justo cuando se iba a dar carpetazo al asunto, un general, que se lo había contado todo a su mujer, se enteró asustado de que ella misma se tomaba todos los días vasos y más vasos de aquel sorbete caliente porque le iba bien para el reuma. De hecho, muchas esposas de oficiales, y, sí, muchos oficiales también, lo tomaban abundantemente con la excusa de que era bueno para la salud o por puro aburrimiento. Cuando tras una breve investigación resultó que tanto los oficiales y sus familias, como los soldados de permiso que iban al mercado, como las familias de los soldados que iban a visitar a sus hijos, tomaban aquel sorbete que se vendía en el centro de la ciudad, por el que pasaban diez veces al día, y que era la única diversión novedosa en toda Kars, el general se aterrorizó con la información que había obtenido y, por si acaso, les pasó el asunto a los servicios de información y a los inspectores del Estado Mayor. Por aquellos días al ejército le iba bastante bien en la guerra sin cuartel que mantenía en el sudeste con la guerrilla del PKK y entre algunos jóvenes kurdos desempleados, desesperados y sin oficio ni beneficio que soñaban con unirse a la guerrilla se estaban extendiendo extrañas y terribles fantasías de venganza. Por supuesto, ciertos inspectores de Inteligencia que dormitaban en los cafés de Kars estaban perfectamente al tanto de aquellas furiosas quimeras, como poner bombas, secuestrar, derribar estatuas de Atatürk, envenenar el agua de la ciudad o volar los puentes. Por esa razón, el asunto se tomó en serio, pero teniendo en cuenta lo delicado que era, no se consideró adecuado torturar e interrogar a los propietarios del puesto. En su lugar infiltraron detectives que dependían directamente de la delegación del Gobierno en la cocina de la abuelita kurda, que estaba tan contenta del aumento de las ventas, y en el puesto. El detective que estaba en el puesto se aseguró en primer lugar de que ningún polvo extraño infectara el canelero, también invento especial de la abuela, los vasos de cristal, los paños que envolvían los retorcidos mangos de los cazos de latón, la caja del cambio, los oxidados coladores ni las manos de los trabajadores del puesto. Una semana después se vio obligado a abandonar su puesto temblando y vomitando con los mismos síntomas de envenenamiento. En lo que respecta al detective infiltrado en la casa de la abuela en el barrio de Atatürk, era mucho más diligente. Cada noche redactaba un informe en el que precisaba desde quién entraba y salía de la casa hasta los productos que se compraban (zanahorias, manzanas, ciruelas pasas, moras secas, flores de granado, escaramujo, malvavisco). Aquellos informes se convirtieron pronto en unas elogiosas y apetitosas recetas del sorbete caliente que daban ganas de probarlo. El detective informaba de que él mismo se tomaba cinco o seis jarras al día, de que no le había resultado perjudicial sino beneficioso, de que iba bien para las enfermedades, de que se trataba de una auténtica bebida «montañesa» y de que aparecía en la famosa epopeya kurda *Mem u Zin*. Los expertos enviados desde Ankara perdieron toda su confianza en aquel detective porque era kurdo y, basándose en lo que habían sabido por él, llegaron a la conclusión de que el jarabe envenenaba a los turcos y no funcionaba con los kurdos, pero como estas conclusiones no se adecuaban al punto de vista oficial según el cual no había diferencia entre turcos y kurdos, no pudieron hacerlas públicas. Después de aquello se instaló una enfermería especial en el hospital de la seguridad social para el grupo de médicos que había venido desde Estambul para investigar la enfermedad. Pero la seriedad de la investigación quedó en entredicho cuando aquello se llenó de sanísimos habitantes de Kars que pretendían una consulta gratis así como de pacientes que sufrían problemas triviales como caída del cabello, psoriasis, hernias o tartamudez. Así que la misión de resolver sin desmoralizar a nadie aquella conspiración del sorbete, que crecía sin parar y que de ser cierta ya debería haber afectado mortalmente a miles de militares, recayó de nuevo sobre los eficientes funcionarios de los servicios de Inteligencia de Kars, entre los que se encontraba Saffet. A muchos de ellos se les encomendó vigilar a los que tomaban el sorbete que la abuela kurda preparaba con tanta alegría. El problema no era ya precisar cómo el veneno afectaba a los habitantes de Kars, sino averiguar de manera clara y definitiva si los ciudadanos estaban siendo envenenados o no. Así pues, los detectives seguían uno a uno, a veces hasta el interior de sus casas, a todos los ciudadanos, civiles o militares, que tomaban de buena gana el sorbete con canela de la abuela. Ka prometió exponerle a Sunay, que todavía seguía hablando en la televisión, los problemas de aquel detective exhausto y con los zapatos abiertos como resultado de tan costoso y agotador esfuerzo.

El detective se quedó tan contento que al irse abrazó y besó agradecido a Ka y luego abrió el cerrojo de la puerta con sus propias manos.

24
Yo, Ka
El copo de nieve de seis puntas

Ka caminó hasta el hotel seguido por el perro negro disfrutando de la belleza de las solitarias calles nevadas. En la recepción le dejó a Cavit una nota para que se la diera a İpek: «Ven lo antes posible». Al llegar a su habitación se tumbó en la cama y, mientras esperaba, pensó en su madre. Pero aquello no duró demasiado porque rápidamente su mente dedicó toda su atención a İpek, que seguía sin llegar. Esperarla se convirtió pronto en algo tan doloroso para Ka que comenzó a pensar arrepentido que enamorarse de ella y, sobre todo, venir a Kars había sido una estupidez. Pero para entonces ya había pasado un buen rato y ella seguía sin llegar.

İpek apareció treinta y ocho minutos después de que Ka llegara al hotel.

—He ido al carbonero —le dijo—. Salí por el patio de atrás a las doce menos diez porque sabía que después de que se levantara el toque de queda habría cola en la tienda. Y después de las doce me entretuve un poco en el mercado. De haberlo sabido habría venido al momento.

De repente Ka estaba tan feliz con la vitalidad y la savia nueva que İpek había traído a la habitación que le aterrorizó pensar que pudiera echarse a perder aquel instante que estaba viviendo. Contempló el largo y brillante pelo de İpek y sus pequeñas manos, que se movían sin parar (en un breve plazo de tiempo se tocó con la mano izquierda el pelo para arreglárselo, la nariz, el cinturón, el marco de la puerta, su largo y hermoso cuello, el pelo para arreglárselo de nuevo y el collar de jade que se acababa de poner y que sólo ahora Ka había notado).

—Estoy terriblemente enamorado de ti y sufro mucho —dijo Ka.

—Un amor que se prende tan deprisa se apaga con la misma rapidez, no te preocupes.

Ka intentó abrazarla y besarla, agitado. İpek le besó con una tranquilidad completamente opuesta a la agitación de Ka. A Ka le aturdió sentir las pequeñas manos de ella en sus hombros y vivir el beso en toda su dulzura. Por cómo arrimaba su cuerpo notó que ahora era İpek la que tenía la intención de hacerle el amor. Ka estaba tan feliz por su talento para pasar a toda velocidad de un profundo pesimismo a una alegría entusiasta que sus ojos, su mente y su memoria se abrieron al instante y al mundo entero.

—Yo también quiero hacer el amor contigo —dijo İpek. Por un segundo miró al suelo. Luego levantó sus ojos ligeramente bizcos y clavó con decisión su mirada en la de Ka—. Pero ya te lo he dicho, no mientras mi padre esté aquí, delante de nuestras narices.

—¿Cuándo sale tu padre?

—Nunca —contestó İpek. Y abrió la puerta y se alejó diciendo—: Tengo que irme.

Ka la miró a su espalda hasta que desapareció bajando por las escaleras que había al extremo del pasillo en penumbra. En cuanto cerró la puerta y se sentó en un lado de la cama, sacó el cuaderno del bolsillo y comenzó a escribir en una página en blanco el poema que tituló «Desesperaciones, dificultades».

Sentado en la cama después de terminar el poema, Ka pensó que, por primera vez desde que había llegado a Kars, no tenía otra cosa que hacer en aquella ciudad sino seducir a İpek y escribir poesía: aquello le daba una sensación de impotencia pero a la vez también de libertad. Ahora sabía que si podía convencer a İpek y abandonaban juntos la ciudad podría ser feliz hasta el fin de sus días con ella. Se sintió agradecido por la nieve que, bloqueando las carreteras, le había procurado el tiempo necesario para convencer a İpek y la unidad de espacio que se lo haría más fácil.

Se puso el abrigo y salió a la calle sin que nadie le viera. No se dirigió hacia el ayuntamiento, sino hacia abajo, a la izquierda de la avenida de la Independencia Nacional. Entró en la farmacia Científica, se compró unas tabletas de vitamina C, dobló a la izquierda por la calle Faikbey, avanzó mirando los escaparates de los restaurantes y torció por la avenida Kâzımpaşa. Habían quitado las banderolas electorales que habían hecho que la calle pareciera tan bulliciosa el día anterior y las tiendas estaban todas abiertas ya. En una pequeña papelería donde vendían casetes sonaba una música estruendosa a todo volumen. La gente que llenaba las aceras sólo por el hecho de poder salir a la calle caminaba arriba y abajo por el mercado mirando todos muertos de frío los escaparates y observándose mutuamente. La multitud que habitualmente venía a Kars en microbús desde las comarcas para pasarse el día en el barbero afeitándose o dormitando en las casas de té hoy no había acudido a la ciudad; a Ka le gustó lo vacías que estaban las barberías y las casas de té. Los niños de la calle consiguieron que olvidara sus miedos poniéndole bastante alegre. Vio un montón de niños que se deslizaban con sus trineos por pequeños solares vacíos, por las plazas cubiertas de nieve, por los jardines de escuelas e instituciones estatales, por las cuestas, por los puentes que cruzaban el arroyo Kars, niños que hacían batallas con bolas de nieve, que corrían, que se peleaban y decían palabrotas o que observaban todo aquel movimiento sorbiéndose los mocos. Pocos de ellos tenían abrigo y la mayoría llevaba la chaqueta de la escuela, bufanda y gorro de lana. Como se estaba quedando frío contemplando aquella alegre tropa que había recibido feliz el golpe militar porque se habían suspendido las clases, Ka entró en la casa de té más próxima, se tomó un té sentado a una mesa frente a la del detective Saffet y volvió a salir.

Ka no le tenía ningún miedo al detective Saffet porque ya se había acostumbrado a él. Sabía que si de veras quisieran seguirle pondrían tras él a un detective invisible. El detective visible servía para ocultar al detective invisible. Por eso, cuando en cierto momento lo perdió, Ka se preocupó y comenzó a buscarle. Por fin encontró a Saffet, el cual le estaba buscando a él con una bolsa de plástico en la mano y sin aliento, en la calle Faikbey, en el rincón donde la noche anterior se había dado de narices con el tanque.

—Las naranjas están muy baratas, no he podido resistirme —se explicó el detective. Le agradeció a Ka que le hubiera esperado y le dijo que el hecho de que no hubiera huido demostraba sus «buenas intenciones»—. A partir de ahora, si me dice dónde va a ir, no nos cansaremos tontamente.

Ka no sabía dónde iba a ir. Más tarde, sentados en otra casa de té vacía con los cristales de las ventanas congelados, comprendió que lo que en realidad le gustaría era tomarse un par de copas de *rakı* e ir a ver al jeque Saadettin Efendi. Ahora no le era posible ver a İpek y su espíritu se debatía entre pensar en ella y el miedo a la tortura. Le apetecía explicarle al jeque el amor de Dios que sentía en su corazón y hablar educadamente con él sobre el significado de Dios y del mundo. Pero pensó que los agentes de la Dirección de Seguridad que habían llenado la casa de la congregación de micrófonos le escucharían riéndose de él.

Con todo, cuando Ka pasó por delante de la modesta casa del jeque en la calle de la Veterinaria, dudó por un instante. Miró hacia arriba, a las ventanas.

Luego vio que la puerta de la biblioteca provincial de Kars estaba abierta. Entró y subió por las escaleras manchadas de barro. En el descansillo había un tablón de anuncios donde habían clavado cuidadosamente con chinchetas los siete periódicos locales de Kars. Dado que, como ocurría con el *Diario de la Ciudad Fronteriza,* los demás periódicos habían sido impresos el día anterior por la tarde, no hablaban de la revolución sino del éxito de la representación de la noche en el Teatro Nacional y de que se esperaba que continuara nevando.

En la sala de lectura vio a cinco o seis estudiantes, a pesar de que no había clases, y a unos cuantos funcionarios jubilados que huían del frío de sus casas. En un lado de la sala, entre diccionarios desencuadernados de tanto ser consultados y enciclopedias infantiles ilustradas medio destrozadas, encontró los viejos volúmenes de la *Enciclopedia de la vida,* que tanto le gustaba de niño. Dentro de la cubierta posterior de cada uno de aquellos volúmenes había una serie de transparencias anatómicas en color pegadas unas sobre otras que se abrían hacia dentro mostrando las partes y los órganos de un coche, de un hombre o de un barco. Siguiendo un instinto, Ka buscó tras la cubierta posterior del cuarto tomo la madre y el niño que se acurrucaba en su hinchada barriga como si estuviera en un huevo, pero habían arrancado las imágenes y sólo pudo ver el lugar por donde las habían roto.

Leyó con atención una entrada en la página 324 del mismo tomo (IS-NU):

> NIEVE: Forma sólida del agua cuando cae de, cruza o se eleva en la atmósfera. Generalmente cristaliza en forma de hermosas estrellas de seis puntas. Cada cristal tiene una estructura hexagonal propia. Los secretos de la nieve han despertado el interés y la admiración de la humanidad desde épocas antiguas. El primero en observar que cada copo tenía una estructura hexagonal y una forma particulares fue el sacerdote Olaus Magnus en 1555 en la ciudad de Upsala (Suecia) y…

Me es imposible decir cuántas veces pudo leer Ka aquella entrada en Kars y hasta qué punto se le grabó dentro. Años después, un día en que fui a su casa de Nişantaşı y hablé largo rato sobre él con su lloroso pero siempre inquieto y suspicaz padre, le pedí permiso para ver la vieja biblioteca de la casa. Lo que yo tenía en la mente no era la biblioteca infantil y juvenil del cuarto de Ka, sino la de su padre, en un rincón oscuro de la sala de estar. Allí, entre libros de leyes elegantemente encuadernados, novelas nacionales y traducidas de los cuarenta, el teléfono y las guías telefónicas, vi la *Enciclopedia de la vida* con aquel encuadernado especial y le eché un vistazo a la anatomía de la mujer embarazada dentro de la tapa posterior del cuarto tomo. Al abrir al azar el volumen, la página 324 se me apareció por sí sola. Allí vi la misma entrada sobre la nieve y un papel secante de treinta años atrás.

Ka examinó la enciclopedia que tenía delante y, como un estudiante que hace sus deberes, sacó el cuaderno del bolsillo. Comenzó a escribir el décimo poema que se le venía a la cabeza desde que estaba en Kars. Partiendo de la singularidad de cada copo de nieve y de los sueños del niño en el seno de su madre que no había podido encontrar en el volumen de la *Enciclopedia de la vida,* Ka basó el poema en sí mismo, en el lugar que su vida ocupaba en este mundo, en sus miedos, en sus particularidades y en su singularidad y lo tituló «Yo, Ka».

Todavía no había llegado al final del poema cuando notó que alguien se sentaba a su mesa. Al levantar la cabeza del cuaderno se quedó estupefacto: era Necip. En su interior se despertó una sensación no de terror y maravilla, sino de culpabilidad por haber creído en la muerte de alguien que no podía morir con tanta facilidad.

—Necip —dijo, y quiso abrazarle y besarle.

—Soy Fazıl —replicó el joven—. Le he visto por la calle y le he seguido. —Lanzó una mirada hacia la mesa en la que se sentaba el detective Saffet—. Dígame, rápido: ¿es verdad que Necip ha muerto?

—Es verdad. Lo he visto con mis propios ojos.

—Entonces, ¿por qué me ha llamado Necip? No parece estar muy seguro.

—No, no estoy seguro.

Por un instante la cara de Fazıl adquirió un color ceniciento, luego hizo un esfuerzo para rehacerse.

—Quiere que tome venganza. Por eso sé que ha muerto. Pero cuando vuelvan a abrir la escuela quiero estudiar como antes, no quiero meterme en venganzas ni en política.

—Además la venganza es algo terrible.

—De todas maneras, si de verdad es lo que quiere, me vengaré —contestó Fazıl—. Me habló de usted. ¿Le devolvió usted las cartas que había escrito a Hicran, o sea, a Kadife?

—Sí, se las devolví —respondió Ka. La mirada de Fazıl le hizo sentirse incómodo. «¿Y si me corrijo y digo "Iba a devolvérselas"?», pensó. Pero ya era demasiado tarde. Además, por alguna extraña razón, mentir le dio confianza. Le inquietó el dolor que apareció en el rostro de Fazıl.

Fazıl se llevó ambas manos a la cara y lloró un poco. Pero estaba tan furioso que no podía derramar lágrimas.

—Si Necip está muerto, ¿de quién tengo que vengarme? —Al ver que Ka callaba le clavó la mirada—. Usted tiene que saberlo.

—Por lo que me contó, a veces pensabais las mismas cosas en el mismo momento —dijo Ka—. Así pues, lo que piensas es lo que hay.

—Lo que él quiere que yo piense me llena de dolor —contestó Fazıl. Por primera vez Ka vio en sus ojos la luz que había visto en los de Necip. Se sintió como si estuviera frente a un fantasma.

—¿Y en qué te obliga a pensar?

—En la venganza. —Fazıl lloró un poco más.

Ka comprendió de inmediato que la idea fundamental que Fazıl tenía en la cabeza no era la de la venganza. Porque Fazıl le dijo aquello después de ver que el detective Saffet se levantaba de la mesa desde la que les estaba observando atentamente y se les acercaba.

—Su documento de identidad —le dijo el detective Saffet a Fazıl mirándole con dureza.

—Tengo el carnet de la escuela en el mostrador de préstamos.

Ka se dio cuenta de que Fazıl había comprendido de inmediato que lo que tenía delante era un policía de civil y de que estaba reprimiendo su miedo. Fueron todos juntos al mostrador de préstamos. Cuando el detective supo por el carnet que le arrancó de las manos a la funcionaria, a la que todo parecía darle miedo, que Fazıl era un estudiante de Imanes y Predicadores, lanzó a Ka una mirada acusadora que decía «Ya lo sabíamos». Luego, con el gesto grandilocuente de quien le quita una pelota a un niño, se metió el carnet en el bolsillo.

—Puedes venir a la Dirección de Seguridad para recoger tu carnet de la escuela.

—Agente —dijo Ka—, este muchacho no anda metido en nada malo. Acaba de enterarse de que su mejor amigo ha muerto, devuélvale el carnet.

Pero aunque aquel mediodía le había pedido un enchufe a Ka, Saffet no se ablandó.

Como creía que en algún rincón donde no les viera nadie podría conseguir que Saffet le devolviera el carnet, quedó con Fazıl en verse a las seis en el Puente de Hierro. Fazıl salió de inmediato de la biblioteca. Toda la sala de lectura andaba inquieta, todos creían que iban a pasar por un control de identidad. Pero Saffet les ignoró y regresó a su mesa. Hojeaba un tomo de la revista *Hayat** de principios de los sesenta y miraba las fotografías de la triste princesa Soraya, que se había visto obligada a divorciarse del sha de Irán porque no podía darle hijos, y del antiguo jefe de Gobierno Adnan Menderes antes de que lo ahorcaran.

Ka decidió que no conseguiría que el detective le devolviera el carnet y salió de la biblioteca. Al ver la belleza de la calle nevada y la alegría de los niños que jugaban entusiasmados con bolas de nieve, dejó atrás todos sus miedos. Le apetecía echar a correr. En la plaza del Gobierno vio una masa de hombres tristes que esperaban haciendo cola muertos de frío con bolsas de lona y paquetes de papel de periódico atados con cuerdas. Eran los ciudadanos prudentes de Kars que se habían tomado en serio el anuncio de estado de excepción y entregaban a las autoridades, dóciles como corderitos, las armas que tenían en casa. Pero todos pasaban frío porque las autoridades no se fiaban de ellos y no permitían que el extremo de la cola entrara en el edificio de la gobernación. Después del anuncio, la mayor parte de la ciudad había cavado en la nieve y había enterrado sus armas en la tierra helada, donde a nadie se le ocurriera buscarlas.

Caminando por la calle Faikbey se encontró con Kadife y se ruborizó intensamente. Poco antes había estado pensando en İpek y Kadife le pareció extraordinariamente hermosa pre-

---

* La versión turca de *Life*. (*N. del T.*)

cisamente porque la relacionaba muy de cerca con İpek. De no haberse contenido, habría abrazado y besado a la joven cubierta.

—Tengo que hablar urgentemente con usted —le dijo Kadife—. Pero un hombre le sigue y no puede ser mientras esté observándonos. ¿Puede venir a la habitación 217 del hotel a las dos? Es la última al extremo del pasillo donde está la suya.

—¿Podremos hablar tranquilamente allí?

—Si no se lo dice a nadie. —Kadife abrió enormemente los ojos—, ni siquiera a İpek, no tienen por qué saber que hablamos. —Con un gesto muy formal dirigido a la multitud que les observaba estrechó la mano de Ka—. Ahora, disimuladamente, mire a mi espalda. Ya me dirá si me siguen uno o dos detectives.

Ka, sonriendo levemente con las comisuras de los labios, asintió con la cabeza de tal forma que a él mismo le sorprendió la sangre fría que parecía tener. No obstante, la idea de un encuentro con Kadife en una habitación a escondidas de su hermana le hacía perder la cabeza.

De inmediato comprendió que no le apetecía encontrarse ni por casualidad con İpek en el hotel antes de verse con Kadife. Así pues, caminó por las calles para matar el tiempo antes de su cita. Nadie parecía quejarse del golpe militar; tal y como ocurría en su niñez, había un ambiente de nuevo principio y de cambio en la aburrida vida de siempre. Las mujeres, con los bolsos y los niños de la mano, habían comenzado a toquetear y a escoger la fruta en colmados y fruterías y a regatear y la masa de hombres bigotudos apostados en las esquinas y fumando cigarrillos sin filtro a mirar a los que pasaban y a chismorrear. El mendigo que simulaba ser ciego y que el día anterior había visto dos veces bajo el alero del edificio vacío que había entre la estación de autobuses y el mercado no estaba en su sitio habitual. Ka tampoco vio camionetas aparcadas en medio de la calle vendiendo naranjas y manzanas. El tráfico, ya de por sí bastante escaso, había disminuido mucho, pero resultaba difícil saber si se debía al golpe militar o a la nieve. El número de policías de civil en la ciudad había aumentado (uno de ellos había sido reclutado como portero por unos niños que jugaban al fútbol calle Halitpaşa abajo), las oscuras actividades de los dos hoteles que había junto a la estación de autobuses y que funcionaban como burdeles (el hotel Pan y el hotel Libertad), así como las de los reñideros de gallos y las de las carnicerías ilegales habían sido suspendidas hasta una fecha todavía por especificar. En lo que respecta a los estampidos de disparos procedentes de los barrios de construcciones ilegales especialmente por la noche, como se trataba de algo a lo que de hecho los habitantes de Kars ya estaban acostumbrados, a nadie le preocupaban demasiado. Como Ka también sentía en su interior la sensación de libertad que le proporcionaba la música de ese desinterés, se tomó tranquilamente un sorbete caliente con canela en el quiosco Moderno, en la esquina entre las calles avenida Küçük Kâzımbey y Kâzım Karabekir.

25

El único momento de libertad en Kars
Ka y Kadife en la habitación del hotel

Cuando Ka entró en la habitación 217 dieciséis minutos más tarde, estaba tan nervioso por el miedo a que le vieran que, sólo por hablar de algo entretenido y distinto, le mencionó a Kadife el sorbete cuyo sabor un poco acre todavía podía sentir en la boca.

—En tiempos se decía que unos kurdos furiosos le habían echado veneno a ese sorbete para envenenar a los miembros del ejército —dijo Kadife—. El Estado incluso ordenó una inspección secreta para investigar el asunto.

—¿Y usted cree en esas historias? —le preguntó Ka.

—En cuanto oyen ese tipo de historias, todos los forasteros cultos y occidentalizados que vienen a Kars —dijo Kadife— van corriendo al puesto y se toman un sorbete para demostrar que no creen en esos rumores de conspiración y se intoxican tontamente. Porque los rumores son ciertos. Algunos kurdos son tan desdichados que para ellos ya no existe Dios.

—¿Cómo lo permiten las autoridades después de tanto tiempo?

—Usted, como todos los intelectuales occidentalizados, confía ante todo en el Estado, aunque sea sin darse cuenta. El SNI, de la misma manera que lo sabe todo, también está al tanto de este asunto pero no lo paran.

—Muy bien, ¿y saben que estamos aquí?

—No tenga miedo, por ahora no lo saben. —Kadife sonrió—. Algún día lo sabrán, seguro, pero hasta entonces somos libres aquí. El único momento de libertad en Kars es este momento pasajero. Aprécielo en lo que vale y, por favor, quítese el abrigo.

—Este abrigo me protege del mal —respondió Ka. Vio una expresión de temor en el rostro de Kadife—. Y hace frío aquí —añadió.

Aquel sitio era la mitad de una pequeña habitación que en tiempos se había usado como cuarto de los baúles. Tenía una ventana estrechísima que daba al patio interior, una cama pequeña en cuyos extremos se sentaban azorados y ese olor asfixiante a polvo húmedo tan característico de las habitaciones de hotel mal ventiladas. Kadife alargó el brazo e intentó girar la llave del radiador que había a un lado, pero se había atascado y lo dejó. Cuando vio que Ka se ponía en pie, nervioso, intentó sonreír.

De repente Ka se había dado cuenta de que Kadife obtenía cierto placer de estar con él en aquella habitación. También a él le gustaba encontrarse en la misma habitación que una muchacha hermosa después de largos años de soledad, pero comprendía por la cara de ella que el suyo no era un placer, digamos, «suave» sino algo mucho más profundo y destructivo.

—No tenga miedo, porque no le sigue ningún otro policía de civil aparte de ese pobrecillo con su bolsa de naranjas. Eso demuestra que las autoridades en realidad no le temen, sino que sólo quieren asustarle un poco. ¿Quién me seguía a mí?

—Se me olvidó mirar a su espalda —reconoció, avergonzado, Ka.

—¿Cómo? —Kadife le lanzó una mirada envenenada—. Está usted enamorado, ¡muy enamorado! —dijo, pero se recompuso rápidamente—. Disculpe, todos estamos muy asustados —añadió, y su rostro adoptó de nuevo una expresión completamente distinta—. Haga feliz a mi hermana, es muy buena persona.

—¿Cree que ella me ama? —le preguntó Ka como si susurrara.

—Claro que sí, tiene que amarle; es usted un hombre muy agradable —respondió Kadife. Y al ver que Ka se sorprendía, continuó—: Porque usted es géminis. —Y desarrolló el tema de por qué era necesario que el hombre géminis y la mujer virgo fueran compatibles. Junto a su doble personalidad, los géminis tenían una ligereza, una superficialidad, que podía hacer muy feliz a la mujer virgo, que se lo tomaba todo tan en serio, aunque también podía asquearla—. Los dos se merecen un amor feliz —añadió con un tono consolador.

—Por lo que ha hablado con su hermana, ¿le ha dado la impresión de que pudiera venirse a Alemania conmigo?

—Le encuentra muy atractivo —contestó Kadife—. Pero no confía en usted. Y le llevará tiempo confiar. Porque los impacientes como usted no piensan en amar a una mujer, sino en conseguirla.

—¿Eso le ha dicho? —preguntó Ka levantando las cejas—. Pero si en esta ciudad no tenemos mucho tiempo…

Kadife le echó una mirada al reloj.

—En primer lugar, gracias por haber venido hasta aquí. Le he llamado por un asunto muy importante. Azul tiene un mensaje para usted.

—Esta vez me seguirán y le encontrarán de inmediato —dijo Ka—. Y nos torturarán a todos. Han registrado la casa. La policía ha escuchado todo lo que hablamos.

—Azul sabe que le han escuchado —respondió Kadife—. Se trataba de un mensaje filosófico que le envió antes del golpe y, a través de usted, a Occidente. Les comunicaba que no metieran las narices en nuestros suicidios. Pero ahora todo ha cambiado. Por eso quiere anular el mensaje anterior. Pero lo más importante: tiene un mensaje absolutamente nuevo.

Kadife insistió largo rato, pero Ka estaba indeciso.

—En esta ciudad es imposible ir de un sitio a otro sin que te vean —dijo mucho después.

—Hay un carro que un par de veces por día viene a la puerta de la cocina que da al patio para traer bombonas de butano, carbón y agua embotellada. También hace repartos a otros sitios y cubre la mercancía con una lona para protegerla de la lluvia y la nieve. El carretero es de confianza.

—¿Me voy a esconder debajo de una lona como un ladrón?

—Yo lo he hecho muchas veces —dijo Kadife—. Es muy agradable cruzar toda la ciudad sin que nadie se dé cuenta. Si acepta acudir a la entrevista, le ayudaré de todo corazón en el asunto de İpek. Porque quiero que ella se case con usted.

—¿Por qué?

—Toda hermana pequeña quiere que su hermana mayor sea feliz.

Ka no se creyó en absoluto aquellas palabras, no sólo porque a lo largo de su vida había visto entre todos los hermanos turcos un odio sincero y una solidaridad forzada, sino porque también veía una enorme artificialidad en el gesto de Kadife (había levantado la ceja izquierda sin darse cuenta y estiraba los labios entreabiertos como un niño que se va a echar a llorar en un gesto de inocencia tomado de las películas nacionales). Pero cuando Kadife miró el reloj, le dijo que el carro llegaría dentro de diecisiete minutos y le juró que si le prometía que ahora mismo iría con ella a ver a Azul se lo explicaría todo, Ka aceptó de inmediato.

—Se lo prometo —dijo—. Pero antes de nada dígame por qué confía tanto en mí.

—Es usted un místico, eso dice Azul, él cree que Dios le mantendrá inocente desde el día de su nacimiento hasta su muerte.

—Muy bien —respondió Ka a toda velocidad—. ¿Y sabe también İpek esa particularidad mía?

—¿Por qué lo va a saber? Son palabras de Azul.

—Por favor, cuénteme todo lo que İpek piensa de mí.

—En realidad, con todo lo que hemos hablado, ya se lo he dicho —le contestó Kadife. Pensó un poco al ver que Ka se quedaba decepcionado, o hizo como que pensaba (Ka no podía distinguirlo de puro nervioso que estaba)—. Le encuentra divertido —dijo—. Viene de las Alemanias, ¡puede contar muchas cosas!

—¿Qué puedo hacer para convencerla?

271

—Si no en el primer momento, sí en los primeros diez minutos, una mujer puede sentir en lo más profundo quién es un hombre, o al menos lo que puede significar para ella y si podrá amarle o no. Pero le hace falta algo de tiempo para que sepa comprender eso que siente. En mi opinión, no hay mucho que el hombre pueda hacer durante ese tiempo. Dígale las cosas bonitas que siente por ella si de verdad se las cree. ¿Por qué la quiere? ¿Por qué quiere casarse con ella?

Ka guardó silencio. Al verle Kadife mirar por la ventana como un niñito triste, le dijo que ella podía representarse en su imaginación a Ka e İpek siendo felices en Frankfurt, a İpek más feliz en cuanto saliera de Kars, a los dos riendo por las calles de Frankfurt mientras iban al cine a una sesión de tarde.

—Dígame el nombre de un cine al que puedan ir en Frankfurt. Cualquier cine.

—Filmforum Höchst —dijo Ka.

—¿No tienen los alemanes nombres de cines como el Alhambra, el Sueño o el Majestic?

—Sí. ¡El Dorado! —contestó Ka.

Mientras miraban el patio por el que erraban indecisos los copos de nieve, Kadife le dijo que en los años en que había actuado en el teatro universitario el primo de un compañero de clase le había propuesto en cierta ocasión un papel de empañolada en una coproducción germano-turca pero que ella lo había rechazado, que ahora creía que İpek y Ka podrían ser muy felices en aquel país, que, de hecho, su hermana había sido creada para ser feliz pero que, como no lo sabía, no había podido serlo hasta ahora, que el no poder tener hijos la había herido, pero que lo verdaderamente triste era que a pesar de ser tan bella, tan delicada, tan sensible y honesta, o quizá por esa misma razón, fuera desdichada (aquí se le quebró la voz), que en su niñez y juventud la bondad y la belleza de su hermana siempre habían sido un ejemplo para ella (su voz se quebró aún más), que ante tanta bondad y tanta belleza ella siempre se había sentido mala y fea y que su hermana ocultaba su propia hermosura para que ella no se sintiera así (ahora, por fin, lloraba). Temblando entre lágrimas y suspiros le contó que cuando estaba en la escuela secundaria («Entonces vivíamos en Estambul y no éramos tan pobres», dijo Kadife y Ka contestó que «de hecho ahora» tampoco eran pobres. «Pero vivimos en Kars», le respondió Kadife cerrando rápidamente el paréntesis), un día en que Kadife había llegado tarde a la primera clase de la mañana, su profesora de Biología, la señora Mesrure, le preguntó: «¿Tu hermana la inteligente también ha llegado tarde?», y que luego le dijo: «Te dejo entrar en clase por el cariño que le tengo a tu hermana». Por supuesto, İpek no había llegado tarde.

El carro llegó al patio.

Era un viejo carro vulgar y corriente con los tablones de los costados pintados con rosas rojas, margaritas blancas y hojas verdes. El anciano y agotado caballo echaba vapor por los ollares, cubiertos de hielo por los lados. El abrigo y el sombrero del fornido y algo jorobado carretero también estaban llenos de nieve. Ka vio con el corazón latiéndole a toda velocidad que la lona estaba asimismo cubierta de nieve.

—No tengas miedo —dijo Kadife—. No voy a matarte.

Ka vio que Kadife sostenía una pistola, pero ni siquiera se dio cuenta de que le estaba apuntando.

—No estoy sufriendo una crisis nerviosa ni nada parecido —continuó Kadife—. Pero si intentas alguna jugarreta, te dispararé, créeme… No confiamos en los periodistas que van a conseguir una declaración de Azul, ni en nadie.

—Pero vosotros me habéis llamado.

—Cierto, pero, aunque tú ni siquiera hayas caído en ello, los del SNI pueden haber supuesto que íbamos a buscarte y quizá te hayan puesto encima un micrófono. Sospecho de ti porque ni siquiera podías aguantar la idea de quitarte tu querido abriguito hace un momento. Ahora, quítatelo y déjalo a un lado de la cama, rápido.

Ka hizo lo que se le decía. Kadife registró el abrigo por todos lados con una mano tan pequeña como las de su hermana.

—Disculpa —le dijo al no encontrar nada—. Quítate también la chaqueta, la camisa y la camiseta. Porque pueden haberte pegado el receptor en la espalda o en el pecho. En Kars puede que haya un centenar de personas que van por ahí de la mañana a la noche con un micrófono pegado.

Después de quitarse la chaqueta, Ka, como un niño que le enseña la barriga al médico, se subió la camisa y la camiseta enrollándolas.

Kadife le echó una mirada.

—Date media vuelta. —Hubo un instante de silencio—. Bien. Disculpa también por la pistola… Pero cuando a alguien le han puesto un transmisor se niega a que le cacheen y no se está quieto… —Pero no bajó la pistola—. Ahora escúchame —le dijo con voz amenazadora—. Ni le mencionarás siquiera a Azul nada de lo que hemos hablado ni de nuestra amistad. —Hablaba como el médico que amenaza al enfermo después de examinarle—. No mencionarás a İpek ni que estás enamorado de ella. A Azul no le gustan esas mierdas… Y si se lo cuentas y él no te hace nada, ten por seguro que yo sí te lo haré. Como es listo como un zorro, puede notar algo y tratar de tirarte de la lengua. Haz como si sólo hubieras visto a İpek un par de veces, eso es todo. ¿Entendido?

—De acuerdo.

—Sé respetuoso con Azul. Ni se te ocurra intentar despreciarle con ese aire tuyo de niño de colegio privado pagado de sí mismo que ha visto Europa. Y si se te ocurre alguna estupidez parecida, que ni se te pase por la cabeza reírte… No olvides que a esos europeos que tanto admiras e imitas ni siquiera les importas… Pero que le tienen pánico a Azul y a los que son como él.

—Lo sé.

—Soy tu amiga, sé sincero conmigo —dijo Kadife sonriendo con un gesto sacado de alguna mala película.

—El carretero ha levantado la lona —dijo Ka.

—Confía en el carretero. El año pasado su hijo murió en un enfrentamiento con la policía. Y disfruta el viaje.

Primero bajó Kadife. Mientras ella entraba en la cocina, Ka vio que el carro se introducía por el pasaje abovedado que separaba el patio de la antigua mansión rusa de la calle y, tal y como habían acordado, salió de la habitación y bajó. Le inquietó no ver a nadie en la cocina, pero el carretero le esperaba en el umbral de la puerta del patio. Se tumbó en silencio en el hueco que dejaban las bombonas de Aygas, junto a Kadife.

Aquel viaje que de inmediato comprendió que nunca olvidaría duró sólo ocho minutos, pero a Ka le pareció mucho más largo. Sentía curiosidad por saber en qué parte de la ciudad estarían y oía hablar a los ciudadanos de Kars mientras el carro pasaba junto a ellos crujiendo y la respiración de Kadife tumbada a su lado. En cierto momento le puso nervioso el que un grupo de niños se dedicara a patinar agarrándose a la parte trasera del carro. Pero la dulce sonrisa de Kadife le gustó tanto que se sintió tan feliz como aquellos niños.

26
La razón de que estemos tan comprometidos con Dios no es nuestra pobreza
La declaración de Azul para todo Occidente

Tumbado en el carro, cuyas ruedas lo mecían dulcemente sobre la nieve, a Ka comenzaban a venírsele nuevos versos a la cabeza cuando se montaron en la acera con una sacudida y se detuvieron un poco más allá. Al levantar el carretero la lona tras un largo silencio en el que encontró nuevos versos, Ka vio un patio vacío cubierto de nieve rodeado por talleres de automóviles y de soldadores y con un tractor averiado. Un perro negro que estaba encadenado en un rincón también vio a la pareja surgiendo de la lona y les dijo guau guau guau.

Cruzaron una puerta de nogal y al pasar una segunda, Ka se encontró a Azul mirando el patio nevado por la ventana. Su pelo castaño con una ligera tonalidad pelirroja, las pecas de su cara y el azul de sus ojos le sorprendieron a Ka tanto como en su primer encuentro. La sobriedad del cuarto y ciertos objetos (el mismo cepillo del pelo, la misma bolsa de mano a medio abrir y el mismo cenicero de plástico con figurillas otomanas a los lados en el que ponía Electricidad Ersin) casi le dieron la impresión a Ka de que Azul no había cambiado de casa aquella noche. Pero Ka vio en su rostro la sonrisa fría de quien ya había asumido todo lo que había ocurrido desde el día anterior y comprendió de inmediato que se felicitaba a sí mismo por haber escapado de los golpistas.

—Ya no podrás escribir sobre las jóvenes que se suicidan —dijo Azul.

—¿Por qué?

—Tampoco los militares quieren que se escriba sobre eso.

—Yo no soy el portavoz de los militares —respondió Ka cuidadosamente.

—Lo sé.

Se observaron mutuamente durante un tenso instante.

—Ayer me dijiste que podrías escribir algún artículo sobre las jóvenes suicidas en la prensa occidental —prosiguió Azul.

Ka se avergonzó de aquella mentirijilla.

—¿En qué periódico occidental? —preguntó Azul—. ¿En qué periódico alemán tienes conocidos?

—En el *Frankfurter Rundschau* —respondió Ka.

—¿Quién es?

—Un periodista alemán demócrata.

—¿Cómo se llama?

—Hans Hansen —contestó Ka envolviéndose en el abrigo.

—Tengo una declaración contra el golpe militar para Hans Hansen —dijo Azul—. No tenemos demasiado tiempo, quiero que la escribas ahora mismo.

Ka comenzó a tomar notas en la parte de atrás de su cuaderno de poesías. Azul dijo que desde el golpe en el teatro hasta ese momento habían muerto al menos ochenta personas (el número real, incluidos los que habían caído en el teatro, era diecisiete), describió los asaltos a casas y escuelas, cómo los tanques habían derribado nueve (en realidad cuatro) edificios en los barrios de construcciones ilegales irrumpiendo en ellos, las muertes bajo la tortura de algunos estudiantes y unos enfrentamientos en las callejas de los que Ka no sabía nada; pasando por los sufrimientos de los kurdos sin detenerse demasiado en ellos, exageró los de los islamistas y afirmó que el alcalde y el director de la Escuela de Magisterio habían sido asesinados por el Estado para crear las condiciones propicias para el golpe. En su opinión, todo aquello se había hecho «para impedir que los islamistas ganaran unas elecciones democráticas». Mientras Azul, para demostrar la verdad de lo que decía, le explicaba cómo se habían prohibido las actividades de los partidos políticos y asociaciones y otros detalles parecidos, Ka miró a los ojos a Kadife, que le escuchaba con admiración, y en el margen de aquellas páginas que luego arrancaría de su cuaderno de poesía dibujó unos bocetos que demostraban que estaba pensando en İpek: el cuello y el pelo de una mujer, detrás una casa infantil de cuya chimenea infantil salía un humo infantil... Ka me había dicho mucho antes que un buen poeta sólo tiene que girar alrededor de las poderosas verdades que encuentra ciertas pero en las que teme creer porque estropearían su poesía y que es precisamente la música oculta de aquellos giros lo que forma su arte.

A Ka le gustaban tanto algunas de las frases de Azul como para transcribirlas palabra por palabra:

—La razón de que aquí estemos tan comprometidos con nuestro Dios no es que seamos pobres, como piensan los occidentales, sino que tenemos más curiosidad que nadie por saber qué es lo que hacemos en este mundo y por lo que ocurrirá en el más allá.

Pero en sus frases finales, en lugar de descender a las raíces de dicha curiosidad y explicar qué es lo que hacemos en este mundo, Azul interpeló a Occidente:

—El Occidente, que al parecer cree más en la democracia, su gran descubrimiento, que en la palabra de Dios, ¿se opondrá a este golpe militar antidemocrático en Kars? —preguntó con un gesto ampuloso—. ¿O lo importante no son la democracia, la libertad y los derechos humanos sino que el resto del mundo imite a Occidente como monos? ¿Puede soportar Occidente que unos enemigos suyos que no se le parecen en nada alcancen la democracia? También quiero dirigirme al resto del mundo, a lo que está fuera de Occidente: hermanos, no estáis solos... —Calló por un momento—. Pero ¿publicará su amigo del *Frankfurter Rundschau* esta noticia completa?

—Queda un poco feo hablar de Occidente como si fuera una sola persona, como si sólo hubiera un punto de vista —respondió Ka cuidadosamente.

—Eso creo yo también, pero —dijo por fin Azul— sólo

278

hay un Occidente y tienen un único punto de vista. El otro lo representamos nosotros.

—De todas maneras, así no es como viven en Occidente —dijo Ka—. Al contrario que aquí, allí la gente no está orgullosa de pensar como todos los demás. Todos, hasta el tendero más vulgar, presumen de tener sus opiniones personales. Por eso, si en lugar de decir Occidente decimos los demócratas occidentales, llegaremos mejor a la conciencia de la gente de allí.

—Muy bien, hágalo usted como mejor sepa. ¿Hace falta alguna otra corrección para que se publique?

—Con el llamamiento final, más que una noticia esto se convierte en un interesante comunicado con características de noticia —dijo Ka—. Pondrán su firma abajo… Quizá unas palabras de presentación sobre usted…

—Ya las he preparado —contestó Azul—. Basta con que digan que soy uno de los principales islamistas de Turquía y Oriente Medio.

—Así no lo puede publicar Hans Hansen.

—¿Cómo?

—Porque, para ellos, publicar un comunicado de sólo un islamista turco en el socialdemócrata *Frankfurter Rundschau* sería tomar partido.

—Así que cuando algo no sirve a los intereses del señor Hans Hansen, ésa es la manera que tiene de quitárselo de encima —dijo Azul—. ¿Qué tenemos que hacer para convencerle?

—Aunque los demócratas alemanes se opusieran a un golpe militar en Turquía, a uno de verdad, no a un golpe teatral, al final les incomodaría que la gente a la que apoyan fueran los islamistas.

—Sí, todos esos nos tienen miedo —dijo Azul.

Ka fue incapaz de descubrir si lo decía con orgullo o si era que se quejaba de ser un incomprendido.

—Por eso —prosiguió Ka—, si un antiguo comunista, un liberal o un nacionalista kurdo también lo firma, el *Frankfurter Rundschau* podría publicar tranquilamente el comunicado.

—¿Cómo?

—Podemos preparar de inmediato un comunicado conjunto con otras dos personas que encontremos en Kars —dijo Ka.

—No voy a beber vino para agradar a los occidentales —replicó Azul—. No voy a esforzarme en parecerme a ellos para que no me tengan miedo y así puedan ver lo que estoy haciendo. Y no voy a hacer reverencias ante la puerta de ese señor occidental Hans Hansen para que los ateos infieles nos tengan pena. ¿Quién es ese Hans Hansen? ¿Por qué pone tantas condiciones? ¿Es judío?

Se produjo un silencio. Al darse cuenta de que Ka pensaba que había hecho un comentario de lo más incorrecto, Azul le miró por un instante con odio.

—Los judíos son los mayores oprimidos de este siglo —añadió—. Antes de hacer ningún cambio en mi declaración, quiero conocer a ese Hans Hansen. ¿Cómo se conocieron?

—Un amigo turco me dijo que el *Frankfurter Rundschau* iba a publicar un reportaje sobre Turquía y que el autor quería hablar con alguien que supiera del tema.

—¿Y por qué Hans Hansen no le preguntó a ese amigo turco tuyo y te preguntó a ti?

—Ese amigo turco sabía del tema menos que yo...

—Y cuál era el tema te lo voy a decir yo —dijo Azul—. La tortura, la opresión, las condiciones de las cárceles, cosas que sirvieran para humillarnos.

—Puede, en Malatya los estudiantes de Imanes y Predicadores habían matado a un ateo —replicó Ka.

—No recuerdo ningún suceso parecido —dijo Azul examinándole atentamente—. Por muy miserables que sean esos supuestos islamistas que matan a un pobre ateo para salir en televisión enorgulleciéndose de ello, igual de infames son los orientalistas que exageran la noticia diciendo que han muerto diez o quince personas para difamar al movimiento islamista en el mundo. Si el señor Hans Hansen es así, será mejor que nos olvidemos de él.

— Hans Hansen me preguntó sobre la Unión Europea y Turquía. Contesté a sus preguntas. Una semana más tarde me llamó por teléfono. Me invitó a cenar a su casa.

—¿Así, de repente?

—Sí.

—Muy sospechoso. ¿Qué viste en su casa? ¿Te presentó a su mujer?

Ka vio que Kadife, sentada junto a las cortinas completamente echadas, escuchaba ahora toda oídos.

—Bueno, Hans Hansen tenía una familia feliz —dijo Ka—. Una tarde, al salir del periódico, Herr Hansen me recogió del Bahnhof. Media hora después llegamos a una bonita y luminosa casa en medio de un jardín. Se portaron muy bien conmigo. Comimos pollo al horno con patatas. Su mujer primero hirvió las patatas y luego las asó en el horno.

—¿Cómo era su mujer?

Ka se imaginó a Hans Hansen, el dependiente de Kaufhof.

—Ingeborg y los niños eran tan rubios y guapos como rubio, ancho de hombros y apuesto era Hans Hansen.

—¿Había algún crucifijo en las paredes?

—No me acuerdo. No, no lo había.

—Lo había, pero no te fijaste —dijo Azul—. Al contrario de lo que imaginan nuestros ateos admiradores de Europa, todos los intelectuales europeos son muy fieles a su religión, a sus cruces. Pero cuando nuestra gente regresa a Turquía no habla de eso porque lo que les interesa es demostrar que la superioridad tecnológica de Occidente es una victoria del ateísmo… Cuéntame lo que viste, de qué hablasteis.

—Herr Hansen es un amante de la literatura a pesar de que en el *Frankfurter Rundschau* trabaja en la sección de internacional. Acabamos charlando de poesía. Hablamos de poetas, de países, de cuentos. Ni me di cuenta de cómo pasaba el tiempo.

—¿Les dabas pena? ¿Te demostraban afecto por ser turco, por ser un miserable, solitario y pobre refugiado político, porque los jóvenes alemanes borrachos que se aburren se dedican a dar palizas a los turcos solos y desamparados como tú?

—No lo sé. Nadie me presionaba.

—Aunque no te presionaran ni te demostraran que te tenían pena, el hombre siempre tiene en su corazón el deseo de ser compasivo. En Alemania hay decenas de miles de intelectuales que han convertido ese deseo en su manera de ganarse el pan.

—La familia de Hans Hansen, sus hijos, eran todos buenas personas. Agradables y dulces. Quizá no hicieron sentir que se compadecían de mí de puro educados que eran. Me gustaron. Y si me hubieran tenido pena no me habría importado.

—O sea, ¿que esa situación no te resultaba humillante?

—Puede que sí, pero de todas formas fui muy feliz con ellos aquella noche. Las lámparas que había a los lados de la mesa tenían una luz anaranjada muy agradable... Los tenedores y los cuchillos eran de un tipo que nunca había visto, pero no tan raros como para resultar incómodos... La televisión estaba permanentemente encendida y de vez en cuando le echaban un vistazo, y eso me hizo sentirme en casa. A veces, como veían que mi alemán no me bastaba, me daban explicaciones en inglés. Después de cenar los niños les hicieron algunas preguntas sobre sus clases a sus padres y ellos los besaron antes de que se fueran a acostar. Me sentía tan cómodo que al final de la cena me serví un segundo trozo de pastel. Nadie se dio cuenta, pero, si lo hicieron, lo encontraron natural. Luego pensé mucho en eso.

—¿Qué tipo de tarta era? —preguntó Kadife.

—Una tarta vienesa de higos y chocolate.

Hubo un silencio.

—¿De qué color eran las cortinas? —volvió a preguntar Kadife—. ¿Qué diseños tenían?

—Eran blanquecinas o crema —respondió Ka haciendo como si tratara de recordar—. Tenían pececitos, flores, osos y frutas de todos los colores.

—O sea, ¿como una tela para niños?

—No, porque también tenía un aspecto muy serio. Tengo que decir que aunque eran felices tampoco se reían innecesariamente cada dos por tres como hacemos nosotros. Eran muy serios. Quizá por eso eran felices. Para ellos la vida era un asunto serio para el que hacía falta responsabilidad. No un empeño a ciegas ni un amargo examen como lo es para nosotros. Pero esa seriedad era algo lleno de vida, positivo. Poseían una felicidad colorida y medida, como los osos y los peces de las cortinas.

—¿De qué color era el mantel? —preguntó Kadife.

—No me acuerdo —contestó Ka y se sumió en sus pensamientos como si estuviera intentando recordar.

—¿Cuántas veces fuiste allá? —dijo Azul con un ligero enfado.

—Aquella noche fui tan feliz allí que me habría gustado mucho que me volvieran a invitar. Pero Hans Hansen no me invitó más.

El perro encadenado del patio ladró largo rato. Ahora Ka veía tristeza en la cara de Kadife y un airado desprecio en la de Azul.

—Pensé muchas veces en llamarles por teléfono —prosiguió tercamente—. A veces pensaba que Hans Hansen podía haberme llamado para invitarme de nuevo a cenar pero que no me había encontrado en casa, a duras penas me contenía para no irme de la biblioteca y no volver a casa corriendo. Aquel precioso espejo de la estantería, los sillones cuyo color he olvidado, creo que eran amarillo limón, el que me preguntaran «¿Así está bien?» mientras cortaban el pan sobre la tabla en la mesa (ya saben que los europeos comen mucho menos pan que nosotros), aquellos hermosos paisajes de los Alpes en las paredes sin crucifijos; me habría gustado mucho ver de nuevo todo aquello.

Ahora Ka veía que Azul le miraba con una abierta repugnancia.

—Tres meses después un amigo me trajo nuevas noticias de Turquía —continuó Ka—. Con la excusa de darle aquellas noticias de horribles torturas, de opresión y tiranía, llamé por teléfono a Hans Hansen. Me escuchó con atención, de nuevo muy atento y educado. Incluso salió una pequeña noticia en el periódico. A mí aquellas noticias de tortura y muertes no me importaban. Yo quería que me volviera a invitar. Pero no lo hizo. A veces me apetece escribirle una carta para preguntarle en qué me equivoqué y por qué no me volvió a llamar.

A Azul no le calmó el que Ka pareciera sonreír ante su triste situación.

—Ahora tendrá una nueva excusa para llamarle —le dijo irónicamente.

—Pero para que la noticia salga en el periódico, tenemos que preparar un comunicado conjunto que sea aceptable para los estándares alemanes —dijo Ka.

—¿Y quiénes serán el nacionalista kurdo y el liberal comunista con los que tengo que redactar un comunicado?

—Si lo que teme es que le salgan policías, proponga usted los nombres —contestó Ka.

—Hay muchos jóvenes kurdos con el corazón lleno de furia por lo que les han hecho a sus compañeros de clase del Instituto de Imanes y Predicadores. Sin la menor duda, un periodista occidental apreciará más a un nacionalista kurdo ateo que a uno islamista. En el comunicado un joven estudiante puede representar a los kurdos.

—Bien, busquen ustedes a ese joven estudiante —dijo Ka—. Puedo asegurarle que el *Frankfurter Rundschau* lo aceptará.

—Por supuesto, al fin y al cabo usted es el representante de Occidente entre nosotros —replicó Azul sarcásticamente.

—Para el antiguo comunista-nuevo demócrata —continuó Ka sin hacerle el menor caso—, Turgut Bey es la persona más adecuada.

—¿Mi padre? —dijo Kadife, inquieta.

Como Ka asintió, Kadife replicó que su padre no saldría nunca de casa. Comenzaron a hablar todos a la vez. Azul intentaba explicar que Turgut Bey, como todos los antiguos comunistas, en realidad no era un demócrata y que había recibido con alegría el golpe militar porque había intimidado a los islamistas pero que hacía como si se opusiera a él para no mancillar su imagen de izquierdista.

—¡Mi padre no es un numerero! —replicó Kadife.

Por el temblor de su voz y por el brillo de ira que surgió de repente en los ojos de Azul, Ka comprendió de inmediato que estaban en el umbral de una discusión que debía de haberse repetido ya muchas veces entre ambos. Ka también comprendió que, como las parejas hartas de discutir, se había agotado en ellos incluso el deseo de esforzarse por ocultarlo ante desconocidos. Vio en Kadife la determinación de contestar a cualquier precio tan típica de las mujeres maltratadas y enamoradas y en Azul, junto a un gesto de orgullo, una extraordinaria ternura. Pero de repente todo cambió y en la mirada de Azul apareció una resolución absoluta.

—¡Tu padre, como todos los ateos farsantes y los progres izquierdistas que tanto admiran Europa, en realidad es un numerero que odia al pueblo!

Kadife agarró el cenicero de plástico de Electricidad Ersin y se lo tiró a Azul. Pero, quizá a propósito, no apuntó bien: el cenicero dio en el paisaje veneciano del calendario colgado en la pared y cayó al suelo silenciosamente.

—Además, tu padre se hace el loco con que su hija sea la amante secreta de un islamista radical —añadió Azul.

Kadife se echó a llorar después de golpear suavemente con los puños el hombro de Azul. Mientras Azul la sentaba en la silla que había a un lado, ambos hablaban con un tono tan artificial que Ka casi estuvo a punto de creerse que todo era una representación teatral preparada para impresionarle.

—Retira lo que has dicho —dijo Kadife.

—Lo retiro —contestó Azul como si consolara cariñosamente a un niño que llora—. Y para probarlo, acepto firmar un comunicado con tu padre sin que me importe que sea alguien que se pasa el día haciendo chistes impíos. Pero como todo esto puede ser una trampa que nos ha preparado el representante de Hans Hansen —no sonrió a Ka—, yo no puedo ir a vuestro hotel. ¿Me entiendes, cariño?

—Y mi padre tampoco sale del hotel —dijo Kadife con una voz de niña mimada que sorprendió a Ka—. Le desmoraliza la pobreza de Kars.

—Convénzalo y que salga, Kadife —dijo Ka dándole a su voz un colorido oficial que nunca antes había utilizado hablando con ella—. La nieve lo ha cubierto todo. —Sus miradas se cruzaron.

—Muy bien —contestó Kadife comprendiéndolo por fin—. Pero antes de convencerle de que salga del hotel habrá que persuadirle de que firme el mismo texto que un islamista y un nacionalista kurdo. ¿Quién lo va a hacer?

—Yo lo haré —dijo Ka—. Y usted me ayudará.

—¿Y dónde se van a encontrar? —preguntó Kadife—. ¿Y si por esta tontería detienen a mi padre y lo meten otra vez en la cárcel a su edad?

—No es una tontería —replicó Azul—. Si en la prensa europea sale un par de noticias, Ankara les dará un tirón de orejas a los de aquí y los pararán un poco.

—La cuestión no es tanto que publiquen la noticia en los periódicos europeos como que publiquen tu nombre —le respondió Kadife.

Ka sintió respeto por Azul cuando vio que conseguía reaccionar ante aquello sonriendo con tolerancia y dulzura. Era la primera vez que se le venía a la cabeza que si el *Frankfurter Rundschau* publicaba su declaración, los pequeños periódicos islamistas de Estambul traducirían la noticia exagerándola y presumiendo de ella. Eso significaba que a Azul le conocerían en toda Turquía. Se produjo un largo silencio. Kadife había sacado un pañuelo y se secaba los ojos. Ka sintió que en cuanto se fuera, aquellos dos enamorados primero discutirían y luego harían el amor. ¿Querían que se fuera ya? Un avión pasaba muy alto. Todos clavaron la mirada en el cielo que se veía por la parte de arriba de la ventana y escucharon.

—La verdad es que por aquí nunca pasa ningún avión —dijo Kadife.

—Están ocurriendo cosas extraordinarias —dijo Azul sonriendo luego ante su propia paranoia, pero le encolerizó ver que Ka se adhería a su sonrisa—. Dicen que aunque estamos a mucho menos de veinte bajo cero las autoridades insisten en los veinte bajo cero. —Miró a Ka como si le desafiara.

—Me gustaría llevar una vida normal —dijo Kadife.

—Le has dado la patada a una vida burguesa normal —contestó Azul—. Eso es lo que te hace ser una persona tan excepcional.

—Yo no quiero ser excepcional. Quiero ser como todo el mundo. De no ser por el golpe quizá me hubiera descubierto la cabeza y por fin habría sido como los demás.

—Aquí todo el mundo se cubre la cabeza —dijo Azul.

—No es verdad. En mi ambiente, la mayor parte de las mujeres con estudios como yo no se la cubren. Si todo consiste en ser una más, como las otras, la verdad es que me he alejado bastante de las que son como yo al cubrirme la cabeza. Ahí hay una cuestión de orgullo que no me gusta nada.

—Pues entonces descúbrete la cabeza mañana —dijo Azul—. Todos lo verán como un triunfo del golpe militar.

—Todos saben que, al contrario que tú, no vivo según lo que piensan los demás —contestó Kadife con la cara rojísima de puro placer.

Azul también sonrió con dulzura ante aquello, pero Ka pudo ver por su expresión que esta vez usaba toda su fuerza de voluntad para conseguirlo. Y Azul vio que Ka se daba cuenta. Eso condujo a los dos hombres a un lugar en el que nunca hubieran querido estar de testigos juntos, al umbral de la intimidad entre Azul y Kadife. Ka sintió que mientras Kadife se ponía gallita con una voz medio colérica y exponía abiertamente su intimidad con Azul para así herirle en lo más sensible, al mismo tiempo sumía a Ka en un sentimiento de culpabilidad por ser testigo de aquello. ¿Por qué se le vino ahora a la cabeza la carta de amor que Necip le había escrito a Kadife y que llevaba en el bolsillo desde la noche anterior?

—En los periódicos nunca salen los nombres de las mujeres maltratadas o expulsadas de la escuela por culpa del velo —dijo Kadife con el mismo tono de estar cegada por la ira—. En los periódicos, en lugar de las mujeres a las que el velo ha arruinado la vida, siempre sacan fotografías de islamistas provincianos, recelosos y estúpidos que hablan por ellas. Y la mujer musulmana sólo sale en los periódicos si su marido es alcalde o algo parecido y porque está a su lado en ceremonias y fiestas. Por eso es por lo que lamentaría más aparecer en esos periódicos que no hacerlo. En realidad, me dan pena estos pobres hombres que tanto se afanan por destacar mientras nosotras sufrimos lo indecible para proteger nuestra intimidad. Por eso creo que es necesario que se escriba un artículo sobre las muchachas que se han suicidado. Además, creo que también tengo derecho a entregarle a Hans Hansen un comunicado.

—Estaría muy bien —dijo Ka sin pensárselo—. Podría firmar como representante de las feministas musulmanas.

—No quiero representar a nadie —contestó Kadife—. Quiero plantarme ante los europeos sólo con mi historia, sola, con todos mis pecados y mis imperfecciones. A veces a una le gustaría contarle toda su historia a alguien que no conoce y a quien está segura de que no va a volver a ver, todo... Antes, cuando leía novelas europeas, me daba la impresión de que era así como los protagonistas le habían contado al autor sus historias. Me gustaría que tres o cuatro personas en Europa leyeran así mi historia.

Se oyó una explosión en algún lugar cercano, la casa entera se sacudió, los cristales temblaron. Un par de segundos después Azul y Ka se pusieron en pie asustados.

—Ya voy yo a mirar —dijo Kadife. De entre ellos era la única que parecía mantener la sangre fría.

Ka entreabrió ligeramente los visillos de la ventana.

—El carretero no está, se ha ido —dijo.

—Era peligroso que se quedara aquí —le explicó Azul—. Cuando salgas, hazlo por la puerta lateral del patio.

Ka sintió que le decía aquello en el sentido de «vete ya», pero no se movió de su sitio esperando algo. Se miraron mutuamente con odio. Ka recordó el miedo que sentía en sus años de universidad cuando se encontraba en un pasillo desierto y oscuro con estudiantes ultranacionalistas armados, pero en aquellos tiempos no flotaba en el ambiente una tensión sexual.

—Puede que sea un poco paranoico —dijo Azul—, pero eso no significa que no seas un espía de Occidente. Tampoco cambia la situación el que no sepas que eres un agente y que no tengas la menor intención de serlo. Entre nosotros, tú eres el extraño. Y la prueba está en las dudas que has conseguido sembrar sin darte cuenta en la fe de esta muchachita y en su extraño comportamiento. Y quizá nos estés juzgando con esa

mirada tuya de occidental pagado de sí mismo y te estés riendo de nosotros en secreto... A mí no me importa y a Kadife
tampoco le habría importado, pero con toda tu inocencia has
introducido entre nosotros esas promesas de felicidad y ese
sueño de justicia de los europeos y has confundido nuestras
mentes. No estoy enfadado contigo porque, como todas las
buenas personas, lo haces sin darte cuenta de tu maldad. Pero,
ahora que te lo he dicho, ya no podrás considerarte inocente
nunca más.

27
Aguanta, hija mía, que llega ayuda de Kars
Ka intenta que Turgut Bey se adhiera
al comunicado

Después de salir de la casa sin que nadie le viera, Ka pasó al mercado desde el patio al que daban los talleres. Entró en la minúscula mercería-papelería-tienda de casetes donde el día anterior había oído *Roberta* de Peppino di Capri e hizo que el pálido y cejijunto dependiente le fotocopiara la carta que Necip le había escrito a Kadife pasándosela página a página. Para eso tuvo que rasgar el sobre. Luego colocó las páginas originales en uno de esos sobres descoloridos y baratos, del mismo tipo que el auténtico, e imitando la letra de Necip escribió en él «Kadife Yıldız».

Con la imagen de İpek ante los ojos, que le incitaba a luchar por su felicidad, mintiendo e intrigando si era necesario, echó a andar hacia el hotel con pasos rápidos. Volvía a nevar a grandes copos. Ka sintió en las calles la inquietud desmadejada de una tarde cualquiera. En la esquina entre las calles Camino del Palacio y Halitpaşa, a las que estrechaban los montones de nieve, un carro de carbón tirado por un caballo cansado había bloqueado el tráfico. Los limpiaparabrisas del camión que tenía detrás apenas alcanzaban a cumplir su función. Todos regresaban a sus casas, a su limitada felicidad, con bolsas de plástico en las manos, en el aire flotaba aquella melancolía tan propia de las plomizas tardes de invierno de su infancia, pero se sentía tan decidido como si el día acabara de comenzar.

Subió de inmediato a su habitación. Escondió las fotocopias de la carta de Necip en el fondo de su bolsa. Se quitó el abrigo y lo colgó. Se lavó las manos con un extraño cuidado. Siguiendo un instinto, se lavó también los dientes (era algo que hacía por las noches) y, creyendo que se le venía un nuevo poema, miró largo rato por la ventana. Por otra parte, se aprovechaba del calor del radiador que había bajo la ventana y en lugar de un poema acudían a su mente ciertos recuerdos de su infancia y juventud que había olvidado: el «asqueroso» que les había perseguido a su madre y a él una mañana de primavera en que habían salido a Beyoğlu para comprar botones... Cómo desaparecía de la vista en la esquina de Nişantaşı el taxi que llevaba a sus padres al aeropuerto para su viaje por Europa... Cómo durante días le había dolido la barriga de amor después de que conociera en una fiesta en la Isla Grande a una chica alta, de pelo largo y ojos verdes, bailara con ella y luego no supiera cómo volver a encontrarla... Aquellos recuerdos no tenían relación entre sí y ahora Ka comprendía perfectamente que la vida, excepto enamorarse y ser feliz, sólo era una serie de momentos sin relevancia ni relación entre ellos.

Bajó con la decisión de alguien que lleva años planeando una visita y, con una sangre fría que a él mismo le sorprendió, llamó a la puerta blanca que separaba el vestíbulo de las habitaciones del propietario del hotel. Sintió que la criada kurda le recibía con el aire «medio misterioso, medio respetuoso» propio de una novela de Turgueniev. Al entrar en el salón en el que habían cenado la noche anterior vio que Turgut Bey e İpek estaban sentados hombro con hombro frente a la televisión en el largo diván que daba la espalda a la puerta.

—Kadife, ¿dónde estabas? Está empezando — dijo Turgut Bey.

A la luz pálida de la nieve que venía del exterior, la amplia habitación de techo alto de aquella antigua mansión rusa le pareció a Ka un lugar completamente distinto al de ayer por la noche. Cuando padre e hija se dieron cuenta de que el que había entrado era Ka se inquietaron por un momento, como esas parejas cuya intimidad pisotea un extraño. Pero Ka se sintió feliz en cuanto vio que inmediatamente los ojos de İpek brillaban con una chispa. Se sentó en un sillón vuelto tanto hacia el padre y la hija como a la televisión encendida y vio sorprendido que İpek era aún más bella de lo que recordaba. Aquello hacía que aumentara el miedo de su corazón pero ahora creía que al fin acabaría siendo feliz con ella.

—Todas las tardes a las cuatro mis hijas y yo nos sentamos aquí para ver *Marianna* —dijo Turgut Bey con cierto bochorno pero también con una expresión de «yo no tengo por qué rendirle cuentas a nadie».

Marianna era una serie melodramática mexicana que uno de los grandes canales de televisión de Estambul ponía cinco días por semana y que gustaba mucho en toda Turquía. Marianna, la joven bajita, de enormes ojos verdes, simpática y coqueta que daba nombre a la serie, era una muchacha necesitada de clase baja a pesar de lo blanquísimo de su piel. Cuando se enfrentaba a situaciones difíciles, a acusaciones injustas, a amores no correspondidos, los espectadores recordaban muy bien el pasado de pobreza, de orfandad y de soledad de aquella Marianna de pelo largo y rostro inocente y entonces Turgut Bey y sus hijas, sentados juntitos como gatos en el sofá, se abrazaban con fuerza y mientras las hijas apoyaban la cabeza en los hombros o en el pecho de su padre por ambos lados, a todos se les escapaba un par de lágrimas. Como a Turgut Bey le avergonzaba haberse aficionado de tal manera a una serie melodramática, de vez en cuando llamaba la atención sobre la pobreza de Marianna y de México, decía que aquella muchacha estaba librando su propia guerra contra los capitalistas y, en ocasiones, le gritaba a la pantalla: «¡Aguanta, hija mía, que llega ayuda de Kars!». Entonces sus hijas sonreían ligeramente con los ojos llenos de lágrimas.

Al comenzar la serie apareció una sonrisa en la comisura de los labios de Ka. Pero frunció el ceño en cuanto su mirada se cruzó con la de İpek y comprendió que su gesto no le había gustado.

En la primera tanda de anuncios Ka le expuso a Turgut Bey con rapidez y gran confianza en sí mismo la cuestión del comunicado conjunto y consiguió atraer su atención en poco tiempo. Turgut Bey estaba sobre todo contento con que le hubieran concedido tanta importancia. Le preguntó a Ka de quién había sido la idea del comunicado y cómo era que habían sugerido su nombre.

Ka le contestó que había sido él quien había tomado dicha decisión a la luz de las entrevistas que había mantenido con los periodistas demócratas de Alemania. Turgut Bey le preguntó cuántos ejemplares vendía el *Frankfurter Rundschau* y si Hans Hansen era o no un «humanista». Con la intención de preparar a Turgut Bey con respecto a Azul, Ka lo describió como un peligroso integrista que había comprendido la importancia de ser demócrata. Pero el otro no le dio la menor importancia a aquello, dijo que el echarse en brazos de la religión era una consecuencia de la pobreza y le recordó que aunque no creyera en la causa de su hija y sus compañeros, la respetaba. Con el mismo espíritu le dijo que también sentía respeto por el joven nacionalista kurdo, fuera quien fuese, y le confesó que si él mismo fuera hoy un joven kurdo en Kars, sin duda sería nacionalista como reacción. Parecía que estuviera en uno de esos momentos entusiastas en los que ofrecía ayuda a Marianna. «Está mal decirlo en público, pero estoy en contra de los golpes militares», añadió excitado. Ka le calmó explicándole que, al fin y al cabo, el comunicado no se iba a publicar en Turquía. Luego le dijo que la única manera de que la reunión fuera segura sería celebrarla en el cuartillo del piso superior del hotel Asia y que podrían entrar al hotel sin ser vistos saliendo por la puerta de atrás del pasaje y cruzando el patio que daba a la puerta trasera de la tienda que había justo al lado.

—Hay que demostrar al mundo que en Turquía también hay auténticos demócratas —le contestó Turgut Bey. Acabó con la conversación a toda velocidad porque la serie iba a continuar. Antes de que Marianna apareciera en la pantalla miró el reloj y preguntó—: ¿Dónde estará Kadife?

Ka, como el padre y la hija, contempló la serie en silencio.

En cierto momento Marianna, ardiendo de amor, subió las escaleras y, una vez segura de que nadie la veía, abrazó a su amado. No se besaron, pero hicieron algo que afectó a Ka mucho más: se abrazaron con todas sus fuerzas. En el largo silencio Ka comprendió que toda Kars, las amas de casa que habían vuelto del mercado y sus maridos, las jóvenes de secundaria y los ancianos jubilados, estaba viendo aquella serie y que no sólo las tristes calles de Kars, sino también las de toda Turquía estaban completamente vacías a causa de ella y se dio cuenta al mismo tiempo de que el sarcasmo de intelectual, las preocupaciones políticas y las pretensiones de superioridad cultural que hacían que viviera una vida estéril alejada del sentimentalismo al que inducía aquella serie eran consecuencia de su propia estupidez. Estaba seguro de que Azul y Kadife se habían retirado a un rincón después de haber hecho el amor y de que ahora mismo estaban tumbados, abrazados el uno al otro, viendo *Marianna* rebosantes de amor.

Cuando Marianna le dijo a su amado «Toda mi vida he esperado este momento», Ka sintió que no era casualidad que aquellas palabras reflejaran lo que él mismo pensaba. Intentó mirar a İpek a los ojos. Su amada tenía la cabeza apoyada en el pecho de su padre, los ojos enormes nublados de pena y amor clavados en la pantalla y se abandonaba deseosa a los sentimientos que le ofrecía la serie.

—No obstante, estoy muy preocupado —dijo el apuesto amado de cara limpia de Marianna—. Mi familia nunca permitirá que estemos juntos.

—Mientras nos amemos no tenemos nada que temer —le respondió, optimista, Marianna.

—Pero, hija, ¡si tu verdadero enemigo es ese tipo! —les interrumpió Turgut Bey.

—Quiero que me ames sin miedo —dijo Marianna.

Ka, mirando con insistencia a los ojos de İpek, consiguió que se cruzaran sus miradas con la suya, pero ella rehuyó la suya rápidamente. Cuando llegó otra tanda de anuncios se volvió a su padre:

—Papá —dijo—. En mi opinión, es peligroso que vaya al hotel Asia.

—No te preocupes —contestó Turgut Bey.

—Usted es quien se ha pasado años diciendo que le trae mala suerte salir a las calles de Kars.

—Sí, pero si no voy allí debe ser por una cuestión de principios y no por miedo —respondió Turgut Bey, y se volvió hacia Ka—. La pregunta es ésta: yo, ahora, como comunista, modernizador, laicista, demócrata y patriota, ¿debo creer ante todo en la ilustración del pueblo o en la voluntad popular? Porque si creo hasta el fin en la Ilustración y en la occidentalización, me veo obligado a apoyar este golpe militar realizado contra los integristas. Si por el contrario soy un demócrata auténtico y sin adulterar y creo ante todo en la voluntad popular, entonces debo ir a firmar ese comunicado. ¿En qué cree usted?

—Póngase de parte de los oprimidos y vaya a firmar el comunicado —contestó Ka.

—No basta con estar oprimido, también hay que tener razón. Y la mayoría de los oprimidos están equivocados hasta la estupidez. ¿En qué creemos?

—Él no cree en nada —dijo İpek.

—Todo el mundo cree en algo —replicó Turgut Bey—. Dígame lo que piensa, por favor.

Ka intentó explicarle a Turgut Bey que si firmaba el comunicado, habría un poco más de democracia en Kars. Ahora sentía preocupado que había muchas posibilidades de que İpek no quisiera ir con él a Frankfurt y temía no poder convencer con su sangre fría a Turgut Bey de que saliera del hotel. También notó en su interior la sensación mareante de libertad que le daba el decir sin creérselas las mismas cosas en las que había creído. Mientras musitaba lugares comunes sobre el comunicado, la democracia y los derechos humanos, vio en los ojos de İpek una luz que demostraba que no creía lo más mínimo en lo que estaba diciendo. Pero no era una luz reprobatoria y moralista, justo al contrario, era provocativa y estaba impregnada de sexualidad. Le decía: «Sé que estás diciendo todas estas mentiras porque me deseas». Y así Ka, después de haber descubierto la importancia de los sentimientos melodramáticos, decidió que había encontrado otra enorme verdad que nunca había comprendido en su vida: los hombres que no creen en otra cosa que en el amor pueden resultar muy atractivos a ciertas mujeres... Con la emoción de aquel nuevo descubrimiento, pronunció un largo discurso sobre los derechos humanos, la libertad de pensamiento, la democracia y otras cuestiones parecidas. Mientras repetía las ideas sobre los derechos humanos que trivializan a fuerza de insistir en ellas algunos intelectuales europeos ligeramente entontecidos de puro bienintencionados y sus imitadores turcos con la emoción de hacer el amor con ella, clavó su mirada en los ojos de İpek.

—Tiene razón —dijo Turgut Bey al acabarse los anuncios—. ¿Dónde está Kadife?

Cuando la serie comenzó de nuevo, Turgut Bey estaba nervioso, quería ir al hotel Asia, pero también le daba miedo. Mientras veían *Marianna* habló lentamente, con la melancolía de un anciano perdido entre la fantasía y la memoria, de los recuerdos políticos de su juventud, de su miedo de ir a la cárcel y de la responsabilidad de los seres humanos. Ka comprendió que İpek estaba dolida con él por haber arrastrado a su padre a aquella inquietud y a aquel miedo, pero que también le admiraba hasta cierto punto por haberle convencido. No le importó que le rehuyera la mirada ni le ofendió que al terminar la serie abrazara a su padre y le dijera: «No vaya si no quiere, bastante ha sufrido ya por los demás».

Ka vio una sombra en el rostro de İpek, pero se le vino a la mente un nuevo y alegre poema. Se sentó en silencio en la silla que había junto a la puerta de la cocina, en la que hasta poco antes había estado sentada la señora Zahide llorando mientras veía *Marianna*, y escribió optimista el poema que le había venido.

Al terminar por completo el poema, que mucho más tarde y quizá irónicamente titularía «Seré feliz», Kadife entró a toda velocidad sin verle. Turgut Bey se levantó de un salto, la abrazó, la besó y le preguntó dónde había estado y por qué tenía las manos tan frías. Una lágrima descendía por su mejilla. Kadife le respondió que había ido a casa de Hande. Se le había hecho tarde y, como no quería perderse *Marianna*, la había estado viendo allí hasta el final. «¿Y qué tal nuestra chica?», preguntó Turgut Bey (se refería a Marianna), pero sin esperar la respuesta de Kadife, pasó al otro asunto que le atenazaba incómodamente y expuso con rapidez todos los argumentos de Ka.

Kadife no sólo actuó como si fuera la primera vez que oía hablar de aquel asunto, sino que además hizo como si le sorprendiera mucho que Ka estuviera allí cuando se dio cuenta de su presencia en el otro extremo de la habitación. «Me alegro mucho de verle aquí», dijo intentando taparse la cabeza descubierta, pero sin hacerlo por fin se sentó frente al televisor y comenzó a darle consejos a su padre. La pose de sorpresa de Kadife era tan convincente que, cuando empezó a convencer a Turgut Bey de que firmara el comunicado y acudiera a la reunión, Ka pensó que también estaba actuando con su padre. Teniendo en cuenta que Azul quería que el comunicado tuviera una forma que permitiera su publicación en el extranjero, sus sospechas podrían haber sido ciertas, pero Ka comprendió por el miedo que aparecía en el rostro de İpek que además había otra razón.

—Yo también le acompañaré al hotel Asia, papá —dijo Kadife.

—No quiero que te metas en problemas por mi causa —replicó Turgut Bey con un tono sacado de las series que veían juntos y de las novelas que habían leído juntos.

—Papá, puede que complicarse en este asunto sea asumir un riesgo innecesario —dijo İpek.

Ka sintió que İpek, mientras hablaba con su padre, también le estaba diciendo algo a él, en realidad en aquella habitación todos hablaban con dobles sentidos, y que al rehuirle la mirada a veces para clavársela en otras simplemente pretendía acentuarlo. Sólo mucho después se daría cuenta de que todas las personas que había conocido en Kars, a excepción de Necip, hablaban con dobles sentidos en una armonía instintiva y se preguntaría si tendría relación con la pobreza, con el miedo, con la soledad o con la trivialidad de la vida. Ka podía ver que diciendo «Papá, no vaya», en realidad İpek le estaba provocando y que hablando del comunicado y de la devoción por su padre, Kadife en realidad expresaba su devoción por Azul.

Así fue como decidió intervenir en lo que luego llamaría «la conversación con dobles sentidos más profunda de mi vida». Percibía con claridad que si ahora era incapaz de convencer a Turgut Bey de que saliera del hotel nunca podría acostarse con İpek, podía leerlo en la desafiante mirada de ella, y decidió que aquélla era la última oportunidad de su vida para ser feliz. En cuanto empezó a hablar percibió que las palabras y las ideas necesarias para convencer a Turgut Bey eran las mismas que habían provocado que desperdiciara su vida en vano. Eso despertó en él el deseo de vengarse de aquellos ideales izquierdistas de su juventud que ahora, sin ni siquiera darse cuenta, estaba olvidando. Pero mientras hablaba de hacer algo por los demás, de sentirse responsable por la pobreza y los problemas del país, de la decisión de civilizar y de unos imprecisos sentimientos de solidaridad con el único objetivo de convencer a Turgut Bey, tuvo un inesperado momento de sinceridad. Recordó el entusiasmo izquierdista de su juventud, su decisión de no ser un vulgar y desastroso burgués turco como los demás, su deseo de vivir entre libros e ideas. Y así le repitió a Turgut Bey con el entusiasmo de los veinte años las mismas creencias que tanto habían entristecido a su madre, que se oponía, con toda la razón, a que su hijo fuera poeta, y que le habían arruinado la vida exiliándole por fin a un nido de ratas en Frankfurt. Y, por otra parte, sentía que la violencia de sus palabras para İpek también significaba «quiero hacer el amor contigo con esta misma violencia». Pensaba que aquellas consignas izquierdistas por las que había desperdiciado su vida acabarían por servir para algo y que gracias a ellas podría hacer el amor con İpek; y eso al mismo tiempo en que se daba cuenta de que ya no creía lo más mínimo en ellas y en que pensaba que la mayor felicidad en la vida sería poder abrazar a alguna muchacha bella e inteligente y escribir poesía en un rincón.

Turgut Bey dijo que iría a la reunión en el hotel Asia «ahora mismo». Se fue a su habitación, acompañado por Kadife, para vestirse y prepararse.

Ka se acercó a İpek, que seguía sentada en el mismo rincón desde el que había estado viendo la televisión con su padre. Por su postura parecía que todavía se apoyara en él.

—Te espero en mi habitación —susurró Ka.

—¿Me quieres? —dijo İpek.

—Te quiero mucho.

—¿De verdad?

—De verdad.

Guardaron silencio un rato. Ka, siguiendo la mirada de İpek, echó un vistazo por la ventana. Había comenzado a nevar de nuevo. La farola que había frente al hotel estaba encendida y daba la impresión, a pesar de que iluminaba los gruesos copos, de estarlo en vano porque la oscuridad no había caído del todo.

—Tú sube a tu habitación. Yo iré en cuanto se vayan —le dijo İpek.

28
La diferencia entre el amor
y la agonía de la espera
Ka e İpek en la habitación del hotel

Pero İpek no llegó enseguida. Aquélla fue una de las peores torturas que Ka sufrió en toda su vida. Recordó que siempre le había dado miedo enamorarse a causa de aquella terrible agonía de la espera. En cuanto llegó a la habitación, primero se tumbó en la cama, enseguida se levantó, se arregló un poco, se lavó las manos, sintió que la sangre le desaparecía de las manos, de los brazos y de las comisuras de los labios, se peinó con las manos temblorosas, luego miró su reflejo en el cristal de la ventana y volvió a despeinarse con la mano, pero viendo el poco tiempo que le había llevado todo aquello, comenzó a mirar por la ventana horrorizado.

Ante todo tenía que ver cómo se iban Turgut Bey y Kadife. Aunque podía ser que se hubieran marchado mientras Ka estaba en el retrete. Pero si se habían ido, entonces İpek ya debería haber llegado. Aunque quizá estuviera haciendo lentos preparativos en su habitación, la que él había visto la noche anterior, pintándose y perfumándose. ¡Qué decisión tan errónea desperdiciar así el tiempo que podrían estar pasando juntos! ¿No sabía cuánto la deseaba? Nada valía una angustia tan insoportable como la de aquellos momentos; se lo diría a İpek cuando llegara, pero ¿iba a venir? A cada instante estaba más seguro de que İpek había cambiado de idea, de que no vendría.

Vio que un carro tirado por un caballo se acercaba al hotel, que Turgut Bey, que avanzaba apoyándose en Kadife, subía en él ayudado por la señora Zahide y por Cavit, el recepcionista, que cerraban la lona que le cubría los costados. Pero el carro no se movió. Permanecía allí mientras los copos de nieve, que parecían cada vez más enormes a la luz de la farola, se acumulaban a toda velocidad en la cubierta. Y a Ka le parecía que también el tiempo se hubiera detenido y creyó que se volvería loco. De repente, Zahide llegó corriendo y metió en el carro algo que Ka no pudo ver. En cuanto se puso en movimiento, el corazón de Ka se aceleró.

Pero İpek seguía sin venir.

¿Qué es lo que diferencia el amor de la agonía de la espera? Como el primero, la última empezaba en algún lugar entre la zona superior del estómago y los músculos abdominales de Ka, y desde aquel punto central se extendía invadiendo su pecho, la parte alta de sus piernas y su frente y adormecía todo su cuerpo. Intentó suponer qué sería lo que estaba haciendo İpek por los ruidos del hotel. Creyó que una mujer que pasaba por la calle y que no se parecía en nada a ella era ella. ¡Qué bonita caía la nieve! ¡Qué hermoso olvidar por un momento que estaba esperando! El mismo dolor de barriga y las mismas ganas de morirse sentía cuando de niño les bajaban al comedor de la escuela para vacunarles y esperaba en la cola con el brazo remangado entre el olor a tintura de yodo y a fritangas. Le habría gustado estar en casa, en su cuarto. Le habría gustado estar en su espantoso cuarto de Frankfurt. ¡Qué gran error haber venido aquí! Ya ni siquiera le venía un poema a la cabeza. Ni siquiera podía mirar la nieve que caía en la calle vacía de pura angustia. Con todo, era agradable estar de pie ante aquella cálida ventana mientras fuera estaba nevando; aquello era mejor que estar muerto, porque lo cierto era que si İpek no venía, se moriría.

Se fue la luz.

Lo tomó como una señal enviada especialmente para él. Puede que İpek no hubiera venido porque sabía que la luz se iba a ir. Su mirada buscaba algún movimiento en la calle oscura bajo la nieve con el que distraerse. Algo que explicara la ausencia de İpek. Vio un camión, ¿era un camión militar?, no, sólo una ilusión, lo mismo que los ruidos que ahora oía en la escalera. No vendría nadie. Se apartó de la ventana y se arrojó boca arriba en la cama. El dolor de estómago se había convertido en un profundo suplicio, en una desesperación cargada de arrepentimiento. Pensó que había desperdiciado su vida, que moriría allí de infelicidad y soledad. No encontraría dentro de sí las fuerzas suficientes para volver a su nido de ratas de Frankfurt. Lo que le dolía en el alma, lo que le reconcomía, no era el ser tan desdichado, sino el comprender que si se hubiera comportado con un poco más de inteligencia su vida podría haber sido mucho más feliz. Y lo peor era que nadie percibiera su infelicidad y su soledad. ¡Si İpek se hubiera dado cuenta, habría subido sin haberle hecho esperar! Si su madre le viera ahora sería la única en este mundo que lo sentiría por él y le consolaría acariciándole el pelo. A través de las ventanas cubiertas de escarcha por los lados se veían las pálidas luces de Kars, el color anaranjado del interior de las casas. Quiso que siguiera nevando a aquel ritmo durante días, meses, que la nieve cubriera la ciudad de Kars de manera que nadie pudiera encontrarla nunca más, quedarse dormido en aquella cama en la que estaba tumbado y despertarse una mañana soleada de su infancia con su madre a su lado.

Llamaron a la puerta. Alguien de la cocina, pensó Ka. Pero se levantó de un salto, abrió la puerta y en la oscuridad sintió la presencia de İpek.

—¿Dónde estabas?

—¿Llego tarde?

Pero pareció que Ka no la hubiera oído. De inmediato la abrazó con todas sus fuerzas, metió la cabeza entre su cuello y su pelo y allí la dejó sin moverla. Se sentía tan feliz que el sufrimiento de la espera ahora le parecía una estupidez. No obstante, la agonía le había agotado y no se sentía tan animado como habría debido estarlo. Por eso, aunque sabía que lo que hacía estaba mal, le pidió cuentas a İpek de su retraso y protestó. Pero İpek le dijo que había ido en cuanto se marchó su padre: ah, sí, había bajado a la cocina y le había dicho a Zahide un par de cosas sobre la cena, pero no había tardado ni un minuto; por eso no se le había ocurrido que Ka pudiera estar esperándola. Así fue como Ka, ya en el comienzo de su relación, sintió que quedaba por debajo en el equilibrio de fuerzas al mostrarse más ansioso y frágil que ella. Y sus intentos de ocultar el sufrimiento de la espera por temor a exponer su debilidad le hacían caer en la falta de sinceridad. Pero ¿no quería estar enamorado precisamente para compartirlo todo? ¿No era acaso el amor el deseo de contarlo todo? De repente le contó a İpek a toda velocidad aquella cadena de razonamientos con la emoción de quien se confiesa.

—Olvida todo eso ahora —le dijo İpek—. He venido para hacer el amor contigo.

Se besaron y cayeron en la cama con una suavidad que a Ka le gustó mucho. Aquél era un momento de una felicidad milagrosa para Ka, que llevaba cuatro años sin hacer el amor con nadie. Por eso, más que entregarse a los placeres táctiles del momento que estaba viviendo, le llenaban la mente sus cavilaciones sobre lo hermoso que era aquel instante. Como le había ocurrido con las experiencias sexuales de su primera juventud, pensaba, más que en hacer el amor, en el hecho de estar haciéndolo él. En un primer momento aquello le protegió de una excitación excesiva. Al mismo tiempo comenzaron a pasar ante sus ojos, a toda velocidad y con una lógica poética cuyo secreto no acertaba a descubrir, ciertos detalles de las películas pornográficas a las que tan adicto se había vuelto en Frankfurt. Pero eso no era soñar con escenas pornográficas para excitarse mientras hacía el amor, justo al contrario, era como si celebrara la posibilidad de formar parte por fin de ciertas imágenes pornográficas que ocupaban continuamente su cabeza como puras fantasías. Por eso Ka sentía que la intensa excitación que estaba viviendo se dirigía no a İpek, sino a una mujer pornográfica y al milagro de que dicha mujer estuviera ahora en la cama con él. Sólo percibió a la verdadera İpek cuando le quitó la ropa a tirones y la dejó desnuda con torpeza y una brusquedad un poco salvaje. Tenía los pechos enormes, la piel de sus hombros y su cuello era muy suave y olía a algo curioso y extraño. La contempló a la luz de la nieve que llegaba del exterior y le dieron miedo sus ojos, que brillaban de vez en cuando. Sus ojos estaban muy seguros de sí mismos y a Ka le asustaba saber que İpek no era lo suficientemente frágil. Por eso le tiró del pelo haciéndole daño y, como le provocó placer, tiró aún más tercamente, la obligó a cosas más bien propias de la película pornográfica que tenía en la mente y se comportó con dureza siguiendo la música de un instinto inesperado. Al notar que aquello también a ella le gustaba, el sentimiento de victoria de su interior se convirtió en otro de fraternidad. La abrazó con todas sus fuerzas, como si no sólo quisiera protegerse a sí mismo de todas las miserias de Kars, sino también a ella. Pero decidiendo que no obtenía una reacción adecuada, se apartó de İpek. Mientras tanto, una parte de su mente estaba revisando, con una ecuanimidad que nunca habría esperado, su comportamiento y la armonía de sus acrobacias sexuales. Por eso, después de aquel momento de claridad en que se había alejado lo bastante de İpek, se aproximó a ella con violencia y quiso hacerle daño. Según ciertas notas que Ka tomó relativas a aquel coito, y que yo me considero obligado a compartir con mis lectores, cayeron violentamente el uno sobre el otro y el resto del mundo por fin quedó aparte. De nuevo según las notas de Ka, ya hacia el final İpek gritó que se daba por vencida y Ka, con la parte de su mente abierta a la paranoia y al miedo, pensó que quizá por eso le habían dado aquella habitación en el rincón más remoto del hotel y notó una sensación de soledad por el hecho de que hubieran podido obtener placer causándose daño mutuamente. De repente, en su cabeza aquel remoto pasillo y aquella aislada habitación se distanciaron del hotel y se situaron en un barrio alejado de la vacía ciudad de Kars. En aquella ciudad abandonada, cuyo silencio recordaba al momento posterior al fin del mundo, también nevaba.

Permanecieron largo rato tumbados en la cama mirando la nieve que caía fuera sin hablar. Ka a veces también veía caer la nieve en los ojos de İpek.

29
Lo que me falta
En Frankfurt

Fui al pisito de Frankfurt en el que Ka había pasado los últimos ocho años de su vida cuatro después de que fuera a Kars y cuarenta y dos días tras su muerte. Era un día nevoso, lluvioso y ventoso de febrero. Frankfurt, adonde fui desde Estambul con el vuelo de la mañana, era una ciudad todavía más sosa de lo que parecía en las postales que Ka me había estado enviando durante dieciséis años. Las calles estaban completamente vacías, si exceptuamos los coches oscuros que pasaban a toda velocidad, los tranvías que aparecían y desaparecían como fantasmas, y las amas de casa que caminaban deprisa con el paraguas en la mano. El cielo estaba tan encapotado y oscuro que a mediodía ya estaban encendidas las farolas con sus luces de un amarillo muerto.

Me alegró poder encontrar, a pesar de todo, la huella de esá energía inmortal que mantiene en pie a las grandes ciudades en los puestos de *döner kebap*, las agencias de viajes, las heladerías y los *sex-shop* de las aceras alrededor de la cercana estación central. Después de instalarme en el hotel y de mantener una conversación telefónica con el joven germanoturco amante de la literatura que me había invitado a dar una charla en la Casa del Pueblo a petición mía, me encontré con Tarkut Ölçün en la cafetería italiana de la estación. Su teléfono me lo había procurado la hermana de Ka en Estambul. Aquel hombre bueno y cansado, ya en la sesentena, era la persona que más de cerca había conocido a Ka en sus años en Frankfurt. Fue él quien dio información a la policía en la investigación que siguió a su muerte, quien llamó a Estambul para ponerse en contacto con su familia, quien ayudó a enviar el cadáver a Turquía para el entierro. Por aquel entonces yo pensaba que el borrador del libro de poemas que Ka me había dicho que sólo había sido capaz de terminar cuatro años después de su estancia en Kars se encontraría entre sus cosas de Alemania y había preguntado a su padre y a su hermana qué había sido de sus pertenencias. Como en aquel momento ellos no tenían la posibilidad de ir a Alemania me pidieron que me encargara de recoger lo que quedara de las cosas de Ka y de cerrar el piso.

Tarkut Ölçün era de los primeros emigrantes que habían ido a Alemania a principios de los sesenta. Durante años había ejercido de profesor y de consejero en asociaciones turcas y en organizaciones de caridad. Tenía dos hijos, cuyas fotografías me enseñó al instante, un chico y una chica, nacidos en Alemania, a quienes se enorgullecía de haber podido enviar a la universidad, y también una posición respetable entre los turcos de Frankfurt, pero en su rostro vi aquella sensación de soledad y derrota incomparables que sólo había visto en la primera generación de turcos que vivían en Alemania y en los exiliados políticos.

Tarkut Ölçün me enseñó en primer lugar la pequeña bolsa de viaje que Ka llevaba consigo cuando le dispararon. Se la había entregado la policía después de firmar el correspondiente recibo. La abrí de inmediato y la registré ansioso. Dentro encontré el pijama que Ka había comprado en Nişantaşı dieciocho años antes, un jersey verde, los aperos de afeitar y el cepillo de dientes, unos calcetines y unos calzoncillos limpios y las revistas de literatura que yo le había enviado desde Estambul, pero no el cuaderno verde de poemas.

Más tarde, mientras nos tomábamos nuestros cafés y contemplábamos a un par de ancianos turcos que algo más allá fregaban el suelo hablando y riendo entre el gentío de la estación, me dijo:

—Orhan Bey, su amigo Ka era un hombre solitario. En Frankfurt nadie, ni siquiera yo, sabía demasiado de lo que hacía. —Pero, con todo, me prometió contarme todo lo que supiera.

Primero fuimos, pasando entre las fábricas centenarias y los antiguos cuarteles que había detrás de la estación, al edificio cercano a la Gutleutstrasse, donde Ka había vivido los últimos ocho años. No pudimos encontrar a la dueña del piso, que habría debido abrirnos la puerta principal de la casa, que daba a una placita y a un parque infantil, y el piso de Ka. Mientras esperábamos bajo el aguanieve a que alguien nos abriera la vieja puerta con la pintura saltada, observé, como si se tratara de recuerdos míos, el pequeño y descuidado parque, el colmado que había a un lado y el lóbrego escaparate de la tienda de prensa y licores de un poco más allá que Ka me había descrito en sus cartas y en nuestras escasas conversaciones telefónicas (a Ka, con una suspicacia paranoica, no le gustaba hablar por teléfono con Turquía porque pensaba que le escuchaban). Sobre los bancos que había junto a los columpios y los balancines del parque infantil en los que Ka se sentaba las cálidas noches de verano a beber cerveza con obreros italianos y yugoslavos, ahora caía la nieve como hilos.

Caminamos hasta la plaza de la estación, siguiendo el camino que en sus últimos años Ka tomaba cada mañana para ir a la biblioteca municipal. Como hacía Ka, a quien le gustaba andar entre la gente que acudía corriendo al trabajo, entramos por una puerta al edificio de la estación y, pasando por la galería comercial subterránea y por delante de los *sex-shops*, las tiendas de objetos turísticos, las pastelerías y las farmacias de la Kaiserstrasse, seguimos la ruta del tranvía hasta llegar a la plaza Hauptwache. Mientras Tarkut Ölçün saludaba a algunos turcos y kurdos que veía en los puestos de *döner kebap,* en los asadores y en las verdulerías, me contó que aquella gente saludaba a Ka, a quien veían pasar por allí todos los días a la misma hora, dirigiéndose a la biblioteca municipal, con un «Buenos días, profesor». Como se lo había pedido antes, me señaló los grandes almacenes que había a un lado de la plaza:

Kaufhof. Le dije que Ka se había comprado allí el abrigo que llevaba en Kars, pero rechacé su oferta de entrar.

La biblioteca municipal de Frankfurt, a la que Ka iba cada mañana, era un edificio moderno y sin personalidad. En el interior había los típicos visitantes ocasionales de esas bibliotecas, amas de casa, viejos que matan el tiempo, desempleados, un par de árabes y turcos, estudiantes que charlaban entre risitas mientras hacían los deberes escolares, así como los inevitables habituales: obesos, inválidos, locos y subnormales. Un joven babeante levantó la cabeza de la página del libro ilustrado que estaba mirando y me sacó la lengua. Dejé a mi guía, que se aburría entre libros, sentado en la cafetería de abajo, fui directamente al estante de libros de poesía en inglés y busqué en las fichas de préstamo del interior de las contraportadas el nombre de mi amigo: Auden, Browning, Coleridge... Cada vez que encontraba la firma de Ka mis ojos se llenaban de lágrimas por aquel amigo que se había pasado la vida en aquella biblioteca.

Abrevié aquella investigación que me arrastraba a una intensa tristeza. Mi guía y compañero y yo regresamos en silencio por las mismas calles. Torcimos a la izquierda delante de una tienda con el estúpido nombre de World Sex Center hacia la mitad de la Kaiserstrasse y caminamos hasta la Münchenerstrasse, una calle más abajo. Allí vi verdulerías y asadores turcos y una peluquería vacía. Hacía rato que había comprendido lo que quería enseñarme; mi corazón latía a toda velocidad, pero mis ojos no podían apartarse de las naranjas y los puerros de la verdulería, de un mendigo con una sola pierna, de los faros de los coches reflejándose en las cristaleras llenas de vaho del hotel Edén, y de una «n» de neón que brillaba con un rosa luminoso en medio del gris ceniza de la noche que ya iba cayendo.

—Aquí es —dijo Tarkut Ölçün—. Justo aquí encontraron el cadáver de Ka, sí.

Miré con ojos vacíos la acera mojada. Uno de los dos niños que de repente salieron empujándose de la verdulería pasó ante nosotros pisando las losas mojadas donde Ka había caído con tres balazos en el cuerpo. En el asfalto se reflejaban las luces rojas de un camión que se había detenido algo más allá. Ka había muerto sobre aquellas losas antes de que llegara la ambulancia después de retorcerse de dolor varios minutos. En cierto momento levanté la cabeza y miré el trozo de cielo que él había visto mientras moría: entre los viejos y oscuros edificios con puestos de *döner kebap,* agencias de viajes, peluquerías y cervecerías en los bajos y las farolas y los cables de la electricidad se veía un cielo estrecho. A Ka le habían disparado poco antes de las doce de la noche. Tarkut Ölçün me dijo que a aquellas horas eran las prostitutas, aunque escasas, quienes caminaban arriba y abajo por la acera. La verdadera «prostitución» se ejercía una calle más arriba, en la Kaiserstrasse, pero en las noches con movimiento, los fines de semana, en época de ferias, las «mujeres» se desplazaban también hasta aquí.

—No encontraron nada —dijo al verme mirar a izquierda y derecha como si buscara una pista—. La policía alemana no es como la turca, hace bien su trabajo.

Pero cuando yo empecé a entrar y salir de las tiendas de los alrededores, me ayudó con un cariño que le salía de dentro. Las chicas de la peluquería reconocieron y saludaron a Tarkut Bey; por supuesto, no estaban allí a la hora del asesinato, de hecho, ni siquiera habían oído hablar del asunto.

—Lo único que las familias turcas enseñan a sus hijas es peluquería —me contó al salir—. En Frankfurt hay cientos de peluqueras turcas.

En cambio, los kurdos de la verdulería estaban de sobra al tanto del asesinato y de la posterior investigación policial. Quizá por eso no les gustamos mucho. El camarero de buen corazón de la Bayram Kebap Haus que la noche de autos poco antes de las doce estaba limpiando las mesas de formica con el mismo trapo sucio que ahora sostenía en la mano había oído el estampido de los disparos, salió después de esperar un rato y había sido la última persona que Ka vio en su vida.

Al salir del asador me metí en el primer pasaje que me salió al paso caminando a toda prisa y llegué al patio de atrás de un edificio oscuro. Bajamos dos pisos por las escaleras que Tarkut Bey me indicó, cruzamos una puerta y nos encontramos en un espacio horrible del tamaño de un hangar que, por lo visto, en tiempos se había usado como depósito. Aquello era todo un mundo subterráneo que pasaba por debajo del edificio y que llegaba hasta la acera de más allá. Por las alfombras de la parte central podía comprenderse que una comunidad de cincuenta o sesenta personas que se reunía para la oración de la noche lo usaba como mezquita. Como los pasajes subterráneos de Estambul, estaba rodeado de tiendas sucias y lóbregas: vi una joyería que ni siquiera iluminaba el escaparate, una frutería prácticamente enana, justo al lado un asador muy atareado y un colmado que vendía tripas y más tripas de embutido cuyo dependiente estaba viendo la televisión del café. A un costado había un puesto que vendía cajas de zumo de frutas traído de Turquía, macarrones y conservas turcas y libros religiosos y un café mucho más lleno que la mezquita. De vez en cuando, alguien de entre la multitud de hombres cansados que en medio del denso humo de tabaco clavaban la mirada en la película turca de la televisión del café se levantaba e iba en dirección a los grifos, alimentados por un enorme bidón de agua que había a un lado, para hacer las abluciones.

—En las oraciones de los viernes y de los días de fiesta esto se llena con mil o dos mil personas —me dijo Tarkut Bey—. Se desbordan por las escaleras hasta el patio de atrás.

Sólo por hacer algo, compré la revista *Manifiesto* en un puesto de libros y revistas. Luego nos sentamos en una cervecería al estilo tradicional de Munich que caía justo encima de la mezquita.

—Ésa es la mezquita de la comunidad de los Süleymancı —dijo Tarkut Ölçün señalándome el suelo—. Son integristas pero no se mezclan con terroristas. No pretenden entrar en conflictos con el Estado de la República de Turquía como sí lo hacen los de la Visión Nacional o los de Cemalettin Kaplan. —De todas maneras, debió de molestarle la suspicacia de mi mirada y la forma en que hojeaba la revista *Manifiesto* como si buscara en ella una pista porque me contó todo lo que sabía sobre la muerte de Ka y aquello de lo que había podido enterarse por la policía y la prensa.

Cuarenta y dos días atrás, el primer sábado del nuevo año, Ka había vuelto a las 11.30 de Hamburgo, de una velada poética en la que había participado. Inmediatamente después del viaje en tren, que duró seis horas, salió por la puerta sur de la estación y en lugar de ir hasta su casa por el atajo de la Gutleutstrasse, fue en dirección contraria, por la Kaiserstrasse, y se entretuvo veinticinco minutos entre la multitud de solteros, turistas y borrachos y los *sex-shops* todavía abiertos y las prostitutas que esperaban algún cliente. Media hora más tarde, dobló a la derecha por el World Sex Center y en cuanto cruzó de acera en la Münchenerstrasse, le dispararon. Muy probablemente, antes de regresar a casa quería comprar mandarinas en la frutería Hermosa Antalya, dos tiendas más allá. Era la única frutería de los alrededores que abría hasta la medianoche y el dependiente recordaba que Ka iba allí por las noches a comprar mandarinas.

La policía no encontró a nadie que hubiera visto al hombre que disparó a Ka. El camarero de la Bayram Kebap Haus oyó el sonido de los disparos pero con el alboroto de la televisión y los clientes no pudo determinar cuántas veces habían disparado. A través de los empañados cristales de la cervecería que había sobre la mezquita apenas se veía el exterior. El que el dependiente de la frutería a la que se creía que Ka había ido afirmara no tener ni idea de nada molestó a la policía, que lo arrestó durante una noche pero sin obtener resultados. Una puta que fumaba esperando algún cliente una calle más abajo dijo que en esos mismos instantes había visto a un hombre bajito, moreno como un turco y con un abrigo negro que corría hacia la Kaiserstrasse, pero no pudo describirlo de manera coherente. Había sido un alemán que se había asomado al balcón por casualidad poco después de que Ka cayera en la acera quien había llamado a la ambulancia pero tampoco él había visto nada. La primera bala le había entrado a Ka por la nuca y le había salido por el ojo izquierdo. Las otras dos habían destrozado los vasos sanguíneos que rodean el corazón y los pulmones dejando lleno de sangre el abrigo color ceniza y agujereándolo por la espalda y por el pecho.

«Teniendo en cuenta que le dispararon por detrás, quien le seguía debía de ser alguien decidido a hacerlo», dijo un detective maduro y parlanchín. Quizá le estuviera siguiendo desde Hamburgo. La policía barajó también otras posibilidades: cosas como celos sexuales o ajustes de cuentas políticos entre turcos. Pero Ka no tenía la menor relación con el mundo subterráneo de los alrededores de la estación. Algunos de los dependientes a quienes se les enseñó su fotografía declararon a la policía que a veces paseaba por los *sex-shops* y entraba en las minúsculas cabinas en las que se proyectaban películas pornográficas. Pero como no obtuvieron ningún soplo, ni cierto ni falso, y como tampoco hubo presiones de la prensa ni de los alrededores de ningún otro poder reclamando que se encontrara al asesino, poco tiempo después la policía abandonó el caso.

El viejo y tosedor detective, cuyo objetivo parecía ser conseguir que se olvidara el asesinato más que investigarlo, se había citado con todos los conocidos de Ka y se había entrevistado con ellos, aunque durante las conversaciones sobre todo hablaba de él mismo. Tarkut Ölçün había sabido de dos mujeres que habían entrado en la vida de Ka en los ocho años anteriores a su viaje a Kars gracias a aquel bonachón y turcófilo detective. Escribí con todo cuidado en mi cuaderno los teléfonos de las dos mujeres, una turca, la otra alemana. En los cuatro años posteriores a su viaje a Kars, Ka no había mantenido relaciones con ninguna mujer.

Regresamos a la casa de Ka bajo la nieve, sin hablar, y encontramos a la enorme, simpática y quejumbrosa dueña. Mientras nos abría la buhardilla de aquel viejo y frío edificio que olía a moho, nos dijo con voz airada que estaba a punto de alquilar el piso y que si no nos llevábamos todo lo que había dentro ella misma tiraría aquella basura y se fue. Al entrar en aquel piso pequeño, oscuro y de techo bajo y sentir ese olor tan inconfundible de Ka, que conocía desde mi infancia, los ojos se me llenaron de lágrimas. Era el olor de los jerséis de lana que tejía su madre, de la cartera del colegio y el mismo que emanaba de su habitación cuando yo iba a su casa. Creo que era el de un jabón turco cuya marca desconocía y que nunca se me ocurrió preguntar.

En sus primeros años en Alemania, Ka había trabajado de mozo de cuerda, de transportista de mudanzas, de pintor de brocha gorda y dando clases de inglés a los turcos, pero cuando fue aceptado oficialmente como «exiliado político» y comenzó a recibir la subvención para «refugiados» rompió sus lazos con los comunistas de los círculos de las Casas del Pueblo que le habían encontrado aquellos empleos. Los comunistas turcos en el exilio consideraban a Ka demasiado introvertido y «burgués». En los últimos doce años la otra fuente de ingresos de Ka habían sido los recitales de poesía que daba en bibliotecas municipales, casas de cultura y centros turcos. Si conseguía tres de aquellos recitales al mes, a los que sólo acudían turcos (cuyo número no solía exceder la veintena), y ganaba quinientos marcos, podía llegar a fin de mes añadiéndoles los cuatrocientos de la subvención por refugiado político, pero eso era algo que ocurría raras veces. Las sillas y los ceniceros estaban destrozados y la estufa eléctrica, oxidada. En un primer momento, como estaba tan irritado por las presiones de la dueña, pensé en llenar la vieja maleta y las bolsas que había en la habitación con las pertenencias de mi amigo y llevármelas: la almohada que aún conservaba el olor de su pelo, el cinturón y la corbata, que yo podía recordar que ya se ponía en el instituto, los zapatos Bally que, aunque había perforado la puntera con las uñas de los pies, me había escrito en una carta que llevaba «en casa, a modo de zapatillas», el cepillo de dientes y el sucio vaso en el que estaba, unos trescientos cincuenta libros, un viejo televisor y un vídeo que nunca me había mencionado, sus desgastadas chaquetas y camisas y el pijama que se había traído de Turquía hacía dieciocho años. Pero al no ver sobre su mesa de trabajo lo que en realidad había venido a buscar, y darme cuenta en cuanto entré en la habitación de que había venido a Frankfurt sólo para eso, perdí mi sangre fría.

En las últimas cartas que me envió desde Frankfurt, Ka me escribía entusiasmado que, tras cuatro años de esfuerzos, había terminado su nuevo libro de poesía. Se titulaba *Nieve*. La mayor parte de los poemas los había escrito en Kars, en un cuaderno verde, y se debían a destellos de inspiración que se le habían «venido» repentinamente. Tras volver de Kars sintió que el libro poseía, sin que él mismo se hubiera dado cuenta, una organización «profunda y misteriosa» y se pasó cuatro años en Frankfurt completando las «lagunas». Era un esfuerzo agotador que exigía un enorme sacrificio porque en Frankfurt Ka era incapaz de oír los versos que en Kars se le venían a la mente con tanta facilidad como si alguien se los estuviera susurrando al oído.

Así pues, se dispuso a encontrar la lógica oculta del libro que en su mayor parte había escrito en Kars poseído por la inspiración y completó sus lagunas siguiendo dicha lógica. En la última carta que me envió me escribía que todos aquellos esfuerzos por fin habían tenido resultado, que probaría las poesías recitándolas en algunas ciudades alemanas y que, habiendo decidido que por fin todo encajaba como era debido, pasaría a máquina el libro, que hasta ahora llevaba consigo en un único cuaderno, y que nos enviaría una copia a mí y otra a su editor en Estambul. ¿Me importaría escribir un par de frases para la contraportada y enviárselas al editor, nuestro mutuo amigo Fahir?

La mesa de trabajo de Ka, inesperadamente ordenada para ser de un poeta, miraba a los tejados de Frankfurt, que desaparecían entre la nieve y la oscuridad de la noche. En la parte derecha de aquella mesa cubierta por un paño verde había cuadernos con comentarios de Ka sobre los días que había pasado en Kars y sobre los poemas que había escrito allí y en la izquierda se encontraban los libros y las revistas que estaba leyendo en aquel momento. También había una lámpara de bronce y un teléfono a una distancia pareja de la línea imaginaria que atravesaba el centro de la mesa. Miré ansioso en los cajones, entre libros y cuadernos, en los recortes de periódico que coleccionaba, como tantos turcos en el exilio, en el armario de la ropa, debajo de la cama, en los armaritos de la cocina y el baño, en la nevera y en la pequeña bolsa de la ropa sucia, en cualquier rincón donde pudiera caber un cuaderno. No podía creerme que el cuaderno se hubiera perdido y mientras Tarkut Ölçün fumaba un cigarrillo contemplando Frankfurt en silencio, yo rebuscaba en los mismos lugares otra vez. Si no estaba en la bolsa de mano que se había llevado en su viaje a Hamburgo, tenía que haberlo dejado allí, en casa. Ka nunca hacía copias de ningún poema sin haber acabado el libro por completo, decía que traía mala suerte, pero, por lo que me había escrito, el libro ya estaba terminado.

Dos horas más tarde, en lugar de aceptar que el cuaderno verde en que Ka había escrito sus poemas en Kars se había perdido, me convencí de que tenía si no el cuaderno al menos sí los poemas debajo de las narices pero que mi nerviosismo me había impedido verlos. Cuando la dueña de la casa llamó a la puerta había llenado todas las bolsas de plástico que habían caído en mis manos con todos los cuadernos y papeles manuscritos por Ka que había podido encontrar en la mesa y en los cajones. Llené también una bolsa en la que ponía Kaufhof con los videocasetes porno que estaban tirados al azar junto al vídeo (una prueba de que Ka no recibía invitados en casa). Como el viajero que se dispone a salir para un largo viaje lleva consigo cualquiera de los objetos vulgares que forman parte de su vida, busqué para mí un último recuerdo de Ka. Pero me dejé llevar por una de mis crisis habituales de indecisión y, con el amor de un conservador de museo, llené varias bolsas no sólo con el cenicero, el paquete de cigarrillos y el cuchillo que usaba como abrecartas que había sobre la mesa, el reloj de la mesilla de noche, el chaleco destrozado después de veinticinco años de uso que se ponía en las noches de invierno sobre el pijama y la fotografía que se había hecho con su hermana en el muelle del palacio de Dolmabahçe, sino también con los calcetines sucios y el pañuelo que nunca usaba que desenterré del armario, con los tenedores de la cocina y el paquete de tabaco vacío que saqué del cubo de la basura y muchas otras cosas. En uno de nuestros últimos encuentros en Estambul, Ka me había preguntado por la próxima novela que pensaba escribir y yo le conté la historia de *El Museo de la Inocencia,* algo que ocultaba con sumo cuidado a todo el mundo.

En cuanto me separé de mi guía y me refugié en la habitación de mi hotel comencé a rebuscar entre las pertenencias de Ka. No obstante, decidí olvidar por aquella noche a mi amigo para librarme de la destructiva melancolía que me provocaba pensar en él. Lo primero que hice fue echar una ojeada a los videocasetes porno. En la habitación del hotel no había vídeo pero, por las notas que mi amigo había escrito con su propia mano sobre los casetes, comprendí que sentía un interés especial por una estrella americana del porno llamada Melinda.

Fue entonces cuando comencé a leer los cuadernos en los que Ka comentaba los poemas que se le habían venido a la cabeza en Kars. ¿Por qué me había ocultado todo el horror y el amor que había vivido allí? Conseguí la respuesta a aquella pregunta en las cerca de cuarenta cartas de amor que salieron de una carpeta que había encontrado en un cajón y que había arrojado a una bolsa. Todas se las había escrito a İpek, no había enviado ninguna y todas empezaban con la misma frase: «Querida mía: He estado pensando mucho en si escribirte esto o no». En cada una de las cartas había un recuerdo diferente de Kars, un detalle distinto, doloroso hasta mover al llanto, de su relación amorosa con İpek, un par de observaciones que resumían la banalidad de los días de Ka en Frankfurt (también a mí me había escrito sobre un perro cojo que había visto en el parque Von-Bethmann o sobre las deprimentes mesas de zinc del museo judío). Por el hecho de que ninguna de las cartas estuviera doblada podía deducirse que Ka ni siquiera había tenido la decisión necesaria para meterlas en un sobre.

En una de ellas Ka había escrito: «Una palabra tuya, y acudiré». En otra, «Nunca volveré a Kars porque no puedo permitir que me malinterpretes más». Una trataba sobre un poema perdido y otra despertaba en quien la leyera la impresión de que la había escrito en respuesta a una carta de İpek. «Por desgracia también has malinterpretado mi carta», escribía Ka.

Pero estaba seguro, porque saqué de las bolsas todos los objetos, los desparramé por el suelo y encima de la cama y busqué bien, de que a Ka no le había llegado ni una sola carta de İpek. De hecho, cuando fui a Kars semanas después y hablé con ella, pude enterarme de que no había escrito ninguna carta a Ka. ¿Por qué en aquellas cartas que sabía que no enviaría incluso mientras las estaba escribiendo, Ka hacía como si estuviera respondiendo a İpek?

Quizá hayamos llegado al corazón de nuestra historia. ¿Hasta qué punto es posible comprender el dolor y el amor de otra persona? ¿Cuánto podemos comprender de los que sufren penas, ausencias y opresiones más profundas que las nuestras? Si comprender consiste en poder ponernos en el lugar de alguien distinto, ¿han podido alguna vez comprender los poderosos y los ricos del mundo a los miles de millones de pobres que viven al margen? ¿Hasta qué punto puede ver Orhan el novelista la oscuridad de la vida difícil y dolorosa de su amigo el poeta?

«Me he pasado toda la vida sufriendo como un animal herido con una intensa sensación de pérdida y de ausencia. Quizá si no me hubiera aferrado a ti con tanta violencia, no te habría irritado tanto y no habría regresado al lugar de donde salí perdiendo, además, por el camino el equilibrio que había encontrado en aquellos doce años —escribía Ka—. Ahora vuelvo a notar en mi interior esa insoportable sensación de pérdida y abandono que me hace sangrar por todas partes. A veces pienso que lo que me falta no sólo eres tú, sino el mundo entero.» Yo lo leía, pero ¿lo entendía?

Después de achisparme bastante con los whiskys que saqué del minibar de la habitación, salí del hotel a altas horas de la noche y me encaminé hacia la Kaiserstrasse para investigar sobre Melinda.

Tenía unos ojos grandes, enormes, color verde oliva, tristes y ligeramente bizcos. Tenía la piel blanca, las piernas largas, y los labios pequeños pero carnosos, como los que los poetas del *Diván* comparan con cerezas. Era bastante famosa: tras veinte minutos de investigación en la sección de vídeos del World

Sex Center, abierto las veinticuatro horas del día, encontré seis cintas con su nombre. En aquellas películas, que me llevé a Estambul y vi más tarde, pude sentir los aspectos de Melinda que más debían de haber conmovido a Ka. Por feo y grosero que fuera el hombre ante el que se arrodillaba, mientras el tipo gemía en un éxtasis de placer, en la cara pálida de Melinda aparecía una expresión de cariño auténtico propia de una madre. Todo lo provocativa que resultaba vestida (de ambiciosa mujer de negocios, de ama de casa quejosa por la impotencia de su marido, de azafata seductora), igual de frágil parecía desnuda. Como comprendería en cuanto llegué a Kars tiempo después, en sus ojos grandes, en su cuerpo grande y sano, en sus gestos y actitudes, había algo que recordaba mucho a Ipek.

Sé que el revelar que mi amigo pasó gran parte del tiempo de sus últimos cuatro años de vida viendo películas de ésas despertará la ira de los que, con la afición a las fantasías y a las leyendas tan propia de los pobres, quieren ver en Ka a un poeta perfecto y santo. Mientras me paseaba por el World Sex Center para encontrar más vídeos de Melinda entre hombres solitarios como fantasmas, pensé que lo único que une a los parias de la tierra es retirarse a un rincón y contemplar vídeos porno con complejo de culpabilidad. Todo aquello de lo que yo había sido testigo en los cines de la calle 42 de Nueva York, en los de la Kaiserstrasse de Frankfurt y en los de las callejuelas traseras de Beyoğlu mientras esos pobres hombres veían la película con una sensación de vergüenza, de miseria y de pérdida y mientras intentaban no cruzar miradas en los mezquinos vestíbulos durante el descanso, demostraba que se parecían unos a otros hasta el punto de contradecir todos los prejuicios nacionalistas y las teorías antropológicas. Salí del World Sex Center con los casetes de Melinda en una bolsa de plástico negra y regresé a mi hotel por las calles vacías bajo la nieve que caía a grandes copos.

Me tomé otros dos whiskys en el supuesto bar del vestíbulo y esperé a que me hicieran efecto contemplando la nieve por la ventana. Pensaba que si me embriagaba un poco antes de subir a mi habitación ya no me obsesionaría más aquella noche con Melinda ni con los cuadernos de Ka. Pero en cuanto entré en la habitación cogí uno de los cuadernos al azar, me tumbé en la cama sin quitarme la ropa y comencé a leer. Después de tres o cuatro páginas se me apareció el siguiente copo de nieve:

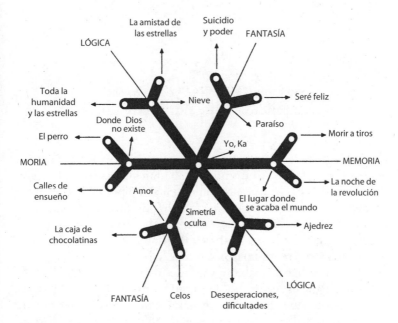

30
¿Cuándo volveremos a vernos?
Una felicidad que duró muy poco

Después de hacer el amor, Ka e İpek se quedaron un rato abrazados sin moverse. El mundo estaba tan silencioso y Ka tan feliz que le pareció que pasaba mucho tiempo. Sólo por eso, se dejó llevar por la impaciencia y saltando de la cama se acercó a la ventana y miró al exterior. Mucho más tarde pensaría que aquel largo silencio había sido el momento más dichoso de su vida y se preguntaría por qué se había deshecho del abrazo de İpek y había acabado con ese instante de felicidad incomparable. Respondería a la pregunta diciéndose que lo había hecho a causa de cierta inquietud que le poseyó, como si al otro lado de la ventana, en la calle cubierta de nieve, fuera a ocurrir algo y él tuviera que llegar a tiempo.

No obstante, al otro lado de la ventana no había otra cosa sino la nieve que caía. La luz seguía cortada pero por las ventanas congeladas se filtraba desde el bajo la claridad de una vela encendida en la cocina que iluminaba con una luz ligeramente anaranjada los copos descendiendo lentamente. Más tarde Ka pensaría que había abreviado el momento más dichoso de su vida porque no podía aguantar la excesiva felicidad. Pero en un primer momento tampoco fue consciente de lo feliz que era en la cama entre los brazos de İpek; había paz en su corazón y era algo tan natural que parecía que hubiera olvidado la razón por la que hasta entonces se había pasado la vida con una sensación mezcla de angustia e inquietud. Aquella paz era similar al silencio anterior a un poema, pero antes de que le llegara un poema el significado del mundo aparecía en toda su desnudez y él notaba un gran entusiasmo. En ese momento de paz no existía una iluminación semejante, sólo había una pureza más simple e infantil: era como si pudiera expresar el significado del mundo como un niño que acaba de aprender a hablar.

Se le vino a la cabeza todo lo que había leído en la biblioteca aquella tarde sobre la estructura de los copos de nieve. Había ido a la biblioteca para estar preparado por si se le venía otro poema sobre la nieve. Pero ahora no había ninguno en su mente. Comparó la estructura infantilmente hexagonal que había visto en la enciclopedia con la armonía de los poemas que se le venían uno a uno como copos de nieve. Fue en ese momento cuando pensó que el conjunto de todos los poemas debía de señalar un significado más profundo.

—¿Qué haces ahí? —le preguntó justo en ese instante İpek.

—Estoy mirando la nieve, querida.

Notaba que İpek sentía que había encontrado un significado en la estructura geométrica de los copos de nieve que iba más allá de la belleza, pero con una parte de su mente también sabía que aquello era imposible. Por otro lado, estaba molesta porque Ka se interesara en algo que no fuera ella misma. Y eso a Ka le alegró porque se sentía vulnerable en exceso debido a su deseo por İpek y gracias a aquello comprendió que el que hubieran hecho el amor le había concedido una ligera ventaja sobre ella.

—¿En qué piensas? —le preguntó İpek.

—En mi madre —respondió Ka, y de repente no supo por qué había dicho aquello, ya que, aunque acabara de morirse, no estaba pensando en ella. Pero cuando más tarde recordara aquel momento de nuevo, añadiría que durante toda su estancia en Kars tenía a su madre presente.

—¿Qué cosa de tu madre?

—Cómo me acariciaba el pelo una noche de invierno mientras veíamos nevar por la ventana.

—¿Eras feliz de niño?

—Cuando uno es feliz nunca sabe que lo es. Años después decidí que había sido feliz de niño; en realidad, no lo era. Pero tampoco era tan desgraciado como en los años que siguieron. Cuando era niño no me interesaba la felicidad.

—¿Y cuándo comenzó a interesarte?

«Nunca», le habría gustado responder a Ka, pero aquello no era verdad y además resultaba demasiado pretencioso. Con todo, por un instante le cruzó por la mente la idea de decirlo para impresionar a İpek, pero lo que ahora esperaba de ella era algo más profundo que impresionarla.

—Comencé a pensar en la felicidad cuando la infelicidad me incapacitó para hacer cualquier cosa —dijo Ka. ¿Había hecho bien diciéndolo? Se puso nervioso en el silencio que siguió. Si le hablaba a İpek de su soledad y su pobreza en Frankfurt, ¿cómo podría convencerla de que le acompañara? Fuera sopló un viento inquieto que dispersó los copos de nieve, Ka se dejó llevar por la misma impaciencia que le había poseído cuando saltó de la cama, ahora sentía aún con más violencia aquella agonía del amor y de la espera que hacía que le doliera la barriga. Hacía apenas un instante había sido tan feliz que la idea de que pudiera perder tanta dicha le enloquecía. Y eso provocaba que tuviera dudas sobre si aquella felicidad era cierta. Le habría gustado preguntarle a İpek «¿Quieres venir conmigo a Frankfurt?», pero le daba miedo no recibir la respuesta que quería.

Regresó a la cama y abrazó a İpek con todas sus fuerzas por la espalda.

—Hay una tienda en el mercado —dijo— en la que ponían una canción muy antigua de Peppino di Capri que se llama *Roberta*. ¿Dónde la habrán encontrado?

—En Kars hay algunas viejas familias que todavía no han abandonado la ciudad —le contestó İpek—. Cuando por fin mueren los padres, los hijos venden sus cosas y se van y aparecen en el mercado extraños objetos que no tienen nada que ver con la pobreza actual de la ciudad. Antes había un anticuario que venía desde Estambul en otoño y compraba muy baratos todos esos trastos viejos. Ahora ni siquiera viene él.

Por un momento Ka creyó que había vuelto a encontrar la felicidad incomparable de poco antes, pero ya no era la misma sensación. El miedo de no volver a encontrar aquel instante creció a toda velocidad en su corazón y se convirtió en una inquietud que le arrastraba llevándoselo todo por delante: notó asustado que nunca convencería a İpek de que fuera a Frankfurt con él.

—Bueno, cariño, yo ya me voy a levantar —dijo ella.

A Ka ni siquiera le tranquilizó que le llamara «cariño» ni que al levantarse se volviera y le besara con dulzura.

—¿Cuándo volveremos a vernos?

—Estoy preocupada por mi padre. Puede haberles seguido la policía.

—Yo también estoy preocupado por ellos... —dijo Ka—. Pero quiero saber ya cuándo vamos a volver a vernos.

—No puedo venir a esta habitación mientras mi padre está en el hotel.

—Pero ya nada es igual —protestó Ka. Por un instante pensó con miedo que quizá para İpek, que se estaba vistiendo con destreza y en silencio en la oscuridad, todo pudiera ser lo mismo—. Si yo me voy a otro hotel, tú puedes venir enseguida.

—Se produjo un silencio terrible. Una angustia compuesta por celos y desesperación se le clavó en el corazón. Pensó que İpek tenía otro amante. Una parte de su mente le recordaba que aquello sólo eran celos vulgares de enamorado inexperto, pero un sentimiento más poderoso le decía desde dentro que abrazara con todas sus fuerzas a İpek y que derribara al instante todos los obstáculos que había entre ellos. Pero como intuyó que lo que debía hacer y decir de inmediato para poder acercarse más y más rápido a İpek le dejaría en una situación difícil, se quedó callado, indeciso.

31

No somos tontos, sólo pobres
La reunión secreta en el hotel Asia

Lo que Zahide había llevado en el último momento al carro que habría de llevar a Turgut Bey y a Kadife a la reunión secreta en el hotel Asia y que Ka no pudo distinguir en la oscuridad mientras miraba por la ventana esperando a İpek era un par de viejos guantes de lana. Para decidir lo que se pondría para la reunión, Turgut Bey esparció sobre la cama la indumentaria de sus días de profesor: las dos chaquetas, una negra y la otra gris plomizo, el sombrero flexible que llevaba en las celebraciones del Día de la República y durante las inspecciones y la corbata de cuadros, que desde hacía años sólo se ponía para que jugara con ella el hijo de Zahide; e inspeccionó largo rato el resto de su ropa y el interior de los armarios. Al ver que su padre dudaba tanto como una mujer soñadora incapaz de decidirse sobre qué ponerse en el baile, Kadife seleccionó personalmente cada una de las prendas, le abotonó la camisa con sus propias manos, le puso la chaqueta y el abrigo y a duras penas consiguió embutirle las pequeñas manos en los guantes blancos de piel de perro. En ese momento Turgut Bey recordó sus viejos guantes de lana y le dio por que los encontraran, así que İpek y Kadife rebuscaron nerviosas por toda la casa mirando en armarios y en los fondos de los baúles, pero cuando los encontraron los arrojaron a un lado viendo que estaban comidos de polilla. Una vez en el carro, Turgut Bey insistió en que no se iba sin ellos y explicó que años atrás su difunta esposa se los había tejido y se los había llevado cuando estaba en la cárcel en su época de izquierdista. Kadife, que conocía a su padre mejor de lo que él se conocía a sí mismo, se dio cuenta de inmediato de que aquella petición se debía, más que a la fidelidad al recuerdo, al miedo. Mientras el carro avanzaba bajo la nieve después de que les llevaran los guantes, Kadife escuchó, abriendo los ojos como si fuera por primera vez, los recuerdos de la cárcel de su padre (cómo le caían las lágrimas en las cartas de su mujer, cómo había aprendido francés por sí mismo, cómo en las noches de invierno se ponía aquellos guantes para dormir) y le dijo: «Papá, ¡es usted un hombre muy valiente!». Como cada vez que oía aquellas palabras de labios de sus hijas (y en los últimos tiempos las oía poco) los ojos de Turgut Bey se humedecieron y abrazó a Kadife y la besó con un escalofrío. En las calles en las que acababa de entrar el carro no se había ido la electricidad.

Una vez que bajaron del carro Turgut Bey dijo: «¡Qué de tiendas han abierto por aquí! Espera, que voy a mirar los escaparates». Como Kadife comprendió que los pasos de su padre iban retrocediendo poco a poco, no le forzó demasiado. Cuando Turgut Bey le dijo que quería tomarse una manzanilla en alguna casa de té y que así, si les seguía algún detective, le pondrían en una situación difícil, entraron en una y se sentaron en silencio viendo la escena de persecuciones que había en la televisión. Al salir se encontraron con el antiguo barbero de Turgut Bey, así que volvieron a entrar y a sentarse. «¿Llegaremos tarde? ¿Quedará muy feo? ¿No sería mejor que no fuéramos ya?», le susurraba Turgut Bey a su hija, haciendo como si escuchara al gordo barbero. Se cogió del brazo de Kadife pero, en lugar de meterse por el patio de atrás, entró en una papelería y tras rebuscar largo rato se compró un bolígrafo azul. Después de cruzar la puerta de la trastienda de Repuestos Eléctricos y de Fontanería Ersin y salir al patio, Kadife vio que su padre estaba sumamente pálido mientras se dirigían a la oscura puerta trasera del hotel Asia.

La entrada trasera del hotel estaba silenciosa y padre e hija esperaron un momento muy arrimados el uno a la otra. Nadie les había seguido. Pocos pasos más allá el interior estaba tan oscuro que Kadife sólo pudo encontrar a tientas las escaleras que subían al vestíbulo. «No me sueltes el brazo», le dijo Turgut Bey. El vestíbulo, cuyas altas ventanas estaban cubiertas por gruesas cortinas, estaba en penumbra. La luz muerta que emitía una pálida y sucia lámpara en la recepción apenas iluminaba la cara sin afeitar de un andrajoso recepcionista. En la oscuridad a duras penas se distinguía al par de clientes que andurreaban por el salón o bajaban por las escaleras. La mayoría de aquellas sombras o bien eran policías de civil, o bien tipos que se dedicaban a negocios «secretos» como contrabando de animales y leña o a pasar por la frontera trabajadores ilegales. En aquel hotel donde ochenta años antes se habían hospedado los adinerados comerciantes rusos y luego turcos que venían de Estambul para comerciar con Rusia y agentes dobles ingleses de raíces aristocráticas que introducían espías en la Unión Soviética a través de Armenia, ahora se alojaban mujeres procedentes de Georgia y Ucrania que se dedicaban al pequeño contrabando y a la prostitución. Cuando los hombres que venían de las aldeas de Kars, y que primero les ponían una habitación a estas mujeres y luego seguían con ellas en dichas habitaciones una vida casi marital, regresaban a sus pueblos por la noche en los últimos microbuses, ellas salían de sus cuartos y tomaban té con coñac en el lóbrego bar del hotel. Mientras subían por las escaleras de madera, en tiempos cubierta por una alfombra roja, se cruzaron con una de aquellas mujeres rubias y agotadas y Turgut Bey le susurró a su hija: «El hotel en el que se hospedó İsmet Bajá en Lausana era así de cosmopolita —y sacándose del bolsillo el bolígrafo, añadió—: Y yo, como hizo el Bajá en Lausana, firmaré el comunicado con un bolígrafo completamente nuevo». Kadife era incapaz de saber si su padre se detenía tanto rato en los descansillos para tomar aliento o para retrasar el momento de la verdad. Ante la puerta de la habitación 307 Turgut Bey dijo: «Firmo y nos vamos enseguida».

La habitación estaba tan llena de gente que en un primer

momento Kadife pensó que se habían equivocado. Al ver que Azul estaba sentado con la cara larga junto a la ventana con dos jóvenes militantes islamistas, se llevó a su padre a ese lado y lo sentó allí. A pesar de la desnuda bombilla encendida en el techo y de la lámpara en forma de pez de una mesilla, la habitación no estaba bien iluminada. En el ojo de aquel pez de baquelita que se mantenía erecto sobre su cola sosteniendo una bombilla con la boca abierta había escondido un micrófono del Estado.

Fazıl también estaba en el cuarto; en cuanto vio a Kadife se puso en pie pero, al contrario que los demás, que se habían levantado por respeto a Turgut Bey, no volvió a sentarse inmediatamente sino que la miró admirado como si fuera víctima de un hechizo. Varios de los presentes creían que iba a decir algo, pero Kadife ni se dio cuenta de que existía. Estaba atenta a la tensión que había surgido desde el primer momento entre su padre y Azul.

Azul estaba convencido de que si el hombre que firmaba el comunicado que se habría de publicar en el *Frankfurter Rundschau* en calidad de nacionalista kurdo era además ateo, los occidentales quedarían más impresionados. Pero el muchacho delgado de cara pálida al que había convencido a duras penas y sus dos compañeros de asociación se encontraban en desacuerdo en lo que se refería a la forma de expresión del comunicado. Ahora los tres a la vez, sentados y tensos, esperaban su turno de palabra. Había sido difícil encontrar a aquellos muchachos después del golpe porque cada dos por tres cerraban las sedes de las asociaciones, habitualmente la casa de alguno de sus miembros, en las que se reunían los jóvenes kurdos desempleados, impotentes y airados que sentían admiración por las guerrillas kurdas de las montañas y continuamente detenían, golpeaban y torturaban a sus directivos. Otro problema era que los combatientes de las montañas acusaban a estos jóvenes de estar pasándoselo tan ricamente en sus calentitas habitaciones de la ciudad y de concluir tratos con el Estado de la República de Turquía. Esas acusaciones, enfocadas al hecho de que las asociaciones ya no enviaban al monte el número necesario de candidatos a guerrilleros, habían desmoralizado bastante a los pocos miembros que aún no habían ido a la cárcel.

A la reunión también se habían unido dos «socialistas» de la generación anterior, ambos en la treintena. Se habían enterado de la existencia de un comunicado que se iba a entregar a la prensa alemana por los jóvenes kurdos de la asociación, que habían acudido a ellos para presumir y también para pedir consejo. Aquellos militantes prematuramente envejecidos tenían un aspecto atormentado porque los socialistas armados ya no eran tan fuertes como antes y porque sólo podían realizar acciones como cortar caminos, matar policías o dejar paquetes-bomba con el permiso y el apoyo de los guerrilleros kurdos. Habían acudido a la reunión sin ser invitados alegando que en Europa todavía existían muchos marxistas. Junto al socialista más viejo, sentado al pie de la pared con una pose de aburrimiento, su compañero, de cara limpia y aspecto tranquilo, sentía la excitación extra de quien se disponía a comunicar los detalles de la reunión a las autoridades. No lo hacía por mala intención, sino para impedir que la policía acosara innecesariamente a su organización. Tras algo de presión denunciaba a las autoridades aquellas actividades que consideraba despreciables, la mayor parte de las cuales, además, le parecía a posteriori innecesaria, pero, por otro lado, se sentía orgulloso en su rebelde corazón de participar en esas acciones y con ese orgullo le contaba a cualquiera que quisiera oírle todos los casos de tiroteos, secuestros, colocación de bombas y homicidios en los que decía haber colaborado.

Todos estaban tan seguros de que la policía tenía pinchada la habitación o de que, al menos, había situado a algunos informantes entre la multitud, que al principio nadie hablaba. Y los que lo hacían miraban por la ventana y decían que todavía seguía nevando o se advertían unos a otros de que no apagaran los cigarrillos en el suelo. El silencio continuó hasta que la tía de uno de los jóvenes kurdos, que hasta entonces no había llamado la atención de ninguno de los presentes, se puso en pie y comenzó a contar cómo había desaparecido su hijo (una noche habían llamado a su puerta y se lo habían llevado). A Turgut Bey le incomodó aquella historia del joven desaparecido, que escuchó sin prestarle demasiada atención. De la misma manera que encontraba repugnante que secuestraran a medianoche a muchachos kurdos y los mataran, instintivamente le ofendía que los llamaran «inocentes». Mientras sostenía la mano de su padre, Kadife intentaba leer la expresión hastiada y sarcástica de Azul. Azul pensaba que le habían tendido una trampa pero permanecía allí sentado de mala gana porque le preocupaba que si se iba todos hablaran en contra de él. Luego: 1. El joven «islamista» sentado junto a Fazıl, y cuya conexión con el asesinato del director de la Escuela de Magisterio se probaría meses más tarde, trató de demostrar que el asesinato había sido cometido por un agente del Estado; 2. Los revolucionarios informaron largo rato sobre la huelga de hambre que habían iniciado sus compañeros en prisión; 3. Los tres jóvenes kurdos de la asociación, amenazando con retirar sus firmas si el comunicado no se publicaba en el *Frankfurter Rundschau*, leyeron cuidadosamente y ruborizándose un texto bastante largo sobre el lugar que ocupaban la cultura y la literatura kurdas en la historia universal.

Cuando la madre del desaparecido preguntó dónde estaba el «periodista alemán» que había de recibir su denuncia, Kadife se puso en pie y explicó con voz tranquilizadora que Ka estaba en Kars y que no había acudido a la reunión para que no cayera la menor sombra de sospecha sobre la «imparcialidad» del comunicado. Los presentes no estaban acostumbrados a que en una reunión política una mujer se levantara y hablara con tanta confianza en sí misma; de repente, todos le tuvieron respeto. La madre del desaparecido la abrazó y lloró. Kadife le prometió que haría cualquier cosa para que aquello se publicara en el periódico alemán y aceptó un papel en el que la mujer había escrito el nombre de su hijo.

Fue en ese momento cuando el militante izquierdista que delataba con las mejores intenciones sacó el primer borrador del comunicado, que había escrito en una hoja de cuaderno, y lo leyó adoptando una extraña pose.

El título del comunicado era «Aviso a la Opinión Pública

Europea sobre los Sucesos de Kars». De inmediato le gustó a todo el mundo. Más tarde Fazıl le explicaría sonriendo a Ka lo que había sentido en aquel momento: «¡Fue la primera vez que sentí que mi pequeña ciudad participaría en la historia del mundo!», y Ka lo incorporaría a su poema «Toda la humanidad y las estrellas». Pero Azul enseguida estuvo en contra instintivamente:

—No hacemos un llamamiento a Europa —explicó—, sino a toda la humanidad. Que a nuestros compañeros no les confunda el que publiquemos nuestro comunicado en Frankfurt y no en Kars o en Estambul. La opinión pública europea no es nuestra amiga, sino nuestra enemiga. Y no porque nosotros seamos sus enemigos, sino porque nos desprecian por instinto.

El izquierdista que había redactado el borrador dijo que no era la humanidad entera quien nos despreciaba, sino sólo la burguesía europea. Los pobres y los trabajadores eran nuestros hermanos, pero nadie le creyó, incluido su compañero más experimentado.

—En Europa nadie es tan pobre como nosotros —dijo uno de los tres jóvenes kurdos.

—Hijo mío, ¿ha estado usted en Europa?

—Yo todavía no he encontrado la oportunidad, pero un tío mío es obrero en Alemania.

Hubo unas risitas ligeras. Turgut Bey se irguió en su asiento.

—Yo tampoco he estado en Europa a pesar de que para mí significa mucho —dijo—. No es cosa de risa. Aquellos de nosotros que hayan estado en Europa, por favor que levanten la mano. —Nadie la levantó, ni siquiera Azul, que había vivido años en Alemania.

—Pero todos sabemos lo que significa Europa —continuó Turgut Bey—. Europa es nuestro futuro dentro del género humano. Y por eso, si este caballero —y señaló a Azul— opina que debemos dirigirnos a toda la humanidad en lugar de a Europa, podemos cambiar el título de nuestro comunicado sin ningún problema.

—Europa no es mi futuro —dijo Azul sonriendo—. Mientras viva no pienso imitarles ni humillarme porque no me parezco a ellos.

—No sólo los islamistas tienen orgullo nacional en este país, también lo tienen los republicanos... —contestó Turgut Bey—. ¿Cómo queda si escribimos «la humanidad» en lugar de «Europa»?

—¡«Aviso a la Humanidad sobre los Sucesos de Kars»! —leyó el autor del texto—. Queda demasiado pretencioso.

Se pensó la propuesta de Turgut Bey de poner «Occidente» en lugar de «la Humanidad» pero a eso también se opuso uno de los jóvenes que había junto a Azul, el de la cara llena de granos. Por fin se pusieron de acuerdo en la propuesta del joven kurdo de voz chillona de usar sólo la palabra «Aviso».

El borrador del comunicado, al contrario de lo que suele ocurrir en circunstancias parecidas, era breve. Nadie había protestado todavía sobre las primeras frases, en las que se explicaba que se había «representado» un golpe militar en cuanto quedó claro que los candidatos islamistas y kurdos ganarían las elecciones que iban a celebrarse en Kars, cuando Turgut Bey presentó una objeción afirmando que en Kars no existía para nada eso que los europeos llaman intención de voto, que aquí era algo de todos los días el que los electores cambiaran de opinión por cualquier motivo la noche anterior a las elecciones e incluso por la mañana, de camino a las urnas, que votaran a un partido completamente distinto al que habían tenido en la cabeza hasta entonces y que, por lo tanto, era imposible que nadie dijera que tal o cual candidato iba a ganar las elecciones.

—Todo el mundo sabe —le contestó el militante izquierdista soplón que había preparado el borrador del comunicado— que el golpe se ha hecho antes de las elecciones y en contra de sus resultados.

—Al fin y al cabo, no son más que una compañía de teatro —replicó Turgut Bey—. Si han tenido tanto éxito es porque las carreteras están cortadas por la nieve. Dentro de unos días todo volverá a la normalidad.

—Si no está en contra del golpe, ¿por qué ha venido? —dijo otro joven.

No se supo si Turgut Bey había oído aquella falta de respeto del tipo de cara roja como un rábano que se sentaba junto a Azul. En ese momento Kadife se puso en pie (era la única que se ponía en pie al hablar y nadie, incluida ella, se había dado cuenta de lo raro que resultaba) y dijo con los ojos brillantes de furia que su padre había sufrido cárcel durante años por sus ideas políticas y que siempre había estado en contra de la tiranía del Estado.

Su padre la hizo sentar tirándole del abrigo.

—Su pregunta es mi respuesta —dijo—. Yo he venido a esta reunión para demostrar a los europeos que en Turquía también existen personas demócratas y con sentido común.

—Si un gran periódico alemán me concediera un par de líneas no sería eso lo primero que yo intentaría demostrar —dijo el de la cara roja con voz sarcástica, y quizá hubiera hablado más pero Azul lo agarró del brazo para impedírselo.

Aquello le bastó a Turgut Bey para arrepentirse de haber acudido a la reunión. Enseguida se convenció a sí mismo de que simplemente se había dejado caer cuando pasaba por allí. Con el aire de alguien que tiene la mente ocupada en cosas completamente distintas se puso en pie y apenas había dado un par de pasos en dirección a la puerta cuando su mirada se clavó en la nieve que caía fuera en la calle Karadağ y se encaminó hacia la ventana. Kadife se cogió del brazo de su padre como si él fuera incapaz de andar sin su apoyo. Padre e hija observaron largo rato un carro que pasaba por la calle bajo la nieve como niños inocentes que quieren olvidar sus preocupaciones.

El muchacho de la voz chillona de los tres jóvenes kurdos de la asociación también se acercó a la ventana sin poder vencer su curiosidad y comenzó a mirar hacia abajo, a la calle, con el padre y la hija. La multitud de la habitación les observaba con una actitud entre respetuosa y preocupada, se notaba cierta inquietud, el miedo a una redada. Gracias a dicho desasosiego las partes llegaron rápidamente a un acuerdo en lo que quedaba de comunicado.

En él había una frase en la que se indicaba que el golpe militar había sido efectuado por un puñado de aventureros. Azul protestó. Las definiciones más amplias propuestas para sustituirla fueron recibidas con escepticismo porque darían a los occidentales la impresión de que el golpe militar había afectado a toda Turquía. Así pues, se llegó a un acuerdo en la frase «un golpe local apoyado por Ankara». También se le dio un breve espacio a las crueldades y las torturas cometidas con los kurdos y con los estudiantes del Instituto de Imanes y Predicadores a los que habían disparado o a los que se habían llevado uno a uno de sus casas para matarlos la noche del golpe. La fórmula «un ataque absoluto contra el pueblo» acabó adoptando la forma «un ataque contra el pueblo, los valores morales y la religión». Con los cambios efectuados a la última frase ya no sólo se llamaba a la opinión pública occidental a que protestara contra el Estado de la República de Turquía, sino al mundo entero. Mientras se leía esa frase Turgut Bey sintió que Azul, sus miradas se habían cruzado por un instante, estaba satisfecho. Volvió a arrepentirse de todo corazón de hallarse allí.

—Si nadie tiene ninguna otra objeción, por favor, vamos a firmarlo de inmediato —dijo Azul—, porque en cualquier momento pueden hacernos una redada. —Todos se echaron unos encima de otros en medio de la habitación para firmar lo antes posible aquel comunicado convertido en una maraña de flechas y globos con correcciones y tachaduras, y largarse de allí. Algunos ya habían terminado y estaban marchándose cuando Kadife gritó:

—¡Un momento, mi padre va a decir algo!

Aquello aumentó aún más el nerviosismo general. Azul envió a la puerta al joven de cara roja para que impidiera que nadie saliese.

—Que no salga nadie. Ahora escuchemos las objeciones de Turgut Bey.

—No tengo nada que objetar —replicó Turgut Bey—. Pero antes de firmar quiero pedirle algo a ese muchacho. —Pensó por un instante—. No sólo a él, sino a todos los presentes. —Señaló al joven de cara roja que poco antes había discutido con él y que ahora guardaba la puerta para que nadie se escapara—.

Si no me responden a la pregunta que primero le haré a ese muchacho y luego a todos los demás, no firmaré el comunicado. —Se volvió hacia Azul para ver si comprendía lo decidido que estaba.

—Por favor, pregunte —dijo Azul—. Si está en nuestra mano responder, lo haremos encantados.

—Hace un momento se rieron de mí. Ahora contéstenme: si un importante periódico alemán les concediera un par de líneas, ¿qué dirían a los occidentales? Primero que me responda él.

El muchacho de la cara roja era fuerte y vigoroso y tenía opiniones muy claras sobre cualquier cosa pero aquella pregunta le pilló desprevenido. Agarrándose al pomo de la puerta con más fuerza, pidió ayuda con la mirada a Azul.

—Di lo primero que se te vendría a la cabeza si te dieran un par de líneas y vámonos ya de aquí —dijo Azul con una sonrisa forzada—. O la policía asaltará esto en cualquier momento.

La mirada del joven de cara roja iba y venía desde un punto lejano como si estuviera en un importante examen e intentara recordar la respuesta a una pregunta que se sabía perfectamente.

—Entonces yo seré el primero —dijo Azul—. Los señores europeos me tienen sin cuidado… Les diría, por ejemplo, que no me hagan sombra… Pero, de hecho, vivimos bajo su sombra.

—No le ayude, que diga lo que le salga del corazón —dijo Turgut Bey—. Usted hablará el último. —Sonrió al muchacho de cara roja, que se retorcía indeciso—. Es difícil decidirse. Porque ésta es una cuestión tremenda. No se resuelve quedándose plantado en el umbral.

—¡Excusas, excusas! —gritó uno de los de atrás—. No quiere firmar el comunicado.

Todo el mundo se refugió en sus propios pensamientos. Unos cuantos se dirigieron a la ventana y observaron absortos el carro que pasaba bajo la nieve por la calle Karadağ. Cuando más tarde Fazıl le describiera a Ka aquel momento de «silencio mágico», le diría: «Era como si en aquel momento todos nos hubiéramos hermanado más que nunca». Primero interrumpió el silencio el estruendo de un avión que pasaba muy arriba, entre la oscuridad. Mientras todos escuchaban atentos el avión, Azul susurró: «Es el segundo que pasa hoy».

—¡Yo me voy! —dijo uno.

Era un hombre de unos treinta años con cara desvaída y chaqueta también desvaída en el que nadie había reparado antes. Era uno de los tres presentes que tenían empleo. Trabajaba de cocinero en el hospital de la seguridad social y miraba el reloj cada dos por tres. Había venido con las familias de los desaparecidos. Según lo que contaron luego, una noche se habían llevado a comisaría para tomarle declaración a su hermano mayor, que andaba metido en política, y nunca más había vuelto. De acuerdo con los rumores, aquel hombre pretendía de las autoridades cualquier tipo de papel que declarara muerto a su hermano mayor para casarse con su bella esposa. Le habían echado con cajas destempladas de la Dirección de Seguridad, de los servicios de Inteligencia, de la fiscalía y de la guarnición, lugares a los que había recurrido un año después de la desaparición de su hermano con dicho objetivo, y en los últimos dos meses se había unido a las familias de los desaparecidos, más que en busca de venganza, porque eran los únicos con los que podía hablar.

—Podéis llamarme cobarde a mis espaldas. Vosotros sois los cobardes. Vuestros europeos son los cobardes. Tomad nota de que eso es lo que les digo. —Y se fue dando un portazo.

Fue entonces cuando preguntaron quién era aquel Hans Hansen Bey. Al contrario de lo que Kadife temía, esta vez Azul contestó con un tono en extremo cortés que se trataba de un periodista alemán con las mejores intenciones que se preocupaba sinceramente por los «problemas» de Turquía.

—¡Al alemán que hay que temer es precisamente al que tiene las mejores intenciones! —dijo uno de los de atrás.

Un hombre de chaqueta oscura que estaba plantado junto a la ventana preguntó si se publicarían declaraciones particulares además del comunicado conjunto. Kadife le respondió que era posible.

—Amigos, no nos quedemos esperando turno para hablar como niños miedosos de escuela primaria —dijo alguien.

—Yo voy al instituto —empezó a decir uno de los otros jóvenes kurdos de la asociación—. Y ya tenía pensado de antemano lo que voy a decir.

—¿Había pensado que algún día podría publicar una declaración en un periódico alemán?

—Sí, exactamente —respondió el muchacho con una voz en extremo razonable pero con una actitud muy apasionada—. Yo, como todos, he pensado en secreto que algún día se me presentaría la oportunidad y que podría exponer al mundo mis ideas.

—Yo nunca pienso cosas así…

—Lo que voy a decir es muy simple —dijo el apasionado joven—. Que lo escriba el periódico de Frankfurt: ¡no somos tontos! ¡Sólo somos pobres! Tenemos derecho a que se distingan las dos cosas.

—¡Por Dios, hombre!

—¿Y quiénes somos «nosotros», señor mío? —le preguntaron desde atrás—. ¿Los turcos, los kurdos, los locales, los terekeme, los azeríes, los circasianos, los turcomanos, los de Kars? ¿Quiénes?

—Porque ése es el mayor error de la humanidad —continuó el apasionado muchacho de la asociación—, el mayor engaño desde hace milenios: siempre se ha confundido ser pobre y ser tonto.

—¿Y qué es ser tonto? Que lo explique.

—La verdad es que a lo largo de la honrosa historia de la humanidad siempre ha habido religiosos y personas decentes que se han dado cuenta de esta vergonzosa confusión y han explicado que los pobres también poseen sabiduría, humanidad, inteligencia y corazón. Si Hans Hansen Bey viera a un pobre le tendría lástima. Quizá no pensara de inmediato que era un tonto que había desperdiciado sus oportunidades ni un borracho sin voluntad.

—No sé Hansen Bey, pero eso es lo que ahora piensa todo el mundo cuando ve a un pobre.

—Por favor, escúchenme —continuó el apasionado joven kurdo—. No hablaré mucho más. Quizá les tuviera pena a los pobres individualmente, pero en cuanto una nación es pobre, lo primero que piensa el mundo entero es que es una nación de tontos, de cabezas de chorlito, de vagos, de sucios y de inútiles. En lugar de tenerles pena, se ríen de ellos. Encuentran cómicas su cultura, sus tradiciones y sus costumbres. A veces luego se avergüenzan de lo que han pensado, dejan de reírse y si los emigrantes de ese país les barren los suelos y trabajan en los peores empleos, se comportan como si encontraran interesante su cultura e incluso les tratan como si fueran iguales para que no se les rebelen.

—Que diga ya de qué nación está hablando.

—Yo tengo algo que añadir —les interrumpió el otro joven kurdo—. Por desgracia, la humanidad ya ni siquiera se ríe de los que se matan entre ellos, de los que se masacran, de los que se oprimen mutuamente. Lo comprendí por lo que mi tío de Alemania me contó cuando vino a Kars el verano pasado. El mundo ya no aguanta a las naciones opresoras.

—O sea, ¿que nos están ustedes amenazando en nombre de los occidentales?

—Y así —prosiguió el apasionado joven kurdo—, en cuanto un occidental se encuentra por casualidad con alguien de una nación pobre, lo primero que siente instintivamente por él es desprecio. Enseguida piensa que ese hombre es así de pobre porque pertenece a una nación de tontos. Muy probablemente la cabeza de ese hombre está llena de las tonterías y las estupideces que han provocado que su nación sea tan pobre y lastimosa, eso piensa el occidental.

—Y no le faltaría razón...

—Si tú también nos encuentras tontos como ese escritor tan creído, dínoslo claramente. Por lo menos ese ateo sin Dios tuvo el valor, antes de morir e irse al infierno, de salir en directo en la televisión y decirnos mirándonos a los ojos que el pueblo turco le parecía una nación de tontos.

—Disculpe, pero la persona que sale en directo en televisión no puede ver los ojos de los que le están viendo.

—Aquí el caballero no ha dicho «ver», sino «mirar» —intervino Kadife.

—Por favor, compañeros, no discutamos como si estuviéramos en una mesa redonda —dijo el participante izquierdista que tomaba notas—. Y hablemos despacio, además.

—Yo no me callaré si no dice abiertamente de qué nación está hablando. Tenemos que ser conscientes de que publicar en un periódico alemán una declaración que nos humille es una traición a la patria.

—Yo no soy un traidor a la patria. Estoy de acuerdo con ustedes. —El apasionado joven kurdo se puso en pie—. Por eso, quiero que conste por escrito que si algún día tengo la oportunidad y me dan el visado, no pienso ir a Alemania.

—Nadie le da un visado europeo a un desempleado sin oficio ni beneficio como tú.

—No digamos el visado, tampoco las autoridades le darían el pasaporte.

—Es cierto, no me lo darían —dijo modestamente el joven apasionado—. Pero aunque me lo dieran y fuera allí y el primer occidental que me encontrara por la calle fuera buena persona y no me humillara, yo pensaría que el hombre me desprecia sólo porque es occidental y me sentiría incómodo. Porque en Alemania, a los que llegan de Turquía se les nota en todo lo que son… Y entonces lo único que puedes hacer para que no te desprecien es demostrar que piensas como ellos. Y eso es algo imposible y humillante.

—Hijo mío, tu discurso empezó mal pero lo has terminado muy bien —dijo un anciano periodista azerí—. De todas maneras, será mejor que no escribamos eso en el periódico alemán o se reirán de nosotros. —Calló un momento y luego, de repente, preguntó con astucia—: ¿Qué nación era esa de la que hablabais?

Como el joven de la asociación se sentó sin responderle, el hijo del anciano periodista, que se sentaba a su lado, gritó: «¡Cobarde!».

«¡Tiene razón en tener miedo!» «¡Él no cobra del Estado como vosotros!», le respondieron al instante, pero ni el anciano periodista ni su hijo se sintieron aludidos. El hablar todos a la vez, las bromas y las pullas ocasionales habían provocado que todos los presentes en la habitación participaran de un ambiente de fiesta y diversión. Ka, cuando más tarde escuchara de boca de Fazıl todo lo que había ocurrido, escribiría en su cuaderno que ese tipo de reuniones políticas podían durar horas y que para ello lo único que hacía falta era que una multitud de hombres bigotudos que fumaban con el ceño fruncido se divirtieran sin darse cuenta de que se estaban divirtiendo.

—¡Nosotros no podemos ser europeos! —dijo otro de los jóvenes islamistas con aire orgulloso—. Y los que intentan que nos amoldemos a la fuerza a ellos quizá puedan conseguirlo al final matándonos con sus tanques y sus fusiles. Pero nunca podrán cambiar nuestra alma.

—Podrá poseer mi cuerpo, pero nunca mi alma —se burló uno de los jóvenes kurdos con una voz que imitaba los doblajes de las películas locales.

Todo el mundo se rió de la broma. Incluso el joven que había tomado la palabra se sumó, tolerante, a las risas.

—Yo también tengo algo que decir —se lanzó uno de los jóvenes sentados junto a Azul—. Por mucho que nuestros compañeros no hablen como innobles imitadores de Occidente, aquí sigue habiendo un ambiente de disculpa, de perdónennos, por no ser europeos. —Se volvió hacia el hombre de chaqueta de cuero que tomaba notas—. ¡No escribas eso de antes, amigo, por favor! —dijo con tono de matón educado—. Escribe ahora: yo estoy orgulloso de la parte de mí que no es europea. Me enorgullece todo lo que los europeos ven como infantil, cruel y primitivo. Si ellos son guapos, yo seré feo; si ellos son inteligentes, yo seré tonto; si ellos son modernos, yo permaneceré puro.

Nadie aprobó aquellas palabras. Simplemente se rieron un poco porque a cada cosa que decía le respondían con una broma. Uno incluso intervino con un «¡De veras que eres tonto!», pero no pudo saberse quién había sido porque justo en ese momento el viejo de los dos izquierdistas y el hombre de la chaqueta de cuero sufrieron sendas crisis intensas de tos.

El muchacho de cara roja que sostenía la puerta se lanzó y empezó a recitar un poema que empezaba: «Europa, oh Europa. / Alto ahí. / Cuando soñamos, / no nos durmamos en brazos del demonio». Fazıl apenas pudo oír la continuación debido a las toses, a las alusiones obscenas y a las carcajadas. Pero le comunicó a Ka todo lo que recordaba, no del poema en sí, sino de las objeciones que se le hicieron, y tres de aquellos detalles pasaron tanto al papel en el que se estaban transcribiendo las dos líneas de respuesta a Europa como también al poema titulado «Toda la humanidad y las estrellas» que Ka habría de escribir poco después:

1. «No les tengamos miedo, no hay nada que temer», gritó el antiguo militante izquierdista que ya se acercaba a la senectud.

2. Mientras el anciano periodista de origen azerí que cada dos por tres preguntaba aquello de «¿A qué nación se refieren?», después de decir «No renunciemos a nuestra religión ni a nuestra condición de turcos», hacía una extensa relación sobre las Cruzadas, el Holocausto judío, los indios exterminados en América y los musulmanes masacrados por los franceses en Argelia, un derrotista entre la multitud preguntó arteramente «dónde estaban los millones de armenios de Kars y de toda Anatolia», pero el delator que tomaba notas, apiadándose de él, no pasó al papel quién había sido.

3. «Nadie con dos dedos de frente traduciría un poema tan largo y tan imbécil y el señor Hans Hansen no lo publicaría en su periódico», dijo uno. Eso dio ocasión a los poetas presentes (había tres) para quejarse de la desafortunada soledad de los poetas turcos en el mundo.

Cuando el muchacho de cara roja, bañado en sudor, terminó con su poema, sobre cuya estupidez y primitivismo todos estuvieron de acuerdo, unos cuantos le aplaudieron sarcásticamente. Alguien estaba diciendo que si aquel poema se publicaba en el diario alemán serviría para que se burlaran todavía más de «nosotros» cuando el joven kurdo que tenía un tío en Alemania protestó:

—Cuando ellos escriben poesía y componen canciones, hablan en nombre de toda la humanidad. Ellos son seres humanos y nosotros sólo somos musulmanes. Si la escribimos nosotros, es poesía étnica.

—Mi mensaje es el siguiente. Escriba —dijo el hombre de la chaqueta negra—. Si los europeos tienen razón y no tenemos otro futuro y otra salvación que parecernos a ellos, entretenernos con tonterías sobre lo que nos hace ser nosotros mismos no es sino una estúpida pérdida de tiempo.

—Ésa es la frase que mejor puede demostrar a los europeos que somos tontos.

—Por favor, diga ya de una vez y francamente cuál es la nación que parece tonta.

—Señores, nos estamos comportando como si fuéramos mucho más listos y valiosos que los occidentales, pero si hoy mismo los alemanes abrieran un consulado en Kars y empezaran a repartir visados gratis a todo el mundo, les juro que Kars entera se vaciaría en una semana.

—Eso es mentira. Hace un momento este compañero ha dicho que no se iría aunque le dieran el visado. Yo tampoco me marcharía, me quedaría aquí con mi honra.

—También se quedarían otros, señores, sépanlo. Por favor, los que no se vayan a ir que levanten la mano para que los veamos.

Algunos levantaron la mano con toda seriedad. Al verles, un par de jóvenes se quedaron indecisos.

—Primero que se explique por qué es una deshonra irse —preguntó el hombre de la chaqueta negra.

—Es difícil explicárselo al que no lo entiende —dijo uno con un gesto misterioso.

En eso, el corazón de Fazıl, que vio que Kadife dirigía triste la mirada por la ventana, comenzó a latir a toda velocidad. «Dios mío, protege mi pureza, protégeme de la confusión», pensó. Se le ocurrió que a Kadife le gustarían aquellas palabras. Quiso que las escribieran en el periódico alemán, pero de cada boca salía una opinión y a nadie le interesaba la suya.

Sólo el joven kurdo de la voz chillona pudo aplacar aquel alboroto. Había decidido publicar en el periódico alemán un sueño que había tenido. Al principio del sueño, que contó con frecuentes escalofríos, estaba solo viendo una película en el Teatro Nacional. La película era una película occidental, todo el mundo hablaba en una lengua extranjera pero aquello no le molestaba en absoluto porque notaba que entendía todo lo que se decía. Luego de repente se dio cuenta de que estaba dentro de la película que veía: su butaca del Teatro Nacional en realidad estaba en el salón de la familia cristiana de la película. En eso veía una enorme mesa ya puesta y le apetecía satisfacer su hambre pero se mantenía alejado de ella temiendo hacer algo incorrecto. Después el corazón se le aceleraba, se encontraba con una mujer rubia muy bonita y recordaba de improviso que llevaba años enamorado de ella. La mujer se comportaba con él de una manera inesperadamente dulce e íntima. Le felicitaba por su ropa y por su aspecto, le besaba en las mejillas y le acariciaba el pelo. Era muy feliz. Luego, súbitamente, la mujer lo cogía en brazos y le señalaba la mesa. Entonces comprendía que todavía era un niño y que por eso ella lo encontraba tan digno de amor.

El sueño fue recibido tanto con risas y bromas como con una tristeza cuyo extremo llegaba al miedo.

—No es posible que haya tenido un sueño así —rompió el silencio el anciano periodista—. Este muchacho kurdo se lo ha inventado para humillarnos ante los alemanes. No lo escriba.

Para demostrar que no se lo había inventado, el joven de la asociación confesó un detalle que en un primer momento había pasado por alto: dijo que, desde entonces, recordaba quién era la mujer rubia del sueño cuando se despertaba. La había visto por primera vez bajándose de un autobús lleno de turistas que habían venido a ver las iglesias armenias hacía cinco años. Llevaba el vestido azul de tirantes que vestiría luego en sus sueños y en la película.

De eso se rieron todavía más. «¡Qué de mujeres europeas hemos visto nosotros y con qué fantasías nos ha tentado el diablo!», dijo uno. De repente se creó un ambiente de tertulia furiosa, anhelante e indecente sobre las mujeres occidentales. Un muchacho alto, delgado y bastante guapo al que hasta entonces nadie le había prestado demasiada atención empezó a contar un chiste: un buen día se encuentran en una estación un occidental y un musulmán. El tren no acababa de llegar y en el andén, un poco más allá, había una francesa muy guapa esperándolo...

Era una historieta que, como podría haberse imaginado cualquier varón que hubiera ido a un instituto de enseñanza media masculino o hubiera hecho el servicio militar, establecía una relación entre la potencia sexual y la nacionalidad y la cultura. El muchacho no usó palabrotas y la historia estaba velada por insinuaciones que estaban muy por encima de la vulgaridad. Pero en poco tiempo en la habitación se formó un clima que haría que Fazıl dijera «¡La vergüenza me oprimía el corazón!».

Turgut Bey se puso en pie.

—Muy bien, hijo, ya basta. Pásame el comunicado para que lo firme.

Turgut Bey firmó el comunicado con el bolígrafo nuevo que se sacó del bolsillo. Estaba cansado del alboroto y del humo de tabaco y estaba a punto de levantarse cuando Kadife lo retuvo. Luego fue la propia Kadife quien se levantó.

—Ahora escuchadme a mí un minuto —dijo—. A vosotros no os da ninguna vergüenza, pero a mí me sonroja lo que estoy oyendo. Me pongo esto en la cabeza para que no me veáis el pelo, y quizá sea un sufrimiento excesivo hacerlo por vosotros, pero...

—¡No por nosotros! —susurró una voz modestamente—. Por Dios, por tus propios valores morales.

—Yo también tengo algo que decirle al periódico alemán. Escriba, por favor. —Con su intuición de actriz de teatro notó que la observaban entre admirados y furiosos—. Una joven de Kars, no, mejor escriba una joven musulmana de Kars, que había adoptado el velo como bandera a causa de sus creencias, de repente se descubre la cabeza ante todo el mundo debido al asco repentino que se apodera de ella. Ésa es una buena noticia que gustará a los europeos. Y así Hans Hansen publicará lo que tengo que decir. Y al descubrirse dice lo siguiente: Dios mío, perdóname, porque a partir de ahora tengo que estar sola. Este mundo es tan repugnante y yo estoy tan furiosa y soy tan débil que…

—Kadife. —De repente, Fazıl se puso en pie de un salto—. Que no se te ocurra descubrirte la cabeza. Ahora mismo estamos aquí todos nosotros, todos. Incluidos Necip y yo. Y después todos nosotros, todos nosotros moriremos.

A todos los presentes les sorprendieron aquellas palabras. Hubo quien dijo «No digas tonterías» o «Que no se descubra, claro», pero la mayoría la observaba medio esperando ser testigos de un escándalo, de que estallara algún acontecimiento digno de interés, medio intentando descubrir qué tipo de provocación era aquélla y quién era la persona que movía los hilos.

—Las dos frases que a mí me gustaría publicar en el periódico alemán son éstas —dijo Fazıl. En la habitación se iba elevando un rumor—. No sólo hablo en mi nombre, sino también en el de mi difunto amigo Necip, cruelmente martirizado en la noche de la revolución: Kadife, te amamos. Si te descubres la cabeza me suicido, no lo hagas.

Según algunos, Fazıl no le dijo a Kadife «te amamos» sino «te amo». Aunque también puede ser algo inventado para explicar el comportamiento posterior de Azul.

—¡Que nadie mencione siquiera el suicidio en esta ciudad! —gritó Azul con todas sus fuerzas y luego, sin ni siquiera echarle una mirada a Kadife, se fue de la habitación del hotel terminando de inmediato con la reunión, así que los presentes, aunque no fuera de una manera demasiado silenciosa, acabaron por dispersarse.

32
No puedo hacerlo mientras tenga dos almas dentro de mí
Sobre el amor, el ser insignificante y la desaparición de Azul

Ka salió del hotel Nieve Palace a las seis menos cuarto, antes de que Turgut Bey y Kadife regresaran de la reunión en el hotel Asia. Todavía le quedaban quince minutos para su cita con Fazıl, pero le apetecía caminar por las calles de pura alegría. Doblando a la izquierda, se alejó de la avenida Atatürk y, paseando mientras contemplaba la multitud que llenaba las casas de té, los televisores encendidos y los colmados y las tiendas de fotografía, llegó hasta el arroyo Kars. Subió al puente de hierro y, sin hacer caso del frío, se fumó dos Marlboro seguidos, imaginando la felicidad que viviría en Frankfurt con İpek. En la otra orilla del río, en el parque desde el que en tiempos los ricachones de Kars contemplaban por la tarde a los patinadores sobre hielo, ahora había una oscuridad terrorífica.

En la oscuridad, por un instante Ka tomó a Fazıl, que llegaba tarde al puente de hierro, por Necip. Fueron juntos a la casa de té Los Hermanos Afortunados y allí Fazıl le contó a Ka hasta el menor detalle de la reunión del hotel Asia. Cuando llegó al momento en el que sintió que su propia pequeña ciudad estaba participando en la historia universal, Ka le hizo callar un rato como quien apaga una radio y escribió el poema titulado «Toda la humanidad y las estrellas».

En las notas que tomó más tarde, Ka relacionaría el poema, más que con la melancolía de vivir en una ciudad olvidada apartada de la historia, con los comienzos de ciertas películas de Hollywood que siempre le habían gustado. Una vez que se acababan los créditos, primero la cámara mostraba desde muy lejos al mundo girando lentamente, se iba aproximando despacio y de repente aparecía un país que, en la película que Ka rodaba en su imaginación desde que era niño, era, por supuesto, Turquía; en eso surgían el azul del Mar de Mármara, el Mar Negro y el Bósforo, y cuando la cámara se acercaba aún más se veían Estambul, Nişantaşı, donde Ka había pasado su infancia, el policía de tráfico de la calle Teşvikiye, la calle Poeta Nigâr, los árboles y los tejados (¡qué agradable resultaba verlos desde arriba!) y luego la ropa tendida, los anuncios de conservas Tamek, los canalones oxidados, los muros laterales embreados y, muy despacio, la propia ventana de Ka. La cámara entraba por la ventana y, después de recorrer las habitaciones llenas de libros, muebles, polvo y alfombras, mostraba a Ka escribiendo sentado a una mesa, llegaba hasta el extremo de la pluma, que acababa de escribir las últimas letras, y podíamos ver lo que había escrito: MI DIRECCIÓN DEL DÍA EN QUE ME INCORPORÉ A LA HISTORIA UNIVERSAL DE LA POESÍA: POETA KA, C/ POETA NİGÂR, 16/8 NİŞANTAŞI, ESTAMBUL, TURQUÍA. Como podrán suponer mis atentos lectores, aquella dirección, que yo creí que también formaba parte del poema, ocupaba un lugar bastante alto en el eje de la lógica del copo de nieve, bajo la atracción de la fuerza de la imaginación.

Fazıl le descubrió al final de su relato lo que realmente le preocupaba: ahora le incomodaba en extremo haber dicho que si Kadife se descubría, él se suicidaría. «Y no sólo porque suicidarse significa que uno ha perdido su fe en Dios, sino que también me molesta porque no es lo que creo. ¿Por qué dije algo en lo que no creo?» Después de decirle a Kadife que se mataría si ella se descubría la cabeza, Fazıl le había pedido perdón a Dios, pero cuando su mirada se cruzó con la de Kadife en la puerta, tembló como una hoja.

—¿Habrá pensado Kadife que estoy enamorado de ella? —le preguntó a Ka.

—¿Lo estás?

—Como ya sabes, yo estaba enamorado de la difunta Teslime y mi difunto amigo de Kadife. Me da vergüenza enamorarme de la misma chica sin que haya pasado un día desde la muerte de mi amigo. Sé que sólo puede haber una explicación para eso. Y me da miedo. ¡Explícame cómo pudiste estar tan seguro de que Necip había muerto!

—Cogí su cadáver por los hombros y le besé en la frente por donde le había entrado la bala.

—Es posible que el alma de Necip esté viviendo dentro de mí —dijo Fazıl—. Escucha: ayer ni me interesó la función de teatro ni vi la televisión. Me acosté temprano y me dormí. Comprendí en sueños que a Necip le había pasado algo horrible. Al asaltar los militares la residencia ya no me quedó la menor duda. Cuando te vi en la biblioteca ya sabía que Necip había muerto porque su alma se había introducido en mi cuerpo. Eso me pasó por la mañana temprano. Los soldados que desalojaron la residencia no me molestaron y yo pasé la noche en casa de un compañero del servicio militar de mi padre que es de Varto y vive en la calle del Mercado. Seis horas después de la muerte de Necip, por la mañana temprano, lo sentí dentro de mí. Por un momento la cabeza me dio vueltas en aquella cama en la que estaba de invitado, luego sentí un dulce enriquecimiento, cierta profundidad; mi amigo estaba conmigo, dentro de mí. Como dicen los libros antiguos, el alma abandona el cuerpo a las seis horas de la muerte. Según Suyuti, en ese momento el alma es algo móvil como el mercurio, y debe esperar el Día del Juicio en el Limbo. Pero el alma de Necip entró en mí. Estoy seguro. Y me da miedo porque es algo que no se menciona en el Corán. Pero de cualquier otra manera sería imposible que me hubiera enamorado de Kadife con tanta rapidez. Por eso, la idea del suicidio ni siquiera es mía. ¿Tú crees que puede ser verdad que el alma de Necip vive dentro de mí?

—Si tú lo crees —dijo Ka con precaución.

—Es algo que sólo te estoy contando a ti. Necip te revelaba secretos que no le confesaba a nadie más. Te lo ruego, dime la verdad: Necip nunca me dijo si había nacido en él la sospecha de ser ateo. Pero a ti puede que te lo mencionara. ¿Te dijo Necip si tenía dudas, Dios nos libre, sobre la existencia de Dios?

—Me habló de otra cosa, no de esas dudas a las que te refieres. Me contó que, de la misma manera en que uno piensa sobre la muerte de sus padres y llora pero obtiene placer de esa pena, él, inevitablemente, pensaba en que Dios, a quien tanto quería, no existía.

—Y eso es lo que ahora me está pasando a mí. —Fazıl se había lanzado—. Y estoy seguro de que es el alma de Necip la que me ha metido esa duda en el corazón.

—Pero esa duda no significa que seas ateo.

—Pero ahora les doy la razón a las muchachas que se suicidaron —dijo Fazıl, entristecido—. Hace un rato he dicho que yo mismo me suicidaría. No quiero decir que el difunto Necip fuera ateo, pero ahora siento dentro de mí la voz de uno de ellos y me da mucho miedo. Yo no sé si usted es así, pero ha estado en Europa y ha conocido a todos esos intelectuales, borrachos y drogadictos. Por favor, dígamelo una vez más, ¿qué siente un ateo?

—Desde luego, no se pasa uno el día queriendo suicidarse.

—Yo siempre no, pero a veces me gustaría suicidarme.

—¿Por qué?

—¡Porque pienso continuamente en Kadife y no se me va de la cabeza! Se me aparece sin parar. Cuando estoy estudiando, cuando estoy viendo la televisión, cuando estoy esperando que se haga de noche, en el momento más inesperado, todo me recuerda a Kadife y sufro mucho. Eso es algo que ya sentía antes de que Necip muriera. En realidad, yo no quería a Teslime, sino que siempre he querido a Kadife. Pero lo enterraba todo en mi corazón por el amor que le tenía mi amigo. Fue Necip quien me inculcó ese amor a fuerza de hablarme de ella. Cuando los soldados asaltaron la residencia comprendí que podían haber matado a Necip y, sí, me alegré. No porque ya pudiera exteriorizar mi amor por Kadife, sino porque odiaba a Necip por haber metido ese amor dentro de mí. Ahora Necip está muerto y soy libre, pero el único resultado que ha tenido eso es que me he enamorado más de Kadife. Pienso en ella desde que me levanto y cada vez soy más incapaz de pensar en otra cosa, ¡qué puedo hacer, Dios mío!

Fazıl se cubrió la cara con ambas manos y comenzó a llorar entre sollozos. Ka encendió un Marlboro y una ola de desinterés egoísta cruzó su corazón. Acarició largo rato la cabeza de Fazıl.

Fue entonces cuando se les acercó el detective Saffet, que tenía un ojo en la televisión y el otro en ellos. «Que no llore el muchacho, no me he llevado su carnet a la comisaría, lo tengo aquí», dijo. Como Fazıl, que seguía llorando, no le hacía caso, fue Ka quien tomó el carnet que se había sacado del bolsillo y le ofrecía el detective. «¿Por qué llora?», preguntó Saffet con una curiosidad entre profesional y humana. «De amor», le contestó Ka. Por un instante aquello tranquilizó mucho al detective. Ka le miró a su espalda hasta que salió de la casa de té y desapareció.

Luego Fazıl le preguntó cómo podría atraer la atención de Kadife. De paso le comentó que toda Kars sabía que Ka estaba enamorado de İpek, la hermana mayor de Kadife. La pasión de Fazıl le pareció tan desesperada e imposible a Ka que por un momento temió que el amor que él sentía por İpek fuera igual de ilusorio. Sin la menor inspiración, le repitió a Fazıl, cuyos sollozos iban cediendo, el consejo que İpek le había dado a él: «Sé tú mismo».

—Pero no puedo hacerlo mientras tenga dos almas dentro de mí —le respondió Fazıl—. Además, el alma atea de Necip va tomando lentamente posesión de mí. Después de haberme pasado años pensando que mis compañeros se equivocaban al meterse en política, ahora yo mismo quiero colaborar con los islamistas contra este golpe militar. Pero noto que voy a hacerlo sólo para llamar la atención de Kadife. Me da miedo no tener otra cosa en la cabeza que no sea ella. Y no sólo porque no la conozco. Sino porque veo que, como un ateo, ya no puedo creer en nada sino en el amor y en la felicidad.

Mientras Fazıl lloraba, Ka dudaba si decirle o no que no le declarara a Kadife su amor delante de todo el mundo y que debía tener cuidado con Azul. Pensaba que, ya que conocía la relación que había entre İpek y él, también estaría al tanto de la relación entre Azul y Kadife. Pero si lo sabía, nunca debería haberse enamorado de Kadife si pretendía ser fiel a la jerarquía política.

—Somos pobres e insignificantes —dijo Fazıl con una extraña cólera—. Nuestras miserables vidas no ocupan el menor lugar en la historia del mundo. Al final todos los que vivimos en esta pobre ciudad de Kars acabaremos muriéndonos y desapareciendo. Nadie nos recordará, a nadie le importaremos. Seguiremos siendo gente insignificante que se asfixia en sus pequeñas y estúpidas peleas, tirándose al cuello unos de otros por qué deben llevar las mujeres en la cabeza. Todos se olvidarán de nosotros. Y cuando me doy cuenta de cómo vamos a pasar por este mundo sin dejar huella después de haber llevado unas vidas estúpidas, comprendo con rabia que en la vida lo único que queda es el amor. Entonces lo que siento por Kadife, el hecho real de que el único consuelo que puedo encontrar en este mundo es estar en sus brazos, me hace sufrir todavía más y no se me aparta de la vista.

—Sí, ésas son ideas propias de un ateo —comentó Ka con crueldad.

Fazıl volvió a llorar. Después Ka no recordó lo que hablaron ni lo escribió en ningún cuaderno. En la televisión había un programa de cámara oculta en el que niñitos americanos se caían de sillas que se volcaban, reventaban acuarios, se caían al agua, tropezaban cuando se pisaban la falda, y todo acompañado por un sonido artificial de risas. Como los demás clientes de la casa de té, Fazıl y Ka se olvidaron de todo y, sonriendo, contemplaron largo rato a los niños americanos.

Cuando Zahide entró en la casa de té, Ka y Fazıl estaban viendo en la televisión un camión que avanzaba de manera misteriosa por un bosque. Zahide sacó un sobre amarillo y se lo entregó a Ka sin que Fazıl le hiciera el menor caso. Ka lo abrió y leyó la nota que contenía: era de İpek. Ella y Kadife querían ver a Ka en la pastelería Vida Nueva veinte minutos después, a las siete. Zahide se había enterado por Saffet de que estaban en la casa de té Los Hermanos Afortunados.

—Su sobrino está en mi clase —dijo Fazıl una vez que Zahide se hubo ido—. Le apasiona el juego. No se pierde una pelea de gallos ni de perros en la que se apueste.

Ka le devolvió el carnet de estudiante que le había quitado el policía. «Me esperan para cenar en el hotel», le dijo poniéndose en pie. «¿Vas a ver a Kadife? —le preguntó desesperanzado Fazıl. El hastío y el cariño que vio en el rostro de Ka hicieron que se sintiera avergonzado—. Quiero matarme. —Y cuando Ka salía de la casa de té le gritó a su espalda—: Díselo si la ves, que me mataré si se descubre la cabeza. Pero no porque se la descubra, sino por el placer de matarme por ella.»

Como todavía le quedaba tiempo para su cita en la pastelería, Ka se desvió por las calles laterales. Entró en la misma casa de té que le había llamado la atención aquella mañana mientras caminaba por la calle del Canal y en la que había escrito el poema «Calles de ensueño», pero, al contrario de lo que pretendía, no se le vino a la cabeza un nuevo poema sino la idea de salir por la puerta de atrás de aquel establecimiento medio vacío y lleno de humo de cigarrillos. Cruzó el patio cubierto de nieve, saltó en la oscuridad el murete que había ante él, subió tres escalones y bajó al sótano acompañado por los ladridos del mismo perro encadenado.

Había una pálida lámpara encendida. En el interior Ka percibió el aroma a *rakı*, además del olor a carbón y a sueño. Junto a la estruendosa caldera de la calefacción había varias personas con sus sombras. No se sorprendió lo más mínimo de ver sentados tomando *rakı* entre las cajas de cartón al agente de nariz de pico de pájaro del SNI y a la mujer georgiana tuberculosa con su marido. Tampoco ellos parecían sorprendidos de ver a Ka. Ka vio que la mujer enferma llevaba un sombrero rojo muy elegante. Ella le ofreció a Ka huevos duros y tortas de pan y su marido empezó a prepararle una copa. Mientras Ka pelaba un huevo con las uñas, el agente del SNI de nariz picuda le dijo que ese cuarto de calderas era el rincón más cálido de Kars, un auténtico paraíso.

El título del poema que Ka escribió en el silencio posterior sin sufrir ningún accidente y sin que se le escapara ni una sola palabra era precisamente «Paraíso». El hecho de que lo situara en el eje de la imaginación en un lugar alejado del centro del copo de nieve no quiere decir que el paraíso sea un futuro que imaginamos, sino que para Ka significaba que los recuerdos del paraíso sólo pueden permanecer vivos mientras seamos capaces de imaginarlos. En años posteriores, cuando Ka se acordara de ese poema, enumeraría uno a uno algunos de sus recuerdos: las vacaciones de verano de su infancia, los días que hacía novillos, las veces en que su hermana y él se acostaban en la cama de sus padres, algunos dibujos que había hecho de niño, el verse después con la chica que había conocido en la fiesta del colegio y besarla.

Mientras caminaba hacia la pastelería Vida Nueva, tenía todo aquello en la cabeza tanto como a İpek. En la pastelería la encontró esperándole con Kadife. İpek estaba tan guapa que por un momento Ka creyó (también gracias al efecto del *rakı* que se había tomado con el estómago vacío) que los ojos se le llenarían de lágrimas de felicidad. Aparte de sentirse feliz, Ka también se sentía orgulloso de sentarse a la misma mesa que aquellas dos hermanas tan bonitas: le habría gustado que los soñolientos vendedores turcos que cada día le saludaban sonriendo en Frankfurt pudieran verle con esas dos mujeres, pero en la pastelería en la que el día anterior habían asesinado al director de la Escuela de Magisterio no había nadie excepto el mismo anciano camarero. La fotografía mental, tomada desde fuera, de él sentado en la pastelería Vida Nueva con İpek y Kadife (aunque una de ellas estuviera cubierta) nunca desapareció de un rincón de la cabeza de Ka, como si fuera un retrovisor que muestra continuamente el coche de atrás.

Al contrario que Ka, las dos mujeres que ocupaban la mesa no estaban en absoluto tranquilas. İpek abrevió los preliminares cuando Ka le contó que sabía por Fazıl todo lo que había ocurrido en la reunión del hotel Asia.

—Azul abandonó furioso la reunión. Kadife está ahora muy arrepentida de todo lo que dijo. Enviamos a Zahide al sitio donde se ocultaba pero ya no estaba allí. No podemos encontrar a Azul. —İpek había empezado a hablar como la hermana mayor que busca una solución a los problemas de su hermana pequeña, pero ella misma parecía bastante preocupada.

—Y si lo encontráis, ¿qué es lo que queréis de él?

—Primero queremos estar seguras de que sigue vivo y de que no lo han detenido —contestó İpek. Le lanzó una mirada a Kadife, que parecía que fuera a echarse a llorar de un momento a otro—. Tráenos noticias de él. Dile que Kadife hará lo que le pida.

—Vosotras conocéis Kars mejor que yo.

—En la oscuridad de la noche sólo somos dos mujeres. Tú ya te conoces bastante bien la ciudad. Ve a las casas de té Anciano de la Luna y Sé Luz de la calle Halitpaşa, que son a las que van los estudiantes islamistas y los de Imanes y Predicadores. Aquello ahora hierve de policía secreta pero también ellos son unos chismosos y podrás enterarte de si a Azul le ha pasado algo malo.

Kadife sacó un pañuelo para sonarse. Ka creyó por un momento que iba a echarse a llorar.

—Tráenos noticias de Azul —dijo İpek—. Mi padre se preocupará si llegamos tarde. También te espera a ti para la cena.

—Y vaya a echar un vistazo en las casas de té del barrio de Bayrampaşa —añadió Kadife al levantarse.

Había algo tan frágil y tan atractivo en la preocupación y la tristeza de las jóvenes que Ka las acompañó la mitad del camino de la pastelería al hotel Nieve Palace porque era incapaz de separarse de ellas. Tanto como el miedo de perder a İpek, le unía a ellas cierta misteriosa complicidad (estaban haciendo los tres juntos algo a escondidas de su padre). Se le pasó por la cabeza que un día İpek y él irían a Frankfurt, que Kadife les visitaría y que los tres juntos pasearían por la calle Berliner entrando y saliendo de los cafés y mirando los escaparates.

No creía lo más mínimo que pudiera llevar a cabo la misión que se le había encomendado. La casa de té Anciano de la

Luna, que encontró sin dificultad, era tan vulgar y sosa que estuvo un rato solo viendo la televisión casi olvidado de para qué había ido. Por allí había varios jóvenes con edad de ser estudiantes pero a pesar de sus esfuerzos por iniciar una conversación (habló del partido de fútbol que estaban retransmitiendo) nadie se le acercó. No obstante, Ka preparó el paquete de cigarrillos para ofrecer uno a la menor ocasión y dejó sobre la mesa el encendedor por si alguien le pedía permiso para usarlo. Cuando comprendió que no se enteraría de nada ni siquiera por el dependiente bizco, salió de allí y fue a la cercana casa de té Sé Luz. Vio a varios jóvenes que estaban contemplando el mismo partido de fútbol en la televisión en blanco y negro. De no haberse fijado en los recortes de prensa de las paredes y en el calendario de los encuentros del Karssport de ese año, no habría recordado que el día anterior había hablado en ese mismo lugar con Necip de la existencia de Dios y del significado del mundo. Al ver que otro poeta había colgado una nueva coplilla junto al poema que había leído la tarde pasada, comenzó a transcribirla también en el cuaderno:

Está claro, nuestra Madre no volverá del Cielo
a tomarnos en sus brazos,
nuestro padre no la dejará sin palizas,
pero seguirá calentándonos el corazón y animando
*   nuestras almas.*
Porque es el destino: la ciudad de Kars nos parecerá el
*   Cielo*
en la mierda en la que vamos a hundirnos.

—¿Estás escribiendo poesía? —le preguntó el muchacho del mostrador.

—Bravo por ti —dijo Ka—. ¿Sabes leer al revés?

—No, jefe, no sé leer ni al derecho. Me escapé de la escuela. Me hice mayor sin entender la escritura y se me pasó la edad.

—¿Quién ha escrito ese nuevo poema de la pared?

—La mitad de los jóvenes que vienen aquí son poetas.

—¿Por qué no están hoy?

—Ayer los soldados se los llevaron a todos. Unos están en prisión y otros escondidos. Pregúntales a esos de ahí, son policías de civil, ellos sabrán.

En el lugar que le señalaba había dos jóvenes que hablaban fogosamente de fútbol, pero Ka se fue de la casa de té sin acercarse a ellos ni preguntarles nada.

Le agradó ver que volvía a nevar. No creía que fuera a encontrar el rastro de Azul en las casas de té del barrio de Bayrampaşa. Ahora en su corazón, junto a la melancolía que había sentido la tarde que llegó a Kars, había cierta alegría. Esperando que le viniera un nuevo poema pasó lentamente, como en un sueño, por delante de feos y pobretones edificios de cemento, de aparcamientos enterrados bajo la nieve, de escaparates cubiertos de escarcha de casas de té, barberías y colmados, de patios en cuyo interior ladraban los perros desde los tiempos de los rusos, de tiendas donde se vendían repuestos para tractores, bastimentos, suministros para carros y quesos. Notaba que todo lo que veía, el cartel electoral del Partido de la Madre Patria, una ventana pequeña con las cortinas prietamente echadas, el anuncio pegado meses antes en el congelado escaparate de la farmacia Científica que decía «Ha llegado la vacuna para la gripe japonesa» y el cartel contra el suicidio impreso en papel amarillo, no se le irían de la mente en lo que le quedaba de vida. Se elevó con tal fuerza en su alma la sensación de que esa extraordinaria claridad de percepción con la que apreciaba los detalles del momento que estaba viviendo «era una parte inseparable de este profundo y hermoso mundo y de que en ese momento todo estaba interconectado» que, pensando que se le venía un nuevo poema, entró en una casa de té de la avenida Atatürk. Pero ningún poema se le vino a la cabeza.

33

Un impío en Kars
Miedo a morir a tiros

En cuanto salió de la casa de té se dio de cara con Muhtar en la acera nevada. Muhtar, que se dirigía absorto a algún sitio a toda prisa, le vio pero fue como si por un instante no le reconociera bajo los intensos y enormes copos de nieve y en un primer momento Ka quiso huir de él. Ambos se decidieron al mismo tiempo y se abrazaron como viejos amigos.

—¿Le transmitiste mi mensaje a İpek? —preguntó Muhtar.

—Sí.

—¿Y qué dijo? Ven, vamos a sentarnos en esa casa de té y me lo cuentas.

A pesar del golpe militar, de la paliza que le había dado la policía y de que su alcaldía se había quedado en agua de borrajas, Muhtar no parecía en absoluto pesimista.

—¿Que por qué no me han detenido? Porque cuando amaine la nevada, las carreteras se abran y los militares se retiren, se celebrarán las elecciones municipales, por eso. ¡Díselo así a İpek! —le dijo mientras se sentaban en la casa de té. Ka le aseguró que lo haría. Le preguntó si tenía noticias de Azul—. Yo fui el primero en invitarlo a Kars. Antes, cada vez que venía, se quedaba en mi casa —dijo Muhtar con orgullo—. Pero desde que la prensa de Estambul lo etiquetó como terrorista ya no nos avisa cuando viene para no dañar a nuestro partido.

Ahora yo soy el último en enterarme de lo que hace. ¿Qué respondió İpek a lo que le pedía?

Ka le dijo a Muhtar que İpek no había dado ninguna respuesta específica a la propuesta de Muhtar de volver a casarse. Muhtar, con un gesto muy significativo, como si aquello en sí ya fuera una respuesta específica, quiso que Ka supiera lo sensible, lo delicada y lo comprensiva que era su ex mujer. Ahora estaba muy arrepentido de haberse comportado mal con ella en una época de crisis en su vida.

—Cuando vuelvas a Estambul le entregarás en propia mano a Fahir los poemas que te he dado, ¿no? —le preguntó luego. Al recibir una respuesta afirmativa de Ka apareció en su rostro una expresión de abuelo cariñoso y triste. La vergüenza que sentía Ka iba dando paso a un sentimiento entre la pena y el asco cuando vio que el tipo se sacaba un periódico del bolsillo—. Yo que tú no andaría tan tranquilo por las calles —dijo Muhtar muy satisfecho.

Ka devoró el ejemplar del día siguiente del *Diario de la Ciudad Fronteriza* que le arrebató de las manos, cuya tinta aún no se había secado: «Triunfo de los Actores Revolucionarios... Días de Paz en Kars, Aplazadas las Elecciones. Los Ciudadanos de Kars Satisfechos con la Revolución...». Luego leyó la noticia de la primera página que Muhtar le señalaba con el dedo:

UN IMPÍO EN KARS
LO QUE PUEDA ESTAR BUSCANDO EL SUPUESTO
POETA KA EN NUESTRA CIUDAD EN ESTOS DÍAS
DE CONFUSIÓN ES MOTIVO DE CURIOSIDAD
Nuestra edición de ayer, que presentaba al supuesto
poeta, despierta reacciones en los habitantes de Kars
Hemos oído muchos rumores sobre el supuesto poeta Ka, que, recitando un poema incomprensible y de mal gusto durante la obra atatürkista que tanta paz y tranquilidad ha traído a Kars, representada anoche con enorme éxito por el gran artista Sunay Zaim y sus compañeros y que estuvo acompañada por el entusiasta apoyo del público, logró aguar la fiesta a nuestros ciudadanos. En estos días en que los habitantes de Kars, que durante años hemos vivido juntos compartiendo el

mismo espíritu, nos vemos arrastrados a luchas fratricidas pro-
vocadas por potencias extranjeras, en que se divide en dos de
manera artificial a nuestra comunidad entre laicos y religiosos,
entre kurdos, turcos y azeríes, en que reviven las acusaciones
de una masacre de armenios, que ya va siendo hora de que vaya-
mos olvidando, la repentina aparición, como si fuera un espía,
de este tipo vergonzoso, que lleva años viviendo en Alemania
tras huir de Turquía, ha suscitado una serie de preguntas entre
nuestro pueblo. ¿Es cierto que cuando se encontró hace dos
noches en la estación de tren con unos jóvenes de nuestro Instituto de Imanes y Predicadores, por desgracia tan abiertos
a cualquier tipo de provocación, les dijo: «Soy ateo, no creo
en Dios, pero tampoco voy a suicidarme porque, de hecho, y
que Dios me perdone, Dios no existe»? ¿Es la libertad de expresión europea negar a Dios afirmando «El trabajo de un intelectual es insultar los valores más sagrados de una nación»?
¡Vivir de dinero alemán no te da derecho a pisotear las creencias de esta nación! ¿Ocultas tu verdadero nombre y usas el
inventado de Ka a imitación de los extranjeros porque te aver-
güenzas de ser turco? Tal y como han afirmado apesadumbra-
damente nuestros lectores en sus llamadas telefónicas a nuestra redacción, este impío imitador de Occidente ha venido a
nuestra ciudad en estos días difíciles para sembrar la cizaña entre nosotros, ha llamado a las puertas más pobres de nuestros
suburbios para incitar a la revuelta, incluso ha tratado de insultar a Atatürk, que nos dio esta patria, esta República. Toda
Kars siente curiosidad por saber la verdadera razón por la que
este supuesto poeta, que se hospeda en el hotel Nieve Palace,
ha venido a nuestra ciudad. ¡Los jóvenes de Kars sabrán darles su merecido a los blasfemos que niegan a Dios y a nuestro
Profeta (Q.D.G.)!

—Hace veinte minutos, cuando pasé por allí, los dos hijos
de Serdar acababan de imprimir la edición —dijo Muhtar como
alguien a quien, en lugar de compartir los miedos y la preocupación de Ka, le agradaba haber sacado a colación un tema divertido.

Ka se sintió absolutamente solo y volvió a leer la noticia
con atención.

En tiempos, cuando soñaba con su futura y brillante carrera literaria, Ka había pensado que sería objeto de múltiples críticas y ataques a causa de las novedades modernas que aportaría a la poesía turca (ahora ese concepto nacionalista le parecía ridículo y despreciable) y que esa enemistad y esa incomprensión le darían cierta aura. Como en los años que siguieron, aunque había conseguido hacerse relativamente famoso, no se escribió ninguna de aquellas críticas hostiles, a Ka le obsesionó ahora aquella expresión de «supuesto poeta».

Después de que Muhtar le aconsejara que no paseara por ahí como un blanco andante y le dejara solo en la casa de té, el miedo a ser asesinado se clavó en su corazón. Salió del establecimiento y caminó distraído bajo los enormes copos de nieve, que caían a una velocidad mágica que recordaba una secuencia a cámara lenta.

Para Ka, en los años de su primera juventud, el morir por un ideal intelectual o político o el dar la vida por lo que había escrito era una de las más altas categorías morales que podía alcanzar una persona. Ya en la treintena le había alejado de aquella idea el sinsentido de las vidas de muchos amigos y conocidos que la habían perdido en la tortura por principios absurdos e incluso malvados, que habían sido asesinados en la calle por bandas políticas, que habían muerto en tiroteos mientras atracaban un banco o, peor, porque les había estallado en las manos la bomba que ellos mismos habían preparado. El hecho de llevar años exiliado en Alemania por causas políticas en las que ya no creía en absoluto había cortado de raíz cualquier relación mental entre la política y el sacrificio personal que Ka pudiera haber establecido antes. Cuando estaba en Alemania y leía en la prensa turca que a tal columnista le habían matado por motivos políticos, muy probablemente, los islamistas, sentía rabia por el suceso y respeto por el muerto, pero no le cruzaba el alma ninguna admiración especial por el periodista fallecido.

Con todo, en la esquina de las avenidas Halitpaşa y Kâzım Karabekir imaginó que le apuntaba un cañón imaginario que se alargaba por el agujero congelado de un muro ciego y que de repente le disparaban y moría en la acera nevada, e intentó deducir lo que escribirían los periódicos de Estambul. Muy probablemente la oficina del gobernador y el SNI local intentarían tapar la dimensión política para que no se le diera demasiada importancia al asunto y para que no quedara al descubierto su responsabilidad y los periódicos de Estambul que no tuvieran en cuenta que era poeta bien podían publicar la noticia o no. Aunque luego sus compañeros poetas y los del diario *La República* intentaran destapar la dimensión política del asunto, eso, o bien disminuiría la importancia del artículo que habría de apreciar su poesía en general (¿quién escribiría el artículo? ¿Fahir? ¿Orhan?), o bien insertaría su muerte en las páginas de arte, que nadie leía. Si realmente existiera un periodista alemán llamado Hans Hansen y Ka lo conociera, quizá el *Frankfurter Rundschau* diera la noticia, pero ningún otro periódico occidental lo haría. A pesar de que como consuelo se imaginaba que posiblemente sus poemas se tradujeran al alemán y se publicaran en la revista *Akzent,* Ka veía con toda claridad que si le mataban por un artículo publicado en el *Diario de la Ciudad Fronteriza* aquello era «irse a la mierda por nada» con todas las de la ley y, más que la muerte en sí, le daba miedo morirse ahora que había aparecido en el horizonte la esperanza de ser feliz con İpek en Frankfurt.

A pesar de todo, recordó a algunos escritores a los que en los últimos años habían asesinado las balas de los islamistas: Ka encontró muy inocentes —aunque le cruzara el corazón un cariño que hacía que se le saltaran las lágrimas— el entusiasmo positivista del antiguo predicador que luego se volvió ateo y que intentaba demostrar las «incoherencias» del Corán (le habían metido un balazo en la nuca), la furia del editor que en sus columnas atacaba sarcásticamente a las jóvenes con velo y a las mujeres con *charshaf,* a las que llamaba «cucarachas» (una mañana les ametrallaron a él y a su chófer) o la firmeza del columnista que demostraba las relaciones del movimiento islamista de Turquía con Irán (voló por los aires junto con su coche al girar la llave de contacto). Sentía rabia, más que por la prensa estambulina y occidental, a las que no les importaban las vidas de aquellos fogosos escritores o las de los periodistas a los que les metían un balazo en la cabeza en alguna callejuela de alguna remota ciudad provinciana por razones parecidas, por el hecho de proceder de una cultura a la que le importaba un pimiento que se pudrieran sus escritores y que poco tiempo después los olvidaba para siempre, y comprendía admirado lo inteligente que era retirarse a un rincón y ser feliz.

Cuando llegó a la redacción del *Diario de la Ciudad Fronteriza* en la calle Faikbey, vio que habían colgado por dentro en un rincón de la vitrina limpia de hielo el periódico del día siguiente. Volvió a leer la noticia que se refería a él y entró. El mayor de los dos laboriosos hijos de Serdar Bey estaba atando con una cuerda de nailon parte de los ejemplares impresos. Con la intención de que notara su presencia se quitó el gorro y se sacudió la nieve de los hombros del abrigo.

—¡Mi padre no está! —dijo el hijo menor, que llegaba de dentro con el trapo con el que había limpiado la máquina—. ¿Quiere un té?

—¿Quién ha escrito la noticia sobre mí del periódico de mañana?

—¿Hay una noticia sobre usted? —preguntó el hijo menor frunciendo el ceño.

—Sí que la hay —dijo sonriendo amistoso y contento con los mismos labios gruesos el hijo mayor—. Todas las noticias las ha escrito hoy mi padre.

—Si reparten ese periódico por la mañana —Ka pensó un momento—, puede ser malo para mí.

—¿Por qué? —preguntó el hijo mayor. Tenía una piel suavecita y unos ojos increíblemente inocentes que miraban con un sincero candor.

Ka comprendió que sólo podría conseguir información de ellos si les hacía preguntas simples con un tono extremadamente amistoso, como si fueran niños. Así fue como supo por aquellos robustos muchachos que hasta ese momento sólo se habían llevado el periódico, después de pagarlo, Muhtar Bey, un chico que venía de la sede provincial del Partido de la Madre Patria y la profesora de Literatura jubilada Nuriye Hanım, que se pasaba por allí todas las tardes; que los ejemplares que deberían haber entregado en la estación de autobuses para que los llevaran a Ankara y Estambul si las carreteras hubieran estado despejadas estaban esperando con los paquetes de ayer; que el resto lo repartirían ellos la mañana siguiente por Kars; que, por supuesto, harían otra edición antes del amanecer si su padre se lo pedía; y que su padre se había marchado poco antes de la redacción y que no iría a casa a cenar. Les dijo que no tenía tiempo para tomarse un té, cogió un ejemplar del diario y salió a la fría y mortal noche de Kars.

La despreocupación y la inocencia de los muchachos había calmado un poco a Ka. Caminando entre los copos de nieve que caían lentamente, se preguntó si no se estaría pasando de cobarde y se sintió un poco culpable. Pero con un rincón de su mente sabía que muchos desdichados escritores a los que habían llenado el pecho y los sesos de balas o que habían abierto tan contentos el paquete bomba que les había llegado en el correo pensando que se trataba de una caja de dulces que les enviaban sus admiradores, se habían visto obligados a decir adiós a la vida porque se habían metido en el mismo callejón sin salida del orgullo y la valentía. Por ejemplo, Nurettin, el poeta admirador de Europa a quien no le interesaban demasiado aquellos asuntos, cuando un periódico islamista distorsionó un artículo suyo de años atrás, medio «científico» pero sobre todo absurdo, sobre la religión y el arte y lo publicó vociferando «¡Ha blasfemado contra nuestra religión!», y él reivindicó con pasión sus viejas creencias sólo para no ser tachado de cobarde, la prensa laica apoyada por los militares convirtió con sus exageraciones aquel fogoso kemalismo en una carrera heroica que a él mismo le agradó, y el propio Ka había participado en el multitudinario y fastuoso entierro caminando tras un ataúd vacío porque la explosión de la bomba en una bolsa de nailon que una mañana le habían puesto en las ruedas delanteras de su coche le había reventado en innumerables trocitos. Ka sabía por las mínimas y poco entusiastas noticias de las últimas páginas de los periódicos turcos que hojeaba en la biblioteca de Frankfurt que en las pequeñas ciudades provincianas para los periodistas locales de pasado izquierdista, para los médicos materialistas y para los pretenciosos críticos de la religión que caían en ese tipo de competiciones de valentía, en la preocupación del «ay, que no me llamen cobarde» o en la fantasía del «quizá atraiga la atención del mundo, como Salman Rushdie», no se usaban bombas cuidadosamente preparadas como en las grandes ciudades, ni siquiera una vulgar pistola, sino que los furiosos y jóvenes integristas estrangulaban o acuchillaban con sus propias manos a sus víctimas en cualquier callejón oscuro. Por eso, mientras intentaba dilucidar qué diría para salvar la piel y el honor si se le daba la oportunidad de responder a las acusaciones en el *Diario de la Ciudad Fronteriza* (¿Soy ateo, pero, por supuesto, no he blasfemado contra el Profeta? ¿No creo pero respeto las creencias religiosas?), se volvió con un escalofrío cuando oyó el ruido de pasos de alguien que se le acercaba por la espalda chapoteando en la nieve; era el directivo de la empresa de autobuses a quien había visto en el cenobio del jeque Saadettin Efendi, el cual había visitado el día anterior a aquella hora más o menos. Ka pensó que aquel hombre podría testificar que no era ateo y sintió vergüenza de sí mismo por ello.

Bajó lentamente por la avenida Atatürk admirando la increíble belleza de los enormes copos de nieve, que le daban la sensación entre cotidiana y mágica de que todo se repetía, y frenando bastante en las esquinas de las aceras heladas. En años posteriores se preguntaría por qué llevaba siempre dentro de sí como si fueran postales melancólicas e inolvidables la belleza de la nieve en Kars y las imágenes que había visto mientras caminaba arriba y abajo por las nevadas aceras de la ciudad (tres niños empujando un trineo cuesta arriba, la luz verde del único semáforo de Kars reflejándose en el oscuro escaparate del Palacio de la Fotografía Aydın).

Ante la puerta del antiguo taller textil que Sunay usaba como base, vio un camión militar y a dos soldados de guardia. Por mucho que les repitió a los soldados, que se habían refugiado en el umbral para protegerse de la nieve, que quería ver a Sunay, le alejaron de allí como habrían echado a empujones a un pobrecillo que hubiera venido de la aldea para entregar una instancia al Jefe de Estado Mayor. Su idea era hablar con Sunay e impedir que se distribuyera el periódico.

Es importante que demos su justo valor a la inquietud y a la rabia que se apoderaron de él como consecuencia de aquella decepción. Le habría apetecido regresar al hotel corriendo por la nieve, pero antes de llegar siquiera a la primera esquina, se metió en el café Unidad. Se sentó a la mesa que estaba entre la estufa y el espejo de la pared y escribió el poema titulado «Morir a tiros».

Ka situaría aquel poema, cuyo principal tema era «el miedo», según sus notas, entre la rama de la memoria y el brazo de la fantasía del hexágono del copo de nieve y pasaría por alto humildemente la profecía que contenía.

Cuando Ka regresó al hotel Nieve Palace tras haber salido del café Unidad después de haber escrito el poema, eran las ocho y veinte. Se tumbó en la cama y trató de calmar su inquietud contemplando los enormes copos que caían lentamente, iluminados por la farola de la calle y la «n» rosada, y fantaseando sobre lo felices que serían İpek y él en Alemania. Diez minutos después sintió un deseo insoportable de verla cuanto antes y cuando bajó descubrió con alegría que la familia entera y un invitado estaban sentados alrededor de la mesa, en cuyo centro Zahide acababa de dejar la sopera, así como el brillo del pelo moreno de İpek. Al sentarse en el lugar que le señalaron junto a İpek, Ka intuyó orgulloso por un instante que la mesa al completo estaba al corriente del amor que se tenían y se dio cuenta de que el invitado, que se sentaba frente a él, era Serdar Bey, el propietario del *Diario de la Ciudad Fronteriza*.

Serdar Bey se alargó y le estrechó la mano con una sonrisa tan amistosa que Ka dudó por un segundo de lo que había leído en el periódico que llevaba en el bolsillo. Tendió el plato para que le sirvieran sopa, puso la mano en el regazo de İpek por debajo de la mesa, acercó su cabeza a la de ella y sintió su olor y su presencia y le susurró al oído que, por desgracia, no había conseguido noticias de Azul. Inmediatamente después su mirada se cruzó con la de Kadife, sentada junto a Serdar Bey, y comprendió que İpek se lo había comunicado en aquel breve instante. Aquello le enfureció y le admiró pero, no obstante, pudo atender a las quejas de Turgut Bey de la reunión en el hotel Asia. Turgut Bey dijo que toda la reunión había sido una provocación y añadió que, por supuesto, la policía estaba al tanto de todo.

—Pero no estoy en absoluto arrepentido de haber participado en esta reunión histórica —dijo—. Estoy contento de haber visto con mis propios ojos lo bajo que ha caído el material humano, sean jóvenes o viejos, de los que se interesan por la política en Kars. En esa reunión a la que acudí para oponerme al golpe sentí que en Kars no se puede hacer política ni nada parecido con esa base de lo más rastrero, estúpido y miserable y que en realidad los militares tienen razón al no dejar el futuro de la ciudad a esos saqueadores. Os hago un llamamiento a todos, empezando por Kadife, para que os lo penséis una vez más antes de meteros en política en este país. Además, hace treinta años todo el mundo en Ankara sabía que esa cantante tan pintada y ya madurita que estáis viendo girar la rueda en *La Rueda de la Fortuna* era la amante del antiguo ministro de Asuntos Exteriores Fatin Rüştü Zorlu, a quien ejecutaron.

Cuando Ka se sacó del bolsillo el ejemplar del *Diario de la Ciudad Fronteriza*, se lo mostró a los comensales y les dijo que había un artículo contra él, hacía más de veinte minutos que se habían sentado a cenar y, a pesar de la televisión encendida, en la mesa se había hecho el silencio.

—Yo también iba a comentarlo, pero no acababa de decidirme por si lo malinterpretaba y se lo tomaba a mal —dijo Serdar Bey.

—Serdar, Serdar, ¿quién te ha dado qué orden otra vez? —dijo Turgut Bey—. ¿No es una falta de consideración con nuestro invitado? Déselo para que lea él mismo la impertinencia que ha cometido.

—Quiero que sepa que no creo ni una palabra de lo que he escrito —dijo Serdar Bey tomando el periódico que le alargaba Ka—. Me rompería el corazón que pensara que lo creo. Por favor, Turgut, dile tú también que no es nada personal, que en Kars un periodista se ve obligado a escribir artículos así.

—Serdar siempre está enfangando a alguien por orden del gobernador —dijo Turgut Bey—. Vamos, lee eso.

—Pero no me creo nada —insistió Serdar Bey, orgulloso—. Ni siquiera se lo creen nuestros lectores. Por eso no hay nada que temer.

Serdar Bey leyó riendo la noticia que había escrito acentuándola aquí y allá con tonos dramáticos e irónicos.

—¡Como ve, no hay nada que temer! —dijo luego.

—¿Es usted ateo? —le preguntó Turgut Bey a Ka.

—Padre, no es ésa la cuestión —replicó İpek, furiosa—. Si este periódico se reparte, mañana le pegarán un tiro en la calle.

—No pasará nada, señora mía —dijo Serdar Bey—. Los militares han detenido a todos los islamistas y reaccionarios de Kars. —Se volvió hacia Ka—. Comprendo por su mirada que no se siente molesto, que sabe que aprecio mucho su arte y su humanidad y a usted como ser humano. ¡No sea tan injusto como para juzgarme por unas normas europeas que no se nos pueden aplicar! A los estúpidos que se creen que en Kars están en Europa, y Turgut Bey lo sabe bien, en tres días les pegan un tiro y se les olvida. La prensa del este de Anatolia sufre grandes presiones. No son los ciudadanos de Kars quienes nos compran y nos leen. Son las oficinas del Estado las que están suscritas a mi periódico. Y, por supuesto, publicaremos noticias del tipo de las que les gustaría leer a nuestros abonados. En todas partes del mundo, incluso en Estados Unidos, los periódicos publican ante todo las noticias que quieren sus lectores. Y si los lectores les piden mentiras, nadie en ningún lugar del mundo querrá disminuir su tirada escribiendo la verdad. ¿Por qué no iba yo a escribir verdades que me aumentaran las ventas? Además, tampoco la policía nos permite publicarlas. En Ankara y en Estambul tenemos ciento cincuenta lectores procedentes de Kars. Y nosotros escribimos en nuestro periódico el éxito que tienen allí, lo ricos que son, lo exageramos todo y les elogiamos para que renueven su suscripción. Ah, si luego ellos mismos se creen esas mentiras, eso es otra cuestión. —Lanzó una carcajada.

—Dinos quién encargó esa noticia —dijo Turgut Bey.

—Bueno, como todos saben, la norma principal de nuestro periódico es proteger la fuente de la noticia.

—Mis hijas le han cogido cariño a nuestro huésped. Si mañana distribuyes ese periódico, nunca te lo perdonarán. Y si unos integristas rabiosos matan a nuestro amigo, ¿no te sentirás responsable?

—¿Tanto miedo tiene? —Serdar Bey le sonrió a Ka—. Si tan asustado está, no salga mañana a la calle.

—Preferiría que en lugar de que no se le viera a él por ahí no se viera el periódico —dijo Turgut Bey—. No lo distribuyas.

—Eso molestaría a nuestros suscriptores.

—Muy bien —dijo Turgut Bey con una repentina inspiración—. Dale el periódico a quien te lo haya encargado. En lo que respecta al resto de los ejemplares, quita esa noticia mentirosa y provocadora sobre nuestro invitado y haz un nuevo diario.

İpek y Kadife apoyaron la idea.

—Me enorgullece que se tome mi diario tan en serio —dijo Serdar Bey—. Pero entonces ¿quién va a afrontar los gastos de una nueva edición? Decídmelo.

—Mi padre le llevará a usted y a sus hijos una noche a cenar al restaurante Verdes Prados —contestó İpek.

—Sólo si ustedes nos acompañan —dijo Serdar Bey—. ¡Después de que abran las carreteras y nos quitemos de encima a esa chusma del teatro! Y que venga también la señorita Kadife. Señorita Kadife, ¿podría hacerme una declaración de apoyo a este golpe teatral para la nueva noticia que tengo que escribir para rellenar el espacio que va a quedar en blanco? A mis lectores les encantaría.

—No lo hará, no lo hará —replicó Turgut Bey—. ¿Es que no conoces a mi hija?

—¿Podría decir que cree que los suicidios van a disminuir en Kars después del golpe de los actores, señorita Kadife? Eso también agradaría a nuestros lectores. Además, ustedes, las jóvenes musulmanas, están en contra del suicidio.

—¡Ya no estoy en contra del suicidio! —le cortó Kadife.

—Pero ¿no le hace eso convertirse en una atea? —Por mucho que Serdar Bey pretendiera iniciar una nueva discusión, estaba lo bastante sobrio como para darse cuenta de que al resto de los comensales no les hacía la menor gracia.

—Muy bien, lo prometo, no distribuiré el periódico —dijo.

—¿Va a hacer una nueva edición?

—¡En cuanto me vaya de aquí y antes de volver a casa!

—Muchas gracias —dijo İpek.

Se produjo un largo y extraño silencio. A Ka le agradó, era la primera vez en años que se sentía parte de una familia; comprendía que eso que llamamos familia se fundamentaba en el placer de creer a ultranza en la unión de sus componentes a pesar de la infelicidad y los problemas y lamentaba habérselo perdido hasta entonces. ¿Podría ser dichoso con İpek lo que le quedaba de vida? No era la felicidad lo que buscaba, lo comprendió muy bien después de la tercera copa de *rakı,* incluso se podía decir que prefería la desdicha. Lo importante era esa unidad sin esperanzas, formar un centro de dos personas y que el mundo entero quedara aparte. Y sentía que podría conseguirlo haciendo el amor sin parar con İpek a lo largo de meses. A Ka le hacía extraordinariamente feliz estar sentado a la misma mesa que aquellas dos hermanas, con una de las cuales había hecho el amor esa tarde, sentir su presencia, notar la suavidad de su piel, saber que no estaría solo cuando volviera por la noche, la promesa de toda aquella felicidad sexual y el creer que el periódico no se repartiría.

Aquella alegría absoluta provocó que escuchara las historias y los rumores que se contaron en la mesa no como noticias desastrosas sino como las partes de miedo de un antiguo cuento fantástico: uno de los muchachos que trabajaban en la cocina le había contado a Zahide que había oído que se llevaron a muchos detenidos al estadio, en el que las porterías sólo se veían hasta la mitad a causa de la nieve, que la mayoría de ellos enfermó bajo la nevada, que además les tuvieron fuera todo el día para ver si se morían congelados de una vez, y que a unos pocos los fusilaron en la entrada de los vestuarios para que sirviera de ejemplo para los demás. Los testigos del terror que durante todo el día habían impuesto en la ciudad Z.

Brazodehierro y sus compañeros contaban historias quizá un tanto exageradas: habían asaltado la Asociación Mesopotamia, donde algunos jóvenes nacionalistas kurdos trabajaban sobre «literatura y folklore», y como no encontraron a nadie, le dieron una tremenda paliza al viejo que servía el té en la asociación, que por las noches dormía allí y que no tenía la menor relación con la política. Dos barberos y un parado contra quienes seis meses antes se había iniciado una investigación acusándoles de haber arrojado pintura y aguas fecales a la estatua de Atatürk que había a la entrada de la galería comercial Atatürk pero a los que no se había llegado a detener, habían confesado su culpa después de que les golpearan hasta la salida del sol y su participación en todas las demás acciones anti Atatürk de la ciudad (romper con un martillo la nariz de la estatua del jardín del Instituto Industrial de Formación Profesional, hacer feas pintadas en el cartel de Atatürk del café Los Quince, hacer planes para destruir con un hacha la estatua de Atatürk que había frente al palacio de la gobernación). A uno de los dos jóvenes kurdos que al parecer estaban haciendo pintadas en los muros de la calle Halitpaşa después del golpe del teatro lo habían matado de un tiro y al otro lo habían apresado y le golpearon hasta que se desmayó, y a un joven desempleado que llevaron para que limpiara las pintadas de los muros del Instituto de Imanes y Predicadores le habían herido en las piernas cuando intentó escaparse. Gracias a los delatores de las casas de té, habían logrado detener a cuantos hablaban mal de los militares y de los miembros de la compañía de teatro así como a los que difundían rumores infundados, pero, como siempre ocurría en momentos así, de desastres y crímenes, seguían circulando rumores exagerados y se hablaba de jóvenes kurdos que habían muerto porque les habían estallado las bombas que llevaban en la mano, de muchachas empañoladas que se suicidaban para protestar por el golpe, o de un camión cargado de dinamita que había sido detenido cuando se acercaba a la comisaría de la calle İnönü.

Ka, aparte de prestarle atención un rato a aquello porque ya había oído mencionar antes lo de un atentado suicida con un camión cargado de dinamita, no hizo otra cosa a lo largo de la noche sino disfrutar de estar sentado tranquilamente al lado de İpek.

Cuando ya tarde Serdar Bey se levantó para irse y Turgut Bey y sus hijas le imitaron con la intención de retirarse a sus habitaciones, a Ka se le pasó por la cabeza llamar a İpek a su cuarto. Pero subió sin ni siquiera hacerle la menor sugerencia porque no quería que cayera la menor sombra sobre su felicidad si ella se negaba.

34
Kadife no aceptará
El intermediario

Una vez en su habitación, Ka se fumó un cigarrillo mirando
por la ventana. Ya no nevaba, en la calle vacía cubierta de nieve, a la luz pálida de las farolas, había una quietud que infun-
día paz. Ka sabía muy bien que la calma que sentía tenía más
que ver con el amor y la felicidad que con la belleza de la nieve.
Además, también le tranquilizaba el haber abierto los brazos a
gente que se le parecía, que eran sus iguales, allí, en Turquía.
Ahora era tan feliz como para admitir incluso que dicha tranquilidad la reforzaba el sentimiento de superioridad que sentía
hacia esa gente porque él venía de Alemania o de Estambul.

Llamaron a la puerta y Ka se sorprendió cuando se encontró a İpek frente a él.

—No hago más que pensar en ti, no puedo dormir —le dijo
İpek entrando.

Ka comprendió de inmediato que harían el amor hasta el
amanecer sin que le importara Turgut Bey. Lo que le resultaba increíble era poder abrazar a İpek sin haber sufrido la agonía previa de la espera. Mientras İpek y él se amaban a lo largo
de toda la noche, Ka comprendió que aquello era algo que iba
más allá de la felicidad y que su experiencia de la vida y del
amor no le bastaba para sentir aquel territorio fuera del tiempo y de la pasión. Era la primera vez en su vida en que se sentía tan a gusto. Había olvidado las fantasías que tenía prepara-

das en un rincón de la mente cuando les hacía el amor a otras mujeres, ciertos deseos aprendidos en las publicaciones y películas pornográficas. Haciendo el amor con İpek su cuerpo encontró una música que él ignoraba que se alojara dentro de sí y avanzaba según su armonía. De vez en cuando se quedaba dormido y soñaba, en un ambiente paradisíaco de vacaciones de verano, que corría, que era inmortal, que se comía una manzana interminable en un avión que caía; se despertaba sintiendo la cálida piel de İpek que olía a manzanas; miraba muy de cerca sus ojos a la luz color nieve y ligeramente amarillenta que llegaba de fuera, y al ver que ella también estaba despierta y que le contemplaba en silencio, sentía que estaban recostados lado a lado como dos ballenas encalladas en unos bajíos y sólo entonces se daba cuenta de que tenían las manos entrelazadas.

—Voy a hablar con mi padre —dijo İpek en cierto momento en que se despertaron mirándose a los ojos—. Iré contigo a Alemania.

Ka no pudo dormir. Contemplaba su vida entera como si fuera una película con final feliz.

Hubo una explosión en la ciudad. Por un instante la cama, la habitación y el hotel entero sufrieron una sacudida. A lo lejos se oía el tableteo de una ametralladora. La nieve que cubría la ciudad aminoraba el estruendo. Se abrazaron y esperaron en silencio.

Cuando más tarde se despertaron ya se habían interrumpido los ruidos de disparos. En dos ocasiones Ka se levantó de la cálida cama y se fumó un cigarrillo sintiendo en su piel sudorosa el aire helado que se filtraba por la ventana. No se le venía ningún poema a la mente. Era tan feliz como nunca lo había sido en su vida.

Se despertó cuando llamaron a la puerta por la mañana. İpek no estaba a su lado. No podía recordar cuándo se había dormido, lo último que había hablado con ella, ni cuándo se habían acabado los disparos.

En la puerta estaba Cavit, el encargado de la recepción. Le dijo que un oficial había ido al hotel para informarle de que Sunay Zaim le invitaba a ir al cuartel general y que le estaba esperando abajo. Ka no se dio prisa y se afeitó tranquilamente.

Encontró las vacías calles de Kars tan mágicas y hermosas como la mañana anterior. En cierto lugar de la parte de arriba de la avenida Atatürk vio una casa con la puerta destrozada, los cristales de las ventanas rotos y la fachada hecha un colador.

Una vez en el taller de confección, Sunay le dijo que se había producido un atentado suicida contra aquella casa.

—El pobrecillo se equivocó e intentó entrar en una casa de las de más arriba en lugar de aquí. Quedó hecho pedazos. Todavía no saben si era islamista o del PKK. —Ka vio en Sunay ese aire infantiloide de los actores famosos que se toman demasiado en serio los papeles que representan. Se había afeitado y parecía aseado y lleno de energía—. Hemos capturado a Azul —le dijo a Ka mirándole a los ojos.

Ka quiso ocultar instintivamente la alegría que le producía la noticia pero su esfuerzo no se le escapó a Sunay.

—Es una mala persona —dijo—. Es seguro que fue él quien ordenó matar al director de la Escuela de Magisterio. Por una parte anda proclamando que está en contra del suicidio y por otra se dedica a organizar a jóvenes estúpidos y desdichados para que cometan atentados suicidas. ¡En la Dirección de Seguridad están seguros de que ha venido a Kars con explosivos suficientes como para volar la ciudad entera! La noche de la revolución desapareció sin dejar rastro. Se ocultó en algún lugar desconocido. Por supuesto, estás al tanto de esa ridícula reunión que se hizo en el hotel Asia ayer por la tarde.

Ka asintió artificialmente, como si estuvieran representando una obra de teatro.

—Mi objetivo en la vida no es castigar a esos criminales, reaccionarios y terroristas —dijo Sunay—. Hay una obra que quiero representar desde hace años y para eso estoy aquí ahora. Hay un escritor inglés llamado Thomas Kyd. Dicen que Shakespeare le robó *Hamlet*. He descubierto una obra injustamente olvidada de Kyd que se titula *Tragedia española*. Es una tragedia de honra y venganza y contiene otra obra dentro de la principal. Funda y yo llevamos cinco años esperando una oportunidad como ésta para representarla.

Ka saludó a Funda Eser, que en ese momento entraba en la habitación, doblándose artificialmente en dos, y vio que a ella, que estaba fumando con una larguísima boquilla, aquello le gustaba. Marido y mujer le resumieron la obra sin que Ka se lo pidiera.

—He cambiado y simplificado la obra de manera que le resulte entretenida y educativa a nuestro pueblo —le dijo luego Sunay—. Mañana toda Kars la verá, bien como espectadores en el Teatro Nacional o bien gracias a la retransmisión en directo.

—También a mí me gustaría verla —dijo Ka.

—Queremos que Kadife actúe en la obra… Funda será su malvada antagonista… Kadife saldrá a escena con la cabeza cubierta. Luego se rebelará contra las estúpidas tradiciones que han provocado la venganza de sangre y de repente se descubrirá la cabeza delante de todos. —Con un gesto ostentoso, Sunay hizo como si se despojara de un velo imaginario y lo arrojara a un lado con entusiasmo.

—¡Va a volver a liarse! —dijo Ka.

—¡Tú no te preocupes por eso! Ahora tenemos una administración militar.

—De cualquier manera, Kadife no aceptará —dijo Ka.

—Sabemos que Kadife está enamorada de Azul —le contestó Sunay—. Si Kadife se descubre, le soltaré inmediatamente. Pueden largarse juntos a cualquier sitio lejos de todo el mundo y ser felices.

En la cara de Funda Eser apareció esa expresión de cariño protector tan propia de las abuelas de buen corazón de los melodramas nacionales que se alegran de la felicidad de los jóvenes amantes que huyen juntos. Ka soñó por un instante que la mujer podría comprender con el mismo cariño su amor por İpek.

—De todas maneras, sigo dudando que Kadife se descubra en una retransmisión en directo —dijo luego.

—Teniendo en cuenta la situación, hemos pensado que sólo tú puedes convencerla —dijo Sunay—. Tratar con nosotros sería para ella como tratar con sus peores demonios. En cambio, sabe que tú también le das la razón a las muchachas empañoladas. Y, además, estás enamorado de su hermana.

—No sólo hay que convencer a Kadife, sino también a Azul. Pero primero habría que hablar con ella —replicó Ka. Con todo, en realidad su mente estaba obsesionada con la simpleza y la brutalidad de la frase «Y, además, estás enamorado de su hermana».

—Haz como quieras —contestó Sunay—. Te doy plenos poderes y un vehículo militar. Puedes negociar en mi nombre como lo consideres más conveniente.

Hubo un silencio. Sunay se dio cuenta de que Ka estaba sumido en sus pensamientos.

—No quiero mezclarme en esto —dijo Ka.

—¿Por qué?

—Quizá porque soy un cobarde. Ahora soy muy feliz. No quiero convertirme en un blanco humano para los islamistas. Cuando los estudiantes vean que se descubre la cabeza se dirán que este ateo ha sido el que lo ha organizado todo, y aunque huya a Alemania cualquier noche me matarán de un tiro en la calle.

—Primero me matarán a mí —dijo Sunay, orgulloso—. Pero me ha gustado que reconozcas que eres un cobarde. Yo también soy cobarde, créeme. En este país sólo los cobardes consiguen mantenerse en pie. Pero, como todos los cobardes, uno está pensando continuamente que algún día hará algo muy heroico, ¿no?

—Yo ahora soy muy feliz. No quiero en absoluto ser un héroe. Soñar en heroicidades es el consuelo de los infelices. De hecho, cuando la gente como nosotros decide hacer alguna heroicidad, o matan a alguien o se matan a sí mismos.

—Bien, ¿y no sabes con un rinconcito de tu mente que esa felicidad no durará mucho? —insistió Sunay, testarudo.

—¿Por qué asustas a nuestro invitado? —le preguntó Funda Eser.

—No hay dicha que cien años dure, lo sé —contestó cauteloso Ka—. Pero no tengo la menor intención de hacerme el héroe y dejarme matar por una futura posibilidad de desgracia.

—¡Si no intervienes en este asunto, no será en Alemania donde te maten, sino aquí! ¿Has leído el periódico de hoy?

—¿Han escrito que voy a morir hoy? —dijo Ka sonriendo.

Sunay le mostró a Ka el último número del *Diario de la Ciudad Fronteriza,* el mismo que había visto la tarde anterior.

—¡Un impío en Kars! —leyó Funda Eser con un tono exagerado.

—Ésa es la primera edición de ayer —repuso Ka, confiado—. Luego Serdar Bey decidió hacer una nueva y corregirlo.

—Pues es la primera edición la que se ha repartido esta mañana sin poner en práctica esa decisión —dijo Sunay—. No puedes creer en la palabra de los periodistas. Pero nosotros te protegeremos. Los integristas, cuando no pueden con los militares, lo primero que quieren es cargarse a algún ateo siervo de Occidente.

—¿Le pediste tú a Serdar Bey que publicara esa noticia? —le preguntó Ka.

Sunay frunció los labios, levantó las cejas y le lanzó una mirada de hombre honrado que ha sido víctima de un insulto, pero Ka podía ver que estaba muy satisfecho de haber podido convertirse en un político ladino que organiza pequeñas conspiraciones.

—Actuaré de intermediario si me prometes que me protegerás hasta el final —dijo Ka.

Sunay se lo prometió, le felicitó con un abrazo por haberse unido a las filas de los jacobinos y le dijo que pondría a su disposición dos hombres que no se separarían de él en ningún momento.

—¡Si es necesario te protegerán de ti mismo! —añadió, entusiasmado.

Se sentaron para discutir los detalles de la intermediación y de cómo convencería a Kadife y se tomaron un té de aromático olor. Funda Eser estaba tan contenta como si un famoso y brillante actor se hubiera unido a su compañía. Habló un poco de la fuerza de la *Tragedia española,* pero Ka estaba ausente y miraba la maravillosa luz blanca que entraba por las altas ventanas del taller de confección.

Cuando se fue de allí, Ka sufrió una decepción al ver que le habían asignado dos soldados enormes completamente armados. Le habría gustado que al menos uno de ellos fuera un oficial o un civil elegante. En una ocasión había visto a un famoso escritor que salía en la tele diciendo que el pueblo turco era tonto y que él no creía lo más mínimo en el islam escoltado por los dos elegantes y educados guardaespaldas que le asignó el Estado en los últimos años de su vida. No sólo le llevaban el portafolios, sino que además le abrían las puertas con una ostentación que Ka creía merecida tratándose de un autor famoso y opositor, le cogían del brazo en las escaleras y mantenían lejos de él a los admiradores excesivamente curiosos y a sus enemigos.

En lo que respecta a los dos soldados que se sentaban junto a Ka en el vehículo militar, se comportaban con él, más que como si le protegieran, como si lo llevaran detenido.

Nada más entrar en el hotel, Ka volvió a sentir la felicidad que había envuelto su alma entera aquella mañana, pero aunque lo que le apetecía era ver de inmediato a İpek, como ocultarle cualquier cosa habría significado traicionar su amor por poco que fuera, ante todo quería encontrar la manera de hablar primero a solas con Kadife. No obstante, se olvidó de aquellas intenciones en cuanto vio a İpek en el vestíbulo.

—¡Eres más guapa de lo que recordaba! —le dijo mirándola con admiración—. Sunay me ha mandado llamar, quiere que haga de intermediario.

—¿En qué?

—¡Anoche atraparon a Azul! ¿Por qué pones esa cara? Para nosotros no representa ningún peligro. Sí, Kadife se entristecerá. Pero, créeme, a mí me ha dejado más tranquilo. —Le contó a toda velocidad lo que le había dicho Sunay y le explicó el motivo de la explosión y los disparos que habían oído por la noche—. Esta mañana te fuiste sin despertarme. No tengas miedo, todo se arreglará, nadie sufrirá el menor daño. Nos iremos a Frankfurt y seremos felices. ¿Has hablado con tu padre? —le dijo que habría una negociación, que Sunay soltaría a Azul, pero que antes era necesario que hablara con Kadife.

La extrema inquietud que vio en los ojos de İpek significaba que se preocupaba por él y aquello le agradó.

—Dentro de un momento enviaré a Kadife a tu habitación —le dijo İpek, y se fue.

Al llegar a su cuarto vio que habían hecho la cama. Los objetos entre los que anoche había pasado la noche más feliz de su vida, la pálida lámpara, los descoloridos visillos, ahora estaban sumidos en un silencio y en una luz de nieve completamente distintos, pero todavía podía aspirar el olor que quedaba del amor. Se arrojó boca arriba en la cama y, mirando al techo, intentó deducir en qué tipo de problemas se metería si no lograba convencer a Kadife y a Azul.

—Cuéntame todo lo que sepas sobre la detención de Azul —le dijo Kadife en cuanto entró en el cuarto—. ¿Le han pegado?

—Si le hubieran pegado no me dejarían verle —contestó Ka—, y dentro de un rato me van a llevar hasta él. Lo atraparon después de la reunión en el hotel y no sé nada más.

Kadife miró por la ventana, a la calle nevada.

—Ahora por fin tú eres feliz y yo soy desdichada —dijo—. Cuánto ha cambiado todo desde que nos vimos en el cuarto de los baúles.

Ka, como si se tratara de antiguos y dulces recuerdos que les unían, se acordó del encuentro del mediodía anterior en la habitación 217 y de cómo antes de salir Kadife le había obligado a desnudarse pistola en mano.

—Eso no es todo, Kadife —dijo Ka—. Los que le rodean han hecho creer a Sunay que la mano de Azul estaba tras el asesinato del director de la Escuela de Magisterio. Y, además, ha llegado a Kars un informe que demuestra que mató al presentador de televisión de Esmirna.

—¿Y quiénes son ésos?

—Unos cuantos de la Inteligencia Nacional de Kars... Un par de militares relacionados con ellos... Pero Sunay no está completamente bajo su influjo. Tiene sus objetivos artísticos. Ésas son sus propias palabras. Esta noche quiere representar una obra en el Teatro Nacional y quiere que tú actúes en ella.

No pongas esa cara y escucha. La televisión lo retransmitirá en directo y lo verá toda Kars. Si aceptas actuar y Azul convence a los estudiantes de Imanes y Predicadores y ellos van a la representación y la ven sentaditos y callados, educadamente y aplaudiendo donde es debido, Sunay soltará a Azul. Se olvidará de todo y nadie saldrá perjudicado. Me ha escogido como intermediario.

—¿Qué obra es?

Ka le habló de Thomas Kyd y de su *Tragedia española* y le dijo que Sunay había cambiado y adaptado la obra.

—Con el mismo estilo con el que durante años ha mezclado a Corneille, a Shakespeare y a Brecht con danzas del vientre y canciones verdes en sus giras por Anatolia.

—Entonces yo tendré que ser la mujer a la que violan en directo para que comience la venganza de sangre.

—No. Serás la joven rebelde que lleva la cabeza cubierta como una dama española y que, harta de la venganza de sangre, en un momento de furia arroja su velo.

—Aquí la rebeldía no consiste en quitarse el velo sino en ponérselo.

—Es una obra de teatro, Kadife. Y como es una obra de teatro, bien puedes descubrirte la cabeza.

—Entiendo perfectamente lo que se pretende de mí. Y aunque sea una obra, aunque sea una pieza dentro de una representación, no me descubriré.

—Mira, Kadife, dentro de dos días amainará la nevada, se abrirán las carreteras y los presos de la cárcel caerán en manos de gente sin piedad. Entonces no volverás a ver a Azul mientras vivas. ¿Has pensado bien en todo eso?

—Me da miedo aceptar si lo pienso.

—Además, debajo del velo llevarás una peluca. Nadie te verá el pelo.

—Si me pusiera una peluca sería, como hacen algunas, para poder entrar en la universidad.

—Ahora la cuestión no es salvar el honor a la puerta de la universidad. Lo harás para salvar a Azul.

—Sí, pero ya veremos si Azul acepta esa salvación que le proporcionará el que yo me descubra.

—La aceptará —respondió Ka—. El que tú te descubras no afecta al honor de Azul porque nadie está al tanto de vuestra relación.

Por la furia en los ojos de Kadife comprendió que le había tocado el punto flaco, luego vio que sonreía de una manera extraña y se asustó. Le invadieron el miedo y los celos. Temía que Kadife le dijera algo demoledor sobre İpek.

—No tenemos mucho tiempo, Kadife —le dijo con ese mismo miedo extraño—. Sé que eres lo bastante lista y sensata como para salir de este asunto con delicadeza. Te lo digo basándome en la experiencia de ser alguien que ha pasado años de su vida como exiliado político. Escúchame: no hay que vivir la vida por los principios sino para ser feliz.

—Pero nadie puede ser feliz sin principios ni creencias —replicó Kadife.

—Es verdad. Pero es una estupidez sacrificarse por las creencias en un país cruel que no da el menor valor a la persona como es el nuestro. Los grandes principios, las grandes creencias, son para la gente de los países ricos.

—Justo al contrario. En un país pobre la gente no tiene otra cosa a la que aferrarse que a sus creencias.

Ka no dijo lo que se le vino a la mente: «¡Pero es que sus creencias son erróneas!».

—Pero tú no formas parte de los pobres, Kadife —dijo en lugar de eso—. Tú vienes de Estambul.

—Y por eso me comportaré según lo que creo. No puedo disimular. Si me descubro, lo haré de verdad.

—Bueno, a ver qué te parece esto. Que no admitan a nadie en la sala del teatro. Que la gente de Kars sólo vea la obra por televisión. Entonces la cámara puede mostrar primero un plano de tu mano arrojando el velo en un momento de furia y luego, con un efecto de montaje, enseñaremos por la espalda a otra que se te parezca soltándose el pelo.

—Eso es más retorcido que llevar una peluca —dijo Kadife—. Al final todo el mundo pensará que me he descubierto como consecuencia del golpe militar.

—¿Qué es lo más importante, lo que ordena la religión o lo que piense la gente? De esa manera nunca tendrías que enseñar el pelo. Que sigue preocupándote lo que diga todo el mundo, pues cuando se acabe toda esta tontería les contamos que era un truco de montaje. Y cuando se sepa todo lo que has aceptado hacer para salvar a Azul, los jóvenes de Imanes y Predicadores todavía sentirán más respeto por ti del que ya te tienen.

—¿Has pensado alguna vez que cuando estás intentando convencer a alguien de algo con todas tus fuerzas —dijo Kadife con un tono completamente distinto—, en realidad estás diciendo cosas en las que no crees en absoluto?

—Sí. Pero ahora no me siento así.

—Luego, cuando por fin logras convencer a esa persona, te sientes culpable por haberla engañado, ¿verdad? Por haberla dejado desesperada, sin otra salida.

—Lo que estás viendo en ti no es desesperación, Kadife. Como persona inteligente que eres, ves que no tienes otra posibilidad. Los que rodean a Sunay colgarían a Azul sin que les temblara la mano y tú no puedes consentirlo.

—Digamos que me descubro delante de todo el mundo, que acepto mi derrota. ¿Cómo sé que van a soltar a Azul? ¿Por qué voy a creer en la palabra de las autoridades?

—Tienes razón. Tengo que hablar de eso con ellos.

—¿Con quién hablarás y cuándo?

—Después de entrevistarme con Azul iré a hablar de nuevo con Sunay.

Ambos guardaron silencio un rato. Así quedó bastante claro que Kadife aceptaba las condiciones en general. Con todo, para estar más seguro, Ka miró la hora de manera que Kadife lo notara.

—¿Quiénes tienen a Azul? ¿El SNI o los militares?

—No lo sé. Y supongo que no hay demasiada diferencia.

—Los militares puede que no le torturen —dijo Kadife, y tras un momento de silencio añadió—: Quiero que le des esto. —Le alargó a Ka un mechero nacarado de piedra de estilo antiguo y un paquete de Marlboro rojo—. El mechero es de mi padre. A Azul le gusta encenderse los cigarrillos con él.

Ka aceptó los cigarrillos pero no el encendedor.

—Si le doy el mechero se dará cuenta de que ya nos hemos visto.

—Que se la dé.

—Entonces comprenderá que hemos hablado y tendrá curiosidad por saber qué decisión has tomado. Y yo no quiero que sepa que nos hemos visto ni que consientes en descubrirte para salvarle, de la manera que sea.

—¿Porque no lo aceptaría?

—No. Azul es lo bastante inteligente y lógico como para aceptar que aparentes descubrirte con tal de salvarse de la muerte, y eso tú misma lo sabes. Lo que no aceptaría es que haya hablado contigo de esta cuestión antes que con él.

—Pero ésta no es sólo una cuestión política, sino que también es algo personal que tiene que ver conmigo. Azul lo comprenderá.

—Por mucho que lo comprenda, Kadife, sabes que querrá haber sido el primero en opinar. Es un hombre turco. Y, además, islamista. No puedo ir y decirle: «Kadife ha decidido descubrirse la cabeza para que tú quedes libre». Tiene que pensar que ha sido él quien ha tomado la decisión. Le explicaré también a él esa simulación intermedia de la peluca y del truco de montaje. Rápidamente se convencerá a sí mismo de que es una solución que te permitirá salvar la honra. Ni siquiera querrá imaginarse el agujero negro al que le conduciría un choque entre tu concepción del honor, que no acepta numeritos, y la suya, más práctica. Y, por supuesto, si te descubres no querrá ni oír que lo haces de verdad, sin trucos.

—Tienes celos de Azul, le odias —dijo Kadife—. Ni siquiera quieres verlo como a un ser humano. Eres como los laicistas que ven a los que no se han occidentalizado como una clase inferior, primitiva, inmoral, y que pretenden hacerlos mayores de edad a fuerza de palos. Te ha hecho feliz que tenga que doblegarme ante la fuerza militar para salvar a Azul. Ni siquiera puedes disimular tu felicidad inmoral. —En sus ojos apareció una mirada de odio—. Ya que el primero en tomar una decisión sobre este asunto debería ser Azul, ¿quieres que te explique por qué tú, otro hombre turco, en lugar de ir directamente a verle a él después de hablar con Sunay has venido a verme a mí? Porque primero querías ver cómo me doblegaba voluntariamente. Y eso te dará cierta superioridad ante Azul, a quien tanto miedo tienes.

—Es verdad que le tengo miedo a Azul. Pero todo lo demás que has dicho es injusto, Kadife. Si hubiera ido primero a hablar con Azul y te hubiera comunicado su decisión de que te descubrieras como si fuera una orden, no lo habrías aceptado.

—Tú ya no eres un intermediario, eres un colaborador de los tiranos.

—Yo no creo en otra cosa que en intentar salir sano y salvo de esta ciudad, Kadife. No creas tú tampoco en nada ya. Bastante le has probado a toda Kars que eres inteligente, orgullosa y valiente. En cuanto salgamos de ésta, tu hermana y yo nos iremos a Frankfurt. Para ser felices allí. Te aconsejo que hagas tú también lo que sea necesario para ser feliz. Si Azul y tú huís de aquí podéis ser perfectamente dichosos en cualquier ciudad europea viviendo como refugiados políticos. Y estoy seguro de que tu padre no tardará en seguiros. Pero para eso primero tienes que confiar en mí.

Una de las lágrimas que llenaban los ojos de Kadife al hablar de la felicidad cayó rodando por su mejilla. Se la secó rápidamente con la palma de la mano mientras sonreía de una manera que asustaba a Ka.

—¿Estás seguro de que mi hermana se irá de Kars?

—Seguro —respondió Ka a pesar de no estarlo en absoluto.

—Insisto en que le lleves el mechero a Azul y en que le digas que primero has hablado conmigo —dijo Kadife con el tono de una princesa orgullosa pero tolerante—. Y quiero estar absolutamente segura de que cuando me descubra la cabeza, Azul quedará libre. No me basta con el aval de Sunay o de cualquier otro. Todos conocemos al Estado turco.

—Eres muy lista, Kadife. ¡De toda Kars eres la persona que más se merece la felicidad! —dijo Ka, y por un momento es-

tuvo a punto de añadir «y Necip», pero lo olvidó al instante—.
Dame el mechero. Si tengo la oportunidad se lo daré a Azul.
Pero confía en mí.

Cuando Kadife le estaba entregando el mechero, se abrazaron inesperadamente. Ka notó por un instante entre sus brazos el cuerpo de Kadife, mucho más delicado y ligero que el de su hermana, y tuvo que contenerse para no besarla. Cuando en ese momento llamaron a la puerta, pensó: «Menos mal que no lo he hecho».

Era İpek. Le dijo a Ka que había llegado un vehículo militar para recogerle. Miró largo rato a los ojos a Ka y Kadife, con una mirada dulce y pensativa, tratando de entender todo lo que había ocurrido en aquel cuarto. Ka salió sin besarla. Al darse media vuelta al fondo del pasillo con un sentimiento de culpabilidad y victoria vio que las dos hermanas se estaban abrazando.

35
No soy agente de nadie
Ka y Azul en la celda

La imagen de Kadife e İpek abrazadas al otro extremo del pasillo no abandonó a Ka durante un buen rato. Cuando el vehículo militar, en el que iba sentado al lado del conductor, se detuvo
ante el único semáforo de Kars, en la esquina de las avenidas
Atatürk y Halitpaşa, Ka vio de repente y con la precisión de un
radiólogo desde su alto asiento por entre la hoja despintada de
una ventana abierta al aire fresco y el hueco de unas cortinas
que oscilaban con la ligera brisa hasta el más mínimo detalle
de una reunión política secreta que estaba teniendo lugar en el
segundo piso de la antigua casa armenia que había algo más
allá; y mientras una preocupada y blanca mano de mujer ce-
rraba las cortinas supuso con una sorprendente exactitud lo
que estaba ocurriendo en aquella habitación: dos veteranos militantes de los principales nacionalistas kurdos de Kars estaban intentando convencer a un mancebo de una casa de té,
cuyo hermano había sido asesinado en las redadas de la noche
anterior y que estaba sudando a chorros junto a la estufa a causa del esparadrapo marca Gazo que le envolvía el cuerpo, de lo
fácil que sería entrar en la delegación de la dirección provincial
de seguridad de la avenida Faikbey por la puerta lateral y hacer estallar la bomba que llevaba encima.
  Al contrario de lo que suponía Ka, el camión militar no se
dirigió a dicha delegación ni al ostentoso centro de la Seguri-

dad Nacional, herencia de los primeros años de la República, por donde dobló, sino que, sin apartarse de la avenida Atatürk, cruzó la calle Faikbey y fue directamente al cuartel general del ejército justo en el centro de la ciudad. Aquel terreno, que en los sesenta se había proyectado que fuera un parque, fue rodeado por muros después del golpe militar de los setenta y se convirtió en un espacio cubierto por residencias militares donde niños aburridos montaban en bicicleta entre escuálidos álamos, por nuevos edificios de mando y pistas de entrenamiento; y así tanto la casa en la que se hospedaba Pushkin cuando iba de visita a Kars como los establos construidos cuarenta años después para la caballería cosaca del zar se libraron del derribo, tal y como decía el periódico *Nación Libre,* próximo a los militares.

La celda donde tenían preso a Azul estaba justo al lado de aquellos históricos establos. El camión militar dejó a Ka ante un antiguo y atractivo edificio de piedra que estaba bajo las ramas dobladas por el peso de la nieve de un viejo árbol del paraíso. Dentro, dos hombres muy educados, que Ka acertadamente presintió que serían agentes del SNI, le ataron al pecho con los rollos de esparadrapo Gazo que tenían en las manos una grabadora que podía considerarse primitiva para los noventa y le mostraron dónde estaba el botón de puesta en marcha. Además, sin el menor asomo de ironía, le advirtieron que se comportara con el preso de abajo como si realmente lamentara que hubiera caído en semejante situación y como si quisiera ayudarle y que consiguiera grabar una confesión de los crímenes que había cometido u organizado. A Ka no se le había ocurrido que aquellos hombres pudieran ignorar la verdadera razón por la que le habían enviado allí.

En el sótano del pequeño edificio usado como cuartel general por la caballería rusa en tiempos del zar, al que se descendía por una fría escalera de piedra, había una celda sin ventanas y bastante grande donde se encerraba a los arrestados por faltas de disciplina. Ka encontró la celda, que en la primera época de la República había sido usada durante un tiempo como pequeño almacén y en los cincuenta había sido considerada un refugio modelo en caso de ataque nuclear, mucho más limpia y cómoda de lo que había supuesto.

Aunque el interior estaba bastante caliente gracias a un calentador eléctrico Arçelik que Muhtar, el distribuidor regional, había regalado a los militares tiempo atrás con la idea de congraciarse con ellos, Azul se tapaba con una limpia manta militar en la cama donde estaba tumbado leyendo un libro. Al ver a Ka se levantó de la cama, se puso los zapatos, a los que les habían quitado los cordones, le dio la mano con aire formal aunque sonriendo y le indicó la mesa de formica que había a un lado con la determinación de alguien que está dispuesto a hablar de negocios. Se sentaron en las dos sillas que había a ambos extremos de la pequeña mesa. Al ver sobre la mesa un cenicero de zinc lleno hasta arriba de colillas, Ka sacó un Marlboro, se lo dio a Azul y le dijo que parecía estar bastante cómodo. Azul le contestó a su vez que no le habían torturado y con una cerilla encendió primero el cigarrillo de Ka y luego el suyo.

—¿Para quién espía esta vez, señor mío? —le preguntó sonriendo simpático.

—Ya no me dedico a espiar —contestó Ka—. Ahora hago de intermediario.

—Eso es todavía peor. Los espías pasan por dinero información que en su mayor parte es sólo chismorreo inútil. Los intermediarios, muy sabihondos con su pose de imparcialidad, meten las narices en los asuntos de otros. ¿Qué es lo que sacas tú de todo esto?

—Salir sano y salvo de esta horrible ciudad de Kars.

—Sólo Sunay puede darle esa garantía a un ateo que ha venido desde Occidente para espiar.

Así fue como Ka comprendió que Azul había leído el último número del *Diario de la Ciudad Fronteriza*. Odió la sonrisa para su bigote de Azul. ¿Cómo podía estar tan alegre y tan tranquilo aquel militante integrista después de haber caído en manos del Estado turco, de cuya crueldad tanto había protestado, además con dos procesos por asesinato? Ka podía ahora comprender por qué Kadife estaba tan enamorada de él. Encontró a Azul más apuesto que nunca.

—¿Y cuál es el motivo de tu intermediación?

—Dejarte libre —le contestó Ka, y con una voz muy tranquila le resumió la oferta de Sunay. No mencionó que Kadife podría llevar una peluca cuando se descubriera ni los trucos de montaje durante la retransmisión en directo para que le quedara algo con lo que negociar. Notó cierto placer mientras le exponía la gravedad de las condiciones y el deseo de los violentos que presionaban a Sunay para que le colgara a la menor oportunidad y, como aquello le hizo sentirse culpable, añadió que Sunay estaba chiflado y que en cuanto se derritiera la nieve y se abrieran las carreteras todo volvería a la normalidad. Más tarde se preguntaría si no lo habría dicho para agradar a los agentes del SNI.

—Con todo, por lo que se ve, mi única posibilidad de salvación consiste precisamente en que Sunay está chiflado —dijo Azul.

—Sí.

—Entonces dile esto: rechazo su propuesta. Y a ti te doy las gracias por haberte tomado la molestia de haber venido hasta aquí.

Ka creyó por un instante que Azul se levantaría, le daría la mano y lo pondría de patitas en la calle. Se produjo un silencio.

—Si no logras salir sano y salvo de esta horrible ciudad de Kars porque has fracasado en tu trabajo de intermediario, no será culpa mía —dijo Azul balanceándose tranquilamente sobre las patas de atrás de la silla—, sino porque has ido presumiendo a voz en grito de tu ateísmo. En este país uno sólo puede mostrarse orgulloso de ser ateo si tiene al ejército detrás.

—No voy por ahí mostrándome orgulloso de ser ateo.

—Entonces, bien.

Volvieron a callarse y fumar. Ka notó que no le quedaba nada por hacer sino marcharse.

—¿No temes a la muerte? —le preguntó entonces a Azul.

—Si eso es una amenaza, te diré que no la temo. Si es una curiosidad amistosa, sí, me da miedo. Pero estos tiranos me van a colgar haga lo que haga. No hay nada que hacer.

Azul miró a Ka con una dulzura que le disgustó. Sus ojos

decían «mírame, estoy en una situación mucho peor que la tuya, pero ¡estoy más tranquilo!». Ka sintió avergonzado que su inquietud y su incomodidad estaban estrechamente relacionadas con la esperanza de felicidad que llevaba en su interior como un agradable dolor de barriga desde que se enamoró de İpek. ¿No tenía Azul esperanzas parecidas? «Voy a contar hasta nueve y me largo», se dijo. «Uno, dos…» Al llegar a cinco decidió que si no podía engañar a Azul, sería incapaz de llevarse a İpek a Alemania.

Con una repentina inspiración habló un rato de temas intrascendentes. Del desdichado intermediario de una película americana en blanco y negro que había visto en su niñez, de que podría conseguir que se publicara en Alemania el comunicado, si es que por fin lo arreglaban, de la reunión efectuada en el hotel Asia, de que la gente puede tomar decisiones erróneas en su vida por cabezonería, por una pasión momentánea, y luego arrepentirse, por ejemplo, él mismo había dejado en el instituto el equipo de baloncesto a causa de un arrebato parecido y no había podido volver, de que ese día había bajado al Bósforo y había contemplado largo rato el mar, de lo mucho que le gustaba Estambul, de lo bonita que era la ensenada de Bebek las tardes de primavera y de muchas otras cosas. Intentaba no callarse ni por un momento y que las miradas de Azul, que le observaba con una expresión de tremenda sangre fría, no le aplastaran; aquello parecía la última visita antes de la ejecución.

—Esta gente no cumple sus promesas aunque hagas las cosas más extrañas que te pidan —dijo Azul. Señaló un montón de papeles y un bolígrafo que había sobre la mesa—. Quieren que escriba mi biografía, mis delitos, todo lo que quiera contar. Si entonces ven que tengo buena disposición, quizá me indulten por la ley de arrepentidos. Siempre me han dado lástima los imbéciles que se creen esas mentiras y que en sus últimos días abandonan su causa y traicionan su vida entera. Pero, ya que voy a morir, quiero que los que me sigan sepan un par de cosas verdaderas sobre mí.

Tomó uno de los papeles escritos de la mesa. En su rostro

apareció el gesto extremadamente grave de cuando estaba realizando la declaración para el periódico alemán:

«En lo que respecta a mi condena a muerte, de fecha veinte de febrero, quiero expresar que no estoy en absoluto arrepentido de nada de lo que he hecho hasta hoy por razones políticas. Soy el segundo hijo de un secretario jubilado de la delegación de hacienda de Estambul. Mi niñez y mi juventud transcurrieron en el modesto y silencioso mundo de mi padre, que frecuentaba secretamente un cenobio Cerrahi. De joven me rebelé contra él y me convertí en un izquierdista impío y en la universidad seguí a los jóvenes militantes y apedreé a los marineros que bajaban de un portaaviones norteamericano. Mientras tanto, me casé, me separé y sufrí una depresión. Durante años no soporté ver a nadie. Soy ingeniero electrónico. Sentí respeto por la revolución iraní a causa del odio que sentía por Occidente. Volví a ser musulmán. Creí en la idea del imán Jomeini de que «hoy es más importante proteger el islam que rezar y ayunar». Me inspiré en los escritos sobre la violencia de Frantz Fanon, en las ideas de emigrar ante la tiranía y de cambiar continuamente de lugar de Seyyid Kutub y en Ali Shariati. Me refugié en Alemania después del golpe militar. Regresé. Cojeo del pie derecho a causa de las heridas que recibí en Grozni luchando con los chechenos contra los rusos. Fui a Bosnia durante el asedio serbio y Merzuka, la muchacha bosnia con la que me casé allí, vino luego conmigo a Estambul. Como no podía permanecer más de dos semanas seguidas en la misma ciudad debido a mis actividades políticas y a mi creencia en la emigración permanente, también me separé de mi segunda esposa. Después de romper todas mis relaciones con los grupos musulmanes que me habían llevado a Chechenia y a Bosnia, recorrí Turquía palmo a palmo. Aunque creo que los enemigos del islam deben morir si es necesario, hasta hoy ni he matado ni ordenado matar a nadie. Al anterior alcalde de Kars lo mató un cochero kurdo chiflado al que había irritado su decisión de eliminar los faetones de la ciudad. Yo he venido a Kars por las jóvenes que se suicidan. El suicidio es el mayor pecado. Quiero que tras mi muerte mis poemas queden como mi testamento y que se publiquen. Los tiene todos Merzuka. Eso es todo.»

Se produjo un nuevo silencio.

—No tienes por qué morir —dijo Ka—. Para eso estoy aquí.

—Entonces voy a contarte otra cosa —le respondió Azul. Seguro de que Ka le escuchaba con atención, encendió un nuevo cigarrillo. ¿Era consciente de la grabadora que funcionaba silenciosa como una diligente ama de casa en el costado de Ka?

—Cuando estaba en Munich había un cine que proyectaba una sesión doble a precios económicos a partir de las doce de la noche de los sábados —continuó Azul—. Había un italiano que había rodado una película titulada *La batalla de Argel* en la que se mostraba la tiranía francesa sobre Argelia, y pusieron su última película, *Queimada*. En ella se mostraban las intrigas de los colonialistas ingleses y las revoluciones que promovieron en una isla del Pacífico donde se cultivaba caña de azúcar. Primero encuentran un líder negro y provocan una revuelta contra los franceses, luego se instalan en la isla y se hacen cargo de la situación. Los negros, como su rebelión había fracasado, vuelven a levantarse, esta vez contra los ingleses, pero éstos les vencen prendiendo fuego a toda la isla. Atrapan al líder negro de estas dos rebeliones y van a colgarle al amanecer. En eso aparece en la tienda de campaña donde le tienen preso Marlon Brando, que era quien le había encontrado al principio, quien había provocado la rebelión, quien llevaba años apañándolo todo y quien, por fin, aplasta la segunda rebelión en favor de los intereses de los ingleses, le corta las ligaduras y le deja libre.

—¿Por qué?

Azul se irritó un tanto.

—¿Por qué va a ser? ¡Para que no le cuelguen! Porque sabía muy bien que si lo colgaban el negro llegaría a ser una leyenda y los nativos convertirían su nombre en bandera de rebelión durante años y años. Pero el negro, que comprende que ésa es la razón por la que Marlon le corta las ligaduras, se niega a que le dejen libre y no huye.

—¿Y lo cuelgan? —preguntó Ka.

—Sí, pero no se ve el ahorcamiento —contestó Azul—. En su lugar se muestra cómo al agente Marlon Brando, que como tú estás haciendo conmigo ahora le proponía la libertad al negro, le apuñala un nativo justo cuando está a punto de dejar la isla.

—¡Yo no soy un agente! —protestó Ka dejándose llevar por una susceptibilidad incontrolable.

—No te obsesiones con la palabra: yo mismo soy un agente del islam.

—Yo no soy agente de nadie —repitió Ka sin que esa vez le abrumara la susceptibilidad.

—O sea, ¿que ni siquiera han puesto en este Marlboro una droga especial que me envenene o que relaje mi voluntad? Lo mejor que los americanos le han dado al mundo ha sido el Marlboro rojo. Podría fumar Marlboro hasta que me muriera.

—Si te comportas de una manera razonable podrás fumar Marlboro cuarenta años más.

—A eso es a lo que me refiero cuando te llamo agente —dijo Azul—. Una de sus misiones es desviar a la gente de sus verdaderas intenciones.

—Sólo quiero decirte que es muy poco inteligente dejar que te maten aquí estos sanguinarios fascistas rabiosos. Además, tu nombre no será bandera ni nada parecido para nadie. Este país de borregos está muy apegado a su religión, pero al final hace lo que le manda el Estado y no la religión. Todos esos jeques rebeldes, todos esos que se levantan porque estamos abandonando nuestra religión, los militantes entrenados en Irán, en cuanto consiguen un poco de fama les pasa como a Saidi Nursi y de ellos no queda ni la tumba. Los cuerpos de los líderes religiosos que algún día podrían convertirse en bandera en este país los meten en un avión y los tiran al mar en cualquier lugar ignoto. Tú ya sabes todo eso. Las tumbas de los militantes de Hizbullah en Batman, que se habían convertido en lugar de peregrinación, desaparecieron en una noche. ¿Dónde están ahora esas tumbas?

—En el corazón de la nación.

—Eso son palabras vacías. Sólo el veinte por ciento de la nación vota a los islamistas. Y a un partido moderado, además.

—Si son moderados, ¿por qué se asustan tanto los militares como para dar un golpe? ¡Explícamelo! Se acabó tu mediación imparcial.

—Yo soy un intermediario imparcial. —Ka elevó instintivamente la voz.

—No lo eres. Eres un agente de Occidente. Eres un esclavo que no acepta que los europeos le manumitan y como todos los esclavos de verdad ni siquiera sabes que lo eres. Como en Nişantaşı te europeizaste un poco y aprendiste a despreciar de corazón la religión y las tradiciones de este pueblo, te ves como su señor. En tu opinión, la manera de ser bueno y moral en este país no pasa por la religión, ni por Dios, ni por compartir la vida de tus compatriotas, sino que consiste en imitar a Occidente. Quizá digas un par de cosas en contra de la opresión que sufren los islamistas y los kurdos, pero tu corazón aprueba en secreto el golpe militar.

—Además, puedo conseguir esto: Kadife llevará una peluca debajo del pañuelo, así cuando se descubra la cabeza nadie le verá el pelo.

—¡No lograréis hacerme beber vino! —dijo Azul elevando la voz—. Yo ni seré europeo ni les imitaré. Viviré mi propia historia y seré yo mismo. Creo firmemente que uno puede ser feliz sin imitar a los europeos, sin ser su esclavo. Ya sabes esa frase que tanto repiten los admiradores de Occidente para insultar a esta nación: para ser europeo hay que ser antes individuo, pero en Turquía no hay individuos. Ése es el sentido de mi ejecución. Yo, como individuo, me opongo a Occidente, no les imitaré precisamente porque soy un individuo.

—Sunay tiene tanta confianza en la obra que también puedo buscarte otra solución. El Teatro Nacional estará vacío. Primero la cámara que haga la retransmisión en directo mostrará la mano de Kadife alargándose hacia el velo. Luego, con un truco de montaje, se verá el cabello de otra actriz.

—Es muy sospechoso que luches tanto para salvarme.

—Soy muy feliz —dijo Ka con el mismo sentimiento de

culpabilidad de alguien que mintiera—. No he sido tan feliz en mi vida. Quiero proteger esa felicidad.

—¿Y qué es lo que te hace feliz?

Ka no respondió «Porque estoy escribiendo poesía» como se le ocurriría más tarde. Tampoco «Porque creo en Dios».

—¡Porque estoy enamorado! —soltó de un golpe—. Y mi amada vendrá conmigo a Frankfurt. —Por un instante, se sintió lleno de alegría por poder confesarle su amor a alguien que no tenía nada que ver.

—¿Quién es esa amada tuya?

—Ipek, la hermana mayor de Kadife.

Ka vio que Azul fruncía el ceño. De repente se arrepintió de haberse dejado llevar por el entusiasmo. En silencio, Azul encendió otro Marlboro.

—Es un don de Dios el que uno sea tan feliz como para compartirlo con alguien que va al cadalso. Suponte que acepto la propuesta que me ofreces aunque sólo sea para que puedas huir de la ciudad y para que tu felicidad no salga perjudicada, que Kadife participa en la obra de una manera adecuada para no dañar su honra con la intención de no fastidiarle la alegría a su hermana. ¿Cómo puedo estar seguro de que cumplirán su palabra y me dejarán libre?

—¡Sabía que ibas a decir eso! —replicó Ka, emocionado. Guardó silencio por un instante. Se llevó un dedo a los labios, haciéndole a Azul un gesto que significaba «cállate y presta atención». Se desabotonó la chaqueta y detuvo ostentosamente la grabadora que llevaba sobre el jersey—. Te lo garantizo yo, primero te dejarán libre —continuó—. Y Kadife sólo saldrá a escena después de que tú le envíes aviso, desde donde te escondas, de que te han dejado libre. Pero para que pueda conseguir que Kadife acepte el trato necesito que escribas y me entregues una carta en la que digas que estás dispuesto a aprobar el acuerdo. —Iba pensando los detalles según hablaba—. Conseguiré que te dejen donde quieras y según las condiciones que propongas —susurró—. Te puedes esconder en algún sitio que nadie pueda encontrar hasta que se abran las carreteras. Confía en mí también para eso.

Azul le alargó uno de los papeles que había sobre la mesa.

—Escribe aquí que tú, Ka, como intermediario y aval, a cambio de que Kadife salga a escena y se descubra la cabeza sin que eso suponga mancillar su honra, me garantizas que me dejarán libre y que podré salir de la ciudad sano y salvo. ¿Cuál será el castigo para el garante si no cumples tu palabra y me tienden una trampa?

—¡Que me pase a mí lo mismo que a ti! —respondió Ka.

—Escríbelo entonces.

—Escribe tú también —le dijo Ka alargándole otro papel— que aceptas el acuerdo que te he propuesto, que seré yo quien le transmita la noticia a Kadife y que será ella misma quien decida. Si Kadife acepta, lo escribirá en un papel que luego firmará y entonces a ti te dejarán libre de la manera más adecuada antes de que ella se descubra. Escribe todo eso. En cuanto a dónde y cómo han de soltarte, eso no lo discutas conmigo sino con alguien en quien puedas confiar más. Te propongo a Fazıl, el hermano de sangre del difunto Necip.

—¿El muchacho enamorado de Kadife que le enviaba cartas?

—Ése era Necip, murió. Una persona muy especial, un regalo de Dios —dijo Ka—. Fazıl también es buena persona, como él.

—Si tú lo dices, confiaré en él —dijo Azul, y comenzó a escribir en el papel que tenía delante.

El primero en terminar de escribir fue Azul. Cuando Ka acabó con su propia carta de garantía, vio que Azul le sonreía con aquella mirada suya ligeramente sarcástica pero no le importó demasiado. Estaba extraordinariamente feliz porque por fin lo había encarrilado todo y podría irse de la ciudad con İpek. Intercambiaron las cartas en silencio. Ka vio que Azul doblaba la que le había entregado Ka sin leerla y se la metía en el bolsillo, así que él hizo lo mismo y, apretando el botón de manera que Azul lo viera, puso de nuevo en marcha la grabadora.

Se produjo un silencio. Ka recordó las últimas palabras que había dicho antes de apagar el casete.

—Sabía que ibas a decir eso —dijo—. Pero si una de las partes no confía en la otra, entonces no se puede llegar a ningún acuerdo. Tienes que creer que el Estado será fiel a su palabra.

Se sonrieron mirándose a los ojos. Mucho después y a lo largo de años, cada vez que Ka pensara en aquel instante, notaría arrepentido que su propia felicidad le había impedido ver la furia de Azul y que si se hubiera dado cuenta no habría hecho la siguiente pregunta:

—¿Aceptará Kadife el trato?

—Sí —le contestó Azul echando chispas por los ojos.

Callaron un poco más.

—Ya que quieres llegar a un acuerdo que me ate a la vida, háblame de tu felicidad —dijo Azul.

—No he querido así a nadie en toda mi vida. —Ka encontró sus palabras simples y estúpidas, pero, aun así, continuó—. Para mí, en la vida no hay otra posibilidad de felicidad sino İpek.

—¿Qué es la felicidad?

—Encontrar un mundo en el que puedas olvidar toda esta pobreza y toda esta crueldad. Tener a alguien en tus brazos como si tuvieras al mundo entero… —Habría seguido, pero Azul se levantó de repente.

Fue entonces cuando comenzó a venírsele a Ka a la cabeza el poema que titularía «Ajedrez». Echó una mirada a Azul, que seguía de pie, sacó el cuaderno del bolsillo y empezó a escribir a toda velocidad. Mientras escribía los versos que hablaban de la felicidad y el poder, de la sabiduría y la ambición, Azul, intentando comprender lo que ocurría, miraba el papel por encima del hombro de Ka. Él sintió esa mirada en su interior y luego vio que estaba incluyendo en el poema lo que implicaba. Observaba el poema como si en lugar de ser su propia mano la que lo escribiera fuera la de algún otro. Comprendió que Azul no se daría cuenta de aquello; le habría gustado que al menos sintiera que lo que movía su mano era una fuerza completamente distinta. Pero Azul se sentó en la cama y, como un auténtico reo de muerte, se dedicó a fumar con la cara larga.

Dejándose llevar por una atracción incomprensible sobre la

que más tarde pensaría a menudo, Ka quiso abrirle su corazón de nuevo.

—Me he pasado años sin poder escribir poesía —dijo—. Ahora, en Kars, se me han abierto todos los caminos que me llevan a ella. Lo que aquí siento en mi corazón lo atribuyo al amor a Dios.

—No quiero decepcionarte, pero el tuyo es un amor a Dios sacado de las novelas occidentales —le respondió Azul—. Aquí, si crees en Dios como un europeo, quedas en ridículo. Y entonces uno acaba por ser incapaz de creer que cree. No perteneces a este país, es como si no fueras turco. Primero intenta ser como todos los demás y ya creerás luego en Dios.

Ka notó en lo más profundo que Azul no le apreciaba lo más mínimo. Cogió unos cuantos papeles de la mesa y los dobló. Llamó a la puerta de la celda diciendo que tenía que ver a Kadife y a Sunay lo antes posible. Cuando la puerta se abrió se volvió hacia Azul y le preguntó si tenía algún mensaje personal para Kadife. Azul sonrió:

—Ten cuidado —le dijo—. No vayan a matarte.

36
No morirá de verdad, ¿no, señor?
Regateos entre la vida y el teatro, el arte y la política

Ya en el piso de arriba, mientras los agentes del SNI le quitaban lentamente el esparadrapo que le pegaba la grabadora al costado arrancándole el vello del pecho, Ka, instintivamente, adoptó su aire burlón y sabelotodo y se burló de Azul. Por eso no se detuvo a pensar en la actitud hostil que le había demostrado.

Le dijo al conductor del camión militar que fuera al hotel y le esperara. Cruzó a pie la guarnición a todo lo largo acompañado por los dos soldados de escolta. En la amplia plaza nevada a la que daban las residencias de oficiales, un grupo de escandalosos niños jugaba a tirarse bolas de nieve bajo los álamos. A un lado había una niña delgadita que llevaba un abrigo que a Ka le recordó el rojo y negro de lana que le habían comprado cuando estaba en tercero de primaria y algo más allá dos amigos estaban haciendo un muñeco de nieve rodando una enorme bola. El aire estaba limpísimo y el sol, tras la agotadora tormenta, empezaba a calentar los alrededores, aunque fuera poco, por primera vez.

En el hotel encontró rápidamente a İpek. Estaba en la cocina y llevaba un delantal y la rebeca que en tiempos habían llevado todas las chicas de instituto de Turquía. Ka la miró feliz y quiso abrazarla, pero no estaban solos. Le resumió todo lo que había ocurrido desde la mañana y le dijo que todo iba

bien, tanto para ellos como para Kadife. ¡Incluso que, aunque
habían distribuido el periódico, no temía que le mataran! Habrían hablado más pero entonces entró Zahide en la cocina y
preguntó por los dos soldados de la puerta. İpek le dijo que les
dejara pasar y les diera un té. Rápidamente, Ka y ella quedaron
en verse arriba en la habitación.

En cuanto Ka entró en su cuarto, colgó el abrigo y comenzó a esperar a İpek mirando al techo. A pesar de que sabía perfectamente que İpek iría sin hacerse de rogar porque tenían que
hablar de muchas cosas, pronto se dejó llevar por el pesimismo. Primero imaginó que no podría ir porque se habría encontrado con su padre; luego empezó a pensar, atemorizado,
que quizá no quisiera subir. Volvió a sentir aquel dolor que se
extendía a partir del estómago por todo su cuerpo como si fuera veneno. Si aquello era lo que los demás llamaban dolor de
amor, la verdad era que no tenía nada de alegre. Era consciente de que aquellas crisis de inseguridad y pesimismo empezaban a ser más frecuentes según se iba profundizando el amor
que sentía por İpek. Pensó que lo que llamaban amor era aquella sensación de incertidumbre, aquel miedo a ser engañado y
a sufrir una decepción, pero, teniendo en cuenta que todo el
mundo hablaba de aquello no como una derrota horrible sino
como algo positivo de lo que incluso a veces presumían, su situación debía de ser un tanto anormal. Aún peor era que en
medio de las ideas paranoicas que se iban apoderando de él
mientras esperaba (İpek no venía, en realidad İpek no quería
venir, İpek venía para alguna intriga o con algún objetivo ocul-
to, lo hablaban todos —Kadife, Turgut Bey e İpek— entre ellos
y concebían a Ka como a un enemigo del que tenían que des-
hacerse) fuera consciente de que aquellas ideas eran obsesivas
y enfermizas. Se dejaba llevar por un pensamiento enloqueci-
do, por ejemplo se imaginaba con dolor de estómago que ahora İpek era la amante de otro hasta el punto de verlo dolorosamente ante sus ojos, y, con otro rincón de su mente, sabía que
lo que estaba pensando era algo malsano, todo al mismo tiempo. A veces, para amortiguar el dolor y para borrar de su mente la visión de escenas malignas (por ejemplo que İpek había

cambiado de opinión y ya no quería verse con él ni acompañarle a Frankfurt), hacía un esfuerzo y ponía en funcionamiento la parte más lógica de su cabeza, la que no se había desequilibrado con el amor (por supuesto que me quiere, si no me quisiera, ¿por qué iba a estar tan entusiasmada?), y se libraba de las ideas terribles que le hacían perder la seguridad en sí mismo, pero poco después volvía a envenenarle una nueva turbación.

Al oír ruido de pasos en el corredor pensó que no sería ella sino alguien que iría a decirle que İpek no acudiría. Cuando la vio en la puerta la miró feliz pero también hostil. Había esperado doce minutos justos y estaba agotado por la espera. Vio alegre que İpek se había maquillado y se había puesto lápiz de labios.

—He hablado con mi padre y le he dicho que me voy a Alemania.

Ka se había dejado arrastrar hasta tal punto por las imágenes pesimistas de su mente que en un primer momento sintió cierta decepción; tanto que no pudo prestarle una atención absoluta a lo que ella le contaba. Y dicha decepción provocó que en İpek naciera la sospecha de que su anuncio no era recibido con alegría; aún peor, hizo que se echara atrás. Pero con otra parte de su mente sabía que Ka estaba muy enamorado y que ahora dependía tanto de ella como un niño desesperado de cinco años que no puede estar separado de su madre. También sabía que otra razón por la que Ka quería llevársela a Alemania, tanto o más que el hecho de que el hogar en el que ahora se sentía feliz estuviera en Frankfurt, era que tenía la esperanza de que allí, lejos de todas las miradas, podría poseerla por completo y con seguridad.

—¿Qué te pasa, cariño?

Ka, cuando en los años siguientes se retorciera de dolor de amor, recordaría miles de veces la suavidad y la dulzura de İpek en su manera de plantear aquella pregunta. Le contó una a una todas las inquietudes de su mente, su miedo a ser abandonado, las escenas más terribles que se había imaginado.

—Si temes tanto por adelantado al dolor del amor, ha debido haber alguna mujer que te hizo sufrir mucho.

—Algo he sufrido, pero lo que tú puedes hacerme sufrir me asusta desde ahora.

—No te haré sufrir —le respondió İpek—. Estoy enamorada de ti, voy a ir contigo a Alemania, todo irá bien.

Abrazó con todas sus fuerzas a Ka e hicieron el amor con un desahogo que a Ka le pareció increíble. En lugar de tratarla con dureza, Ka disfrutó con abrazarla con todas sus fuerzas y con la delicada blancura de su piel, pero ambos eran conscientes de que aquello no era tan profundo ni tan intenso como lo de la noche anterior.

Ka tenía la cabeza ocupada con sus planes de mediación. Creía de verdad que podría ser feliz por primera vez en su vida, que si se comportaba con un poco de astucia y era capaz de salir sano y salvo de Kars con su amada aquella felicidad podría convertirse en permanente. Como su mente estaba echando cuentas, le sorprendió notar que mientras se fumaba un cigarrillo mirando por la ventana se le venía un nuevo poema. Lo escribió a toda velocidad, tal y como le llegaba a la mente, mientras contemplaba a İpek con amor y admiración. Más tarde Ka leería aquel poema titulado «Amor» en seis recitales poéticos que dio en Alemania. Por lo que me contaron algunos asistentes a los recitales, el poema, además de tratar, más que del amor en sí, tanto de la tensión entre la paz espiritual y la soledad o entre la confianza y el miedo como del interés especial que se sentía por una determinada mujer (sólo una persona me preguntó luego quién podía ser ella), también emanaba de la oscuridad más incomprensible de la vida del propio Ka. No obstante, en la mayoría de las notas que Ka tomó después sobre aquel poema sólo menciona sus recuerdos de İpek, su añoranza por ella y los pequeños significados secundarios de su manera de vestir o de moverse. Una de las razones por las que İpek me impresionó tanto la primera vez que la vi fue precisamente el haber leído cientos de veces aquellas notas.

Inmediatamente después de que İpek se vistiera a toda prisa y de que se fuera diciéndole que le enviaría a su hermana, llegó Kadife. Para calmar su inquietud, Kadife tenía los enormes ojos tremendamente abiertos, Ka le dijo que no había nada de que preocuparse y que no habían maltratado a Azul. Le dijo también que le había costado mucho trabajo convencerle, que creía que era alguien muy valiente y, con una súbita inspiración, comenzó a desarrollar los detalles de una mentira que ya tenía preparada de antemano. Primero le dijo que lo más difícil había sido convencer a Azul de que Kadife aceptaría el acuerdo. Le contó que Azul había dicho que llegar a un acuerdo con él sería una falta de respeto hacia Kadife y que primero tendría que hablar con ella, pero cuando la pequeña Kadife levantó las cejas Ka añadió, para darle mayor profundidad y verosimilitud a su mentira, que pensaba que en eso Azul no había sido absolutamente honesto. Además, agregó que el hecho de que discutiera largo rato con él para defender la honra de Kadife aunque fuera de boquilla y de que adoptara un aire de «si no hay más remedio…», aquello (o sea, el respeto que había demostrado por la decisión de una mujer) ya era un punto positivo para Azul. Ahora Ka estaba satisfecho de los engaños que iba urdiendo para aquella desdichada gente, entregada a absurdas peleas políticas, de la estúpida ciudad de Kars, donde, aunque fuera tarde, había aprendido que la única verdad en la vida es la felicidad. Pero, por otra parte, le entristecía ver que Kadife, a quien encontraba mucho más valiente y sacrificada que él mismo, se tragaba todas aquellas mentiras y sentir que al final sería desgraciada. Por esa razón finalizó su historia con una última mentira piadosa: añadió que Azul le había susurrado que le diera recuerdos a Kadife. Le repitió los detalles del plan una vez más y le preguntó su opinión.

—Me descubriré la cabeza como yo decida —respondió Kadife.

Ka, sintiendo que cometería un error si no aclaraba aquella cuestión, le dijo a Kadife que Azul había encontrado razonable que ella llevara una peluca o que recurriera a algún otro artificio similar, pero guardó silencio al ver que la estaba enfadando. Según los términos del acuerdo, primero dejarían libre a Azul, que se ocultaría en algún lugar seguro, y luego Kadife se descubriría de la manera que ella prefiriera. ¿Podría redactar y firmar de inmediato un papel en el que constara que estaba al corriente de todo? Ka le entregó el papel que le había dado Azul para que lo leyera con atención y le sirviera de modelo. Cuando vio que el mero hecho de reconocer la letra de Azul emocionaba a Kadife, le cruzó el corazón una oleada de cariño por ella. Mientras leía la carta, Kadife olió el papel intentando ocultárselo a Ka. Como notó que estaba sufriendo un instante de duda, Ka le dijo que usaría aquel papel para convencer a Sunay y a los militares de que dejaran libre a Azul. Quizá los militares y las autoridades estuvieran irritados con Kadife por el asunto del pañuelo, pero confiaban en su rectitud y en su palabra, como toda Kars. Cuando ella empezó a escribir con entusiasmo en el papel en blanco que le ofreció Ka, éste la contempló por un momento. Kadife había envejecido desde la noche en la que habían paseado juntos por entre los puestos de los carniceros hablando del horóscopo.

Después de guardarse en el bolsillo el papel que le entregó Kadife, le dijo que el siguiente problema era encontrar un lugar seguro en el que Azul pudiera ocultarse una vez que convenciera a Sunay de que lo dejara libre. ¿Estaba dispuesta a ayudarle a ocultar a Azul?

Kadife asintió con un gesto solemne.

—No te preocupes —dijo Ka—. Al final todos seremos felices.

—¡Hacer lo correcto no siempre nos hace felices! —respondió Kadife.

—Lo correcto es lo que nos hace felices —replicó Ka. Soñaba con que, sin que pasara mucho, Kadife iría a Frankfurt y podría contemplar la felicidad que vivirían su hermana y él. Ipek le compraría en Kaufhof una gabardina a la última moda, irían todos juntos al cine y luego comerían salchichas y beberían cerveza en un restaurante de la Kaiserstrasse.

Ka se puso el abrigo, bajó inmediatamente después de que lo hiciera Kadife y se montó en el camión militar. Los dos soldados que le protegían estaban sentados justo detrás de él. Ka se preguntó si no habría sido demasiado cobarde pensando que podían atacarle si andaba solo. Las calles de Kars, que veía desde el asiento delantero, no parecían demasiado terribles. Vio mujeres que salían del mercado llevando las bolsas de la compra y, mirando a los niños que jugaban con bolas de nieve y a las parejas de ancianos que se sujetaban mutuamente para no resbalar, soñó que İpek y él veían una película en un cine de Frankfurt cogidos de la mano.

Sunay estaba con su compañero de golpe, el coronel Osman Nuri Çolak. Ka habló con ellos con el optimismo que le habían proporcionado sus sueños de felicidad. Le dijo que todo estaba resuelto, que Kadife estaba dispuesta a participar en la obra de teatro y a descubrirse y que estaba deseando que, a cambio, dejaran libre a Azul. Sintió que entre Sunay y el coronel existía esa comprensión mutua tan propia de las personas razonables que han leído los mismos libros en su juventud. Con un lenguaje cuidadoso pero en nada tímido les explicó que el asunto que se traían entre manos era extremadamente frágil. «Primero halagué la vanidad de Kadife y luego la de Azul», dijo. Le entregó a Sunay los papeles que le habían dado. Mientras éste los leía, Ka se dio cuenta de que estaba bebido aunque aún no era mediodía. Acercando por un instante la cabeza a la boca de Sunay pudo estar seguro del olor a *rakı*.

—Este tipo pretende que le soltemos antes de que Kadife salga a escena y se descubra —dijo Sunay—. Muy listo.

—Kadife quiere lo mismo —dijo Ka—. Aunque me he esforzado mucho, eso es lo único que he podido conseguir.

—¿Y por qué nosotros, como representantes del Estado, tenemos que confiar en ellos? —preguntó el coronel Osman Nuri Çolak.

—También ellos han perdido su confianza en el Estado —respondió Ka—. Pero si continúan con esta desconfianza mutua, no llegaremos a nada.

—¿Todavía no se le ha ocurrido a Azul que si le colgamos para que sirva de ejemplo luego se nos echarían encima porque todo esto es un golpe tramado por un actor borracho y un coronel resentido?

—Sabe comportarse como si no le diera miedo la muerte. Por eso no soy capaz de comprender lo que piensa de verdad. Insinuó que si le cuelgan le gustaría convertirse en un santo, en una bandera.

—Supongamos que dejamos libre a Azul —dijo Sunay—.

¿Cómo podemos estar seguros de que Kadife mantendrá su palabra y actuará en la obra?

—Podemos confiar más en la palabra de Kadife que en la de Azul, aunque sólo sea porque se trata de la hija de Turgut Bey, que malogró su propia vida basándola en el honor y en su entrega a una causa. Pero si le dices ahora mismo que has soltado a Azul puede que ni ella sepa si saldrá a escena o no esta noche. Tiene algo que la lleva a vivir por furias repentinas y a tomar decisiones impremeditadas.

—¿Qué sugieres?

—Sé que este golpe militar se ha llevado a cabo no sólo por razones políticas, sino también por el arte y la belleza —contestó Ka—. Y puedo deducir por toda su vida profesional que Sunay Bey se ha dedicado a la política a causa del arte. Si lo que quieren hacer ahora es sólo política vulgar no pueden arriesgarse a liberar a Azul. Ahora bien, también deben ser capaces de notar que el hecho de que Kadife se descubra delante de toda Kars tendría un profundo significado artístico y político.

—Soltaremos a Azul si ella se descubre —dijo Osman Nuri Çolak—. Y reuniremos a toda la ciudad para la función de esta noche.

Sunay abrazó y besó a su antiguo compañero de armas. Después de que el coronel se fuera cogió a Ka de la mano y se lo llevó a una habitación de dentro diciéndole: «¡Quiero que le cuentes todo esto a mi mujer!». En el cuarto desamueblado y frío, que intentaba calentar una estufa eléctrica, Funda Eser leía con gestos ostentosos el texto que sostenía en la mano. Vio que Ka y Sunay la observaban desde la puerta abierta pero siguió leyendo sin inmutarse. Ka, atento sólo a la pintura que se había puesto en los ojos, en la ancha e intensa línea de lápiz de labios, en el vestido escotado que dejaba al aire la parte superior de sus pechos y en sus exagerados gestos, no prestó la menor atención a lo que estaba diciendo.

—¡El trágico soliloquio de la mujer vengativa que ha sido violada en la *Tragedia española* de Kyd! —dijo Sunay, orgulloso—. Modificado con algunos añadidos de *El alma buena de Sezuán* de Brecht, pero sobre todo con otros fruto de mi imaginación. Esta noche, mientras Funda lo recite, la señorita Kadife se enjugará las lágrimas con un pico del velo del que aún no se ha atrevido a despojarse.

—Si la señorita Kadife está lista podemos empezar ahora mismo con los ensayos —dijo Funda Eser.

La voz ansiosa de la mujer le recordó a Ka no sólo su amor al teatro, sino también las acusaciones de que era lesbiana que habían difundido aquellos que habían querido arrebatarle el papel de Atatürk a Sunay. Después de que Sunay, con un aire de orgulloso productor de teatro más que de militar revolucionario, hiciera notar que todavía no se había resuelto el que Kadife «aceptara el papel», un enlace que entró en ese momento le anunció que habían traído a Serdar Bey, el propietario del *Diario de la Ciudad Fronteriza*. Cuando lo vio frente a él, Ka se dejó llevar por un impulso que sólo había sentido por última vez hacía muchos años, mientras todavía estaba en Turquía, y por un instante le apeteció darle un puñetazo en la cara. Pero les invitaron a tomar asiento en una mesa con *rakı* y queso, que había sido cuidadosamente preparada de antemano, y, con la confianza, la tranquilidad de corazón y la insolencia que se les contagia a los dueños del poder que han conseguido ver como algo natural el gobernar el destino de otros, hablaron de asuntos mundanos comiendo y bebiendo.

A petición de Sunay, Ka le repitió a Funda Eser lo que habían hablado sobre el arte y la política. Cuando el periodista quiso tomar nota de aquellas palabras que Funda Eser recibía con tanto entusiasmo, Sunay le abroncó con crudeza. Quería que antes se retractara en el periódico de las mentiras que habían publicado sobre Ka. Serdar Bey prometió preparar y publicar en primera página una noticia muy positiva que haría que los atolondrados lectores de Kars pronto olvidaran la falsa impresión que se habían llevado de Ka.

—Pero en los titulares también debe figurar la obra que vamos a representar esta noche —dijo Funda Eser.

Serdar Bey les aseguró que escribiría en el periódico la noticia tal y como le pidieran y que, por supuesto, la daría en el tamaño que quisieran. Pero él era una persona de escasos conocimientos sobre el teatro, clásico o moderno. Les propuso que si el mismo Sunay escribía en ese momento lo que iba a ocurrir en la obra de esa noche, o sea, si redactaba él mismo la noticia, mañana aparecería en primera plana sin el menor fallo. Les recordó muy educadamente que, como a lo largo de su vida de periodista había redactado muchas noticias antes de que ocurrieran, sabría darle la forma más correcta. Teniendo en cuenta que la hora de cierre se había retrasado del mediodía a las cuatro de la tarde debido a las condiciones del pronunciamiento, aún les quedaban cuatro horas.

—No te haré esperar demasiado para explicarte lo que va a pasar esta noche —le dijo Sunay. Ka se había dado cuenta de que se había echado al coleto una copa de *rakı* en cuanto se había sentado a la mesa. Vio dolor y pasión en sus ojos mientras se tomaba una segunda a toda velocidad.

—¡Escribe, periodista! —gritó luego Sunay mirando a Serdar Bey como si le amenazara—. Titular: MUERTE EN EL ESCENARIO. —Pensó un poco—. Entradilla. —Pensó un poco más—: EL FAMOSO ACTOR SUNAY ZAIM ASESINADO A TIROS DURANTE LA REPRESENTACIÓN DE ANOCHE. Otra entradilla.

Hablaba con una intensidad que tenía admirado a Ka. A la vez que escuchaba respetuosamente a Sunay sin sonreír lo más mínimo, ayudaba al periodista cuando éste tenía dificultades para entender al actor.

A Sunay le llevó cerca de una hora con algunos intervalos de indecisión y *rakı* redactar la noticia al completo, incluidos los titulares. Cuando años más tarde fui a Kars, Serdar Bey, el propietario del *Diario de la Ciudad Fronteriza,* me la proporcionó entera.

MUERTE EN EL ESCENARIO
EL FAMOSO ACTOR SUNAY ZAIM ASESINADO A TIROS DURANTE LA REPRESENTACIÓN DE ANOCHE
Anoche, Durante la Histórica Representación en el Teatro Nacional, la Joven Velada Kadife Primero se Descubrió en el Ardor de un Momento de Iluminación y Luego Disparó el Arma que Apuntaba hacia Sunay Zaim,

que Interpretaba al Malvado. Los Habitantes de Kars,
que Pudieron Contemplar el Hecho Gracias a la
Retransmisión en Directo por TV, Horrorizados.

Sunay Zaim y su compañía de teatro, que llegaron hace tres días a nuestra ciudad y que con su obra revolucionaria y creativa, capaz de pasar de la ficción de la escena a la vida real, trajeron el orden y la luz de la Ilustración a Kars, sorprendieron una vez más a los ciudadanos en su segunda representación de anoche. Con esta obra adaptada del injustamente olvidado autor inglés Kyd, que influyó incluso en Shakespeare, el amor de Sunay Zaim por el teatro ilustrado, que durante veinte años ha estado intentando inculcar en pueblos olvidados de Anatolia, actuando en escenarios vacíos y casas de té, alcanzó por fin su clímax. Llevada por el entusiasmo de este drama moderno y conmovedor, que contiene influencias del teatro jacobino francés y del jacobino inglés, Kadife, la tenaz líder de las jóvenes veladas, se descubrió la cabeza en el escenario en una súbita decisión y ante las miradas maravilladas de toda Kars descargó el arma que llevaba en la mano sobre el gran hombre de teatro Sunay Zaim, que interpretaba al malvado y que, como Kyd, no ha sido apreciado en su justo valor. Los ciudadanos de Kars, recordando que los disparos que se efectuaron en la representación de dos días atrás eran reales, vivieron una auténtica sensación de horror al ver que habían disparado verdaderamente a Sunay Zaim. Así fue como la muerte en la escena del Gran Actor Turco Sunay Zaim se vivió con una violencia mayor que la de la vida misma. Los espectadores de Kars, que habían comprendido perfectamente que la pieza trataba de la liberación de las presiones de la tradición y de la religión, fueron incapaces de comprender si Sunay Zaim se estaba muriendo realmente, porque, a pesar de las balas que se clavaron en su cuerpo, creyó hasta el final en la obra que seguía representando cubierto de sangre. Pero lo que sí entendieron fue que nunca olvidarían las últimas palabras del actor antes de morir en cuanto a que había sacrificado su vida por el arte.

Serdar Bey les leyó una vez más a sus compañeros de mesa la noticia tal y como había quedado después de las últimas correcciones de Sunay.

—Yo, por supuesto, publicaré esto tal cual está en el periódico de mañana siguiendo sus órdenes —dijo—. Pero después de tantas noticias que he escrito y publicado antes de que se hagan realidad, ¡ésta es la primera vez que rezo por que una no resulte cierta! No morirá de verdad, ¿no, señor?

—Intento llegar al lugar al que por fin debe arribar el arte auténtico, intento alcanzar la leyenda —dijo Sunay—. Además, cuando mañana se derrita la nieve y se abran las carreteras, mi muerte no tendrá ninguna importancia para los ciudadanos de Kars.

Por un instante su mirada se cruzó con la de su mujer. La pareja se miraba a los ojos con una comprensión tan profunda que Ka sintió celos. ¿Podrían llevar İpek y él una vida feliz compartiendo la misma profunda comprensión?

—Señor periodista, ya puede irse y preparar su diario para la imprenta —dijo Sunay—. Que mi asistente le entregue un cliché de una fotografía mía para este ejemplar histórico. —En cuanto el periodista se fue, dejó aquel lenguaje irónico que Ka había atribuido al exceso de *rakı*—. Acepto las condiciones de Azul y Kadife. —Y le explicó a Funda Eser, que había levantado las cejas, que primero tendría que soltar a Azul si querían que Kadife cumpliera su promesa de descubrirse en la obra.

—La señorita Kadife es muy valiente. Estoy segura de que me entenderé con ella enseguida durante los ensayos —dijo Funda Eser.

—Podéis ir a verla juntos —dijo Sunay—. Pero antes hay que soltar a Azul, que se esconda en algún sitio y asegurarle a la señorita Kadife que hemos perdido su pista. Y eso llevará tiempo.

Y así Sunay, sin tomarse demasiado en serio los deseos de Funda Eser de empezar inmediatamente los ensayos con Kadife, comenzó a discutir con Ka las maneras posibles de dejar libre a Azul. En lo que respecta a ese punto, deduzco por las notas de Ka que éste confiaba en la sinceridad de Sunay. O sea, según Ka, Sunay no había urdido ningún plan para seguir a Azul después de dejarle libre, para descubrir el lugar donde se ocultaría o para arrestarle de nuevo en cuanto Kadife se descubriera en el escenario. Aquélla fue una idea que tramaron tan pronto como se enteraron de los hechos los agentes de Inteligencia, que trataban de comprender lo que sucedía con agentes dobles y plantando micrófonos a izquierda y derecha y que intentaban atraer a su lado al coronel Osman Nuri Çolak. Los de Inteligencia no tenían la suficiente fuerza militar como para arrebatarles la revolución a Sunay, al resentido coronel y al puñado de compañeros oficiales que les apoyaban, pero procuraban poner límites a las locuras «artísticas» de Sunay a través de sus omnipresentes espías. Como Serdar Bey les había leído por radio a sus amigos de la sección local de Kars del SNI la noticia que había copiado en la mesa de *rakı* antes de componerla para la prensa, ellos sintieron una profunda inquietud por la salud mental y la credibilidad de Sunay. En lo que respecta a su intención de dejar libre a Azul, nadie supo hasta el último momento cuánto sabían.

Pero ahora creo que todos estos detalles no tuvieron un efecto demasiado importante en el final de nuestra historia. Por eso no me detendré en exceso en los pormenores de la puesta en práctica del plan para liberar a Azul. Sunay y Ka se pusieron de acuerdo en que llevaran a cabo el asunto Fazıl y el asistente de Sunay, que era de Sivas. Diez minutos después de que se enteraran por los de Inteligencia de su dirección, el camión militar que Sunay había enviado trajo a Fazıl. Fazıl, que parecía un poco asustado y que esta vez no recordaba para nada a Necip, y el asistente de Sunay salieron por la puerta de atrás del taller de confección para librarse de los detectives que les habían seguido cuando fueron a la guarnición. Los de la Inteligencia Nacional, a pesar de que sospechaban que Sunay podía hacer alguna tontería, no estaban tan preparados como para plantar un hombre en todas partes. Más tarde Ka se enteraría de que habían sacado a Azul de su celda de la guarnición, que lo habían subido a un camión militar mientras les avisaba de que «Ojalá esto no sea un numerito de Sunay», que el asistente de Sivas había detenido el camión junto al puente de hierro que cruzaba el arroyo Kars tal y como le había advertido Fazıl, que Azul había descendido del camión y él, siguiendo sus instrucciones, había entrado en un colmado en cuyo escaparate se exponían pelotas de plástico, cajas de detergente y anuncios de mortadela, y que Azul había logrado ocultarse con éxito tumbándose bajo la lona que cubría las bombonas de Aygas que transportaba un carro que inmediatamente después se acercó al colmado. En cuanto a dónde le llevó el carro, nadie tenía la menor idea a excepción de Fazıl.

Organizar todo aquel asunto y ponerlo en práctica les llevó hora y media. Hacia las tres y media, cuando las sombras de los castaños y los árboles del paraíso se iban haciendo imprecisas y la primera oscuridad de la noche caía sobre las calles vacías de Kars como un fantasma, Fazıl le llevó a Kadife la noticia de que Azul se ocultaba en un lugar seguro. A través de la puerta de la cocina, que daba a la parte de atrás del hotel, miraba a Kadife como si fuera un ser llegado del espacio, pero ella, de la misma forma que nunca había prestado atención a Necip, tampoco se la prestó a él. Kadife se estremeció de alegría por un instante y corrió a su habitación. En ese momento Ipek ya llevaba una hora arriba, en el cuarto de Ka, y estaba saliendo. Me gustaría tratar esa hora, durante la cual mi querido amigo pensó que era feliz con la promesa de una dicha futura, al comienzo de un nuevo capítulo.

37
El único texto de esta noche
es el pelo de Kadife
Preparativos para la última función

Ya he mencionado que Ka era de esas personas que temen la felicidad porque luego puede hacerles sufrir. Por eso sabemos que
sentía con más intensidad la felicidad no cuando la vivía sino
en los momentos en los que creía que no la perdería. Después
de levantarse de la mesa de Sunay, mientras regresaba a pie al
hotel Nieve Palace seguido por los dos soldados de escolta, Ka
todavía era feliz porque creía que todo iría bien y que vería de
nuevo a İpek, pero en su interior ese miedo a perder la felicidad
se agitaba con fuerza. Así pues, al hablar del poema que mi amigo escribió el jueves hacia las tres de la tarde en la habitación
del hotel, tengo que tener en cuenta ambas actitudes espiritua-
les. El poema, titulado «El perro», tenía relación con el perro
color carbón, al que volvió a ver en su camino de regreso desde el taller de confección. Cuatro minutos después de verlo, entró en su cuarto y escribió el poema mientras la agonía del amor
se extendía como un veneno por su cuerpo entre la esperanza
de una inmensa felicidad y el temor a perderla. En el poema había huellas de su miedo infantil a los perros, del recuerdo de un
perro pardo que le persiguió en el parque de Maçka cuando
sólo tenía seis años y de un horrible vecino de su barrio que
azuzaba a su perro contra el primero que pasara. Más tarde Ka
llegó a pensar que su miedo a los perros era el castigo que se le

había dado por las horas de felicidad que vivió de niño. Pero una paradoja le llamó la atención: los placeres infantiles como jugar al fútbol en la calle, recoger moras o coleccionar y jugarse los cromos de futbolistas que salían de los chicles resultaban más atractivos precisamente gracias a los perros que convertían en un infierno los lugares donde disfrutaba de ellos.

İpek subió a la habitación de Ka siete u ocho minutos después de enterarse de que había llegado al hotel. Teniendo en cuenta que Ka no podía tener la seguridad de que ella supiera si había regresado o no y que sólo le había dado tiempo a pensar en enviarle aviso, aquél era un retraso muy razonable y se sintió enormemente feliz porque por primera vez pudieron encontrarse sin que le diera tiempo a pensar en que llegaba tarde e incluso en que ella había decidido abandonarle. Además, İpek tenía en el rostro una expresión de alegría difícil de arruinar. Ka le dijo que todo iba bien y ella le replicó lo mismo a Ka. Él, respondiendo a una pregunta suya, le explicó asimismo que soltarían a Azul en breve. Esto también, como todo lo demás, alegró a İpek. Como las parejas extremadamente felices que temen egoístas que las penas de los demás, sus desdichas y todas esas cosas malas, puedan estremecer su propia felicidad, no se limitaron a convencerse de que todo iría bien, sino que se sintieron desvergonzadamente dispuestos a olvidar de inmediato todo el dolor sufrido y la sangre derramada con tal de que no ensombrecieran su felicidad. Se abrazaron y se besaron impacientes varias veces pero no se arrojaron a la cama para hacer el amor. Ka le decía a İpek que en Estambul podrían conseguirle un visado para Alemania en un día, que tenía un conocido en el consulado, que no tenían por qué casarse inmediatamente para conseguirlo, que en Frankfurt podrían casarse como prefirieran. Hablaron incluso de cómo irían a Frankfurt Kadife y Turgut Bey en cuanto resolvieran sus asuntos allí y de en qué hotel se hospedarían. Hablaban con un ansia desbocada de felicidad que les mareaba, incluso les avergonzaba pensar en ciertos detalles por ser demasiado fantásticos, cuando entonces İpek le mencionó a Ka su preocupación por las inquietudes políticas de su padre, su temor a que alguien le tirara una bomba en cualquier sitio por venganza y que a partir de ahora no debía salir a la calle, así que ambos se prometieron que se irían juntos en el primer medio de transporte que abandonara la ciudad. Cogidos de la mano, mirarían por la ventanilla las nevadas carreteras de las montañas.

İpek también le contó que ya había empezado a hacer la maleta. Al principio Ka le dijo que no se llevara nada, pero İpek tenía muchas cosas que había llevado consigo desde que era niña y sentiría que le faltaba algo si se separaba de ellas. Plantados frente a la ventana observando la calle nevada (el perro que le había inspirado el poema apareció un instante para luego perderse de vista) y ante la insistencia de Ka, İpek enumeró algunos de esos objetos a los que no podía renunciar: un reloj de pulsera que su madre les había comprado a ambas hermanas cuando vivían en Estambul y que había cobrado aún mayor importancia para İpek porque Kadife había perdido el suyo; un jersey azul hielo de lana de angora de buena calidad que le había traído su difunto tío, que durante un tiempo había estado en Alemania, y que había sido incapaz de ponerse en Kars porque le quedaba demasiado estrecho y pegado al cuerpo; un mantel con bordados de hilo de plata que su madre le había hecho para el ajuar y que no había podido volver a usar porque la primera vez que lo hizo a Muhtar se le había caído mermelada encima; diecisiete botellitas de licor y frasquitos de perfume que había empezado a acumular sin objetivo alguno pero que luego se habían convertido en una especie de amuleto que la protegía y al que se negaba a renunciar; fotos de niña hechas en brazos de sus padres (que Ka quiso ver en ese preciso instante); un vestido negro de noche de buen terciopelo que Muhtar y ella habían comprado juntos en Estambul pero que luego él sólo le permitía usar en casa porque tenía la espalda demasiado abierta y el chal de sedoso satén con encajes que ella había comprado luego para que le cubriera el escote con la esperanza de convencer a Muhtar; unos zapatos de ante que no se había atrevido a usar en Kars por miedo a que el barro los estropeara y un colgante enorme de jade que, como en ese momento llevaba encima, sacó para enseñárselo a Ka.

Que nadie crea que me estoy desviando del tema si digo que, cuatro años después de aquel día, İpek, sentada frente a mí en la cena que ofrecía el alcalde de Kars, llevaba colgada del cuello por un cordón negro de satén aquella misma enorme piedra de jade. Justo al contrario, en realidad ahora entramos en el corazón del asunto: İpek era mucho más bella de lo que hasta ese momento yo, o ustedes, que están siguiendo esta historia gracias a mi intermediación, hubiera podido imaginar. La primera vez que la vi fue en aquella cena, frente a mí, y me poseyeron los celos y la estupefacción hasta el punto de confundirme. La historia fragmentaria del desaparecido cuaderno de poesía de mi querido amigo se convirtió de repente ante mis ojos en una historia completamente distinta que irradiaba una profunda pasión. Probablemente fue en ese momento de agitación cuando decidí escribir el libro que ahora tienen en las manos. Pero en ese instante me dejaba llevar, poseído por la increíble belleza de İpek, ignorante de la decisión que mi mente había tomado. Envolvía todo mi cuerpo esa sensación surrealista de desesperación y de estar disolviéndome que te posee ante una mujer extraordinariamente bella. Me daba cuenta perfectamente de que el resto de los comensales fingía haber ido con la intención de cruzar un par de frases con el novelista que había llegado a su ciudad, o para chismorrear entre ellos con esa excusa, y de que los ciudadanos de Kars mantenían todas aquellas conversaciones vacuas con el objetivo de ocultarse, y ocultármelo a mí, el único y verdadero tema: la belleza de İpek. Por otra parte, unos celos intensos, que temía que pudieran convertirse en amor, me corroían por dentro: ¡cuánto me habría gustado poder vivir un amor con una mujer tan hermosa como mi difunto amigo Ka aunque sólo fuera por un breve instante! Mi secreta convicción de que Ka había desperdiciado los últimos años de su vida se había convertido de repente en la idea de que «sólo alguien que tenga un alma tan profunda como la de Ka puede ganarse el amor de una mujer así». ¿Podría seducir a İpek y llevármela a Estambul? Le prometería casarme con ella, sería mi amante secreta hasta que todo se fuera al traste, ¡pero quería morir con ella a mi lado! Tenía una frente amplia y decidida, ojos grandes y vaporosos, una boca elegante que era exactamente igual que la de Melinda y que yo no me atrevía a mirar… ¿Qué pensaría de mí? ¿Habrían hablado de mí Ka y ella? Antes de darme tiempo a tomarme una copa ya me había arrebatado el corazón y había alzado el vuelo. Vi que caía sobre mí la mirada furiosa de Kadife, sentada algo más allá… Debo volver a mi historia.

De pie delante de la ventana, Ka tomó el colgante de jade, se lo puso a İpek en el cuello, la besó con toda tranquilidad y le repitió irreflexivamente lo felices que serían en Alemania. Fue en ese preciso momento cuando İpek vio que Fazıl entraba a toda velocidad por la puerta del patio, bajó después de esperar un momento y se encontró con su hermana en la puerta de la cocina: probablemente allí le dio Kadife la buena noticia de que habían soltado a Azul. Ambas hermanas se retiraron a sus habitaciones. No sé lo que hablaron entre ellas ni lo que hicieron. Arriba, en su cuarto, Ka estaba tan henchido de nuevos poemas y de una felicidad en la que ahora sí confiaba, que por primera vez permitió que sólo un rincón de su mente siguiera el tráfico de las hermanas por el hotel Nieve Palace.

Más tarde supe por los registros meteorológicos que por entonces el clima se había suavizado de manera notable. El sol había empezado a derretir durante el día los témpanos que colgaban de aleros y ramas y se difundieron rumores en la ciudad de que mucho antes de que oscureciera volverían a abrirse las carreteras y de que la revolución teatral llegaría a su fin. Años después, los que no habían olvidado los detalles de los hechos recordaron que justo en esos instantes la Televisión de Kars Fronteriza comenzaba a invitar a los ciudadanos a que acudieran a la nueva pieza que la Compañía de Teatro de Sunay Zaim representaría aquella noche en el Teatro Nacional. Como pensaban que el recuerdo de los sangrientos sucesos de dos días atrás mantendría alejados a los ciudadanos de Kars de la representación, el presentador estrella de la televisión, el joven Hakan Özge, anunciaba que no se toleraría ningún exceso dirigido contra los espectadores, que las fuerzas de seguridad tomarían posiciones a ambos lados del escenario, que no hacía falta comprar entradas y que los habitantes de Kars podían acudir en familia a tan educativa representación, pero el único resultado que se obtuvo de todo aquello fue que el miedo aumentara en la ciudad y que las calles quedaran desiertas antes de la hora habitual. Todos intuían que en el Teatro Nacional volverían a desatarse la violencia y la locura y, exceptuando a los que estaban lo suficientemente perturbados como para querer estar allí pasara lo que pasase para ser testigos de los acontecimientos (y debo decir que no había que despreciar a esa multitud formada por jóvenes parados sin nada que perder, izquierdistas aburridos inclinados a la violencia, viejos apasionados de dentadura postiza que querían ver a cualquier precio cómo mataban a alguien y atatürkistas admiradores de Sunay, a quien tanto habían visto en televisión), los ciudadanos de Kars preferían ver la velada a través de la anunciada retransmisión en directo. Por aquellas horas Sunay y el coronel Osman Nuri Çolak volvieron a reunirse y, al darse cuenta de que no iba a acudir nadie a la obra, ordenaron que se metiera en camiones militares a los estudiantes del Instituto de Imanes y Predicadores y se los llevaran al Teatro Nacional y que se obligara a un determinado número de estudiantes de instituto y funcionarios de las residencias de profesores y de las oficinas estatales a que se pusieran chaqueta y corbata y fueran a la representación.

Los que más tarde vieron a Sunay en el taller de confección fueron testigos de cómo se había quedado dormido tumbado sobre retales de tela, papel de envolver y cajas de cartón vacías en una habitación pequeña y polvorienta. Pero no era por efectos de la bebida; Sunay, convencido de que las camas blandas pervertirían su forma física, se había acostumbrado durante años a tumbarse a dormir sobre lechos duros y bastos antes de las grandes obras a las que daba verdadera importancia. Antes de dormirse habló a gritos con su mujer sobre el texto de la obra, al que aún no habían dado su forma definitiva, y luego la envió con un camión militar al hotel Nieve Palace para que empezaran con los ensayos.

Puedo explicar el que Funda Eser subiera directamente a las habitaciones de las hermanas en cuanto entró en el hotel Nieve Palace con la actitud de una señora que considera el mundo entero su propia casa y el que se enfrascara rápidamente con ellas en una íntima conversación femenina con su tintineante voz como una prueba de su capacidad como actriz, más notable todavía fuera del escenario. Por supuesto, tenía el corazón y los ojos en la límpida belleza de İpek, pero su mente estaba clavada en el papel que aquella noche debía representar Kadife. Y debo concluir que había deducido la importancia de dicho papel por el valor que le otorgaba su marido. Porque en los veinte años que llevaba interpretando por Anatolia a mujeres oprimidas y violadas, Funda Eser sólo tenía un objetivo cuando salía a escena: ¡dirigirse a los instintos sexuales de los hombres con su pose de víctima! Teniendo en cuenta que el que la mujer en cuestión se casara, se divorciara, se descubriera o se tapara no eran para ella sino medios triviales para presentarla como oprimida y más atractiva, quizá no se pueda asegurar que comprendiera del todo los papeles kemalistas e ilustrados que representaba, pero tampoco es que los autores, varones, de aquellos papeles estereotipados poseyeran una idea más profunda que la suya sobre el erotismo de sus protagonistas femeninas ni sobre su función social. Funda Eser usaba aquellos papeles en su vida fuera del escenario con un instintivo giro sentimental que los autores raras veces habían previsto. De hecho, nada más entrar en la habitación le propuso a Kadife que descubriera su hermoso pelo para ensayar para aquella noche. Cuando Kadife se descubrió sin demasiados remilgos, Funda Eser primero lanzó un chillido y luego le dijo que tenía el pelo tan brillante y tan llamativo que no podía apartar la mirada de él. Sentó ante el espejo a Kadife y mientras la peinaba cuidadosamente con un peine de mica imitación marfil, le explicó que en el teatro lo importante no eran las palabras sino las apariencias. «¡Deja que tu pelo hable como quiera y volverás locos a los hombres!», le dijo, y relajó a Kadife, que se encontraba bastante confusa, besándole el pelo. Era lo bastante lista como para ver que aquel beso ponía en movimiento las secretas semillas del mal de Kadife y lo bastante experimentada como para atraer a İpek a su juego. Sacó del bolso una petaca de coñac y empezó a echarlo en las tazas de té que había traído Zahide. Como Kadife se negó a probarlo, la provocó diciéndole: «¡Pero si esta noche te vas a descubrir!». Y cuando comenzó a sollozar depositó con insistencia leves besos en sus mejillas, su cuello y sus manos. Luego, para divertir a las hermanas, les recitó el *Monólogo de la azafata inocente,* al que llamó «la desconocida obra maestra de Sunay», pero aquello, más que divertirlas, las entristeció. Al decirle Kadife «Me gustaría trabajar el texto», le replicó que el único texto de aquella noche sería el brillo de su largo y hermoso pelo, que todos los hombres de Kars contemplarían admirados. Y, mucho más importante, también las mujeres querrían tocárselo llenas de envidia y devoción. Por otro lado, poco a poco iba rellenando de coñac la taza de İpek y la suya propia. Les dijo que en la cara de İpek podía leer la felicidad y en la mirada de Kadife la valentía y la ambición. No era capaz de decidir cuál de las dos hermanas era más bonita. Aquel entusiasmo de Funda Eser continuó hasta que Turgut Bey entró en la habitación todo sofocado.

—La televisión acaba de anunciar que Kadife, la líder de las jóvenes empañoladas, va a descubrirse la cabeza durante la representación de esta noche —dijo Turgut Bey—. ¿Es verdad?

—¡Vamos a ver lo que dice la televisión! —dijo İpek.

—Señor mío, permítame que me presente —intervino Funda Eser—. Soy Funda Eser, compañera en la vida del famoso actor y reciente hombre de Estado Sunay Zaim. En primer lugar, debo felicitarle por haber criado a dos hijas tan maravillosas y especiales. Le aconsejo que no sienta el menor miedo por la valiente decisión que ha tomado Kadife.

—¡Los fanáticos religiosos de esta ciudad jamás perdonarán a mi hija! —replicó Turgut Bey.

Pasaron todos juntos al comedor para vcr la televisión. Allí Funda Eser tomó de la mano a Turgut Bey y le prometió en nombre de su marido, que controlaba la ciudad entera, que todo iría bien. Fue entonces cuando Ka bajó al oír el ruido y supo por la feliz Kadife que habían dejado libre a Azul. Sin que Ka se lo preguntara añadió que se mantendría fiel a la promesa que le había hecho aquella mañana y que iba a ensayar con la señora Funda para la obra de la noche. Ka consideraría los nueve o diez minutos siguientes, en los que todos hablaban a la vez viendo la televisión mientras Funda Eser le daba coba dulcemente a Turgut Bey para que no se opusiera a que su hija saliera a escena aquella noche, como algunos de los más felices de su vida y los recordaría una y otra vez. Creía optimistamente y sin tener la menor duda que sería feliz y se soñaba formando parte de una multitudinaria y divertida familia. Todavía no eran las cuatro, pero mientras la hora se aproximaba al comedor de altos techos de paredes cubiertas con viejo papel pintado de color oscuro como un reconfortante recuerdo de la infancia, Ka miraba a İpek a los ojos y sonreía.

Cuando en ese momento vio a Fazıl en la puerta que daba a la cocina, Ka pretendió meterlo en ella antes de que le arruinara el buen humor a nadie y tirarle de la lengua. Pero el muchacho no permitió que Ka le avasallara: se quedó plantado en el umbral de la puerta de la cocina aparentando estar absorto en alguna imagen de la televisión y examinó desde allí a los presentes con una mirada mezcla de admiración y amenaza. Para cuando Ka logró arrastrarlo hasta la cocina, İpek también lo había visto, así que les siguió.

—Azul quiere hablar con usted una vez más —dijo Fazıl con un manifiesto placer de aguafiestas—. Ha cambiado de opinión sobre algo.

—¿Sobre qué?

—Eso ya se lo dirá él. Dentro de diez minutos llegará al patio el carro que tiene que llevarle —dijo, y salió al patio desde la cocina.

El corazón de Ka comenzó a latir a toda velocidad: y no sólo porque no le apeteciera poner el pie fuera del hotel en lo que quedaba de día, sino también porque temía su propia cobardía.

—¡Que no se te ocurra ir! —le dijo İpek dando voz a lo que Ka pensaba—. Ya han identificado el carro. Esto va a ser un desastre.

—No, iré —respondió Ka.

¿Por qué dijo que iría aunque no le apetecía lo más mínimo hacerlo? En su vida había habido muchas ocasiones en que había levantado la mano aunque no se supiera la pregunta del profesor o en que no se había comprado el jersey que de verdad quería sino otro que costaba lo mismo a sabiendas de que era mucho peor. Quizá por curiosidad, quizá por miedo a la felicidad. Mientras subían juntos a su cuarto de forma que Kadife no se diera cuenta de lo que estaba pasando, a Ka le habría gustado que İpek dijera algo, que hiciera algo tan original que le permitiera cambiar de idea y quedarse en el hotel con toda tranquilidad de corazón. Pero mientras miraban por la ventana, İpek se limitó a repetir más o menos la misma idea con más o menos las mismas palabras: «No vayas, no salgas del hotel hoy, no arriesgues nuestra felicidad», etcétera, etcétera.

Ka miró al exterior escuchándola absorto en sus fantasías como una víctima dispuesta al sacrificio. Al entrar el carro en el patio se sorprendió con el corazón roto de su mala suerte. Salió del cuarto sin besar a İpek pero sin olvidar abrazarla y despedirse de ella, llegó a la cocina sin que le vieran los dos «soldados de escolta», que estaban leyendo el periódico en el vestíbulo, y se tumbó bajo la lona que cubría el carro que tanto odiaba.

Que no se crean los lectores que con este inicio estoy preparándoles con la intención de que piensen que el viaje en carro de Ka supondrá un cambio irreversible en su vida ni que el hecho de que haya aceptado la invitación de Azul será un paso decisivo para él. Yo mismo no lo creo en absoluto: ante Ka aparecerían muchas otras oportunidades de darle la vuelta a todo lo que le ocurría en Kars y de encontrar eso que llamaba «felicidad». Pero una vez que los hechos adquirieron su última e inevitable forma, al considerar arrepentido durante los años posteriores el desarrollo de los acontecimientos, pensaría cientos de veces que si İpek hubiera dicho las palabras correctas en su cuarto ante la ventana, le habría disuadido de ver a Azul. En cuanto a las palabras exactas que İpek debería haber dicho, no tenía la menor idea.

Eso demuestra que sería más correcto que pensáramos en

Ka, escondido en el carro, como en alguien que ha doblado la cerviz ante su destino. Estaba arrepentido de encontrarse allí y molesto consigo mismo y con el mundo entero. Tenía frío, le daba miedo ponerse enfermo y no esperaba nada bueno de Azul. Como en su primer viaje, mantenía la mente abierta a los sonidos de la calle y de la gente, pero no le importaba lo más mínimo a qué parte de Kars le llevaba el carro.

Al detenerse éste, el carretero le dio un golpe, Ka salió de debajo de la lona y, sin ni siquiera darse cuenta de dónde estaba, entró en un desastroso edificio, como tantos otros que había visto, que había perdido el color por los años y la desidia. Después de subir dos pisos por unas escaleras estrechas y retorcidas (en un momento de alegría recordaría haber visto los ojos de duende de un niño en el umbral de una puerta ante la que se alineaban unos zapatos), entró por una puerta abierta y vio a Hande ante él.

—He decidido no desprenderme de la muchacha que realmente soy —le dijo sonriendo.

—Lo importante es que seas feliz.

—Lo que me hace feliz es poder hacer lo que quiero —replicó Hande—. Ya no me da miedo ser otra en mis sueños.

—¿No es un poco peligroso que estés aquí? —le preguntó Ka.

—Sí, pero una sólo puede concentrarse en la vida cuando está en peligro —dijo Hande—. Me he dado cuenta de que no puedo concentrarme en cosas que no creo, como descubrirme la cabeza. Ahora estoy muy contenta de estar aquí compartiendo una causa con el señor Azul. Y usted ¿puede escribir poesía en este lugar?

La cena en que se habían conocido y hablado dos días antes estaba ahora tan lejos en la memoria de Ka que la miró por un momento como si no recordara nada en absoluto. ¿Hasta qué punto quería Hande subrayar su cercanía a Azul? La muchacha abrió la puerta de la habitación inmediata, Ka entró y se encontró con Azul viendo una televisión en blanco y negro.

—No tenía la menor duda de que vendrías —le dijo Azul, satisfecho.

—No sé por qué he venido —contestó Ka.

—Por la inquietud que te corroe —dijo Azul con aire de sabelotodo.

Se miraron con odio. A ninguno de ellos se le escapó que Azul estaba evidentemente satisfecho y Ka arrepentido. Han-de salió del cuarto y cerró la puerta.

—Quiero que le digas a Kadife que no participe en el desastre de esta noche —dijo Azul.

—¿No podrías haberle enviado aviso con Fazıl? —Ka comprendió por la expresión de Azul que no caía en quién era Fazıl—. Ese muchacho de Imanes y Predicadores que me ha traído aquí.

—Ah. Kadife no se lo tomaría en serio. No se tomaría en serio a nadie excepto a ti. Sólo comprenderá lo decidido que estoy con respecto a este asunto si te lo oye a ti. Quizá ella misma haya decidido no descubrirse. Al menos después de ver la manera tan repugnante en que lo anuncian y lo utilizan por televisión.

—Cuando me fui del hotel Kadife ya había empezado a ensayar incluso —dijo Ka con un placer que fue incapaz de ocultar.

—¡Pues dile que me opongo totalmente a que lo haga! Kadife tomó la decisión de descubrirse no por libre voluntad sino para salvarme la vida. Negoció con un Estado que mantiene como rehenes a presos políticos, pero ya no está obligada a mantener su palabra.

—Se lo diré —respondió Ka—. Pero no sé qué hará.

—Me estás diciendo que si Kadife decide hacer las cosas a su manera tú no te haces responsable, ¿no? —Ka guardó silencio—. Si Kadife va al teatro esta noche y se descubre la cabeza, tú serás el responsable. Tú eres quien ha negociado este acuerdo.

Por primera vez desde que llegó a Kars, Ka sintió paz de conciencia y la impresión de estar haciendo lo correcto: por fin el malo hablaba con malas intenciones como los malos y aquello ya no le confundía en absoluto. Ka, con la intención de calmar a Azul, le dijo «¡Es verdad que te han retenido como rehén!» e intentó descubrir cómo debía comportarse para poder largarse de allí sin enfurecerle.

—Dale también esta carta. —Azul le alargó un sobre—. Quizá Kadife no se crea mi mensaje. —Ka tomó el sobre—. Si un día encuentras el camino correcto y regresas a Frankfurt, asegúrate de que Hans Hansen publique ese comunicado que tantas personas han firmado arriesgándose tanto.

—Por supuesto.

Vio en la mirada de Azul una ligera insatisfacción y cierto disgusto. Estaba más tranquilo aquella mañana en su celda como un preso que espera su ejecución. Ahora había salvado la vida, pero tenía sobre sus hombros la infelicidad de saber por adelantado que en lo que le quedaba de dicha vida no podría hacer otra cosa sino estar furioso. Ka vio demasiado tarde que Azul se había dado cuenta de que había percibido esa amargura.

—Tanto aquí como en esa Europa que tanto te gusta vivirás de prestado imitándoles —le dijo Azul.

—Me basta con ser feliz.

—Vete, vamos, vete —le gritó Azul—. Y que sepas que los que se conforman sólo con ser felices nunca lo son.

38

Nuestra intención nunca ha sido disgustarle
Una invitación a la fuerza

Ka estaba contento de alejarse de Azul, pero inmediatamente después notó que había un lazo maldito que le unía a él: era algo más profundo que la simple curiosidad o el simple odio y en cuanto salió del cuarto Ka comprendió arrepentido que le echaría de menos. A Hande, que se acercaba a él toda bondadosa y pensativa, ahora la encontraba directamente simplona y estúpida pero aquella actitud de superioridad le duró poco. Hande, con los ojos enormemente abiertos, le enviaba recuerdos a Kadife, quería que supiera que, se descubriera o no la cabeza aquella noche en televisión (sí, no dijo en el teatro, sino directamente en televisión), su corazón siempre estaría con ella, y además le explicó a Ka el camino que debía seguir si no quería llamar la atención de los policías de civil una vez que cruzara la puerta del edificio.

Ka salió del piso a toda velocidad y muy inquieto, pero cuando se le vino un poema un piso más abajo, se sentó en el primer escalón que había frente a la puerta en la que se alineaban los zapatos, sacó el cuaderno del bolsillo y lo escribió.

Aquél era el decimoctavo poema que Ka había comenzado a escribir en Kars y de no ser por las notas que él mismo escribió nadie habría entendido las alusiones a diversos hombres con los que se había relacionado en su vida con esa misma combinación de amor y odio: por ejemplo, el hijo de una adinerada familia de constructores que había sido campeón del concurso hípico de los Balcanes, a quien había conocido mientras estaba en la escuela secundaria en el Instituto Terakki de Şişli, un muchacho mimado pero lo bastante independiente como para atraer a Ka; o el hijo misterioso de cara pálida de una rusa blanca compañera de instituto de su madre que se había criado sin padre ni hermanos, que había comenzado a tomar drogas en el bachillerato y que no se interesaba por nada pero que a pesar de eso parecía saberlo todo; o el compañero de servicio militar en Tuzla, un tipo apuesto, silencioso y autosuficiente, que se escapaba de las filas de la compañía de al lado para someter a Ka a pequeñas crueldades (como esconderle la gorra). En el poema reconocía que estaba unido a todos aquellos hombres por un amor secreto y un odio evidente e intentaba calmar su confusión mental gracias a la palabra «Celos», que unificaba ambos sentimientos y que era el título del poema, pero además aclaraba que el problema era mucho más profundo: Ka sentía que, pasado el tiempo, las almas y las voces de aquellos hombres se habían introducido en su interior.

Cuando salió del edificio no sabía en qué parte de Kars estaba, pero después de bajar un rato por una cuesta vio que llegaba a la avenida Halitpaşa e, instintivamente, se dio media vuelta y echó una mirada hacia el lugar en el que se ocultaba Azul.

Mientras regresaba al hotel se sintió incómodo porque no llevaba junto a él a los soldados de escolta. Ka se había parado ante el edificio del ayuntamiento cuando se le acercó un coche civil.

—Señor Ka, no tema. Somos de la Dirección de Seguridad, suba y le dejaremos en su hotel.

Ka estaba intentando calcular qué sería menos seguro, si volver al hotel escoltado por la policía o que le vieran subirse a uno de sus coches en medio de la ciudad, cuando se abrió la portezuela. Un tipo enorme que a Ka por un instante le sonó de algo (a un tío lejano de Estambul, sí, al tío Mahmut) tiró de él con un movimiento enérgico y brusco que contradecía por completo la cortesía de poco antes. Mientras el vehículo se ponía inmediatamente en marcha, le descargó en la cabeza un par de puñetazos. ¿O es que se la había golpeado al entrar en el coche? Tenía mucho miedo y en el interior del automóvil había una extraña oscuridad. Alguien, no el tío Mahmut sino otro que se sentaba delante, profería terribles palabrotas. Cuando era niño había un hombre en la calle Poeta Nigâr que les insultaba de manera parecida cuando la pelota se les caía en su jardín.

Ka guardó silencio y pensó que era un niño. Y el coche (ahora que lo recordaba, no era un Renault como todos los que usaba la policía de civil de Kars sino un amplio y ostentoso Chevrolet del 56), para castigar al niño enojado, se sumergió en las calles oscuras de Kars, salió de ellas, dio una vuelta y entró en un patio interior. «Mira al frente», le dijeron. Le agarraron del brazo y subieron dos tramos de escaleras. Para cuando llegaron arriba Ka estaba seguro de que aquellos tres hombres, incluyendo al conductor, no eran islamistas (¿dónde habrían encontrado ellos un coche así?). Tampoco eran del SNI porque ellos, al menos en parte, colaboraban con Sunay. Se abrió una puerta y se cerró otra y Ka se encontró en una antigua casa armenia de techos altos ante la ventana que daba a la avenida Atatürk. En la habitación vio un televisor encendido, platos sucios, una mesa llena de naranjas y periódicos; una batería que luego comprendería que usaban para torturar con corrientes eléctricas, un par de *walkie-talkies*, pistolas, jarrones, espejos... Se dio cuenta de que había caído en manos de la brigada especial y tuvo miedo pero se tranquilizó cuando su mirada se cruzó con la de Z. Brazodehierro en el otro extremo de la habitación: una cara conocida, aunque fuera la de un asesino.

Z. Brazodehierro estaba actuando de policía bueno. Lamentaba mucho que hubieran tenido que llevar a Ka hasta allí. Como Ka supuso que el tío Mahmut haría de policía malo, prestó atención a Z. Brazodehierro y a sus preguntas.

—¿Qué es lo que quiere hacer Sunay?

Ka contó con entusiasmo hasta el detalle más despreciable, incluyendo la *Tragedia española* de Kyd.

—¿Por qué ha dejado libre a ese chiflado de Azul?

Para que Kadife se descubra la cabeza en la obra y en la retransmisión en directo por la televisión, le explicó Ka. Dejándose llevar por la inspiración utilizó un término pedante de ajedrez: quizá un «sacrificio» demasiado arriesgado que necesitaría un signo de exclamación. ¡Pero también era un movimiento que desmoralizaría a los islamistas políticos de Kars!

—¿Y cómo sabemos que la chica va a mantener su palabra?

Ka reconoció que Kadife había dicho que saldría a escena pero que nadie podía estar seguro de que realmente lo hiciera.

—¿Dónde está el nuevo escondrijo de Azul?

Ka le contestó que no tenía la menor idea.

También le preguntaron por qué no le acompañaban los soldados de escolta cuando le recogió el coche y que de dónde regresaba.

—De mi paseo vespertino. —Y al insistir en aquella respuesta, tal y como esperaba, Z. Brazodehierro abandonó en silencio la habitación y el tío Mahmut se plantó ante él lanzándole malas miradas. Como el hombre que se sentaba en el asiento delantero, también él sabía bastantes palabrotas extravagantes. Lanzaba abundantemente aquellas maldiciones entre amenazas y alusiones a soluciones políticas a las que Ka no era ajeno o a los altos intereses de la nación como el ketchup que los niños echan sin pensar sobre cualquier plato sin que les importe si es dulce o salado.

—¿Qué te crees que estás haciendo ocultando el escondite de un sanguinario terrorista islamista pagado por Irán? —decía el tío Mahmut—. Sabes lo que les harán a los liberales cobardicas que han visto Europa como tú, ¿no? —Ka le dijo que de veras lo sabía, pero, con todo, el tío Mahmut le explicó entusiasta cómo en Irán los *mullahs* habían hecho picadillo a los demócratas y a los comunistas que habían colaborado con ellos antes de que llegaran al poder: les habían metido dinamita por el culo y los habían volado por los aires, habían fusilado a las putas y a los maricones, habían prohibido todos los libros excepto los religiosos y a los progres listillos como Ka primero los habían rapado y luego… Añadió unas obscenidades y con cara de harto le volvió a preguntar a Ka dónde se escondía Azul y de dónde regresaba a esas horas de la tarde.

Como Ka repitió las insustanciales respuestas de antes, el tío Mahmut, con la misma cara de hastío, le colocó unas esposas en las muñecas—. Mira lo que voy a hacerte —le dijo, y le golpeó un rato dándole puñetazos y bofetadas en la cara sin pasión ni furia.

Espero que mis lectores no se enfaden si escribo honestamente cinco importantes razones que demuestran que a Ka no le perturbó en exceso aquella paliza y que encontré entre las notas que tomó posteriormente:

1. Según el concepto de felicidad que Ka tenía en la mente, la cantidad total de mal y de bien que debía ocurrirle había de ser la misma y, por tanto, la paliza que se estaba llevando en ese momento significaba que podría ir con İpek a Frankfurt.

2. Con una certera intuición propia de las clases dirigentes, Ka suponía que los interrogadores de la brigada especial le consideraban distinto a los ciudadanos de a pie, a los delincuentes y a los miserables de Kars y que, por lo tanto, no sería sometido a muchas más torturas ni palizas que le dejaran marcas u odios permanentes.

3. Pensaba acertadamente que la paliza que se estaba llevando aumentaría el cariño que İpek le tenía.

4. Dos días antes, el martes por la noche, cuando vio la cara ensangrentada de Muhtar en la Dirección de Seguridad había pensado estúpidamente que las palizas que uno se lleva de la policía pueden purificarle del sentimiento de culpabilidad que siente por la miseria de su propio país.

5. Le llenaba de orgullo el encontrarse en la situación de un preso político que no confiesa en el interrogatorio el lugar en que se oculta otro a pesar del castigo.

Veinte años atrás, a Ka habría bastado para contentarle esta última razón, pero ahora que se había pasado de moda intuía que su situación era un tanto estúpida. El sabor salado de la sangre que le chorreaba desde la nariz hasta la comisura de los labios le recordaba a la infancia. ¿Cuándo había sido la última vez que le había sangrado la nariz? Mientras el tío Mahmut y los otros le olvidaban en aquel rincón en penumbra del cuarto y se reunían ante el televisor, Ka recordó las ventanas que se le habían cerrado en las narices y las pelotas que le habían golpeado en la infancia y el puñetazo que se había llevado durante un forcejeo en el servicio militar. Mientras iba oscureciendo, Z. Brazodehierro y sus compañeros veían *Marianna* reunidos frente al televisor y Ka, con su nariz ensangrentada, estaba tan contento como un niño golpeado y humillado de que se hubieran olvidado de él. En cierto momento le preocupó que le registraran y encontrasen la nota de Azul. Durante largo rato contempló *Marianna* con los otros, en silencio, sintiéndose culpable y pensando que en ese preciso momento también Turgut Bey y sus hijas estarían viendo la serie.

En una pausa publicitaria Z. Brazodehierro se levantó de su silla, cogió la batería que había en la mesa, se la enseñó a Ka y le preguntó si sabía para qué servía, al no obtener respuesta se lo dijo y guardó silencio un rato como un padre que asusta a su hijo con el palo.

—¿Sabes por qué me gusta *Marianna*? —le preguntó cuando la serie volvió a comenzar—. Porque sabe lo que quiere. Los intelectuales como tú me ponen enfermo porque no tienen ni idea de lo que quieren. Mucho hablar de democracia y luego colaboráis con los integristas. Mucho hablar de derechos humanos y chalaneáis con los asesinos terroristas… Que si Europa, y le hacéis la pelota a los islamistas enemigos de Occidente… Que si feminismo, y apoyáis a los que les tapan la cabeza a sus mujeres. No te comportas según tu propia conciencia, sino que primero piensas lo que haría un europeo y actúas en consecuencia. ¡Pero ni siquiera eres capaz de ser europeo! ¿Sabes lo que harían los europeos? Si Hans Hansen publica ese tonto comunicado vuestro y si los europeos se lo toman en serio y envían una comisión a Kars, lo primero que haría esa comisión sería dar las gracias a los militares por no haber entregado el país a los islamistas. Pero, por supuesto, los muy maricones protestarían en cuanto volvieran a Europa porque en Kars no hay democracia. Y vosotros por un lado os quejáis de los militares pero por otro confiáis en ellos para que los islamistas no os arranquen la piel a tiras. Pero como es algo que ya sabes, no voy a torturarte.

Ka pensaba que, como le había llegado el turno al «ser buenos», le soltarían sin que pasara mucho y llegaría a tiempo para ver el final de *Marianna* con Turgut Bey y sus hijas.

—Pero antes de enviarte de vuelta a tu amante en el hotel, quiero decirte un par de cosas sobre ese terrorista asesino con el que has negociado y al que proteges para que las tengas siempre presentes —le dijo Z. Brazodehierro—. No obstante, antes métete esto en la cabeza: nunca has estado en estas oficinas. De hecho, antes de que pase una hora las habremos evacuado. Nuestro nuevo lugar estará en el último piso del dormitorio del Instituto de Imanes y Predicadores. Allí te esperamos. Puede que te acuerdes de dónde se oculta Azul y de por qué saliste a dar un «paseo vespertino» y quieras compartir esa información con nosotros. Sunay te dijo cuando todavía tenía la cabeza sobre los hombros que ese guapo héroe tuyo de ojos azules mató sin piedad a un locutor de cabeza de chorlito que insultó a nuestro Profeta y que organizó el asesinato del director de la Escuela de Magisterio, espectáculo que tuviste el placer de contemplar con tus propios ojos. Pero hay algo que los trabajadores agentes del servicio de escuchas del SNI han documentado con todo detalle y que hasta ahora nadie te ha dicho quizá para no romperte el corazón y yo he pensado que es posible que fuera mejor que lo supieses.

Y ahora llegamos al punto en el que a Ka, durante los cuatro años siguientes, le habría gustado poder dar marcha atrás en su vida como un proyeccionista de cine que rebobina una película, y que las cosas hubieran sido de otra manera.

—La señora İpek, con la que estás soñando con irte a Frankfurt y ser feliz, en tiempos fue también amante de Azul —dijo Z. Brazodehierro con voz dulce—. Según este informe que tengo delante, su relación comenzó hace cuatro años. Por aquel entonces la señora İpek estaba casada con Muhtar Bey, que ayer se retiró voluntariamente de las elecciones a la alcaldía, y aquel ex izquierdista medio bobo y, con perdón, poeta, lamentablemente no tenía ni idea de que Azul, al que recibía en su casa con tanta admiración porque iba a organizar a los jóvenes islamistas de Kars, estaba teniendo una relación apasionada en su casa con su mujer mientras él vendía estufas eléctricas en su tienda de electrodomésticos.

«Es algo preparado de antemano, no es verdad», pensó Ka.

—La primera en darse cuenta de aquel amor secreto, después de los agentes de Inteligencia, por supuesto, fue la señorita Kadife. Y la señora İpek, que no se llevaba muy bien con su marido, con la excusa de que su hermana venía a Kars para estudiar en la universidad, aprovechó para mudarse con ella a otra casa. Azul seguía viniendo de vez en cuando a la ciudad para «organizar a los jóvenes islamistas», seguía quedándose en casa de Muhtar, su admirador, y cuando Kadife se iba a clase los frenéticos enamorados se citaban en la nueva casa. Eso duró hasta que Turgut Bey vino a la ciudad y el padre y las dos hijas se instalaron en el hotel Nieve Palace. Después fue Kadife, que se había unido a las jóvenes empañoladas, la que ocupó el lugar de su hermana mayor. Por cierto, también tenemos pruebas de que nuestro Casanova de ojos azules pasó una época de transición en la que se lo montó con las dos hermanas.

Ka, haciendo uso de toda su fuerza de voluntad, logró apartar sus ojos llenos de lágrimas de los de Z. Brazodehierro y clavó la mirada en las tristes y temblorosas farolas de la nevada avenida Atatürk que, ahora que se daba cuenta, podía ver a todo lo largo desde donde estaba sentado.

—Todo esto te lo digo para convencerte de lo erróneo que es que nos ocultes, sólo porque tienes el corazón de mantequilla, el lugar donde se encuentra ese monstruo asesino —dijo Z. Brazodehierro, a quien, como a todos los miembros de brigadas especiales, las maldades le soltaban la lengua—. Mi intención nunca ha sido disgustarte. Pero en cuanto salgas de aquí quizá pienses que todo lo que te he contado no es realmente información conseguida gracias al esfuerzo de la sección de escuchas, que lleva los últimos cuarenta años cubriendo Kars con micrófonos, sino tonterías que me he inventado. Quizá la señora İpek te fuerce a creer que son todo mentiras para no ensombrecer vuestra felicidad en Frankfurt. Tienes el corazón de mantequilla y puede que no te resista, pero, para que no te quede la menor duda de la verdad de lo que te he contado, con tu permiso voy a leerte una parte convincente de sus charlas amorosas, que nuestro Estado grabó con tantísimos gastos y que luego unos secretarios pasaron a máquina.

»"Querido, querido, los días que paso sin ti no son vida", dijo, por ejemplo, la señora İpek el dieciséis de agosto de hace cuatro años, un caluroso día de verano, quizá una de las primeras veces que se separaban… Dos meses después Azul, que vino a la ciudad para una conferencia sobre "Islam y privacidad", la llamó desde colmados y casas de té, ocho veces justas en un solo día, y se dijeron cuánto se querían. Dos meses más tarde la señora İpek, en una época en que estaba pensando en fugarse con él pero no acababa de decidirse, le dice "en realidad, en la vida una sólo tiene un amor verdadero y tú eres el mío". En otra ocasión, porque estaba celosa de Merzuka, su mujer, que seguía en Estambul, le deja claro a Azul que no podrán hacer el amor mientras su padre esté en casa. Por último, ¡en los últimos dos días le ha llamado por teléfono otras tres veces! Puede que hoy también le haya llamado. Todavía no tenemos la transcripción de estas últimas conversaciones, pero no importa, pregúntale tú a la señora İpek de qué han hablado. Lo siento mucho, veo que con esto es suficiente; por favor, no llores, mis compañeros te quitarán las esposas, lávate la cara y, si quieres, que te dejen en el hotel.

39
El placer de llorar juntos
Ka e İpek en el hotel

Ka prefirió regresar a pie. Se lavó la sangre que le caía desde la nariz hasta los labios y la barbilla y la cara entera con agua en abundancia, y despidiéndose con un «Adiós» lleno de buenas intenciones de los bandidos y asesinos del piso como un invitado que hubiera ido por propia voluntad, salió de allí, echó a andar bajo las luces mortecinas de la avenida Atatürk tambaleándose como un borracho, torció sin pensárselo por la calle Halitpaşa e, inmediatamente después de oír que la *Roberta* de Peppino di Capri seguía sonando en la mercería, empezó a llorar a moco tendido. Fue entonces cuando se encontró con el delgado y apuesto campesino junto al que se había sentado tres días antes en el autobús Erzurum-Kars y en cuyo regazo había caído su cabeza cuando se quedó dormido. Mientras toda Kars seguía viendo *Marianna,* Ka se dio de frente primero con el abogado Muzaffer Bey en la calle Halitpaşa y luego, doblando por la avenida Kâzım Karabekir, con el directivo de la compañía de autobuses y su anciano amigo, a los que había visto la primera vez que fue al cenobio del jeque Saadettin. Por las miradas de toda aquella gente comprendía que todavía seguía derramando lágrimas, y aunque no los viera, reconocía los escaparates congelados, las casas de té llenas a rebosar, los estudios de fotografía que recordaban que la ciudad había vivido tiempos mejores, las temblorosas farolas, los colmados que exhibían ruedas de queso y los policías de civil apostados en la esquina de la avenida Kâzım Karabekir con la calle Karadağ, todos aquellos lugares, objetos y personas ante los que había pasado subiendo y bajando por aquellas calles durante días.

Justo antes de entrar al hotel se encontró con los dos soldados y les tranquilizó diciéndoles que todo iba bien. Subió a su habitación intentando que no le viera nadie. En cuanto se tumbó en la cama empezó a llorar entre sollozos. Después de gimotear largo rato se calló de manera automática. Se quedó tumbado, escuchando los sonidos de la ciudad, y un par de minutos más tarde, que le parecieron tan largos como las interminables esperas de su infancia, llamaron a la puerta: era İpek. Se había enterado por el muchacho encargado de la recepción de que a Ka le pasaba algo raro y había acudido de inmediato. Al ver la cara de Ká a la luz de la lámpara que encendió mientras se lo contaba se asustó y se calló. Se produjo un largo silencio.

—Me he enterado de tu relación con Azul —susurró Ka.

—¿Te lo ha contado él?

Ka apagó la lámpara.

—Z. Brazodehierro y sus camaradas me han secuestrado. Llevan cuatro años interviniendo vuestras conversaciones. —Volvió a tumbarse en la cama—. Quiero morirme —dijo, y se echó a llorar.

La mano de İpek acariciándole el pelo le hizo llorar aún más. Sentía en su interior, junto a una sensación de pérdida, la paz espiritual de los que han decidido que nunca serán felices. İpek se echó en la cama y le abrazó. Durante un rato lloraron juntos y aquello los unió aún más.

En la oscuridad del cuarto, y respondiendo a las preguntas de Ka, İpek le contó la historia. Le dijo que todo había sido culpa de Muhtar: no se limitó a llamar a Azul a Kars y a recibirle en su casa, sino que también había pretendido que el islamista que tanto admiraba comprobara por sí mismo que su esposa era una criatura maravillosa. Además, por aquella época Muhtar se portaba muy mal con İpek y la acusaba de que no tuvieran hijos. Como Ka sabía, Azul era hábil con las palabras y tenía muchos aspectos que podían entretener e incluso fascinar a una mujer desdichada. ¡Ipek había luchado con todas sus fuerzas para evitar el desastre en cuanto comenzó su relación! Primero para que Muhtar, por el que sentía un gran cariño y a quien no quería hacer daño, no se diera cuenta. Luego para librarse de aquel amor que se iba volviendo cada vez más ardiente. Al principio lo que le había resultado atractivo de Azul era su superioridad sobre Muhtar; Ipek se moría de vergüenza en cuanto Muhtar comenzaba a decir disparates sobre cuestiones políticas de las que no tenía la menor idea. Y cuando Azul no estaba, Muhtar no paraba de elogiarle; decía que debería venir más a menudo a Kars y regañaba a Ipek para que se portara de una manera más amistosa con él. No se dio cuenta de la situación ni siquiera cuando Kadife y ella se mudaron a otra casa; y nunca se la daría a no ser que personas como Z. Brazodehierro se lo contaran. Pero Kadife, que tenía una vista de lince, lo percibió todo desde el día en que llegó a Kars y se unió a las jóvenes empañoladas sólo para estar más cerca de Azul. Ipek había notado el interés de Kadife por Azul a causa de su ambición, que ella conocía bien desde que eran niñas. Y al ver que a Azul le agradaba aquello, perdió su entusiasmo por él. Pensó que si Azul se interesaba por Kadife podría librarse de él y logró permanecer alejada de Azul en cuanto llegó su padre. Quizá Ka no se creyera aquella historia que reducía la relación de Ipek y Azul a un error que había quedado atrás, pero en cierto momento Ipek se entusiasmó y dijo: «En realidad, no es a Kadife a quien quiere Azul, sino a mí». Ka, después de aquella frase que hubiera preferido no oír, le preguntó a Ipek qué pensaba ahora de aquel «tipo asqueroso» y ella le contestó que ya no quería hablar más del asunto, que todo había quedado atrás, y que quería ir con él a Alemania. Fue entonces cuando Ka le recordó que también en esta última ocasión había hablado por teléfono con Azul, pero ella le dijo que no había existido tal conversación y que Azul tenía la suficiente experiencia política como para pensar que si llamaba por teléfono podrían localizarle. «¡Nunca seremos felices!», dijo entonces Ka. «¡No, iremos a Frankfurt y allí seremos felices!», le respondió İpek abrazándole. Según İpek, en aquel momento Ka la creyó y luego empezó a llorar otra vez.

İpek le abrazó con más fuerza y lloraron juntos. Más tarde Ka escribiría que en ese momento İpek descubriría, quizá por primera vez en su vida, que llorar abrazada a alguien, pasar con alguien por esa zona de indeterminación que hay entre la derrota y una vida nueva, es doloroso pero también algo que produce placer. Se enamoró más de ella precisamente porque podían llorar juntos abrazándose. Pero mientras la abrazaba entre lágrimas con todas sus fuerzas, por otro lado un rincón de su mente intentaba descubrir qué era lo que debía hacer a partir de ahora e instintivamente prestaba atención a los sonidos que le llegaban del interior del hotel y de la calle. Eran cerca de las seis: habrían acabado de imprimir el número del día siguiente del *Diario de la Ciudad Fronteriza*, los quitanieves estarían trabajando con furia para abrir la carretera de Sarıkamış, Funda Eser debía de haber convencido con dulzura a Kadife de que subiera a un camión militar, la habría llevado al Teatro Nacional y allí habrían comenzado los ensayos con Sunay.

Sólo media hora más tarde fue capaz Ka de decirle a İpek que tenía un mensaje de Azul para Kadife. Se habían pasado aquel rato llorando abrazados y un intento de hacer el amor iniciado por Ka se había quedado a medias entre temores, indecisiones y ataques de celos. Ka había empezado a preguntarle a İpek de manera obsesiva cuándo había sido la última vez que había visto a Azul y si hablaba, se veía y hacía el amor con él a escondidas todos los días. En un primer momento İpek, ofendida porque no la creyera, respondió furiosa a aquellas preguntas y acusaciones, pero luego, teniendo en cuenta el trasfondo emocional de las palabras dc Ka y no su contenido racional, le trató con más cariño y Ka recordaría más tarde que mientras por un lado le complacía aquel tratamiento cariñoso, por otro le agradaba hacer daño a İpek con sus preguntas y reproches. Ka, que estuvo gran parte de sus últimos cuatro años de vida arrepintiéndose y culpándose, se confesaría a sí mismo que se había pasado la vida usando el daño que provocaba con las palabras como forma de medir la intensidad del amor que cualquiera pudiera tenerle. Preguntándole a İpek y diciéndole de manera obsesiva que quería más a Azul, que en realidad era a él a quien deseaba, Ka demostraba su curiosidad, más que por las respuestas de İpek, por los límites de su paciencia.

—¡Me estás castigando con estas preguntas por haber mantenido una relación con él! —dijo İpek.

—¡Me quieres para poder olvidarle! —respondió Ka, y vio asustado en la cara de İpek que había acertado, pero no lloró. Sintió que acumulaba fuerzas por dentro, quizá por haber llorado en exceso—. Azul le envía un mensaje a Kadife desde donde se esconde. Quiere que rompa su promesa, que no salga a escena y que no se descubra la cabeza. Insiste en ello.

—No podemos decírselo a Kadife.

—¿Por qué?

—Porque así Sunay nos protegerá hasta el final y porque es lo mejor para Kadife. Quiero alejar a mi hermana de Azul.

—No —contestó Ka—. Quieres que rompan. —Veía que los celos hacían que perdiera puntos en la consideración que İpek le tenía, pero no podía impedirlo.

—Hace ya mucho que Azul y yo no tenemos nada que ver.

Ka pensó que el tono fanfarrón de İpek no era sincero, pero se contuvo y decidió no decírselo. No obstante, un momento después se encontró mirando por la ventana y haciéndolo. Le entristeció ver que actuaba a pesar de sí mismo, sin poder controlar sus celos ni su furia. Habría podido llorar pero estaba pendiente de la respuesta de İpek.

—Sí, en tiempos estuve muy enamorada de él —contestó ella—. Pero ahora ya se me ha pasado y me encuentro bien. Quiero ir contigo a Frankfurt.

—¿Cuánto le querías?

—Mucho —respondió İpek, y guardó un decidido silencio.

—Explícame cuánto es mucho. —A pesar de haber perdido su sangre fría, Ka notó que İpek sufría un instante de duda entre ser honesta y consolarle, entre compartir la pena de amor que sufría y castigar a Ka como se merecía.

—Estuve tan enamorada de él como no lo he estado de nadie —dijo por fin İpek evitando su mirada.

—Quizá porque no conocías a nadie aparte de tu marido Muhtar —dijo Ka.

Se arrepintió en cuanto lo dijo. No sólo porque sabía que la heriría, sino también porque intuía que la respuesta de İpek sería dura.

—Quizá no he tenido demasiadas oportunidades en la vida de intimar con hombres porque soy turca. Probablemente en Europa tú hayas conocido a muchas chicas liberadas. No pienso preguntarte por ellas, pero supongo que te habrán enseñado que un nuevo amor borra las huellas del antiguo.

—Yo soy turco —respondió Ka.

—En la mayoría de los casos, ser turco o es una disculpa o una excusa para algo malo.

—Por eso es por lo que voy a volver a Frankfurt —añadió Ka sin demasiada convicción.

—Y yo iré contigo y seremos felices allí.

—Quieres venir a Frankfurt para olvidarle.

—Siento que si podemos ir juntos a Frankfurt no tardaré mucho en enamorarme de ti. Yo no soy como tú; no puedo enamorarme de nadie en dos días. Si tienes paciencia y no me rompes el corazón con tus celos de turco, te querré mucho.

—Pero ahora mismo no me quieres —dijo Ka—. Sigues enamorada de Azul. ¿Qué es lo que le hace tan especial?

—Me alegra que quieras saber la verdad, pero me da miedo tu reacción a mi respuesta.

—No temas —respondió Ka sin creer en lo que decía—. Te quiero mucho.

—Y yo sólo podría vivir con un hombre que me siguiera queriendo después de oír lo que voy a decir. —İpek guardó silencio por un instante y desvió la mirada de Ka para clavarla en la calle nevada—. Azul es muy tierno, muy considerado y generoso —dijo con voz muy cálida—. No quiere mal a nadie. En una ocasión estuvo llorando toda la noche por dos perritos cuya madre había muerto. Créeme, no se parece a nadie.

—Es un asesino, ¿no? —dijo Ka desesperado.

—Incluso alguien que le conociera sólo una décima parte de lo que yo le conozco se daría cuenta de lo tonta que es esa idea y se reiría. Es incapaz de hacerle daño a nadie. Es un niño. Le gustan los juegos y las fantasías, como a los niños, imita a la gente, cuenta historias del *Şehname* y del *Mesnevi*, tiene muchas personas dentro de sí. Es muy voluntarioso, inteligente, decidido, muy fuerte y muy divertido… Ah, lo siento, no llores, cariño, basta ya, no llores más.

Ka dejó de llorar por un instante y le dijo que ya no creía que pudieran ir juntos a Frankfurt. En la habitación se produjo un largo y extraño silencio interrumpido ocasionalmente por los sollozos de Ka. Ka se tumbó en la cama, le dio la espalda a la ventana y se acurrucó como un niño. Poco después İpek se acostó a su lado y le abrazó por la espalda.

Al principio Ka quiso decirle «¡Déjame!», pero luego le susurró «¡Abrázame más fuerte!».

A Ka le gustó notar en la mejilla que la almohada se había humedecido con sus lágrimas. También era agradable sentir que İpek le abrazaba. Se quedó dormido.

Cuando se despertaron ya eran las siete y ambos sintieron por un segundo que todavía podrían ser felices. No podían mirarse a la cara pero buscaban una excusa para reconciliarse.

—Olvídalo, cariño, vamos, olvídalo —dijo İpek.

Ka fue incapaz de decidir si aquello era una señal de pura desesperación o de la seguridad que sentía de que podría olvidar el pasado. Creyó que İpek iba a irse. Sabía perfectamente que si regresaba de Kars a Frankfurt sin İpek ni siquiera sería capaz de retomar su antigua y desdichada vida cotidiana.

—No te vayas, quédate sentada un rato más —le dijo nervioso.

Se abrazaron después de un extraño e inquietante silencio.

—¡Ay, Dios! ¡Ay, Dios! ¿Qué va a ser de nosotros? —dijo Ka.

—Todo irá bien —le respondió İpek—. Créelo, confía en mí.

Ka sentía que sólo podría escapar de aquella pesadilla si obedecía como un niño a lo que İpek le decía.

—Ven, te voy a enseñar las cosas que voy a meter en la maleta que me voy a llevar a Frankfurt —le dijo İpek.

Salir de la habitación le sentó bien a Ka. Dejó la mano de İpek, que había tomado mientras bajaban las escaleras, antes de entrar en las habitaciones de Turgut Bey, pero se sintió orgulloso de notar que les miraban como si fueran una «pareja» mientras cruzaban el vestíbulo. Fueron directamente al cuarto de İpek. Ella sacó de un cajón el jersey azul hielo demasiado estrecho como para ponérselo en Kars, lo extendió y le sacudió la naftalina, se colocó frente al espejo y se lo probó por encima.

—Póntelo —le dijo Ka.

İpek se quitó el amplio jersey de lana que llevaba y cuando se puso el estrecho sobre la blusa Ka volvió a quedarse admirado de su belleza.

—¿Me amarás todo lo que te queda de vida? —le preguntó Ka.

—Sí.

—Ahora ponte el vestido de noche de terciopelo que Muhtar sólo te dejaba ponerte en casa.

İpek abrió el armario, sacó de su percha el vestido de terciopelo negro, le sacudió también la naftalina, lo desplegó con cuidado y comenzó a ponérselo.

—Me gusta mucho cuando me miras así —le dijo a Ka cuando sus miradas se cruzaron en el espejo.

Ka observó con una excitación y unos celos que le arrebataban la larga y hermosa espalda de la mujer, el punto sensible de la nuca donde el pelo comienza a escasear y el hueco que se formó entre sus hombros cuando unió las manos sobre el pelo para posar para él. Se sentía muy feliz y muy mal.

—¡Oh! ¿Y ese vestido? —dijo Turgut Bey entrando en la habitación—. ¿Para qué baile te estás preparando? —Pero no había la menor alegría en su voz. Ka lo interpretó como celos paternos y aquello le agradó—. Los anuncios de la televisión se han vuelto más agresivos después de que se fuera Kadife —continuó Turgut Bey—. Es un tremendo error que participe en esa obra.

—Papá, explíqueme a mí también por qué no quiere que Kadife se descubra, por favor.

Fueron todos juntos al salón y se sentaron frente al televisor. El locutor que apareció en la pantalla poco después anunció que la retransmisión en directo de aquella noche pondría fin a una tragedia que había paralizado nuestra vida social y espiritual y que con un giro dramático aquella noche los ciudadanos de Kars se liberarían de los prejuicios religiosos que nos habían mantenido alejados de la modernidad y de la igualdad entre los sexos. Se volvería a vivir otro de esos mágicos e incomparables momentos históricos en que en el escenario se unen la ficción teatral y la vida real. En esta ocasión no había necesidad de que los habitantes de Kars se inquietaran porque la Dirección de Seguridad y la Comandancia del Estado de Excepción tomarían todo tipo de medidas de seguridad en el teatro mientras se desarrollaba la obra, que era de entrada libre. Entonces apareció en la escena Kasım Bey, el subdirector de seguridad, en una entrevista que evidentemente había sido grabada con anterioridad. Se había peinado el pelo alborotado en la noche de la revolución y llevaba la camisa planchada y la corbata en su sitio. Aseguró que los ciudadanos de Kars podían ir al gran espectáculo artístico de aquella noche sin la menor preocupación. Dijo también que muchos estudiantes del Instituto de Imanes y Predicadores habían ido ya a la Dirección de Seguridad con la intención de acudir a la velada, que habían prometido a las fuerzas de orden público que aplaudirían la obra con disciplina y entusiasmo en los momentos necesarios como se hace en los países civilizados y en Europa, que en «esta ocasión» no se consentirían desenfrenos, groserías ni gritos de ninguna clase y que, por supuesto, los habitantes de Kars, que personificaban una herencia cultural milenaria, sabían cómo se debe ver una obra de teatro, y desapareció.

El mismo locutor de antes, que salió inmediatamente después, habló de la tragedia que se representaría aquella noche y explicó cómo el actor principal, Sunay Zaim, se había estado preparando durante años para dicha obra. En la pantalla podían verse carteles arrugados de las obras jacobinas con napoleones, robespierres y lenines que Sunay había representado años atrás, fotografías suyas en blanco y negro (¡qué delgada había estado Funda Eser en tiempos!) y otros recuerdos relacionados con el teatro que Ka supuso que la pareja de actores llevaría en una maleta allá donde fuera (entradas y programas antiguos, recortes de prensa de cuando se pensaba que Sunay hiciera de Atatürk y penosas escenas de cafés de Anatolia). En aquella breve película de presentación había algo aburrido que recordaba a los documentales de arte que ponen en las cadenas estatales de televisión, pero también se emitía a cada momento una airosa fotografía de Sunay claramente tomada hacía poco y que le daba ese aspecto ruinoso pero a la vez presuntuoso de los dictadores africanos, de Oriente Medio o de los países del telón de acero. Los ciudadanos de Kars, después de haber estado contemplando dichas imágenes en la televisión de la mañana a la tarde, habían empezado a creer que Sunay había traído la paz a su ciudad, a considerarle un paisano y a confiar de una manera misteriosa en el futuro. También aparecía cada dos por tres la bandera del estado que habían proclamado los turcos en la ciudad en los días en que turcos y armenios se masacraban mutuamente después de que los ejércitos otomano y ruso se hubieran retirado de Kars ochenta años atrás y que nadie sabía de dónde habrían sacado. Lo que más molestó a Turgut Bey fue precisamente ver en la pantalla aquella bandera apolillada y llena de manchas.

—Este tipo está loco. Nos está buscando un desastre. ¡Que no se le ocurra a Kadife salir a escena!

—Sí, mejor que no salga —dijo İpek—. Pero si le decimos que es idea suya, ya conoce a Kadife, papá, entonces se descubrirá por pura cabezonería.

—¿Y qué podemos hacer?

—¡Que Ka vaya ahora mismo al teatro y la convenza de que no salga! —İpek se volvió hacia Ka levantando las cejas.

Ka, que llevaba un buen rato contemplando a İpek en lugar de la televisión, se puso nervioso al no entender a cuento de qué habría venido aquel cambio de opinión.

—Si quiere descubrirse, que lo haga en casa una vez que se calme la situación —le dijo Turgut Bey a Ka—. Seguro que Sunay prepara otra provocación para esta noche en el teatro. Estoy muy arrepentido de haberme dejado engañar por Funda Eser y haber entregado a Kadife a esa pandilla de lunáticos.

—Ka irá al teatro y la convencerá, papá.

—Sólo usted puede llegar hasta Kadife ahora porque Sunay le tiene confianza. ¿Qué le ha pasado en la nariz, hijo mío?

—Patiné en el hielo —respondió Ka sintiéndose culpable.

—También se ha golpeado en la frente. Tiene un buen moratón.

—Ka se ha pasado el día en la calle —contestó İpek.

—Llévese aparte a Kadife sin que Sunay lo note… —dijo Turgut Bey—. No le diga que la idea es nuestra y asegúrese de que ella entiende bien que es sugerencia suya. Que ni siquiera lo discuta con Sunay, que se invente una excusa. Lo mejor es que diga que está enferma, que le diga «Mañana me descubriré en casa», que se lo prometa. Dígale a Kadife que todos la queremos. Hija mía.

Por un instante los ojos de Turgut Bey se llenaron de lágrimas.

—Papá, ¿puedo hablar a solas con Ka? İpek se llevó a Ka a la mesa del comedor. Se sentaron en una esquina de la mesa, en la que Zahide sólo había puesto el mantel.

—Dile a Kadife que Azul se lo pidió porque se encontraba en una mala situación, porque no le quedaba otro remedio.

—Primero explícame por qué has cambiado de opinión —dijo Ka.

—Ah, querido, créeme, no tienes por qué sospechar de nada, simplemente le doy la razón a mi padre y eso es todo. Ahora mismo lo más importante es mantener alejada a Kadife del desastre de esta noche, o eso me parece.

—No —replicó Ka cuidadosamente—. Algo ha pasado para que hayas cambiado de opinión.

—No tienes nada que temer. Si Kadife quiere descubrirse, que lo haga luego, en casa.

—Si Kadife no se descubre esta noche —respondió Ka escogiendo las palabras—, nunca lo hará en casa delante de tu padre. Eso tú lo sabes tan bien como yo.

—Lo más importante es que mi hermana regrese sana y salva.

—Hay algo que me da miedo. Que exista algo que me estés ocultando.

—No, querido, no te preocupes. Te quiero tanto… Si me lo pides, me iré a Frankfurt contigo de inmediato. Cuando allí veas con el tiempo lo enamorada que estoy y lo que dependo de ti, olvidarás estos días y me querrás y confiarás en mí.

Puso su mano sobre la de Ka, que estaba caliente y húmeda. Ka estaba esperando algo más, incapaz de creerse la belleza de İpek reflejándose en el espejo de la cómoda, el extraordinario hechizo de su espalda en el vestido de terciopelo de tirantes, el que sus ojos estuvieran tan próximos a los suyos.

—Es como si estuviera seguro de que va a pasar algo malo —dijo luego.

—¿Por qué?

—Porque soy muy feliz. De manera totalmente inesperada, he escrito dieciocho poemas en Kars. Si logro escribir otro más me encontraré con que he hecho un libro que me ha salido prácticamente por sí solo. Además, creo que de verdad quieres venir a Alemania conmigo y siento que ante mí se abre una felicidad aún mayor. Pero tanta alegría es excesiva para mí e intuyo que pasará algo malo, seguro.

—¿Algo como qué?

—Como que en cuanto yo me vaya de aquí para convencer a Kadife, tú acudas a encontrarte con Azul.

—Bah, eso es una tontería —contestó İpek—. Ni siquiera sé dónde está.

—Yo me he llevado una paliza por no decirlo.

—Y que no se te ocurra decírselo a nadie. —İpek frunció el ceño—. Ya te darás cuenta de lo absurdos que son tus miedos.

—¿Y bien? ¿Qué pasa? ¿No va a hablar con Kadife? —les gritó Turgut Bey—. La obra comienza dentro de hora y cuarto. Y la televisión ha anunciado que están a punto de abrir las carreteras.

—No quiero ir al teatro, no quiero salir de aquí —susurró Ka.

—No podemos huir dejando a Kadife desdichada detrás de nosotros, créeme —dijo İpek—. Tampoco nosotros podríamos ser felices. Por lo menos ve e intenta convencerla, así nos quedaremos con la conciencia tranquila.

—Hace hora y media, cuando Fazıl me trajo el aviso de Azul, eras tú la que me decía que no saliera.

—Dime cómo puedo demostrarte que no voy a escaparme de aquí cuando vayas al teatro, vamos.

Ka sonrió.

—Sube a mi habitación. Yo cerraré la puerta y me llevaré la llave la media hora que esté fuera.

—Muy bien —dijo İpek, alegre. Se puso en pie—. Papá, voy a subir una media hora a mi cuarto y Ka, no se preocupe, ahora mismo va al teatro a hablar con Kadife… No hace falta que se levante, hay algo que debemos hacer arriba y tenemos prisa.

—Que Dios os bendiga —dijo Turgut Bey, pero estaba preocupado.

İpek cogió de la mano a Ka, cruzaron el vestíbulo y subieron las escaleras sin que se la soltara.

—Cavit nos ha visto —dijo Ka—. ¿Qué habrá pensado?

—Da igual —le contestó İpek con alegría. Una vez arriba abrió la puerta de la habitación con la llave que le había entregado Ka y entró. En el interior todavía flotaba un olor apenas perceptible a la noche de amor que habían pasado—. Te esperaré aquí. Cuídate. Y no discutas con Sunay.

—¿Le digo a Kadife que somos tu padre y nosotros quienes no queremos que salga a escena o que es Azul?

—Que es Azul.

—¿Por qué? —preguntó Ka.

—Porque Kadife ama a Azul, por eso. Vas allí para proteger a mi hermana del peligro. Olvida tus celos por él.

—Ojalá pudiera.

—Seremos muy felices en Alemania. —İpek rodeó el cuello de Ka con sus brazos—. Dime a qué cine vamos a ir.

—Hay un cine en el Museo Cinematográfico que los sábados por la noche, ya tarde, proyecta películas americanas de arte y ensayo sin doblar —le respondió Ka—. Iremos allí. Y antes de ir tomaremos *döner kebap* y pepinillos dulces en alguno de los restaurantes que hay por los alrededores de la estación. Después de la película podemos entretenernos en casa pasando canales de televisión. Luego haremos el amor. Como mi subvención de refugiado político y lo que gane en las lecturas de este último libro mío darán lo bastante para los dos, no tendremos otra cosa que hacer que amarnos.

İpek le preguntó el título del libro y Ka se lo dijo.

—Perfecto. Vamos, querido, vete ya o mi padre se preocupará y se echará a la calle.

Ka se puso el abrigo y abrazó a İpek.

—Ya no tengo miedo —mintió—. Pero si hubiera algún problema te esperaré en el primer tren que salga de la ciudad.

—Si es que puedo salir de esta habitación —se rió İpek.

—Mira por la ventana hasta que desaparezca por la esquina, ¿de acuerdo?

—De acuerdo.

—Me da mucho miedo no volverte a ver —dijo Ka cerrando la puerta.

Se metió la llave en el bolsillo del abrigo.

Envió un par de pasos por delante de él a los dos soldados de escolta para poder darse media vuelta en la calle y mirar tranquilamente a İpek en la ventana. Vio que İpek le miraba inmóvil por la ventana de la habitación 203, en el primer piso del hotel Nieve Palace. La lámpara de la mesilla de noche reflejaba una luz anaranjada en sus hombros color miel con la piel de gallina a causa del frío en el vestido de terciopelo, una luz que Ka no olvidaría jamás y que en los cuatro años que le quedaban de vida siempre relacionaría mentalmente con la felicidad.

Ka nunca volvió a ver a İpek.

40
Debe de ser difícil ser agente doble
Un capítulo a medias

Mientras Ka caminaba hacia el Teatro Nacional, las calles estaban en general vacías y las rejas de todos los establecimientos, exceptuando un par de restaurantes, echadas. Los últimos clientes de las casas de té, levantándose de los asientos donde habían pasado un largo día fumando y tomando té, seguían sin poder apartar la mirada de la televisión. Ka vio ante el Teatro Nacional tres coches de policía con las luces parpadeando y la sombra de un tanque bajo los árboles del paraíso algo más abajo en la cuesta. Ya había comenzado la helada nocturna y las puntas de los carámbanos que colgaban de los aleros goteaban sobre las aceras. Al entrar en el edificio del teatro después de haber cruzado por debajo del cable para la retransmisión en directo, extendido de un lado al otro de la avenida Atatürk, se sacó la llave del bolsillo y la sostuvo en la mano.

Los policías y los soldados cuidadosamente alineados en los laterales escuchaban el eco en el salón vacío de los ensayos que se estaban llevando a cabo en el escenario. Ka se sentó en una de las butacas y siguió cada una de las palabras que Sunay pronunciaba con su ronca voz y con perfecta dicción, las indecisas y débiles respuestas de la velada Kadife y los comentarios de Funda Eser interviniendo en el ensayo de vez en cuando (¡Dilo con más sinceridad, Kadife mía!), mientras colocaban el decorado (un árbol y un tocador con espejo).

Mientras Funda Eser y Kadife ensayaban entre ellas un rato, Sunay vio la brasa del cigarrillo de Ka y fue a sentarse a su lado.

—Éstas son las horas más felices de mi vida. —La boca le olía a *rakı*, pero no estaba en absoluto borracho—. No obstante, por mucho que ensayemos, todo dependerá de lo que sintamos en ese momento en el escenario. De hecho, Kadife tiene talento para la improvisación.

—Traigo para ella un mensaje y un amuleto para la buena suerte de parte de su padre —dijo Ka—. ¿Podría hablar con ella en un aparte?

—Sabemos que ha habido un rato en que despistaste a tus guardaespaldas y desapareciste. Dicen que la nieve se está derritiendo y que están a punto de reabrir las vías férreas. Pero representaremos nuestra obra antes de que todo eso ocurra —dijo Sunay—. ¿Ha encontrado un buen sitio Azul para esconderse? —le preguntó sonriendo.

—No lo sé.

Sunay se fue diciéndole que le enviaría a Kadife y se unió al ensayo en el escenario. Al mismo tiempo se encendieron los focos. Ka sintió que había una profunda atracción entre las tres personas que estaban en la escena. Le asustó la rapidez con la que Kadife, con su pelo cubierto, se había integrado en la intimidad de aquel mundo volcado al exterior. Notó que si tuviera la cabeza descubierta, si en lugar de una de aquellas horribles gabardinas de las jóvenes veladas llevara una falda que expusiera parte de sus piernas, tan largas como las de su hermana, podría sentirse más próximo a ella, pero cuando por fin Kadife se bajó del escenario y se sentó a su lado, por un instante también pudo darse cuenta de por qué Azul había dejado a İpek y se había enamorado de ella.

—Kadife, he hablado con Azul. Le han soltado y se ha escondido en cierto lugar. No quiere que esta noche salgas a escena ni que te descubras. Además, te envía una carta.

Ka le pasó la carta bajo mano, como si estuviera copiando en un examen, para no atraer la atención de Sunay, pero Kadife la leyó ostentosamente. La leyó una vez más y sonrió.

Luego Ka vio lágrimas en los ojos airados de Kadife.

—Tu padre piensa igual, Kadife. Por muy correcta que sea tu decisión de descubrirte, igual de estúpido es que lo hagas esta noche delante de un montón de estudiantes de Imanes y Predicadores furiosos. Sunay va a volver a provocar a todo el mundo. No hace ninguna falta que estés aquí esta noche. Puedes decirles que te has puesto enferma.

—No me hacen falta excusas. Sunay me ha dicho que puedo volverme a casa si quiero.

Ka comprendió que la furia y la decepción que había visto en el rostro de Kadife eran mucho más profundas que las de la niña a la que en el último momento no se le da permiso para actuar en la función escolar.

—¿Te vas a quedar, Kadife?

—Me voy a quedar y voy a actuar.

—¿Sabes que eso va a disgustar mucho a tu padre?

—Dame el amuleto que me ha enviado.

—Me he inventado lo del amuleto para poder hablar contigo a solas.

—Debe de ser difícil ser agente doble.

De nuevo vio Ka la decepción en el rostro de Kadife pero rápidamente se dio cuenta dolorido de que ella tenía la cabeza en otro sitio. Quiso cogerla de los hombros y abrazarla, pero no hizo nada.

—İpek me ha contado lo de su antigua relación con Azul —dijo Ka.

Kadife sacó en silencio un paquete de cigarrillos, extrajo uno con lentitud, se lo colocó en la boca y lo encendió.

—Le di el tabaco y el mechero —dijo Ka con bastante torpeza. Guardaron silencio un rato—. ¿Lo haces porque quieres a Azul? ¿Qué es lo que tanto quieres en él, Kadife? Dímelo.

Ka se calló porque notaba que estaba hablando en vano y que cuanto más hablaba, más lo estropeaba todo.

Funda Eser llamó a Kadife desde el escenario diciéndole que había llegado su turno.

Kadife se puso en pie mirando a Ka con los ojos llenos de lágrimas. Se abrazaron en el último momento. Durante un rato

Ka observó el desarrollo de la obra en el escenario sintiendo la presencia y el olor de Kadife, pero su mente no estaba allí; no entendía nada. En su interior notaba una ausencia, unos celos y un arrepentimiento que hacían pedazos su lógica y su confianza en sí mismo. Más o menos intuía por qué estaba sufriendo, pero no entendía por qué el sufrimiento era tan violento y tan destructivo.

Se fumó un cigarrillo sintiendo que los años que pasaría en Frankfurt con Ípek, si es que conseguía ir a Frankfurt con ella, claro, quedarían marcados por aquel aplastante y agobiante dolor. Tenía la cabeza completamente confusa. Fue a los servicios donde dos días antes se había encontrado con Necip y entró en el mismo pequeño excusado. Abrió la ventana en todo lo alto y miró la oscuridad mientras fumaba.

Una vez fuera, al principio no pudo creerse que se le estaba viniendo un nuevo poema. Pasó entusiasmado al cuaderno verde ese poema que veía como un consuelo y una esperanza. Pero al comprender que todavía se extendía por su cuerpo con todas sus fuerzas aquel dolor destructivo, abandonó nervioso el Teatro Nacional.

En cierto momento pensó que le vendría bien el aire frío mientras caminaba por las heladas aceras. Los dos soldados le escoltaban y su mente estaba cada vez más confusa. En este punto, para que nuestra historia se entienda mejor, debo terminar el capítulo y empezar otro. Eso no significa que Ka no hiciera otras cosas que debieran ser contadas en éste. Pero primero debo mirar en qué parte del libro titulado *Nieve* está «El lugar donde se acaba el mundo», ese último poema que Ka escribió en su cuaderno sin apenas esfuerzo.

41
Todo el mundo tiene un copo de nieve
El cuaderno verde desaparecido

«El lugar donde se acaba el mundo» fue el decimonoveno y último poema que se le vino a Ka en Kars. Sabemos que Ka escribió dieciocho de ellos, aunque fuera con algunas omisiones, en el cuaderno verde que siempre llevaba consigo en cuanto se le vinieron a la cabeza. El único que no escribió fue el que recitó en el escenario la noche de la revolución. En dos de las cartas que más tarde Ka escribió a İpek desde Frankfurt, y que nunca echó al correo, le dice que era incapaz de recordar aquel poema titulado «Donde Dios no existe», que le era imprescindible encontrarlo para terminar el libro y que por esa razón le estaría muy agradecido si le echaba un vistazo a las grabaciones en vídeo de la Televisión de Kars Fronteriza. El aire de aquella carta, que leí en la habitación de mi hotel en Frankfurt, me provocó cierta incomodidad, como si Ka, con la excusa del vídeo y el poema, hubiera fantaseado que podría escribirle a İpek una carta de amor.

He colocado al final del capítulo veintinueve de esta novela el copo de nieve que me encontré en un cuaderno que abrí al azar esa misma noche después de regresar a mi habitación ligeramente achispado llevando los videocasetes de Melinda. Creo que según leía el cuaderno en días posteriores acabé entendiendo, aunque sólo sea un poco, lo que pretendía Ka colocando los poemas que se le vinieron en Kars en los diecinueve puntos del copo de nieve.

Cuando Ka supo por los libros que leyó luego que pasa una media de ocho a diez minutos entre que un copo de nieve cristalice en el cielo en forma de estrella de seis puntas, descienda a la superficie de la tierra y pierda su forma, y que cada copo adopta su forma peculiar a causa de muchos factores misteriosos e incomprensibles, además del viento, la temperatura o la altitud de las nubes, intuyó que existía una relación entre los copos de nieve y los seres humanos. Pensando en un copo de nieve escribió «Yo, Ka» en la biblioteca de Kars y más tarde razonó que dicho copo yacía en el lugar central del libro *Nieve*.

Luego, actuando con la misma lógica, señaló que los poemas titulados «Paraíso», «Ajedrez» y «La caja de chocolatinas» también debían tener un lugar en el copo de nieve imaginario. Para conseguirlo dibujó el suyo usando libros que ilustraban las formas de los copos y colocó en él todos los poemas que se le habían venido en Kars. Así quedaba marcado en un copo de nieve, tanto como la estructura del nuevo libro de poesía, todo lo que hacía que Ka fuera él mismo. El mapa interior de la vida entera de cualquier ser humano debía de ser algo parecido. Las ramas de la memoria, la fantasía y la lógica sobre las que Ka colocó sus poesías las tomó del árbol con el que Bacon clasificaba los conocimientos humanos y, mientras comentaba los poemas que había escrito en Kars, discutía consigo mismo sobre el significado de los puntos situados en los seis brazos de la estrella.

Es por eso por lo que hay que considerar la mayor parte de las notas que llenan los tres cuadernos que Ka escribió en Frankfurt sobre los poemas de Kars como una discusión interior tanto sobre el significado del copo de nieve como sobre el sentido de su propia vida. Por ejemplo, si discutía la posición del poema titulado «Morir a tiros», primero explicaba el miedo del que trataba, analizaba la razón por la que había que situar cerca de la rama de la imaginación tanto el poema como el miedo, y al mismo tiempo que comentaba por qué se encontraba cerca y en el campo gravitatorio de «El lugar donde se acaba el mundo», situado justo sobre la rama de la memoria, creía que aquello le proporcionaba material con respecto a muchas cosas misteriosas. Según Ka, todo el mundo tenía detrás de su vida un mapa y un copo de nieve parecidos y cualquiera, examinando su propia estrella, podría comprobar lo distinta, extraña e incomprensible que en realidad es la misma gente que de lejos resulta tan parecida.

No hablaré más de lo necesario en esta novela de los cuadernos llenos de páginas de notas que Ka tomó sobre su libro de poesía y sobre la estructura de su estrella (¿Qué significaba que «La caja de chocolatinas» estuviera en la rama de la fantasía? ¿Cómo había afectado el poema «Toda la humanidad y las estrellas» al copo de Ka? Etcétera). En su juventud, Ka se burlaba de los poetas que se daban una importancia excesiva, que, todavía vivos, iban presumiendo porque creían que en el futuro cualquier estupidez que hubieran escrito sería objeto de investigación académica y que acababan como una estatua de sí mismos que nadie se molestaría en mirar.

Existen algunas circunstancias ligeramente atenuantes para que Ka se pasara los últimos cuatro años de su vida analizando los poemas que él mismo había escrito después de haber despreciado durante años a los poetas que escribían poemas difíciles de entender, fascinados por las leyendas de la modernidad. Tal y como se puede apreciar si se leen sus notas atentamente, Ka no se sentía como si hubiera sido él mismo quien hubiera escrito del todo los poemas que se le vinieron en Kars. Creía que «venían» de un lugar fuera de sí mismo, que él era sólo un medio para que fueran escritos y, como si sirviera de ejemplo, recitados. Ka escribió en más de un sitio que tomaba todas esas notas para modificar aquella situación suya de «pasividad», para entender el significado y la simetría oculta de los poemas que había escrito. Y ahí se encuentra la segunda excusa para que Ka comentara su propia poesía: sólo si descifraba el significado de los poemas que había escrito en Kars podría completar las lagunas del libro, acabar los versos que habían quedado a medias y recuperar «Donde Dios no existe», que había olvidado sin llegar a transcribir. Porque después de regresar a Frankfurt, a Ka no se le «vino» ningún poema más.

Por las notas y las cartas de Ka puede comprenderse que al

final de aquellos cuatro años Ka había podido resolver la lógica de los poemas que se le habían venido y completar el libro. Por esa razón, mientras bebiendo hasta el amanecer en mi hotel de Frankfurt hojeaba los papeles y los cuadernos que me había llevado de su piso, de vez en cuando me entusiasmaba fantaseando que por allí debían de estar sus poemas y comenzaba a revisar de nuevo el material que tenía entre manos. Poco antes de que amaneciera, repasando los cuadernos de mi amigo y rodeado por sus viejos pijamas, los vídeos de Melinda, sus corbatas, sus libros, sus mecheros (así fue como me di cuenta de que también me había llevado de su piso el que Kadife le envió a Azul y que Ka no pudo entregarle), me quedé dormido entre pesadillas, fantasías y sueños rebosantes de nostalgia (en uno de ellos Ka me decía «Has envejecido» y a mí me daba miedo).

Me desperté a mediodía y me pasé el resto del día en las nevadas y mojadas calles de Frankfurt intentando reunir información sobre Ka sin la ayuda de Tarkut Ölçün. Rápidamente dos de las mujeres con las que había mantenido relaciones en los ocho años previos a su viaje a Kars aceptaron hablar conmigo (les expliqué que iba a escribir una biografía de mi amigo). Nalan, la primera amante de Ka, no es que no tuviera noticia del último libro de Ka, es que ni siquiera sabía que escribiera poesía. Estaba casada y regentaba con su marido dos puestos de *döner kebap* y una agencia de viajes. Hablando a solas me dijo que Ka era un hombre difícil, peleón, malhumorado y excesivamente susceptible y luego lloró un poco. (Más que lamentar la suerte de Ka, lloraba por su juventud sacrificada por sueños izquierdistas.)

Hildegard, su segunda amante, ésta soltera, tal y como yo suponía no tenía la menor idea ni de los últimos poemas de Ka ni del libro titulado *Nieve.* Con un aire juguetón y seductor que me alivió un poco el sentimiento de culpabilidad por haber presentado a Ka como un poeta mucho más famoso en Turquía de lo que era en realidad, me contó que después de conocerle había renunciado a pasar sus vacaciones de verano en Turquía, que Ka era un muchacho con muchos problemas, muy inteligente y muy solitario, que nunca encontraría el amor maternal que buscaba por culpa de su mal genio, que si lo encontraba lo dejaría escapar y que todo lo fácil que era enamorarse de él, resultaba difícil vivir con él. Ka nunca le había hablado de mí (no sé por qué le hice aquella pregunta ni tampoco por qué lo menciono aquí). Hubo algo de lo que no me di cuenta durante nuestra entrevista, que duró una hora y quince minutos, y fue que a su preciosa mano derecha, de largos dedos y muñeca delicada, le faltaba la primera falange del índice. Hildegard me lo mostró en el último momento, cuando nos dábamos la mano para despedirnos, y añadió sonriendo que en un momento de furia Ka se había burlado de aquel dedo incompleto.

Después de haber terminado el libro y antes de que mecanografiaran el cuaderno manuscrito e imprimieran las copias, Ka salió en una gira de lecturas, tal y como había hecho con libros anteriores: Kassel, Braunschweig, Hannover, Osnabrück, Bremen, Hamburgo. Así que, gracias a las Casas del Pueblo que me invitaron y a la ayuda de Tarkut Ölçün, organicé a toda prisa una serie de «sesiones de lectura» en dichas ciudades. También yo me sentaba junto a las ventanillas de los trenes, admirado por su puntualidad, limpieza y comodidad protestante, tal y como Ka lo había expresado en un poema, contemplando melancólico los encantadores pueblecitos de iglesias pequeñas que dormitaban al pie de barrancos y a los niños con sus mochilas y sus impermeables multicolores en estaciones diminutas, les decía a los dos turcos de la asociación que habían venido a recibirme con el cigarrillo en los labios que quería hacer exactamente lo mismo que Ka había hecho siete semanas antes cuando había ido para la lectura y en cada una de las ciudades, después de registrarme en un hotel pequeño y barato, de comer *döner kebap* y hojaldres con espinacas en un restaurante turco mientras hablaba con mis anfitriones de política y de que era una lástima que los turcos no se interesaran por la cultura tal y como había hecho Ka, paseaba por las calles frías y vacías y soñaba que era Ka caminando por esas mismas calles para olvidar el dolor de la pérdida de İpek. Por la noche, después de leer sin ganas un par de páginas de mi última novela en la reunión «literaria» a la que habían acudido quince o veinte personas interesadas en la política, la literatura o lo turco, de repente llevaba el tema a la poesía, les explicaba que era un gran amigo del gran poeta Ka, asesinado poco tiempo atrás en Frankfurt, y les preguntaba: «¿Acaso hay alguien que recuerde algo de sus últimos poemas, que leyó aquí hace poco?».

La gran mayoría de los que habían acudido a la reunión no habían ido a la velada poética de Ka y me daba cuenta de que los que sí habían acudido lo habían hecho bien para preguntar de política o bien por pura casualidad porque no le recordaban por su poesía sino por el abrigo color ceniza que no se había quitado de encima, por su piel pálida, por su pelo revuelto y por sus gestos nerviosos. Sin que pasara mucho me di cuenta de que lo que resultaba más atrayente de mi amigo no eran su vida y sus poemas, sino su muerte. Escuché muchas teorías sobre si lo habían matado los islamistas, los servicios secretos turcos, los armenios, los cabezas rapadas alemanes, los kurdos o los nacionalistas turcos. Con todo, de entre la reunión siempre surgía alguien inteligente, sabio y sensible que había escuchado de veras a Ka. Por aquellas personas atentas y amantes de la literatura apenas pude saber nada útil excepto que Ka acababa de terminar un nuevo libro de poesía, que había recitado unos poemas titulados «Calles de ensueño», «El perro», «La caja de chocolatinas» y «Amor», y que los habían encontrado muy, muy extraños. En algunos lugares Ka había precisado que había escrito aquellos poemas en Kars, pero la audiencia lo interpretó como una manera de atraer a los espectadores que añoraban su patria chica. Una mujer morena, viuda con un hijo y ya en la treintena que se acercó a Ka después de una de las veladas de lectura (y después a mí), recordaba que él había mencionado un poema titulado «Donde Dios no existe»: Ka sólo había recitado un cuarteto de aquel largo poema, según ella muy probablemente para no provocar una reacción negativa del público. Por mucho que la presioné, aquella atenta amante de la poesía no recordaba nada excepto que describía «un paisaje terrible». La mujer, que había estado sentada en la primera fila en la reunión de Hamburgo, estaba segura de que Ka había leído sus poemas de un cuaderno verde.

Por la noche regresé a Frankfurt en el mismo tren en el que había vuelto Ka. Salí del Banhof y, como él, caminé por la Kaiserstrasse entreteniéndome en los *sex-shops* (sólo en una semana ya había llegado un nuevo vídeo de Melinda). Me detuve al llegar al lugar en el que habían disparado a mi amigo y me dije abiertamente por primera vez lo que ya había aceptado sin darme cuenta. Después de que Ka cayera a tierra, su asesino debía de haber cogido el cuaderno verde de su cartera y haber huido con él. Durante aquel viaje de una semana a Alemania me pasé horas todas las noches leyendo las notas que Ka había tomado sobre los poemas y sus recuerdos de Kars. Ahora mi único consuelo era soñar que uno de los largos poemas del libro me esperaba en el archivo de vídeos de un estudio de televisión en Kars.

Durante un tiempo después de mi regreso a Estambul estuve viendo cada noche en las noticias del cierre de emisión de la cadena estatal cómo estaba el tiempo en Kars y fantaseaba sobre cómo me recibirían en la ciudad. No puedo decir que llegué una tarde a Kars después de un viaje en autobús de día y medio como el de Ka, ni que me instalé maleta en mano y un tanto atemorizado en una habitación del hotel Nieve Palace (no andaban por allí ni las misteriosas hermanas ni su padre), ni que caminé largo rato por las mismas aceras nevadas por las que había caminado Ka cuatro años antes (en aquellos cuatro años el restaurante Verdes Prados se había convertido en una miserable cervecería), que no piensen los lectores de este libro que me iba convirtiendo lentamente en una sombra suya. No sólo nos separaba mi falta de sentimiento poético y de nostalgia, como de vez en cuando insinuaba Ka, sino también el hecho de que donde él veía una ciudad de Kars triste yo veía una pobre. Pero mejor será que ahora hablemos de la persona que nos unía y que sí hacía que nos pareciéramos.

¡Cuánto me habría gustado poder creer con toda tranquilidad que el mareo que noté la primera vez que vi a İpek en la cena que aquella noche me ofreció el alcalde se debía a que se me había ido la mano con el *rakı* y que era una exageración la posibilidad de enamorarme de ella, que los celos que comencé a sentir por Ka aquella noche no tenían ningún fundamento! Mientras una aguanieve mucho menos poética que la que describía Ka caía a medianoche sobre la acera embarrada frente a la ventana de mi habitación en el hotel Nieve Palace, no sé cuántas veces me pregunté cómo era posible que no hubiera deducido por las notas de Ka que İpek era tan bella. Lo que escribí en un cuaderno que saqué instintivamente, según la expresión que en aquellos días tan a menudo me salía de dentro, «igual que Ka», bien podría ser el comienzo del libro que están leyendo: recuerdo haber intentado hablar de Ka y del amor que sentía por İpek como si fuera mi propia historia. Pero, mientras tanto, con un rincón de mi nublada mente pensaba que el dejarme absorber por un libro o por los problemas internos de la escritura era la mejor manera, y lo sabía por experiencia, de mantenerme alejado del amor. Al contrario de lo que comúnmente se piensa, si uno quiere puede mantenerse alejado de él.

Pero para eso primero tiene que librarse de la mujer que le sorbe el seso y del fantasma de la tercera persona que le ha impulsado a dicho amor. Sin embargo, ya hacía rato que había acordado una cita con İpek en la pastelería Vida Nueva la tarde siguiente para hablar de Ka.

O yo creía que le había dicho que quería hablar de Ka. Mientras en la misma televisión en blanco y negro de la pastelería, en la que no había nadie más sentado excepto nosotros, aparecía una pareja de enamorados que se abrazaban ante el puente del Bósforo, İpek me explicó que no le era nada fácil hablar de él. Sólo era capaz de exponerle el dolor y la decepción que sentía a alguien que estuviera dispuesto a escucharla con paciencia y le tranquilizaba que dicha persona fuera un amigo lo bastante íntimo de Ka como para venir hasta Kars por sus poemas. Porque si podía convencerme de que no había sido injusta con él podría librarse, aunque sólo fuera un poco, de la desazón que la poseía. Pero también me avisó cautelosamente que le entristecería mucho que no la comprendiera. Llevaba la falda larga marrón de cuando le había servido el desayuno a Ka la mañana de la «revolución» y el mismo cinturón ancho pasado de moda sobre el jersey (los reconocí inmediatamente por las notas de Ka), y en el rostro tenía una expresión medio malhumorada, medio triste, que recordaba a Melinda. La escuché largo rato con atención.

42

Voy a preparar la maleta
Desde el punto de vista de İpek

Cuando Ka se detuvo a mirarla por última vez mientras se iba al Teatro Nacional escoltado por los dos soldados, İpek todavía creía optimista que realmente llegaría a quererle. Como para ella el creer que podría querer a un hombre era un sentimiento más positivo que quererle de verdad e incluso que estar enamorada de él, se sentía en el umbral de una nueva vida y de una felicidad que habría de durar mucho tiempo.

Por eso, los primeros veinte minutos después de que Ka se fuera no se inquietó lo más mínimo. Más que estar molesta porque su celoso amante la hubiera encerrado en una habitación, estaba contenta. Pensaba en la maleta; le daba la impresión de que si la preparaba lo antes posible y si se concentraba en los objetos de los que no quería separarse en lo que le quedaba de vida, podría dejar con más facilidad a su padre y a su hermana y Ka y ella podrían salir de inmediato de Kars sin mayores problemas.

Al no volver Ka media hora después de su partida, İpek encendió un cigarrillo. Ahora se sentía estúpida por haberse convencido de que todo iría bien, el estar encerrada en una habitación agravaba aquella sensación y se sentía resentida consigo misma y con Ka. Cuando vio que Cavit, el recepcionista, salía del hotel e iba corriendo a algún sitio, estuvo a punto de abrir la ventana y llamarle pero para cuando se decidió, el muchacho ya había desaparecido. İpek se distrajo pensando que Ka volvería en cualquier momento.

Cuarenta y cinco minutos después de que Ka se hubiera ido, İpek logró abrir a la fuerza la ventana congelada y le pidió a un joven que pasaba por la acera (un sorprendido estudiante de Imanes y Predicadores al que no habían llevado al Teatro Nacional) que avisara en recepción que se había quedado encerrada en la habitación 203. El muchacho, aunque suspicaz, entró en el hotel. Poco después sonó el teléfono de la habitación.

—¿Qué haces ahí? —le preguntó Turgut Bey—. Si te has quedado encerrada, ¿por qué no has llamado por teléfono?

Un minuto después su padre abría la puerta con una llave de reserva. İpek le dijo a Turgut Bey que había querido acompañar a Ka al Teatro Nacional pero que él la había encerrado en la habitación para no ponerla en peligro y que creía que como los teléfonos de la ciudad no funcionaban tampoco funcionarían los del hotel.

—Los teléfonos de la ciudad ya funcionan —respondió Turgut Bey.

—Hace mucho que Ka se ha ido, estoy preocupada. Vamos al teatro a ver qué les ha pasado a Kadife y a Ka.

A pesar de toda su preocupación, a Turgut Bey le llevó tiempo salir del hotel. Primero no encontraba los guantes y luego dijo que si no llevaba corbata Sunay podía malinterpretarlo. En el camino le decía a İpek que anduviera más despacio, tanto porque le fallaban las fuerzas como para que prestara atención a sus consejos.

—Que no se te ocurra discutir con Sunay —le dijo İpek—. ¡Recuerda que es un jacobino que ha conseguido unos poderes muy especiales!

Cuando Turgut Bey vio a la puerta del teatro la multitud formada por curiosos, estudiantes traídos en autobuses, vendedores ambulantes que llevaban tiempo añorando un gentío parecido y policías y soldados, recordó la excitación que sentía en su juventud en aquel tipo de reuniones políticas. Al mismo tiempo que se agarraba con más fuerza del brazo de su hija, buscaba a su alrededor entre feliz y atemorizado una posibilidad de discusión que le convirtiera en parte de aquello o algún movimiento a cuyo extremo pudiera asirse. Pero cuando se dio cuenta de que la multitud le resultaba demasiado extraña, empujó con rudeza a uno de los jóvenes que atascaban la puerta, aunque enseguida se avergonzó de lo que había hecho.

La sala todavía no se había llenado, pero İpek sintió que pronto el teatro entero sería una enorme barahúnda y que todos sus conocidos estarían allí, como en uno de esos sueños multitudinarios. Se puso nerviosa al no ver a Ka ni a Kadife. Un capitán los apartó a un lado.

—Soy el padre de Kadife Yıldız, la protagonista —se envalentonó Turgut Bey con voz indignada—. Tengo que hablar con ella de inmediato.

Turgut Bey se comportaba como el padre que decide intervenir en el último momento para que su hija no aparezca en la función del instituto y el capitán se puso tan nervioso como el profesor sustituto que le da la razón al padre. Cuando después de esperar un rato en una habitación con las fotografías de Atatürk y de Sunay colgadas de las paredes İpek vio entrar sola a Kadife, comprendió rápidamente que, hicieran lo que hiciesen, su hermana saldría esa noche a escena.

İpek le preguntó por Ka. Kadife le respondió que había vuelto al hotel después de hablar con ella. İpek le comentó que no se lo habían encontrado por el camino, pero no insistió más en ello. Porque Turgut Bey había empezado a implorarle con ojos llorosos a Kadife que no saliera a escena.

—A estas horas, después de que se haya anunciado tanto, es más peligroso no salir que hacerlo, papá —dijo Kadife.

—Pero ¿tú sabes cómo se van a poner los de Imanes y Predicadores cuando te descubras y lo que te van a odiar todos, Kadife?

—La verdad sea dicha, papá, me resulta bastante gracioso que me diga después de tantos años «No te descubras la cabeza».

—Esto no tiene ninguna gracia, Kadife mía. Diles que estás enferma.

—Pero si no lo estoy…

Turgut Bey lloró un poco. İpek sintió que con una parte de su mente ni siquiera él creía en las lágrimas que vertía, como hacía siempre que podía encontrar el lado sentimental de una cuestión e insistir en él. En la forma de vivir el dolor de Turgut Bey había algo tan superficial pero tan sincero que İpek notaba que podría llorar igual de sinceramente por una razón totalmente contraria. Aquella particularidad de su padre, que le hacía tan bueno y tan encantador, ahora era lo bastante «trivial» comparada con lo que realmente querían hablar las dos hermanas como para avergonzarlas.

—¿Cuándo se fue Ka? —preguntó İpek como si susurrara.

—¡Debería haber vuelto al hotel hace ya mucho! —contestó Kadife con el mismo cuidado.

Se miraron a los ojos asustadas.

Cuatro años después, en la pastelería Vida Nueva, İpek me confesó que en ese momento ambas pensaban en Azul y no en Ka, que se asustaron al comprenderlo por sus mutuas miradas y que, en ese instante, su padre les importaba un bledo. Considero esa confesión de İpek una muestra de la intimidad que sentía hacia mí y siento que, inevitablemente, a partir de ahora veré el final de la historia desde su punto de vista.

Se produjo un silencio entre las dos hermanas.

Kadife le lanzó a su hermana una mirada que quería decir «Papá nos ha oído». Ambas le echaron un vistazo y comprendieron que entre sus lágrimas Turgut Bey estaba escuchando con atención lo que susurraban sus hijas y que había oído el nombre de Azul.

—Papá, ¿nos permite que hablemos un momento entre hermanas?

—Vosotras dos siempre habéis sido más listas que yo —respondió Turgut Bey. Salió del cuarto pero no cerró la puerta a su espalda.

—¿Lo has pensado bien, Kadife? —preguntó İpek.

—Sí.

—Sé que lo has pensado bien, pero puede que no le veas nunca más.

—No creo —contestó Kadife cuidadosamente—. Pero estoy muy enfadada con él.

Ante İpek se desplegaron dolorosamente las discusiones, las reconciliaciones y los enfados de Kadife y Azul como una historia larga e íntima llena de fluctuaciones. ¿Cuántos años llevaban? No podía saberlo y ya no quería preguntarse a sí misma durante cuánto tiempo habría estado Azul haciéndoselo con las dos a la vez. Con cariño, pensó por un instante que ya en Alemania Ka conseguiría que olvidara a Azul.

Kadife, en uno de esos momentos especialmente intuitivos que se daban entre las hermanas, advirtió lo que estaba pensando İpek.

—Ka tiene muchos celos de Azul —dijo—. Está muy enamorado de ti.

—No podía creerme que en tan poco tiempo pudiera llegar a quererme tanto —contestó İpek—, pero ahora sí me lo creo.

—Vete con él a Alemania.

—En cuanto vuelva a casa prepararé la maleta —dijo İpek—. ¿Crees de verdad que Ka y yo podremos ser felices en Alemania?

—Sí —respondió Kadife—. Pero no le hables más de cosas que han quedado en el pasado. Ya sabe demasiado e intuye más aún.

İpek odiaba aquel aire condescendiente de Kadife de saber más de la vida que su hermana mayor.

—Hablas como si no pensaras regresar nunca más a casa después de la obra —dijo.

—Por supuesto que voy a volver. Pero creía que tú te ibas a ir inmediatamente.

—¿Tienes idea de adónde ha podido ir Ka?

Mientras se miraban a los ojos, İpek notó que a ambas les asustaba lo que se les estaba pasando por la cabeza.

—Tengo que irme —dijo Kadife—. Debo maquillarme.

—Más que alegrarme de que te descubras la cabeza, me alegro de que te deshagas de la gabardina morada —comentó İpek.

Con un par de pasos de baile Kadife hizo volar las faldas de la vieja gabardina, que le llegaba hasta los pies como si fuera un *charshaf*. Al ver que aquello hacía sonreír a Turgut Bey, que las estaba observando por el hueco de la puerta, las dos hermanas se abrazaron y se besaron.

Debía de hacer bastante rato que Turgut Bey había aceptado que Kadife iba a salir a escena. Ahora ni lloró ni ofreció consejos. Abrazó a su hija, la besó y quiso alejarse lo antes posible de la multitud que llenaba la sala del teatro.

Tanto en la atestada puerta de teatro como en el camino de vuelta İpek tenía los ojos muy abiertos por si se encontraban con Ka o con alguien a quien pudieran preguntarle por él, pero no vio nada que le llamara la atención por las aceras. Más tarde me dijo: «De la misma manera que Ka podía ser muy pesimista por las razones más increíbles, me temo que por otras razones igual de estúpidas yo fui demasiado optimista en los cuarenta y cinco minutos siguientes».

Turgut Bey se plantó de inmediato delante del televisor y mientras esperaba que empezara el espectáculo que continuamente anunciaban que se retransmitiría en directo, İpek preparó la maleta que se habría de llevar a Alemania. Elegía ropa y objetos de su armario intentando soñar en lo felices que serían allí en lugar de pensar dónde estaría Ka. Mientras llenaba otra maleta con medias y ropa interior pensando en que quizá nunca podría acostumbrarse a las alemanas a pesar de que previamente había pensado no llevarlas suponiendo que «en Alemania las habría mucho mejores», instintivamente miró por la ventana y vio que se acercaba al hotel el mismo camión militar que en varias ocasiones había ido a recoger a Ka.

Bajó y vio que su padre también estaba en la puerta. Un funcionario civil bien afeitado, con nariz picuda y al que veía por primera vez, dijo «Turgut Yıldız» y le entregó a su padre un sobre cerrado.

Cuando Turgut Bey abrió el sobre con el rostro ceniciento y manos temblorosas, de su interior salió una llave. Al comprender que la carta que había comenzado a leer era en realidad para su hija, se la entregó a İpek después de leerla hasta el final.

Cuatro años después İpek me dio dicha carta tanto como

forma de exculparse como porque quería que lo que yo escribiera sobre Ka reflejara honestamente la realidad.

Jueves, ocho de la tarde.
Turgut Bey: Si saca a İpek de mi habitación con esta llave y me hace el favor de entregarle esta carta, será lo mejor para todos nosotros. Discúlpeme. Atentamente.

Querida mía: No he podido convencer a Kadife. Los militares me han llevado a la estación para protegerme. Ya han abierto la vía a Erzurum y me van a alejar de aquí a la fuerza en el primer tren, el de las nueve y media. Tienes que hacer mi bolsa, recoger tu maleta y venir lo antes posible. El vehículo militar te recogerá a las nueve y cuarto. Que no se te ocurra salir a la calle. Ven. Te quiero mucho. Seremos felices.

El hombre de la nariz picuda dijo que regresarían después de las nueve y se fue.

—¿Vas a ir? —le preguntó Turgut Bey.

—Estoy muy preocupada por lo que le pueda haber pasado —respondió İpek.

—Los militares le protegen, no le pasará nada. ¿Vas a irte dejándonos aquí?

—Creo que seré feliz con él. Y lo mismo me ha dicho Kadife.

Y como si la prueba de su felicidad estuviera allí, comenzó a leer de nuevo la carta y luego a llorar. Pero no sabía exactamente por qué lloraba. «Quizá porque me resultaba muy duro dejar a mi padre y a mi hermana», me dijo años después. Yo me daba cuenta de que el hecho de interesarme por cualquier detalle de lo que İpek sentía en aquel momento se debía a lo involucrada que estaba ella en la historia que me estaba contando. «Quizá también me asustaba la otra cosa que se me pasaba por la cabeza», añadió luego.

Una vez que se le calmó el llanto, İpek y su padre subieron a su cuarto y repasaron juntos lo que habría de poner en la maleta, luego fueron a la habitación de Ka y llenaron su enorme bolsa de viaje color cereza con todas sus pertenencias. Ahora los dos hablaban con esperanza del futuro y se contaban que ojalá Kadife acabara rápidamente los estudios después de que İpek se fuera y así podría ir a Frankfurt con Turgut Bey para visitarla.

Una vez hecha la maleta, ambos bajaron y se instalaron ante el televisor para ver a Kadife.

—¡Ojalá la obra sea corta y puedas ver que todo acaba bien antes de montarte en el tren! —dijo Turgut Bey.

Se sentaron ante la televisión sin decir nada más y se arrimaron el uno al otro como hacían cuando veían *Marianna*, pero el pensamiento de İpek no estaba en absoluto en lo que veían. Años más tarde lo único que le quedaba en la memoria de los primeros veinticinco minutos de la retransmisión en directo era que Kadife salía a escena con la cabeza cubierta y un largo y rojísimo vestido y decía: «¡Como usted quiera, padre!». Como comprendió que yo tenía una sincera curiosidad por lo que pensaba en aquel momento, me dijo: «Por supuesto, tenía la cabeza en otro sitio». Al preguntarle reiteradamente dónde podía tenerla, mencionó el viaje en tren que iba a hacer con Ka. Luego que estaba asustada. Pero de la misma manera que entonces no fue capaz de admitir del todo qué era lo que le daba miedo, tampoco me lo explicaría a mí años más tarde. Con las ventanas de su mente abiertas de par en par, todo lo percibía con una enorme profundidad, exceptuando la pantalla del televisor que tenía delante y, como esos viajeros que al regresar después de un largo viaje encuentran sus casas, sus cosas y sus habitaciones extrañas, pequeñas, distintas y viejas, miraba sorprendida los objetos que la rodeaban, las mesillas y las arrugas de las cortinas. Me dijo que por aquella manera de mirar su propia casa como si fuera una extraña comprendió que había permitido que a partir de esa noche su vida se encaminara hacia un lugar completamente distinto. Eso era, según ella y tal y como me explicó meticulosamente en la pastelería Vida Nueva, una prueba definitiva de que había decidido ir esa noche con Ka a Frankfurt.

İpek fue a abrir de una carrera cuando llamaron a la puerta del hotel. El vehículo militar que la iba a llevar a la estación había llegado antes de tiempo. Temerosa, le dijo al funcionario civil de la puerta que iría enseguida. Fue corriendo a sentarse junto a su padre y le abrazó con todas sus fuerzas.

—¿Ya ha llegado el coche? —preguntó Turgut Bey—. Si tienes la maleta preparada todavía te queda tiempo.

İpek estuvo un rato con la mirada vacía clavada en el Sunay de la pantalla. Pero no pudo quedarse quieta, corrió a su cuarto y después de echar en la maleta las zapatillas y el pequeño neceser de costura con cremallera que había dejado en la repisa de la ventana, se sentó en el borde de la cama y lloró unos minutos.

Según me contó luego, cuando volvió a la sala de estar ya había tomado la decisión definitiva de abandonar Kars con Ka. Se sentía tranquila porque había expulsado de su interior la ponzoña de la sospecha y la duda y quería pasar sus últimos minutos en la ciudad viendo la televisión con su querido padre.

Cuando Cavit, el recepcionista, apareció diciendo que había alguien en la puerta, İpek no se inquietó lo más mínimo. Turgut Bey le dijo a su hija que trajera una Coca-Cola de la nevera y dos vasos para compartirla.

İpek me dijo que nunca olvidaría la cara de Fazıl cuando le vio en la puerta de la cocina. Su mirada le decía que había ocurrido un desastre y algo más, que İpek nunca había sentido antes, le revelaba que Fazıl era alguien muy cercano, de la familia.

—¡Han matado a Azul y a Hande! —dijo Fazıl, y se bebió de un trago la mitad del vaso de agua que le ofreció Zahide—. Y sólo Azul habría podido persuadir a Kadife.

Fazıl lloró un poco mientras İpek le contemplaba absolutamente inmóvil. Obedeciendo a una voz interior, le contó que Azul se había escondido con Hande y que él había comprendido que les habían delatado por el hecho de que todo un pelotón hubiera formado parte de la redada. De no haberles delatado no habrían acudido tantos soldados. No, era imposible que le hubieran seguido porque cuando Fazıl llegó al lugar de los hechos todo había terminado hacía rato. También le dijo que había visto, junto con los niños que habían llegado de las casas vecinas, el cadáver de Azul a la luz de los proyectores de los militares.

—¿Puedo quedarme aquí? —preguntó luego—. No quiero ir a ningún otro sitio.

İpek sacó un vaso también para él. Buscó el abrebotellas, mirando en cajones equivocados y armarios que no tenían nada que ver. Recordó el primer día que había visto a Azul y que había guardado en la maleta la blusa de flores que había llevado aquel día. Le dijo a Fazıl que pasara y le hizo sentarse en la silla que había junto a la puerta de la cocina en la que se había sentado Ka la noche del martes para escribir su poema a la vista de todos después de emborracharse. Después se detuvo un instante y, como si estuviera enferma, prestó atención al dolor que se extendía por su cuerpo como un veneno: mientras Fazıl contemplaba de lejos y en silencio a Kadife en la pantalla, İpek les entregó un vaso de Coca-Cola primero a él y luego a su padre. Una parte de su mente veía todo lo que hacía desde fuera, como una cámara.

Fue a su cuarto y se detuvo un minuto en la oscuridad.

Cogió de arriba la bolsa de Ka. Salió a la calle. Hacía frío fuera. Le dijo al funcionario civil del vehículo militar que esperaba ante la puerta que no se iría de la ciudad.

—Nos da tiempo a llegar al tren —dijo el funcionario.

—He cambiado de idea, no voy, gracias. Por favor, dele esta bolsa al señor Ka.

Una vez dentro, inmediatamente después de sentarse junto a su padre, oyeron el ruido del camión militar marchándose.

—Les he dicho que se vayan —le explicó İpek a su padre—. No me voy.

Turgut Bey la abrazó. Contemplaron un rato más la obra en la pantalla sin enterarse de gran cosa. Se estaba acercando el final del primer acto cuando İpek dijo:

—¡Vamos a hablar con Kadife! Hay algo que tengo que contarle.

43
Las mujeres se suicidan por orgullo
El último acto

Sunay había convertido en el último momento el nombre de la obra que había escrito y puesto en escena, inspirado por la *Tragedia española* de Thomas Kyd, e influido por muchas otras cosas, en *Tragedia en Kars* y el nuevo título sólo llegó a ser usado en la última media hora de los continuos anuncios que se hacían en televisión. La multitud que llenaba el teatro, formada por gente llevada en autobuses bajo vigilancia militar, por aquellos que confiaban en las proclamas de la televisión o en las garantías que había dado la administración militar, por curiosos que querían ver con sus propios ojos lo que iba a pasar al precio que fuera (porque por la ciudad corrían rumores de que la retransmisión «en directo» en realidad era en diferido y que las cintas habían venido de Estados Unidos), y, sobre todo, por funcionarios que habían acudido obligatoriamente (aunque esta vez no se habían llevado a sus familias), no estaba al tanto del nuevo título. Y aunque lo hubieran estado, habría sido bastante difícil que lo relacionaran con aquella obra que contemplaban sin entender demasiado, como el resto de la ciudad, por otra parte.

Resulta difícil resumir la primera mitad de *Tragedia en Kars*, que vi cuatro años después de su primera y última representación tras sacarla del archivo de vídeo de la Televisión de Kars Fronteriza. Se trataba de una venganza de sangre en un pueblo «reaccionario, pobre y estúpido», pero no se contaba lo más mínimo de por qué la gente había empezado a matarse de repente ni qué era lo que se negaban a compartir; ni los asesinos ni sus víctimas, que caían como moscas, hacían la menor pregunta al respecto. Sólo a Sunay le enfurecía que el pueblo se dejara arrastrar a algo tan reaccionario como una venganza de sangre, discutía al respecto con su mujer y buscaba a una segunda mujer más joven y comprensiva (Kadife). Sunay tenía todo el aspecto de ser alguien poderoso, rico e ilustrado, pero también bailaba con el pueblo sencillo, bromeaba con ellos, discutía sabiamente sobre el sentido de la vida y, en una especie de teatro dentro del teatro, representaba para ellos escenas de Shakespeare, Victor Hugo y Brecht. Además, en un desorden espontáneo, salpicaba la obra aquí y allá con breves y educativos monólogos sobre el tráfico de la ciudad, las buenas maneras en la mesa, las particularidades irrenunciables de los turcos y los musulmanes, el entusiasmo por la Revolución Francesa, los beneficios de las vacunas, los preservativos y el *rakı*, la danza del vientre de las prostitutas finas y cómo el champú y los cosméticos no eran sino agua con tinte.

Lo único que mantenía unida aquella obra tan enrevesada por las frecuentes inserciones de añadidos e improvisaciones y a los espectadores de Kars atentos a ella era la actuación apasionada de Sunay. En los momentos en que la obra se hacía pesada, se enfurecía de repente con unos gestos que recordaban los mejores momentos de su vida teatral, echaba pestes de los que habían hecho que el país y el pueblo cayeran en esa situación, caminaba de un extremo al otro del escenario cojeando de manera trágica y relatando recuerdos de su juventud, citas de lo que había escrito Montaigne sobre la amistad o lo solo que en realidad había estado Atatürk. Tenía la cara cubierta de sudor. Nuriye Hanım, la profesora aficionada al teatro y a la historia que también le había contemplado con admiración en la obra de dos noches antes, me dijo años después que desde la primera fila podía percibir perfectamente el olor a *rakı* en el aliento de Sunay. Según ella, eso era un síntoma, no de que el gran artista estuviera borracho, sino de su entrega. En un plazo de dos días, todos los que en Kars le admiraban lo bastante como para atreverse a desafiar cualquier riesgo con tal de verle de cerca, maduros funcionarios del Estado, viudas, jóvenes atatürkistas que ya habían visto cientos de veces las imágenes de televisión, varones a los que seducían la aventura y el poder, estuvieron de acuerdo en decirme que proyectaba una claridad, un rayo de luz, a las filas delanteras y que resultaba imposible mirarle a los ojos largo rato.

También Mesut (el que se oponía a que los ateos fueran enterrados en el mismo cementerio que los creyentes), que formaba parte de los estudiantes de Imanes y Predicadores que habían sido llevados a la fuerza al Teatro Nacional en camiones militares, me contó años más tarde que había sentido la atracción de Sunay. Quizá lo confesara porque había regresado a Kars y había empezado a trabajar en una casa de té después de la decepción que sufrió con el pequeño grupo islamista que se dedicaba a la lucha armada con el que había estado colaborando durante cuatro años en Erzurum. Según él, había algo difícil de explicar que unía a los jóvenes de Imanes y Predicadores a Sunay. Puede que fuera que él poseía el poder absoluto que ellos querían conseguir. O que, gracias a las prohibiciones que había impuesto, les había librado de tener que meterse en problemas peligrosos como la rebelión. «En realidad, después de los golpes militares todo el mundo se alegra en secreto», me dijo. En su opinión, también afectó a los jóvenes el que saliera a escena y se presentara tan abiertamente ante la multitud a pesar de ser un hombre tan poderoso.

Años más tarde, viendo la grabación en vídeo de aquella velada en la Televisión de Kars Fronteriza, yo también pude sentir cómo en la sala se olvidaban las tensiones entre padres e hijos, poderosos y criminales, cómo todos se sumergían en sus terribles recuerdos y fantasías y cómo se notaba la presencia de esa mágica sensación de «nosotros» que sólo pueden comprender quienes han vivido en países extremadamente nacionalistas en los que campea la represión. Era como si gracias a Sunay en la sala no quedara nadie «ajeno» y todos se hubieran fundido desesperadamente unos con otros en una historia común.

Kadife, a cuya presencia en la escena los ciudadanos de Kars no acababan de acostumbrarse, arruinaba aquella sensación. Incluso el cámara que grababa la retransmisión en vivo debía de notarlo porque en los momentos más emocionantes enfocaba a Sunay y no se acercaba a Kadife, de tal manera que los telespectadores de Kars sólo podían verla sirviendo a los poderes que desarrollaban los acontecimientos, como una de esas sirvientas de vodevil. Con todo, como desde mediodía se venía anunciando que Kadife se descubriría durante la representación de la noche, los espectadores sentían mucha curiosidad por lo que haría. Se habían extendido bastantes rumores de que lo hacía forzada por los militares, que no saldría a escena y otros parecidos e incluso los que sabían de la lucha de las jóvenes empañoladas pero nunca habían oído su nombre llegaron a conocerla bien durante aquel medio día. Por todo eso, la imprecisión de su personaje al principio de la obra y el hecho de que saliera cubierta aunque fuera con un vestido rojo y largo provocaron una profunda decepción.

La primera vez que pudo comprenderse que se esperaba algo de Kadife fue en un diálogo entre ella y Sunay que se desarrolló durante el vigésimo minuto de la obra: en un momento en que se quedaban solos en el escenario, Sunay le preguntaba si estaba «decidida o no». Y añadía: «Encuentro inaceptable que te mates porque estás enojada con otros».

Kadife le respondía: «¿Quién puede inmiscuirse en si me mato o no cuando en esta ciudad los hombres se matan como animales afirmando que lo hacen por el bien de la ciudad?». Y luego se largaba de allí como si huyera de Funda Eser, que en ese momento entraba en el escenario.

Cuatro años después, tras haber escuchado de todos aquellos con los que pude hablar lo que había sucedido en Kars aquella noche y mientras, reloj en mano, intentaba reconstruir minuto a minuto la secuencia de los acontecimientos, calculé que la última vez que Azul vio a Kadife fue en la escena en la que decía eso. Porque según los vecinos que me relataron cómo se había desarrollado el asalto y por lo que me contaron los funcionarios de las fuerzas de seguridad que aún seguían de servicio en Kars, cuando llamaron a la puerta, Azul y Hande estaban viendo la televisión. Según el comunicado oficial, cuando Azul vio frente a él a las fuerzas de la policía y del ejército, corrió al interior de la casa, empuñó un arma, empezó a disparar e intentó salvar a Hande gritando «¡No disparen!», según contaban parte de los vecinos y de los jóvenes islamistas que pronto lo convirtieron en leyenda, pero los miembros de la brigada especial al mando de Z. Brazodehierro, que fueron quienes se introdujeron en el piso, dejaron hechos un colador en menos de un minuto no sólo a Azul y a Hande, sino también la casa entera. A pesar del estruendo nadie se interesó por el asunto a excepción de unos cuantos niños curiosos de las casas vecinas. Y eso no sólo porque los ciudadanos de Kars estaban acostumbrados a ese tipo de redadas por las noches, sino además porque nadie en la ciudad estaba de humor como para atender a cualquier otra cosa que no fuera la retransmisión en directo desde el Teatro Nacional. Todas las calles estaban vacías, todas las rejas de los comercios bajadas, todas las casas de té, menos unas pocas, cerradas.

Saber que todas las miradas de la ciudad estaban atentas a él le había proporcionado a Sunay una confianza y una fuerza extraordinarias. Como Kadife notaba que sólo podría encontrar un lugar en el escenario en la medida en que Sunay se lo permitiera, se arrimaba a él presintiendo que únicamente podría llevar a cabo lo que pretendía si se aprovechaba de las oportunidades que él le ofreciera. Me resulta imposible saber lo que pasaba por su cabeza en aquellos momentos porque más tarde, al contrario que su hermana mayor, se negó a hablar conmigo de aquellos días. Los ciudadanos de Kars, que por fin asimilaron en los cuarenta minutos siguientes de la obra lo decidida que estaba Kadife a suicidarse y a descubrirse, lentamente empezaron a sentir admiración por ella. Según Kadife iba ganando presencia, la obra fue evolucionando de la furia medio didáctica medio burlesca de Sunay y Funda Eser a un drama más serio. La audiencia intuía que Kadife estaba representando a una mujer audaz dispuesta a cualquier cosa porque estaba harta de la opresión masculina. Aunque la identidad de

«Kadife, la chica empañolada» no se olvidó por completo, pude escuchar a mucha gente con la que hablé luego, y que se había pasado años lamentándolo por ella, que con la nueva personalidad que representó aquella noche en el escenario se había ganado el corazón de los ciudadanos de Kars. Ahora, cuando salía a escena se producía un profundo silencio y las familias que estaban viendo la televisión en casa se preguntaban después de que hablara: «¿Qué ha dicho? ¿Qué ha dicho?».

Durante uno de aquellos silencios pudo oírse el silbato del primer tren que dejaba la ciudad en cuatro días. Ka se encontraba en uno de los vagones, en el que los militares le habían subido a la fuerza. Mi querido amigo, que vio que İpek no salía del camión militar cuando regresó y que en él sólo venía su bolsa de viaje, instó a los soldados que le protegían a que le permitieran verla y al no obtener permiso les convenció de que enviasen una vez más el camión al hotel; al volver éste vacío de nuevo les rogó a los oficiales que retuvieran el tren cinco minutos pero cuando por fin sonó el silbato sin que İpek apareciera, Ka se echó a llorar. Mientras el tren se ponía en marcha seguía con la mirada llorosa clavada en la multitud del andén y en la otra puerta del edificio de la estación, la que daba a la estatua de Kâzım Karabekir, buscando una mujer alta con una maleta en la mano que se imaginaba que vería caminando directamente hacia él.

El silbato del tren sonó una vez más mientras aceleraba. En ese preciso instante İpek y Turgut Bey salían del hotel Nieve Palace en dirección al Teatro Nacional. «El tren se va», dijo Turgut Bey. «Sí —contestó İpek—. Dentro de poco se abrirán las carreteras y regresarán el gobernador y el coronel del regimiento.» Dijo también algo sobre que así se acabaría de una vez aquel absurdo golpe y que todo volvería a la normalidad, pero no porque considerara importante lo que decía, sino porque notaba que si callaba, su padre creería que estaba pensando en Ka. Y por mucho que pensara en Ka también lo estaba haciendo en la muerte de Azul, aunque ni ella misma fuera consciente del todo. Sentía en su corazón el agudo dolor de haber dejado escapar una oportunidad de ser feliz y una intensa furia hacia Ka. Tenía muy pocas dudas sobre las razones de su ira. Cuatro años más tarde, discutiendo de mala gana conmigo dichas razones, se sentiría incómoda ante mis preguntas y mis sospechas y me diría que había comprendido de inmediato que le sería prácticamente imposible volver a amar a Ka después de aquella noche. Mientras el tren que se llevaba a Ka se alejaba sonando el silbato, İpek sólo sentía una profunda desilusión por él; y quizá también algo de asombro. Pero su verdadera preocupación en ese momento era compartir su dolor con Kadife.

Turgut Bey pudo notar por su silencio que su hija estaba inquieta.

—Toda la ciudad parece abandonada —dijo.

—La ciudad fantasma —respondió İpek por decir algo.

Un convoy de tres vehículos militares dobló la esquina y les adelantó. Turgut Bey comentó que si habían podido llegar era sólo porque debían de haber abierto las carreteras. Para distraerse, padre e hija contemplaron las luces del convoy pasando por delante de ellos y perdiéndose en la oscuridad. Según las investigaciones que realicé posteriormente, en el CMS del centro iban los cadáveres de Azul y Hande.

Poco antes Turgut Bey había visto a la luz indirecta de los faros del jeep que iba en último lugar que el periódico del día siguiente estaba expuesto en el escaparate de las oficinas del *Diario de la Ciudad Fronteriza* y se detuvo a leerlo: «Muerte en el escenario. El famoso actor turco Sunay Zaim asesinado a tiros durante la representación de anoche».

Después de leer dos veces la noticia echaron a caminar a toda velocidad hacia el Teatro Nacional. Delante del edificio estaban los mismos coches de policía y más abajo, a lo lejos, la misma sombra de un tanque.

Les registraron al entrar. Turgut Bey dijo que era «el padre de la protagonista». El segundo acto ya había comenzado, así que buscaron un par de butacas vacías en la última fila y se sentaron allí.

En aquel acto todavía había algunas de las escenas jocosas y de los chistes que Sunay había ido perfeccionando con el paso de los años; incluso Funda Eser ofreció una danza del vientre que se burlaba de las que ella misma hacía. Pero el ambiente general de la obra se había vuelto bastante más serio y un enorme silencio había caído sobre la sala. Ahora Kadife y Sunay se quedaban solos a menudo.

—De todas maneras, me sigue debiendo una explicación de por qué quiere suicidarse —dijo Sunay.

—Eso es algo que una no puede saber del todo —respondió Kadife.

—¿Cómo?

—Si una pudiera saber exactamente las razones por las que se suicida, y si pudiera exponerlas claramente, no lo haría.

—No, en absoluto —dijo Sunay—. Algunas personas se suicidan por amor, otras porque no aguantan las palizas de sus maridos o porque la pobreza les atraviesa hasta los huesos como un cuchillo.

—Mira usted la vida de una manera demasiado simple —respondió Kadife—. En lugar de suicidarse por amor, una espera un poco hasta que se atenúan los efectos del amor. Tampoco la pobreza es una razón suficiente para suicidarse. En lugar de matarse, una abandona a su marido o primero intenta robar dinero de cualquier sitio.

—Entonces, ¿cuál es la verdadera razón?

—Por supuesto, la verdadera razón de todos los suicidios es el orgullo. ¡Al menos por eso es por lo que las mujeres se suicidan!

—¿Porque el amor es un insulto para su orgullo?

—¡No entiende nada! —dijo Kadife—. Una mujer no se suicida porque haya perdido su orgullo, sino para demostrar lo orgullosa que está de sí misma.

—¿Por eso se suicidan sus amigas?

—No puedo hablar en su nombre. Cada cual tiene sus propios motivos. Pero cada vez que pienso en matarme siento que ellas han debido de pensar lo mismo que yo. En el momento del suicidio es cuando las mujeres comprenden mejor lo solas que están y lo que significa ser mujer.

—¿Y con esas palabras es con las que ha inducido a sus amigas al suicidio?

—Ellas se suicidaron por su propia y libre voluntad.

—Aquí en Kars todo el mundo sabe que nadie tiene libre voluntad, que la gente sólo se mueve para huir de las palizas y que se unen a cualquier comunidad para protegerse entre ellos. Kadife, confiese que llegó a un acuerdo secreto con ellas y que las impulsó al suicidio.

—¿Cómo podría haberlo hecho? —contestó Kadife—. Al suicidarse se quedaron más solas. Los padres de algunas las repudiaron porque se habían suicidado, por algunas ni siquiera se rezó un responso.

—¿Y ahora se va a matar usted para demostrar que no estaban solas, que esto era un movimiento colectivo? Kadife, guarda silencio… Pero si se mata sin explicar por qué lo hace, ¿no se malinterpretará el mensaje que quiere dar?

—No quiero dar ningún mensaje con mi suicidio.

—De todas formas, hay mucha gente que la está viendo, que siente curiosidad. Por lo menos diga lo que le está pasando por la mente ahora.

—Las mujeres se suicidan con la esperanza de ganar —dijo Kadife—. Los hombres, cuando ven que no les queda ninguna esperanza.

—Eso es verdad —dijo Sunay y se sacó del bolsillo una pistola Kırıkkale. La atención de toda la sala estaba fija en el brillo del arma—. Ahora que comprendo que he sido derrotado por completo, ¿podría dispararme con esto?

—No quiero que me manden a la cárcel.

—Pero, de todas formas, ¿no se iba a suicidar? Y teniendo en cuenta que si se suicida va a ir al infierno, debe de ser porque no le tiene miedo al castigo ni en este mundo ni en el otro.

—He ahí algo por lo que cualquier mujer podría suicidarse —dijo Kadife—. Para escapar a todo tipo de castigos.

—¡Me gustaría que cuando por fin me dé cuenta de que he sido derrotado, mi final fuera a manos de una mujer así! —Sunay se volvió hacia los espectadores con un gesto ostentoso. Se calló un rato. Comenzó a relatar una historia sobre las galanterías de Atatürk y la interrumpió justo cuando notó que estaba aburriendo a los espectadores.

Al terminar el segundo acto, Turgut Bey e İpek pasaron entre bastidores y allí encontraron a Kadife. La amplia sala en la que en tiempos se habían preparado para salir a escena los acróbatas llegados de Moscú y San Petersburgo, los actores armenios que representaban a Molière y las bailarinas y los músicos que habían ido de gira por Rusia, estaba ahora fría como el hielo.

—Creía que ibas a irte —le dijo Kadife a İpek.

—¡Estoy muy orgulloso de ti, hija mía! ¡Has estado maravillosa! —Turgut Bey abrazó a Kadife—. Pero si te hubiera dado el arma y te hubiera dicho «Dispárame», yo me habría levantado, habría interrumpido la obra y te habría gritado: «¡Kadife, que no se te ocurra disparar!».

—¿Por qué?

—¡Porque la pistola puede estar cargada, por eso! —dijo Turgut Bey y le contó la noticia que había leído en el número del día siguiente del *Diario de la Ciudad Fronteriza*—. Y no es que me asuste porque hayan resultado ciertas algunas de las noticias que Serdar ha escrito con anterioridad con la esperanza de que lo sean —añadió—. La mayoría acaban siendo falsas. Estoy preocupado porque sé que Serdar jamás habría escrito algo tan polémico sin la aprobación de Sunay. Está claro que fue el propio Sunay quien ordenó que se escribiera la noticia. Puede no ser simple publicidad. Quizá quiera provocar que le mates en el escenario. Hija mía, ¡que no se te ocurra apretar el gatillo sin asegurarte de que el arma está descargada! Y que no se te ocurra tampoco descubrirte a causa de ese hombre. İpek no se va. Todavía viviremos mucho tiempo en esta ciudad, no enfurezcas a los religiosos por nada.

—¿Por qué ha renunciado İpek a irse?

—Porque nos quiere más a su familia, a su padre, a ti —dijo Turgut Bey tomando a Kadife de las manos.

—Papá, ¿podemos hablar a solas otra vez? —preguntó İpek. En cuanto lo dijo vio que el miedo cubría la cara de Kadife. Mientras Turgut Bey se acercaba a Sunay y a Funda Eser, que habían entrado por el otro extremo de la alta y polvorienta sala, İpek abrazó con todas sus fuerzas a Kadife. Vio que aquel gesto despertaba temores en su hermana y la tomó de la mano y la llevó hasta un aparte separado del resto de la sala por unas cortinas. Funda Eser salía de allí con una botella de coñac y vasos.

—Has estado muy bien, Kadife —le dijo—. Poneos cómodas.

İpek obligó a Kadife, cada vez con menos esperanzas, a que se sentara. La miró a los ojos de una forma que significaba que tenía malas noticias.

—Han matado a Azul y a Hande en una redada —dijo luego.

Kadife apartó la mirada por un instante.

—¿Estaban en la misma casa? ¿Quién te lo ha dicho? —dijo, pero al ver la expresión decidida de la cara de İpek guardó silencio.

—Me lo ha dicho Fazıl, el muchacho de Imanes y Predicadores, y le creí enseguida. Porque lo había visto con sus propios ojos... —Esperó un momento a que Kadife, con la cara ahora completamente blanca, asimilara la noticia, y continuó a toda velocidad—. Ka sabía dónde se escondía Azul y después de verte a ti por última vez no regresó al hotel. Creo que fue Ka quien les reveló a los de la brigada especial el escondrijo de Azul y Hande. Por eso no me he ido a Alemania.

—¿Y cómo lo sabes? —le preguntó Kadife—. Puede que no les haya denunciado él sino otro.

—Es posible, ya lo he pensado. Pero puedo sentir con tanta claridad en mi corazón que ha sido Ka quien les ha denunciado, que he comprendido que no lograré convencerme de lo contrario mediante la lógica. No he ido a Alemania porque me he dado cuenta de que no podría llegar a quererle.

Kadife ya había agotado todas sus fuerzas escuchando a İpek. Ésta vio que sólo ahora asimilaba en toda su crudeza la noticia de la muerte de Azul.

Kadife se cubrió la cara con las manos y comenzó a llorar entre sollozos. İpek la abrazó y se echó a llorar también. Mientras lloraba en silencio, İpek percibía con un rincón de su mente que no lo hacía por la misma razón que su hermana. Habían llorado un par de veces de aquella manera en la época en que ambas se negaban a renunciar a Azul y aquella despiadada competición las avergonzaba. Ahora Ipek notaba que la lucha había terminado; nunca se iría de Kars. Por un segundo se sintió vieja. Pero también sintió que podría ser capaz de envejecer en paz aceptándolo y de ser lo bastante inteligente como para no pretender nada del mundo.

Ahora le preocupaba más Kadife, que había empezado a llorar con violencia. Podía ver que su hermana sufría de una manera más profunda y destructiva que ella. Le cruzó el corazón un sentimiento de agradecimiento, o tal vez el placer de la venganza, por no estar en su situación y enseguida se avergonzó de ello. Los administradores del Teatro Nacional habían puesto la misma cinta de música de siempre porque aumentaba las ventas de gaseosas y garbanzos tostados entre el público en los intermedios de las películas: sonaba la canción titulada *Baby come closer, closer to me* que escuchaban en Estambul en los años de su primera juventud. Por aquel entonces las dos querían aprender bien inglés y ninguna de ellas lo había conseguido. Ipek notó que su hermana lloraba más al oír la música. Por entre las cortinas podía ver que su padre y Sunay mantenían una encendida conversación en el otro extremo de la sala en penumbra y que Funda Eser les llenaba las copas de coñac con una botella pequeña.

—Señora Kadife, soy el coronel Osman Nuri Çolak —dijo un militar maduro que abrió con rudeza las cortinas y que la saludó con una inclinación hasta el suelo sacada de las películas—. Señora mía, ¿cómo podría consolarla en su dolor? Si no quiere salir a escena, puedo darle una buena noticia: las carreteras están abiertas y las fuerzas del ejército pronto entrarán en la ciudad.

Más tarde, ante el tribunal militar, Osman Nuri Çolak usaría esas palabras como prueba de que había intentado proteger la ciudad de aquel absurdo golpe.

—Estoy perfectamente en todos los aspectos, muchas gracias, señor mío —contestó Kadife.

Por los gestos de Kadife, İpek pudo notar que se le había contagiado algo del aire artificial de Funda Eser. Y, por otra parte, admiraba sus esfuerzos por rehacerse. Kadife se puso en pie obligándose a hacerlo; se tomó un vaso de agua y caminó arriba y abajo por la amplia sala entre bastidores como un fantasma.

A İpek le habría gustado llevarse a su padre sin que hablara con Kadife antes de que empezara el tercer acto, pero Turgut Bey se acercó a ellas en el último momento.

—No tengas miedo —le dijo refiriéndose a Sunay y compañía—. Son gente moderna.

Al principio del tercer acto Funda Eser cantó la canción de la mujer violada. Aquello vinculó al escenario a los espectadores que encontraban la obra demasiado «intelectual» e incomprensible aquí y allá. Como siempre hacía, Funda Eser vertía lágrimas amargas maldiciendo a los hombres por un lado mientras por otro narraba lo que le había sucedido, contoneándose. Después de otras dos canciones y una pequeña parodia de un anuncio que hizo reír sobre todo a los niños (se demostraba que el Aygas estaba fabricado con pedos), el escenario se oscureció y aparecieron dos soldados que recordaban a los que dos días atrás habían salido armados al final de la obra. Llevaron una horca hasta la mitad del escenario y allí la levantaron; en todo el teatro se produjo un silencio nervioso. Kadife y Sunay, que cojeaba ostensiblemente, caminaron hasta situarse bajo la horca.

—No creía que todo pudiera ocurrir tan deprisa —dijo Sunay.

—¿Eso es una confesión de que ha fracasado en lo que pretendía hacer o está buscando una excusa para morir de una manera elegante porque ya está viejo? —replicó Kadife.

İpek notó que Kadife hacía un gran esfuerzo para interpretar su papel.

—Es usted muy inteligente, Kadife —dijo Sunay.

—¿Y eso le da miedo? —respondió ella con un aire tenso y furioso.

—¡Sí! —contestó Sunay galantemente.

—No le da miedo mi inteligencia, sino que tenga personalidad. En nuestra ciudad los hombres no temen la inteligencia de las mujeres, sino que sean independientes.

—Todo lo contrario. Inicié esta revolución para que ustedes, las mujeres, pudieran ser independientes como las europeas. Por eso es por lo que ahora le pido que se descubra la cabeza.

—Me descubriré —dijo Kadife—. Y luego me ahorcaré para demostrar que no lo hago ni porque usted me obligue ni para imitar a las europeas.

—Pero sabe perfectamente que los europeos la aplaudirán porque se ha comportado como un individuo y se ha suicidado, ¿no, Kadife? No pasó desapercibido que en la reunión supuestamente secreta del hotel Asia estaba usted muy ansiosa por proporcionar una declaración para el periódico alemán. Se dice que usted ha organizado a las jóvenes que se suicidan, lo mismo que a las que llevan velo.

—Sólo había una que verdaderamente luchara por el derecho a llevar velo y que se suicidase, Teslime.

—Y ahora usted será la segunda.

—No, yo me descubriré antes de matarme.

—¿Se lo ha pensado bien?

—Sí —respondió Kadife—. Me lo he pensado muy bien.

—Entonces también debe de haber pensado lo siguiente. Los que se suicidan van al infierno. Podrá matarme con toda tranquilidad porque al fin y al cabo acabará yendo al infierno.

—No —contesó Kadife—. No creo que vaya a ir al infierno si me suicido. ¡Y a ti te mataré para exterminar a un microbio enemigo de la nación, de la religión y de las mujeres!

—Es usted valiente y habla claro, Kadife. Pero nuestra religión prohíbe el suicidio.

—El Sagrado Corán ordena «No os matéis» en la azora de Las Mujeres, es cierto. Pero eso no significa que Dios omnipotente no vaya a perdonar a las jóvenes que se suicidan y que las envíe al infierno.

—Así que se dispone a hacerlo basándose en una tergiversación.

—De hecho, lo cierto es lo contrario —continuó Kadife—. Algunas jóvenes de Kars se han matado porque no les permitían cubrirse, como ellas querían. El Todopoderoso es justo y ha sido testigo de su sufrimiento. Yo, como ellas, me destruiré con ese mismo amor a Dios en mi corazón porque no tengo nada que hacer en esta ciudad de Kars.

—Es consciente también de que eso va a enfurecer a los líderes religiosos que vienen hasta esta pobre ciudad de Kars desafiando la nieve y el invierno para convencer a las mujeres desesperadas de que no se suiciden, ¿no, Kadife?… Sin embargo, el Corán…

—No discuto de mi religión ni con ateos ni con los que simulan creer porque tienen miedo. Además, acabemos con esto de una vez.

—Tiene razón. Yo he sacado a colación el tema no para inmiscuirme en sus valores morales sino por si acaso no me mata con toda tranquilidad por miedo al infierno.

—No se preocupe, le mataré con toda tranquilidad de corazón.

—Bien —dijo Sunay con aire ofendido—. Le voy a confesar la conclusión más importante a la que he llegado después de veinticinco años de vida en el teatro. Nuestros espectadores no pueden soportar un diálogo tan largo sin aburrirse sea cual sea la obra. Si quiere, pongámonos manos a la obra sin alargar más la conversación.

—Muy bien.

Sunay sacó la misma pistola Kırıkkale de antes y se la mostró a Kadife y a los espectadores.

—Ahora usted se descubrirá la cabeza. Luego le daré esta arma y me disparará… Quiero repetirles a nuestros espectadores el importante significado de este hecho porque es la primera vez que en una retransmisión en directo…

—Abreviemos —le interrumpió Kadife—. Estoy harta de las palabras de los hombres que explican por qué se suicidan las jóvenes.

—Tiene razón —respondió Sunay jugueteando con el arma que tenía en la mano—. Con todo, me gustaría decir un par de cosas. Para que no se asusten los que han leído la noticia en el periódico y se han dejado engañar por los rumores ni tampoco los ciudadanos de Kars que nos están contemplando en esta emisión en vivo. Mire, Kadife, el cargador de esta pistola. Como puede ver, está vacío. —Sacó el cargador, se lo mostró a Kadife y lo colocó en su sitio de nuevo—. ¿Ha comprobado que está vacío? —preguntó como un ilusionista experto.

—Sí.

—¡Asegurémonos de todas formas! —Sacó una vez más el cargador, se lo enseñó a los espectadores como si fuera un conejo que hubiese sacado de una chistera y volvió a introducirlo en la pistola—. Por último, quiero hablar en mi propio nombre: hace un instante ha dicho que me mataría con toda tranquilidad de corazón. Probablemente le doy asco porque soy alguien que ha dado un golpe militar y ha disparado sobre el pueblo porque no se parecen a los occidentales, pero quiero que sepa que lo he hecho por el bien de la nación.

—Muy bien —contestó Kadife—. Y ahora yo voy a descubrirme. Todos atentos, por favor.

Por un instante apareció en su rostro una expresión de dolor y luego se quitó el pañuelo con un movimiento sencillo de la mano.

Ahora en el salón no se oía ni el vuelo de una mosca. Sunay miró estúpidamente a Kadife como si aquello hubiera sido algo inesperado. Ambos se volvieron hacia los espectadores como si fueran actores novatos a los que se les ha olvidado cómo sigue el diálogo.

Toda Kars contempló admirada durante un buen rato el largo y precioso cabello moreno de Kadife. El cámara reunió todo su valor y por primera vez la enfocó de cerca. En su rostro había aparecido la vergüenza de una mujer a la que se le abre el vestido en medio de una multitud. Era evidente que estaba sufriendo mucho.

—¡Deme el arma! —le dijo a Sunay, impaciente.

—Tome. —Sunay le alargó la pistola a Kadife, sosteniéndola por el cañón—. Apriete el gatillo aquí.

Cuando Kadife tomó el arma en sus manos Sunay sonrió.

Toda Kars creía que el diálogo se iba a prolongar y probablemente el propio Sunay lo creyera, porque dijo «Tiene un pelo muy bonito, Kadife. A mí también me provocaría celos de los demás hombres» cuando Kadife disparó.

Se oyó el estampido de un arma. Toda Kars se quedó sorprendida, más que por el ruido, porque Sunay cayó al suelo tambaleándose como si de verdad le hubieran dado.

—¡Qué estúpido es todo! —dijo Sunay—. Nadie entiende el arte moderno, ¡nunca podrán ser modernos!

Los espectadores estaban esperando un largo monólogo del moribundo Sunay cuando Kadife acercó el arma y disparó cuatro veces más. En cada ocasión el cuerpo de Sunay temblaba por un instante, se elevaba y caía al suelo como si fuera más pesado. Aquellos cuatro tiros fueron muy rápidos.

Después del último disparo los espectadores, que además de aquel simulacro de muerte esperaban un didáctico soliloquio sobre ella, perdieron todas sus esperanzas al ver la cara de Sunay cubierta de sangre. Nuriye Hanım, que en el teatro le daba tanta importancia a la verosimilitud de los acontecimientos y de los efectos como al propio diálogo, se disponía a ponerse en pie y aplaudir a Sunay pero le dio miedo su cara ensangrentada y se quedó sentada en la butaca.

—¡Creo que lo he matado! —les dijo Kadife a los espectadores.

—¡Has hecho bien! —gritó uno de los estudiantes de Imanes y Predicadores de las filas de atrás.

Las fuerzas de seguridad estaban tan petrificadas con el asesinato del escenario que ni siquiera pudieron precisar la localización del estudiante que había roto el silencio ni se lanzaron a perseguirle. Cuando Nuriye Hanım, la profesora que llevaba dos días viendo admirada a Sunay en televisión y que se había sentado en la primera fila para poder verle de cerca pasara lo que pase, se echó a llorar entre sollozos, toda Kars, y no sólo el público del salón, intuyó que lo que había ocurrido en la escena era demasiado realista.

Los dos soldados, corriendo el uno hacia el otro con pasos extraños y cómicos, cerraron los cortinajes tirando de ellos.

44
Hoy aquí nadie quiere a Ka
Cuatro años después, en Kars

Inmediatamente después de que cerraran el telón, Z. Brazodehierro y sus compañeros detuvieron a Kadife y, sacándola
por la puerta trasera que daba a la avenida Küçük Kâzımbey,
la metieron en un camión militar y «por su propia seguridad» la
llevaron al antiguo refugio de la guarnición central donde también se había alojado Azul su último día de vida. Unas horas
más tarde, cuando las carreteras que llevaban a Kars se abrieron por completo, las unidades del ejército que se habían puesto en marcha para acabar con aquel pequeño «golpe militar»
entraron en la ciudad sin encontrar la menor resistencia. De
inmediato fueron relevados el ayudante del gobernador, el jefe
de la división y otros altos funcionarios acusados de negligencia, y un puñado de militares y de agentes del SNI, a pesar de
sus protestas de que lo habían hecho «por el bien del Estado y
de la nación», fueron detenidos por colaborar con los «golpistas». A Turgut Bey y a İpek sólo se les permitió visitar a Kadife tres días más tarde. Turgut Bey comprendió en el mismo
instante en que ocurrían los hechos que Sunay había muerto
realmente en el escenario y se hundió en la depresión. No obstante, se puso en movimiento para llevarse esa noche a casa a
Kadife con la esperanza de que a su hija no le ocurriera nada,
pero, al no conseguirlo, regresó por las calles vacías del brazo
de su hija mayor y, una vez allí, mientras él lloraba, İpek vol-

vió a guardar en el armario todo lo que había metido en la maleta.

La mayoría de los habitantes de Kars que habían contemplado lo ocurrido en la escena sólo comprendieron que Sunay había muerto realmente tras una breve agonía cuando leyeron a la mañana siguiente el *Diario de la Ciudad Fronteriza*. La multitud que llenaba el teatro se había disuelto después de que se cerrara el telón, sumida en la sospecha pero en silencio y en orden, y la televisión no volvió a mencionar los acontecimientos de los tres últimos días. Los ciudadanos de Kars, acostumbrados por las épocas de estado de excepción a que las autoridades o las brigadas especiales persiguieran a los «terroristas» por las calles, a que organizaran redadas y emitieran comunicados, pronto dejaron de considerar aquellos tres días como un periodo especial. De hecho, a la mañana siguiente, mientras la Junta de Jefes de Estado Mayor iniciaba un expediente administrativo y se ponía en marcha el comité de inspección de la presidencia de Gobierno, por toda Kars se comenzó a discutir «el golpe teatral» pero no en su aspecto político sino en su dimensión escénica y artística. ¿Cómo era posible que Kadife hubiera podido matar a Sunay Zaim con la misma pistola en la que él había insertado un cargador vacío a la vista de todos?

Como en muchas otras partes de este libro, en este asunto, que parecía más materia de prestidigitación que de ilusionismo, me ha sido de mucha ayuda el detallado informe redactado por el comandante inspector enviado desde Ankara para investigar el «golpe teatral» de Kars una vez que la vida volvió a la normalidad. Como Kadife se negó a discutir el asunto a partir de aquella noche ni con su padre y su hermana cuando acudieron a visitarla, ni con los fiscales, ni con su abogado (aunque sólo fuera para que la defendiera ante el tribunal), el comandante inspector, tal y como yo haría cuatro años más tarde, habló con mucha gente distinta (o, más exactamente, les tomó declaración) para descubrir la verdad, y así pudo contrastar todas las posibilidades y los rumores.

Para refutar las opiniones de que Kadife había matado consciente y voluntariamente a Sunay Zaim a pesar de él mismo, en primer lugar demostró que no tenía la menor relación con la realidad el que la joven hubiera disparado con otra pistola que se hubiera sacado del bolsillo en un abrir y cerrar de ojos o que hubiera colocado con la misma rapidez un cargador lleno en el arma. Por mucho que en el rostro de Sunay apareciera una expresión de sorpresa cuando le disparó, tanto los registros posteriores de las fuerzas de seguridad, como el inventario de los efectos personales de Kadife, como la grabación en vídeo de la velada, confirmaban que sólo se habían utilizado una única pistola y un cargador. La opinión, muy querida por los ciudadanos de Kars, de que a Sunay Zaim le había disparado otra persona desde otro ángulo al mismo tiempo fue refutada por los resultados del informe balístico enviado desde Ankara tras la autopsia, que confirmaban que las balas encontradas en el cuerpo del actor procedían de la pistola Kırıkkale que había blandido Kadife. Las últimas palabras de Kadife («¡Creo que lo he matado!»), que dieron lugar a que la mayor parte de Kars la convirtiera en leyenda, bien como heroína, bien como víctima, fueron consideradas por el comandante inspector una prueba de que no había cometido el crimen intencionadamente, así que en su informe, como si quisiera orientar al fiscal que habría de instruir el caso a partir de ese punto, examinó a fondo los conceptos legales y filosóficos de asesinato con premeditación y daños deliberados y explicó que las palabras pronunciadas durante la obra en realidad no pertenecían a Kadife, que las había memorizado con anterioridad y se había visto obligada a pronunciarlas a causa de diversas maniobras, sino al difunto actor Sunay Zaim, que era quien lo había planeado todo. Sunay Zaim, que cargó el arma después de repetir dos veces que el cargador estaba vacío, había engañado a Kadife y a todos los ciudadanos de Kars. O sea, según la propia expresión del comandante, que se jubiló anticipadamente tres años después y que, mientras le visitaba en su casa de Ankara, al señalarle sorprendido los libros de Agatha Christie que llenaban sus estanterías, reconoció que lo que más le gustaba de ellos eran los títulos, «¡El cargador estaba lleno!».

Mostrar como vacío un cargador lleno no era un ejemplo de ilusionismo magistral para un hombre de teatro experimentado: los tres días de violencia inmisericorde que Sunay Zaim y sus compañeros habían desatado con la excusa de la occidentalización y el atatürkismo (incluyendo a Sunay, el número de muertos había sido de veintinueve) habían intimidado de tal manera a los habitantes de Kars que todos estaban dispuestos a creer que un vaso vacío estaba lleno. Desde este punto de vista, Kadife no había sido la única que había intervenido en el suceso, sino que también habían participado los habitantes de Kars, quienes contemplaron complacidos, con la excusa de que formaba parte de la obra, la muerte en la escena de Sunay, pese a que él mismo la había anunciado previamente. El informe del comandante refutaba otro rumor, el de que Kadife había matado a Sunay para vengar a Azul, precisando que no se puede acusar a nadie a quien se le entrega una pistola cargada diciéndole que no lo está, y respondía a las afirmaciones de los islamistas que elogiaban a Kadife por haber sido tan astuta como para matar a Sunay y, por supuesto, no suicidarse, y de los republicanistas laicos que la acusaban de lo mismo, que no había que confundir el arte con la realidad. La opinión de que Kadife había engañado a Sunay Zaim asegurándole que iba a suicidarse, cambiando de opinión en cuanto lo mató, quedó rebatida cuando se demostró que tanto Sunay como Kadife sabían que la horca del escenario era de cartón.

El detallado informe del meticuloso comandante inspector enviado por la Junta de Jefes de Estado Mayor fue considerado con extremo respeto por el fiscal y los jueces militares de Kars. Así fue como Kadife no fue acusada de homicidio por razones políticas sino de imprudencia y negligencia con resultado de muerte, se la condenó a tres años y a un día y salió de la prisión a los veintiún meses. En cuanto al coronel Osman Nuri Çolak, fue condenado a graves penas de cárcel según los artículos 313 y 463 del Código Penal por los delitos de organización de banda armada con intención de matar y de conspiración para el asesinato de autor desconocido, y seis meses después salió indultado gracias a una ley de amnistía parcial. A pesar de que le intimidaron para que no hablara de los sucesos con nadie, en los años siguientes, las noches en que se encontraba con sus antiguos camaradas de armas en las residencias militares y había bebido bastante, decía que «por lo menos» él había tenido el valor de hacer lo que subyace en todo militar atatürkista y, sin ir demasiado lejos, acusaba a sus compañeros de tener miedo a los integristas y de ineptitud y cobardía.

Los otros oficiales, los soldados y algunos funcionarios envueltos en los acontecimientos, a pesar de sus protestas en el sentido de que sólo cumplían órdenes y de que eran unos patriotas, fueron también condenados por el tribunal militar a diversas penas por organización de banda armada, homicidio y uso indebido de la propiedad estatal, y pronto salieron libres, aprovechándose de la misma amnistía. La publicación por entregas en el diario integrista *Testimonio* después de que saliera de la cárcel de las memorias (*Yo también fui jacobino*) de uno de ellos, un joven alférez con la cabeza a pájaros que luego se hizo islamista, fue secuestrada por injurias al ejército. Resultó que el portero Vural había empezado a trabajar para la rama local del SNI inmediatamente después de la revolución. El tribunal aceptó que los demás miembros de la compañía no eran sino «simples artistas». Como Funda Eser sufrió una crisis nerviosa la noche en que mataron a su marido, agrediendo furiosa a todo el mundo y quejándose y denunciando a todos de todo, fue internada en el pabellón psiquiátrico del hospital militar de Ankara, donde la mantuvieron en observación durante cuatro meses. Años después de que la dieran de alta, en los días en que todo el país la conocía por el personaje de la bruja que doblaba para una popular serie infantil, me dijo que todavía le entristecía que su marido, que había muerto en el escenario víctima de un accidente laboral, no hubiera podido conseguir el papel de Atatürk por culpa de las envidias y las calumnias y que su único consuelo era que en los últimos años en muchas de las estatuas de Atatürk se tomaran como modelo sus actitudes y sus posturas. El juez militar, con toda la razón, llamó a juicio a Ka en calidad de testigo basándose en su participación en los hechos expuesta en el informe del comandante inspector y, después de que no acudiera tras dos citaciones, redactó una orden de busca y captura para que se le pudiera tomar declaración.

Turgut Bey e İpek fueron a visitar a Kadife cada sábado a la cárcel de Kars, donde cumplía su pena. Los días de primavera y verano en que hacía buen tiempo el tolerante director de la prisión les permitía extender un mantel blanco bajo la gran morera del amplio patio del penal y allí comían los pimientos rellenos que había preparado Zahide, ofrecían albóndigas fritas a los otros presos y mientras entrechocaban los huevos duros para poder pelarlos, escuchaban los preludios de Chopin en el radiocasete portátil Philips que Turgut Bey había hecho reparar. Para que su hija no viviera la prisión como algo vergonzoso, Turgut Bey insistía en considerarla algo así como un internado al que todo ciudadano como es debido debía ir y de vez en cuando llevaba con él a algún conocido como Serdar Bey. Fazıl se les unió en una de estas visitas, Kadife comentó que le gustaría verle más y así fue como después de quedar libre se casó con aquel joven cuatro años menor que ella.

Los primeros seis meses vivieron en una habitación del hotel Nieve Palace, donde ahora Fazıl trabajaba de recepcionista. Cuando fui a Kars ya se habían mudado a otro sitio con su hijo. Kadife iba todas las mañanas al hotel con Ömercan, su hijo de seis meses, y mientras İpek y Zahide le daban de comer y Turgut Bey jugaba con su nieto, ella se encargaba un rato de los asuntos del hotel. Fazıl, para ser independiente de su suegro, trabajaba en el Palacio de la Fotografía Aydın y tenía un empleo en la Televisión de Kars Fronteriza que, según me dijo sonriente, «llaman asistente de programación pero que en realidad es de chico para todo».

Al día siguiente de mi llegada y de la cena que me ofreció el alcalde, a mediodía, me encontré con Fazıl en su nuevo piso de la calle Hulusi Aytekin. Cuando me preguntó con toda su buena intención por qué había venido a Kars mientras yo miraba los grandes copos de nieve que caían lentamente sobre la fortaleza y el arroyo Kars, me puse nervioso ya que pensé que había sacado a relucir el tema de İpek, que tanto me había hecho perder la cabeza en la cena que la noche anterior me había ofrecido el alcalde, así que le expliqué, exagerándolo un poco, mi interés por los poemas de Ka y que quizá me gustaría escribir un libro sobre ellos.

—Pero si los poemas no aparecen, ¿cómo podrás escribir un libro? —me preguntó amistosamente.

—Yo tampoco lo sé —le respondí—. Uno de ellos tiene que estar en los archivos de la televisión.

—Esta tarde lo encontraremos y lo sacaremos. Pero te has pasado la mañana pateándote las calles de Kars. Quizá estés pensando en escribir una novela sobre nosotros.

—Sólo he ido a los sitios que Ka menciona en sus poemas —contesté, inquieto.

—Sin embargo, por tu cara me doy cuenta de que quieres contar lo pobres que somos y lo distintos que somos a la gente que lee tus novelas. No quiero que a mí me pongas en una novela así.

—¿Por qué?

—¡Si no me conoces! Y aunque me conocieras y me describieras como soy, tus lectores occidentalizados no serían capaces de ver mi vida porque sólo les preocuparía la pena que les da mi pobreza. Por ejemplo, les haría reír el que esté escribiendo una novela islamista de ciencia ficción. No quiero ser descrito como alguien que cae bien pero de quien la gente se ríe despreciándolo.

—Muy bien.

—Sé que te he ofendido —dijo Fazıl—. Por favor, no te tomes a mal lo que digo, eres una buena persona. No obstante, tu amigo también lo era, quizá incluso quiso querernos, pero acabó haciéndonos el peor de los males.

Fazıl había podido llegar a casarse con Kadife porque habían matado a Azul, así que no encontré del todo honesto que ahora mencionara la acusación de que Ka había denunciado a Azul como algo malo que se le había hecho a él personalmente, pero guardé silencio.

—¿Cómo puedes estar seguro de que esa acusación es cierta? —le pregunté mucho después.

—Toda Kars lo sabe —dijo Fazıl con voz suave, casi con cariño, sin echarnos la culpa ni a Ka ni a mí.

En sus ojos vi a Necip. Le dije que estaba dispuesto a hojear la novela de ciencia ficción que me quería enseñar: me había preguntado si me gustaría echar un vistazo a lo que había escrito, pero había precisado que no podría dármelo y que estaría a mi lado mientras lo leyera. Nos sentamos a la mesa en la que por las noches cenaba y veía la televisión con Kadife y leímos en silencio las cincuenta primeras páginas, escritas por Fazıl, de la novela con la que cuatro años atrás había soñado Necip.

—¿Qué tal? ¿Está bien? —me preguntó Fazıl sólo una vez y como si se disculpara—. Si te aburre, lo dejamos.

—No, está bien —le contesté, y seguí leyendo, muy interesado.

Más tarde, mientras caminábamos bajo la nieve por la avenida Kâzım Karabekir, le repetí sinceramente que había encontrado muy buena la novela.

—Puede que lo digas sólo para alegrarme —contestó Fazıl, feliz—. Pero me has hecho un favor y me gustaría corresponderte. Si quieres escribir una novela, puedes hablar de mí. Con la condición de que yo pueda decirles algo directamente a tus lectores.

—¿Qué?

—No sé. Si se me ocurre mientras todavía estás en Kars, ya te lo diré.

Nos separamos después de prometernos que nos veríamos esa noche en la Televisión de Kars Fronteriza. Mientras Fazıl se iba a la carrera al Palacio de Fotografía Aydın, le contemplé a sus espaldas. ¿Cuánto veía yo de Necip en él? ¿Sentiría todavía en su interior a Necip, como le había dicho a Ka? ¿Hasta qué punto puede uno oír en su corazón la voz de otro?

Aquella mañana, mientras paseaba por las calles de Kars, hablaba con la misma gente y me sentaba en las mismas casas de té que él, a menudo me había ocurrido que me sintiera como Ka. Sentado muy temprano en la casa de té Los Hermanos Afortunados, donde había escrito el poema titulado «Toda la humanidad y las estrellas», yo, como mi querido amigo, me había imaginado cuál sería mi lugar en el universo. En el hotel Nieve Palace, Cavit, el recepcionista, me había hecho notar que había recogido las llaves a toda velocidad, «exactamente como el señor Ka». El dueño del colmado que me invitó a pasar preguntándome: «¿Es usted el escritor que viene de Estambul?», mientras pasaba por una de las calles laterales, habló conmigo como había hecho con Ka pidiéndome que escribiera que todas las noticias relativas al suicidio de su hija Teslime cuatro años atrás eran falsas y también me invitó a una Coca-Cola. ¿Cuánto de todo aquello eran coincidencias y cuánto mi imaginación? En cierto momento me di cuenta de que estaba andando por la calle de la Veterinaria, eché un vistazo a las ventanas del cenobio del jeque Saadettin y, para comprender lo que había sentido Ka, subí las empinadas escaleras que Muhtar describía en su poema.

Teniendo en cuenta que encontré los poemas que Muhtar le había dado entre sus papeles de Frankfurt, estaba claro que Ka no se los había enviado a Fahir. Sin embargo, Muhtar, a los cinco minutos de habernos conocido y después de decirme lo «digno de mérito» que había sido Ka, me explicó lo mucho que a Ka le habían gustado sus poemas cuando estuvo en Kars y cómo los había enviado a un engreído editor de Estambul con una carta de elogio. Estaba contento de cómo le iban las cosas y tenía esperanzas de que le eligieran alcalde en las próximas elecciones por el recién creado Partido Islamista (el anterior, el Partido de la Prosperidad, había sido clausurado). Gracias a la dulce, conciliadora y afable personalidad de Muhtar, nos recibieron en la Dirección Provincial de Seguridad (aunque no nos dejaron bajar al sótano) y en el hospital de la seguridad social donde Ka había besado el cadáver de Necip. Mientras me mostraba los restos del Teatro Nacional y las salas convertidas en depósitos de electrodomésticos, Muhtar me confesó que había sido «un poco» responsable del derribo del centenario edificio e intentó consolarme diciéndome que, de todas formas, era «una construcción armenia y no turca». Me enseñó uno a uno todos aquellos lugares que Ka había recordado con la esperanza de volver a ver Kars y a İpek, el mercado de verduras bajo la nieve y las ferreterías de la avenida Kâzım Karabekir, me presentó en la galería Halitpaşa al abogado Muzaffer Bey, representante de la oposición política, y se fue. Después de escucharle al antiguo alcalde, como había hecho Ka, una historia republicana de Kars, me fui a pasear por los oscuros y tenebrosos pasillos de la galería y al llegar a la puerta de la Sociedad de Amantes de los Animales un adinerado propietario de una granja lechera me invitó a pasar llamándome: «¡Orhan Bey!», y con una memoria prodigiosa me contó cómo Ka había entrado allí cuatro años antes, cuando mataron al director de la Escuela de Magisterio, y cómo se había sentado en un rincón de la gallera quedándose sumido en sus pensamientos.

No me sentó demasiado bien escuchar los detalles del momento en que Ka se dio cuenta de que se había enamorado de İpek teniendo que verla poco después. Así que antes de acudir a mi cita con ella en la pastelería Vida Nueva, entré en la cervecería Verdes Prados y me tomé un *rakı* para que me aliviara la tensión y me librara del miedo a dejarme arrastrar por el amor. Pero en cuanto me senté frente a ella me di cuenta de que todas mis precauciones me habían dejado todavía más desvalido. El *rakı* que me había tomado con el estómago vacío me había dejado confuso en lugar de relajarme. Tenía unos ojos enormes y una cara alargada, como a mí me gustan. Mientras intentaba comprender su belleza, que ahora encontraba más profunda a pesar de que la había tenido presente sin cesar en la imaginación desde la noche anterior, una vez más quise convencerme desesperadamente de que lo que me hacía perder la cabeza era el amor que ella y Ka habían vivido, del que yo conocía hasta el más mínimo detalle. Pero aquello me recordaba dolorosamente otro de mis puntos débiles, que yo era un novelista de espíritu simple que cada mañana y cada noche trabajaba a horas determinadas como un contable, al contrario que Ka, que era un auténtico poeta que podía vivir como mejor le apeteciera siendo él mismo. Quizá por eso conté con agradables colores que Ka había llevado una vida cotidiana muy rutinaria en Frankfurt, que se levantaba todos los días a la misma hora, que pasaba por las mismas calles, que iba a la misma biblioteca y que se sentaba a trabajar a la misma mesa.

—En realidad, yo estaba decidida a ir a Frankfurt con él —me dijo İpek, y añadió muchos pequeños detalles, como la preparación de la maleta, para demostrarlo—. Pero ahora me resulta difícil recordar lo agradable que podía llegar a ser Ka. No obstante, como respeto su amistad con él, quiero ayudarle en el libro que está escribiendo.

—Gracias a usted Ka escribió un libro maravilloso en Kars —dije queriendo provocarla—. Recordó esos tres días minuto a minuto y los escribió en sus cuadernos. Sólo faltan las últimas horas antes de marcharse de la ciudad.

Con una sorprendente honestidad, sin ocultarme nada y esforzándose en exponer a las claras su intimidad con una franqueza que me dejó admirado, me contó las últimas horas de Ka en Kars minuto a minuto, tanto lo que había vivido como lo que había supuesto.

—Pero no tenía ninguna prueba firme que le hiciera renunciar a ir a Frankfurt —le dije intentando acusarla.

—Hay cosas que una entiende enseguida con el corazón.

—Usted ha sido la primera en mencionar el corazón —le dije, y, como si me excusara, le expliqué que en las cartas que no le había enviado pero que yo me había visto obligado a leer para mi libro, Ka contaba que, una vez en Alemania, durante dos años había tenido que tomarse dos somníferos por noche porque no podía dormir pensando en ella, que bebía como una esponja, que mientras caminaba por las calles de Frankfurt cada cinco o diez minutos creía que alguna mujer a lo lejos era ella, que hasta el fin de su vida cada día se estuvo representando en la imaginación durante horas, como si fuera una película a cámara lenta, los momentos de felicidad que había vivido con ella, que en los momentos en que conseguía olvidarla unos escasos cinco minutos se sentía muy feliz, que no había vuelto a mantener relaciones con ninguna otra mujer y que después de perderla no se veía «como un auténtico ser humano, sino como un fantasma», y cuando vi que ella se ponía en pie con una expresión dulce en la cara pero que decía «¡Basta ya, por favor!» y con el ceño fruncido como si se enfrentara a una pregunta misteriosa, comprendí asustado que le había contado todo eso a İpek no para que aceptara a mi amigo, sino, sí, a mí.

—Está claro que su amigo me quería mucho —dijo—. Pero no lo bastante como para intentar venir a Kars una vez más.

—Había una orden de busca y captura contra él.

—Eso no tenía importancia. Podría haber venido a declarar ante el tribunal y no habría tenido problemas. No me malinterprete, hizo bien no viniendo, pero Azul vino muchas veces a Kars ocultamente aunque había órdenes de matarle.

Vi afligido que cuando decía «Azul» aparecía en sus ojos castaños una luz y en su cara una expresión de tristeza genuina.

—Pero a lo que le tenía miedo su amigo no era al tribunal —me dijo como si me consolara—. Había comprendido perfectamente cuál había sido su auténtico crimen y que por eso no fui a la estación.

—Nunca se ha podido probar ese crimen.

—Comprendo perfectamente que usted se sienta culpable por él —dijo muy inteligentemente, y para indicar que nuestra conversación había terminado guardó el tabaco y el mechero en el bolso. Muy inteligentemente porque en cuanto lo dijo me di cuenta con una sensación de derrota que ella sabía que en realidad yo no tenía celos de Ka sino de Azul. Pero luego decidí que İpek no había insinuado nada de eso sino que simplemente yo me encontraba demasiado hundido en mi complejo de culpa. Se puso en pie, era muy alta, todo en ella era hermoso, y se puso el abrigo. Yo me encontraba absolutamente confuso.

—Esta noche volveremos a vernos, ¿no? —le pregunté, nervioso. Fue una frase perfectamente innecesaria.

—Claro, mi padre le espera. —Y se fue con aquel dulce caminar tan propio de ella.

Me dije que lo que lamentaba era que ella creyera de corazón que Ka era un «criminal». Pero me engañaba. En realidad lo que quería era hablar de Ka con dulzura con el cuento del «querido amigo asesinado», sacar a la luz poco a poco sus debilidades, sus obsesiones y su «crimen» y así, a pesar de su sagrada memoria, montarnos en el mismo barco y partir juntos en nuestro primer viaje. El sueño que me había forjado la primera noche de que İpek se viniera conmigo a Estambul estaba ahora muy lejano y sentía el impulso de probar que mi amigo era «inocente». ¿Hasta qué punto significaba eso que de aquellos dos muertos de quien estaba celoso era de Azul y no de Ka?

Me angustió todavía más caminar por las calles nevadas de Kars al oscurecer. La Televisión de Kars Fronteriza se había trasladado a un nuevo edificio, frente a la gasolinera de la calle Karadağ. A los dos años de su inauguración, el ambiente sucio, fangoso, oscuro y envejecido de la ciudad había dejado de sobra su huella en los pasillos de aquel edificio de cemento de tres pisos que en su momento los ciudadanos de Kars habían considerado un símbolo de desarrollo.

Cuando Fazıl, que me recibió alegre en los estudios del segundo piso, me presentó optimistamente y una por una a las ocho personas que trabajaban en la televisión y dijo «A los compañeros les gustaría una pequeña entrevista para las noticias de esta noche», pensé que aquello me facilitaría las cosas en Kars. Cuando Hakan Özge, el presentador de programas juveniles que me entrevistó durante los cinco minutos de grabación, dijo de repente, quizá por una sugerencia de Fazıl: «¡Así que está escribiendo una novela que ocurre en Kars!», me quedé estupefacto y sólo pude balbucear un par de cosas. No hablamos ni una palabra de Ka.

Fuimos al despacho del director y gracias a las fechas encontramos entre las cintas de vídeo de las estanterías, que guardaban por imperativo legal, las grabaciones de las dos primeras retransmisiones en directo desde el Teatro Nacional. Pasamos a una pequeña habitación sin apenas aire y allí, sentado ante un viejo televisor y tomando té, vi primero aquella *Tragedia en Kars* en la que Kadife había salido a escena. Me quedé boquiabierto al ver cómo Sunay Zaim y Funda Eser se burlaban de ciertos anuncios muy populares cuatro años atrás en sus «viñetas críticas». En cuanto a la escena en que Kadife se descubría mostrando su hermoso pelo e inmediatamente después disparaba a Sunay, la examiné con detenimiento rebobinándola una y otra vez. Realmente la muerte de Sunay parecía parte de la obra. Era imposible que ninguno de los espectadores, exceptuando los de la primera fila, hubiera podido ver si el cargador estaba lleno o vacío.

Observando la otra grabación pude darme cuenta de que muchas de las escenas de *O la patria o el velo*, las imitaciones, las aventuras del portero Vural y la danza del vientre de la querida Funda Eser eran diversiones que el grupo teatral repetía en cada representación. Los gritos, las consignas políticas y el alboroto de la sala habían convertido en incomprensibles los diálogos en aquella grabación ya de por sí vieja. Pero rebobinando una y otra vez la cinta y escuchándola con atención, pude transcribir en el papel que tenía sobre las rodillas gran parte del poema que Ka había recitado y que luego titularía «Donde Dios no existe». Fazıl me estaba preguntando por qué Necip se levantaba y decía algo mientras Ka recitaba aquel poema que acababa de venírsele y como respuesta le di lo que había podido escribir del poema para que lo leyera.

Vimos dos veces cómo los soldados disparaban a los espectadores.

—Has paseado mucho por Kars —me dijo Fazıl—. Pero hay un sitio que me gustaría enseñarte ahora.

Con un aire un tanto avergonzado pero también algo misterioso, me dijo que quería enseñarme la residencia del ahora cerrado Instituto de Imanes y Predicadores en la que Necip había pasado los últimos años de su vida por si quería incluirle a él también en el libro.

Mientras caminábamos bajo la nieve por la avenida Gazi Ahmet Muhtarpaşa, vi un perro del color del carbón con una mancha blanca perfectamente redonda en la frente y comprendí que era el mismo perro sobre el que Ka había escrito un poema, así que compré en un colmado pan y huevos duros, los pelé a toda velocidad y se los di al animal, que sacudía feliz el extremo de su cola cortada.

Fazıl, que vio que el perro no dejaba de seguirnos, me dijo:

—Es el perro de la estación. No te lo había contado por si no venías, pero la antigua residencia ahora está vacía. La cerraron después de la revolución con la excusa de que era un nido de terroristas y reaccionarios. Desde entonces no hay nadie allí y por eso he cogido esta linterna de la televisión. —Cuando encendió la linterna y enfocó los ojos tristes del perro que nos seguía, el animal sacudió la cola. La puerta del jardín del dormitorio, que en tiempos había sido una mansión armenia y luego el edificio del consulado donde vivían el cónsul ruso y su perro, estaba cerrada con llave. Fazıl me ayudó a saltar el bajo muro cogiéndome de la mano—. Por las noches nosotros nos escapábamos por aquí. —Entró con habilidad por una alta ventana que tenía los cristales rotos y me subió después de iluminar lo que le rodeaba con la linterna—. No tenga miedo. No hay nadie aparte de los pájaros —dijo. El interior del edificio estaba negro como la pez porque los cristales se habían vuelto opacos con la suciedad y el hielo y algunas ventanas habían sido cegadas con tablas, pero Fazıl subió las escaleras con una tranquilidad que demostraba que ya había estado allí previamente mientras me iluminaba el camino manteniendo el foco de la linterna hacia atrás como un acomodador de cine. Todo olía a polvo y a moho. Pasamos por puertas rotas la noche de la revolución cuatro años atrás, caminamos entre literas de hierro vacías y oxidadas prestando atención a las señales de los disparos en las paredes y a los nerviosos aleteos de las palomas que habían anidado en las esquinas de los altos techos del piso superior y entre los codos de las tuberías de la calefacción—. Ésta era la mía y ésta la de Necip —dijo Fazıl señalando las camas de arriba de dos literas que estaban una junto a otra—. Algunas noches nos acostábamos en la misma cama para no despertar a los demás con nuestros susurros y hablábamos contemplando el cielo.

Arriba, por entre los pedazos de vidrio de una ventana rota, se veían caer lentamente los copos de nieve a la luz de una farola. Los observé con respeto.

—Éste es el paisaje que se veía desde la litera de Necip —dijo Fazıl mucho más tarde señalando un estrechísimo hueco algo más abajo. Vi un pasaje, ni siquiera podía llamársele calle, de apenas dos metros de ancho inmediatamente más allá del jardín encajado entre el muro ciego lateral del Banco Agrícola y el muro trasero sin ventanas de otro alto edificio. Desde el primer piso del banco se reflejaba en el fangoso suelo una luz de fluorescente morada. Para que nadie tomara el pasaje por una calle, en medio habían colocado una señal roja de «Prohibido el paso». Al final del callejón, que Fazıl, inspirado por Necip, llamaba «el fin del mundo», había un árbol tenebroso y sin hojas que, justo cuando lo estábamos mirando, se puso tan rojo como si estuviera ardiendo—. El letrero luminoso rojo del Palacio de la Fotografía Aydın lleva siete años estropeado —susurró Fazıl—. La luz roja se enciende y se apaga y cuando se mira desde la litera de Necip el árbol del paraíso de allá parece como si hubiera estallado en llamas. A veces Necip estaba hasta el amanecer contemplando el espectáculo y fantaseando. A lo que veía lo llamaba «este mundo», y después de una noche de insomnio a veces me decía: «¡He estado toda la noche contemplando este mundo!». O sea, que se ve que se lo contó a tu amigo Ka el poeta y que él lo puso en su poema. Te he traído hasta aquí porque lo comprendí al ver la cinta de vídeo. Pero fue una falta de respeto para con Necip que lo titulara «Donde Dios no existe».

—Fue el difunto Necip quien le describió a Ka ese paisaje que veía como el lugar «Donde Dios no existe» —contesté—. Estoy seguro de eso.

—No puedo creerme que Necip muriera como un ateo —dijo Fazıl con precaución—. Solamente tenía ciertas dudas.

—¿Ya no oyes la voz de Necip dentro de ti? —le pregunté—. ¿Todo eso no te da miedo de estar convirtiéndote lentamente en ateo como el hombre de la historia?

A Fazıl no le gustó que yo estuviera al tanto de las dudas que le había expuesto cuatro años antes a Ka.

—Ahora estoy casado y tengo un hijo —respondió—. Esos asuntos ya no me importan tanto como antes. —De inmediato se arrepintió de estar tratándome como alguien que viniera de Occidente y estuviera intentando arrastrarle al ateísmo—. Ya seguiremos hablando luego —me dijo con voz suave—. Mi suegro nos espera a cenar, mejor que no lleguemos tarde, ¿no?

Con todo, antes de bajar me mostró en un rincón de la amplia habitación que en tiempos había servido de oficina del consulado ruso una mesa con restos de una botella de *rakı* rota y unas sillas.

—Después de que se abrieran las carreteras, Z. Brazodehierro y su brigada especial todavía se quedaron aquí unos días y siguieron matando islamistas y nacionalistas kurdos.

Aquel detalle, que hasta entonces había conseguido olvidar, me asustó. No quise pensar en las últimas horas de Ka en Kars.

El perro color carbón, que nos esperaba en la puerta del jardín, nos siguió en nuestro camino de vuelta al hotel.

—Te has puesto triste —dijo Fazıl—. ¿Por qué?

—¿Puedes venir a mi habitación antes de la cena? Quiero darte algo.

Mientras Cavit me entregaba la llave pude ver por la puerta del apartamento de Turgut Bey el ambiente brillantemente iluminado del interior y la mesa preparada, pude oír las conversaciones de los invitados y sentí que İpek estaba allí. En la maleta tenía las fotocopias que Ka había hecho en Kars de las cartas de amor que cuatro años antes Necip le había escrito a Kadife y se las entregué a Fazıl. Mucho más tarde pensé que quizá lo había hecho porque quería que el fantasma de su amigo muerto le molestara tanto como a mí el mío.

Mientras Fazıl leía las cartas, sentado en un costado de la cama, yo saqué de la maleta uno de los cuadernos de Ka y volví a mirar la estrella del copo de nieve que había visto por primera vez en Frankfurt. Así fue como pude ver con mis propios ojos lo que hacía mucho que ya sabía con un rincón de mi mente. Ka había colocado el poema «Donde Dios no existe» justo encima del brazo de la memoria. Aquello significaba que antes de irse de Kars había ido a la abandonada residencia que Z. Brazodehierro estaba usando como cuartel general, que había mirado por la ventana de Necip y que había descubierto el verdadero origen del «paisaje» que éste veía. Los poemas que había situado alrededor del brazo de la memoria sólo se referían a episodios que Ka había vivido en su niñez o durante su estancia en Kars. Fue así como acabé por estar seguro de lo que toda Kars ya sabía: que mi amigo, después de no poder convencer a Kadife en el Teatro Nacional y mientras İpek estaba todavía encerrada en su habitación, había ido a la residencia, en la que le estaba esperando Z. Brazodehierro, para revelarle dónde se escondía Azul.

Probablemente en aquel momento mi cara no tuviera una expresión mucho mejor que la descompuesta de Fazıl. De abajo nos llegaba la charla apenas audible de los invitados y desde la calle los suspiros de la melancólica ciudad de Kars. Fazıl y yo nos habíamos perdido en silencio en nuestros recuerdos ante la presencia irresistible de los que nos habían precedido, mucho más apasionados, complejos y reales que nosotros mismos.

Miré al exterior por la ventana, la nieve que caía, y le dije a Fazıl que ya era hora de que bajáramos a cenar. Primero bajó Fazıl, cabizbajo como si hubiera cometido un crimen. Yo me tumbé en la cama y me imaginé con tristeza lo que cuatro años antes habría pensado Ka mientras caminaba desde la puerta del Teatro Nacional hasta el dormitorio, cómo habría evitado la mirada de Z. Brazodehierro mientras hablaba con él, cómo se habría subido al mismo coche que los asaltantes ya que ignoraba la manera de describirles aquella dirección desconocida y cómo les habría señalado desde lejos el edificio en que se ocultaban Azul y Hande, diciendo «Aquí es». ¿Con tristeza? Me enfadé conmigo mismo porque yo, el «escritor contable», estaba obteniendo un placer secreto, muy secreto, con la caída de mi amigo el poeta e intenté no pensar más en eso.

Abajo, en la cena de Turgut Bey, me hundió aún más la belleza de İpek. Quería abreviar en lo posible aquella larga velada en la que Recai Bey, el culto director de la telefónica, tan aficionado a leer libros y memorias, el periodista Serdar Bey y el propio Turgut Bey, todos, se portaron tan bien conmigo y en la que además bebí en exceso. Cada vez que miraba a İpek sentada frente a mí algo se desplomaba en mi interior. Contemplé avergonzado en las noticias mis nerviosos manoteos durante la

entrevista que me habían hecho. Como un periodista adormilado que no cree en lo que hace, grabé en el pequeño magnetófono que siempre llevaba encima en Kars las conversaciones que tuve con los anfitriones y con sus invitados sobre
temas como la historia de Kars, el periodismo en Kars y sus
recuerdos de la noche de la revolución de cuatro años atrás.
Tomándome la sopa de lentejas de Zahide me sentí como si
fuera un personaje de una novela del realismo campesino que
transcurriera en los años cuarenta. Decidí que la cárcel había
tranquilizado a Kadife y la había hecho madurar. Nadie mencionaba a Ka, ni siquiera las circunstancias de su muerte; aquello me destrozaba por dentro todavía más. En cierto momento,
İpek y Kadife fueron a ver al pequeño Ömercan, que dormía
en la habitación de dentro. Yo quise seguirlas pero este humilde autor suyo, del que se dice que «bebe tanto como un artista», se encontraba tan borracho como para no poder tenerse
en pie.

Con todo, hay algo que recuerdo muy bien de aquella noche. Ya bastante tarde le dije a İpek que quería ver la habitación 203, en la que se había hospedado Ka. Todos se callaron
y se volvieron a mirarnos.

—Muy bien —contestó İpek—. Vamos.

Recogió la llave de la recepción. Subí tras ella. La habitación abierta. Las cortinas, las ventanas, la nieve. Un olor ligero a polvo, a sueño y a jabón. Frío. Me senté en la cama en la
que mi amigo había pasado las horas más felices de su vida haciendo el amor con İpek mientras ella me examinaba de arriba
abajo. ¿Qué hacer? ¿Morirme allí? ¿Declararle mi amor? ¿Mirar por la ventana? Sí, todos nos estaban esperando sentados
a la mesa. Dije un par de tonterías para divertir a İpek y conseguí que sonriera. Cuando me sonrió de esa manera suya tan
dulce, le dije aquellas palabras tan humillantes, explicándole,
además, que las tenía preparadas de antemano:

—¿Quémediríasiledijeraquenadalehaceaunofelizenlavidaexceptoelamornilasnovelasquepuedaescribirnilasciudadesquepuedaverqueestoymuysoloenlavidaquequierovivirenestaciudadconustedhastaquememuera?

—Orhan Bey —me contestó İpek—. Quise de veras amar a Muhtar pero no pudo ser; amé mucho a Azul pero no pudo ser; creí que podría amar a Ka pero no pudo ser; quise de verdad tener un hijo pero no pudo ser. Ya no creo que pueda amar a nadie. Ahora sólo quiero cuidar de mi sobrino Ömercan. Muchas gracias, pero de todas maneras tampoco usted lo dice en serio.

Le agradecí que por primera vez dijera «Ka» en lugar de «su amigo». ¿Podíamos volver a encontrarnos mañana a mediodía en la pastelería Vida Nueva sólo para hablar de él?

Por desgracia estaba ocupada. Pero, como buena anfitriona, para no desilusionarme me prometió que a la tarde siguiente iría con los demás a despedirme a la estación.

Se lo agradecí, le confesé que no me quedaban fuerzas como para regresar a la mesa (y, además, me daba mucho miedo echarme a llorar) y me metí en la cama a dormir la mona.

Por la mañana salí a la calle sin que nadie me viera y me pasé el día paseando por Kars, primero con Muhtar y luego con Serdar Bey, el periodista, y con Fazıl. Como el hecho de haber aparecido en televisión en las noticias de la noche había tranquilizado un poco a los ciudadanos de Kars, pude recolectar con facilidad muchos detalles necesarios para el fin de mi historia. Muhtar me presentó al propietario de *Lanza*, el primer periódico islamista de Kars, con una venta de setenta y cinco ejemplares, y a un farmacéutico jubilado que era el principal columnista del diario y que llegó un poco tarde a la reunión en la redacción. Poco después de saber por ellos que el movimiento islamista estaba retrocediendo en Kars como consecuencia de ciertas medidas antidemocráticas y que, de hecho, ya no había tantas solicitudes para reabrir el Instituto de Imanes y Predicadores como antes, recordé que Necip y Fazıl habían planeado matar al anciano farmacéutico porque había besado dos veces de una manera extraña al primero. El dueño del hotel Alegre Kars, que había denunciado a sus clientes a Sunay Zaim, también escribía ahora en el mismo periódico y cuando empezamos a tratar los sucesos del pasado me recordó un detalle que yo casi había olvidado: afortunadamente, el hombre que cuatro años atrás había asesinado al director de la Escuela de Magisterio no era de Kars. Se había podido establecer la identidad de aquel dueño de una casa de té en Tokat gracias al informe balístico de Ankara, ya que se demostró que la misma arma había sido usada en otro asesinato aparte del que quedó registrado en la grabación y se había capturado a su propietario original, pero como el hombre, que confesó que Azul le había invitado a venir a Kars, consiguió durante el juicio un informe médico indicando que estaba psicológicamente desequilibrado, acabó tres años ingresado en el hospital psiquiátrico de Bakırköy, salió de allí, se instaló en Estambul, donde abrió el café Alegre Tokat, y se convirtió en columnista del periódico *Testimonio*, desde donde defendía los derechos de las jóvenes del velo. Por mucho que pareciera que ahora volvía a comenzar la resistencia de las jóvenes empañoladas, quebrada cuatro años atrás cuando Kadife se descubrió, el movimiento no tenía tanta fuerza en Kars como en Estambul debido a que las más comprometidas con la causa o habían sido expulsadas de la escuela o se habían marchado a universidades de otras ciudades. La familia de Hande se negó a hablar conmigo. Como las canciones interpretadas por el bombero de voz ronca gustaron mucho, se convirtió en la estrella del programa semanal *Nuestras canciones fronterizas* de la Televisión de Kars Fronteriza. Le acompañaba al *saz* en aquel programa que se grababa los martes por la noche y se retransmitía los viernes por la tarde el portero del hospital de Kars, gran amigo suyo, amante de la música y uno de los fervientes seguidores del jeque Saadettin Efendi. Serdar Bey, el periodista, también me presentó al pequeño que había salido a escena la noche de la revolución. «Gafas», a quien su padre no le había permitido participar ni en las representaciones escolares a partir de aquel día, era ya todo un hombretón y todavía seguía repartiendo periódicos. Gracias a él pude saber a qué se dedicaban los socialistas de Kars que leían periódicos de Estambul: aparte de sentir respeto de todo corazón por la lucha a muerte que los islamistas políticos y los nacionalistas kurdos mantenían con el Estado, de escribir comunicados indecisos que nadie leía y de presumir de sus heroicidades y sacrificios del pasado, no hacían nada de provecho. Todos los que hablaban conmigo tenían la esperanza de que llegara un héroe abnegado que nos librara a todos del desempleo, de la pobreza, de la corrupción y de la violencia, y como yo era un novelista relativamente conocido, la ciudad entera me medía por la vara imaginaria de aquel gran hombre que creían que llegaría algún día y me hacían sentir que no les gustaban muchos de mis defectos adquiridos en Estambul, mi ensimismamiento y mi desorden, el que dedicara todo el vigor de mi mente a mi trabajo y a mi historia y mi apresuramiento. Maruf, el sastre cuya biografía entera escuché sentado en la casa de té Unión, me dijo que debería ir a su casa para conocer a sus sobrinos y tomarme una copa con ellos, que debería quedarme otros dos días en la ciudad para acudir a la conferencia que organizaban los miércoles por la noche los jóvenes atatürkistas y que debería fumarme todos los cigarrillos y tomarme todos los tés que me ofrecía por amistad (algo con lo que ya casi había cumplido). El hombre de Varto, compañero de servicio militar del padre de Fazıl, me contó que en aquellos cuatro años muchos nacionalistas kurdos habían muerto o habían sido encarcelados: nadie se unía ya a la guerrilla y ninguno de los jóvenes kurdos que habían llegado tarde a la reunión del hotel Asia estaba ya en la ciudad. El jugador y simpático sobrino de Zahide me introdujo entre la multitud que llenaba las peleas de gallos de los domingos por la tarde y allí me tomé muy a gusto un par de copas de *rakı*, que me ofrecieron en un vaso de té.

Ya era una hora avanzada de la tarde, así que regresé a mi cuarto caminando bajo la nieve como un viajero solitario y desdichado e hice la maleta para poder salir del hotel bastante antes de la hora del tren de forma que nadie me viera. Al salir por la puerta de la cocina conocí al detective Saffet, al que Zahide seguía invitando a sopa todas las noches. Se había jubilado, me reconoció porque me había visto en televisión la noche anterior y tenía cosas que contarme. Cuando nos sentamos en la casa de té Unión me dijo que aunque se había jubilado seguía haciendo trabajos ocasionales para el Estado. En Kars un detective nunca se jubilaba. Me explicó sonriendo sinceramente que los servicios de Inteligencia de la ciudad tenían verdadera curiosidad por saber en qué pretendía meter las narices allí (¿el antiguo «asunto armenio», los rebeldes kurdos, los grupos integristas, los partidos políticos?) y que si le daba esa información él podría ganarse unos cuartos.

Mencioné a Ka un tanto receloso, le recordé que en cierto momento había seguido cada paso de mi amigo cuatro años atrás y le pregunté por él.

—Era muy buena persona, un hombre al que le gustaban mucho la gente y los perros —me respondió—. Pero estaba siempre pensando en Alemania y se encerraba demasiado en sí mismo. Hoy aquí nadie le quiere.

Guardamos silencio largo rato. Le pregunté tímidamente por Azul, por si sabía algo, y me enteré de que, igual que yo había venido a Kars por Ka, ciertas personas habían venido de Estambul para preguntarle por él. Saffet me contó que aquellos jóvenes islamistas enemigos del Estado habían dedicado todos sus esfuerzos a encontrar la tumba de Azul; pero como muy probablemente habían arrojado el cadáver al mar desde un avión para que la tumba no se convirtiera en lugar de peregrinación, habían regresado con las manos vacías. Fazıl, que se sentó a nuestra mesa, comentó que había oído los mismos rumores y que había sabido por sus antiguos compañeros de Imanes y Predicadores que aquellos jóvenes islamistas habían huido a Alemania, recordando que Azul había «emigrado» allí en tiempos, que habían fundado un grupo islamista radical en Berlín que cada vez crecía más y que en el primer número de la revista *Hégira,* que publicaban en Alemania, habían escrito que se vengarían de los responsables de la muerte de Azul. Supusimos que podían haber sido ellos los que mataron a Ka. Fantaseando que el único manuscrito del libro *Nieve* de mi amigo podía estar en manos de alguno de los jóvenes azulistas hegiristas de Berlín, miré la nieve que caía fuera.

Otro policía que en ese momento se sentó a nuestra mesa me contó que todos los rumores que corrían sobre él eran falsos. «¡Yo no soy un viejo de mirada metálica!», dijo. Ni siquiera sabía lo que quería decir eso. Había querido de verdad a la difunta Teslime y, por supuesto, se habría casado con ella de no haberse suicidado. Fue entonces cuando recordé que Saffet le había quitado el carnet de estudiante a Fazıl hacía cuatro años en la biblioteca. Quizá hubieran olvidado hacía mucho aquel incidente que Ka había escrito en su cuaderno.

Cuando Fazıl y yo salimos a la calle bajo la nieve, los dos policías, impulsados no sé si por amistad o por curiosidad profesional, vinieron con nosotros y empezaron a quejarse de la vida, de su inutilidad, del dolor de amor y de la vejez. Ninguno de ambos tenía ni siquiera gorro y los copos de nieve se quedaban sin fundirse sobre sus escasos y blancos cabellos. Como le pregunté si en los cuatro últimos años la ciudad se había empobrecido más y, por lo tanto, se había despoblado más, Fazıl me contestó que en los últimos años la gente veía más televisión y que ahora los desempleados preferían quedarse en casa viendo todas las películas del mundo gratis por antena parabólica a ir a las casas de té. Todo el mundo había ahorrado para instalarse en la ventana una de esas antenas blancas del tamaño de grandes sartenes y aquélla había sido la única novedad en el entramado de la ciudad.

En la pastelería Vida Nueva nos compramos unos de aquellos maravillosos bollos rellenos de nuez que le habían costado la vida al director de la Escuela de Magisterio y nos los tomamos a modo de cena. Después de que los policías se despidieran de nosotros en cuanto comprendieron que nos encaminábamos a la estación, anduvimos pasando ante rejas echadas, casas de té vacías, casas armenias abandonadas, luminosos escaparates llenos de escarcha y por debajo de castaños y álamos con las ramas cubiertas de nieve mientras escuchábamos el sonido de nuestros pasos en las melancólicas calles iluminadas por escasas luces de neón. Como los policías ya no nos seguían, nos desviamos por las calles laterales. La nevada, que en cierto momento había parecido que fuera a amainar, cobró fuerza de nuevo. El que no hubiera nadie en las calles y el dolor de la sensación de irme para siempre de Kars me corroían por dentro y sentía cierta culpabilidad, como si me fuera a ir dejando solo a Fazıl en aquella ciudad solitaria. A lo lejos, de entre la cortina de tul que formaban dos árboles del paraíso con sus ramas secas y con los carámbanos que colgaban de ellas entrelazados, saltó un gorrión que pasó por encima de nosotros y desapareció entre los enormes copos de nieve que caían lentamente. Las calles, cubiertas por un manto de nieve nueva y blanda, estaban tan silenciosas que no oíamos nada excepto nuestros pasos y nuestra respiración, más rápida según nos íbamos cansando. En una calle en la que a ambos lados se alineaban casas y tiendas, este silencio le dejaba a uno la impresión de estar en un sueño.

En cierto momento me detuve en medio de la calle y observé caer al suelo un copo de nieve que me había llamado la atención allá arriba. En ese instante, Fazıl me señaló un pálido cartel en la entrada de la casa de té Sé Luz que llevaba cuatro años en el mismo sitio porque lo habían colgado en un lugar demasiado alto:

EL SER HUMANO ES LA OBRA MAESTRA DE DIOS
Y
EL SUICIDIO ES UNA BLASFEMIA

—Como a esta casa de té vienen los policías, nadie se atrevió a tocar el cartel —dijo Fazıl.

—¿Tú te sientes como una obra maestra? —le pregunté.

—No. Sólo Necip era una obra maestra de Dios. Desde que Dios le arrebató la vida yo perdí mi miedo al ateísmo y mi deseo de amar a Dios cada vez más. Que Él me perdone.

Caminamos hasta la estación entre copos de nieve que parecían colgar del aire. La construcción de la primera época de la República que mencionaba en *El libro negro*, aquella preciosa estación de piedra, había sido demolida y en su lugar habían levantado una fea cosa de hormigón. Encontré esperándome a Muhtar y al perro color carbón. Diez minutos antes de que saliera el tren llegó Serdar Bey, el periodista, que me entregó los viejos números del *Diario de la Ciudad Fronteriza* en los que se hablaba de Ka y me pidió que en mi libro hablara de Kars y sus problemas sin ofender a la ciudad ni a sus habitantes. Cuando Muhtar vio que el periodista sacaba aquel regalo, me puso en las manos, casi como si estuviera cometiendo un crimen, una bolsa de plástico que contenía un frasco de colonia, un pequeño queso redondo de Kars y una copia dedicada de su primer libro de poemas, que había impreso en Erzurum pagándoselo de su propio bolsillo. Compré un bocadillo para el perrito color carbón que mi amigo mencionaba en su poema y para mí un billete para Estambul. Mientras le daba de comer al perro, que movía la cola amistosamente, llegaron a todo correr Turgut Bey y Kadife. Se habían enterado de que me iba por Zahide en el último momento. Hablamos con frases cortas del billete, del viaje y de la nieve. Turgut Bey me alargó avergonzado una nueva edición de una novela de Turgueniev (*Primer amor*) que había traducido del francés en sus años de cárcel. Yo acaricié a Ömercan, que estaba en brazos de Kadife. Los copos de nieve caían a los lados del pelo de su madre, cubierto con un elegante pañuelo de Estambul. Me volví hacia Fazıl porque me daba miedo mirar más a los hermosos ojos de su mujer y le pregunté qué era lo que quería decir a los lectores si algún día escribía una novela que ocurriera en Kars.

—Nada —me contestó decidido. Pero al ver que su respuesta me entristecía se compadeció de mí—. Tengo algo en la cabeza, pero no le va a gustar… —dijo—. Si me pone en una novela que ocurra en Kars, me gustaría decirles a los lectores que no creyeran nada de lo que usted pueda decir sobre mí, sobre nosotros. Nadie nos puede entender de lejos.

—En realidad, nadie se cree lo que lee en una novela así.

—No, sí que se lo creen —contestó, nervioso—. Para poder verse a sí mismos inteligentes, superiores y humanitarios, querrán creer que somos simpáticos y ridículos y que así podrán comprendernos y querernos. Pero si pone lo que acabo de decirle, por lo menos les quedará la duda.

Le prometí que incluiría sus palabras en mi novela.

Kadife se me acercó al ver que yo miraba por un momento la puerta principal de la estación.

—Creo que tiene usted una preciosa hija llamada Rüya —me dijo—. Mi hermana no ha podido venir, pero me ha pedido que salude a su hija de su parte. Y yo le he traído este recuerdo de mi carrera teatral, aunque acabara a medias. —Y me dio una pequeña fotografía donde se la veía compartiendo el escenario del Teatro Nacional con Sunay Zaim.

El jefe de estación tocó el silbato. Al parecer nadie más iba a subirse al tren. Les abracé a todos uno por uno. En el último momento Fazıl me entregó una bolsa con copias de las cintas de vídeo y con el bolígrafo de Necip.

Con las manos llenas de regalos me subí a duras penas al vagón, que ya estaba poniéndose en marcha. Todos me saludaban desde el andén y yo me asomé a la ventanilla para despedirme de ellos. En el último instante vi que el perro color carbón corría alegre a lo largo del andén justo a mi lado con la enorme lengua rosada colgando. Luego todos desaparecieron entre los enormes copos de nieve cada vez más oscuros.

Me senté contemplando entre la nieve las luces anaranjadas de las últimas casas de los suburbios, las habitaciones destartaladas donde se veía la televisión, las delgadas, temblorosas y elegantes columnas de humo de las torcidas chimeneas de los tejados cubiertos de nieve y me eché a llorar.

Abril de 1999-Diciembre de 2001

Poemas según se le vinieron a Ka en Kars

Poemas según su lugar en la estrella

LÓGICA	MEMORIA	FANTASÍA	CENTRO
(1) Nieve	(5) Donde Dios	(4) La caja de	(10) Yo, Ka
(2) Simetría oculta	no existe	chocolatinas	
(3) La amistad	(6) La noche de	(8) Suicidio	
de las estrellas	la revolución	y poder	
	(7) Calles de ensueño		
(9) Desesperaciones,	(14) Morir a tiros	(11) Seré feliz	
dificultades			
(12) Toda la	(17) El perro	(13) Paraíso	
humanidad			
y las estrellas	(19) El lugar donde se	(16) Amor	
(15) Ajedrez	acaba el mundo	(18) Celos	

Índice

Nieve de Orhan Pamuk
se terminó de imprimir en agosto de 2018
en los talleres de
Impresora Tauro S.A. de C.V.
Av. Plutarco Elías Calles 396, col. Los Reyes,
Ciudad de México